डेढ़ बिस्वा जमीन

डेढ़ बिस्वा जमीन

उत्तर प्रदेश क्राइम फाइल्स

बृजलाल, IPS (से.नि.)

प्रकाशक
प्रभात प्रकाशन प्रा. लि.
4/19 आसफ अली रोड, नई दिल्ली-110002
फोन : 011-23289777 • हेल्पलाइन नं. : 7827007777
इ-मेल : prabhatbooks@gmail.com ❖ वेब ठिकाना : www.prabhatbooks.com

संस्करण
2025

पेपरबैक मूल्य
पाँच सौ पचास रुपए

मुद्रक
आर-टेक ऑफसेट प्रिंटर्स, दिल्ली

———— ★ ————

DERH BISWA ZAMEEN
by Shri Brij Lal, IPS (Retd.)

Published by **PRABHAT PRAKASHAN PVT. LTD.**
4/19 Asaf Ali Road, New Delhi-110002

ISBN 978-93-5521-559-8

₹ 550.00 (PB)

उत्तर प्रदेश के समग्र विकास के
सजग प्रहरी और करोड़ों प्रदेशवासियों की त्रुटिरहित
सुरक्षा के लिए प्रतिबद्ध रहे स्मृतिशेष
और निरंतर सक्रिय विशाल उत्तर प्रदेश पुलिस परिवार को
अत्यंत विनम्रता, सम्मान और
कृतज्ञता के साथ सादर समर्पित।

पुस्तक परिचय

विकास के दृष्टिकोण से पूर्वी उत्तर प्रदेश, पश्चिमी उत्तर प्रदेश की तुलना में काफी पिछड़ा है। पश्चिमी उत्तर प्रदेश के किसानों की खुशहाली हरियाणा और पंजाब जैसी है। उपजाऊ जमीन, सिंचाई के लिए नहरों का पानी और गन्ने की फसल ने पश्चिमी उत्तर प्रदेश के किसानों को मालामाल कर दिया। उनकी संपन्नता का एक कारण यह भी है कि वहाँ मर्द और औरत चाहे जिस भी बिरादरी के हों, खेतों में काम करते हैं। पशुपालन भी आय का एक बड़ा साधन है, जिसकी जिम्मेदारी मुख्यत: महिलाओं की होती है। भैंसा-बुग्गी लेकर खेत पर जाना, खेत से चारा काटकर घर लाना और मशीन से चारा काटकर जानवरों को डालना, महिलाएँ करती हैं। जानवरों का दूध निकालना, दही, मट्ठा और मक्खन बनाना भी वही करती हैं। पुरुष खेत में जी-तोड़ मेहनत करते हैं और दिन में खाना भी मजदूरों के साथ खेत पर ही खाते हैं। दूध-दही और घी अधिक मात्रा में होने के कारण पश्चिमी उत्तर प्रदेश के लोगों का स्वास्थ्य भी पूर्वी उत्तर प्रदेश के लोगों की तुलना में काफी बेहतर है। कल-कारखाने भी अधिकतर पश्चिमी उत्तर प्रदेश में ही लगे, जिससे वहाँ के लोगों को बहुत लाभ मिला।

दूसरी तरफ पूर्वी उत्तर प्रदेश अपनी पुरानी सामंती प्रथा से मुक्त नहीं हो पाया है। पूर्वी उत्तर प्रदेश में राजा-महाराजा, जमींदार काफी बड़ी संख्या में थे। उनकी छत्रच्छाया में उनके कारिंदे भी फलते-फूलते थे। ऊँची जाति की महिलाएँ घर से बाहर नहीं निकलती थीं, यह उनकी मान-प्रतिष्ठा का प्रतीक माना जाता था। पहले खेतों की जुताई बैलों से की जाती थी, जिसके घर पर जितने बैलों की जोड़ी होती थी, उसकी संपन्नता उसी से आँकी जाती थी। ऊँची जाति के लोग, विशेषकर ब्राह्मण, राजपूत, भूमिहार और कायस्थ हल नहीं जोतते थे। उनके खेतों पर हल

जोतने का काम नीची जाति के लोग करते थे। घरों में पानी लाना, बरतन धोना आदि घरेलू काम कहार जाति के लोग करते थे। पश्चिमी उत्तर प्रदेश में खेत की जुताई भैंसों से की जाती थी, परंतु पूर्वी उत्तर प्रदेश में किसान केवल बैलों से ही खेत जोतते थे। पूर्वी उत्तर प्रदेश में हिंदू होकर भैंसों से खेत जोतना, धर्म के विरुद्ध माना जाता था। बैलगाड़ियों में भी बैलों का ही प्रयोग होता था, जबकि पश्चिमी उत्तर प्रदेश में बुग्गी भैंसे द्वारा ही खींची जाती है।

पूर्वी उत्तर प्रदेश में अनुसूचित और पिछड़ी जातियों में जब संपन्नता आई तो उन्होंने भी अपनी घर की महिलाओं को खेतों में काम करने से अलग कर लिया। उन्होंने उच्च जाति के लोगों की प्रथा और परंपराओं को अपनाकर उसे संपन्नता और प्रतिष्ठा का प्रतीक बना लिया। पूर्वी उत्तर प्रदेश में खेतों में काम निम्न और पिछड़ी जाति की महिलाओं तक सीमित रह गया। पूर्वी उत्तर प्रदेश में महिलाओं का खेती-किसानी में योगदान पश्चिम की तुलना में बहुत कम हो गया। पशुपालन भी पश्चिमी उत्तर प्रदेश की तुलना में यहाँ नगण्य रहा। कुल मिलाकर पूर्वी उत्तर प्रदेश के किसान बड़ी मुश्किल से जीवनयापन करते रहे। बरसात में बाढ़ और उसके बाद सिंचाई के लिए पानी का न उपलब्ध होना भी उनकी गरीबी का कारण रहा। सिंचाई के लिए नहरों और व्यक्तिगत ट्यूबवेल का अभाव किसानों की विपन्नता का भी कारण बना।

जहाँ पूर्वी उत्तर प्रदेश एक तरफ गरीबी की मार झेल रहा था, वहीं दूसरी तरफ माफिया गतिविधियों की शुरुआत 1970 के दशक से पूर्वी उत्तर प्रदेश से ही शुरू हुई। शुरुआती दौर में गोरखपुर इसका केंद्रबिंदु बना। माफिया गिरोहों में वर्चस्व की लड़ाई शुरू हो गई। वर्चस्व का मतलब जमीनें हड़प लेंगे, खरीदेंगे नहीं। पेट्रोल-डीजल भरा लेंगे, पर पैसे नहीं देंगे; कोई आँख मिलाकर बात नहीं करेगा। यह सुनने में बड़ा रोचक लगता है, पर गोरखपुर में वर्चस्व की बुनियाद इसी प्रकार तैयार की गई थी। गोरखपुर में हुए गैंगवार ने पूर्वांचल के वाराणसी, आजमगढ़, मऊ, गाजीपुर, प्रयागराज, चंदौली, मिर्जापुर, भदोही जिलों को भी अपनी चपेट में ले लिया। मुड़ियार गाजीपुर के साधू सिंह, मकनू सिंह और मुख्तार अंसारी गैंग की जड़ गोरखपुर में ही मजबूत हुई।

जिला गाजीपुर माफिया गुटों में हुए गैंगवार का साक्षी रहा है। गैंगवार की घटनाओं ने पूर्वांचल के राजनीतिक व सामाजिक परिदृश्य को गहराई से प्रभावित

किया है। जनपद गाजीपुर में सत्तर, अस्सी व नब्बे के दशक में मुख्यत: दो अपराधी गिरोह सक्रिय थे। एक गिरोह का सरगना साहब सिंह निवासी सकरारी थाना धानापुर जनपद चंदौली था तथा दूसरे गिरोह का सरगना राजेश्वर सिंह उर्फ मकनू सिंह और उसका छोटा भाई साधू सिंह थे, जो ग्राम मुड़ियार थाना सैदपुर गाजीपुर के रहने वाले थे। ग्राम मुड़ियार में प्रतिष्ठित राजपूत परिवार में डेढ़ बिस्वा जमीन के विवाद को लेकर आपस में गैंगवार हुआ, जिसमें उस राजपूत परिवार के 9 लोग मारे गए। बृजेश सिंह, धौरहरा चौबेपुर वाराणसी का रहने वाला था और वाराणसी में पढ़ाई कर रहा था। उसके पिता की हत्या गाँव में ही कर दी गई थी। बृजेश सिंह ने अपने पिता की मौत का बदला लेने के लिए पढ़ाई छोड़ दी और माफिया सरगना बन गया। बृजेश सिंह को मुड़ियार निवासी त्रिभुवन सिंह का साथ मिला, जिसके पिता रामपति सिंह उर्फ रमपत सिंह की हत्या उन्हीं के भतीजे साधू सिंह और मकनू सिंह ने कर दी थी। बृजेश सिंह और त्रिभुवन सिंह को पूर्वांचल के स्थापित माफिया साहब सिंह का साथ मिला। वहीं साधू सिंह और मकनू सिंह के गैंग में गाजीपुर का मुख्तार अंसारी शामिल हो गया। मकनू सिंह की हत्या 10 अक्तूबर, 1985 को कर दी गई। प्रतिशोध में साधू सिंह ने बंशी सिंह, पाचूँ सिंह, हरिहर सिंह, कमलेश सिंह और मुख्तार अंसारी के साथ मिलकर त्रिभुवन सिंह के दो भाइयों डॉ. राम विलास सिंह और वीरेंद्र सिंह बेड़ा की हत्या 2 जनवरी, 1986 को कर दी। साधू सिंह की हत्या, गाजीपुर जिला अस्पताल में 22 नवंबर, 1989 को साहब सिंह, त्रिभुवन सिंह आदि ने मिलकर कर दी। साधू सिंह की हत्या के बाद उसके चेले मुख्तार अंसारी ने गैंग की कमान सँभाली और बृजेश सिंह से सीधा गैंगवार छिड़ गया। इस गैंगवार में 200 से अधिक लोगों की हत्याएँ हुईं।

इस गैंगवार से पहले दरौली गाँव के झगड़े में लेखपाल शिवपूजन सिंह कुशवाहा की हत्या करने के बाद लल्लन पांडेय निवासी दरौली थाना जमानियाँ भी बाहुबली बनकर उभरा और धनबाद के कोयला माफिया सूरज देव सिंह से जुड़ गया। उसने 7 मार्च, 1974 को होलिका दहन के दिन अपने गाँव दरौली में शिवपूजन सिंह कुशवाहा की हत्या की और उनका सिर काटकर होलिका में डाल दिया। मकनू सिंह और साधू सिंह का मृतक शिवपूजन कुशवाहा से प्रगाढ़ संबंध था। हत्या की सूचना मिलते ही अगले दिन साधू सिंह और मकनू सिंह अपने दल-बल के साथ दरौली आ धमके। लल्लन पांडेय और मकनू सिंह गिरोहों के मध्य

धुआँधार गोलियाँ चलीं। ग्राम दरौली, मुड़ियार से पहले गैंगवार का केंद्र बना। इस गैंगवार में ग्राम मुड़ियार के साधू सिंह, मकनू सिंह और उसके साथी कमलेश सिंह, बंशी सिंह, पाचूं सिंह आदि शामिल हो गए। दरौली से शुरू हुआ गैंगवार, मुड़ियार में रामपति सिंह की हत्या के बाद शुरू हुए गैंगवार से सीधे जुड़ गया।

गाजीपुर और वाराणसी के जिन गाँवों में गैंगवार की शुरुआत हुई, वे सब गंगा नदी के किनारे बसे हुए हैं। गंगा नदी की बाढ़ कभी बिहार की तरफ जमीन काट देती है और वहाँ की जमीनें गंगा में समा जाती हैं तथा उत्तर प्रदेश की तरफ जमीन निकल आती है। कभी उत्तर प्रदेश की जमीन कटान में चली जाती है, जिससे उत्तर प्रदेश की जमीन कम हो जाती है और बिहार की जमीन बढ़ जाती है। जमीनों की यह कटान किसानों में विवाद खड़ा कर देती है। जब नदी इन जमीनों से हटती है तो वहाँ काफी बालू छोड़ जाती है। जमीनों से बालू निकालना भी विवाद का कारण बनता है। गाजीपुर, बलिया जिलों के इस खादर क्षेत्र में गरमी के सीजन में परवल, खरबूजे, तरबूज, ककड़ी, खीरे की खेती होती है और खरीफ के सीजन में बाजरा, मक्का, ज्वार, जौ, मेथी, सौंफ, कलौंजी की खेती होती है। बिहार की तरफ अक्सर वहाँ के दबंग गाँजा और तंबाकू बो देते हैं। पेड़ भी गंगा की कटान की चपेट में आ जाते हैं और उसकी लकड़ी काटने के लिए दोनों तरफ के लोगों में विवाद पैदा होता है, जो अक्सर हिंसक हो जाता है। दबंग लोग अपने बाहुबल से इन जमीनों पर कब्जा कर लेते हैं।

गंगा के किनारे बसे गाँवों में बाढ़ के कारण फसलों की पैदावार प्रभावित होती है। रोजी-रोटी के लिए लोग धनबाद की तरफ रुख करते थे, जहाँ उन्हें कोयला खदानों में नौकरी मिल जाती थी। कोयला खदानों में वर्चस्व की लड़ाई में गाजीपुर, बलिया के लोग भी जुड़ गए। पूर्वांचल के लोगों को धनबाद में कोयला-किंग सूरज देव सिंह के 'सिंह मेंशन' में शरण मिलती थी। सूरज देव सिंह को भी अपना वर्चस्व कायम रखने के लिए दबंगों की जरूरत थी। लल्लन पांडेय दरौली, रफीउल्ला उस्ताद खिदिरपुर मथारा जमानियाँ, रणजीत सिंह, क्षेत्रपाल सिंह गाजीपुर सदर, रघुनाथ सिंह बसंतपुर बलिया, राम विलास सिंह अंबारी आजमगढ़, माला गुरु जंजीरपुर गाजीपुर, साहब सिंह सकरारी धानापुर, बृजेश सिंह धौरहरा चौबेपुर, त्रिभुवन सिंह मुड़ियार सैदपुर गाजीपुर आदि सिंह मेंशन में ही शरण पाते थे। उत्तर प्रदेश के इन बाहुबलियों ने धनबाद में सूरज देव सिंह के लिए कई सनसनीखेज

हत्याएँ कीं। सूरज देव सिंह से उत्तर प्रदेश के इन दबंगों को धन के अतिरिक्त अच्छे हथियार प्राप्त हुए। इन अपराधियों का संपर्क बिहार, झारखंड, मुंबई के बदमाशों से भी सिंह मेंशन में होता था और एक-दूसरे के गैंग से जुड़कर अपराध भी करते थे।

1990 के दशक में सीवान, बिहार के शहाबुद्दीन, गाजीपुर के मुख्तार अंसारी और प्रयागराज के अतीक अहमद का 'माफिया सिंडिकेट' बना। सीवान का शहाबुद्दीन, गाजीपुर का मुख्तार अंसारी और प्रयागराज का अतीक अहमद ऐसे माफिया हुए, जिन्होंने एक-दूसरे के सहयोग से अपने माफियाराज को मजबूत बनाया और अकूत संपत्ति कमाई। उनके गुर्गे एक साथ मिलकर फिरौती के लिए अपहरण, हत्या, किराए पर हत्याएँ जैसे जघन्य अपराध करते थे। आवश्यकतानुसार एक-दूसरे के शूटर तीनों माफियाओं के पास अपराध करने के लिए आते-जाते रहते थे। यदि किसी माफिया ने कोई बड़ा अपराध किया तो छिपने के लिए उसके शूटर दूसरे माफिया के ठिकाने पर पहुँच जाते थे। मुख्तार अंसारी और अतीक अहमद के शूटर अपराध करने के बाद गंगा नदी पार करके आसानी से बिहार पहुँच जाते थे, जहाँ वे सुरक्षित हो जाते थे। अपहरण यदि बिहार में किया जाता था तो फिरौती की रकम गाजीपुर में वसूली जाती थी। दिल्ली और यू.पी. में अपहरण की घटनाओं में गाजीपुर के अलावा बिहार में भी फिरौती की रकम वसूली जाती थी। हत्या की सनसनीखेज घटनाओं में घातक हथियार भी एक-दूसरे के पास पहुँचाए जाते थे।

इस पुस्तक में अतीक अहमद, शहाबुद्दीन और मुख्तार अंसारी के माफिया सिंडिकेट पर भी प्रकाश डाला गया है। उत्तर प्रदेश में हुई कुछ राजनीतिक हत्याओं और पूर्वांचल में हुए गैंगवार का सिलसिलेवार विवरण दिया गया है।

अनुक्रम

होलिका दहन के दिन दरौली गाजीपुर में गैंगवार की शुरुआत

शिवपूजन सिंह कुशवाहा नामी-गिरामी पहलवान थे और पेशे से लेखपाल थे। 6 फीट लंबे, गठीले बदन वाले कुशवाहा को बड़ी-बड़ी मूँछें रखने का शौक था। वह ग्राम दरौली थाना जमानियाँ का रहने वाला था। वह था तो लेखपाल, परंतु जमानियाँ तहसील में अपनी दबंगई के लिए कुख्यात था। इलाके में उसे पहलवान के नाम से जाना जाता था। कहा जाता था कि तहसील के अधिकतर गाँवों में शिवपूजन ने जमीन बना ली थी। अपनी दबंगई से उसने ग्राम सभा दरौली की सरकारी जमीनों पर भी कब्जा जमा लिया था।

ग्राम दरौली में ब्राह्मण और कुशवाहा परिवार के लोग रहते थे। शिवपूजन कुशवाहा न केवल अपने गाँव में, बल्कि आसपास के कुशवाहा जाति के लोगों में बहुत प्रभावशाली था। दरौली में ग्राम सभा की जमीन पर ब्राहाण लोग होलिका रखना चाहते थे, जिसका विरोध लेखपाल शिवपूजन कर रहा था। वह उस जमीन को स्वयं अपने कब्जे में रखना चाहता था। पूर्वांचल में होली के एक महीने पहले से ही लोग लकड़ी, कंडे आदि होलिका में डालना शुरू कर देते हैं। धार्मिक मान्यता के अनुसार जो ईंधन होलिका में पड़ जाता है, उसको कोई नहीं उठाता है। पहले गाँव के शरारती लोग खेतों में बनी झोपड़ी, छप्पर भी होलिका में डालकर जला देते थे। गोबर के उपलों के बिटौरे को भी अक्सर होलिका में डाल दिया जाता था। होली के समय लोग अपने उपलों के बिटौरे की देखभाल करते थे कि कहीं शरारती तत्त्व उसे होलिका में न डाल दें।

दरौली के पांडेय लोगों ने भी विवादित स्थान पर लकड़ी-कंडा डालना शुरू कर दिया था। वे प्रयास कर रहे थे कि एक बार यदि वे वहाँ होलिका जलाने में

सफल हो गए तो उन्हें लेखपाल शिवपूजन कुशवाहा कभी हटा नहीं पाएगा। विवादित जमीन पर लकड़ी-कंडा देखते ही लेखपाल शिवपूजन कुशवाहा आगबबूला हो गया। कुशवाहा और पांडेय परिवार आमने-सामने आ गए। संख्या बल अधिक होने के कारण शिवपूजन ने पांडेय लोगों को बुरी तरह मारा-पीटा, जिसमें लल्लन पांडेय के पिता अमरदेव पांडेय और कई परिवारजन घायल हो गए। अमरदेव पांडेय मूल रूप से ग्राम पांडेयपुर मेढ़ना थाना धीना जनपद वाराणसी (वर्तमान चंदौली) के रहने वाले थे, जो नवासे पर ग्राम दरौली में आकर बस गए थे। लल्लन पांडेय उस समय पढ़ाई के लिए इंटरमीडिएट कॉलेज गए थे। जब वे शाम को घर आए तो उनकी माँ उनसे लिपटकर रोने लगी और बोली कि देखो शिवपूजन ने तुम्हारे पिता का क्या हाल बनाया है। लल्लन पांडेय था तो 19-20 साल का, परंतु इलाके का उभरता हुआ पहलवान था। वह अपने गुस्से को काबू नहीं कर पाया और झगड़ा करने के लिए शिवपूजन लेखपाल के घर पहुँच गया। शिवपूजन के नेतृत्व में कुशवाहा परिवार के लोगों ने लल्लन पांडेय की भी पिटाई कर दी। लल्लन ने खुद को बहुत अपमानित महसूस किया और उसी दिन अपने पिता के सामने कसम खाई कि वह शिवपूजन कुशवाहा को आने वाली होली नहीं मनाने देगा। लल्लन पांडेय ने अपनी व्यथा साहब सिंह को बताई। सकरारी निवासी साहब सिंह पहलवान था, जिसके यहाँ लल्लन पांडेय का आना-जाना था। मित्रता और एक अखाड़े के पहलवान होने के कारण साहब सिंह ने उसका साथ देने का वादा किया।

वह तारीख थी 7 मार्च, 1974 और दिन था बृहस्पतिवार। उसी दिन होलिका दहन होना था और दूसरे दिन 8 मार्च को होली थी। 7 मार्च, 1974 को शिवपूजन कुशवाहा शाम को जमानियाँ से अपने घर दरौली लौट रहा था। लल्लन पांडेय अपने लोगों के साथ गाँव के पास ही गाड़ा-बंदी करके बैठ गया। जैसे ही शिवपूजन गाँव के बाहर पहुँचा, पहले से घात लगाए बैठे लल्लन पांडेय ने अपने लोगों के साथ शिवपूजन कुशवाहा पर हमला कर दिया। उसने शिवपूजन सिंह कुशवाहा का सिर गँड़ासे से काट दिया और उसके सिर को होलिका में डालकर आग लगा दी। यह एक ऐसी लोमहर्षक हत्या थी, जिससे पूरे इलाके में सनसनी फैल गई और यहीं से गैंगवार की नींव पड़ गई।

शिवपूजन सिंह कुशवाहा की हत्या के संबंध में थाना जमानियाँ पर मु.अ.सं. 49/74 धारा 302 आई.पी.सी. में 7 मार्च, 1974 को पंजीकृत किया गया था। इस

मुकदमे में लल्लन पांडेय पुत्र अमरदेव पांडेय, चुन्नू उर्फ चंद्रचूड़ पुत्र परमात्मा पांडेय, सुरेंद्र पांडेय पुत्र चंद्रशेखर पांडेय, रामनाथ पुत्र राम स्वारथ कोइरी सभी निवासीगण दरौली नामित किए गए थे।

मकनू सिंह और साधू सिंह का मृतक शिवपूजन कुशवाहा से प्रगाढ़ संबंध था। हत्या की सूचना मिलते ही अगले दिन साधू सिंह और मकनू सिंह अपने दल-बल के साथ दरौली आ धमके। लल्लन पांडेय और मकनू सिंह गिरोहों के मध्य धुआँधार गोलियाँ चलीं।

शिवपूजन कुशवाहा के मरने के बाद उसके भाई विंध्याचल कुशवाहा ने कुछ लोगों को इकट्ठा करके गैंग बनाया, जो उस समय के कुख्यात डकैत थे। भैंरो राजभर निवासी शाहपुर जमानियाँ, बैरागी पासी आदि उस समय डकैत सरगना देवचंद गैंग के सदस्य थे। देवचंद इतना कुख्यात था कि उसकी गिरफ्तारी के लिए गाजीपुर पुलिस को विशेष दस्ता बनाना पड़ा था। वह कलकत्ता से गिरफ्तार करके कड़ी सुरक्षा में गाजीपुर लाया गया था। कुछ दिन बाद ही वह जेल से बाहर आ गया और डकैतियाँ डालने लगा। वह थाना सैयद राजा वाराणसी (अब चंदौली) में हुई पुलिस मुठभेड़ में मारा गया।

भैंरो राजभर, बैरागी पासी आदि डकैत, विंध्याचल कुशवाहा के पक्ष में दरौली आए और लल्लन पांडेय परिवार पर हमला करना चाहा, परंतु गाँव के लोगों ने इकट्ठे होकर गोलियाँ चलाईं, जिससे गैंग ने वहाँ से भागने में ही अपनी भलाई समझी। कालांतर में लल्लन पांडेय एक ऐसा अपराधी बनकर उभरा, जो भागते हुए भी दोनों हाथों से गोली चलाकर अचूक निशाना साधने में सक्षम था।

गैंगवार में सियाराम यादव खिदिरपुर जमानियाँ, रामदेव मल्लाह आदर्श गाँव कोतवाली गाजीपुर, लोरिक मल्लाह आदर्श गाँव कोतवाली गाज़ीपुर, राजदेव राय आजमगढ़, अशोक सिंह मेदिनीपुर कोतवाली गाजीपुर, साहब सिंह सकरारी धानापुर, रणजीत सिंह कोतवाली गाजीपुर, वीरेंद्र सिंह बेड़ा और उसका भाई रामबिलास सिंह मुड़ियार सैदपुर गाजीपुर, मकनू सिंह और साधू सिंह निवासी मुड़ियार, छत्रपाल सिंह गाजीपुर, हवलदार राजेंद्र सिंह निवासी मुड़ियार, अनिल सिंह बदरू मुड़ियार आदि गैंगवार की भेंट चढ़ गए।

□

साहब सिंह गैंग

5 फीट 5 इंच का गोरा-चिट्टा साहब सिंह सकरारी थाना धानापुर वाराणसी (अब चंदौली) का रहने वाला था। वह गाँव में पहलवानी करता था। कुछ दिन बाद ही वह एक उभरते हुए पहलवान के रूप में चर्चित हो गया। वह इलाके में दबंगई भी करने लगा, जो उसके विरोधियों को पसंद नहीं आई। सकरारी में छुन्ना नाम के लड़के की हत्या हो गई, जिसमें साहब सिंह की कोई भूमिका नहीं थी। उसके विरोधी पारस सिंह और बंशी सिंह निवासी कोहड़ा सकरारी ने उसे फर्जी तौर पर हत्या के इस मुकदमे में फँसा दिया। साहब सिंह जेल गया और तीन महीने बाद ही जेल से जमानत पर बाहर आ गया।

वह अपने गाँव के बगल के नवपुरा में गोरख सिंह के यहाँ आता-जाता था। गोरख सिंह का अपने गाँव के ही रंगलाल सिंह से जमीनी विवाद था, जिसके कारण दोनों परिवारों में कई बार गोलियाँ चल चुकी थीं। कुछ दिन बाद साहब सिंह के पट्टीदार पारस सिंह ने कुख्यात बदमाश बंशी सिंह को पैसा देकर उसके चचेरे भाई धनंजय सिंह पर हमला करवाने की योजना बनाई। बंशी सिंह ने अपने मित्र साधू सिंह के गिरोह के साथ धनंजय पर हमला कर दिया। धनंजय बुरी तरह घायल हुआ, परंतु काफी दिन अस्पताल में रहने के बाद बच गया। साहब सिंह ने बदला लेने के लिए अपने गिरोह को इकट्ठा किया और पारस सिंह व बंशी सिंह की हत्या करने की योजना बना डाली। बंशी सिंह को योजना की जानकारी हो गई। बंशी सिंह अब साहब सिंह की हत्या करने पर उतारू हो गया।

एक रात साहब सिंह नवपुरा गाँव में गोरख सिंह के घर पर रुका हुआ था। गोरख सिंह के विरोधी नवपुरा निवासी रंगलाल सिंह को यह जानकारी हो गई। उसने चुपके से यह जानकारी बंशी सिंह को दे दी। बंशी सिंह ने तुरंत अपने गैंग के

साधू सिंह, मकनू सिंह, कमलेश सिंह निवासी डहन, हरिहर सिंह बरहट आदि के साथ नवपुरा में धावा बोल दिया। दोनों तरफ से गोलियाँ चलने लगीं, परंतु साहब सिंह ने अकेले दम पर पूरे गिरोह को भागने पर मजबूर कर दिया। यहीं से दोनों गिरोहों में खूनी जंग की शुरुआत हो गई।

गोरख सिंह, गाजीपुर निवासी रणजीत सिंह के मौसा थे। रणजीत सिंह बाहुबली था और अपने भाई छत्रपाल सिंह के साथ मिलकर अपराध करता था। उसके धनबाद के कोयला माफिया सूरज देव सिंह से प्रगाढ़ संबंध थे। गोरख सिंह, साहब सिंह को अपने साथ लेकर रणजीत सिंह के यहाँ गाजीपुर गया और उससे परिचय कराया। गोरख सिंह ने साहब सिंह की बहादुरी का बखान करते हुए कहा कि ग्राम नवपुरा में हमले के समय इसने अकेले दम पर बंशी सिंह, कमलेश सिंह, सियाराम यादव, साधू सिंह आदि को भागने पर मजबूर कर दिया था। रणजीत सिंह को ऐसे ही बहादुर लड़के की तलाश थी। उसने साहब सिंह को अपने गैंग में शामिल कर लिया।

रणजीत सिंह कुछ दिन बाद गाजीपुर कचहरी में अपने भाई छत्रपाल सिंह से मिलने के लिए गए थे। उस दिन छत्रपाल अपने साथी अमरजीत के साथ जेल से पेशी पर गाजीपुर कचहरी आने वाला था। उसी दिन मकनू सिंह और साधू सिंह भी जेल से पेशी पर कचहरी आए थे। विरोधी होने के बावजूद रणजीत सिंह पेशी पर आए मकनू सिंह से बात कर रहा था। रणजीत सिंह चाहता था कि आपस में लड़ाई-झगड़े से कोई लाभ नहीं है। उन लोगों को शांतिपूर्वक जीवनयापन करना चाहिए और एक-दूसरे के मामलों में टाँग नहीं अड़ानी चाहिए। मकनू सिंह भी उससे शांतिपूर्वक बात कर रहा था, परंतु मकनू सिंह के भाई साधू सिंह को यह बात अच्छी नहीं लगी। हाथ में हथकड़ी पहने साधू सिंह ने साहब सिंह पर हमला कर दिया, जो रणजीत सिंह के साथ वहाँ आया था। उसने गाली देते हुए साहब सिंह को धमकाया कि जेल से बाहर आते ही उसे कुत्ते की मौत मारेगा। साहब सिंह के सिर में काफी चोटें आईं, परंतु किसी तरह उस दिन गैंगवार होने से बच गया। साहब सिंह समझ गया कि अब गाजीपुर में रहना उसके लिए सुरक्षित नहीं है। वह रणजीत सिंह के दोस्त लल्लन पांडेय के साथ धनबाद में कोल-किंग सूरज देव सिंह के पास पहुँच गया। सूरज देव सिंह उस समय विधायक बन चुके थे। लल्लन पांडेय उन्हीं के साथ रहता था। अब रणजीत सिंह और साहब सिंह भी सूरज देव सिंह के यहाँ रहने लगे और सूरज देव सिंह गैंग में शामिल हो गए।

साहब सिंह बदला लेने के लिए गाजीपुर आया और 10 मार्च, 1985 को गोरख सिंह के दुश्मन रंगलाल सिंह और उनके पुत्र श्लोक सिंह निवासीगण अमादपुर मजरा सकरारी की हत्या कर दी। इस घटना को थाना धानापुर वाराणसी (अब चंदौली) में 11 मार्च, 1985 को मु.अ.सं. 15/85 धारा 147/148/149/302 आई.पी.सी. में पंजीकृत किया गया। इस दोहरे हत्याकांड में निम्न लोगों को नामित किया गया—

1. साहब सिंह पुत्र मुसाफिर सिंह निवासी सकरारी थाना धानापुर, वाराणसी (अब चंदौली)
2. गोरख सिंह पुत्र भगौती सिंह निवासी नवपुरा थाना धानापुर, वाराणसी (अब चंदौली)
3. जसवंत सिंह पुत्र भगौती सिंह निवासी अमादपुर थाना धानापुर, वाराणसी (अब चंदौली)
4. मदन सिंह पुत्र भगौती सिंह निवासी अमादपुर थाना धानापुर, वाराणसी (अब चंदौली)
5. सर्वजीत सिंह पुत्र जसवंत सिंह निवासी अमादपुर थाना धानापुर, वाराणसी (अब चंदौली)
6. सच्चिदानंद सिंह पुत्र सुदामा सिंह निवासी अमादपुर थाना धानापुर, वाराणसी (अब चंदौली)
7. सुदर्शन यादव पुत्र बासुदेव यादव निवासी सरसौली थाना बलुआ, वाराणसी (अब चंदौली)

26 नवंबर, 1985 को साहब सिंह ने अपने गिरोह के साथ हलधर सिंह उर्फ दाउ सिंह पुत्र शिवशंकर सिंह निवासी कोहड़ा थाना धानापुर चंदौली की गोली मारकर हत्या कर दी। उसके भाई भारत भूषण सिंह गंभीर रूप से घायल हुए। इस संबंध में 26 नवंबर, 1985 को मु.अ.सं. 70/85 धारा 307/302/504/506 आई.पी. सी. में थाना धानापुर में पंजीकृत किया गया, जिसमें निम्न लोग नामजद किए गए—

1. साहब सिंह पुत्र मुसाफिर सिंह निवासी सकरारी थाना धानापुर वाराणसी (अब चंदौली)
2. उमाकांत सिंह पुत्र मुसाफिर सिंह निवासी सकरारी थाना धानापुर वाराणसी (अब चंदौली)

3. धनंजय सिंह पुत्र रामसुमेर सिंह निवासी सकरारी थाना धानापुर वाराणसी (अब चंदौली)
4. गोरख सिंह पुत्र भगौती सिंह निवासी नवपुरा अमादपुर थाना धानापुर वाराणसी (अब चंदौली)
5. मदन सिंह पुत्र भगौती सिंह निवासी नवपुरा अमादपुर थाना धानापुर वाराणसी (अब चंदौली)
6. सुदर्शन यादव पुत्र बासुदेव यादव निवासी सरसौली थाना बलुआ वाराणसी (अब चंदौली)

इन घटनाओं से डरकर बंशी सिंह ने अपना गाँव छोड़ दिया। उसने साधू सिंह के साथ मुख्तार अंसारी और उसके भाई अफजाल अंसारी के यहाँ रहना शुरू कर दिया। अफजाल अंसारी 1985 में कम्युनिस्ट पार्टी से विधायक बन चुका था। विधायक अफजाल अंसारी का घर साधू सिंह और उसके गैंग के लोगों का सुरक्षित ठिकाना बन गया।

बंशी सिंह और साहब सिंह गैंगवार में हुई घटनाएँ

1. 5 अप्रैल, 1981 को मार्कंडेय सिंह पुत्र चंद्रमा सिंह निवासी कोहड़ा थाना धानापुर के ऊपर जानलेवा हमला किया गया, जिसका मु.अ.सं. 35/81 धारा 307 आई.पी.सी. थाना धानापुर में पंजीकृत हुआ। मार्कंडेय सिंह, साहब सिंह के करीबी थे। इस घटना में निम्न लोग नामजद हुए—

1. बंशी उर्फ बंशीधर सिंह पुत्र गौरी शंकर सिंह निवासी ग्राम कोहड़ा थाना धानापुर, चंदौली।
2. राधेश्याम सिंह पुत्र श्रीराम सिंह निवासी ग्राम कोहड़ा थाना धानापुर, चंदौली।
3. हृदय सिंह पुत्र रामनारायण सिंह निवासी ग्राम कोहड़ा थाना धानापुर, चंदौली।
4. गया सिंह पुत्र रघुवीर सिंह निवासी ग्राम कोहड़ा थाना धानापुर, चंदौली।

2. साहब सिंह ने भी पलटवार किया और 4 मई, 1984 को रामेश्वर सिंह पुत्र शिवधारी सिंह निवासी सकरारी थाना धानापुर चंदौली की हत्या कर दी, जिसका मु.अ.सं. 24/84 धारा 302/364 आई.पी.सी. के अंतर्गत थाना

धानापुर में पंजीकृत हुआ। इस घटना में निम्नलिखित लोग नामजद किए गए—

1. साहब सिंह पुत्र मुसाफिर सिंह निवासी सकरारी थाना धानापुर
2. विनोद कुमार सिंह पुत्र हरिद्वार सिंह निवासी सकरारी थाना धानापुर
3. अशोक सिंह उर्फ पुत्र भिखारी सिंह निवासी सकरारी थाना धानापुर

3. 24 अक्तूबर, 1984 को साहब सिंह के नजदीकी गोरखनाथ सिंह पर जानलेवा हमला किया गया, परंतु वे बच गए। इस घटना का मु.अ.सं. 60/84 धारा 147/148/149/307 आई.पी.सी. थाना धानापुर में पंजीकृत हुआ, जिसमें निम्न लोग नामजद हुए—

1. बंशी उर्फ बंशीधर सिंह पुत्र गौरी शंकर सिंह निवासी ग्राम अमादपुर थाना धानापुर, चंदौली।
2. अवधेश सिंह पुत्र रामनाथ सिंह निवासी ग्राम अमादपुर थाना धानापुर, चंदौली।
3. त्रिलोक सिंह पुत्र रंगलाल सिंह निवासी ग्राम अमादपुर थाना धानापुर, चंदौली।
4. विजय सिंह पुत्र रंगलाल सिंह निवासी ग्राम अमादपुर थाना धानापुर, चंदौली।
5. श्लोक सिंह पुत्र जंगबहादुर सिंह निवासी ग्राम अमादपुर थाना धानापुर, चंदौली।
6. दुखी सिंह पुत्र अंबिका सिंह निवासी ग्राम अमादपुर थाना धानापुर, चंदौली।
7. रिपुदमन सिंह पुत्र जंगबहादुर सिंह निवासी ग्राम अमादपुर थाना धानापुर, चंदौली।
8. माधव सिंह पुत्र किशुनधारी सिंह निवासी सकरारी थाना धानापुर, चंदौली।
9. मुरली यादव पुत्र रामदेव यादव निवासी सकरारी थाना धानापुर, चंदौली।

4. साहब सिंह जेल गया, परंतु जल्द ही जमानत पर रिहा हो गया। रिहा होते ही वह सूरज देव सिंह के यहाँ धनबाद पहुँच गया। धनबाद में योजना बनाकर सूरज

देव सिंह के विरोधी विधायक ए.के. राय पर हमला किया, जिसमें ए.के. राय बच गए, परंतु उनका भाई और 5-6 लोग मारे गए। ए.के. राय वामपंथी विचारधारा के थे और कोयलांचल में मजदूर नेता थे। उनके कार्यालय पर हुए हमले में साहब सिंह के अलावा दाउद इब्राहीम गैंग के जावेद फौजी, खालिक, अशोक, सुभाष ठाकुर भी शामिल थे। साहब सिंह को सूरज देव सिंह से अच्छे हथियार मिल गए और पैसा भी कमा लिया। उसे कुछ घातक हथियार दाउद इब्राहीम के गुर्गों से भी मिले थे।

5. साहब सिंह, रणजीत सिंह, लल्लन पांडेय गाजीपुर वापस आ गए और रणजीत सिंह के यहाँ गाजीपुर में रहने लगे। त्रिभुवन सिंह पुत्र रामपति सिंह निवासी मुड़ियार थाना सैदपुर भी रणजीत सिंह के पास मिलने आया। वह अपने पिता के हत्यारे अपने चचेरे भाई मकनू सिंह की हत्या करना चाहता था। रणजीत सिंह के घर पर ही मकनू सिंह की हत्या की योजना को अंतिम रूप दिया गया। 10 अक्तूबर, 1985 को गाजीपुर में मकनू सिंह की हत्या कर दी गई। इस हत्या में साहब सिंह, त्रिभुवन सिंह, उसके भाई वीरेंद्र सिंह बेड़ा, रामबिलास सिंह, सुरेंद्र सिंह पुत्र जयनाथ, देवनाथ यादव पुत्र विश्वेशर आदि शामिल थे।

6. बंशी सिंह की हत्या करने के लिए साहब सिंह और त्रिभुवन सिंह ने अपने गैंग के साथ उसके गाँव कोहड़ा सकरारी पर हमला कर दिया। बंशी सिंह भाग निकला, परंतु उसका चचेरा भाई भरत सिंह मारा गया।

7. इस घटना के बाद साधू सिंह, बंशी सिंह, कमलेश सिंह डहन, हरिहर सिंह, मुख्तार अंसारी, भीम सिंह आदि ने मिलकर 2 जनवरी, 1986 को त्रिभुवन सिंह के दो भाइयों वीरेंद्र सिंह बेड़ा और रामविलास सिंह की हत्या ग्राम मुड़ियार के पास ही कर दी।

साधू सिंह अपने गैंग के साथ मोहम्मदाबाद में मुख्तार अंसारी के घर में रहने लगा। मुख्तार का भाई अफजाल अंसारी 1985 में कम्युनिस्ट पार्टी के टिकट पर विधायक बन गया। साधू सिंह अपने गैंग के साथ मुख्तार और अफजाल अंसारी के घर 'फाटक' में सुरक्षित महसूस करने लगा।

8. एक दिन साहब सिंह और आत्मा पांडेय उर्फ मिलिट्री गुरु, गाजीपुर गुरौनी घाट से सकरारी आ रहे थे। साधू सिंह को इसकी सूचना मिल गई थी। वह गुरौनी घाट पर साहब सिंह की हत्या के लिए घात लगाए तैयार बैठा था। साहब सिंह

और मिलिट्री गुरु बुलेट मोटरसाइकिल से जैसे ही निकले, उन पर गोलियाँ चलाई गईं। मिलिट्री गुरु मौके पर ही मारा गया। साहब सिंह मोटरसाइकिल छोड़कर गोली चलाते हुए बाजरे के खेत से भाग निकला। वह गोली लगने से घायल हो गया था।

जब बृजेश सिंह को जानकारी हुई तो वह अपने रिश्तेदार कालीदास सिंह के साथ साहब सिंह का हालचाल जानने ग्राम सकरारी आया। वाराणसी जेल में रहने के दौरान साहब सिंह और बृजेश सिंह की अच्छी दोस्ती हो गई थी। वहीं पर त्रिभुवन सिंह भी घायल साहब सिंह का कुशलक्षेम जानने के लिए आ गया। दाउद इब्राहीम गैंग के जावेद फौजी, खालिक, अशोक, सुभाष ठाकुर और सुनील सावंत भी साहब सिंह से मिलने आए थे। यहीं पर साहब सिंह ने त्रिभुवन सिंह और बृजेश सिंह की दोस्ती कराई थी। इसके बाद बृजेश सिंह और त्रिभुवन सिंह हमेशा साथ-साथ रहकर अपराध करने लगे। यहीं पर साहब सिंह ने त्रिभुवन की मुलाकात सूरज देव सिंह गैंग के लल्लन पांडेय, रघुनाथ सिंह, सुभाष ओझा, सुभाष ठाकुर और दाउद इब्राहीम गैंग के जावेद फौजी, खालिक, अशोक और सुनील सावंत से भी कराई।

9. इसी बीच साधू सिंह गैंग द्वारा त्रिभुवन सिंह के भाई हवलदार राजेंद्र सिंह की हत्या की साजिश रची गई। हवलदार राजेंद्र सिंह वाराणसी में तैनात था। उसने नीलामी पर पुलिस विभाग की एंबेसडर पिकअप ले ली थी, जिसे त्रिभुवन सिंह भी अपने गैंग के लिए प्रयोग करता था। 25 अक्तूबर, 1988 को हवलदार राजेंद्र सिंह की हत्या ट्रैफिक पुलिस लाइन वाराणसी के गेट पर कर दी गई।

10. अपने भाई हवलदार राजेंद्र सिंह की हत्या के बाद त्रिभुवन सिंह बौखला गया। वह हर हाल में साधू सिंह की हत्या करना चाहता था। साधू सिंह की पत्नी ने एक पुत्री के बाद गाजीपुर जिला अस्पताल में पुत्र को जन्म दिया था। साधू सिंह बहुत खुश था। वह हवलदार राजेंद्र सिंह की हत्या के मामले में न्यायालय में आत्मसमर्पण करने के बाद गाजीपुर जेल में बंद था। मुख्तार अंसारी के भाई विधायक अफजाल अंसारी ने सिफारिश करके साधू सिंह को जिला अस्पताल गाजीपुर में भर्ती करा दिया, जहाँ वह अपनी पत्नी के साथ प्राइवेट वार्ड में रह रहा था।

22 नवंबर, 1989 को गाजीपुर जिला अस्पताल के प्राइवेट वार्ड में पुलिस वर्दी में त्रिभुवन सिंह, उसका भाई विजय शंकर सिंह, साहब सिंह, सुरेंद्र सिंह पुत्र जयनाथ सिंह मुड़ियार, देवनाथ यादव पुत्र विरेश्वर यादव सुबह साढ़े सात बजे पहुँचे और साधू सिंह की गोली मारकर हत्या कर दी। इस हत्या में गोंडा निवासी

पवन पांडेय भी शामिल था, परंतु उसका नाम नहीं आया। साधू सिंह की हत्या में दो मोटरसाइकिलें और हवलदार राजेंद्र सिंह द्वारा नीलामी में खरीदी गई एंबेसडर पिकअप का इस्तेमाल हुआ था।

साधू सिंह की हत्या के बाद त्रिभुवन सिंह, गैंग के साथ सीधे अपने गाँव मुड़ियार पहुँचा और साधू सिंह के विकलांग भाई दामोदर सिंह की भी हत्या कर दी। दामोदर पूरी तरह से विकलांग था, उसे दिखाई भी नहीं पड़ता था। उसका अपराध से कोई लेना-देना नहीं था। वह अपने चचेरे भाई के समक्ष गिड़गिड़ाने लगा कि मुझे मत मारो, मेरा कोई दोष नहीं है। त्रिभुवन सिंह का दिल नहीं पसीजा और उसने कहा कि तुम्हारे भाइयों ने मेरे दो भाइयों की एक साथ हत्या की थी। वह साधू सिंह की हत्या करके आया है और तुम्हें भी उसके पास जाना है। यह कहते हुए त्रिभुवन ने उसे गोलियों से छलनी कर दिया। वह इतने पर ही नहीं रुका और घर के नौकर मखंचू की भी हत्या कर दी। मखंचू ही घर की खेती-बाड़ी का काम देखता था। दामोदर सिंह की माँ गूदा देवी को भी त्रिभुवन ने बुरी तरह पीटा।

11. मुड़ियार गाँव से पूरा गैंग साहब सिंह के गाँव सकरारी पहुँचा। वे बंशी सिंह की हत्या करना चाहते थे, परंतु वह नहीं मिला। साहब सिंह और त्रिभुवन सिंह आदि ने बंशी सिंह के खास व्यक्ति पारस सिंह और रामजी सिंह की हत्या कर दी। पारस सिंह वही व्यक्ति था, जिसने शुरुआत में साहब सिंह को गाँव सकरारी के छुन्ना की हत्या में फर्जी फँसाया था।

12. दो-तीन दिन के अंदर ही यह गैंग ग्राम निधौरा थाना बलुआ पहुँचा और साधू सिंह गैंग के सियाराम यादव की हत्या कर दी। तीन-चार दिन में ही आठ हत्याएँ की गईं, जिससे साधू सिंह का पूरा गैंग टूट गया। बचे हुए लोगों ने मुख्तार अंसारी के घर 'फाटक' मोहम्मदाबाद में शरण पाई। यहीं पर बैठक करके साधू सिंह गैंग की कमान मुख्तार अंसारी को सौंपी गई।

13. साहब सिंह बृजेश सिंह और त्रिभुवन को लेकर धनबाद पहुँच गया। दाउद इब्राहीम गैंग के लोग भी धनबाद पहुँच गए। वहीं पर विचार-विमर्श हुआ और 9 मई, 1990 को साहब सिंह वाराणसी न्यायालय में हाजिर हो गया। साहब सिंह भी चुनाव लड़कर विधायक बनना चाहता था, परंतु उसे क्या पता था कि वाराणसी में मौत उसका इंतजार कर रही है। न्यायालय में हाजिर होने के ठीक एक महीने बाद 8 जून, 1990 को साहब सिंह वाराणसी कचहरी आया। पुलिस वैन

में बैठे कैदी नीचे उतर गए, परंतु साहब सिंह वैन के डाले पर खड़ा होकर अपने लोगों का अभिवादन स्वीकार कर रहा था, जो उससे मिलने कचहरी पहुँचे थे। इसी बीच उसे एक गोली लगी और वह वहीं पर ढेर हो गया। यह हत्या मुख्तार अंसारी गैंग ने की थी और गोली उसके रिश्ते में ससुर और मित्र अताउर्रहमान बाबू ने चलाई थी। मुख्तार अंसारी ने अपने दुश्मन बृजेश सिंह और त्रिभुवन सिंह के गुरु साहब सिंह की हत्या करके अपने गैंग लीडर साधू सिंह की हत्या का बदला ले लिया था।

14. साहब सिंह के मारे जाने के बाद बृजेश सिंह और त्रिभुवन मुंबई पहुँच गए। वहाँ उन्होंने 12 सितंबर, 1992 को दाउद इब्राहीम के बहनोई इब्राहीम इस्माइल पार्कर की हत्या में शामिल शैलेश हल्दानकर की हत्या जे.जे. सरकारी अस्पताल में कर दी। साहब सिंह की हत्या के बाद गैंग की कमान बृजेश ने सँभाली। उसके बाद तो हत्याओं का सिलसिला चल पड़ा, जिसमें आजमगढ़ में वीरेंद्र टाटा की हत्या 24 जून, 1996, पकड़ीकलाँ नरसंहार 7 अगस्त, 1994 आदि शामिल हैं। बृजेश सिंह ने इस दौरान कोलकाता और उड़ीसा में भी अपना ठिकाना बनाया।

अपराध जगत् के अनुसार बृजेश सिंह, सिंगापुर, मलेशिया, नेपाल, दुबई, थाईलैंड और श्रीलंका में भी आता-जाता रहा।

मुंबई ब्लास्ट के बाद दाउद इब्राहीम गैंग में दो फाड़

12 मार्च, 1993 को 13:30 बजे से 15:40 बजे तक मुंबई के कई होटल, स्टॉक एक्सचेंज, पेट्रोल पंप, बाजार, मुंबई एयरपोर्ट पर स्कूटर तथा 13 कारों में आर.डी.एक्स. रखकर धमाके कराए गए, जिसमें 257 लोग मारे गए और लगभग 1500 लोग घायल हुए। इस घटना के बाद छोटा राजन ने दाउद का साथ छोड़ दिया और गैंग के अधिकतर हिंदू सदस्य भी दाउद गैंग से अलग हो गए। छोटा राजन ने दुबई में दाउद की हत्या के लिए अपने शूटर भेजे, जिसमें सुनील सावंत भी शामिल था। दाउद गैंग ने सुनील सावंत सहित हिट स्क्वॉड के सभी सदस्यों को मार दिया।

इस पुस्तक में सभी महत्त्वपूर्ण हत्याओं का विवरण विस्तार में दिया गया है।

□

डेढ़ बिस्वा जमीन

सन् 1980, 1990 व 2000 के दशक में पूर्वी उत्तर प्रदेश के गोरखपुर, गाजीपुर और वाराणसी गैंगवार के केंद्रबिंदु थे। गाजीपुर में गैंगवार की शुरुआत ग्राम मुड़ियार, थाना सैदपुर में डेढ़ बिस्वा जमीन के विवाद को लेकर हुई थी। इस गाँव में ठाकुर नौबत सिंह के तीन पुत्र रामपति सिंह, श्याम नारायण सिंह और रामदेव सिंह साथ-साथ रहते थे। यह राजपूत परिवार सुख-चैन से जीवन व्यतीत कर रहा था। वे बहुत संपन्न तो नहीं थे, परंतु परिवार में खुशियों की कोई कमी भी नहीं थी। पूरे इलाके में इस परिवार का बहुत सम्मान था।

कालचक्र क्या-क्या गुल खिलाता है, समय के साथ इस भरे-पुरे खुशहाल परिवार के साथ ऐसा हुआ कि एक ही परिवार के लोग एक-दूसरे के खून के प्यासे हो गए। ठाकुर नौबत सिंह की मृत्यु के बाद भाइयों में जमीन का बँटवारा हुआ। प्रत्येक भाई को दस-दस बीघा जमीन हिस्से में मिली। रामपति सिंह, जिन्हें रमपत सिंह भी कहा जाता था, इलाके के जाने-माने पहलवान थे। रामपति सिंह गाँव के प्रधान भी थे, जिसके कारण मुड़ियार गाँव के अलावा आसपास के गाँवों में भी इनका सम्मान था। इनके छह बेटे थे, जिनमें सबसे बड़े राजेंद्र सिंह थे, जो उत्तर प्रदेश पुलिस में भर्ती हो गए। दूसरा बेटा वीरेंद्र सिंह उर्फ बेड़ा भी सी.आर.पी.एफ. में सिपाही हो गया था। तीसरा बेटा रामबिलास सिंह आसपास के गाँवों में लोगों का दवा-इलाज करता था, जिसके कारण उसे लोग डॉक्टर रामबिलास कहते थे। चौथा बेटा रामनगीना सिंह भी उत्तर प्रदेश पुलिस में सिपाही हो गया। पाँचवाँ विजय शंकर सिंह मुड़ियार गाँव का प्रधान बना। सबसे छोटा त्रिभुवन सिंह, यू.पी. कॉलेज वाराणसी में पढ़ रहा था, जो बाद में कुख्यात अपराधी व माफिया सरगना बृजेश सिंह निवासी धौरहरा चौबेपुर वाराणसी का

मुख्य सहयोगी बना और अपराध जगत् में दोनों 'जय-वीरू' के नाम से जाने गए।

रमपत सिंह के छोटे भाई श्याम नारायण सिंह उर्फ शामू सिंह की मृत्यु जल्दी हो गई थी। उनके तीन बेटों की जिम्मेदारी उनकी पत्नी गूदा देवी पर आ गई, जिन्हें लोग गाँव में 'गूदा आजी' के नाम से जानते थे। श्याम नारायण सिंह के बड़े बेटे दामोदर सिंह शारीरिक रूप से कमजोर थे और उन्हें कम दिखाई पड़ता था, जिसके कारण वे गाँव में ही रहकर खेती-बाड़ी का काम देखते थे। दूसरा बेटा राजेश्वर सिंह उर्फ मकनू वाराणसी में पढ़ा-लिखा था। वह गाजीपुर सिंचाई विभाग में ट्यूबवेल ऑपरेटर की नौकरी पा गया था। मकनू गाजीपुर में सिंचाई विभाग की कॉलोनी के सरकारी मकान में रहने लगा था। वह बहुत दबंग था और शुरू से ही अपराध की दुनिया से जुड़ गया था। वह गोरखपुर के बाहुबली व माफिया हरिशंकर तिवारी का मुख्य शूटर बन गया। सबसे छोटा बेटा साधू सिंह छोटी-मोटी ठेकेदारी करता था और भाइयों में सबसे दबंग था।

मकनू सिंह के घर के बगल में ग्राम-समाज की जमीन थी, जिस पर मकनू ने एक कमरा बनवा लिया था। वह ग्राम-समाज की जमीन पर ही ट्यूबवेल लगवा रहा था, जिसका विरोध उसके ताऊ प्रधान रामपति सिंह ने किया। इसी बीच गाँव के रामशंकर सिंह, अपनी डेढ़ बिस्वा जमीन बेचना चाहते थे। उन्होंने पहले गूदा देवी से बात की, जो जमीन खरीदने के लिए तैयार हो गई, परंतु बाद में उन्होंने वह जमीन रामपति सिंह को बेच दी। जब गूदा देवी ने रामशंकर सिंह से बात की, तब उन्होंने उससे झूठ बोल दिया कि रामपति सिंह ने जोर-जबरदस्ती से उनसे जमीन लिखवा ली। यही डेढ़ बिस्वा जमीन मुड़ियार के राजपूत परिवार में गैंगवार का कारण बनी।

गूदा देवी आगबबूला हो गई और अपने जेठ रामपति सिंह से बदला लेने का मन बना लिया। उसने अपने छोटे बेटे साधू सिंह को पाँच हजार रुपए दिए कि वह हथियार खरीद लाए और रामपति सिंह की हत्या कर दे। जमीन का यह विवाद तूल पकड़ता गया और रोजाना गाली-गलौज आम बात हो गई। मकनू और साधू की माँ गूदा काफी झगड़ालू और उग्र स्वभाव की महिला थी। वह अपने जेठ रामपति के परिवार से रोजाना गाली-गलौज करने लगी। वह अक्सर अपने बेटे मकनू और साधू को रामपति सिंह की अक्ल ठीक करने के लिए उकसाती रहती थी। वह गुस्से में अपने बेटों को कोसती थी कि तुम लोग उनके दूध का सम्मान नहीं कर रहे हो।

1. धर्मराज सिंह निवासी मुड़ियार की हत्या (3 दिसंबर, 1980)

ग्राम मुड़ियार के पास अहिरौली निवासी दबंग शिवमूरत सिंह ने वर्चस्व कायम करने के लिए अपने गुर्गों के साथ मिलकर एक दिन मुड़ियार गाँव के प्रधान रामपति सिंह को घेर लिया और लाठी-डंडों से उनकी पिटाई कर दी। रामपति सिंह भी प्रधान थे और उनकी गिनती इलाके के अच्छे पहलवानों में होती थी। शिवमूरत सिंह का सोचना था कि यदि उन्होंने रामपति सिंह को दबा दिया तो इलाके में उसका दबदबा कायम हो जाएगा। रामपति सिंह के छह नौजवान बेटे थे, जिनमें 3 पुलिस में थे। उन्हें पिता का अपमान बरदाश्त नहीं हुआ। सभी भाइयों ने मिलकर पिता के अपमान का बदला लेने की ठान ली। उन्होंने ग्राम अहिरौली में शिवमूरत सिंह के घर पर हमला बोल दिया। शिवमूरत अपनी जान बचाकर पड़ोस के घर में छिप गया। उसके घर का दरवाजा तोड़ दिया गया और गोलियाँ चलाई गईं। उन्हें शिवमूरत के छिपने का पता चल गया। शिवमूरत सिंह की बुरी तरह पिटाई की गई और चेतावनी दी गई कि वह अगर मुड़ियार की तरफ नजर उठाएगा तो वह जिंदा नहीं बचेगा।

रामपति सिंह के पुत्रों को जानकारी हुई कि उनके पिता की पिटाई करवाने में उनके ही पड़ोसी धर्मराज सिंह पुत्र विक्रमा सिंह का हाथ है। जानकारी पक्की होने पर धर्मराज सिंह की मौत का फरमान जारी हो गया। धर्मराज सिंह को पता ही नहीं था कि रामपति सिंह को उसकी भूमिका की जानकारी हो गई है। 3 दिसंबर, 1980 को धर्मराज सिंह बगीचे में पेड़ के नीचे खटिया पर लेटा हुआ उपन्यास पढ़ने में मशगूल था। उस समय गाँव के लोगों को उपन्यास पढ़ने का बड़ा शौक था, जिसमें मकनू सिंह भी शामिल था। उस समय लोग इब्ने-शफी, गुलशन नंदा, कुशवाहा कांत, प्यारे लाल आवारा और राम कुमार भ्रमर के उपन्यास पढ़ने के शौकीन होते थे। राम कुमार भ्रमर के उपन्यास चंबल के डकैत मान सिंह, रूपा, लुक्का महाराज, पुतलीबाई, लाखन सिंह, गब्बर सिंह, नत्थू सिंह, मोहर सिंह, माधौ सिंह के कारनामों पर लिखे जाते थे, जिसे युवा वर्ग पढ़ने में काफी रुचि लेता था। अपराधी तो इन कहानियों को पढ़कर अपराध करने के तरीके सीखते थे। एक बार जिसने उपन्यास पढ़ना शुरू किया, वह पूरा पढ़कर ही दम लेता था। ग्राम मुड़ियार के लोग आज भी याद करते हैं कि मकनू उपन्यास पढ़ने का इतना शौकीन था कि अपनी सुरक्षा के लिए एक हाथ में लंबी बैरल की रूगर अमेरिकन पिस्टल और दूसरे हाथ में उपन्यास लेकर पढ़ता हुआ चलता था।

3 दिसंबर, 1980 को धर्मराज सिंह कुशवाहा कांत का उपन्यास 'लाल रेखा' पढ़ने में इतना मशगूल था कि उसे पता ही नहीं चला कि कब त्रिभुवन सिंह ने अपने भाइयों के साथ उसे घेर लिया है। उसकी तंद्रा तब टूटी जब हाथ में रामपुरी चाकू लिये त्रिभुवन सिंह ने उसे ललकारा कि वह मरने के लिए तैयार हो जाए, उसे अपने पिता के अपमान का बदला लेना है। त्रिभुवन ने गाली देते हुए उसके पेट पर चाकू चला दिया। जब तक धर्मराज सिंह कुछ समझ पाता, तब तक उसकी आँतें बाहर आ चुकी थीं। अस्पताल जाते-जाते उसकी मृत्यु हो गई। त्रिभुवन द्वारा की गई यह पहली हत्या थी, जो उसने अपने पिता के अपमान का बदला लेने के लिए की थी। धर्मराज सिंह के पिता विक्रमा सिंह ने थाना सैदपुर में अपने पुत्र की हत्या का मुकदमा लिखाया, जिसमें त्रिभुवन सिंह के अलावा उसके भाई रामविलास सिंह, वीरेंद्र सिंह बेड़ा, रामजी सिंह, अंगद सिंह निवासीगण सबुआ थाना करंडा गाजीपुर को नामजद किया।

इस घटना के बाद त्रिभुवन सिंह फरार हो गया। त्रिभुवन सिंह और बृजेश सिंह पूर्वांचल के कुख्यात बदमाश साहब सिंह के गाँव सकरारी धानापुर जिला चंदौली उस समय पहुँचे थे, जब बंशी सिंह गैंग द्वारा चलाई गई गोली से साहब सिंह घायल हो गया था। साहब सिंह ने त्रिभुवन और बृजेश की दोस्ती कराई थी। दोनों ने साहब सिंह को वहीं पर अपना गुरु मान लिया था।

2. रामपति सिंह की हत्या (24 जून, 1984)

24 जून, 1984 का दिन मुड़ियार के राजपूत परिवार के लिए सबसे दुर्भाग्यशाली दिन साबित हुआ, जिस दिन ठाकुर रामपति सिंह, बैनामे में ली गई डेढ़ बिस्वा जमीन पर ट्रैक्टर चला रहे थे। गूदा देवी अपने जेठ को ट्रैक्टर चलाता देखकर भड़क गई और गाली देते हुए अपने पुत्र साधू सिंह को बुरा-भला कहा। माँ के उकसावे में आकर अपनी लंबी बैरल की अमेरिकन रूगर पिस्टल लेकर साधू सिंह खेत पर पहुँच गया और अपने ताऊ रामपति सिंह को खेत जोतने से मना किया। साधू सिंह के मना करने के बाद भी रामपति सिंह खेत में ट्रैक्टर चलाते रहे और अपने भतीजे की बात को अनसुना कर दिया। साधू सिंह ने धमकी देते हुए कहा कि अगर ट्रैक्टर का पहिया नहीं रुका तो वह उन्हें गोली मार देगा। रामपति सिंह ने सोचा कि उनका भतीजा साधू सिंह ऐसा नहीं कर सकता और उन्होंने उसे

डाँट दिया। साधू ने फिर कहा कि ट्रैक्टर रोक दो नहीं तो मैं आपको जान से मार दूँगा, परंतु रामपति सिंह ट्रैक्टर चलाते रहे। साधू सिंह की पिस्टल गरज उठी, उसने कई गोलियाँ मारकर अपने ताऊ की हत्या कर दी। हालाँकि, इस घटना में साधू सिंह ने अकेले रामपति सिंह की हत्या की थी, परंतु रामपति सिंह के पुत्रों ने सलाह करके उसके बड़े भाई राजेश्वर सिंह उर्फ मकनू को भी नामजद कर दिया। मकनू सिंह समझदारी से काम लेना चाहता था और वह परिवार में खून-खराबे के पक्ष में नहीं था। उसका मानना था कि घर में खून-खराबा ठीक नहीं होगा। वह अपने भाई साधू सिंह को भी समझाता रहता था, परंतु उसने अपनी माँ के उकसावे में अपने ताऊ रामपति सिंह की हत्या कर दी। रामपति सिंह की हत्या में दोनों भाइयों को जेल जाना पड़ा। यहीं से दोनों परिवारों में खूनी जंग की शुरुआत हो गई।

इसी रंजिश को लेकर सैदपुर प्राथमिक स्वास्थ्य केंद्र के पास दोनों पक्षों में झड़प हुई और गोलियाँ चलीं, जिसमें एक निर्दोष राहगीर मारा गया। रामपति सिंह की हत्या के बाद उनका बेटा वीरेंद्र सिंह बेड़ा, सी.आर.पी.एफ. से इस्तीफा देकर घर आ गया। उसने अपने पिता के रक्त से तिलक लगाकर हत्या का बदला लेने की कसम खाई और अपने पिता की जगह गाँव का निर्विरोध प्रधान चुन लिया गया।

मकनू सिंह का बड़ा भाई दामोदर सिंह शारीरिक रूप से कमजोर था। वह किसी अपराध में शामिल नहीं था। मकनू सिंह पेशेवर हत्यारा और शातिर अपराधी था, परंतु परिवार के झगड़े को बातचीत से निपटाना चाहता था। शांति-भंग की संभावना को लेकर सैदपुर थानाध्यक्ष वीरेंद्र पांडेय ने दोनों पक्षों को बुलाकर बात की। उस समय एक बहुत अच्छे डिप्टी एस.पी. श्रीराम त्रिपाठी, सी.ओ. सैदपुर थे, उन्होंने भी इस विवाद को सुलझाने में पहल की। मकनू सिंह आधा बिस्वा जमीन पर ही राजी था, परंतु प्रधान रामपति का बेटा वीरेंद्र सिंह बेड़ा तैयार नहीं हुआ। वह पूरी जमीन पर अपना कब्जा चाहता था। श्रीराम त्रिपाठी सेवानिवृत आई.जी. बताते हैं कि मकनू सिंह ने लालगंज मिर्जापुर में जमीन ले ली थी और मुड़ियार छोड़कर वहीं बसना चाहता था, जिससे रोज-रोज का रगड़ा समाप्त हो सके। उसने अपने चचेरे भाई राजेंद्र सिंह को प्रस्ताव दिया कि वे लोग उसके हिस्से की जमीन खरीद लें और वह गाँव छोड़कर मिर्जापुर चला जाएगा, जहाँ वह जमीन खरीदकर बस जाएगा। राजेंद्र सिंह भाइयों से सलाह करने की बात कहकर टाल गया। बाद में मकनू के पास राजेंद्र सिंह का प्रस्ताव आया कि किस्तों में वह जमीन का पैसा दे

देगा, परंतु इसके लिए मकनू तैयार नहीं हुआ। मकनू एकमुश्त पैसा लेकर मिर्जापुर में जमीन खरीदना चाहता था। इस प्रकार वीरेंद्र सिंह बेड़ा की हठ के कारण समझौता नहीं हो पाया। मकनू और साधू सिंह भले ही अपने चचेरे छह भाइयों से धन-बल में कमजोर थे, परंतु दोनों बड़े ही दबंग और दुस्साहसी थे। उनका संबंध गोरखपुर के माफिया सरगना हरिशंकर तिवारी से पहले से ही था और दोनों उसके शूटर थे। हरिशंकर तिवारी के कहने पर उन्होंने कई हत्याएँ कीं, जिसमें गोरखपुर के बाहुबली छात्र नेता बलवंत सिंह की हत्या भी शामिल थी। अप्रैल 1977 में गोलघर गोरखपुर में गोली मारकर बलवंत सिंह की हत्या कर दी गई थी। जनता पार्टी से कौड़ीराम गोरखपुर के विधायक रवींद्र सिंह की हत्या 30 अगस्त, 1979 को सुबह 6 बजे गोरखपुर रेलवे स्टेशन पर की गई थी। अपराध जगत् में चर्चित रहा कि विधायक की हत्या में मकनू सिंह की मुख्य भूमिका थी, परंतु उसका नाम नहीं आया।

इसी बीच मुख्तार अंसारी भी साधू और मकनू के संपर्क में आ गया। मुख्तार का भाई अफजाल अंसारी 1985 में कम्युनिस्ट पार्टी से विधायक बन चुका था, जिससे मुख्तार का दबदबा भी बढ़ गया। साधू और मकनू के लिए गोरखपुर के तिवारीजी का अहाता और अफजाल अंसारी का घर सुरक्षित अड्डे बन गए। मुख्तार अंसारी शुरू से ही माफिया बनना चाहता था और उसे साधू सिंह के रूप में एक योग्य गुरु मिल गया, जिसने उसे अपराध करने के गुर सिखाए। साधू सिंह की आर्थिक स्थिति ठीक नहीं थी, मुख्तार पैसे से भी उसकी मदद करता था।

3. राजेश्वर सिंह उर्फ मकनू सिंह की हत्या (10 अक्तूबर, 1985)

रामपति सिंह की हत्या में मकनू सिंह को न्यायालय से जमानत मिल गई। उसके संरक्षक गोरखपुर के हरिशंकर तिवारी ने अच्छे-अच्छे वकीलों को खड़ा करके उसकी जमानत करवाई थी, आखिर मकनू सिंह ने उनके दुश्मनों को एक-एक करके ठिकाने लगाने में मुख्य भूमिका अदा की थी। मकनू जेल से बाहर निकला, जिसकी भनक रामपति सिंह परिवार को लग गई। रामपति सिंह के छोटे बेटे त्रिभुवन सिंह ने साहब सिंह निवासी सकरारी, अपने भाई वीरेंद्र सिंह बेड़ा, रामविलास सिंह, मुड़ियार निवासी सुरेंद्र सिंह पुत्र जयनाथ सिंह और देवनाथ यादव पुत्र विशेश्वर यादव के साथ मिलकर मकनू सिंह की हत्या की योजना गाजीपुर में

रणजीत सिंह के घर पर तैयार की। इस हत्या की योजना में रणजीत सिंह ने मुख्य भूमिका निभाई थी, परंतु उसका नाम इस केस में नहीं आया।

जेल से छूटने के बाद मकनू सिंह ने जिला सप्लाई अधिकारी के कार्यालय पहुँचकर 50 किग्रा. चीनी का परमिट लिया और अपने घर सिंचाई कॉलोनी जा रहा था। अपराह्न साढ़े तीन बजे उस पर हमला हो गया। त्रिभुवन सिंह, उसके भाई वीरेंद्र सिंह बेड़ा, रामबिलास सिंह तथा उनके सहयोगी सत्येंद्र कुमार सिंह, देव नाथ यादव और कुख्यात अपराधी साहब सिंह ने घेरकर उस पर अंधाधुंध गोलियाँ चलाईं, जिससे मौके पर ही मकनू की मौत हो गई। साहब सिंह का ठिकाना गाजीपुर कचहरी के पास रणजीत सिंह और छेत्रपाल सिंह का घर होता था। मकनू सिंह की हत्या की रणनीति साहब सिंह के नेतृत्व में रणजीत सिंह के घर पर ही बनाई गई थी। रामपति सिंह की हत्या का बदला उसके पुत्रों ने मकनू सिंह की हत्या करके ले तो लिया, परंतु उन्हें भी नहीं मालूम था कि यह खूनी खेल यहीं रुकनेवाला नहीं है और इसमें दोनों परिवार तबाह हो जाएँगे।

मकनू सिंह का भाई साधू सिंह अपने समर्थकों के साथ मौके पर पहुँच गया और वहाँ पर मौजूद एस.पी. हरभजन सिंह (आई.पी.एस.-1976) पर भी आरोप लगाने लगा। हरभजन सिंह, गाजीपुर से पहले देवरिया में तैनात रह चुके थे और उनके लार, देवरिया के दबंग ठेकेदार रामप्रवेश सिंह से अच्छे संबंध थे। रामप्रवेश गाजीपुर में भी हरभजन सिंह के पास आता-जाता था। रामप्रवेश सिंह की दुश्मनी हरिशंकर तिवारी गैंग के रूदल सिंह से थी, जो उस समय भलोनी, देवरिया का ब्लॉक प्रमुख था। गोरखपुर और आसपास के जिलों में हरिशंकर तिवारी की तूती बोलती थी और अधिकतर सरकारी ठेके वही लेते थे। रूदल सिंह को हरिशंकर तिवारी ने ही अपने बाहुबल से भलोनी का ब्लॉक प्रमुख बनवाया था। रूदल सिंह का आतंक इतना था कि उसके विरुद्ध चुनाव लड़ने की कोई हिम्मत नहीं करता था और वह हमेशा निर्विरोध ब्लॉक प्रमुख का चुनाव जीतता था। रूदल सिंह की ठेकेदारी को लेकर रामप्रवेश सिंह से तनातनी चलती रहती थी। रामप्रवेश सिंह हरिशंकर तिवारी के विरोधी वीरेंद्र प्रताप शाही का करीबी था।

हरभजन सिंह के कार्यकाल में ही रूदल सिंह पर गोली चलाई गई थी, जब वह जीप चलाकर अपने गाँव जा रहा था। वह जैसे ही मुख्य सड़क से अपने गाँव की तरफ गाड़ी घुमाना चाह ही रहा था कि उसी समय एक एंबेसडर गाड़ी की

आड़ में छिपे कुछ लोगों ने उस पर गोलियाँ चलाईं, जिससे वह गंभीर रूप से घायल हो गया। घायल होने के बावजूद वह जीप को एक किमी. तक चलाकर आगे पहुँच गया। हरिशंकर तिवारी ने रूदल का अच्छे अस्पताल में इलाज कराया था, जिससे उसकी जान तो बच गई, परंतु गैंगरीन हो जाने के कारण उसकी एक टाँग काटनी पड़ी। रूदल सिंह पर हुए जानलेवा हमले के समय एस.पी. हरभजन सिंह भी उसे अस्पताल में देखने गए थे। रूदल सिंह ने उनके रामप्रवेश सिंह से संबंधों को लेकर भला-बुरा कहा था और आरोप लगाया कि उस पर हुए हमले में उनकी भी भूमिका है। हरिशंकर तिवारी भी इस घटना को लेकर हरभजन सिंह से नाराज हो गए और उनका तबादला देवरिया से गाजीपुर करा दिया गया।

देवरिया में बढ़ती दुश्मनी के कारण रूदल सिंह ठीक होने के बाद अपनी ससुराल ग्राम मैनपुर कोतवाली गाजीपुर में रहने लगा था और गाजीपुर में लकड़ी की टाल चलाता था। रामप्रवेश सिंह गाजीपुर में भी हरभजन सिंह के पास आता-जाता था। कहा जाता है कि रामप्रवेश सिंह ने एस.पी. से कहकर अपने दुश्मन रूदल सिंह की लकड़ी की टाल को हटवा दिया था। रूदल सिंह, मकनू और साधू सिंह एक ही गैंग के थे। साधू सिंह एस.पी. हरभजन सिंह पर भी आरोप लगाकर मकनू सिंह की लाश को सड़क पर रखकर हंगामा शुरू कर दिया और लाश उठाने से मना कर दिया। पुलिस ने उसके वकील दयाशंकर सिंह को बुला लिया, जिन्होंने साधू सिंह को समझाया, तब जाकर लाश को पोस्टमार्टम के लिए मुर्दाघर भेजा जा सका। साधू सिंह अपने भाई मकनू की लाश गाजीपुर जेल के गेट पर भी ले गया, जहाँ जेल में बंद उसके मित्र कमलेश सिंह प्रधान निवासी डहन गाजीपुर ने पैर छुए और खून का टीका लगाकर मित्र की हत्या का बदला लेने की कसम खाई। कमलेश बड़ा होनहार विद्यार्थी था और इलाके का उभरता हुआ पहलवान था। कमलेश और मकनू गाजीपुर डिग्री कॉलेज में साथ-साथ पढ़े थे और अपराध जगत् में भी साथ-साथ रहे। साधू सिंह ने अपने भाई की हत्या में वीरेंद्र सिंह, रामविलास सिंह, त्रिभुवन सिंह पुत्रगण रामपति सिंह, सुरेंद्र सिंह पुत्र जयनाथ सिंह और देवनाथ यादव पुत्र विशेश्वर यादव निवासीगण मुड़ियार गाजीपुर के विरुद्ध हत्या का मुकदमा कोतवाली गाजीपुर में कायम कराया, जो मुकदमा अपराध संख्या 697/85 धारा 147/148/149/302 भादवि. के अंतर्गत 16:05 बजे लिखा गया था। इस हत्या में मुख्य भूमिका साहब सिंह निवासी सकरारी धानापुर जिला

चंदौली द्वारा निभाई गई थी। त्रिभुवन सिंह और उसके भाइयों ने अपने चचेरे भाई मकनू सिंह की हत्या करके अपने पिता की हत्या का बदला ले लिया था। अब वे उसके छोटे भाई साधू सिंह की हत्या की योजना बनाने लगे।

4. साधू सिंह की हत्या का प्रयास

प्रधान रामपति सिंह के बड़े बेटे हेड कॉन्स्टेबल राजेंद्र सिंह, वीरेंद्र सिंह बेड़ा, रामविलास सिंह, कॉन्स्टेबल नगीना सिंह और त्रिभुवन सिंह ने पिता का बदला लेने के लिए अपने को संगठित कर लिया। सबसे छोटा भाई त्रिभुवन सिंह पढ़ाई छोड़कर अपराध की दुनिया में पूरी तरह उतर गया। उसे बृजेश सिंह जैसा मजबूत दोस्त मिल गया, जो धौरहरा थाना चैबेपुर, वाराणसी का रहने वाला था। बृजेश भी अपने पिता रवींद्र सिंह की हत्या का बदला लेना चाहता था। दोनों को पूर्वांचल के कुख्यात अपराधी साहब सिंह का साथ मिला, जो गाजीपुर शहर में छेत्रपाल सिंह और रणजीत सिंह के घर पनाह पाता था। रामपति सिंह के बेटों ने बदला लेने के लिए एक मजबूत व संगठित गिरोह बना लिया।

एक दिन साधू सिंह चुपके से अपने घर मुड़ियार आया हुआ था, जिसकी भनक त्रिभुवन सिंह को लग गई। त्रिभुवन राइफल लेकर साधू के घर के सामने झोपड़ी में छिप गया। सुबह तीन-चार बजे अँधेरे में साधू अपनी माँ गूदा के साथ घर से निकला। त्रिभुवन ने उसे देखते ही झोपड़ी से बाहर निकलकर राइफल की बोल्ट चढ़ा ली। गूदा की नजर त्रिभुवन पर पहले ही पड़ गई और वह चिल्ला उठी, "भाग सधुआ! भाग!" गूदा देवी ने त्रिभुवन की राइफल की मजल (अगला भाग) मजबूती से पकड़ ली। त्रिभुवन झटका देकर राइफल छुड़ाकर साधू सिंह को गोली मारना चाहता था, परंतु गूदा देवी राइफल पकड़कर लटकी रही, जिससे वह साधू सिंह पर गोली नहीं चला सका। साधू सिंह जान बचाकर वहाँ से भाग निकला। त्रिभुवन सिंह आगबबूला हो गया और उसने राइफल का ट्रिगर दबा दिया। गूदा देवी की तीन उगलियाँ और आधी हथेली कटकर अलग हो गई। उसकी आधी हथेली, अँगूठा और छोटी उँगली ही बची। गुदा देवी ने गंभीर रूप से घायल होने के बाद भी अपने छोटे बेटे साधू सिंह की जान बचा ली।

□

पिता की हत्या का प्रतिशोध : बृजेश सिंह बना माफिया

पूर्वी उत्तर प्रदेश में आपराधिक गतिविधियाँ कभी शौकवश, कभी गलत सोहबत के कारण तो कभी-कभी छोटे-मोटे पारिवारिक झगड़े से प्रारंभ होती रही है। बृजेश कुमार सिंह पुत्र रवींद्र नाथ सिंह निवासी धौरहरा थाना चैबेपुर जनपद वाराणसी का जन्म राजपूत परिवार में 9 नवंबर, 1964 को हुआ था। इसके आपराधिक जीवन का सफर उसके पिता रवींद्र नाथ सिंह उर्फ भुल्लन सिंह की हत्या से शुरू हुआ। उसके पिता रवींद्र नाथ सिंह प्राइमरी स्कूल में शिक्षक थे और सेवानिवृत्त होने के बाद गाँव के प्रधान बने।

धौरहरा गाँव में राजपूतों, यादवों और पठान मुसलमानों की आबादी है। बृजेश के चाचा बच्चा सिंह प्रधान थे और काफी दबंग माने जाते थे। ग्राम प्रधान के चुनाव में गाँव के लुल्लुर सिंह, बाँके सिंह, अनिल सिंह उर्फ पाँचू और रघुनाथ यादव ने मिलकर उन्हें हरा दिया। बच्चा सिंह की कोई औलाद नहीं थी और वे अपने भाई रवींद्र नाथ सिंह के बेटों को अपना पुत्र मानते थे। गाँव में चल रहे विवाद में बच्चा सिंह की हत्या हो गई। गाँव में दो गुट बन गए। एक गुट की अगुआई बृजेश सिंह के पिता रवींद्र नाथ सिंह उर्फ भुल्लन सिंह ने की, जिसमें उनके चचेरे भाइयों ने भी उनका साथ दिया। दूसरे गुट में गाँव के हरिहर सिंह, अनिल सिंह उर्फ पाँचू, बाँके बिहारी सिंह, लुल्लुर सिंह, बी.के.डी., राजेश सिंह, रमेश सिंह और उसके चाचा शिव सिंह थे। गाँव का पहलवान व धनाढ्य रघुनाथ यादव भी इन्हीं के गुट में शामिल था, जिसकी बसें चलती थीं और मेहसाना गुजरात में दूध डेयरी का बड़ा कारोबार था। बृजेश सिंह के विरोधी पक्ष का व्यक्ति ठाकुर रघुनाथ सिंह धौरहरा का प्रधान बना, जिसने मस्जिद की सटी

दीवार से नाली निकाल दी। यह नाली रघुनाथ यादव के दबाव में निकाली गई थी, क्योंकि इससे यादव परिवार का ही पानी निकलता था। मस्जिद के बगल से नाली निकालने का विरोध रवींद्र नाथ सिंह ने किया, परंतु वे कुछ कर नहीं पाए। गाँव के मुसलमान रवींद्र नाथ सिंह के साथ थे, क्योंकि वे मस्जिद के बगल से नाली निकालने का विरोध कर रहे थे।

ग्राम प्रधान का चुनाव फिर होने वाला था, मुसलमानों ने रवींद्र नाथ सिंह का साथ दिया और वे प्रधान बन गए। अपने वादे के अनुसार उन्होंने मस्जिद की दीवार से सटी नाली को हटाकर थोड़ी दूरी से दूसरी पक्की नाली बनवा दी, जिसका विरोध पाँचू सिंह, उसके भाइयों व रघुनाथ यादव ने किया और मारपीट भी हुई। इस नाली के विवाद ने दोनों पक्षों में गैंगवार का रूप ले लिया।

रवींद्र नाथ सिंह उर्फ भुल्लन सिंह की हत्या

बृजेश सिंह के पिता रवींद्र नाथ सिंह उर्फ भुल्लन सिंह की हत्या 27 अगस्त, 1984 को हरिहर सिंह, पाँचू सिंह, बाँके बिहारी सिंह, लुल्लुर सिंह और रघुनाथ यादव आदि ने मिलकर कर दी। हत्या की इस घटना में मुख्य भूमिका रघुनाथ यादव की थी, जो अपने गाँव में ही नहीं, बल्कि उस इलाके का सबसे संपन्न व्यक्ति था। भुल्लन सिंह भी आर्थिक रूप से मजबूत थे और गाँव के आसपास उनका बड़ा सम्मान था। उनके विरोधी लुल्लुर सिंह और पाँचू सिंह आर्थिक रूप से कमजोर थे, जिसके कारण वे अकेले भुल्लन सिंह का मुकाबला नहीं कर सकते थे। रघुनाथ यादव ने लुल्लुर सिंह व पाँचू सिंह परिवार के साथ मिलकर योजना बनाई कि यदि भुल्लन सिंह की हत्या कर दी जाए तो गाँव में उनके परिवार का कोई विरोध नहीं कर पाएगा, क्योंकि भुल्लन सिंह ही परिवार की धुरी हैं। भुल्लन सिंह की हत्या के बाद इन लोगों का गाँव में एकच्छत्र राज हो जाएगा।

रघुनाथ यादव ने योजना के अनुसार अपने घर पर शराब की दावत रखी और हथियारों का इंतजाम किया। उसने लुल्लुर सिंह के परिवार को काफी पैसे भी दिए, जो हत्या के बाद मुकदमे में खर्च किए जा सकें और उनके परिवार का भरण-पोषण भी हो सके। शराब पीने के बाद लुल्लुर सिंह, हरिहर सिंह, पाँचू, बाँके सिंह, रघुनाथ यादव आदि लोगों ने भुल्लन सिंह प्रधान के घर पर धावा बोल दिया। सबसे पहले भुल्लन सिंह को तमंचे से गोली मारी गई और जब वे गिर गए तब चाकुओं

से गोदकर उनकी हत्या कर दी गई। प्रतिशोध में उनका सीना फाड़ दिया गया था और हत्यारों ने उनकी लाश पर वहीं जश्न मनाया।

बृजेश सिंह उस समय बारहवीं कक्षा में पढ़ रहा था। उसने अपनी आँखों के सामने पूरी घटना को होते हुए देखा था, परंतु बेबसी में कुछ कर नहीं पाया। भुल्लन सिंह की हत्या के बाद गाँव में विपक्षियों का एकच्छत्र राज हो गया। बृजेश सिंह का पक्ष कमजोर था, जिसके कारण उसके मामा पूरे परिवार को अपने गाँव कपसेटी थाना बड़ागाँव (अब कपसेटी) ले गए। बृजेश ने इंटरमीडिएट प्रथम श्रेणी में पास की और यू.पी. कॉलेज से बी.एससी. करने लगा। पिता की हत्या का दृश्य बार-बार उसकी आँखों के सामने आ जाता था। उसने पढ़ाई छोड़ दी और पिता की हत्या का बदला लेना अपना लक्ष्य बना लिया।

हरिहर सिंह की हत्या

बृजेश सिंह और पाँचू सिंह के घर आसपास थे। दुश्मनी के बावजूद वह ऐसा व्यवहार करता था कि पाँचू सिंह और उसके पिता हरिहर सिंह उस पर शक न कर सकें। लोगों को लगता था कि दुश्मनी के बावजूद दोनों में रिश्तों का लिहाज बना हुआ है। बृजेश जब भी गाँव आता था तो वह हरिहर सिंह के पाँव छूता था और उसके परिवारजनों को प्रणाम करता था। बृजेश एक योजना के तहत ऐसा कर रहा था, जिससे हरिहर सिंह और उनके पुत्र पाँचू सिंह आदि को कोई शक न हो। उसका लक्ष्य तो अपने पिता की हत्या का बदला लेना था। वह सबसे पहले हरिहर सिंह को मारना चाहता था।

बृजेश सिंह 27 मई, 1985 को अपने गाँव आया और हरिहर सिंह पर नजर गड़ाए हुए था। हरिहर सिंह जैसे ही अपने घर से बाहर आए, उसी समय बृजेश भी वहाँ पहुँच गया। बृजेश ने उनके पैर छुए। हरिहर सिंह ने उसके सिर पर हाथ रखकर आशीर्वाद दिया। पाँव छूने के बाद बृजेश तनकर खड़ा हो गया और बोला कि पिता की हत्या का बदला लेने आया हूँ। यह कहते हुए उसने हरिहर सिंह के सीने में कई गोलियाँ उतार दीं। हरिहर सिंह की तुरंत मौत हो गई। अपने पिता की पहली बरसी से पहले ही बृजेश सिंह ने उनकी हत्या का बदला ले लिया। अनिल सिंह उर्फ पाँचू और उसके पक्ष के लोगों ने सपने में भी नहीं सोचा था कि बृजेश ऐसा भी कर सकता है। इस हत्या के बाद बृजेश सिंह अपराध की दुनिया में उतर

गया और फिर कभी पीछे मुड़कर नहीं देखा। बदले की आग में तपकर एक होनहार छात्र बृजेश खूँखार माफिया सरगना बन गया।

ठाकुर रघुनाथ सिंह की हत्या

बृजेश सिंह

बृजेश सिंह अपने पिता के अन्य हत्यारों को ठिकाने लगाने में प्रयासरत था। उसने कई घातक हथियार भी इकट्ठे कर लिये। उसके पिता की हत्या में ग्राम प्रधान ठाकुर रघुनाथ सिंह की भी भूमिका थी। ठाकुर रघुनाथ सिंह को बढ़ावा गाँव के धनाढ्य रघुनाथ यादव ने दिया था। बृजेश सिंह के फरार होने के बाद रघुनाथ यादव ने डरकर गाँव छोड़ दिया और मेहसाना, गुजरात में जाकर अपना व्यापार चलाने लगा।

ठाकुर रघुनाथ सिंह एक दिन तहसील भोजूपुर वाराणसी स्थित चकबंदी कार्यालय गए थे। बृजेश सिंह अपने साथी कालीदास सिंह के साथ वहाँ पहुँच गया और 5.56 एम.एम. ए.के.-74 (यू) से रघुनाथ सिंह पर धुआँधार गोलियाँ चलाईं। कालीदास ने 45 बोर पिस्तौल से गोली चलाकर ठाकुर रघुनाथ सिंह को छलनी कर दिया। इस घटना में 35-40 गोलियाँ चलाई गई थीं। पूर्वांचल में पहली बार ए.के.-74 राइफल की तड़तड़ाहट सुनाई पड़ी थी। अब ग्राम मुड़ियार की तरह धौरहरा में भी दो राजपूत परिवारों में गैंगवार चरम सीमा पर पहुँच गई। इस गैंगवार में एक दर्जन से अधिक लोग मारे गए।

बृजेश और त्रिभुवन की मित्रता

त्रिभुवन सिंह अपने पिता रामपति सिंह और भाइयों राजेंद्र सिंह, वीरेंद्र सिंह बेड़ा, रामविलास सिंह की हत्याओं का बदला लेना चाहता था। उधर बृजेश भी अपने पिता के हत्यारों का काम तमाम करना चाहता था। गुरैनी घाट की घटना में साहब सिंह घायल हो गया था और उसका साथी मिलिट्री गुरु मारा गया था। बृजेश, साहब सिंह को देखने ग्राम सकरारी धानापुर गया था। वहीं पर दाउद इब्राहीम गैंग के जावेद फौजी, खालिक, अशोक, सुभाष ठाकुर और सुनील सावंत भी आए थे। दाउद के ये गुर्गे कोयला किंग सूरज देव सिंह के यहाँ ही रहते थे। त्रिभुवन भी साहब सिंह का हालचाल पूछने आया था। बृजेश और साहब सिंह

त्रिभुवन सिंह

वाराणसी जेल में बंद रहने के दौरान अच्छे मित्र बन गए थे। साहब सिंह ने ही त्रिभुवन की दोस्ती बृजेश से कराई थी।

त्रिभुवन सिंह ने अपने पिता की हत्या का बदला लेने के लिए बृजेश से हाथ मिला लिया। दोनों का लक्ष्य एक था—अपने पिता और परिवारजनों के हत्यारों को ठिकाने लगाना। यह दोस्ती इतनी प्रगाढ़ हुई कि दोनों हमेशा साथ-साथ रहे और दर्जनों संगीन अपराधों को अंजाम दिया। दोनों ने साहब सिंह को अपना गुरु बना लिया। साहब सिंह पूर्वी उत्तर प्रदेश के अलावा बिहार में भी काफी सक्रिय था। उसका संबंध धनबाद के कोयला किंग सूरज देव सिंह से था। साहब सिंह ने इन दोनों की मुलाकात धनबाद में सूरज देव सिंह से उनके निवास 'सिंह मेंशन' में करवाईं और ये दोनों सूरज देव सिंह के भी शूटर बने। वे दोनों यहीं तक नहीं रुके, बल्कि अपना साम्राज्य मध्य प्रदेश, बिहार, ओडिशा, पश्चिम बंगाल, मुंबई, छत्तीसगढ़ तक फैला लिया और अंतरराष्ट्रीय माफिया दाउद इब्राहीम से भी अपने तार जोड़ लिये।

अपने विरोधियों के सफाए के बाद त्रिभुवन और बृजेश के सामने दो विकल्प थे। न्यायालय में आत्मसमर्पण करके जेल चले जाएँ या अपराध की दुनिया के बेताज बादशाह बन जाएँ। पहले विकल्प में उन्हें वर्षों जेल में रहना पड़ता और परिवार की कोई मदद नहीं हो पाती, जो उनके अपराध से कमाए गए पैसे पर ही निर्भर थे। यह अवश्य था कि इन दोनों का जीवन अधिक सुरक्षित रहता और कम-से-कम पुलिस की गोली से बचे रहते, लेकिन जेल में रहते हुए भी मुख्तार अंसारी गैंग उनकी हत्या करा सकता था। मुख्तार अंसारी 8 जून, 1990 को उनके गुरु साहब सिंह की हत्या वाराणसी कचहरी में करवा चुका था। जेल में बंद होने पर उनका खौफ खत्म हो जाता और परिवार व गैंग के सदस्यों पर खतरा बढ़ सकता था। बृजेश और त्रिभुवन ने दूसरा विकल्प चुना कि अपराध की दुनिया में रहकर ही जीना-मरना है। इस विकल्प को अपनाकर उन्होंने अकूत संपत्ति कमाई और बृजेश ने रसूखदार नेताओं से संपर्क बनाए।

बृजेश के भाई उदय नाथ सिंह बने एम.एल.सी.

बृजेश सिंह के रसूख के कारण उसके बड़े भाई उदयनाथ सिंह उर्फ चुलबुल सिंह एम.एल.सी. बन गए और उसकी पत्नी अन्नपूर्णा सिंह भी एम.एल.सी. बनकर माननीय हो गईं। साहब सिंह की मौत के बाद बृजेश सिंह ने ग्राम बलुई थाना जमानियाँ निवासिनी अन्नपूर्णा सिंह से शादी की थी, जो रिश्ते में साहब सिंह की साली लगती थी।

बृजेश को अपराध की दुनिया में रहना ही लाभदायक लगा, जिसमें पुलिस व विरोधी गैंग से खतरा तो था, परंतु धन के साथ-साथ राजनेताओं के संपर्क में आकर माननीय बनने का मौका भी था, जो बाद में सच साबित हुआ। बृजेश भी गिरफ्तारी के बाद जेल में रहते हुए उत्तर प्रदेश विधान परिषद् में एम.एल.सी. बन गया। उसका खास दोस्त त्रिभुवन माननीय तो नहीं बन पाया, परंतु अपने दुश्मनों का बदला लेने के साथ-साथ काफी धन भी कमाया और उसके परिवार का दबदबा भी बढ़ा। जेल में रहते हुए उसका रसूख उतना तो नहीं रहा, परंतु परिवार के लोग अच्छी तरह जीवनयापन करते रहे।

बृजेश का आर्थिक साम्राज्य

वर्ष 1991 के बाद बृजेश ने आपराधिक साम्राज्य के साथ-साथ अपना आर्थिक साम्राज्य भी बढ़ाना शुरू कर दिया। वह आजमगढ़ के वीरेंद्र सिंह टाटा की मदद से टाटा नगर पहुँच गया। उस समय बोकारो और टाटा नगर में स्क्रैप का काम जोरों पर था। बृजेश और वीरेंद्र टाटा ने स्क्रैप के काम पर भी कब्जा जमा लिया। वर्ष 1993 से 1997 तक वहाँ स्क्रैप की नीलामी होती थी, परंतु माफिया सरगनाओं की आपराधिक गतिविधियों के कारण नीलामी का काम 'इंटरनेट बिडिंग' के माध्यम से होने लगा। ई-नीलामी होने के कारण बृजेश और वीरेंद्र टाटा का स्क्रैप का काम बंद हो गया, परंतु तब तक उन्होंने काफी धन अर्जित कर लिया था।

बृजेश ने वाराणसी में पी.डब्ल्यू.डी, मंडी और रेलवे के ठेकों पर भी अपना वर्चस्व जमा लिया। उसने धनबाद के कोयला किंग सूरज देव सिंह की मृत्यु के बाद उनके विरोधी सुरेश सिंह के साथ हाथ मिला लिया। बृजेश का काम वाराणसी निवासी प्रमोद सिंह देखता था, जिसकी बाद में हत्या हो गई।

1995-96 में कोयला व्यापारी आनंद प्रकाश अग्रवाल निवासी भेलूपुर

जनपद वाराणसी के माध्यम से बृजेश ने चंदासी की कोयला मंडी में प्रवेश किया और पहले से चंदासी मंडी में अधिकार जमाए मुख्तार अंसारी और उसके गुर्गों को बेदखल करके कोयलामंडी पर एकच्छत्र राज स्थापित कर लिया। बृजेश ने वर्ष 2000 में कोयला मंडी के सभी व्यापारियों के कोयला लाइसेंस अपने आतंक के बल पर अपने कब्जे में ले लिये और उन्होंने प्रलोभन दिया कि लाभ का हिस्सा उनको भी दिया जाएगा। चंदासी मंडी में रेलवे रैक और ट्रकों के माध्यम से झरिया से कोयला आता था और नियम विरुद्ध तरीके से उसे ईंट भट्ठों और कारखानों को बेचा जाता था। बड़े पैमाने पर व्यापार-कर की चोरी की जाती थी, क्योंकि बृजेश के आतंक के कारण व्यापार कर अधिकारी कार्रवाई करने से डरते थे। उसने कोयले के व्यापार से भी अकूत धन अर्जित किया। इस धंधे पर लगाम उस समय लगी, जब कोयला घोटाले की जाँच सी.बी.आई. को दी गई और कोयला माफिया सुरेश सिंह की हत्या कर दी गई। सुरेश सिंह झरिया के कोयला व्यापार में बृजेश सिंह का पार्टनर था।

बृजेश सिंह ने शराब के धंधे में भी हाथ आजमाया। उसके बड़े भाई उदय नाथ सिंह उर्फ चुलबुल सिंह पूर्वांचल में सबसे बड़े शराब व्यवसायी बन गए। बृजेश के डर के कारण चुलबुल सिंह के सामने अन्य शराब व्यवसायी टिक नहीं पाते थे। आजमगढ़ के शराब व्यवसाय पर तो उसका पूरा कब्जा हो गया था। उसी दौरान उसने गोरखपुर के सबसे बड़े शराब व्यवसायी बद्री प्रसाद जायसवाल पर 7 मार्च, 1993 को बड़हलगंज गोरखपुर में हमला कर दिया। उसने फोन पर बद्री प्रसाद जायसवाल को धमकी दी थी कि वह आजमगढ़ के शराब ठेके पर हाथ न डाले, परंतु बद्री प्रसाद ने उसे साधारण गुंडा समझकर डाँट दिया था। वे अपनी मारुती 1000 कार से मऊ में शराब की नीलामी में भाग लेने जा रहे थे। बृजेश ने समझा कि वे आजमगढ़ जा रहे हैं, फिर क्या था! बृजेश ने ए.के.-47 से उनकी कार को छलनी कर दिया। बद्री प्रसाद जायसवाल तो बच गए, परंतु उनका मैनेजर शंभू यादव और एक प्राइवेट सुरक्षाकर्मी मारे गए। इस घटना के बाद बद्री प्रसाद जायसवाल इतना डर गए कि उन्होंने आजमगढ़, मऊ में अपना शराब कारोबार बंद कर दिया। बृजेश ने उत्तर प्रदेश के अलावा छत्तीसगढ़ और झारखंड में भी शराब का कारोबार फैला लिया।

शराब के कारोबार के अलावा उसने रियल एस्टेट व्यवसाय में भी काफी

धन लगाया। उसके गुर्गे भी उसके माध्यम से रियल एस्टेट का काम करने लगे। वे बृजेश सिंह को उसका हिस्सा पहुँचा देते थे। उसने वाराणसी में काफी अचल संपत्तियाँ बनाईं। पुलिस का दबाव बढ़ने पर बृजेश ने त्रिभुवन के साथ काफी समय उड़ीसा में बिताया, जहाँ उसे अरुण सिंह और त्रिभुवन को पवन सिंह के नाम से जाना जाता था। उन्होंने प्लॉट नंबर 69 बुद्धेश्वरी कॉलोनी, कटक रोड, भुवनेश्वर, उड़ीसा में मल्टी स्टोरी बिल्डिंग बनाकर बेचा। सिद्धार्थ अपार्टमेंट, अलीपुर, कोलकाता में उन्होंने फ्लैट खरीदे। उन्होंने अवैध तरीके से अर्जित धन को बड़ी कंस्ट्रक्शन कंपनियों में निवेशित भी किया।

असल में अपराध के जरिए राजनीति में प्रवेश करने व अकूत संपत्ति कमाने का द्वार गोरखपुर के माफिया हरिशंकर तिवारी ने खोला था। वे जेल में रहते हुए वर्ष 1985 में चिल्लूपार गोरखपुर से विधायक बन गए थे और बाद में विभिन्न सरकारों में मंत्री भी बने और अपने बेटों को एम.पी. और एम.एल.ए. बनवाया। उनके विरोधी बाहुबली वीरेंद्र प्रताप शाही वर्ष 1981 में ही लक्ष्मीपुर गोरखपुर से चुनाव जीतकर एम.एल.ए. बन चुके थे। दोनों का अपनी-अपनी बिरादरी में मान-सम्मान बढ़ गया और वे उनके हीरो बन गए थे।

बृजेश का विरोधी, मुख्तार अंसारी भी वर्ष 1996 में बहुजन समाज पार्टी के टिकट पर विधायक बन गया था। उसका बड़ा भाई अफजाल अंसारी तो वर्ष 1985 में ही कम्युनिस्ट पार्टी के टिकट पर चुनाव जीतकर मोहम्मदाबाद सीट से विधायक बन चुना था और बाद में समाजवादी पार्टी, बहुजन समाज पार्टी से 2 बार एम.पी.भी बना। 29 अप्रैल, 2023 को गैंगस्टर एक्ट के मामले में उसे 4 साल की सजा हुई और उसकी संसद् सदस्यता भी रद्द हो गई। उसके भाई मुख्तार अंसारी को दिसंबर 2023 तक 6 मामलों में सजा हो चुकी थी। 3 अगस्त, 1991 को वाराणसी में अवधेश राय की हत्या में मुख्तार अंसारी को 6 जून, 2023 को आजन्म कारावास की सजा हो गई, जिसके कारण वह कभी चुनाव नहीं लड़ पाएगा और जेल से आना भी मुश्किल है। मुख्तार का बेटा अब्बास अंसारी 2022 में मऊ विधानसभा सीट से विधायक बना, परंतु आपराधिक गतिविधियों के कारण विधायक बनने के कुछ दिन बाद ही जेल चला गया। अब्बास अंसारी की पत्नी निखत बानो भी फरवरी 2023 में जेल भेज दी गई। मुख्तार का सबसे बड़ा भाई सिगबतुल्लाह अंसारी भी मोहम्मदाबाद सीट से विधायक बना।

मुख्तार अंसारी पूर्वांचल का माफिया बनकर उभरा

1980 के दशक में मुख्तार अंसारी पूर्वी उत्तर प्रदेश का उभरता हुआ बदमाश था, जो साधू सिंह का चेला था। उसने साधू सिंह के साथ मिलकर 2 जनवरी, 1986 को मुड़ियार गाजीपुर में रामविलास सिंह और वीरेंद्र सिंह बेड़ा की हत्या की थी, परंतु उसका नाम इस हत्याकांड में नहीं आ पाया। उसने 17 जुलाई, 1986 को कांग्रेस विधायक अवधेश राय शास्त्री के सहयोगी सच्चिदानंद राय की आदिलाबाद मोहम्मदाबाद में हत्या करके सनसनी फैला दी थी। एक साल पहले ही उसका बड़ा भाई अफजाल अंसारी मोहम्मदाबाद विधानसभा सीट से विधायक बना था। भाई के विधायक बनते ही मुख्तार ने सरकारी ठेकों पर अपना कब्जा जमाना शुरू कर दिया और जो रास्ते में आया, वह निपटा दिया गया। 1986 के बाद ही मुख्तार अंसारी की आपराधिक गतिविधियाँ परवान चढ़ीं और उसने अपना एक संगठित गिरोह बना लिया। 22 नवंबर, 1989 को गाजीपुर अस्पताल में साधू सिंह की हत्या कर दी गई। साधू सिंह की हत्या के बाद गैंग की कमान मुख्तार अंसारी ने सँभाली और बृजेश-त्रिभुवन सिंह से मोर्चा लेना शुरू कर दिया। पूर्वी उत्तर प्रदेश के इन दोनों माफिया सरगनाओं के गैंगवार में 200 से अधिक लोगों की हत्याएँ हुईं। मुख्तार अंसारी और बृजेश सिंह, एम.एल.ए. व एम.एल.सी. बने, परंतु गैंगवार समाप्त नहीं हो पाया। बृजेश और मुख्तार अंसारी गैंग द्वारा की गई कुछ प्रमुख सनसनीखेज हत्याओं का विवरण दिया जा रहा है।

□

सिकरौरा नरसंहार
(9 अप्रैल, 1986)

नरेंद्र सिंह ग्राम सिकरौरा थाना बलुआ चंदौली का रहने वाला था, जिसकी दुश्मनी गाँव के प्रधान रामचंद्र यादव से थी। रामचंद्र यादव एक संपन्न किसान थे और इलाके में उनका बड़ा सम्मान था। वे उस समय समाजवादी पार्टी के वरिष्ठ नेता रामकरन दादा के बहुत नजदीक थे। उनका गाँव के कन्हैया सिंह और उनके पुत्र नरेंद्र सिंह आदि से जमीनी विवाद था। दुश्मनी इतनी बढ़ी कि नरेंद्र सिंह ने अपने रिश्ते के भानजे बृजेश सिंह से संपर्क किया और रामचंद्र यादव के पूरे परिवार के नरसंहार की योजना बना डाली। रामचंद्र यादव इस खौफनाक योजना से बिल्कुल अनभिज्ञ थे।

सिकरौरा में कन्हैया सिंह और रामचंद्र यादव के बीच जमीन के विवाद के अलावा वर्चस्व की जोर-आजमाइश भी चल रही थी। रामचंद्र यादव मजदूरों को कन्हैया सिंह से ज्यादा मजदूरी देते थे, जिसके कारण मजदूर पहले रामचंद्र यादव के यहाँ काम करने जाते थे। कन्हैया सिंह दबंग था और वह रामचंद्र यादव का इसलिए भी विरोध करने लगा कि उन्होंने मजदूरों की मजदूरी बढ़ा दी थी। अधिक मजदूरी मिलने के कारण मजदूर अब कन्हैया सिंह से भी अधिक मजदूरी की माँग करने लगे। यह दुश्मनी बढ़ती गई और कन्हैया ने अपने रिश्तेदार बृजेश सिंह से संपर्क करके रामचंद्र यादव के परिवार के सफाए की योजना बना डाली।

9 अप्रैल, 1986 को रामचंद्र यादव, वाराणसी में कांग्रेस के कद्दावर नेता श्याम लाल यादव के घर गए थे। वहाँ से उन्होंने शाम को वापस अपने घर जाने के लिए बस से प्रस्थान किया। वे रात लगभग 9 बजे पपौरा बस अड्डे पर पहुँचे। बस से उतरने के बाद वे राम उग्रह हलवाई की दुकान पर गए और जलपान करने

के बाद घर जाने के लिए तैयार हुए। राम उग्रह ने रात हो जाने के कारण उन्हें घर जाने से मना किया, परंतु वे राम उग्रह से एक लाठी माँगकर घर के लिए चल पड़े, जो वहाँ से मात्र 3 किमी. दूर था। खाना खाने के बाद परिवार के लोग सो गए थे। रामचंद्र प्रधान की पत्नी ने उन्हें खाना खिलाया। वह सरसों के तेल से उनकी मालिश करने लगी।

रात 11:30 बजे कन्हैया सिंह, उसके बेटे नरेंद्र सिंह, बृजेश सिंह आदि ने उनके घर पर हमला कर दिया। पहले परिवारजनों में पुरुषों व बच्चों को तमंचों से गोली मारी गई, फिर गँड़ासे से उनके शवों के कई टुकड़े कर दिए गए। रामचंद्र प्रधान जाग रहे थे और वे जान बचाने के लिए भागे, जिनका पीछा बदमाशों ने किया। उनकी बड़ी बेटी शारदा, भानजी मतंजली उनको बचाने के लिए उनसे लिपट गईं और बदमाश तमंचों से गोली चलाते रहे। इस घटना में शारदा को पाँच गोली और मतंजली को सात गोलियाँ लगीं। शारदा और मतंजली दोनों बच गईं, पर शारदा के कई ऑपरेशन होने के कारण उसे बच्चे नहीं हुए। दोनों लड़कियाँ घायल होने के बाद निढाल हो गईं। बदमाशों ने रामचंद्र यादव को कई गोलियों मारीं और फिर गँड़ासे से उनके शव के कई टुकड़े कर दिए। इसी दौरान क्रॉस फायरिंग में 12 बोर की एल.जी. कारतूस की गोली बृजेश सिंह के बाएँ पैर के घुटने में लगी और वह गंभीर रूप से घायल हो गया।

इस घटना में रामचंद्र यादव, उनके दो भाई और 3 वर्ष से 12 वर्ष की उम्र के बच्चे भी मारे गए। बदमाशों ने महिलाओं व लड़कियों की हत्या नहीं की, क्योंकि उनका उद्देश्य था कि रामचंद्र प्रधान के खानदान में कोई पुरुष सदस्य न बचने पाए, जिससे उनके वंश का सर्वनाश हो जाए। मारे गए सदस्यों का विवरण इस प्रकार है—

1. रामचंद्र यादव पुत्र पूर्णमासी यादव।
2. सियाराम यादव पुत्र पूर्णमासी यादव।
3. रामजनम यादव पुत्र पूर्णमासी यादव।
4. प्रमोद यादव पुत्र रामचंद्र यादव, उम्र 12 वर्ष।
5. मदन यादव पुत्र रामचंद्र यादव, उम्र 10 वर्ष।
6. टुनटुन यादव पुत्र रामचंद्र यादव, उम्र 5 वर्ष।
7. उमेश यादव पुत्र रामचंद्र यादव, उम्र 3 वर्ष।

इन हत्याओं के लिए बदमाशों ने चारा मशीन में लगने वाले गँड़ासे में लकड़ी का हत्था लगवाकर फरसा तैयार किया था और उसी से शवों के टुकड़े किए थे। रामचंद्र के छोटे भाई सियाराम यादव की पत्नी गरमी के मौसम में छत पर सो रही थी, जो अपने दो बच्चों और रामचंद्र यादव के दो छोटे बच्चों को लेकर छत से पीछे खेत में कूद गई। उसने गेहूँ के खेत में छिपकर अपनी व बच्चों की जान बचाई। रामचंद्र प्रधान का एक बेटा दिनेश, अपने चाचा रामजनम के साथ सोया था। जब रामजनम की हत्या की गई तो वह बच्चा रजाई में लिपटा हुआ पैर की तरफ था, जिससे वह बच गया। इस घटना के बाद यादव परिवार में 5 पुरुष सदस्य बचे, जिनमें रामचंद्र यादव के तीन बेटे दिनेश यादव, मनोज यादव और संतोष यादव तथा रामजनम यादव के दो बेटे संजय व रवींद्र यादव थे, जो उस समय सभी अबोध थे। इस घटना में परिवार की महिलाओं पर हमला नहीं किया गया, केवल रामचंद्र प्रधान की बेटी शारदा व भानजी मतंजली उन्हें बचाने के प्रयास में गंभीर रूप से घायल हुई थीं।

इस घटना के संबंध में थाना बलुआ जनपद चंदौली पर मु.अ.सं.: 28/1986 धारा–147/148/149/307/302/457/380/120बी आई.पी.सी. में मुकदमा लिखा गया, जिसमें निम्न अपराधी नामजद किए गए थे—

1. पंचम सिंह पुत्र कन्हैया सिंह निवासी सिकरौरा, थाना बलुआ।
2. देवेंद्र प्रताप सिंह पुत्र गया प्रसाद सिंह निवासी रामगढ़, थाना बलुआ।
3. वकील सिंह पुत्र लोकनाथ सिंह निवासी सिकरौरा, थाना बलुआ।
4. राकेश सिंह पुत्र भगवंत सिंह निवासी रामगढ़, थाना बलुआ।

घटना की विवेचना के दौरान निम्नलिखित अपराधियों की भी संलिप्तता पाई गई—

1. बृजेश कुमार सिंह उर्फ वीरू पुत्र रविंद्र नाथ सिंह उर्फ भुल्लन निवासी धौरहरा, थाना चैबेपुर।
2. रामदास उर्फ दीना सिंह पुत्र मिंता सिंह निवासी रामगढ़ बलुआ, चंदौली।
3. राजेंद्र पांडेय पुत्र इंद्र देव पांडेय निवासी पोटवा नारायनपुर, थाना नरही, बलिया।
4. कन्हैया सिंह पुत्र मार्कंडेय सिंह निवासी सिकरौरा, थाना बलुआ, चंदौली।

5. वंश नारायन सिंह पुत्र मार्कंडेय सिंह निवासी सिकरौरा, थाना बलुआ, चंदौली।
6. महेंद्र सिंह पुत्र वंश नारायन सिंह निवासी सिकरौरा, थाना बलुआ, चंदौली।
7. नरेंद्र सिंह पुत्र कन्हैया सिंह निवासी सिकरौरा, थाना बलुआ, चंदौली।
8. लोकनाथ सिंह पुत्र प्रसिद्धी सिंह निवासी रामगढ़ थाना बलुआ, चंदौली।
9. मुसाफिर सिंह पुत्र संतू सिंह निवासी रामगढ़, थाना बलुआ, चंदौली।

विवेचना के बाद 18 अगस्त, 1986 को पुलिस द्वारा सभी 13 बदमाशों के विरुद्ध न्यायालय में चार्जशीट प्रेषित कर दी गई।

बृजेश सिंह घायल होकर छिप गया था और जब पुलिस पहुँची तो उसने अपने को रामचंद्र परिवार का सदस्य बताया। पुलिस ने उसे मौके से ही गिरफ्तार कर लिया, जिससे उसकी जान बच गई अन्यथा वह उसी समय मार दिया जाता। इस नरसंहार के बाद बृजेश को पुलिस कस्टडी में वाराणसी अस्पताल में इलाज हेतु भेजा गया, परंतु तीन महीने बाद ही वह अस्पताल से फरार हो गया। इसी बीच 8 दिसंबर, 1988 को उसने अपने विपक्षी राजीव कुमार सिंह की हत्या अपने गाँव में ही कर दी।

□

रामविलास सिंह और वीरेंद्र सिंह बेड़ा की हत्या (2 जनवरी, 1986)

साधू सिंह अपने बड़े भाई मकनू सिंह की हत्या से तिलमिलाया हुआ था। वह बदला लेने के लिए उतावला था। वह त्रिभुवन सिंह के हमले से बच गया था, परंतु उसकी माँ गूदा देवी त्रिभुवन द्वारा चलाई गई गोली के कारण अपंग हो चुकी थी। साधू सिंह ने सोच लिया था कि यदि उसने अपने चचेरे भाइयों की हत्या नहीं की तो उसकी हत्या निश्चित है। सबसे पहले उसने गाँव में रह रहे वीरेंद्र सिंह बेड़ा और उसके भाई रामविलास सिंह की हत्या की योजना बनाई। रास्ते में गन्ने के खेत थे, जिसमें छिपकर आसानी से दोनों भाइयों की हत्या की जा सकती थी। साधू सिंह ने मुख्तार अंसारी, कमलेश पहलवान, बंशी सिंह, पाँचू सिंह, हरिहर सिंह बरहट आदि के साथ मिलकर दोनों भाइयों की हत्या की योजना को अंतिम रूप दिया।

वीरेंद्र सिंह बेड़ा और उसका भाई रामविलास बुलेट मोटरसाइकिल से अक्सर साथ ही चलते थे। वीरेंद्र सिंह, सी.आर.पी.एफ. में रहने के कारण राइफल चलाने में माहिर था। वह मोटरसाइकिल खुद न चलाकर अपने बड़े भाई हेड कॉन्स्टेबल राजेंद्र सिंह की लाइसेंसी राइफल लेकर पीछे बैठता था। रामविलास सिंह मोटरसाइकिल चलाते थे। साधू सिंह उनके आवागमन पर नजर रखने लगा। गाँव से पक्की सड़क पर मिलने वाले चकरोड के दोनों तरफ गन्ने के खेत थे। साधू और मुख्तार अंसारी का गैंग कई दिनों से गन्ने के खेत में छिपकर हमला करने का इंतजार करने लगा।

2 जनवरी, 1986 को उन्हें मौका मिल ही गया। जनवरी महीने में ठंडक बढ़ चुकी थी और दोपहर तक कोहरा रहता था। दोनों भाई सैदपुर जाने के लिए तैयार हुए, परंतु उनकी पत्नियों ने उन्हें जाने से मना किया। उन्होंने बताया कि रात में बड़ा खराब व भयानक सपना देखा है, जिससे किसी अनहोनी घटना की संभावना है।

रामविलास अपनी भाभी और पत्नी की बात पर विश्वास करके सैदपुर नहीं जाना चाहते थे, परंतु वीरेंद्र सिंह बेड़ा, जो सी.आर.पी.एफ. का सिपाही था, उसे यह सब अंधविश्वास लगा। पत्नियों ने दोनों को शुभ यात्रा के लिए दही और चीनी खिलाकर विदा किया। बुलेट मोटरसाइकिल रामविलास चला रहे थे और बेड़ा राइफल लेकर पीछे बैठ गया। वह सतर्क रहता था कि कहीं उसके दुश्मन हमला न कर दें।

साधू सिंह गैंग गाँव के बाहर उनके इंतजार में पहले से ही गन्ने के खेत में घात लगाए बैठा था। उन लोगों ने अनुमान लगाया था कि गाँव के कच्चे चकरोड के मोड़ पर गाड़ी धीमी होगी और उसी समय उन पर आसानी से हमला किया जा सकता है। गैंग का शातिर बदमाश बंशी सिंह, पागल जैसे कपड़े पहनकर बबूल की झाड़ लेकर पतले कच्चे रास्ते पर मोड़ के पास धीरे-धीरे चल रहा था, जिससे ऐसा लग रहा था कि कोई व्यक्ति बबूल की झाड़ अपने किसी काम के लिए ले जा रहा है। सुबह के 10:30 बजे जैसे ही गाँव से दोनों भाई अपनी बुलेट मोटरसाइकिल यू.एस.वी.-2323 से उत्तर की तरफ गनेश कोइरी के खेत के पास पहुँचे ही थे कि पागल का भेष बनाए बंशी सिंह ने मोटरसाइकिल पर बम फेंक दिया, जो रामविलास सिंह के सिर पर लगा। वे वहीं पर गिर पड़े। उसी समय खेत से उन दोनों पर गोलियाँ चलने लगीं। साधू सिंह, मुख्तार अंसारी, कमलेश सिंह निवासी डहन, हरिहर सिंह निवासी बरहट, अरुण कुमार सिंह निवासी नारीपचदेवरा थाना करंडा, मनीराम सिंह निवासी कोरकुरेम थाना रसड़ा बलिया, वीरेंद्र सिंह निवासी नूरपुर थाना करंडा और सुभाष सिंह निवासी खुटही थाना शादियाबाद गाजीपुर ने राइफलों व बंदूकों से अंधाधुंध फायरिंग करके रामविलास सिंह और वीरेंद्र सिंह बेड़ा की हत्या कर दी। साधू और मुख्तार अंसारी, मृतकों की मोटरसाइकिल तथा राइफल लेकर मौके से भाग गए और बाकी गैंग के सदस्य पैदल ही भाग खड़े हुए। त्रिभुवन सिंह ने अपने दोनों भाइयों की हत्या की रिपोर्ट थाना सैदपुर में लिखाई, जिसमें मुख्तार अंसारी का नाम नहीं आ पाया। तत्कालीन डिप्टी एस.पी. श्रीराम त्रिपाठी बताते हैं कि जब उन्हें घटना की सूचना मिली, उस समय वे अपने एस.पी. हरभजन सिंह (आई.पी.एस.-1976) के साथ पुलिस लाइन गाजीपुर में थे। दोनों अधिकारी वहीं से घटनास्थल पर गए थे। साधू सिंह ने अपने भाई मकनू सिंह की हत्या का बदला 84 दिन के भीतर ही अपने दो चचेरे भाइयों की हत्या करके ले लिया।

□

हवलदार राजेंद्र सिंह की हत्या
(25 अक्तूबर, 1988)

रामपति प्रधान के सबसे बड़े बेटे राजेंद्र सिंह उत्तर प्रदेश पुलिस में सिपाही के पद पर भर्ती हुए थे। वे प्रमोशन पाकर वाराणसी ट्रैफिक पुलिस में हवलदार बन गए थे। साधू सिंह और मुख्तार अंसारी ने हवलदार राजेंद्र सिंह की हत्या का षड्यंत्र रचा। दोनों ने सोचा कि पुलिस में होने के कारण राजेंद्र सिंह उनके लिए खतरा बन सकते हैं। राजेंद्र सिंह के पिता रामपति सिंह, भाइयों रामविलास सिंह और वीरेंद्र सिंह बेड़ा की हत्या साधू सिंह अपने गिरोह के साथ पहले ही कर चुका था। त्रिभुवन सिंह अपने पिता व भाइयों की हत्या का बदला लेने के लिए उतावला था। उसने बृजेश सिंह के साथ मिलकर संगठित गिरोह बना लिया था। हवलदार राजेंद्र सिंह भी पिता और भाइयों की हत्या का बदला लेना चाहते थे। उन्होंने नीलामी में पुलिस की एंबेसडर पिकअप खरीदी थी, जो त्रिभुवन सिंह द्वारा भी प्रयोग में लाई जाती थी। उनकी सीधी लड़ाई मुख्तार अंसारी से छिड़ चुकी थी। साधू सिंह, अपने भाई मकनू सिंह के मारे जाने के बाद परिवार में इकलौता सक्षम व्यक्ति था, जो मुख्तार अंसारी के साथ मिलकर अपने भाई की हत्या का बदला लेने के लिए उतावला था। एक ही परिवार में छिड़ा गैंगवार अब विस्तार ले चुका था। मुड़ियार के गैंगवार में अब बृजेश सिंह और मुख्तार अंसारी गैंग की एंट्री हो चुकी थी और वे एक-दूसरे गैंग के सदस्यों की चुन-चुनकर हत्याएँ कर रहे थे।

साधू सिंह और मुख्तार अंसारी ने हवलदार राजेंद्र सिंह की गतिविधियों पर नजर रखना शुरू कर दिया। राजेंद्र सिंह ड्यूटी के लिए ट्रैफिक पुलिस लाइन वाराणसी के मुख्य गेट से ही निकलते थे। साधू सिंह और मुख्तार अंसारी ने इसी स्थान पर उनकी हत्या करने की योजना बनाई। 25 अक्तूबर, 1988 की शाम को

राजेंद्र सिंह अपनी पत्नी को पुलिस लाइन गेट पर बैठाकर ट्रैफिक पुलिस लाइन के अंदर गए। 10 मिनट बाद ही वे गेट पर आए। वे अपनी पत्नी की आँखों के इलाज के लिए अस्पताल जाने के लिए निकल रहे थे। इसी बीच मुख्तार अंसारी, साधू सिंह और गैंग के सदस्यों के साथ एंबेसडर कार से ट्रैफिक पुलिस लाइन गेट पर आ धमका। कार जैसे ही गेट पर पहुँची, साधू सिंह की नजर राजेंद्र सिंह पर पड़ी। मुख्तार ने तुरंत अपने खास शूटर अताउर्रहमान उर्फ बाबू को गोली चलाने का इशारा कर दिया। बाबू की टेलीस्कोपिक राइफल गरज उठी। एक गोली राजेंद्र सिंह के सीने पर लगी और वे अपनी पत्नी के सामने ही निढाल होकर गिर पड़े। ट्रैफिक पुलिस लाइन के जवान उन्हें तुरंत एंबुलेंस से अस्पताल ले गए, जहाँ डॉक्टरों ने उन्हें मृत घोषित कर दिया। इस घटना में मुख्तार अंसारी गैंग के भीम सिंह निवासी करंडा, साधू सिंह निवासी मुड़ियार सैदपुर गाजीपुर, कमलेश सिंह पहलवान निवासी डहन सैदपुर गाजीपुर, हरिहर सिंह निवासी बरहट थाना शादियाबाद गाजीपुर, मुख्तार अंसारी निवासी युसुफपुर मोहम्मदाबाद और वंशीधर सिंह उर्फ वंशी निवासी कोहड़ा सकरारी धानापुर नामजद किए गए।

हवलदार राजेंद्र सिंह की मृत्यु के बाद उनके शव के पास से एक .455 बोर की अवैध रिवॉल्वर मिली थी। राजेंद्र सिंह अपने पास वह अवैध रिवॉल्वर हमेशा रखते थे और पुलिस में होने के कारण उन्हें पकड़े जाने का भय भी नहीं था। मृतक राजेंद्र सिंह के खिलाफ मुकदमा अपराध संख्या 413/88 धारा 25 आर्म्स एक्ट में कायम हुआ था, जिसमें उनकी मृत्यु होने के कारण पुलिस द्वारा अंतिम रिपोर्ट लगा दी गई।

त्रिभुवन सिंह अपने पिता और तीन भाइयों को पहले ही खो चुका था। राजेंद्र सिंह की हत्या से त्रिभुवन सिंह को बहुत बड़ा झटका लगा। उस समय पूरे परिवार के भरण-पोषण की जिम्मेदारी हवलदार राजेंद्र सिंह पर ही थी। उनकी माँ सहित तीन भाभियाँ भी विधवा हो चुकी थीं। उनके भी बच्चे राजेंद्र सिंह पर ही आश्रित थे। राजेंद्र सिंह की हत्या के बाद त्रिभुवन हर हालत में साधू सिंह और उसके परिवार को नेस्तनाबूद करना चाहता था और बृजेश सिंह के साथ उसकी हत्या की योजना बनाने लगा। उसे अपने गुरु साहब सिंह का भी सहयोग मिल रहा था।

□

साधू सिंह, दामोदर सिंह सहित 6 हत्याएँ (22 नवंबर, 1989)

हवलदार राजेंद्र सिंह की हत्या में साधू सिंह जेल चला गया और 1989 तक गाजीपुर जेल में बंद रहा। वर्ष 1989 के उत्तर प्रदेश विधानसभा आम चुनाव से ठीक पहले साधू की पत्नी ने गाजीपुर जिला अस्पताल में एक पुत्र को जन्म दिया। साधू ने विधायक अफजाल अंसारी से जुगाड़ लगाया और बीमारी का बहाना बनाकर जिला अस्पताल गाजीपुर में भर्ती हो गया। उसकी पत्नी ने पुत्री के बाद एक पुत्र को जन्म दिया था, जिससे साधू बहुत खुश था। वह अपने नवजात बेटे और पत्नी के साथ अधिक-से-अधिक समय गुजारना चाहता था। त्रिभुवन सिंह अपने पिता और अपने भाइयों की हत्याओं से तिलमिलाया हुआ था। 25 अक्तूबर, 1988 को हुई भाई राजेंद्र सिंह की हत्या से उसे बड़ा झटका लगा था। राजेंद्र सिंह पुलिस में होने के कारण परिवार के लिए काफी मददगार थे। त्रिभुवन सिंह हर हालत में साधू सिंह की हत्या करना चाहता था और वह उसके जेल से निकलने का इंतजार कर रहा था।

त्रिभुवन सिंह को पता चल गया था कि साधू सिंह गाजीपुर जिला अस्पताल के प्राइवेट वार्ड में भर्ती हो चुका है। उसने अपने साथियों से रेकी करवाकर साधू सिंह की हत्या की योजना अपने गुरु साहब सिंह के साथ तैयार की। साधू सिंह की हत्या सुबह के समय करने की योजना बनाई गई, क्योंकि जाड़े का मौसम होने के कारण सुबह घना कोहरा था। योजना के अनुसार साहब सिंह डिप्टी एस.पी., त्रिभुवन सिंह इंस्पेक्टर और गैंग के सदस्य हवलदार व सिपाही की वर्दी पहनकर गाड़ी से जिला अस्पताल पहुँच गए। साधू की सुरक्षा में गाजीपुर जेल और पुलिस के जवान लगे हुए थे, परंतु डिप्टी एस.पी. और इंस्पेक्टर को देखकर उन्हें कोई

शक नहीं हुआ। दो बदमाश साधू सिंह की जाँच के बहाने धड़धड़ाते हुए उसके प्राइवेट वार्ड में घुस गए और उसकी पत्नी के सामने अंधाधुंध फायरिंग करके उसको मार डाला। पुलिस अभिरक्षा में साधू सिंह हत्या से पुलिस महकमे में हड़कंप मच गया। उसके चेले मुख्तार अंसारी ने अपने विधायक भाई अफजाल अंसारी द्वारा पुलिस प्रशासन के विरुद्ध हंगामा खड़ा कर दिया।

साधू सिंह की हत्या के संबंध में मु.अ.सं. 773/89 धारा 147/148/149/307/302/171 आई.पी.सी. कोतवाली गाजीपुर में लिखा गया। इस घटना की रिपोर्ट साधू सिंह की सुरक्षा में लगे जिला जेल गाजीपुर के बंदी रक्षक बंश नारायण सिंह द्वारा लिखवाया गया था। बंश नारायण सिंह ने एफ.आई.आर. में दरोगा की वर्दी में एक आदमी नाम-पता अज्ञात तथा दो व्यक्ति सिपाही वर्दी में नाम-पता अज्ञात लिखाया था। उसने तीन अज्ञात लोगों के विरुद्ध भी मुकदमा लिखाया था, जो सफेद एंबेसडर पिकअप में बैठे हुए थे। एंबेसडर पिकअप उस समय पुलिस में एस.पी. रैंक के अधिकारियों द्वारा प्रयोग की जाती थी।

पुलिस की विवेचना में निम्न अपराधियों के नाम प्रकाश में आए—

1. त्रिभुवन सिंह पुत्र रामपति सिंह निवासी मुड़ियार, थाना सैदपुर गाजीपुर
2. विजय शंकर सिंह पुत्र रामपति सिंह निवासी मुड़ियार, थाना सैदपुर गाजीपुर
3. सुरेंद्र सिंह पुत्र जयनाथ सिंह निवासी मुड़ियार, थाना सैदपुर गाजीपुर
4. देवनाथ यादव पुत्र विशेश्वर यादव निवासी मुड़ियार, थाना सैदपुर गाजीपुर
5. साहब सिंह पुत्र मुसाफिर सिंह निवासी सकरारी, थाना धानापुर वाराणसी

पुलिस द्वारा सभी आरोपियों के विरुद्ध चार्जशीट लगाई गई। उस समय साहब सिंह, त्रिभुवन सिंह का इतना आतंक था कि गवाह ठीक से गवाही नहीं दे पाए। वैसे भी साधू सिंह के परिवार में उसकी माँ के अलावा कोई बचा ही नहीं था, जो इस मुकदमे की पैरवी कर सके। न्यायालय द्वारा 4 अगस्त, 1990 को सभी आरोपियों को दोषमुक्त कर दिया गया।

साधू सिंह की हत्या करने के बाद त्रिभुवन सिंह, साहब सिंह आदि सीधे ग्राम मुड़ियार पहुँचे और उन्होंने साधू सिंह के लाचार विकलांग भाई दामोदर सिंह को घेर लिया। दामोदर सिंह को आँख से दिखाई नहीं पड़ता था। वह गिड़गिड़ाता रहा

कि उसका कोई दोष नहीं है, उसको न मारें, परंतु त्रिभुवन के सिर पर खून सवार था। उसने कहा कि दामोदर भइया, आप तो सबसे बड़े हो, आपके छोटे भाई साधू ने मेरे पिता और तीन भाइयों की हत्या की है। मेरे परिवार ने तीनों भाइयों की चिताएँ जलाई हैं, जिसमें दो भाइयों की चिताएँ एक साथ जलाई गई थीं। मेरे परिवार के लिए वह सबसे असहनीय दुःखद क्षण था, जिसे मैं कभी नहीं भूल पाया। आपके भाइयों ने ही मेरे पिता की हत्या की थी। आपको याद होगा कि आपके हत्यारे भाई साधू सिंह को मेरी माँ ने अपना दूध पिलाकर पाला था। आपकी माँ के सीने में फोड़ा हो गया था और उस समय नन्हे साधू को मेरी माँ अपना दूध पिलाती थी। उसी साधू ने मेरे पिता की हत्या करके मेरी माँ को विधवा बना दिया। मुझे रात-दिन अपनी माँ की चीत्कार याद आती है, जब वह चीखती हुई कहती है कि साधू ने उनके दूध का भी लिहाज नहीं रखा। मैं अपनी तीनों भाभियों का विलाप देख नहीं पाता, जो अपने यौवनकाल में ही विधवा बना दी गईं। आप भले ही कमजोर और लाचार हो, परंतु हो तो उनके भाई, आज आपको भी साधू के साथ नरक पहुँचाता हूँ। मैं अभी-अभी साधू सिंह को गोलियों से छलनी करके आया हूँ, लेकिन आप तो इतने अभागे हो कि उसकी अंत्येष्टि में भी शामिल नहीं हो पाओगे। हाँ, आपकी चिता भी साधू सिंह के साथ अवश्य जलेगी। यह कहते हुए त्रिभुवन ने उसे कई गोलियाँ मारीं, जिससे मौके पर ही दामोदर सिंह ने दम तोड़ दिया। इस प्रकार अपने दुश्मन तीनों चचेरे भाइयों मकनू सिंह, साधू सिंह और दामोदर सिंह की हत्या करके त्रिभुवन ने अपने पिता व तीनों भाइयों की हत्या का बदला ले ही लिया। वह इतने पर ही नहीं रुका और घर के नौकर मखंचू की भी हत्या कर दी। मखंचू ही घर की खेती-बाड़ी देखता था। दामोदर सिंह की माँ गूदा देवी को भी त्रिभुवन ने बुरी तरह पीटा।

रमाशंकर सिंह की हत्या

दामोदर सिंह की हत्या करने के बाद वे गाँव के ही रमाशंकर सिंह उर्फ खेदन सिंह की तलाश करने लगे। रमाशंकर सिंह अपने घर के पास ही मिल गए। उनको भी गोलियों से छलनी कर दिया गया। त्रिभुवन सिंह परिवार में हुए जमीन विवाद का कारण रमाशंकर सिंह को ही मानता था। त्रिभुवन सिंह के घर के सामने डेढ़ बिस्वा जमीन रमाशंकर सिंह की ही थी। वह उसे बेचना चाहता

था। इस जमीन को त्रिभुवन के पिता रमापति सिंह और साधू सिंह की माँ गूदा देवी खरीदना चाहती थी। रमाशंकर सिंह ने गूदा देवी को आश्वस्त किया था कि वह जमीन उन्हीं को बेचेगा, परंतु उसने जमीन रमापति सिंह को बेच दी। जब गूदा देवी को जानकारी हुई तो उसने रमाशंकर सिंह को घर बुलाया और कहा कि तुमने जमीन रमापति सिंह को क्यों बेच दी? रमाशंकर सिंह ने झूठ बोल दिया कि वह अपनी जमीन उन्हें ही बेचना चाहता था, परंतु रमापति सिंह ने अपनी दबंगई से जमीन लिखवा ली है।

रमाशंकर सिंह की हत्या के संबंध में श्रीमती शारदा देवी पत्नी स्व. भगवान् सिंह निवासी मुड़ियार थाना सैदपुर गाजीपुर द्वारा थाने में मु.अ.सं. 91/89 धारा 147/148/149/323/302 आई.पी.सी में लिखवाया गया। इस मुकदमे में त्रिभुवन सिंह, विजय शंकर सिंह पुत्रगण रमापति सिंह, सुरेंद्र सिंह पुत्र जयनाथ सिंह निवासी मुड़ियार, देवनाथ यादव पुत्र विश्वेश्वर यादव निवासी मुड़ियार तथा साहब सिंह पुत्र मुसाफिर निवासी कोहड़ा सकरारी, धानापुर, वाराणसी नामजद किए गए थे। पुलिस द्वारा 16 अप्रैल, 1990 को सभी आरोपियों के विरुद्ध चार्जशीट न्यायालय में प्रेषित कर दी गई।

मुड़ियार गाँव में नरसंहार करके साहब सिंह पूरे गैंग के साथ अपने गाँव सकरारी पहुँचा। वे मुख्तार अंसारी के खास शूटर बंशी सिंह की हत्या करना चाहते थे, परंतु वह गाँव में नहीं मिला। साहब सिंह और त्रिभुवन सिंह ने बंशी सिंह के नजदीकी पारस सिंह और रामजी सिंह की हत्या कर दी। पारस सिंह वही व्यक्ति था, जिसने शुरुआत में साहब सिंह को सकरारी गाँव के छुन्ना की हत्या में फर्जी फँसाया था।

दो-तीन दिन के अंदर ही यह गैंग ग्राम निधौरा थाना बलुआ पहुँचा और साधू सिंह गैंग के सियाराम यादव की हत्या कर दी। तीन-चार दिन में ही आठ हत्याएँ की गईं, जिससे साधू सिंह का पूरा गैंग टूट गया। बचे हुए लोगों ने मुख्तार अंसारी के घर 'फाटक' में शरण ली। यहीं पर बैठक करके साधू सिंह गैंग की कमान मुख्तार अंसारी को सौंपी गई। मुख्तार अंसारी ने अपने गुरु साधू सिंह और मकनू सिंह की हत्या का बदला लेने की कसम खाई। बृजेश सिंह ने अपने मित्र त्रिभुवन सिंह का मजबूती से साथ दिया। बृजेश सिंह और मुख्तार अंसारी के बीच सीधे गैंगवार छिड़ गया।

दामोदर, साधू सिंह और मकनू सिंह की हत्या के बाद उनकी माँ गूदा देवी अकेली रह गई। उसके तीनों बेटों की हत्याएँ उसके सामने हुईं, जिसके लिए वह काफी हद तक स्वयं ही जिम्मेदार थी। एक माँ हमेशा अपने बेटों को अपराध की दुनिया से अलग रहने की शिक्षा देती है, परंतु गूदा देवी ने कोस-कोसकर अपने बेटों से अपने जेठ रामपति सिंह और उनके बेटों वीरेंद्र सिंह बेड़ा और रामविलास सिंह की हत्याएँ करवाईं। गूदा गाँव में हर किसी से गाली-गलौज में ही बात करती थी और कहती थी कि उसके बेटे सबसे बड़े बदमाश हैं, वह उनसे कहकर किसी की भी हत्या करवा सकती है। मुड़ियार गाँव में गूदा देवी का आतंक था। बुढ़ापे में उसकी कमर झुक गई थी और उस हालत में भी वह हाथ में छड़ी टेकते-टेकते कहीं भी पहुँच जाती थी। एक बार वह तहसील पहुँचकर एस.डी.एम. व तहसीलदार से बदतमीजी कर चुकी थी। उसने अपने डंडे को तहसीलदार के पेट में अड़ाकर दबा दिया था और गाली-गलौच किया कि उसका काम क्यों नहीं कर रहा है? एक बार चकबंदी अधिकारी गाँव में आए थे, गूदा अपने अपंग हाथ में छड़ी लेकर पहुँच गई और चकबंदी अधिकारी को धमकाया, "का रे हमार जमीनिया के चक गाँव से दूर कर दिहै, मैं अपने बेटों से कहकर तोहका जान से मरवा देब," यह कहते हुए गूदा ने चकबंदी अधिकारी के साथ बैठे लेखपाल की पीठ पर दो छड़ी जड़ दी थी। त्रिभुवन ने दामोदर की हत्या के समय चाची गूदा देवी की बुरी तरह पिटाई भी की थी। कुछ दिनों बाद गूदा देवी भी इस दुनिया से चल बसी।

□

साहब सिंह की हत्या
(8 जून, 1990)

साधू सिंह की हत्या के बाद गैंग की कमान पूर्ण रूप से मुख्तार अंसारी के हाथ में आ गई थी। वह चुन-चुनकर अपने विरोधियों की हत्याएँ करने लगा। साहब सिंह पूर्वांचल का सबसे कुख्यात अपराधी माना जाता था। उसका संबंध धनबाद के कोयला किंग सूरज देव सिंह से भी था। उसने अपने गैंग के साथ सूरज देव सिंह के कई विरोधियों को ठिकाने लगाया था। पूर्वी उत्तर प्रदेश के कई शातिर अपराधी उसके चेले थे। त्रिभुवन और बृजेश की मुलाकात साहब सिंह के घर पर ही हुई थी, जब वह गुरैनी घाट गाजीपुर में हुए हमले में घायल होकर घर पर रह रहा था। उसे देखने के लिए त्रिभुवन सिंह सकरारी गया था। उसी समय बृजेश भी उसका हालचाल पूछने आया था। साहब सिंह ने वहीं पर बृजेश सिंह और त्रिभुवन सिंह की दोस्ती कराई थी। त्रिभुवन सिंह ने अपने दुश्मनों की हत्या के लिए शुरुआत में साहब सिंह का ही सहारा लिया था। साहब सिंह ने ही बृजेश की मुलाकात सूरज देव सिंह से कराई थी और बाद में बृजेश, सूरज देव सिंह का सबसे खास शूटर बन गया और उनके कई विरोधियों की हत्याएँ कीं, जो उस समय सूरज देव सिंह के माफिया राज को चुनौती दे रहे थे। साहब सिंह का संबंध बिहार के कई शातिर अपराधियों से भी था, जिसके माध्यम से बृजेश ने भी अपने संबंध बनाए और कोयलांचल में खुद को स्थापित करके अकूत संपत्ति कमाई।

साधू सिंह की हत्या के आरोप में 9 मई, 1990 को साहब सिंह न्यायालय में आत्मसमर्पण करके वाराणसी जेल चला गया। बृजेश सिंह और अपने गैंग के सदस्यों से सलाह करके वह न्यायालय में हाजिर हुआ था। वह भी चुनाव लड़कर विधायक बनना चाहता था। मुख्तार अंसारी ने पुलिस कस्टडी में साहब सिंह की

हत्या की योजना बनाई। 8 जून, 1990 को साहब सिंह जेल से कोर्ट में मुकदमे की पेशी पर आया था। पेशी के समय उसके 40-50 समर्थक कोर्ट परिसर में पहुँच गए। पुलिस वैन का डाला खुला और सभी कैदी पुलिस वैन से नीचे उतर गए। साहब सिंह वैन के डाले पर खड़े होकर रूमाल हिलाकर अपने समर्थकों का अभिवादन स्वीकार कर रहा था। वह अपने को पूर्वांचल का बेताज बादशाह समझता था।

मुख्तार अंसारी गैंग उसकी हत्या के लिए कचहरी में पहले से ही डेरा डाल चुका था। उसका रिश्ते में ससुर व मित्र अताउर्रहमान उर्फ बाबू करीब 300 मीटर दूर एक एंबेसडर कार में गैंग के साथ बैठा था। अताउर्रहमान ने इसी बीच अपनी .22 हार्नेट टेलीस्कोपिक राइफल से उसके सीने को लक्ष्य करके ट्रिगर दबा दिया। गोली इतनी सटीक लगी थी कि साहब सिंह वहीं ढेर हो गया। मुख्तार अंसारी ने अपने दुश्मन त्रिभुवन और बृजेश सिंह के गुरु साहब सिंह की हत्या करके उन्हें जोरदार झटका दे दिया और अपने गुरु साधू सिंह और मकनू सिंह की हत्या का बदला भी ले लिया।

□

बृजेश सिंह और मुख्तार अंसारी गैंग द्वारा की गई कुछ सनसनीखेज घटनाएँ

साधू सिंह और साहब सिंह के मारे जाने के बाद मुख्तार अंसारी की सीधी लड़ाई बृजेश सिंह से शुरू हो गई और इस लड़ाई ने गैंगवार का रूप ले लिया। दोनों एक-दूसरे से संबंधित लोगों की हत्याएँ करने लगे। कुछ सनसनीखेज हत्याओं का विवरण दिया जा रहा है।

बृजेश सिंह गैंग द्वारा की गई हत्याएँ

1. रघुनाथ यादव की हत्या (14 जून, 1992)

रघुनाथ यादव, बृजेश सिंह के गाँव धौरहरा का रहने वाला था। बृजेश सिंह के पिता रवींद्र नाथ सिंह उर्फ भुल्लन सिंह की हत्या में उसकी मुख्य भूमिका थी। रघुनाथ यादव धौरहरा का सबसे संपन्न व्यक्ति था। उसकी कई बसें चलती थीं। उसका मेहसाना, गुजरात में डेयरी का बड़ा कारोबार था। रघुनाथ मेहसाना में गन्ने के रस के ठेले भी लगवाता था। एक समय उसके पास लगभग एक हजार रस निकालने वाले ठेले थे। उसने इस धंधे में बृजेश के दुश्मनों अनिल सिंह उर्फ पाँचू सिंह और बंशी सिंह को भी पार्टनर बना लिया था। बंशी सिंह, सकरारी धानापुर का रहने वाला था और अपने गाँव के कुख्यात अपराधी साहब सिंह का दुश्मन था। पाँचू-बंशी गैंग भी पूर्वांचल में काफी कुख्यात था और बृजेश के दुश्मन मुख्तार अंसारी से हाथ मिला लिया था। पाँचू-बंशी गैंग पर जब पुलिस का दबाव पड़ता था तो दोनों रघुनाथ यादव के पास मेहसाना, गुजरात चले जाते थे। इन दोनों ने अपने गैंग के साथ गुजरात और मुंबई में किराए पर कई हत्याएँ की थीं।

बृजेश सिंह की आपराधिक गतिविधियाँ काफी बढ़ गई थीं, जिसके कारण रघुनाथ यादव मेहसाना में ही रहता था और अपने गाँव में आने की हिम्मत नहीं जुटा पाता था। बृजेश सिंह हर हालत में रघुनाथ यादव की हत्या करना चाहता था, जिसमें मुंबई में रह रहे मफिया सुभाष ठाकुर ने उसका साथ दिया। सुभाष ठाकुर, दाउद इब्राहीम से जुड़ा हुआ था। सुभाष ठाकुर ने अपने शूटर सुनील सावंत, बृजेश सिंह और त्रिभुवन सिंह के साथ रघुनाथ यादव की हत्या करने की योजना बनाई और मेहसाना पहुँच गया। गैंग रघुनाथ यादव की गतिविधियों की जानकारी करने लगा। 14 जून, 1992 को उन्होंने मेहसाना में रघुनाथ यादव के घर पर हमला बोल दिया और कई गोलियाँ मारकर उसकी हत्या कर दी। हत्या करने के बाद बृजेश और त्रिभुवन सिंह दीवार कूदकर भागे। सूचना पर मेहसाना पुलिस के सब इंस्पेक्टर एच.सी. झाला जिप्सी से पहुँच गए और उन्होंने गैंग का पीछा किया। बृजेश ने सब इंस्पेक्टर झाला पर गोली चला दी, जिससे वे गंभीर रूप से घायल होकर स्थायी रूप से विकलांग हो गए।

वर्ष 2008 में बृजेश को भुवनेश्वर, उड़ीसा में दिल्ली पुलिस द्वारा गिरफ्तार किया गया। गुजरात पुलिस रघुनाथ यादव हत्याकांड में उसे साबरमती सेंट्रल जेल ले गई। उस पर मेहसाना जिला न्यायालय में मुकदमा चलाया गया। प्रिंसिपल सेशन जज जी.एन. पटेल ने साक्ष्य के अभाव में 31 अक्तूबर, 2012 को उसे रघुनाथ यादव की हत्या के केस से बरी कर दिया।

2. बाँके बिहारी सिंह की हत्या

बृजेश सिंह के पिता की हत्या में धौरहरा निवासी बाँके बिहारी सिंह भी शामिल था। उसने बृजेश सिंह के चाचा बच्चा सिंह की हत्या उस समय की थी, जब सिकरौरा नरसंहार के आरोप में बृजेश सिंह जेल में था। बाँके बिहारी सिंह लखनऊ हजरतगंज स्थित कृषि भवन में बाबू था। बृजेश सिंह अपने साथी कालीदास सिंह के साथ लखनऊ आकर बाँके बिहारी सिंह की गतिविधियों पर नजर रखने लगा। सब इंस्पेक्टर की वर्दी पहनकर वह लिफ्ट से बाँके बिहारी सिंह के दफ्तर पहुँच गया। कृषि भवन के सुरक्षाकर्मियों ने उसे दरोगा समझकर नहीं रोका। उसने और कालीदास सिंह ने अपनी 45 बोर पिस्टल निकाली और मैगजीन में भरी सारी गोलियाँ बाँके बिहारी सिंह पर खाली कर दीं। वर्ष 1989-1990 में घटित हुई इस घटना से राजधानी लखनऊ दहल गई थी।

3. लुल्लुर सिंह की हत्या

धौरहरा निवासी लुल्लुर सिंह शातिर अपराधी था और गाड़ियों की चोरी और लूट करता था। दबंग लुल्लुर सिंह, बृजेश सिंह का विरोधी था और मुख्तार अंसारी गैंग में शामिल हो गया था। वह हमेशा मुख्तार के साथ चलता था और मुख्तार द्वारा दी गई सेमी ऑटोमैटिक .30 यू.एस. कार्बाइन उसके पास रहती थी। वह चंदासी मंडी में मुख्तार अंसारी के कोयले का कारोबार देखता था। एक दिन वह चंदासी कोयला मंडी गया था, जहाँ उसे कुछ व्यापारियों से पैसा वसूलना था। पुलिस रिकॉर्ड में लुल्लुर सिंह को पुलिस मुठभेड़ में मारना बताया गया, जिसके पास से .30 यू.एस. कार्बाइन बरामद हुई थी। अपराध जगत् के अनुसार लुल्लुर सिंह की हत्या बृजेश सिंह ने की थी, परंतु पुलिस ने उसे मुठभेड़ का रूप दे दिया।

4. शिव सिंह की हत्या

धौरहरा निवासी शिव सिंह, बृजेश सिंह के दुश्मन अनिल सिंह उर्फ पाँचू का चाचा था। शिव सिंह नामी-गिरामी पहलवान और दबंग था। शिव सिंह भी अपराध की दुनिया में चला गया था और बृजेश के पिता भुल्लन सिंह की हत्या में उसकी भी भूमिका थी। बृजेश सिंह द्वारा वर्ष 1993-94 में धौरहरा गाँव में ही उसकी हत्या कर दी गई।

5. राजेश सिंह की हत्या

राजेश सिंह पाँचू सिंह का भाई था और बृजेश सिंह की हत्या करने के लिए पढ़ाई छोड़कर बदमाश बन गया था। वाराणसी के जेलर तुलसी सिंह यादव हुकुलगंज में आलीशान मकान बनाकर रहते थे। जेलर होने के कारण उनका अपराधियों से भी अच्छा संबंध बन गया था। राजेश सिंह का उनके घर आना-जाना था। उसकी दोस्ती जेलर के बेटे हरि सिंह से हो गई थी। अगस्त 1990 में एक दिन हरि सिंह अपने स्कूटर पर राजेश सिंह को बैठाकर वाराणसी के प्रसिद्ध गोदौलिया चौराहे की तरफ निकला। वह चौराहे के पास बाँस फाटक पर पहुँचा ही था कि बृजेश सिंह अपनी बुलेट मोटरसाइकिल से वर्दी पहनकर पहुँच गया और .45 बोर पिस्टल से राजेश को कई गोलियाँ मारीं। एक गोली पिकेट ड्यूटी पर बैठे

कॉन्स्टेबल शुक्ला के पैर में भी लग गई। पुलिस ने अपनी कारगुजारी दिखाते हुए राजेश सिंह को पुलिस मुठभेड़ में मारना बताया। उसके पास से एक .455 बोर रिवॉल्वर और 50 से अधिक कारतूसों से भरा झोला मिला था।

राजेश सिंह का संबंध बृजेश के विरोधी मुख्तार अंसारी से था। उस समय बदमाश जब भी किसी हत्या को अंजाम देने जाते थे तो एक अच्छी पिस्टल/रिवॉल्वर और झोले में ढेर सारा कारतूस रखते थे। साइड हथियार के रूप में चाकू और तमंचा अवश्य होता था। वे मुख्य हथियार के फँसने पर चाकू और तमंचे का प्रयोग विकल्प के तौर पर करते थे। हत्या करने वाली मुख्य पार्टी के पीछे मोटरसाइकिलों पर कवर देने वाली पार्टी भी लगी रहती थी, जो घिर जाने के बाद उनकी सहायता के लिए मौके पर तुरंत पहुँच जाती थी। इस प्रकार की योजना मुख्तार अंसारी गैंग का ट्रेड मार्क था।

6. बंशी सिंह और अनिल सिंह उर्फ पाँचू की पुलिस मुठभेड़ में मौत (11 जनवरी, 1999)

बंशी-पाँचू सारनाथ में अपने परिचित के घर रुके हुए थे। वे दोनों मुख्तार अंसारी गैंग से जुड़े हुए थे। मुख्तार अंसारी द्वारा की गई कई हत्याओं में उनकी भी भूमिका रहती थी। उनका एक संगठित गिरोह था, जिसमें हरिहर सिंह निवासी बरहट, अरुण सिंह व भीम सिंह सभी निवासी गाजीपुर मुख्य सदस्य थे। बंशी-पाँचू करंडा गाजीपुर के ब्लॉक प्रमुख धनंजय सिंह के भी काफी करीबी थे। बंशी-पाँचू गैंग में ए.के.-47 व 9 एम.एम. पिस्टल जैसे घातक हथियार थे। पाँचू सिंह ने बृजेश सिंह के पिता रवींद्र सिंह उर्फ भुल्लन सिंह की हत्या की थी, बदले में बृजेश ने उसके पिता हरिहर सिंह की हत्या कर दी थी। दोनों पक्षों में गैंगवार छिड़ चुका था। पाँचू सिंह अपने गैंग के साथ बृजेश और उसके परिजनों की हत्या की योजना बना रहा था।

पाँचू के साथी बंशी सिंह की दुश्मनी अपने गाँव के ही साहब सिंह से चल रही थी। वह मुख्तार अंसारी के साथ मिलकर 8 जून, 1990 को वाराणसी कचहरी में साहब सिंह की हत्या कराने में सफल भी हो गया। कहावत है कि दुश्मन का दुश्मन दोस्त होता है और इसी समीकरण के तहत बंशी-पाँचू ने हाथ मिलाया था और बृजेश सिंह के दुश्मन बन गए थे। उनका गैंग बंशी-पाँचू गैंग के नाम से

कुख्यात था और उत्तर प्रदेश के अलावा गुजरात, महाराष्ट्र में भी किराए पर हत्याएँ करता था। मेहसाना, गुजरात में बृजेश के दुश्मन रघुनाथ यादव का घर इन दोनों का अड्डा हुआ करता था और रघुनाथ ने गन्ने के जूस के ठेलों में इन्हें पार्टनर बना लिया था।

11 जनवरी, 1999 को सारनाथ वाराणसी में बंशी और पाँचू के रुकने की भनक बृजेश सिंह को लग गई थी। उसने सटीक सूचना वाराणसी पुलिस तक पहुँचा दी। वाराणसी पुलिस इस गैंग के पीछे पहले से ही पड़ी हुई थी। पुलिस ने बंशी-पाँचू को घेर लिया। बंशी-पाँचू अपने को पुलिस से घिरा पाकर गोली चलाते हुए भागे, परंतु मुठभेड़ में दोनों मारे गए। उनके मारे जाने के बाद बृजेश सिंह के दो बड़े दुश्मनों का सफाया हो गया।

7. अजय खलनायक पर हमला (4 मई, 2013)

बृजेश सिंह के उड़ीसा में गिरफ्तार होने के बाद अजय खलनायक उसका सबसे विश्वासपात्र बन गया और उसका कारोबार देखने लगा था। कभी उसके कोयले और शराब के कारोबार को उसके बड़े भाई चुलबुल सिंह और भतीजे सुशील सिंह देखा करते थे, परंतु पारिवारिक मतभेद होने के कारण बृजेश सिंह ने अपनी पत्नी की राय पर अजय खलनायक को अपना कारोबार सौंप दिया था। 4 मई, 2013 को कैंट थाना वाराणसी का टकटकपुर इलाका देर शाम गोलियों की तड़तड़ाहट से गूँज उठा। माफिया डॉन बृजेश सिंह के सबसे करीबी अजय खलनायक की फॉरच्यूनर गाड़ी को फिल्मी स्टाइल में बदमाशों ने घेर लिया और गोलियों की बौछार कर दी। गाड़ी में सवार अजय खलनायक व उसकी पत्नी गंभीर रूप से घायल हो गए। चंदौली का रहने वाला अजय खलनायक वहाँ का जिला पंचायत सदस्य भी था। उसकी पत्नी मीरा सिंह भी जिला पंचायत सदस्य रही। यह घटना बृजेश सिंह के दुश्मन बी.के.डी. द्वारा की गई थी, जो धौरहारा निवासी पाँचू सिंह का सगा भाई था। इस घटना में मुड़ियार निवासी सतीश सिंह ने भी भाग लिया, जो वहाँ के शातिर बदमाश रहे मकनू सिंह का बेटा था। सतीश भी अपने पिता की हत्या का बदला लेना चाहता था, जिसकी हत्या साहब सिंह, त्रिभुवन सिंह आदि ने मिलकर 10 अक्तूबर, 1985 को कर दी थी।

8. पकड़ीकलाँ नरसंहार (7 अगस्त, 1994)

पकड़ीकलाँ, आजमगढ़ के थाना तरवा क्षेत्र में राजपूतों का गाँव है, जो अब जहानागंज थाने में आ गया है। बृजेश और त्रिभुवन का खास मित्र वीरेंद्र सिंह टाटा पुत्र गौरीशंकर सिंह निवासी रोशनपुर, थाना जहानागंज, आजमगढ़ का रहने वाला था और कुख्यात अपराधी था। वह बृजेश के शराब और अन्य विभागों के ठेकों का काम देखता था। आजमगढ़ जिले के शराब का ठेका बृजेश सिंह ही लेता था, जो उसके गुर्गों के नाम पर लिया जाता था और वीरेंद्र टाटा शराब के साथ-साथ बृजेश के अन्य काले कारोबार का इंचार्ज था। वीरेंद्र टाटा, बृजेश और त्रिभुवन की दुश्मनी हरिहर सिंह निवासी बरहट से थी, जो मुख्तार अंसारी गैंग का शूटर था और अपनी ससुराल पकड़ीकलाँ में पनाह पाता था। वीरेंद्र टाटा को शक हो गया कि हरिहर सिंह उसकी हत्या की साजिश रच रहा है और यदि उसे मारा नहीं गया तो उसकी हत्या अवश्य हो जाएगी। टाटा ने यह बात अपने गुरु बृजेश और त्रिभुवन को बताई, जिन्होंने हरिहर सिंह की मौत का फरमान जारी कर दिया।

17 जुलाई, 1994 को बृजेश ने अपने दो शूटर सुनील सिंह और अजय प्रताप सिंह निवासी वाराणसी को पकड़ीकलाँ निवासी हरिहर सिंह की हत्या की योजना से पूर्व रेकी करने के लिए भेजा। दोनों शूटर ढाबे पर शराब पीकर खाना खा रहे थे और नशे में हरिहर सिंह को ठिकाने लगाने की बात करने लगे। हरिहर सिंह भी वहाँ बैठा था। उसने इन दोनों शूटरों को पकड़वा लिया और पकड़ीकलाँ गाँव के लोगों के साथ मिलकर उन दोनों की जमकर पिटाई की। जब वे मरणासन्न हो गए तो उन्हें सड़क पर डाल दिया गया। सड़क पर काम चल रहा था। हरिहर सिंह ने रोड रोलर को उन दोनों शूटरों पर कई बार चढ़ाया, जिससे उनके शव सड़क से चिपक गए। हरिहर सिंह ने अपना आतंक कायम करने के लिए दिन-दहाड़े यह जघन्य हत्या की थी। ऐसी दर्दनाक मौत की घटना पूर्वांचल में पहली बार हुई थी, जो पहले सिनेमा के परदे पर ही देखने को मिलती थी।

त्रिभुवन और बृजेश ने तुरंत अपने शूटरों की मौत का बदला लेने का प्लान तैयार कर लिया। घटना के 21 दिन बाद 7 अगस्त, 1994 को त्रिभुवन सिंह, बृजेश सिंह, वीरेंद्र टाटा, सुरेंदर सिंह, वाराणसी निवासी काशी लोहार आदि आधा दर्जन से अधिक बदमाश शाम 6 बजे पकड़ीकलाँ पहुँच गए। वे सभी पुलिस की वर्दी में थे। त्रिभुवन डिप्टी एस.पी., बृजेश इंस्पेक्टर तथा अन्य हवलदार और सिपाही

की वर्दी पहने हुए थे। वर्दी देखकर गाँव वालों को शक नहीं हुआ। सभी शूटर उस घर पर पहुँच गए, जहाँ हरिहर सिंह के मौजूद होने की सूचना थी। कमरे में बहुत से लोग टी.वी. देख रहे थे। बदमाशों ने एकाएक ए.के.-47 राइफलों से अंधाधुंध फायर करना शुरू कर दिया, जिसमें निम्न 8 लोग मारे गए और आधा दर्जन से अधिक घायल हो गए—

1. रामपति यादव (अमीन) निवासी सरायखुरसू, थाना देवगाँव, आजमगढ़।
2. जगन्नाथ चौबे निवासी पकड़ीकलाँ, थाना तरवा, आजमगढ़।
3. गोपीराम निवासी भरतवानी डुभाँव, थाना तरवा, आजमगढ़।
4. पारस निवासी पकड़ीकलाँ, थाना तरवा, आजमगढ़।
5. गुलाब कहार निवासी भरतवानी डुभाँव, थाना तरवा, आजमगढ़।
6. संजय सिंह उर्फ पप्पू निवासी पकड़ीकलाँ, थाना तरवा, आजमगढ़।
7. रामाज्ञा निवासी अवनी, थाना तरवा, आजमगढ़।
8. प्रभुराम (सहायक अमीन) निवासी टाड़कडीह, थाना देवगाँव, आजमगढ़।

इस नरसंहार से पूरे पूर्वांचल में बृजेश गैंग का आतंक फैल गया और कोई भी व्यक्ति उसके गैंग के विरुद्ध मुँह खोलने का साहस नहीं कर पाता था।

9. बद्री प्रसाद जायसवाल पर हमला (7 मार्च, 1993)

गोरखपुर निवासी बद्री प्रसाद जायसवाल शराब के बड़े कारोबारी थे। उनका शराब कारोबार पूरे पूर्वांचल में फैला था। 7 मार्च, 1993 को आजमगढ़, मऊ में शराब के ठेकों की नीलामी हो रही थी। बृजेश सिंह ने बद्री प्रसाद जायसवाल को फोन किया कि वह आजमगढ़ का ठेका लेने न जाएँ, वहाँ के शराब का ठेका वह ले रहा है। बद्री प्रसाद जायसवाल ने टेलीफोन पर ही उसे डाँट दिया। जायसवाल यह नहीं जानते थे कि उन्हें फोन करने वाला शातिर बदमाश बृजेश सिंह है, अन्यथा वे शायद ऐसी बात नहीं करते। बद्री जायसवाल जनपद मऊ के शराब के ठेकों में भाग लेने के लिए अपनी मारुति-1000 कार से मैनेजर शंभू यादव के साथ जा रहे थे, जिसका रास्ता बड़हलगंज से होकर ही जाता है। जैसे ही उनकी गाड़ी बड़हलगंज, गोरखपुर मुख्य मार्ग पर पहुँची, बृजेश सिंह ने समझा कि बद्री प्रसाद

जायसवाल आजमगढ़ शराब ठेके की नीलामी में भाग लेने जा रहे हैं। उसने और त्रिभुवन सिंह ने ए.के.-47 राइफलों से गोलियाँ चलाईं, जिसमें बद्री जायसवाल का मैनेजर शंभू यादव और प्राइवेट सुरक्षाकर्मी मारे गए। बद्री प्रसाद जायसवाल बाल-बाल बचे। इस घटना से बृजेश ने यह साफ संदेश दे दिया कि अगर किसी ने आजमगढ़ में शराब के ठेके में भाग लेने का प्रयास किया तो उसे जान से हाथ धोना पड़ेगा। बद्री प्रसाद जायसवाल ने उस घटना के बाद कभी आजमगढ़ का रुख नहीं किया और शराब का ठेका बृजेश सिंह ही वीरेंद्र टाटा और जय प्रकाश जायसवाल के नाम से लेता था। जय प्रकाश जायसवाल अपने राजनीतिक रसूख से एम.एल.सी. भी बने।

10. वीरेंद्र सिंह टाटा की हत्या (24 जून, 1996)

वीरेंद्र सिंह टाटा, ग्राम रोशनपुर, थाना तरवा (अब जहानागंज) का रहने वाला था और जमशेदपुर टाटानगर में स्क्रैप का व्यवसाय करता था, जहाँ से उसने काफी धन कमाया। टाटानगर में रहने के कारण इसका उपनाम ही 'टाटा' पड़ गया। टाटानगर के अलावा उसका स्क्रैप का कारोबार बोकारो स्टील प्लांट में भी चलता था। स्क्रैप के व्यवसाय में कई और बाहुबली सक्रिय थे, जिनका मुकाबला वीरेंद्र सिंह टाटा अकेले नहीं कर सकता था। टाटा ने बृजेश सिंह से संपर्क करके उसे टाटानगर बुला लिया, जो कई हत्याओं के बाद फरार चल रहा था। बृजेश सिंह वहाँ अरुण कुमार सिंह के नाम से रहने लगा। बृजेश के बाहुबल का इस्तेमाल करके टाटा की कमाई काफी बढ़ गई और बृजेश भी इस धंधे में उसका पार्टनर बन गया। बृजेश का साथ ग्राम मुड़ियार, गाजीपुर निवासी त्रिभुवन सिंह ने दिया, जो बृजेश का खास मित्र और शूटर था। इन दोनों की जोड़ी जय (त्रिभुवन) व वीरू (बृजेश) के नाम से जानी जाती थी। यह धंधा 1995 तक चला, परंतु टाटा कंपनी ने स्क्रैप के धंधे में बाहुबलियों के दखल के कारण इलेक्ट्रॉनिक नीलामी की व्यवस्था लागू कर दी और यह नीलामी मुंबई, चेन्नई, दिल्ली, कोलकाता, हैदराबाद तथा अन्य महानगरों में बदल-बदलकर की जाने लगी। इलेक्ट्रॉनिक नीलामी लागू होते ही जमेशदपुर में वीरेंद्र टाटा, बृजेश के स्क्रैप का धंधा समाप्त हो गया। धंधा खत्म होने पर वीरेंद्र सिंह टाटा आजमगढ़ आ गया और शराब के धंधे में लग गया। बृजेश सिंह ने भी शराब के कारोबार

में काफी पैसा लगाया और दोनों आधे-आधे के पार्टनर हो गए। टाटा आजमगढ़ में शराब के धंधे में बृजेश सिंह का चेहरा था। शराब का कारोबार जय प्रकाश जायसवाल के नाम से चलता था। जय प्रकाश जायसवाल सरैया डिस्टलरी व शुगर मिल सरदार नगर, गोरखपुर में एजेंट का काम करता था और शराब के धंधे में माहिर था। बृजेश सिंह अपने बाहुबल से किसी भी व्यक्ति को आजमगढ़ में टेंडर नहीं डालने देता था।

आजमगढ़ में बृजेश का शराब कारोबार वीरेंद्र सिंह टाटा और जय प्रकाश जायसवाल के माध्यम से फलने-फूलने लगा, जिसमें उसे काफी लाभ हुआ। वीरेंद्र टाटा, बृजेश सिंह को ठीक से हिसाब नहीं देता था। उसने उसका काफी पैसा दबा लिया था। बृजेश का विश्वास टाटा से हट गया और उसने जय प्रकाश जायसवाल को बुलाकर हिसाब लिया तो बेईमानी सामने आ गई। बृजेश ने नाम बदलकर आजमगढ़ जेल में बंद वीरेंद्र टाटा से मुलाकात की। टाटा ने बृजेश से माफी माँगी और आश्वासन दिया कि वह पूरे पैसों का हिसाब दे देगा। टाटा की नीयत खराब हो गई और वह पैसे देने में टाल-मटोल करने लगा। बृजेश को शक हो गया कि पुलिस और उसके विरोधियों से मिलकर टाटा उसकी हत्या करवा सकता है। यह शंका इसलिए भी बलवती हुई, क्योंकि एक गैंग में रहने के कारण टाटा को बृजेश की गतिविधियों और ठिकानों की जानकारी थी। बृजेश ने त्रिभुवन सिंह से परामर्श करके वीरेंद्र सिंह टाटा की हत्या की योजना बना ली।

हत्या के अपराध में वीरेंद्र सिंह टाटा नैनी जेल इलाहाबाद (प्रयागराज) में बंद था और वह अपने मुकदमे की पेशी में आजमगढ़ कोर्ट में आता-जाता था। वह आजमगढ़ में 2-3 दिन के अंतराल पर अपने 2-3 मुकदमे लगवा लेता था और पुलिस के सहयोग से रोशनपुर अपने आलीशान बँगले में परिवार के साथ समय बिताता था। 24 जून, 1996 को प्रयागराज जिले की पुलिस पार्टी वीरेंद्र सिंह टाटा को पेशी के बाद नैनी जेल वापस ले जा रही थी। शाम 4.30 बजे ठेकमा बाजार, आजमगढ़ में पुलिस की वैन रुकी। पुलिस स्कोर्ट ने टाटा को पुलिस वैन में न बैठाकर जय प्रकाश जायसवाल द्वारा उपलब्ध कराई गई टाटा सियरा कार में बैठा लिया था। टाटा को आशंका थी कि कहीं जय प्रकाश जायसवाल उस पर बृजेश से हमला न करवा दे, जिसके कारण उसने उसे भी कार में बैठा लिया। रानी की सराय में जय प्रकाश जायसवाल ने बहाने से गाड़ी रुकवाई और सबको चाय

पिलाई। जायसवाल वहीं पर उतर गया और पुलिस स्कोर्ट टाटा को लेकर नैनी जेल के लिए रवाना हो गई।

अब टाटा के साथ उसके वकील रामशंकर सिंह पुत्र रामधारी सिंह ग्राम कोल्हूखार, थाना जहानागंज भी बैठ गए और कार की अगली सीट पर हेड कॉन्सटेबल सूरजभान दुबे अपनी कार्बाइन लेकर बैठे थे। बृजेश, त्रिभुवन, सुरेंद्र सिंह मुड़ियार, नरेंद्र मामा निवासी सिकरौरा थाना बलुआ, अनिल सिंह मरदह (सत्येंद्र सिंह पप्पू) आदि एक नीली बत्ती लगी सफेद जिप्सी में पुलिस की वर्दी में वहाँ पहुँच गए। उस समय बृजेश गैंग के पास पाँच ए.के.-47 राइफलें थीं। जिप्सी वीरेंद्र टाटा की सियरा कार के बगल में आई और जब तक पुलिस कुछ समझ पाती, बदमाशों ने अंधाधुंध फायर करना शुरू कर दिया। बदमाशों ने फायर करके जिप्सी को थोड़ा आगे बढ़ाकर रोक लिया और गाड़ी से उतरकर गोली चलाना चाहते थे। इसी बीच हेड कॉन्सटेबल चंद्रभान दुबे ने अपनी कार्बाइन से फायर कर दिया। गोली अनिल सिंह मरदह के माथे पर लगी और वह जिप्सी में ही ढेर हो गया। अनिल सिंह मरदह का असली नाम सत्येंद्र सिंह पप्पू था, जो कुख्यात साहब सिंह का साला था। बृजेश ने फुर्ती से उतरकर एक पेड़ की आड़ लेकर हेड कॉन्सटेबल पर फायर झोंक दिया, जिससे चंद्रभान दुबे गाड़ी के अंदर ही मारे गए। अब बृजेश गैंग ने सियरा गाड़ी को घेर लिया। टाटा उस समय पिछली सीट के नीचे सिर किए बचाव के प्रयास में था, परंतु उस पर ए.के.-47 से ब्रस्ट फायर किया गया। वह अपने वकील रामशंकर सिंह के साथ मारा गया। कुछ बदमाश पुलिस पार्टी की तरफ फायर करते रहे, जिससे स्कोर्ट इंचार्ज दरोगा नर्वदेश्वर पांडेय बुरी तरह घायल हो गए। बृजेश गैंग ने अनिल सिंह मरदह की लाश को ग्राम मुड़ियार, जिला गाजीपुर के पास गंगा नदी में बहा दिया। पुलिस अभिलेखों में एस.एल.आर., थर्टी कार्बाइन, 9 एम.एम. कार्बाइन व छोटे असलहों का प्रयोग अंकित है, परंतु यह पूरी तरह सत्य नहीं है। बदमाशों ने पाँच ए.के.-47 राइफलों का प्रयोग किया था। अपराध जगत् के अनुसार बृजेश गैंग को दाउद इब्राहीम द्वारा दस ए.के.-47 राइफलें, बीस-पच्चीस .30 बोर चायनीज स्टार पिस्टल और दस 45 बोर पिस्टल उपलब्ध कराई गई थीं। इसके अतिरिक्त इस गैंग के पास लगभग एक दर्जन 9 एम.एम. पिस्तौलें भी थीं। टाटा हत्याकांड में संजय कुमार सिंह निवासी रोशनपुर द्वारा अज्ञात व्यक्तियों के विरुद्ध मुकदमा कायम कराया गया था। मुकदमे की

गंभीरता को देखते हुए राज्य सरकार द्वारा इसकी विवेचना उत्तर प्रदेश क्राइम ब्रांच सी.आई.डी. को सौंप दी। सी.आई.डी. इस घटना का अनावरण नहीं कर पाई और अंतिम रिपोर्ट लगा दी गई। पाँच-पाँच ए.के.-47 राइफलों की अंधाधुंध फायरिंग से पूरा पूर्वांचल दहल गया। आम आदमी को भी मालूम था कि इस घटना को किसने अंजाम दिया है, परंतु किसी ने गवाही देने की हिम्मत नहीं की। यू.पी. सी.आई.डी. सबूत नहीं जुटा पाई और मुकदमे को समाप्त कर दिया। वीरेंद्र टाटा की हत्या के बाद आजमगढ़ जिले के शराब कारोबार पर बृजेश सिंह का आधिपत्य कायम हो गया, जिसे जय प्रकाश जायसवाल चलाने लगा। कहा जाता है कि टाटा की हत्या में जय प्रकाश जायसवाल की भी भूमिका रही, जो सत्य प्रतीत होती है, क्योंकि सियरा कार और ड्राइवर, जायसवाल द्वारा ही उपलब्ध कराए गए थे। जय प्रकाश जायसवाल बहाना बनाकर सियरा कार से पहले ही उतर गया था।

इस घटना से बृजेश का आतंक पूरे पूर्वांचल में फैल गया और उसके ठेकों व अन्य काले कारोबार में किसी अन्य बाहुबली की टाँग अड़ाने की हिम्मत नहीं होती थी। बृजेश ने अपने शराब का कारोबार आजमगढ़ के अलावा मऊ, वाराणसी, भदोही, गाजीपुर, चंदौली और मिर्जापुर में भी फैला लिया था। वाराणसी में बृजेश के बड़े भाई चुलबुल सिंह शराब के कारोबार के अलावा कोयला मंडी चंदासी में कोयला, रेलवे स्क्रैप व अन्य विभागों के ठेकों का काम देखते थे।

11. विनोद कुमार सिंह उर्फ पंडित सिंह पर जानलेवा हमला

विनोद कुमार सिंह उर्फ पंडित सिंह गोंडा के रहने वाले थे और समाजवादी पार्टी के दबंग विधायक व मंत्री रहे। वे मुलायम सिंह यादव के बड़े खास आदमी थे। राजनीतिक प्रतिद्वंद्विता के कारण उनके विरोधी द्वारा उन्हें जान से मारने के लिए बृजेश सिंह को सुपारी दी गई थी। बृजेश, त्रिभुवन, सुरेंद्र सिंह उर्फ मामा ग्राम मुड़ियार व अन्य शातिर अपराधी गोंडा पहुँच गए। उनके विरोधी नेता द्वारा बदमाशों को शरण दी गई। मौका पाते ही पंडित सिंह को बृजेश सिंह के खास शूटर

पंडित सिंह

सुरेंद्र सिंह 'मामा' ने 45 बोर पिस्टल से छह-सात गोली मारी। पंडित सिंह गंभीर रूप से घायल हो गए। पिस्टल की सभी गोलियाँ उनके पेट में लगी थीं। मुलायम सिंह यादव ने स्टेट हेलीकॉप्टर भेजकर उन्हें एस.जी.पी.जी.आई. लखनऊ में भर्ती कराकर इलाज करवाया और वे बच गए। इस घटना में उनके राजनीतिक विरोधी बृजभूषण शरण सिंह का नाम आया, परंतु इस मुकदमे में भी कोई कार्रवाई नहीं हो पाई। कुछ राजनीतिक लोगों ने बीच में पड़कर दोनों पक्षों में सुलह करा दी।

12. गुड्डू सिंह निवासी भोजूवीर वाराणसी की हत्या

गुड्डू सिंह वाराणसी के यू.पी. कॉलेज गेट के पास रहता था। वह बृजेश सिंह का खास शूटर था और उसके लिए हत्याएँ करता था। बृजेश की हनक से उसकी ठेकेदारी भी अच्छी चलने लगी थी। वाराणसी में दो-तीन करोड़ रुपए के सड़क के काम की नीलामी होनी थी। गुड्डू भी पहुँच गया और टेंडर फॉर्म भर दिया। बृजेश के बड़े भाई चुलबुल सिंह के गुर्गे वहाँ टेंडर फॉर्म लेने के लिए पहले से लगे थे, जिन्होंने गुड्डू को मना किया कि चुलबुल भइया यह ठेका लेंगे, इसलिए वे टेंडर फॉर्म न खरीदें। गुड्डू बड़ा हेकड़ था, उसने चुलबुल सिंह के आदमियों को दो-दो तमाचे जड़कर वहाँ से भगा दिया। गुर्गों ने चुलबुल सिंह को फोन किया, जो तुरंत वहाँ पहुँच गया। उसने अपने भाई बृजेश की हेकड़ी दिखाकर गुड्डू को टेंडर फॉर्म भरने से मना किया। जिस पर गुड्डू ने कहा कि क्या सभी काम आप ही लेंगे, हम लोग क्या करेंगे। यह बात चुलबुल सिंह को बहुत बुरी लगी। उन्होंने तुरंत अपने ट्रंप कार्ड भाई बृजेश को फोन मिला दिया कि गुड्डू ने आज उनकी बेइज्जती कर दी है। चुलबुल सिंह की दबंगई बृजेश के नाम पर ही चलती थी और उसी के नाम पर वह ठेकेदारी के अलावा शराब का कारोबार भी चलाता था। वह पचास हजार के साइकिल स्टैंड के ठेकों से लेकर पचास करोड़ के ठेके लेने पहुँच जाते थे। वह छोटे ठेकों में भी अपने अलावा किसी का दखल बरदाश्त नहीं करते थे। बृजेश ने अपने भाई को समझाया कि यह काम गुड्डू को कर लेने दें, इस पर दु:खी होकर चुलबुल ने फोन काट दिया। थोड़ी देर बाद चुलबुल सिंह ने त्रिभुवन को फोन मिलाया और कहा कि "का भइया, अब इहै होई।" त्रिभुवन ने प्यार से समझाया कि वे वीरू (बृजेश) से बात कर लेंगे।

त्रिभुवन और बृजेश ने आपस में बात की कि आज गुड्डू सिंह ने बड़े भइया

की बेइज्जती की है, कल हम दोनों के लिए भी खतरा बन सकता है। वहीं पर गुड्डू के डेथ वारंट पर दस्तखत हो गए। त्रिभुवन ने थोड़ी देर बाद गुड्डू को फोन मिलाया और प्यार से कहा कि वीरू ने चुलबुल भइया को बहुत डाँटा है। तुम हमारे आदमी हो, टेंडर डालकर काम करो। मैंने वीरू (बृजेश सिंह) से बात कर ली है। जब तुम मजबूत रहोगे तभी तो हम लोग मजबूत होंगे। काम करके खूब मजबूत बनो, लो वीरू से बात करो। बृजेश ने भी उसी अंदाज में प्यार से बात की और कहा कि भइया की आदत हो गई है कि हर टेंडर में टाँग अड़ाते हैं, तुम किसी की मत सुनो, जब तक मैं न कहूँ। क्या हर काम अब भइया ही लेंगे और हमारे आदमी भूखे रहेंगे। हम जल्दी ही आजमगढ़ आएँगे, जहाँ एक बड़ा काम निकल रहा है और तुम्हारी मुलाकात चीफ इंजीनियर से भी कराएँगे।

अपराध जगत् के अनुसार दो-चार दिन के बाद ही बृजेश और त्रिभुवन आजमगढ़ में एक भट्ठे पर पहुँच गए और वहीं मटन, बाटी-चोखा व शराब का इंतजाम हुआ। त्रिभुवन, बृजेश शराब नहीं पीते थे। थोड़ी देर में गुड्डू आ गया और शराब का आनंद लेने लगा। गुड्डू अपने साथ अच्छी किस्म की व्हिस्की की कई बोतलें लाया था। बृजेश का पूरा गैंग वहीं मौजूद था। इसी बीच चीफ इंजीनियर साहब भी आ गए और उन्होंने गुड्डू से कहा कि बृजेश भाई के कहने पर मैंने तुम्हारे लिए दस करोड़ का काम फाइनल कर दिया है। यह सुनकर गुड्डू गद्गद हो गया। गुड्डू से कहा गया कि अब तो दस करोड़ का काम मिलने का जश्न मना लिया जाए। फर्जी चीफ इंजीनियर गैंग का ही एक सदस्य था, जिसे गुड्डू नहीं जानता था। इंजीनियर साहब भी एक नंबर के पियक्कड़ थे, जिन्होंने गुड्डू के साथ जमकर व्हिस्की पी। गुड्डू मदहोश हो गया और नशे में बृजेश के भाई चुलबुल सिंह को गाली देने लगा।

त्रिभुवन और बृजेश इत्मीनान से गुड्डू की बहकी-बहकी बाते सुनते रहे और आपस में मंत्रणा की कि शराब के नशे में आदमी के दिल के अंदर की बात बाहर आ ही जाती है। अगर इसे नहीं मारा गया तो यह भविष्य में हम लोगों के लिए बड़ा खतरा बन जाएगा। गुड्डू अपनी सुरक्षा में दो पिस्तौलें हमेशा लेकर चलता था। त्रिभुवन सिंह उसके सामने आकर कुर्सी पर बैठ गया और गुड्डू से बोला कि तुमने भइया को गाली क्यों दी? जब तक मदहोश गुड्डू कुछ समझ पाता, तब तक त्रिभुवन ने अपनी पॉइंट 45 बोर पिस्टल की दो गोलियाँ उसकी खोपड़ी में उतार दीं

और उसकी लाश को भट्ठे में झोंकवा दिया। गुड्डू की लाश का कोई पता नहीं चल पाया और न ही पुलिस में कोई मुकदमा ही लिखा गया। उसके भाई बब्बू सिंह को पता चल गया कि गुड्डू अब इस दुनिया में नहीं है। बब्बू सिंह भी दमदार शूटर था और ठेकेदारी करता था। बृजेश और त्रिभुवन को पता चला कि बब्बू सिंह के दिल में अपने भाई का बदला लेने की भावना उभर आई है, बस फिर क्या था! उसकी मौत का भी वारंट जारी हो गया। वर्ष 2000–2001 में बब्बू सिंह वाराणसी कचहरी में चाय की दुकान पर बैठा था, जहाँ बृजेश के शूटर पहुँच गए और बब्बू सिंह की गोली मारकर हत्या कर दी।

गुड्डू के भाई शैलेंद्र सिंह पुलिस में थे और उसके दूसरे भाई पप्पू सिंह को पुलिस सुरक्षा मिली हुई थी। 30 जुलाई, 2008 को मुख्तार अंसारी ने पप्पू की हत्या के लिए अपने कई खास शूटर भेजे जिसका नेतृत्व बाबू यादव कर रहा था। पप्पू का ड्राइवर खतरा भाँप गया और बाबू यादव के पैर पर गाड़ी चढ़ा दी। पुलिस के गनर ने तुरंत बाबू यादव को गोली मार दी। बाबू यादव की घातक .45 बोर पिस्टल धरी–की–धरी रह गई और मुख्तार अंसारी ने अपना एक खास शूटर खो दिया।

13. छात्रनेता अविनाश सिंह और खूँटी सिंह की हत्या

छात्रनेता अविनाश सिंह और खूँटी सिंह भी काफी दबंग थे। वे दोनों अनिल सिंह के काफी नजदीक आ गए थे। राय बंधुओं की हत्या के प्रतिशोध में बृजेश सिंह ने अपने शूटर कालीदास सिंह के साथ पहले खूँटी सिंह की नदेसर में और बाद में अविनाश सिंह की जगतगंज, वाराणसी में हत्या करवा दी। हिसाब तो बराबर हो गया, परंतु कोई पक्ष रुकने को तैयार नहीं था और हत्याओं की कड़ी आगे बढ़ती ही गई।

14. संजय सिपाही पर प्राणघातक हमला

संजय सिपाही मिर्जापुर कोतवाली में तैनात था और मुख्तार अंसारी के काफी नजदीक था। बृजेश सिंह राय बंधुओं (राजेश राय व रमेश राय) की हत्या में संजय सिपाही को भी दोषी मानता था। इसी कड़ी में बृजेश सिंह गैंग द्वारा संजय सिपाही की हत्या करने की साजिश रची गई। संजय अपनी लाइसेंसी .32 बोर पिस्टल के साथ मोटरसाइकिल से मिर्जापुर से वाराणसी आ रहा था। अक्तूबर 1991 में बृजेश

सिंह, त्रिभुवन सिंह आदि ने मारुति वैन से उसका पीछा किया और उसके ऊपर गोलियाँ चलाते रहे। संजय सिपाही घायल होने के बाद भी नहीं रुका और वह भी बीच-बीच में अपनी पिस्तौल से गोलियाँ चलाता रहा। वह मड़ुआडीह थाने में घुस गया, जिससे उसकी जान बच गई।

15. दलसिंगार राजभर की हत्या

दलसिंगार राजभर 10 अक्तूबर, 1985 को हुई मुड़ियार गाजीपुर निवासी मकनू सिंह की हत्या में शामिल था। दलसिंगार की हत्या मकनू सिंह के परिवार के लोगों ने प्रतिशोध लेने के लिए की थी। त्रिभुवन सिंह ने कुख्यात अपराधी साहब सिंह के साथ मिलकर मकनू सिंह की हत्या की थी। दलसिंगार राजभर बुड्ढा हो चुका था और गाँव में शांतिपूर्वक जीवन बिता रहा था। मकनू सिंह का बेटा सतीश सिंह अपने पिता के हत्यारों से बदला लेने के लिए प्रतिबद्ध था और वर्ष 2016 में सैदपुर गाजीपुर में दलसिंगार राजभर के घर पर अपने साथी बी.के.डी. निवासी धौरहरा के साथ आ धमका और गोली मारकर उसकी हत्या कर दी।

मुख्तार अंसारी गैंग द्वारा की गई हत्याएँ

1. रणजीत सिंह की हत्या (23 जनवरी, 1991)

मुख्तार ने इसी दौरान बृजेश व त्रिभुवन के खास साथी रणजीत सिंह निवासी गाजीपुर की भी हत्या 23 जनवरी, 1991 को करा दी थी। रणजीत सिंह और उसका चचेरा भाई छत्रपाल सिंह गाजीपुर के नामी-गिरामी बदमाश थे। इन दोनों का संबंध धनबाद के कोल किंग सूरज देव सिंह से था। रणजीत सिंह और साहब सिंह ने त्रिभुवन सिंह के दुश्मन मकनू सिंह की हत्या कराई थी, जिसमें साहब सिंह नामजद हुआ था। साहब सिंह, त्रिभुवन सिंह, बृजेश सिंह, रणजीत सिंह के यहाँ पनाह पाते थे। वह अपराध के साथ-साथ बृजेश सिंह के कोयला, शराब व विभिन्न विभागों में ठेकों का काम भी देखता था। मुख्तार अंसारी और उसके गुर्गे भी इसी क्षेत्र में इसी प्रकार के धंधों में लगे थे।

रणजीत सिंह का घर गाजीपुर में गंगा नदी के किनारे था। वह सुबह सतर्क रहकर गंगा स्नान करने जाता था और वहाँ से गंगाजल लाकर अपने घर की छत

पर गमले में रखे पीपल के पौधे पर अर्पण करता था। रणजीत के घर के पास ही मुख्तार अंसारी गैंग के रामू मल्लाह का घर था। मुख्तार अंसारी ने अपने खास शूटर अताउर्रहमान उर्फ बाबू तथा रामू मल्लाह के साथ मिलकर रणजीत सिंह की हत्या की योजना बनाई। मुख्तार के गुर्गे रणजीत सिंह की दिनचर्या पर नजर रखने लगे। रणजीत सिंह जब घर के बाहर निकलता था तो उसके साथ उसके लोग हथियारों के साथ हमेशा सतर्क रहते थे। रणजीत सिंह को आशंका थी कि मुख्तार अंसारी साहब सिंह की तरह उसकी हत्या का भी प्रयास कर सकता है। योजना के अनुसार तय हुआ कि जब रणजीत सिंह छत पर जल अर्पण करे, उस समय टेलीस्कोपिक राइफल से उसकी हत्या की जा सकती है। इसकी जिम्मेदारी अताउर्रहमान बाबू को दी गई। बाबू ने रामू मल्लाह के घर की दीवार को काटकर जगह बनाई, जहाँ से रणजीत सिंह को निशाना बनाया जा सके। मुख्तार अंसारी, अताउर्रहमान बाबू, रामू मल्लाह के घर में बैठकर रणजीत सिंह के छत पर जाने का इंतजार करने लगे। सुबह साढ़े छह बजे जैसे ही रणजीत सिंह जल अर्पण करने के लिए आगे बढ़ा, अताउर्रहमान बाबू की टेलीस्कोपिक राइफल गरज उठी। एक गोली रणजीत सिंह के सीने में लगी और वे वहीं पर ढेर हो गए। रणजीत सिंह की हत्या के संबंध में मुकदमा अपराध संख्या 44/1991 धारा 302/506 आई.पी.सी., थाना कोतवाली गाजीपुर में मुख्तार अंसारी, रामू मल्लाह सहित उसके गैंग के सदस्यों के विरुद्ध पंजीकृत कराया गया। साहब सिंह हत्या के बाद रणजीत सिंह की हत्या मुख्तार अंसारी के लिए बड़ी कामयाबी थी और बृजेश सिंह के लिए बहुत बड़ा झटका।

2. राजेश राय और रमेश राय की हत्या

राय परिवार गाजीपुर का रहने वाला था और वाराणसी के थाना चेतगंज के पास उनकी आलीशान कोठी थी। यह परिवार भूमिहार बिरादरी में काफी संपन्न था और उनके अच्छे राजनीतिक रसूख भी थे। वर्ष 1988-89 में दोनों भाई अपने गोदाम से स्कूटर द्वारा घर जा रहे थे। रास्ते में मोटरसाइकिल सवार बदमाशों ने उन पर गोलियाँ चलाईं, जिसमें दोनों भाई मौके पर ही मारे गए।

इस हत्याकांड में विजय यादव का नाम प्रकाश में आया। विजय यादव कभी राय परिवार का खास व्यक्ति था, परंतु लेन-देन के विवाद के कारण राय परिवार के विरोधी छात्रनेता अनिल सिंह से मिल गया था। अनिल सिंह, डी.ए.वी. कॉलेज

वाराणसी का तेजी से उभरता हुआ छात्रनेता था। राय बंधुओं की हत्या के बाद वहाँ जातिगत ध्रुवीकरण शुरू हो गया। भूमिहार और ब्राह्मण लामबंद हो गए। इसी प्रकार बृजेश सिंह से जुड़े कुछ लोगों को छोड़कर काफी लोग बाहुबली मुख्तार अंसारी के साथ जुड़ गए। उसी समय काशी विद्यापीठ छात्रसंघ का अध्यक्ष अनिल राय निवासी धीना, राय परिवार के नजदीक आ गया। अनिल सिंह और अनिल राय में राजनीतिक प्रतिद्वंदिता की लड़ाई शुरू हो गई। राजनीतिक वर्चस्व के अतिरिक्त दोनों में ठेकेदारी का भी विवाद रहता था।

विजय यादव और अनिल सिंह, मुख्तार अंसारी के काफी नजदीक थे। दोनों मुख्तार अंसारी के घर को सुरक्षित ठिकाना समझते थे, क्योंकि उसका भाई अफजाल अंसारी विधायक था। कहा जाता है कि विजय यादव की दुश्मनी के कारण ही मुख्तार अंसारी ने राजेश और रमेश राय की शिवपुर, वाराणसी में हत्या कराई थी। इस हत्या में मुख्तार अंसारी और मुन्ना बजरंगी ने मुख्य भूमिका निभाई थी। राय बंधुओं के स्कूटर का मोटरसाइकिलों से पीछा किया गया था। सुबह 9-10 बजे .45 बोर व 9 एम.एम. पिस्तौलों से उन पर अंधाधुंध फायरिंग करके उन्हें मौत की नींद सुला दिया। उस समय .45 बोर और 9 एम.एम. पिस्टल मुख्तार अंसारी गैंग के पसंदीदा हथियार होते थे और अधिकांश हत्याओं में यही हथियार प्रयोग किए जाते थे।

3. अवधेश राय की हत्या (3 अगस्त, 1991)

अपने भाई राजेश और रमेश राय की हत्या से उनका सबसे बड़ा भाई अवधेश राय बौखला गया। वह हर हाल में विजय यादव, अनिल सिंह और मुख्तार अंसारी से बदला लेना चाहता था। अवधेश अपने आदमियों को मुख्तार अंसारी पर हमला करने के लिए गोलबंद कर रहा था। अवधेश राय अपने भाइयों में सबसे दबंग था और वाराणसी में उसका आतंक था। 3 अगस्त, 1991 को अवधेश राय अपनी कोठी के गेट पर खड़े होकर अपने भाई अजय राय से बात कर रहा था। उस समय बूँदा-बाँदी हो रही थी। अचानक उसके गेट पर एक मारुति वैन आकर रुकी और जब तक वह कुछ समझ पाता, तब तक बदमाशों ने 9 एम.एम. पिस्तौलों से

अवधेश राय

उन पर गोलियों की बौछार कर दी। अवधेश राय अपने घर के गेट पर ही मारे गए। अवधेश राय के भाई अजय राय ने थाना चेतगंज में मुख्तार अंसारी, भीम सिंह, पूर्व विधायक अब्दुल कलाम, कमलेश सिंह निवासी डहन सैदपुर, राकेश न्यायिक समेत अन्य लोगों के खिलाफ मुकदमा दर्ज कराया। पुलिस ने घटनास्थल पर मिले पिस्तौल के खोखों का मिलान अन्य घटनाओं में मिले कारतूस के खोखों से कराया तो मुख्तार अंसारी गैंग द्वारा की गई कई अन्य घटनाओं में इन पिस्तौलों का प्रयोग होना पाया गया।

अवधेश राय हत्याकांड की सुनवाई के दौरान जून 2022 में एम.पी./एम.एल.ए. कोर्ट में पता चला कि अवधेश राय हत्याकांड की केस डायरी गायब है। वाराणसी से लेकर प्रयागराज न्यायालय में काफी खोजबीन की गई, परंतु इसके बाद भी मुकदमे की मूल केस डायरी नहीं मिल पाई। पुलिस के अनुसार मुख्तार अंसारी ने मुकदमे में लाभ उठाने की नीयत से केस डायरी गायब करवा दी थी। केस डायरी गायब होने के संबंध में वाराणसी कैंट थाने में मुकदमा दर्ज किया गया। मूल केस डायरी गायब होने के बाद केस डायरी की छायाप्रति पर न्यायालय में सुनवाई चल रही थी। मुख्तार अंसारी ने हाईकोर्ट में चुनौती देकर ट्रायल पर रोक लगाने की माँग की थी, परंतु सफल नहीं हुआ।

5 जून, 2023 को 32 साल पहले हुए चर्चित अवधेश राय हत्याकांड में विशेष जज (एम.पी./एम.एल.ए.) अवनीश गौतम ने माफिया मुख्तार अंसारी को दोषी करार देते हुए आजीवन कारावास की सजा सुनाई। कोर्ट ने एक लाख बीस हजार रुपए का जुर्माना भी लगाया। बाँदा जेल में बंद मुख्तार अंसारी को सुनवाई के दौरान वीडियो कॉन्फ्रेसिंग के माध्यम से कोर्ट में पेश किया गया। उस समय कोर्ट में अवधेश राय के छोटे भाई और कांग्रेस के पूर्व विधायक अजय राय भी मौजूद थे।

पूर्वांचल में कोयला, रेलवे का ठेका व रेशम की तस्करी में मुख्तार का आधिपत्य था, जिसमें अवधेश राय ने भी हाथ डाला था। अवधेश राय भी दबंग था। ठेके और रेशम की तस्करी को लेकर दोनों के बीच वर्चस्व की लड़ाई शुरू हुई थी। इसको लेकर ही 3 अगस्त, 1991 को वाराणसी के लहुराबीर क्षेत्र में तीस वर्षीय अवधेश राय की 5 हमलावरों ने गोलियाँ बरसाकर हत्या कर दी थी। अवधेश राय उस समय मारुति जिप्सी से कहीं से लौटे थे और घर के गेट के बाहर भाई अजय राय के साथ खड़े थे। उन्हें तीन गोलियाँ लगी थीं। इस मामले

में अजय राय ने थाना चेतगंज में मुख्तार अंसारी, भीम सिंह, कमलेश सिंह, पूर्व विधायक अब्दुल कलाम और वाराणसी निवासी राकेश न्यायिक के विरुद्ध धारा 148/149/302 आई.पी.सी. का मुकदमा दर्ज कराया था। मुकदमे की सुनवाई के दौरान पूर्व विधायक अब्दुल कलाम, कमलेश सिंह डहन सैदपुर की मौत हो गई थी। भीम सिंह को गैंगस्टर के एक मामले में 10 साल की सजा हो गई और वह गाजीपुर जेल में बंद रहा। आरोपित राकेश न्यायिक ने इस मामले में अपनी फाइल मुख्तार से अलग करवा ली थी, जिसका मामला सेशन कोर्ट में चल रहा था।

4. मुख्तार अंसारी द्वारा सच्चिदानंद राय की हत्या (17 जुलाई, 1986)

सच्चिदानंद राय ग्राम हरिहरपुर थाना मोहम्मदाबाद गाजीपुर के रहने वाले थे और कांग्रेसी विधायक अवधेश राय शास्त्री के साथ रहते थे। उनकी राजनीतिक प्रतिद्वंद्विता अफजाल अंसारी विधायक मोहम्मदाबाद से चलती थी। अवधेश राय शास्त्री कांग्रेस के कद्दावर नेता थे और दिलदार नगर विधानसभा सीट से विधायक चुने गए थे। कहा जाता है कि उनके सहयोगी सच्चिदानंद राय ने अफजाल अंसारी को मामूली वाद-विवाद में थप्पड़ जड़ दिया था। नौजवान सच्चिदानंद राय राजनीति के अलावा अपने क्षेत्र में ठेकेदारी भी करते थे। वे मुख्तार अंसारी और अफजाल अंसारी के वर्चस्व में बाधक थे।

17 जुलाई, 1986 को शाम 7 बजे वे मोटरसाइकिल से तिवारीपुर चौराहा मोहम्मदाबाद गए। उन्होंने धोबी की दुकान पर अपने कपड़े दे रखे थे। दुकान के सामने मोटरसाइकिल पर बैठे-बैठे ही आवाज लगाई कि कपड़े जल्दी दे दो, मुझे लखनऊ के लिए ट्रेन पकड़नी है। उसी समय मुख्तार अंसारी, तिवारीपुर चौराहे पर अपने गुर्गों के साथ पहुँचा और सच्चिदानंद राय की गोली मारकर हत्या कर दी। सच्चिदानंद राय उस समय मात्र 25-26 साल के थे और उभरते हुए राजनेता थे। अपने विश्वस्त सहयोगी की हत्या का समाचार सुनते ही विधायक अवधेश राय शास्त्री वहाँ पहुँच गए और उन्होंने डिप्टी एस.पी. के.डी. सिंह पर भी गंभीर आरोप लगाए। के.डी. सिंह मोहम्मदाबाद के क्षेत्राधिकारी थे और अफजाल अंसारी के यहाँ जाया करते थे। ऐसी स्थिति उत्पन्न हो गई कि के.डी. सिंह को घटनास्थल से हटना पड़ा। पुलिस अधीक्षक देवराज नागर (आई.पी.एस.-1976) ने सी.ओ. सदर श्रीराम त्रिपाठी को मौके पर भेजा, जिन्होंने स्थिति को सँभाला।

पुलिस अभिलेखों में मुख्तार अंसारी द्वारा की गई यह पहली हत्या थी। इस संबंध में 17 जुलाई, 1986 को मोहम्मदाबाद थाने पर मु.अ.सं. 169/86 धारा 302 आई.पी.सी में पंजीकृत किया गया। इसकी विवेचना चल ही रही थी कि अफजाल अंसारी अधिकारियों के पास जाकर दबाव डालने लगा कि मुख्तार अंसारी निर्दोष है और उसे गलत फँसाया गया है। जब इंस्पेक्टर मोहम्मदबाद मनमोहन पांडेय इस मुकदमे में आरोप-पत्र लगाने ही वाले थे कि अफजाल अंसारी ने इस मुकदमे की विवेचना क्राइम ब्रांच सी.आई.डी. को स्थानांतरित करवा दी। थाना मोहम्मदाबाद से सभी केस डायरी क्राइम ब्रांच सी.आई.डी. को 10 जनवरी, 1987 को भेज दी गई।

क्राइम ब्रांच सी.आई.डी. ने इस मुकदमे को समाप्त करके 16 मार्च, 1988 को अंतिम रिपोर्ट लगा दी। आश्चर्य का विषय है कि न्यायालय द्वारा मात्र 17 दिन बाद ही 2 अगस्त, 1988 को अंतिम रिपोर्ट स्वीकार भी कर ली गई। मुख्तार अंसारी द्वारा जो अपराध किए जाते थे, अफजाल अंसारी प्रयास करके उन मुकदमों की विवेचना क्राइम ब्रांच सी.आई.डी. को भिजवा देता था, जिससे गवाहों को तोड़ने का पर्याप्त समय मिल जाए और मुख्तार को बचाया जा सके।

5. वशिष्ठ तिवारी उर्फ माला गुरु की हत्या (25 फरवरी, 1988)

वशिष्ठ तिवारी उर्फ माला गुरु पुत्र रामाधार तिवारी वाराणसी पुलिस में सिपाही था। वह जंजीरपुर कोतवाली गाजीपुर का रहने वाला था। उसकी तैनाती वाराणसी पुलिस कंट्रोल रूम में थी। कंट्रोल रूम की तैनाती के दौरान उसकी मुलाकात दरोगा लाल साहब पंडा से हुई, जो विंध्याचल का रहने वाला था। माला गुरु और लाल साहब पंडा साथ-साथ अपराध करते थे और मिर्जापुर जिले में ठेकेदारी भी करते थे।

माला गुरु की आपराधिक गतिविधियों को देखते हुए, पुलिस विभाग ने उसे सेवा से बरखास्त कर दिया। लाल साहब पंडा की हत्या के बाद माला गुरु कमजोर पड़ गया था। वह अपने गाँव जंजीरपुर गाजीपुर आकर रहने लगा। उसके पिता भी पुलिस में सिपाही थे। उनकी अंतिम पोस्टिंग मिर्जापुर में रही थी। वे भी सेवानिवृत्त होकर अपने पुत्र माला गुरु के साथ गाजीपुर में रहने लगे। माला गुरु दिलदार नगर के विधायक अवधेश राय शास्त्री के काफी करीब आ गया था। उनकी मदद से उसकी ठेकेदारी भी चमक गई। अवधेश राय शास्त्री की मोहम्मदाबाद विधायक

अफजाल अंसारी से राजनीतिक प्रतिद्वंद्विता चल रही थी। शास्त्री के सहयोगी सच्चिदानंद राय की हत्या मुख्तार अंसारी द्वारा 17 जुलाई, 1986 को की जा चुकी थी। माला गुरु जंजीरपुर में मकान बनवा रहा था। बिल्डिंग मैटीरियल खरीदने के लिए वह गाजीपुर खुदाईपुरा मोहल्ले में जाता था। वह अक्सर चाय की दुकान पर बैठ जाता था और सामान खरीदकर जंजीरपुर भेजता था।

25 फरवरी, 1988 को सुबह 9 बजे वह खुदाईपुर लाल दरवाजा के पास चाय की दुकान पर बैठ था। मुख्तार अंसारी बरबरहना मोहल्ले की गली में अपनी मोटरसाइकिल खड़ी करके माला गुरु के पास आया और बोला—"गुरुजी! पाँय लागूँ, आपसे थोड़ी बात करनी है।" मुख्तार माला गुरु से बात करते हुए मोहल्ले की गली में ले गया, जहाँ मोटरसाइकिल पर कुछ लोग बैठे थे। जैसे ही माला गुरु वहाँ पहुँचा, मुख्तार और उसके गुर्गों ने उसे पकड़कर गोली मार दी। मौके पर ही माला गुरु मारा गया। पुलिस चौकी खुदाईपुरा के सिपाही तारकेश्वर सिंह द्वारा थाना कोतवाली पर मु.अ.सं. 106/1988 धारा 302 आई.पी.सी. का मुकदमा कायम कराया गया, जिसकी विवेचना थानाध्यक्ष जितेंद्र सिंह यादव ने की। विवेचना में निम्न अपराधियों के नाम प्रकाश में आए—

1. मुख्तार अंसारी पुत्र सुभानुल्लाह अंसारी निवासी युसुफपुर, थाना मोहम्मदाबाद
2. हरिहर सिंह पुत्र रामा सिंह निवासी ग्राम बरहट, थाना शादियाबाद, गाजीपुर
3. भीम सिंह पुत्र केदार सिंह निवासी ग्राम रमनथपुर, थाना करंडा, गाजीपुर
4. कमलेश सिंह पुत्र सूर्य नाथ सिंह निवासी ग्राम डहन, थाना सैदपुर, गाजीपुर
5. परवेज पुत्र मो. सूफियान निवासी सट्टी मस्जिद, थाना कोतवाली, गाजीपुर

सभी अपराधियों ने न्यायालय में आत्मसमर्पण किया। सभी के विरुद्ध आरोप-पत्र संख्या 81/88, 28 अप्रैल, 1988 को न्यायालय में प्रेषित किया गया। मुख्तार अंसारी और उसके गुर्गों के डर के कारण सभी गवाह भयभीत हो गए। ए.डी.जे.-3 गाजीपुर द्वारा 12 अक्तूबर, 1988 को सभी आरोपियों को दोषमुक्त कर दिया गया।

6. रंगीले-छबीले और लाल साहब पंडा की हत्याएँ

लाल साहब पंडा विंध्यांचल में पूर्वी पट्टी का रहने वाला था और उसके विरोधी रंगीले, छबीले पंडा पश्चिमी पट्टी के रहने वाले थे। ये तीनों पहलवान थे। लाल साहब पंडा की दुश्मनी कुश्ती के दौरान दो सगे भाइयों रंगीले-छबीले से हो गई थी। जब भी कोई अधिकारी विंध्याचल माँ विंध्यवासिनी के दर्शन करने जाते थे तो उनकी व्यवस्था रंगीले-छबीले ही करते थे। वे स्वयंभू सरकारी पंडा कहलाते थे। उनके संबंध कई वरिष्ठ अधिकारियों से बन गए थे। अपने रसूख के बल पर वे दोनों भाई पुलिस और प्रशासनिक अधिकारियों से सिफारिश करके अपने काम करवा लेते थे।

लाल साहब पंडा की तैनाती थानाध्यक्ष मरदह गाजीपुर के पद पर हुई, जो उसके विरोधी भाइयों रंगीले-छबीले को रास नहीं आई। उनको आशंका थी कि लाल साहब थानाध्यक्ष बनकर बहुत मजबूत हो जाएगा। उन्होंने डी.आई.जी. वाराणसी से शिकायत करके उसकी तैनाती वाराणसी पुलिस कंट्रोल रूम में करा दी, जबकि मरदह में उसे तैनात हुए मात्र 2-3 महीने ही बीते थे।

इस घटनाक्रम ने एक दरोगा लाल साहब पंडा को शातिर अपराधी बना दिया। लाल साहब कंट्रोल रूम नहीं आया और मरदह से गायब हो गया। एक दिन वह विंध्याचल आया और उसे रंगीले, छबीले अपनी सरकारी राशन की दुकान में बैठे हुए मिल गए। उन्हें देखते ही लाल साहब पंडा आगबबूला हो गया और सरकारी रिवॉल्वर से दोनों की गोली मारकर हत्या कर दी। पूर्वांचल का यह दोहरा हत्याकांड उस समय अखबारों की सुर्खियाँ बना। रंगीले-छबीले के पुलिस विभाग से गहरे संबंध होने के कारण पुलिस विभाग लाल साहब पंडा की गिरफ्तारी के लिए जी-जान से जुट गया। लाल साहब पंडा अब पूरी तरह अपराध की दुनिया में उतर चुका था। वह सिपाही माला गुरु के साथ मिलकर डकैती, लूट, रंगदारी और गाड़ियों की चोरी करने लगा। माला गुरु और लाल साहब पंडा, मिर्जापुर (तब सोनभद्र जिला अस्तित्व में नहीं था) में ठेकेदारी भी करने लगे।

उसी दौरान चुनार के पास ग्राम रुदौली में डकैती के साथ हत्या की घटना हुई। रुदौली के पास उत्तर प्रदेश सरकार में तत्कालीन न्यायमंत्री ओम प्रकाश सिंह का गाँव अदलहट भी है। मंत्रीजी खुद घटनास्थल पर गए और अपराधियों को तत्काल

गिरफ्तार करने का आश्वासन दिया। लाल साहब पंडा को थानाध्यक्ष के.एन. सिंह ने राम नगर पड़ाव से गिरफ्तार कर लिया और वह मिर्जापुर जेल में रखा गया। कुछ दिनों बाद उसकी ज़मानत हो गई। उत्तर प्रदेश विधानसभा चुनाव 1985 में वह चुनाव प्रचार के लिए शिवपुर पोलिंग बूथ विंध्याचल गया था। वहीं पर उसके विरोधी रंगीले-छबीले के परिवारवालों ने उसकी गोली मारकर हत्या कर दी।

7. मुख्तार अंसारी द्वारा सिपाही रघुवंश राय की हत्या

1 जनवरी, 1992 को मुख्तार अंसारी ने जिला चंदौली के नौगढ़ जंगल में नववर्ष का जश्न मानने की योजना बनाई थी। उसने अपने मित्रों को भी नववर्ष के जश्न में आमंत्रित किया था। 30 दिसंबर, 1991 को वह मुगलसराय रेलवे स्टेशन के पास पहुँचा और अपनी खुली जिप्सी खड़ी करके पी.सी.ओ. से बात करने चला गया। इसी बीच इंस्पेक्टर मुगलसराय एन.के. सिंह जनवार अपनी सरकारी जीप से निकले। वे जब आगे निकल गए तो उनके साथ गाड़ी में बैठे सिपाही रघुवंश राय ने उनसे कहा कि पीछे खड़ी खुली जिप्सी मुख्तार अंसारी की है। इंस्पेक्टर जनवार ने गाड़ी मोड़ी, परंतु उनकी गाड़ी सड़क के डिवाइडर के दूसरी तरफ थी। मुख्तार की जिप्सी में कुछ लोग राइफल और बंदूक लिये बैठे थे। इंस्पेक्टर ने उनकी राइफल व बंदूक अपनी जीप में रख ली और मुख्तार अंसारी से जीप के पीछे-पीछे थाने आने के लिए कहा। उन्होंने सिपाही रघुवंश राय को मुख्तार के बगल में निगरानी हेतु बैठा दिया और दूसरा सिपाही शिवजी पांडेय जिप्सी में पीछे बैठ गया। मुख्तार कुछ देर तो थाने की तरफ अपनी जिप्सी लेकर चलता रहा, परंतु आगे वह बिहार जाने वाली सड़क पर बढ़ गया। सिपाहियों ने आवाज देकर इंस्पेक्टर को बुलाया। इसी बीच मुख्तार ने अपनी पिस्टल निकाली और सिपाही रघुवंश राय को गोली मार दी। रघुवंश राय पहले गाजीपुर के मोहम्मदाबाद थाने पर रह चुके थे और मुख्तार को अच्छी तरह जानते थे। मुख्तार ने जिप्सी में पीछे बैठे सिपाही शिवजी पांडेय पर भी गोली चलाई, जो उनके हाथ में लगी। मुख्तार जिप्सी से कूदकर भाग गया। वह उस समय फरार चल रहा था। मुख्तार गैंग के रामजी कोल निवासी जसरौटी थाना नौगढ़ चंदौली, अरमान पुत्र मुरसीद, थाना चाँद भभुआ, बिहार पकड़े गए। पुलिस ने रेलवे लाइन के बगल के जंगल को घेर लिया कि मुख्तार अंसारी इसी में कहीं छिपा है। मुख्तार रेलवे लाइन पार करके मुगलसराय रेलवे स्टेशन पहुँचा और बिहार जाने वाली मालगाड़ी

पर चढ़ गया। वह बिहार के भभुआ रेलवे स्टेशन पर उतरकर फरार हो गया। मुख्तार अंसारी लगातार फरार चलता रहा और उसकी गिरफ्तारी दिल्ली में 11 दिसंबर, 1993 को तब हुई, जब वह कोयला व्यापारी वी.पी. गोयल के अपहरण मामले में फिरौती का पैसा लेने पहुँचा था। सिपाही की हत्या के संबंध में थाना मुगलसराय पर मु.अ.सं. 294/91 धारा 302/149/307 आई.पी.सी. रात्रि 9 बजकर 40 मिनट पर पंजीकृत हुआ, जिसमें कुल 10 लोगों के नाम आए, जिन पर चार्जशीट संख्या ए-53 दिनांक 30.3.1992 को लगाई गई। अभियुक्तों के नाम इस प्रकार हैं—

1. अरमान पुत्र मुरसीद निवासी सिरोहित, थाना चाँद भभुआ, बिहार।
2. मुख्तार अंसारी पुत्र काजी सुभानुल्ला निवासी युसुफपुर, थाना मुहम्मदाबाद गाजीपुर।
3. अताउर्रहमान पुत्र मु. शब्बीर निवासी महरूपुर, थाना मुहम्मदाबाद, गाजीपुर।
4. भीम सिंह पुत्र केदार सिंह निवासी रामनाथपुर, थाना करंडा, गाजीपुर।
5. रामजी कोल पुत्र नाटे कोल निवासी जसरौटी, थाना नौगढ़ जनपद, चंदौली।
6. मैनुद्दीन पुत्र मसीउल्ला निवासी अलीनगर, थाना अलीनगर, चंदौली।
7. शम्सुद्दीन पुत्र करामत अली निवासी मुगलचक, थाना अलीनगर, चंदौली।
8. नसीम पुत्र हकीक निवासी मानसनगर, थाना अलीनगर, चंदौली।
9. मोहम्मद असलम पुत्र फजलुर्रहमान भभुआ, बिहार।
10. विश्वंभर सिंह पुत्र जगदेव सिंह निवासी बेलाव, थाना भगवानपुर भभुआ, बिहार।

8. अपर पुलिस अधीक्षक उदय शंकर जायसवाल पर जानलेवा हमला

27 फरवरी, 1996 को दिन के साढ़े बारह बजे अपर पुलिस अधीक्षक उदय शंकर जायसवाल गाजीपुर के लंका चौराहे पर गाड़ियों की चैकिंग कर रहे थे। उस दिन सदानंद डिग्री कॉलेज गाजीपुर में छात्रसंघ का चुनाव चल रहा था। उसी समय दो जिप्सी निकली, जिन्हें रोका गया। दरोगा पी.पी. श्रीवास्तव ने अपर पुलिस अधीक्षक जायसवाल को बताया कि एक गाड़ी में मुख्तार अंसारी

बैठा है और दूसरी जिप्सी में भी कई लोग बैठे हैं, जिनके पास कई हथियार हैं। पुलिस द्वारा गाड़ियों की तलाशी लेने का प्रयास किया गया तो मुख्तार ने कहा कि उसकी गाड़ी की तलाशी लेने की किसी की हैसियत नहीं है। एक जिप्सी को मुख्तार अंसारी का ड्राइवर महेंद्र जायसवाल चला रहा था, जो शातिर अपराधी था। मुख्तार ने धमकाते हुए गाड़ी आगे बढ़ाई और ए.के.-47 से पुलिस की तरफ फायर कर दिया। पुलिस द्वारा गाड़ी को रोकने के लिए पिछले टायर पर गोली चलाई गई। उसी दौरान जेल का सिपाही साहब सिंह मुख्तार की जिप्सी से उतर रहा था। उसके पैर में गोली लग गई। जिप्सी का टायर पंचर हो गया, परंतु महेंद्र जायसवाल जिप्सी भगा ले गया। मुख्तार अंसारी ने किसी दुकान में अपने अवैध हथियार छिपा दिए और गाड़ी लेकर डी.एम. गाजीपुर मामराज सिंह के आवास में घुस गया। उसने आरोप लगाया कि उसके पास कोई अवैध हथियार नहीं था, अपर पुलिस अधीक्षक जायसवाल ने जानबूझकर गोली चलाई है। उस समय गाजीपुर के एस.पी. जमुना प्रसाद थे, जो थाना भाँवरकोल गए थे, जिन्हें इस गंभीर घटना की सूचना दी गई, परंतु वे गाजीपुर नहीं आए। वे मुख्तार अंसारी की सिफारिश पर ही गाजीपुर में तैनात किए गए थे। वे शाम को गाजीपुर तब पहुँचे, जब सबकुछ निपट चुका था।

उदय शंकर जायसवाल ने दरोगा पी.पी. श्रीवास्तव द्वारा मुख्तार अंसारी, भीम सिंह, सिग्बतुल्ला अंसारी, महेंद्र जायसवाल सहित 8-10 लोगों पर धारा 147/148/149/307/332/353/504/506 आई.पी.सी. व 7 क्रिमिनल लॉ अमेडमेंट एक्ट का मुकदमा कायम कराया गया, जो गाजीपुर कोतवाली में मु.अ.सं. 165/96 पर दर्ज हुआ। मुख्तार अंसारी ने अपर पुलिस अधीक्षक उदय शंकर जायसवाल सहित पुलिसकर्मियों के विरुद्ध जेल के सिपाही साहब सिंह द्वारा क्रॉस केस संख्या 165ए/96 धारा 307 आई.पी.सी. लिखाया। इस घटना में जेल के दूसरे सिपाही उमाशंकर यादव को भी चोटें आई थीं।

मुख्तार अंसारी जेल के सिपाहियों को मिला लेता था। उन्हें व उनके परिवार को हथियारों का लाइसेंस दिला देता था। उसने साहब सिंह को राइफल का लाइसेंस और उसके बेटे को पिस्टल का लाइसेंस दिला रखा था और अपने पैसे से दोनों को अच्छे हथियार खरीद दिए थे। जेल का सिपाही उमाशंकर यादव भी मुख्तार अंसारी का कृपापात्र था। दोनों जेल के सिपाही वर्दी पहनकर मुख्तार

अंसारी के साथ उसकी गाड़ी में चलते थे। मुख्तार अंसारी ने जेल के सिपाहियों सहित अपनी सुरक्षा में लगे पुलिसकर्मियों का भी अपराधीकरण किया।

मुख्तार अंसारी पर गैंगस्टर एक्ट का भी मुकदमा कोतवाली गाजीपुर में लिखा गया, जिसमें उदय शंकर जायसवाल पर हुए हमले के मुकदमे को भी आधार बनाया गया था। गैंगस्टर एक्ट का मुकदमा गाजीपुर कोतवाली में मु.अ.सं. 192/96 अंतर्गत धारा 3(1) उत्तर प्रदेश गिरोह बंद एवं समाज विरोधी क्रियाकलाप (निवारण) अधिनियम पंजीकृत किया गया। गैंग-चार्ट में कुल 5 मुकदमों को आधार बनाया गया था, जिसमें थाना मुगलसराय अंतर्गत पंजीकृत मुकदमा भी था, जिसमें मुख्तार अंसारी ने सिपाही रघुवंश राय की हत्या की थी। अवधेश राय की थाना चेतगंज अंतर्गत उनके आवास पर हुई हत्या के मुकदमे को भी आधार बनाया गया था, जो मु.अ.सं. 229/91 थाना चेतगंज में पंजीकृत हुआ था। इसी मुकदमे में मुख्तार अंसारी को 5 जून, 2023 को आजन्म कारावास की सजा मिली।

वर्ष 1996 में पंजीकृत गैंगस्टर एक्ट के मुकदमे में 15 दिसंबर, 2022 को अपर सत्र न्यायाधीश (एम.पी./एम.एल.ए. कोर्ट गाजीपुर) दुर्गेश की न्यायालय द्वारा मुख्तार अंसारी और भीम सिंह को 10-10 वर्ष की सजा से दंडित किया गया और 5-5 लाख रुपए का जुर्माना भी लगाया गया।

9. ठेकेदार मन्ना सिंह की हत्या

मन्ना सिंह मऊ के रहने वाले थे और ए क्लास के ठेकेदार थे। शुरुआत में वे मुख्तार अंसारी के विधायक निधि और अन्य ठेकों का भी कार्य करते थे। मुख्तार अंसारी जिसको ठेका दिलाता था, उससे 10 प्रतिशत कमीशन पहले से ले लेता था। मऊ में सड़क बनाने का टेंडर जारी हुआ, जो साढ़े पाँच करोड़ रुपए का था। मुख्तार ने जेल से मन्ना सिंह को धमकाया कि वह यह टेंडर न भरे, वह किसी अन्य को टेंडर दिलाना चाहता है। मन्ना सिंह ने कहा कि आप तो हमारे पुराने जान-पहचान के हैं। शुरुआती दौर में मेरे घर में रहकर चुनाव लड़ते थे। मैं ठेकेदार हूँ और यही मेरी रोजी-रोटी का जरिया है, कृपया मुझे टेंडर लेने दें। मुख्तार ने उन्हें धमकाकर कहा कि उसने जो कह दिया, वह पत्थर की लकीर है। यदि अपनी सलामती चाहते हो तो टेंडर न भरो।

मन्ना सिंह नहीं माने और टेंडर का परचा भर दिया। परचा भरने के दो घंटे

बाद ही 29 अगस्त, 2009 को उनकी हत्या कर दी गई। इस घटना में उनके साथी राजेश राय और शब्बीर शाह भी घायल हुए थे, जिसमें राजेश राय की भी एक महीने बाद मृत्यु हो गई। इस मामले में मन्ना सिंह के भाई हरेंद्र सिंह ने मऊ कोतवाली में मुख्तार अंसारी, राकेश उर्फ हनुमान पांडेय, अरविंद यादव, राजा चौहान, अनुज कन्नौजिया, अमरेश कन्नौजिया आदि 11 लोगों के खिलाफ मुकदमा कायम कराया। इस मामले में ए.डी.जे. आदिल आफताब आलम ने अपने फैसले में मुख्तार अंसारी, अनुज कन्नौजिया, राकेश पांडेय उर्फ हनुमान पांडेय, कल्लू सिंह, उमेश सिंह, संतोष सिंह और राजन सिंह को बरी कर दिया। केवल जामवंत कन्नौजिया उर्फ राजू, अमरेश कन्नौजिया और अरविंद यादव को उम्रकैद की सजा सुनाई।

10. राम सिंह मौर्या और सिपाही सतीश कुमार की हत्या

ठेकेदार मन्ना सिंह की हत्या के बाद उनके मैनेजर राम सिंह मौर्या न केवल उनकी हत्या की पैरवी कर रहे थे, बल्कि उनका कारोबार भी देख रहे थे। मुख्तार अंसारी ने उनकी हत्या की भी साजिश रच डाली।

19 मार्च, 2010 को ठेकेदार मन्ना सिंह के मैनेजर राम सिंह मौर्य सिपाही सतीश कुमार के साथ सफारी गाड़ी से मऊ आ रहे थे। वे जैसे ही मऊ के दक्षिण टोला आर.टी.ओ. कार्यालय हकीकतपुर के पास पहुँचे, उन पर मोटरसाइकिल सवार 4 बदमाशों ने अंधाधुंध फायरिंग कर दी। राम सिंह मौर्य मौके पर ही मारे गए, जबकि कॉन्स्टेबल सतीश कुमार गंभीर रूप से घायल हो गए। उन्हें वाराणसी रेफर किया गया, परंतु वहाँ पहुँचते ही उनकी भी मृत्यु हो गई। इस हत्याकांड में मुख्तार अंसारी, राकेश उर्फ हनुमान पांडेय, अनुज कन्नौजिया, जामवंत उर्फ राजू कन्नौजिया, राजेश सिंह उर्फ राजन सिंह सहित 11 लोग नामजद किए गए। यह हत्या मुख्तार अंसारी ने इसलिए की कि मन्ना सिंह की हत्या के मामले में वे पैरवी न कर सकें।

11. मुख्तार अंसारी ने मन्ना सिंह के भाइयों को फँसाने के लिए कराई मजदूर की हत्या

आजमगढ़ के थाना तरवा क्षेत्र में निर्माण का कार्य चल रहा था। यह ठेका

त्रिदेव कंपनी के उमेश सिंह और राजन सिंह का था। मन्ना सिंह की हत्या मुख्तार अंसारी ने उमेश सिंह और राजन सिंह को ठेका दिलाने के लिए करवाई थी। उमेश सिंह और राजन सिंह ने त्रिदेव कंपनी बनाई, जिसमें मुख्तार अंसारी का पैसा लगा हुआ था।

मोटरसाइकिल सवार कुछ लोग निर्माण साइट पर पहुँचे और काम कर रहे मजदूरों पर गोलियाँ चला दीं, जिसमें एक मजदूर मारा गया और कई लोग घायल हो गए। मुख्तार अंसारी के सहयोगी राजेश सिंह निवासी अहिलाद थाना सरायलखंसी जनपद मऊ ने इस संबंध में थाना तरवा पर मु.अ.सं. 20/2014 धारा 147/148/149/302/307/506/120बी आई.पी.सी. व धारा 7 सी.एल.ए. एक्ट में मुकदमा कायम कराया, जिसमें दो मोटरसाइकिल सवार 6 व्यक्तियों हरेंद्र सिंह, अशोक सिंह, पुत्रगण अज्ञात निवासीगण कैथौली थाना सरायलखंसी जनपद मऊ, सोहन पासी निवासी वीरपुर थाना मेहनगर आजमगढ़, राजन पासी निवासी मोहरवाँपुर थाना चिरैयाकोट मऊ, झिनकू सेठ निवासी रासेपुर थाना तरवां और श्याम बाबू पासी जिला गोरखपुर को नामजद किया गया। यह मुकदमा 6 फरवरी, 2014 को पंजीकृत कराया गया था, जिसकी विवेचना थानाध्यक्ष अनिल चंद तिवारी कर रहे थे। उन्होंने पाया कि मुख्तार अंसारी के इशारे पर उसके सहयोगी राजेश सिंह ने गलत मुकदमा लिखवाया था। वह ठेकेदार मन्ना सिंह के भाई अशोक सिंह व हरेंद्र सिंह को नामजद करके जेल भेजना चाहता था, जिससे वे न तो अपने भाई के मुकदमे की पैरवी कर सकें और न ही ठेकेदारी में उसके सहयोगी त्रिदेव कंपनी के आड़े आएँ। जाँच में मुख्तार अंसारी गैंग के राजन पासी निवासी रायपुर पलिया थाना चिरैयाकोट, राजेंद्र पासी निवासी रायपुर पलिया थाना चिरैयाकोट, हरिकेश यादव निवासी मोहसिल थाना जहानागंज आजमगढ़, त्रिदेव कंपनी के राजन सिंह, उमेश सिंह, मुख्तार अंसारी, अनुज कन्नौजिया आदि द्वारा किया जाना पाया गया। हरेंद्र सिंह और अशोक सिंह सहित अन्य लोगों की नामजदगी झूठी पाई गई। यह मामला आजमगढ़ सत्र न्यायालय में जनवरी 2024 में, पुस्तक लिखे जाने तक चल रहा था।

12. पहलवान अक्षय कुमार राय उर्फ टुनटुन पहलवान की हत्या

अक्षय कुमार राय जाने-माने पहलवान थे और पुलिस में हवलदार थे। उन्हें

टुनटुन राय के नाम से जाना जाता था। वे जब घर आते थे तो अक्सर विधायक कृष्णानंद राय के साथ चलते थे। 21 अगस्त, 2003 को वे कृष्णानंद राय की गाड़ी से आ रहे थे और विशुनपुरा उर्फ रघुवरगंज चट्टी पर उतर गए। विशुनपुरा चट्टी (चौराहा) पर उन्हीं के परिचितों की दुकानें थीं। उनका गाँव भी चट्टी से लगा था। मुख्तार अंसारी के लोग टुनटुन पहलवान से खार खाते थे। वे कृष्णानंद राय की चुनाव में सहायता करने के लिए हमेशा तत्पर रहते थे। मुख्तार अंसारी कृष्णानंद राय के सहयोगियों को अपने रास्ते से हटाना चाहता था।

21 अगस्त, 2003 को टुनटुन राय चट्टी पर बैठे ही थे कि गोली मारकर उनकी हत्या कर दी गई। उनकी किसी से दुश्मनी नहीं थी। अगर दुश्मनी थी तो केवल कृष्णानंद राय के साथी होने के कारण चुनावी रंजिश थी। इस हत्या की रिपोर्ट उनके भाई अच्युतानंद राय निवासी विशुनपुरा उर्फ रघुवरगंज द्वारा थाना मोहम्मदाबाद में लिखाई गई, जो मु.अ.सं. 346/2003 धारा 147/148/149/302/506 आई.पी.सी. व 7 सी.एल.ए. एक्ट में पंजीकृत हुआ, जिसमें ईश्वरदेव राय, धीरेश राय, संजय राय निवासी रघुवरगंज थाना मोहम्मदाबाद नामजद किए गए और दो व्यक्ति अज्ञात बताए गए।

गाजीपुर के भूमिहार जाति के लोगों के दो गुट बन गए थे। एक गुट कृष्णानंद राय और मनोज सिन्हा के साथ और दूसरा गुट मुख्तार अंसारी व अफजाल अंसारी के साथ था। टुनटुन हत्याकांड में ईश्वरदेव राय, धीरेश राय और संजय राय, मुख्तार अंसारी गुट के थे, जो उसके दो शातिर शूटर अंगद राय निवासी शेरपुर और गोरा राय निवासी तमलपुरा मोहम्मदाबाद के रिश्तेदार थे। अपराध जगत् के अनुसार टुनटुन राय की हत्या में मुख्तार अंसारी के शातिर शूटर संजीव जीवा मुजफ्फरनगर, फिरदौस रायबरेली और राजा चौहान दुल्लापुर भी शामिल थे। फिरदौस को यू.पी. एस.टी.एफ. ने मुंबई में मुठभेड़ में मार गिराया था। राजा चौहान, यू.पी. पुलिस से हुई मुठभेड़ में मारा गया और संजीव जीवा की लखनऊ कोर्ट में पेशी के दौरान 7 जून, 2023 को हत्या कर दी गई।

13. राजेश राय, अंजनी कुमार राय और भोला सिंह की हत्या

राजेश राय कृष्णानंद राय के करीबी थे। वे ठेकेदारी भी करते थे। 2 अक्तूबर, 2005 को राजेश राय अपने दोनों साथियों के साथ जफर उर्फ चंदा निवासी जफरपुरा मोहम्मदाबाद के घर से निकले। उनकी पढ़ाई के दौरान से ही जफर उर्फ

चंदा से दोस्ती थी, जो मुख्तार का करीबी था। तीनों बुलेट मोटरसाइकिल से अपने गाँव हरिहरपुर जा रहे थे, जो वहाँ से मात्र 2 किमी. है। वे दिन के साढ़े 11 बजे जैसे ही तहसील मोड़ पर पहुँचे, उन पर धुआँधार फायरिंग की गई, जिसमें तीनों की मृत्यु हो गई। इस संबंध में थाना मोहम्मदाबाद पर मु.अ.सं. 711/2005 अंतर्गत धारा 147/148/149/302/120बी आई.पी.सी. पंजीकृत कराया गया। इस हत्या में पारसनाथ राय निवासी हरिहरपुर थाना मोहम्मदाबाद, राजा चौहान पुत्र मतई चैहान निवासी जलालपुर धन्नी थाना भुड़कुड़ा गाजीपुर, उमेश राय उर्फ गोरा राय पुत्र मुक्तेश्वर राय निवासी तमालपुर थाना गाजीपुर, अंगद राय उर्फ झुल्लन राय पुत्र सर्वदेव राय निवासी शेरपुर खुर्द थाना भाँवरकोल, जफर उर्फ चंदा पुत्र नसर खाँ निवासी सदर रोड कस्बा मोहम्मदाबाद निसार अहमद पुत्र हनीफ निवासी जंगीपुर थाना जंगीपुर गाजीपुर नामजद किए गए। ये सभी मुख्तार अंसारी के शूटर थे।

14. राजेंद्र राय पुत्र कपिलदेव राय की हत्या (27 जून, 2005)

राजेंद्र राय ग्राम सेमरा के रहने वाले थे और मोहम्मदाबाद ब्लॉक से तीन बार ब्लॉक प्रमुख रह चुके थे। वे अफजाल अंसारी के कट्टर विरोधी थे। वे कृष्णानंद राय और मनोज सिन्हा के अच्छे मित्र थे। वे मोहम्मदाबाद में अफजाल अंसारी और मुख्तार अंसारी की मनमानी नहीं चलने देते थे। मुख्तार और अफजाल ने उन्हें भी रास्ते से हटाने की योजना बना ली।

27 जून, 2005 को वे मोटरसाइकिल से जा रहे थे। वे जैसे ही शाम साढ़े छह बजे ग्राम गठिया पहुँचे कि उन पर ताबड़तोड़ गोलियाँ चलाई गईं, जिसमें उनकी तुरंत मृत्यु हो गई। हत्या के इस मामले में अफजाल अंसारी सांसद गाजीपुर, मुख्तार अंसारी विधायक मऊ, उमेश राय उर्फ गोरा राय निवासी तमलपुरा, अंगद राय उर्फ झुल्लन राय निवासी शेरपुर खुर्द थाना भाँवरकोल नामजद किए गए। 22 नवंबर, 2005 को अंगद राय, गोरा राय के विरुद्ध न्यायालय में चार्जशीट लगाई गई। इस मुकदमे में गोरा राय और अंगद राय को आजीवन कारावास की सजा हुई। मुख्तार अंसारी और अफजाल अंसारी के नाम विवेचना के समय ही मुकदमे से निकाल दिए गए। उस समय उत्तर प्रदेश में समाजवादी पार्टी की सरकार थी और मुलायम सिंह यादव मुख्यमंत्री थे। अफजाल अंसारी और मुख्तार अंसारी दोनों समाजवादी पार्टी से क्रमशः सांसद व विधायक थे। राजनीतिक दबाव के

कारण उन दोनों का नाम हत्या की साजिश रचने के अपराध से बचा लिया गया। अंगद राय और गोरा राय मुख्तार अंसारी गैंग के शातिर शूटर थे। दोनों ने मुख्तार अंसारी के लिए तमाम जघन्य अपराधों में भाग लिया।

15. कपिल देव सिंह की हत्या

कपिल देव सिंह ग्राम सुआपुर थाना करंडा गाजीपुर के रहने वाले थे। वे ब्लॉक प्रमुख का चुनाव लड़ना चाहते थे। मुख्तार अंसारी का शूटर भीम सिंह भी ब्लॉक प्रमुख का चुनाव लड़ना चाहता था। मुख्तार अंसारी ने अपने बाहुबल से उसे ब्लॉक प्रमुख बनवाने का वादा किया था। भीम सिंह अपने रास्ते से कपिल देव सिंह को हटाना चाहता था, जिससे ब्लॉक प्रमुख के चुनाव में उसके रास्ते का वह रोड़ा न बने। वर्ष 2009 में कपिल देव सिंह की गोली मारकर हत्या कर दी गई। कपिल देव की हत्या के समय मुख्तार अंसारी जेल में था। इस हत्या की साजिश में मुख्तार अंसारी को भी सह-अभियुक्त बनाया गया था। थाना करंडा में मुकदमा कायम किया गया। इस हत्याकांड के बाद गाजीपुर पुलिस द्वारा गैंग-चार्ट बनाया गया, जिसमें कपिल देव सिंह की हत्या को भी आधार बनाया गया। गैंगस्टर एक्ट के मामले में जुलाई 2023 में न्यायालय का निर्णय आने की तिथि तय की गई है।

□

जे.जे. हॉस्पिटल, मुंबई हत्याकांड (12 सितंबर, 1992)

सुभाष ठाकुर

साहब सिंह और रणजीत सिंह की हत्या के बाद बृजेश और त्रिभुवन सिंह को बड़ा झटका लगा। मुख्तार अंसारी गैंग काफी मजबूत हो चुका था। दोनों को अपने ऊपर हमले का डर सताने लगा। दोनों ने कुछ दिन वाराणसी से बाहर रहने की योजना बनाई। इसके लिए उन्होंने वाराणसी के रहने वाले सुभाष ठाकुर से संपर्क किया। सुभाष ठाकुर का मुंबई में पहले से ही संगठित गिरोह था। वह उस समय अंतरराष्ट्रीय माफिया दाउद इब्राहीम के लिए भी काम करता था। सुभाष ठाकुर को भी नए उम्र के बहादुर लड़कों की आवश्यकता थी, जो मुंबई में उसके लिए काम कर सकें। सुभाष ठाकुर उन्हें मुंबई ले गया।

मुंबई में दाउद इब्राहीम और अरुण गवली के बीच गैंगवार चल रहा था। इसी गैंगवार की कड़ी में वर्ष 1989 में दाउद ने अरुण गवली के बड़े भाई किशोर गवली उर्फ पापा गवली की हत्या करवा दी थी। अरुण गवली अपने भाई की हत्या का बदला लेना चाहता था और उसने अपने 4 शूटर दाउद के बहनोई इब्राहीम इस्माइल पार्कर की हत्या के लिए भेजा, जो मुंबई के नागपाड़ा में पार्कर होटल चलाता था। वह दाउद की सबसे चहेती बहन हसीना पार्कर का पति था। चारों शूटरों ने 26 जुलाई, 1992 को गोली मारकर इस्माइल पार्कर की हत्या कर दी। हत्या करने के बाद भागते समय दो शूटरों शैलेश हल्दानकर और विपिन शेरे को

पब्लिक ने घेर लिया। पब्लिक ने उनकी जमकर पिटाई की। शूटर दयानंद पुजारी उर्फ शैलियन अपने एक साथी के साथ फरार होने में सफल हो गया।

अपने बहनोई की हत्या के बाद दाउद हर हालत में गवली गैंग के शूटरों की हत्या कराना चाहता था और उसके लिए शैलेश हल्दानकर और विपिन शेरे आसान लक्ष्य लगे, क्योंकि दोनों इलाज के लिए पुलिस कस्टडी में सरकारी जे.जे. अस्पताल के वार्ड नंबर–18 में भर्ती थे। दोनों की सुरक्षा के लिए महाराष्ट्र पुलिस के कई जवान लगाए गए थे। मुंबई पुलिस को भी अंदाजा था कि दाउद इब्राहीम इन दोनों पर हमला करा सकता है। दाउद ने दोनों की हत्या की सुपारी अपने सबसे विश्वसनीय शूटर सुभाष ठाकुर को दी। सुभाष ठाकुर ने इस हत्या के लिए पूर्वी उत्तर प्रदेश के शूटरों को लगाया जिसमें बृजेश सिंह और त्रिभुवन सिंह मुख्य थे।

12 सितंबर, 1992 को सुबह 3 बजकर 20 मिनट पर सुभाष ठाकुर, बृजेश और त्रिभुवन सिंह लिफ्ट से वार्ड नंबर–18 पहुँचे। गैंग के एक सदस्य ने लिफ्ट को रोककर रखा था, जिससे हत्या के बाद वे आसानी से भाग सकें। उन्होंने सुबह का यह समय इसलिए चुना था कि उस समय अधिकतर लोग सोए रहते हैं। गैंग को वहाँ तक पहुँचने में कोई बाधा नहीं आई। जैसे ही ये तीनों वार्ड में घुसे, एक कॉन्स्टेबल सतर्क हो गया और उसने गोली चला दी, जो सुभाष ठाकुर के हाथ में लगी। त्रिभुवन सिंह व बृजेश सिंह वार्ड में घुसे, परंतु उन्हें पुलिस के जवानों का सामना करना पड़ा। त्रिभुवन सिंह ए.के.–47 से कवरिंग फायर देता रहा और बृजेश क्रॉलिंग करके हल्दानकर के वार्ड में घुस गया और ए.के.–47 से गोलियाँ चलाकर उसे छलनी कर दिया। पुलिस की तरफ से चलाई गई गोली त्रिभुवन के पेट में लगी। त्रिभुवन और बृजेश द्वारा चलाई गई गोलियों से मुंबई पुलिस के दो जवान पी.जी. जयसेन और के.बी. भनावत मारे गए और छह अन्य लोग घायल हुए थे, जिसमें अस्पताल की एक नर्स भी शामिल थी। हल्दानकर का साथी विपिन शेरे बच गया, क्योंकि उसे एक घंटे पहले दूसरे वार्ड में शिफ्ट कर दिया गया था। शेरे ठीक होने के बाद जेल गया और जमानत पर आने के बाद फिर अपराध करने लगा और पुलिस मुठभेड़ में मारा गया।

हाथ में गोली लगने के बावजूद सुभाष ठाकुर त्रिभुवन सिंह को लिफ्ट से लेकर नीचे आ गया और अपने कंधे पर लादकर पहले से तैयार खड़ी एंबुलेंस में डालकर फरार हो गया। कुछ किलोमीटर चलने के बाद गाड़ियाँ बदल दी गईं।

दाउद इब्राहीम ने अपने किसी खास व्यक्ति से अस्पताल में उसका इलाज कराया और त्रिभुवन बच गया।

इस घटना में भारत सरकार में केंद्रीय मंत्री रहे मऊ, उत्तर प्रदेश निवासी कल्पनाथ राय का भी नाम आया। गैंग में शामिल कल्पनाथ राय के भानजे सब-इंस्पेक्टर वीरेंद्र राय ने अपने मामा के नाम से गेस्ट हाऊस बुक कराया था और गाड़ी की व्यवस्था कराई थी। वीरेंद्र राय उत्तर प्रदेश पुलिस में दरोगा था और शुरू से ही बृजेश गैंग के संपर्क में था। आजमगढ़ में तैनाती के दौरान उसे निलंबित कर दिया गया था और वह बहुत दिनों तक निलंबित रहा। न्यायालय से अपने पक्ष में निर्णय लेकर वह पुनः पुलिस सेवा में आ गया, परंतु उसकी पोस्टिंग पूर्वी उत्तर प्रदेश से पश्चिमी उत्तर प्रदेश में कर दी गई, क्योंकि पूर्वी उत्तर प्रदेश में उसकी छवि माफिया की थी।

वर्ष 1991-1993 के दौरान मैं एस.एस.पी. मेरठ के पद पर तैनात था। वीरेंद्र राय की पोस्टिंग जून 1992 में मेरठ जिले में हुई थी। मैं उसका आपराधिक इतिहास जानता था, जिसके कारण मैंने उसे कोतवाली मेरठ में तैनात कर दिया और इंस्पेक्टर नागेश्वर तिवारी को सतर्क किया कि वे उस पर बराबर नजर रखें। इंसपेक्टर नागेश्वर तिवारी ने मुझे बताया कि अब उनके थाने में दो जीप हो गई हैं, एक सरकारी और एक दरोगा वीरेंद्र राय की। वीरेंद्र राय यहाँ भी अपने कुछ गुर्गों को अपनी जीप में बैठाकर चलता था। केंद्रीय मंत्री कल्पनाथ राय ने मुझे फोन किया कि मैं उनके भानजे वीरेंद्र राय का खयाल रखूँ। मैंने उन्हें उसकी आपराधिक गतिविधियों के बारे में बता दिया। वीरेंद्र राय का मन पुलिस की नौकरी में नहीं लगा और वह एक महीने में ही बिना बताए ड्यूटी से गायब हो गया। जे.जे. हॉस्पिटल की घटना में उसका नाम आने के बाद पुलिस कमिश्नर मुंबई ने मुझे पत्र भेजा, परंतु वीरेंद्र राय तो पहले ही गायब हो चुका था। शैलेश हल्दानकर की हत्या में मुंबई के जयंत सूर्य राव, सुनील सावंत, किशोर गैरकिपती भी शामिल थे। सुनील सावंत इस घटना के पहले से ही बृजेश का मुख्य सहयोगी रहा। वह पूर्वी उत्तर प्रदेश, बिहार की सनसनीखेज हत्याओं में अक्सर बृजेश के साथ रहता था। वर्ष 1989 में वाराणसी के डिप्टी मेयर अनिल सिंह पर जानलेवा हमला हुआ था, जिसमें उनका साथी अजय सिंह, गाड़ी का ड्राइवर व एक अन्य व्यक्ति मौके पर मारे गए थे। अनिल सिंह बुरी तरह से घायल हो गए थे और एक

साल बाद उनकी मृत्यु हो गई। इस सनसनीखेज हत्या में मुंबई का सुनील सावंत भी शामिल था।

22 सितंबर, 2008 को मुंबई 'टाडा' कोर्ट जज, पी.के. चावड़े द्वारा सुभाष सिंह ठाकुर को मृत्युदंड की सजा सुनाई गई। सुभाष सिंह ठाकुर के अलावा किशोर गैरकिपती को 10 वर्ष और भिवंडी-निजामपुर नगर पालिका परिषद् के पूर्व चेयरमैन जयंत सूर्य राव को 7 वर्ष की सजा दी गई। टाडा कोर्ट ने इस घटना में बृजेश सहित अनिल अमरनाथ शर्मा, प्रसाद खाड़े, मोहम्मद अहमद मंसूरी, जय प्रकाश सिंह उर्फ बच्ची सिंह, जहूर इस्माइल फाकी व महबूबी अजीज खान को साक्ष्य के अभाव में बरी कर दिया। इस घटना में कुल 41 लोगों के विरुद्ध चार्जशीट लगाई गई थी, परंतु मुकदमा 9 लोगों पर ही चलाया जा सका। शेष 32 अपराधी या तो फरार थे या पुलिस एवं विरोधी गैंग द्वारा मार दिए गए थे।

जे.जे. हॉस्पिटल शूटआउट के बाद बृजेश सिंह और त्रिभुवन सिंह, दाउद इब्राहीम के बहुत खास शूटर बन गए और उसके इशारे पर मुंबई में कई हत्याएँ कीं, जिनमें उनके नाम नहीं आए। बृजेश गैंग में ए.के.-47 राइफलें, .45 बोर, .30 बोर की पिस्तौलें भी दाउद इब्राहीम द्वारा दी गई थीं, जो इन दोनों द्वारा उत्तर प्रदेश व बिहार में हुई हत्याओं में प्रयोग की गईं। दाउद ने बृजेश को काफी पैसे भी दिए, जो उसने अपने शुरुआती दौर में शराब के कारोबार में लगाए। जे.जे. हॉस्पिटल कांड में केंद्रीय मंत्री रहे कल्पनाथ राय को भी जेल जाना पड़ा। कल्पनाथ राय की 6 अगस्त, 1999 को हृदय गति रुक जाने से मृत्यु हो गई।

□

बाहुबली अनिल सिंह बदरू

अनिल सिंह बदरू के पिता राम नगीना सिंह उत्तर प्रदेश पुलिस में हवलदार थे। वे अपने बेटे अनिल सिंह को भी पुलिस में सिपाही बनाना चाहते थे, जिससे वह नौकरी के लिए घर से बाहर चला जाए और परिवार में हो रहे गैंगवार से बच जाए। अनिल सिंह अपने चाचा त्रिभुवन सिंह से काफी प्रभावित था और वह उन्हीं की बात मानता था। अनिल सिंह अपने कुख्यात चाचा त्रिभुवन के आतंक का भय दिखाकर शराब, कोयला व सरकारी ठेके लेता था। उसके पास पैसे की कोई कमी नहीं रह गई थी और वह अपने चाचा त्रिभुवन की तरह खुद को अपराध की दुनिया का बेताज बादशाह समझने लगा था।

त्रिभुवन ने अपने साथी अशोक सिंह लूला से बात की, जिसका अपना ट्रांसपोर्ट का काम था। त्रिभुवन ने भतीजे अनिल सिंह को पैसा देकर अशोक लूला के साथ ट्रांसपोर्ट का काम शुरू करवाया। त्रिभुवन सिंह के पैसे से अनिल सिंह ने दो बसों से कारोबार शुरू किया और बाद में कई बस और ट्रक खरीद लिये। अनिल सिंह व अशोक लूला की बसें गाजीपुर से वाराणसी चलती थीं। वाराणसी में दफ्तर, कचहरी बंद होने पर शाम पाँच बजे से साढ़े छह बजे तक अधिक सवारियाँ मिलती थीं, जिससे ट्रांसपोर्टर इसी समय अपनी बसें लगाना चाहते थे। अशोक लूला दबंग था। छह से सात बजे के बीच उसकी बसें लगती थीं। कभी अशोक सिंह लूला का चेला रहा, अनिल सिंह अपने चाचा त्रिभुवन सिंह की हनक से स्वयं दबंग बन चुका था। उसने अशोक लूला से कहा कि चाचा, आप बहुत दिनों से छह से सात बजे के बीच में अपनी बसें लगवा रहे हैं, अब इस समय पर मेरी बसें लगेंगी, जिसके लिए लूला तैयार नहीं हुआ। लूला ने अनिल सिंह को हल्के में लिया। अनिल सिंह ने धमकी देकर कहा कि चाचा, छह से सात बजे के बीच में

मेरी ही बसें चलेंगी, आपके हित में है कि अपनी बसें उस समय न लगाएँ, नहीं तो आपको गंभीर परिणाम भुगतने होंगे। दोनों का विवाद लगातार बढ़ता गया। अनिल ने 1994 में वाराणसी के अंधरा पुल के पास अशोक लूला की गोली मारकर हत्या कर दी। अनिल सिंह बदरू द्वारा की गई यह पहली हत्या थी। हत्या करने के बाद वह अपने चाचा त्रिभुवन सिंह के ठिकाने पर उड़ीसा चला गया। अपने चाचा की सलाह पर वह वापस आया और न्यायालय में हाजिर हो गया। कुछ दिनों बाद ही उसकी जमानत हो गई। अब अनिल पूरी तरह से शातिर बदमाश बन चुका था और मनचाहे समय में अपनी बसें लगवाने लगा। किसी ट्रांसपोर्टर की हिम्मत नहीं थी कि वे उसका विरोध कर सकें। व्यापार बढ़ता गया और अनिल ने काफी पैसा कमाया। गाजीपुर में वह अपने चाचा त्रिभुवन सिंह के मकान व हीरो होंडा शोरूम के पास ही अपना आलीशान मकान बनवा रहा था। उसी समय जिला पंचायत का चुनाव आ गया और अनिल सिंह राजनीति में अपना भाग्य चमकाने के लिए जिला पंचायत सदस्य का चुनाव लड़ गया और जीतकर जिला पंचायत सदस्य भी बन गया।

अनिल गाँव में जाकर बड़े विनम्र भाव से लोगों से हाथ जोड़कर मिलता था और चुनाव के दौरान लोगों के पैर छूता था। वह दस-बारह काले रंग की सफारी गाड़ियों से अपने हथियारबंद गुर्गों के साथ चलता था। जहाँ भी बदरू का काफिला जाता था, वहाँ दहशत फैल जाती थी। उसका आतंक गाजीपुर के अलावा आस-पास के जिलों में भी फैल गया था। वर्ष 1997 में मायावती उत्तर प्रदेश की मुख्यमंत्री बनीं। बदरू भी कई बाहुबलियों की तरह माननीय बनना चाहता था। उसने बहुजन समाज पार्टी की सदस्यता ग्रहण कर ली।

वर्ष 1997 में जिला पंचायत अध्यक्ष का चुनाव था। बदरू बहुजन समाज पार्टी का टिकट पाने में सफल हो गया और जिला पंचायत अध्यक्ष गाजीपुर का चुनाव लड़ा। दूसरे प्रत्याशी औड़िहार निवासी कद्दावर नेता राधा मोहन सिंह, समाजवादी पार्टी के टिकट पर चुनाव लड़ रहे थे। इन दोनों के बीच हार-जीत होनी थी। दोनों ने अपने-अपने वोटरों को अपने पक्ष में करने के लिए काफी धन देकर प्रभावित किया। वोटरों को अपने-अपने सुरक्षित ठिकानों पर बैठा लिया गया। बदरू का चाचा त्रिभुवन हर हालत में अपने भतीजे को चुनाव जिताना चाहता था। उस समय चर्चा थी कि बदरू ने 20-22 जिला परिषद् सदस्यों को पाँच-पाँच

लाख रुपए और एक-एक टाटा सूमो देने की व्यवस्था की थी। बदरू अपनी जीत के लिए आश्वस्त था। त्रिभुवन सिंह और बृजेश सिंह का कट्टर दुश्मन मुख्तार अंसारी भी उस समय बहुजन समाज पार्टी से विधायक था।

अनिल सिंह अपने चाचा की सलाह लेकर मुख्तार अंसारी के घर चला गया और चुनाव जिताने के लिए उसके पैर छूकर आशीर्वाद लिया। मुख्तार ने उसे गले लगाया और अपने दो वोट उसे देने का वादा किया। दूसरे दिन अखबारों में समाचार प्रकाशित हुआ कि अनिल सिंह ने मुख्तार के पैर छूकर चुनाव जीतने का आशीर्वाद लिया है और उसकी जीत पक्की है। चुनाव के दिन मुख्तार ने अपने दोनों वोट समाजवादी पार्टी के राधा मोहन सिंह को दिला दिए। बीना यादव अनिल सिंह की वोटर थीं। कहा जाता है कि मुख्तार अंसारी ने अपने गुर्गों से उनके बेटों का अपहरण करवा लिया और बीना यादव को बुलाकर धमकी दी कि यदि वह अपने बेटों की सलामती चाहती है तो समाजवादी पार्टी के राधा मोहन सिंह को वोट दे। बीना यादव ने अपने बेटों की सुरक्षा के लिए राधा मोहन को वोट दे दिया। बदरू चुनाव हार गया।

चुनाव का परिणाम घोषित होते ही बीना यादव अनिल सिंह के घर पहुँच गई। वह रोते हुए बोली कि भइया, बहुत बड़ी गलती हो गई। इसके आगे वह कुछ कह पाती कि तभी अनिल सिंह ने उसे दो थप्पड़ जड़ दिए। वह डर के मारे भाग खड़ी हुई, परंतु बदरू उसे दौड़ाता रहा और उसके कपड़े तक फट गए। बीना यादव मार्केट में भाग रही थी और बदरू ने उसे खदेड़ते हुए अपनी पिस्टल निकाल ली। उसके परिवार के लोगों ने उसे बड़ी मुश्किल से पकड़ा और बीना यादव ने भागकर अपनी जान बचाई। डर के कारण वह अपना मुकदमा तक नहीं लिखा पाई, जबकि पूरे बाजार ने इस दृश्य को देखा था।

मुख्तार अंसारी की शिकायत करने के लिए अनिल सिंह बदरू मुख्यमंत्री मायावती के आवास पर पहुँच गया। वह उनसे मिलना चाहता था, परंतु जब अनुमति नहीं मिली तो वह जबरदस्ती घुस गया। मायावती कहाँ बरदाश्त करने वाली थीं, उन्होंने उसे अनुशासनहीनता के कारण बहुजन समाज पार्टी से निकाल दिया। पार्टी की मुखिया मायावती ने मुख्तार अंसारी की भी जाँच कराईं और असलियत सामने आ गई कि मुख्तार ने अपने दो वोट समाजवादी पार्टी के राधा मोहन सिंह को दिलाकर बहुजन समाज पार्टी के अनिल सिंह बदरू को चुनाव

हरवा दिया है। मुख्तार अंसारी को बहुजन समाज पार्टी से बाहर का रास्ता दिखा दिया गया। अनिल सिंह अब प्रतिशोध में मुख्तार और उसके गुर्गों के व्यावसायिक हितों को नुकसान पहुँचाने लगा। वह सभी प्रकार के ठेकों में दखल देने लगा। अहरौली के शराब व्यवसायी शंकर सिंह भी उससे परेशान रहने लगे।

अनिल सिंह बदरू द्वारा तीन लोगों की हत्या (7 फरवरी, 1996)

सैदपुर गाजीपुर के धनाढ्य जय शंकर प्रसाद जायसवाल की बड़ी माँ की कोई औलाद नहीं थी। उनके पास काफी जमीन थी, जिस पर उनके पट्टीदार कब्जा करना चाहते थे। उस बुजुर्ग महिला ने अनिल सिंह से संपर्क किया। जमीन की कीमत करोड़ों में थी, परंतु पट्टीदारों से परेशान महिला ने मात्र 15 लाख रुपए में वह जमीन दबंग अनिल सिंह बदरू को बेच दी। उस महिला के पट्टीदार पेशे से ज्वैलर थे और काफी धनाढ्य थे। वे महिला को परेशान करने लगे। वह रोते हुए अनिल सिंह के पास पहुँची और उसे अपनी व्यथा सुनाई। अनिल सिंह बदरू आगबबूला हो गया और तुरंत ज्वैलर जयशंकर प्रसाद जायसवाल की दुकान पर पहुँच गया। उसने दुकान पर बैठे जयशंकर प्रसाद जायसवाल, उनके पुत्र अनिल कुमार जायसवाल और दुकान पर काम करने वाले दिनेश सिंह कुशवाहा पुत्र बजरंगी कुशवाहा निवासी नदेशर थाना बलुआ वाराणसी की गोली मारकर हत्या कर दी। जयशंकर जायसवाल के पुत्र राजेश जायसवाल भी गंभीर रूप से घायल हुए। तीन व्यक्तियों की दिन–दहाड़े सनसनीखेज हत्या 7 फरवरी, 1996 को सुबह साढ़े 10 बजे कस्बा सैदपुर में की गई थी। राजेश कुमार जायसवाल ने थाना सैदपुर में मु.अ.सं. 56/1996 धारा 302/307/120बी आई.पी.सी. में दोपहर 13:40 बजे मुकदमा कायम कराया। हत्या के इस मुकदमे में अनिल सिंह बदरू, नरेंद्र सिंह उर्फ चुन्नू पुत्र कपिल देव सिंह निवासी सबुआ थाना करंडा गाजीपुर और रामानंद सिंह पुत्र नारायन सिंह निवासी सिसौड़ा थाना नंदगंज गाजीपुर के नाम आए, जिनके विरुद्ध 7 जून, 1996 को चार्जशीट न्यायालय में भेजी गई।

अनिल जेल गया, लेकिन जल्दी ही वह जमानत पर छूट गया। इन घटनाओं के बाद उसकी पिस्टल का लाइसेंस निरस्त कर दिया गया। उसके काफिले पर पुलिस द्वारा पाबंदी लगा दी गई। 10–12 गाड़ियों के काफिले से चलने वाला अनिल सिंह बदरू, अब एक–दो गाड़ियों से चलने के लिए मजबूर हो गया। उसके

हेड कॉन्स्टेबल पिता राम नगीना सिंह अपने बेटे की हरकतों से बहुत परेशान थे। जब वह अपने गुर्गों को लेकर घर आता था तो रामनगीना सिंह उसे गाली देकर भगा देते थे। अब गुर्गे भी उसके घर आने से कतराने लगे थे। अनिल सिंह कहा करता था कि मेरी ऐसी स्थिति हो गई है कि यदि वह अपने साथियों के साथ नहीं चलेगा तो मारा जाएगा। मेरे पिता साथियों को भगाकर मेरे लिए खतरा उत्पन्न कर रहे हैं। रामनगीना सिंह अब भी अपने बेटे को अपराध की दुनिया से हटाकर एक शरीफ इनसान का जीवन बिताने के लिए प्रयासरत थे, परंतु अनिल अपने चाचा त्रिभुवन के अलावा किसी की भी बात मानता ही नहीं था।

मुख्तार अंसारी की हत्या का प्रयास (15 जुलाई, 2001)

बृजेश सिंह और त्रिभुवन सिंह ने अनिल सिंह बदरू के साथ मिलकर गाजीपुर के ऊसर चट्टी मोड़ पर मुख्तार अंसारी की हत्या की योजना बनाई। बृजेश सिंह ने एक ट्रक का इंतजाम किया और ऊसर चट्टी मुख्य सड़क पर लग गया। 15 जुलाई, 2001 को पंचायत चुनाव प्रचार के लिए मुख्तार अंसारी अपने घर मोहम्मदाबाद से मऊ उसी रास्ते से जाने वाला था। मोहम्मदाबाद से लगभग 7 किमी. दूर ऊसर चट्टी पर मुख्तार अंसारी की गाड़ियों का काफिला पहुँचा। वह दस-बारह लाल रंग की सफारी गाड़ियों के काफिले से चलता था और सब गाड़ियों के अंतिम नंबर 786 होते थे। बृजेश सिंह को सूचना थी कि मुख्तार सबसे आगे वाली गाड़ी में बैठा है, परंतु कुछ समय पहले ही मुख्तार दूसरी गाड़ी में बैठ गया था। उसका काफिला ऊसर चट्टी रेलवे क्रॉसिंग पर पहुँचा ही था कि क्रॉसिंग बंद हो गई, जिसके कारण मुख्तार का काफिला वहीं पर रुक गया।

रेलवे फाटक के एक तरफ ट्रक उलटी दिशा में खड़ा किया गया था, जिसके डाले में फायरिंग करने के लिए छेद बनाए गए थे। डाला मजबूत स्टील की चादरों से तैयार कराया गया था, जिससे मुख्तार की तरफ से चलाई गई गोलियों से बचा जा सके। इस घटना को अंजाम देने के लिए कई मजबूत शूटरों को भी इकट्ठा किया था, जिसमें अधिकतर नए लड़के थे। उनके पास कई ए.के.-47 राइफलें भी थीं। जैसे ही मुख्तार अंसारी का काफिला रेलवे क्रॉसिंग के पास पहुँचने वाला था कि क्रॉसिंग बंद हो गई। ट्रक में बैठे बदमाशों ने मुख्तार के काफिले पर ए.के.-47, एस.एल.आर., 9 एम.एम. कार्बाइन व सेमी ऑटोमैटिक राइफलों से

अंधाधुंध गोलियाँ चलानी शुरू कर दीं। इस हमले में मुख्तार अंसारी का व्यक्तिगत सुरक्षाकर्मी बाबू रायनी निवासी गाजीपुर और पुलिस का गनर यादव मारे गए। मुख्तार अंसारी हमला होते ही अपनी गाड़ी से कूदकर गन्ने के खेत में छिप गया। यदि वह आगे की गाड़ी में होता तो अवश्य मारा जाता, क्योंकि बदमाशों का निशाना तो आगे की गाड़ी पर ही था।

इस घटना में बृजेश गैंग का मनोज राय मारा गया। मनोज एक मेधावी छात्र और बहुत अच्छा गायक था। वह रामपुर सगरा, जिला बक्सर, बिहार का रहने वाला था। मनोज राय ट्रक से कूदकर मुख्तार अंसारी के काफिले पर गोली चलाने लगा, इसी बीच पैर में गोली लगने से वह घायल हो गया। मुख्तार अंसारी द्वारा घायल मनोज राय को घेरकर पूछताछ की गई और जब पूरी योजना की जानकारी मिल गई तो कई गोलियाँ मारकर उसकी हत्या कर दी गई। बृजेश गैंग का दूसरा शूटर रवि शंकर पांडेय उर्फ 'पंडित' उर्फ 'बाबा' गंभीर रूप से घायल हुआ। अफरातफरी में एक शूटर डाला के छेद में राइफल की बैरल डालते समय लड़खड़ाकर गिर गया था, जिसकी गोली रविशंकर पांडेय को लग गई, जिससे वह गंभीर रूप से घायल हो गया। कुछ देर बाद वह ट्रक में ही मर गया। परिवार को उसकी लाश देकर गुपचुप तरीके से अंतिम संस्कार करा दिया गया। सभी शूटर ट्रक व अन्य गाड़ियों सहित फरार हो गए। मुख्तार अंसारी द्वारा बृजेश सिंह, त्रिभुवन सिंह सहित 15-20 लोगों के विरुद्ध थाना सैदपुर में मुकदमा लिखवाया गया।

मनोज राय, बिहार से बनारस हिंदू विश्वविद्यालय में पढ़ाई करने आया था और एम.ए. कर रहा था। वर्ष 1995 में अशांति होने के कारण बी.एच.यू. अनिश्चित काल के लिए बंद हो गई और सभी छात्रावास खाली करा लिये गए। मनोज राय नरेंद्र देव छात्रावास में रहता था और एक बहुत अच्छा कलाकार व गायक था। वह रामलीला में भगवान् राम का किरदार अदा करता था और उसे रामायण की सभी चौपाइयाँ याद थीं। वह बी.एच.यू. के सांस्कृतिक कार्यक्रमों में बढ़-चढ़कर भाग लेता था और राष्ट्रकवि रामधारी सिंह दिनकर की रचना 'रश्मिरथि' उसे पूरी याद थी। वह तलवार और गदा भाँजकर अपनी कला का प्रदर्शन भी करता था और मित्रों को अक्सर गाना सुनाता था। पढ़ाई-लिखाई में भी वह बहुत अच्छा था। छात्रावास खाली होने पर वह वाराणसी के ऐतिहासिक अस्सी

घाट में किराए के एक कमरे में रहने लगा। कुछ विद्यार्थी उस कमरे पर कब्जा करने आ गए, जिसका विरोध मनोज राय ने किया। झगड़ा इतना बढ़ गया कि उसे तमंचे से गोली मारकर घायल कर दिया गया। वह अपने गाँव रामपुर सगरा चला आया, जहाँ गाँव में किसी ने उस पर तंज कस दिया कि गोली खाकर भाग आए। यह बात मनोज को लग गई और उसने भी तमंचा खरीदकर अपने विरोधी से बदला लेने की ठान ली। वह बी.एच.यू. वापस आया और प्रतिशोध में अपने ऊपर हमला करने वाले पर तमंचे से गोली चला दी। गोली उसके विरोधी के हाथ में लगी, परंतु वह बच गया। मनोज राय पर हत्या के प्रयास का मुकदमा लिखा गया। इस घटना ने एक होनहार विद्यार्थी और कलाकार की दिशा ही बदल डाली।

ए.पी.एन. टी.वी. चैनल के विनय राय ने मुझे बताया कि उस समय वह भी बी.एच.यू. में पढ़ रहे थे और मनोज राय को अच्छी तरह जानते थे। वह अक्सर कहता था कि यहाँ आकर वह बुरी संगति में फँस गया है और अपने गाँव वापस जाना चाहता है, परंतु कोर्ट-कचहरी के चक्कर में वह गाँव नहीं जा पाया और अपनी बिरादरी के राजनेता कृष्णानंद राय से मदद के लिए मिला और फिर उन्हीं का होकर रह गया।

मुख्तार अंसारी द्वारा इस घटना में बृजेश सिंह, त्रिभुवन सिंह, अजय सिंह मरदा, करिया सिंह, रविशंकर पांडेय उर्फ 'पंडित' उर्फ 'बाबा', मनोज राय, विनोद सिंह, पंकज सिंह निवासी आजमगढ़ को नामजद किया गया। इस घटना की योजना में त्रिभुवन सिंह के भतीजे अनिल सिंह बदरू पुत्र रामनगीना सिंह (पुलिस कॉन्स्टेबल) ने मुख्य भूमिका निभाई थी। मुख्तार अंसारी ने लोगों से कहना शुरू किया कि उसने बृजेश सिंह को मार दिया है और उसके साथी उसकी लाश ट्रक में उठाकर ले गए हैं।

अनिल सिंह बदरू और डॉ. राहुल सिंह की हत्या (9 दिसंबर, 2003)

अनिल सिंह गाजीपुर शहर में अपने चाचा त्रिभुवन के मकान के पास में एक आलीशान मकान बनवा रहा था। यहीं पर उसके चाचा त्रिभुवन ने हीरो होंडा का शोरूम खोला था, जिसे अनिल सिंह देखता था। उसकी इच्छा थी कि वह ऐसा महल बनाए, जिसमें हर प्रकार की सुविधाएँ हों। वह अपने बँगले के परिसर में कई एकड़ जमीन में एक बाग लगाना चाहता था, जिसमें हर प्रकार के फलों के वृक्ष

हों। चहारदीवारी बन चुकी थी और बँगले के मुख्य गेट पर सुरक्षा के दृष्टिकोण से खूबसूरत व मजबूत लोहे का फाटक भी लग चुका था। वह रोजाना अपने मकान का निर्माण देखने जाता रहता था। 8 दिसंबर, 2003 को अर्दली बाजार वाराणसी में अनिल सिंह की मौसी की शादी थी। अनिल ने अपनी मौसी की शादी में बढ़-चढ़कर भाग लिया और रात में ही अपने गाँव मुड़ियार पहुँच गया। मुड़ियार में उसे कोई खतरा नहीं था, चूँकि उसके परिवार के दुश्मन तीनों भाइयों साधू सिंह, मकनू सिंह और दामोदर सिंह की हत्याएँ हो चुकी थीं। सुबह उसे सोनभद्र जाना था। वह अपनी बेटी को टाटा सफारी 6531 में बैठाकर स्कूल छोड़ने जा रहा था। गाड़ी उसके चचेरे भाई डॉ. राहुल चला रहे थे। राहुल, बेंगलुरु से एम.बी.बी.एस. करके आए थे और अपने पारिवारिक गैंगवार से दूर थे। उनके पिता रामबिलास सिंह की हत्या, साधू सिंह और मुख्तार अंसारी द्वारा पहले ही की जा चुकी थी। सफारी गाड़ी में अनिल सिंह आगे बैठे थे। रास्ते में उन्होंने अपने खास आदमी संजय यादव पुत्र सुरेश यादव निवासी लालनपुर कोतवाली गाजीपुर को बैठा लिया था। वह रास्ते में अपने निर्माणाधीन मकान को देखते हुए जाना चाहता था। उस समय जाड़े का महीना था और घना कोहरा था। करीब सवा नौ बजे जब वे लोग निर्माणाधीन मकान के गेट पर पहुँचने ही वाले थे कि उनकी गाड़ी पर बदमाशों द्वारा ताबड़तोड़ फायरिंग की गई।

राहुल सिंह, अनिल सिंह बदरू और संजय यादव गाड़ी के अंदर ही मारे गए। अनिल सिंह बदरू की पुत्री कुमारी शिवानी को मामूली चोट आई, जो गाड़ी के पीछे बैठी थी। अंकित उर्फ गोलू पुत्र ओम प्रकाश सिंह भी बच गया, जो गाड़ी में पीछे बैठा था।

इस घटना की रिपोर्ट अनिल सिंह के पिता राम नगीना सिंह द्वारा लिखवाई गई, जो थाना सैदपुर में मु.अ.सं. 154/03 धारा 302 आई.पी.सी. व धारा 7 क्रिमिनल लॉ अमेडमेंट एक्ट के अंतर्गत 10 दिसंबर, 2003 को प्रात: 10:30 बजे लिखी गई। अपराध जगत् के अनुसार यह हत्या मुख्तार अंसारी द्वारा कराई गई थी, जिसमें मुन्ना बजरंगी के शूटर अन्नू त्रिपाठी, बाबू सिंह यादव, गुड्डू लँगड़ा और दो अन्य बदमाश शामिल थे। अनुराग त्रिपाठी उर्फ अन्नू की वाराणसी जेल में 2 मार्च, 2005 को हत्या कर दी गई। बाबू सिंह यादव वाराणसी में ही पुलिस मुठभेड़ में मारा गया। गुड्डू लँगड़ा की भी हत्या कर दी गई।

रामपति सिंह प्रधान की तीसरी पीढ़ी के दो नौजवान अनिल सिंह और डॉक्टर राहुल सिंह भी पारिवारिक गैंगवार की भेंट चढ़ गए। रामपति सिंह परिवार के तीन बेटे हवलदार राजेंद्र सिंह, सी.आर.पी.एफ. कॉन्स्टेबल वीरेंद्र सिंह बेड़ा, रामबिलास सिंह, अनिल सिंह बदरू और रामबिलास सिंह के पुत्र डॉ. राहुल सिंह भी गैंगवार की भेंट चढ़ गए। उनके विरोधी दामोदर सिंह, राजेश्वर सिंह उर्फ मकनू और साधू शरण सिंह उर्फ साधू की भी हत्याएँ हो चुकी थीं। डेढ़ बिस्वा जमीन के विवाद को लेकर शुरू हुए इस गैंगवार में संपन्न राजपूत परिवार के अब तक कुल नौ लोग मारे जा चुके थे। डॉ. राहुल सिंह अविवाहित थे, बाकी दोनों परिवार की आठ विधवाओं ने गैंगवार का अभिशाप भोगा।

रामपति सिंह के तीन बेटे विजय शंकर सिंह, राम नगीना सिंह और त्रिभुवन सिंह बच गए। 19 मार्च, 2009 को त्रिभुवन सिंह यू.पी. एस.टी.एफ. के सामने आत्मसमर्पण करके जेल चला गया, जिसके ऊपर उत्तर प्रदेश सरकार द्वारा 5 लाख रुपए का इनाम घोषित था। परिवार में गैंगवार लगभग समाप्त हो गया, परंतु मकनू सिंह का बेटा सतीश सिंह अपने पिता की हत्या का बदला त्रिभुवन सिंह से लेना चाहता था। वह धौरहरा चैबेपुर के पाँचू सिंह के भाई बी.के.डी. के साथ जनवरी 2024 में, पुस्तक लिखे जाने तक फरार चल रहा था।

अपने प्रिय भतीजे की हत्या से त्रिभुवन टूट गया था, परंतु जल्दी ही उसने खुद को सँभाल लिया और अपने भतीजे के हत्यारों को ठिकाने लगाने की योजना बनाने लगा। अनिल सिंह के मारे जाने से त्रिभुवन को आर्थिक रूप से काफी नुकसान हुआ, क्योंकि उसके कारोबार को वही चला रहा था।

गुड्डू लँगड़ा की हत्या

गुड्डू लँगड़ा त्रिभुवन सिंह के भतीजे अनिल सिंह की हत्या में शामिल था, जो मुख्तार अंसारी और मुन्ना बजरंगी द्वारा कराई गई थी। त्रिभुवन अपने भतीजे अनिल सिंह के हत्यारों के पीछे पड़ गया और खौफनाक तरीके से उनकी हत्या करने का निर्णय लिया। बृजेश और त्रिभुवन ने अपने गुर्गों द्वारा गुड्डू लँगड़ा की हत्या करवा दी। जिस जगह अनिल सिंह की हत्या हुई थी, उसी के पास उसकी अधजली लाश मिली। कहा जाता है कि हत्यारों ने उसे पकड़ लिया और यातनाएँ देकर जिंदा जलाकर हत्या कर दी और लाश गायब करने के बजाय ऐसी जगह

फेंकी गई, जहाँ गुड्डू का हमेशा आना-जाना लगा रहता था। लाश को देखकर गुड्डू की खौफनाक मौत का अंदाजा लगाया जा सकता था।

अनुराग त्रिपाठी उर्फ अन्नू त्रिपाठी की हत्या (2 मार्च, 2005)

अन्नू त्रिपाठी, मुन्ना बजरंगी और मुख्तार अंसारी का विश्वासपात्र, दुस्साहसी शार्प शूटर था। वह मुन्ना बजरंगी के इशारे पर कुछ भी करने को तैयार रहता था। वर्ष 2005 में अन्नू त्रिपाठी नैनी सेंट्रल जेल में बंद था। उसके खिलाफ ज्यादातर मुकदमे वाराणसी जिले में चल रहे थे। एक बार जब वह वाराणसी जिला न्यायालय से अपनी पेशी पर हाजिर होने के बाद पुलिस अभिरक्षा में इलाहाबाद लौट रहा था, तभी उस पर बम से हमला हुआ। उस घटना में उसकी सुरक्षा में तैनात दरोगा व सिपाही गंभीर रूप से घायल हो गए थे और अन्नू बच गया था। इस घटना के बाद प्रशासन ने उसे नैनी जेल से वाराणसी जेल ट्रांसफर कर दिया, क्योंकि उसे बार-बार इलाहाबाद से वाराणसी ले जाना पड़ता था। 2 मार्च, 2005 को वाराणसी जेल की बैरक के अंदर अन्नू त्रिपाठी की गोली मारकर हत्या कर दी गई। कहा जाता है कि अन्नू की हत्या बृजेश और त्रिभुवन के इशारे पर की गई थी, क्योंकि अन्नू त्रिपाठी त्रिभुवन के भतीजे अनिल सिंह बदरू की हत्या में शामिल था और त्रिभुवन उसकी हत्या करके अपने भतीजे की मौत का बदला लेना चाहता था।

अन्नू की हत्या का आरोप एक शातिर अपराधी संतोष गुप्ता उर्फ किट्टू पर लगा। अपराध जगत् में यह चर्चा थी कि जेल में उम्रकैद की सजा भुगत रहे पूर्व विधायक डॉ. उदयभान सिंह ने किट्टू से कहकर अन्नू त्रिपाठी की हत्या करवाई थी। त्रिभुवन और डॉ. उदयभान सिंह एक ही ग्रुप के थे। किट्टू भी पूर्वांचल के अतिरिक्त पश्चिमी उत्तर प्रदेश में किराए पर कत्ल किया करता था, जिसे वहाँ पर अशोक बिहारी के नाम से जाना जाता था। मैं ए.डी.जी. कानून-व्यवस्था के पद पर तैनात था और एस.टी.एफ./ए.टी.एस. का प्रभारी भी था। मेरी सूचना पर वर्ष 2008 में सहारनपुर जिले में एस.टी.एफ. की टीम से किट्टू गैंग की मुठभेड़ हो गई थी, परंतु किट्टू वहाँ से बचकर भाग निकला था। वहीं यह मालूम हुआ कि पश्चिमी उत्तर प्रदेश का अशोक बिहारी कोई और नहीं, बल्कि वाराणसी का संतोष गुप्ता 'किट्टू' है।

मैंने किट्टू के पीछे अपनी एस.टी.एफ. और वाराणसी पुलिस की टीम लगा दी। किट्टू और उसके गुर्गों को वाराणसी के बहुजन समाज पार्टी का एक बाहुबली एम.एल.सी. पनाह देता था और वे लोग उसके नोएडा स्थित मकान में भी शरण पाते थे। अपराध जगत् में यह चर्चित था कि किट्टू ने वाराणसी के उस हिस्ट्रीशीटर एम.एल.सी. के इशारे पर कई हत्याएँ की थीं। उस एम.एल.सी. का काला कारोबार बिहार व झारखंड में भी चलता था, जहाँ किट्टू अपने गैंग के साथ उसके ठिकाने पर शरण पाता था और उसके इशारे पर कारोबार में अवरोध पैदा करने वालों को ठिकाने लगा देता था। किट्टू ने पश्चिमी उत्तर प्रदेश में किराए पर लगभग तीन दर्जन हत्याएँ की थीं, परंतु जानकारी न होने के कारण उसका नाम उन हत्याओं में नहीं आया। किट्टू 25–30 लाख से कम की लूट नहीं करता था। जिस दिन किसी फैक्टरी में वेतन का दिन होता था या कैशियर बैंक से रुपया निकालकर लाता था, किट्टू उसी समय गोली मारकर लूट करता था। बिहार-झारखंड में उसने तमाम घटनाएँ की थी। मैंने सहारनपुर में एस.टी.एफ. से मुठभेड़ के बाद किट्टू की गिरफ्तारी पर डेढ़ लाख रुपए का इनाम रखा था। वह अक्सर वाराणसी आता-जाता रहता था। मेरी टीम झारखंड से ही उसके पीछे लगी थी। वाराणसी में उसकी गिरफ्तारी की जिम्मेदारी मैंने एडिशनल एस.पी. विजय भूषण को दी थी, जिसमें इंस्पेक्टर गिरजा शंकर त्रिपाठी भी शामिल थे। जून 2010 में किट्टू अपने साथी विनोद सिंह के साथ ट्रेन से वाराणसी आया और अपने गैंग के साथ बड़ी घटना को अंजाम देने जा रहा था। विजय भूषण की टीम से किट्टू की मुठभेड़ हो गई। इस मुठभेड़ में उस जमाने का डेढ़ लाख का शातिर इनामिया बदमाश संतोष किट्टू अपने साथी विनोद सिंह के साथ 4/5 जून, 2010 की रात में मारा गया। इस साहसिक मुठभेड़ में बहादुरी का पुरस्कार दिलाने का प्रस्ताव उत्तर प्रदेश शासन के माध्यम से भारत सरकार को भेजा गया। भारत के राष्ट्रपति द्वारा विजय भूषण, इंस्पेक्टर गिरजा शंकर त्रिपाठी और टीम के दरोगा विजय प्रताप सिंह को बहादुरी का पुलिस पदक दिया गया।

□

मुख्तार अंसारी गैंग पर कसता शिकंजा

मुख्तार अंसारी

दिसंबर 1989 में उत्तर प्रदेश में जनता दल की सरकार बनी और मुलायम सिंह यादव मुख्यमंत्री बने। मुख्तार अंसारी तथा उसके भाई अफजाल के मुलायम सिंह यादव से अच्छे संबंध थे, जिसके कारण उन्हें खुला राजनीतिक संरक्षण मिलता रहा। जून 1991 में भारतीय जनता पार्टी की सरकार बनी और कल्याण सिंह उत्तर प्रदेश के मुख्यमंत्री बनाए गए। उन्होंने देवरिया निवासी सूर्य प्रताप शाही को गृह राज्य मंत्री बनाया।

गृह राज्य मंत्री सूर्य प्रताप शाही पूर्वांचल में बढ़ते गैंगवार से चिंतित हो गए और मुख्तार अंसारी व बृजेश सिंह गैंग पर कार्रवाई तेज कर दी गई। शाही की अधिकतर रिश्तेदारियाँ गाजीपुर में थीं। मुख्तार अंसारी गैंग पर कार्रवाई के लिए अरुण कुमार (आई.पी.एस. 1985), एस.पी. गाजीपुर तैनात किए गए और मुख्तार अंसारी गैंग पर तेजी से कार्रवाई शुरू कर दी गई। मुख्तार अंसारी समझ गया कि यदि वह उत्तर प्रदेश में रुका तो उसका तथा उसके गुर्गों का जीना मुश्किल हो जाएगा, इसलिए उसने उत्तर प्रदेश से भागने में ही अपनी भलाई समझी।

मुख्तार अंसारी गैंग का पलायन

भारतीय जनता पार्टी की सरकार बनते ही मुख्यमंत्री कल्याण सिंह ने उत्तर प्रदेश के बाहुबलियों पर शिकंजा कसना शुरू कर दिया। गृह राज्य मंत्री सूर्य प्रताप शाही के नजदीकी लोग वाराणसी, गाजीपुर और बलिया में थे। उन लोगों ने मुख्तार अंसारी की आपराधिक गतिविधियों से उन्हें अवगत कराया। मुख्तार

अंसारी उस समय तक कई सनसनीखेज हत्याएँ कर चुका था और गाजीपुर सहित आसपास के जिलों में उसका आतंक फैल चुका था। अरुण कुमार, गाजीपुर के एस.पी. बनाए गए। उन्होंने मुख्तार अंसारी और उसके गुर्गों पर नकेल कसना शुरू कर दिया।

अब मुख्तार अंसारी ने उत्तर प्रदेश से भागने में ही अपनी भलाई समझी। वह गोरखपुर के एक बाहुबली विधायक और प्रयागराज के एक माफिया की मदद से मुंबई पहुँच गया। उसने मुंबई में भी अपना ठिकाना बना लिया। कुछ दिन मुंबई में फरारी काटने के बाद वह दिल्ली आ गया। मुख्तार अंसारी का एक रिश्तेदार दिल्ली में राष्ट्रीय अंग्रेजी पत्रिका 'इंडिया टुडे' में सब एडिटर था और दिल्ली की गफ्फार मंजिल में रहता था। उसकी सहायता से मुख्तार अंसारी ने दिल्ली में भी अपना ठिकाना बनाया। उस पत्रकार के मंत्रियों व नेताओं से अच्छे संबंध थे। उसकी सहायता से मुख्तार अंसारी कुछ मंत्रियों के यहाँ आने-जाने लगा। उसका परिचय जावेद भाई के नाम से कराया जाता था।

बाहुबली शेर खान, आगरा

दिल्ली में ही मुख्तार अंसारी की मुलाकात आगरा के एक शातिर अपराधी व कांग्रेसी नेता शेर खान से हुई, जो केंद्रीय मंत्री बलराम जाखड़ का बहुत करीबी था। उसकी सहायता से मुख्तार अंसारी अपने गैंग के खास सदस्यों के साथ आगरा भी आता-जाता था, जिन्हें शेर खान सोनार रेस्टोरेंट में रुकवाता था। यह रेस्टोरेंट आगरा के प्रतिष्ठित व्यापारी तमीजुद्दीन मुन्ना सेठ का था, जिस पर उसने अपने बाहुबल से कब्जा कर लिया था।

शेर खान मुख्य रूप से जलेसर एटा का रहने वाला था। वह अपने पिता के साथ आगरा आ गया था, जिनकी बैटरी की छोटी दुकान थी। शेर खान को आगरा छावनी में मजदूर की नौकरी मिल गई थी और वह फौज की गाड़ियों की साफ-सफाई और धुलाई का काम करता था। चालाक शेर खान फौजी अफसरों से मेल-जोल बढ़ाकर फौज की भर्ती में दलाली का काम करने लगा। दलाली के पैसे से शेर खान ने अपना कारोबार बढ़ाया।

शेर खान के ऊपर हत्या, हत्या का प्रयास व वसूली के दो दर्जन से अधिक मुकदमे कायम हुए थे। वह काफी दिनों तक जेल में भी रहा। उसी दौरान आगरा

जेल में उसकी मुलाकात पश्चिमी उत्तर प्रदेश के शातिर अपराधी राजवीर रमाला और मदन भइया से हुई। शेर खान ने आगरा निवासी वरिष्ठ कांग्रेसी नेता और पूर्व कैबिनेट मंत्री कृष्ण वीर सिंह कौशल से नजदीकियाँ बढ़ा ली थीं, जिन्होंने उसकी मुलाकात केंद्रीय मंत्री बलराम जाखड़ से कराई थी। अपराधी शेर खान केंद्रीय मंत्री बलराम जाखड़ के इतना नजदीक आ गया कि उन्होंने उसे 'राष्ट्रीय जूट बोर्ड' का अध्यक्ष नामित कर दिया। वह कंटेसा गाड़ी पर लाल बत्ती लगाकर चलता था।

सोनार रेस्टोरेंट आगरा के व्यापारी तमीजुद्दीन मुन्ना सेठ के परिवार का था, जो जूते के व्यापारी व ताज रबर इंडस्ट्रीज के मालिक थे। इस परिवार का कब्जा सोनार रेस्टोरेंट के सर्वेंट क्वार्टर तक ही रह गया था और बाकी पर शेर खान ने कब्जा कर लिया था। मुन्ना सेठ शेर खान से मुकदमा लड़ रहे थे। शेर खान ने उनकी हत्या कराने की योजना बना ली और 5 सितंबर, 1989 को उत्तर प्रदेश कांग्रेस कमेटी (अल्पसंख्यक सेल) के लेटर हेड पर पत्र लिखकर अलीगढ़ के शातिर बदमाश सुरेंद्र सिंह डैडी को बुलाया। उसकी योजना लीक हो गई और मुन्ना सेठ बच गए। सुरेंद्र सिंह डैडी कुछ दिनों बाद एटा जिले में पुलिस मुठभेड़ में मारा गया। मैं वर्ष 1993 में आगरा का एस.एस.पी. और वर्ष 1995-1996 में डी.आई. जी. आगरा रेंज था। मैंने शेर खान पर शिंकजा कसा, जिसके कारण वह अधिकतर आगरा से बाहर ही रहता था।

एक शातिर अपराधी व बिना पढ़े-लिखे व्यक्ति का 'राष्ट्रीय जूट बोर्ड' का अध्यक्ष बनना किसी के गले नहीं उतर रहा था, जिसका विरोध आगरा के वरिष्ठ कांग्रेसी नेता भी कर रहे थे। मुन्ना सेठ को जानकारी हुई कि शेर खान की जूट बोर्ड में हुई तैनाती में कुछ गड़बड़ी अवश्य है। शेर खान ने जूट बोर्ड में नियुक्त होने पर आगरा में प्रेस कॉन्फ्रेंस की थी, जहाँ पर एक पत्रकार ने उसकी नियुक्ति का आदेश ले लिया। अनपढ़ शेर खान ने अपने नियुक्ति-पत्र के अलावा कृषि मंत्री को दिए गए प्रार्थना-पत्र की प्रति भी उन्हें दे दी। दोनों पत्र कृषि मंत्रालय के एक ही टाइपराइटर से टाइप किए गए थे। मामला न्यायालय पहुँचा और केंद्रीय कृषि मंत्री बलराम जाखड़ ने न्यायालय में लिखकर दे दिया कि यह पत्र जाली है और उनके द्वारा जारी ही नहीं किया गया है। शेर खान की कुर्सी चली गई।

रेशमा हत्याकांड

21 मई, 2005 को टोंक, राजस्थान में बहुचर्चित रेशमा हत्याकांड हुआ, जो अखबारों की सुर्खियाँ बना। रेशमा की उसके टोंक स्थित फॉर्म हाउस में देर शाम बदमाशों ने हत्या कर दी और स्कॉर्पियो गाड़ी से भाग निकले। रेशमा पुत्री अब्दुल अजीज बहुत खूबसूरत थी और अपने भाई कांग्रेसी नेता हमीद के साथ दिल्ली में रहती थी। राजस्थान पुलिस के अनुसार रेशमा के कई कद्दावर नेताओं से अच्छे संबंध थे। दरअसल रेशमा दिल्ली में कई वरिष्ठ नेताओं के राज जानती थी। यदि वह राज उजागर कर देती तो कई वरिष्ठ नेताओं के लिए मुश्किलें खड़ी हो जातीं। कहा जाता है कि कई राज मालूम होने के कारण वह कुछ नेताओं को ब्लैकमेल भी करती थी, जो उसकी मौत का कारण बना।

रेशमा की हत्या करके दिल्ली जाते समय बदमाशों की स्कॉर्पियो कार पकड़ ली गई और बाद में उसका ड्राइवर विक्की भी गिरफ्तार हो गया। विक्की ने बताया कि बदमाशों को स्कॉर्पियो शेर खान के पुत्र जैद खान ने उपलब्ध कराई थी। जैद खान राजस्थान पुलिस द्वारा गिरफ्तार किया गया और काफी दिनों तक जेल में रहा। उसने हत्या में हरियाणा के शूटरों के नाम बताए थे। अपराध जगत् में चर्चित रहा कि यह हत्या शेर खान ने मुख्तार अंसारी के शूटरों से कराई थी। इस हत्या में पूर्वी उत्तर प्रदेश के शातिर शूटर जौनपुर निवासी मुन्ना बजरंगी और गाजीपुर निवासी दीनदयाल सिंह शामिल थे। दीनदयाल सिंह मुंबई में पुलिस मुठभेड़ में मारा गया और 7 जुलाई, 2018 को मुन्ना बजरंगी की बागपत जेल में हत्या कर दी गई।

रेशमा हत्याकांड में कद्दावर केंद्रीय मंत्री बलराम जाखड़ का भी नाम उछला, परंतु वह ठंडे बस्ते में चला गया। बलराम जाखड़ राजस्थान की सीकर लोकसभा सीट हारने के बाद 16 जून, 2004 को मध्य प्रदेश के राज्यपाल बनाए गए थे। शेर खान का अधिक समय मध्य प्रदेश के राजभवन में ही बीतता था। बलराम जाखड़ की शेर खान से नजदीकियों का अंदाजा इसी बात से लगाया जा सकता है कि वह शेर खान के पुत्र जैद खान की भोपाल में हुई शादी में भी शामिल हुए थे। रेशमा हत्याकांड का मुकदमा जिला टोंक, राजस्थान में चला। कहा जाता है कि जमानत होने के बाद जैद खान अपने पिता शेर खान के साथ बलराम जाखड़ के पास पहुँच गया। अपराध जगत् में यह चर्चा रही कि उसने कद्दावर कांग्रेसी नेता से मुकदमा लड़ने के नाम पर करोड़ों रुपए लिये थे।

मुख्तार अंसारी का पश्चिमी उत्तर प्रदेश, हरियाणा व पंजाब में नेटवर्क

शेर खान ने मुख्तार अंसारी की मुलाकात बागपत निवासी शातिर अपराधी राजवीर रमाला से कराई, जिसके बाद से ही मुख्तार अंसारी ने अपनी जान-पहचान पश्चिमी उत्तर प्रदेश, दिल्ली, हरियाणा, हिमाचल प्रदेश और पंजाब के शातिर अपराधियों से बना ली। शेर खान ने ही उसकी मुलाकात बलराम जाखड़ और ग्राम चौटाला निवासी उनके साले ओमप्रकाश हिटलर से कराई थी। हिटलर ओम प्रकाश चौटाला परिवार के थे और ग्राम चौटाला में दोनों की आलीशान कोठियाँ आमने-सामने थीं। हिटलर कांग्रेसी नेता थे और ओमप्रकाश चौटाला के विरोधी थे। चौटाला के मुख्यमंत्री रहते हुए वह कई बार जेल भी गए।

मुख्तार अंसारी, अपने खास शूटर अताउर्रहमान उर्फ बाबू, भीम सिंह, कमलेश सिंह प्रधान सभी गाजीपुर, मुन्ना बजरंगी जौनपुर, सकरारी धानापुर के बंशी सिंह और धौरहरा के पाँचू सिंह के साथ वहाँ काफी दिनों तक शरण पाता रहा। वहीं पर उसकी मुलाकात पंजाब के सरदार प्रभजोत सिंह उर्फ डिंपी, गुरमीत सिंह बाबा और जसविंदर सिंह उर्फ रॉकी से हुई, जो उसके गैंग के सदस्य बने।

डिंपी का संबंध पंजाब के आतंकवादी संगठन खालिस्तान कमांडो फोर्स से था और वह हथियारों और ड्रग्स की तस्करी करता था। डिंपी ग्राम जैतो मुक्तसर का रहने वाला था। वह कनाडा में रहकर पढ़ा-लिखा था और बहुत अच्छी अंग्रेजी बोलता था। उसके साथ डिंपी का रिश्तेदार और शातिर अपराधी गुरमीत सिंह बाबा भी रहता था। गुरमीत भी काफी पढ़ा-लिखा था और वह भी फर्राटेदार अंग्रेजी बोलता था। डिंपी ने ही मुख्तार अंसारी का संपर्क अंतरराष्ट्रीय माफिया सरगना दाउद इब्राहीम से कराया था। अपराध जगत् में चर्चित था कि डिंपी ने ही मुख्तार अंसारी को एक दर्जन से अधिक ए.के.-47, ए.के.-74, जी-3 राइफलें, .45 बोर व .30 चायनीज स्टार पिस्टल तथा कनाडा निर्मित 9 एम.एम. कैलिबर की आधुनिक पिस्तौलें उपलब्ध कराई थीं।

मुख्तार अंसारी अपने गैंग के साथ श्रीगंगानगर स्थित स्टड फार्म में भी रहता था, जो एक कद्दावर कांग्रेसी नेता का था। इस स्टड फॉर्म से सेना को भी घोड़े सप्लाई किए जाते थे। वर्ष 1991-1993 में फरारी के दौरान मुख्तार अंसारी ने फिरौती के लिए कई अपहरण किए और करोड़ों रुपए वसूले।

7 दिसंबर, 1993 को दिल्ली के कोयला व्यापारी वी.पी. गोयल अपहरण केस

में मुख्तार अंसारी गिरफ्तार हुआ और तिहाड़ जेल में रहा। 1993 में उत्तर प्रदेश में समाजवादी पार्टी की सरकार बनी। यह सरकार बहुजन समाज पार्टी के राष्ट्रीय अध्यक्ष मान्यवर काँशीराम के सहयोग से बनी थी। 1992 में बाबरी ढाँचा ध्वंस के बाद उत्तर प्रदेश में कल्याण सिंह की सरकार चली गई और प्रदेश में राष्ट्रपति शासन लागू हो गया। उत्तर प्रदेश विधानसभा चुनाव 1993 में कराया गया। इस चुनाव में समाजवादी पार्टी के नेता मुलायम सिंह यादव और बहुजन समाज पार्टी के राष्ट्रीय अध्यक्ष मान्यवर काँशीराम ने एक साथ मिलकर चुनाव लड़ा और प्रदेश में सरकार बनाई। उस समय एक राजनीतिक नारा—'मिले मुलायम काँशीराम, हवा में उड़ गए जय श्रीराम' बहुत चर्चित था। सरकार तो बनी, परंतु बहुत दिनों तक नहीं चल पाई। जून 1995 में मान्यवर काँशीराम ने सरकार से समर्थन वापस ले लिया। मुलायम सिंह यादव के विधायकों और बाहुबली कार्यकर्ताओं ने 2 जून, 1995 को स्टेट गेस्ट हाउस में कुमारी मायावती को घेर लिया था और उनके विधायकों को जबरदस्ती पकड़-पकड़कर उठा ले गए थे। मायावती एक कमरे में अपने विधायकों के साथ बैठक कर रही थीं। मुलायम सिंह चाहते थे कि बी.एस. पी. के विधायकों को जबरदस्ती उठाकर समाजवादी पार्टी में शामिल करा लिया जाए, जिससे सरकार बचाई जा सके। जब हमला हुआ तो मायावती ने अंदर से कमरा बंद कर लिया था। समाजवादी पार्टी के बाहुबली फाटक तोड़ने का प्रयास कर रहे थे। मायावती की हत्या की भी आशंका थी। लखनऊ पुलिस राजनीतिक दबाव में मूकदर्शक बनी हुई थी। मायावती ने भारतीय जनता पार्टी के नेताओं से संपर्क किया। बी.जे.पी. के विधायक ब्रह्मदत्त द्विवेदी की अगुआई में कई लोग पहुँचे। ब्रह्मदत्त द्विवेदी ने खुद लाठी लेकर गेस्ट हाउस के उस कमरे के बाहर खड़े होकर समाजवादी पार्टी के बाहुबलियों को ललकारा, जिससे उन बाहुबलियों को वहाँ से हटना पड़ा। उन्होंने मायावती की जान बचाई। इस घटना के बाद मुलायम सिंह की सरकार चली गई। भारतीय जनता पार्टी ने समर्थन देकर कुमारी मायावती को पहली बार उत्तर प्रदेश का मुख्यमंत्री बनाया, जो 18 अक्तूबर, 1995 तक रही।

वर्ष 1993 में उत्तर प्रदेश में समाजवादी पार्टी की सरकार बनते ही मुख्तार अंसारी गाजीपुर जेल आ गया था। जेल में उसे सभी सुविधाएँ मिलती रहीं। बैरक नंबर 10 को उसने अपना आशियाना बना लिया। वह जेल में ही दरबार लगाने लगा। उसके गैंग के सदस्य, जो अन्य जेलों में बंद थे, वे भी गाजीपुर जेल आ

गए। उसके गैंग के कई इनामी बदमाशों पर लाखों रुपए का पुरस्कार घोषित था, परंतु वे बे-रोकटोक गाजीपुर जेल के बैरक नंबर 10 में उससे मिलते रहते थे। मुख्तार उन्हें अपने घर सहित अन्य ठिकानों पर रुकवाता था। जेल में अपहरण, रंगदारी, किराए पर हत्या जैसे जघन्य अपराधों की योजना बनाई जाती थी। दिल्ली में मुख्तार अंसारी वी.पी. गोयल अपहरणकांड में फिरौती का पैसा लेते समय गिरफ्तार हो चुका था। इसलिए वह अपहरण व रंगदारी के पैसे वसूलने में काफी सावधानी बरत रहा था। गाजीपुर जेल उसके लिए सबसे सुरक्षित थी। उसी दौरान शातिर राजवीर रमाला गैंग (गैंग-48) द्वारा किए गए अपहरण और रंगदारी का पैसा गाजीपुर जेल में वसूला जाता था। अपराध जगत् के सूत्रों के अनुसार राजवीर रमाला ने मुख्तार अंसारी को मालामाल कर दिया। मुख्तार अंसारी गैंग द्वारा की गई कुछ सनसनीखेज अपहरण की घटनाएँ इस प्रकार हैं—

1. दिल्ली के व्यापारी वी.पी. गोयल का अपहरण

वी.पी. गोयल कोयले के बहुत बड़े व्यापारी थे और उनका कारोबार दिल्ली, कोलकाता, झारखंड और असम तक फैला था। गोयल, बिरला सीमेंट फैक्टरी को कोयला सप्लाई करते थे। वे 7 दिसंबर, 1993 को जन्मदिन समारोह में शामिल होने के लिए डॉ. सुरजीत मित्रा के घर डी-11/70, पंडारा रोड दिल्ली आए थे। वे वहाँ से रात्रि सवा नौ बजे अपनी लाल रंग की मारुति कार डीएल-2 सीई/1517 से वापस घर जा रहे थे, परंतु रास्ते में ही उनका अपहरण कर लिया गया। एक बड़े व्यापारी के अपहरण से दिल्ली में हड़कंप मच गया। 8 दिसंबर, 1993 को सुबह साढ़े सात बजे ही उनके घर पर बदमाशों का फोन आ गया और करोड़ों रुपए की फिरौती माँगी गई।

वी.पी. गोयल के पुत्र संजय गोयल ने पुलिस में अज्ञात बदमाश के खिलाफ फिरौती के लिए अपहरण की रिपोर्ट लिखाई। दिल्ली पुलिस ने फोन करने वाले की लोकेशन पंचकुला हरियाणा पाई। बदमाशों ने फिरौती लेने के लिए उनके पुत्र को दिल्ली के बहाई मंदिर के पास बुलाया। पुलिस बदमाशों की गिरफ्तारी के लिए सादे कपड़ों में लग गई। फिरौती की एक करोड़ की रकम लेने मुख्तार अंसारी स्वयं वहाँ पहुँचा और 11 दिसंबर, 1993 को दिन के बारह बजे उसे गिरफ्तार कर लिया गया। उसकी गाड़ी से .22 बोर राइफल, इटली निर्मित दुनाली बंदूक,

एक नाली 12 बोर बंदूक तथा काफी मात्रा में कारतूसों का जखीरा मिला। उसकी गाड़ी से हरियाणा पुलिस के डिप्टी एस.पी. की वर्दी, कैप और बेल्ट भी मिली। वी.पी. गोयल के अपहरण कांड में मुख्तार अंसारी के अलावा उसका खास शूटर अताउर्रहमान उर्फ बाबू, राजवीर रमाला, सरदार प्रभजोत सिंह उर्फ डिंपी, जसविंदर सिंह उर्फ रॉकी, गुरमीत सिंह बाबा आदि शामिल थे।

मुख्तार अंसारी और उसके गैंग के सदस्य अक्सर गाड़ियों में चलते समय पुलिस की वर्दी पहन लेते थे, जिसके कारण पुलिस उनको नहीं रोकती थी। आगरा के शेर खान से गहरे संबंध होने के बाद तो मुख्तार अंसारी को कहीं आने-जाने में कोई दिक्कत ही नहीं थी। शेर खान के पास हमेशा दिल्ली पुलिस के दो गनर रहते थे और जब भी वह हरियाणा, पंजाब जाता था तो उसके साथ पुलिस के चार-पाँच जवान स्कोर्ट में चलते थे। मुख्तार अंसारी गैंग के सदस्य शेर खान के काफिले में साथ-साथ रहते थे, जिसके कारण उनकी तलाशी होने का कोई प्रश्न ही नहीं था। उसी समय प्रभजोत सिंह डिंपी द्वारा पंजाब से ए.के.-47 और अन्य हथियार आसानी से आगरा होते हुए मुख्तार अंसारी के पास गाजीपुर पहुँचाए गए।

मुख्तार अंसारी का संबंध सतबीर गूजर गैंग से था, जिसका राजवीर रमाला मुख्य सदस्य था। सतबीर के गाजियाबाद के पुलिस इंस्पेक्टर प्रीतम सिंह से गहरे संबंध थे, जो उसकी हर तरह से मदद करता था। अवैध घातक हथियारों के आवागमन में इंस्पेक्टर प्रीतम सिंह और उसके दो खास सिपाही भी मदद करते थे। सतबीर और महेंद्र फौजी के गैंगवार में इंस्पेक्टर प्रीतम सिंह की हत्या 13 फरवरी, 1999 को थाना कविनगर गाजियाबाद परिसर में कर दी गई थी।

दिल्ली पुलिस द्वारा पकड़े गए मुख्तार अंसारी की उसके शूटर अताउर्रहमान उर्फ बाबू से बात कराई गई। लोकेशन मालूम होने पर वी.पी. गोयल की बरामदगी के लिए दिल्ली पुलिस 12 दिसंबर, 1993 को पंचकुला हरियाणा पहुँची। मुख्तार अंसारी के साथ फिरौती का पैसा लेने गए और वहाँ से भागे उसके गुर्गों ने पंचकुला में सूचना दे दी, जिससे बदमाश तो भाग गए, परंतु मकान नंबर-142 सेक्टर-8 पंचकुला से वी.पी. गोयल बरामद कर लिये गए। वे रस्सियों से बँधे थे और कमरे में टेप, कफन, पैंथालीन इंजेक्शन, डिस्टिल वाटर भी मिले। पैंथालीन इंजेक्शन लगाकर उन्हें सुला दिया जाता था। गैंग की योजना थी कि फिरौती लेने के बाद उनकी हत्या कर दी जाए। विश्व हिंदू परिषद् के अंतरराष्ट्रीय कोषाध्यक्ष

और कोयला व्यापारी नंद किशोर रूँगटा का भी फिरौती के लिए अपहरण मुख्तार अंसारी गैंग द्वारा किया गया था और पैसा लेने के बाद उनकी हत्या कर दी गई थी।

मुख्तार अंसारी पर अपहरण की धाराओं के साथ 'टेररिस्ट एंड डिस्रप्टिव एक्टिविटीज एक्ट' 'टाडा' भी लगाया गया। उस पर मुकदमा चला और दिल्ली के स्पेशल जज एस.एन. ढींगरा ने टाडा और अपहरण में उसे दस साल की सजा के साथ पाँच लाख रुपए का जुर्माना भी लगाया तथा घातक अवैध हथियार रखने के लिए आर्म्स एक्ट में तीन साल की सजा व पाँच हजार का जुर्माना लगाया। मुख्तार अपील में चला गया और ऊपरी अदालत से छूट गया।

गोयल अपहरण केस में गिरफ्तारी के बाद उत्तर प्रदेश पुलिस ने उसे रिमांड पर लेकर पूछताछ की और उत्तर प्रदेश में किए गए अपराधों में उसे गाजीपुर जेल ले आई। मुख्तार अंसारी ने अपने राजनीतिक रसूख से गाजीपुर जेल को ही अपना आशियाना बना लिया, जहाँ उसका दरबार लगता था। जब-जब उत्तर प्रदेश में समाजवादी पार्टी की सरकार रही, मुख्तार अंसारी जेल में शाही जीवन व्यतीत करता रहा। राजवीर रमाला गैंग (गैंग नंबर-48) द्वारा जो भी अपहरण व रंगदारी वसूलने की घटनाएँ की जाती थीं, उसके पैसे गाजीपुर जेल में वसूल किए जाते थे। मुख्तार अंसारी ने जेल में रहते हुए कई आपराधिक घटनाओं को अंजाम दिया। उसने गो-तस्करी, खनन, रियल इस्टेट, मोबाइल टावर, ठेकेदारी आदि में हाथ आजमाया और काफी धन कमाया। जेल में रहते हुए मुख्तार अंसारी ने न केवल शाही जीवन बिताया, बल्कि पैसों से भी मालामाल हो गया।

2. बेतिया, चंपारण बिहार के व्यापारी सिंघानिया का अपहरण

सिंघानिया बहुत बड़े व्यापारी थे, जिनकी एल्युमीनियम और अभ्रक की फैक्टरी थी। उनका अपहरण सिवान बिहार के बाहुबली शहाबुद्दीन द्वारा करवाया गया था। मुख्तार अंसारी का शहाबुद्दीन से घनिष्ठ संबंध था। शहाबुद्दीन के अतिरिक्त प्रयागराज का अतीक अहमद भी मुख्तार का जिगरी दोस्त था। तीनों माफियाओं के अपने-अपने इलाके थे, जहाँ एक-दूसरे की मदद से वे अपना झंडा अपने इलाके में बुलंद रखते थे। अतीक अहमद प्रयागराज में खूँटा गाड़े हुए था तो मुख्तार अंसारी गाजीपुर, मऊ, आजमगढ़, बलिया, चंदौली, सोनभद्र, वाराणसी तक अपना रंग जमाए था। गंगापार बिहार में सिवान की बागडोर शहाबुद्दीन ने

सँभाल रखी थी, जो बिहार के तत्कालीन मुख्यमंत्री लालू प्रसाद यादव का चहेता था। उनके आपसी तालमेल के कई कारण थे। तीनों को एक-दूसरे की जरूरत तब होती थी, जब किसी खास वारदात के लिए इन्हें अत्याधुनिक हथियारों एवं शूटरों की आवश्यकता होती थी। एक-दूसरे के लिए हथियारों का जखीरा तैयार करने में ये तीनों एक-दूसरे की मदद करते थे। दूसरी जरूरत इन लोगों को तब होती थी, जब इन्हें स्वयं या इनके गुर्गों को छिपने की आवश्यकता होती थी तो उन्हें सुरक्षित रखने की व्यवस्था ये तीनों आपस में मिलकर करते थे। इस 'त्रिमूर्ति' के गठजोड़ की सबसे मजबूत कड़ी थी, पाकिस्तान कनेक्शन। इस कनेक्शन का मजबूत सूत्रधार था—दाउद इब्राहीम गैंग का आजमगढ़ निवासी अबु सलेम। अबु सलेम के जरिए पाकिस्तानी फौज में इस्तेमाल होने वाले हथियार भी इन तीनों गिरोहों के पास आ जाते थे। 24 फरवरी, 2023 को बहुचर्चित उमेश पाल की दिनदहाड़े हत्या में एक प्रमुख शूटर अरमान शहाबुद्दीन का ही गुर्गा था। 29 नवंबर, 2005 को बी.जे.पी. विधायक कृष्णानंद राय की हत्या में प्रयोग किए गए ए.के.-47 और जी-3 राइफलों में कुछ हथियार शहाबुद्दीन ने भी उपलब्ध कराए थे।

ये तीनों माफिया रंगदारी या फिरौती के लिए अपहरण की रकम भी स्वयं न लेकर एक-दूसरे के माध्यम से वसूलते थे, जिससे पकड़े जाने का खतरा कम होता था। मुख्तार अंसारी भी कभी-कभी फिरौती व रंगदारी की रकम बिहार में शहाबुद्दीन के गुर्गों के माध्यम से वसूलता था। शहाबुद्दीन ने भी सिंघानिया अपहरण में फिरौती की रकम गाजीपुर जेल में मुख्तार अंसारी के माध्यम से वसूली थी। उस समय गाजीपुर जेल मुख्तार अंसारी का मजबूत किला बन चुका था और अधिकारियों की हिम्मत नहीं थी कि वे जेल की चैकिंग भी कर सकें।

3. बिल्डर एन.के. अग्रवाल का अपहरण

एन.के. अग्रवाल उर्फ एन.के., नोयडा-गाजियाबाद के नामी-गिरामी बिल्डर थे। उनका अपहरण, गैंग-48 के सरगना राजवीर रमाला, सरदार प्रभजोत डिंपी, जसविंदर रॉकी, अताउर्रहमान उर्फ बाबू ने किया था और करोड़ों रुपए की फिरौती गाजीपुर जेल में वसूली गई थी। दिल्ली, एन.सी.आर., यू.पी. और हरियाणा के धनाढ्य व्यापारियों और बिल्डरों से रंगदारी एवं वसूली उस समय राजवीर रमाला, प्रभजोत डिंपी, गुरमीत बाबा, अताउर्रहमान बाबू आदि करते थे, जिसके रुपए

गाजीपुर जेल या मुख्तार अंसारी के ठिकानों पर ही वसूले जाते थे। मुख्तार अंसारी गाजीपुर जेल में धड़ल्ले से अपने गुर्गों की मीटिंग करता था और अपराध करने की योजनाएँ बनाई जाती थीं। व्यापारियों के आपसी विवाद भी मुख्तार अंसारी द्वारा ही निपटाए जाते थे। किस विभाग में किसके द्वारा ठेके लिये जाएँगे, यह भी मुख्तार अंसारी द्वारा तय किया जाता था।

4. नंद किशोर 'रूँगटा' का अपहरण (22 जनवरी, 1997)

नंद किशोर रूँगटा उर्फ नंदू बाबू, विश्व हिंदू परिषद् के अंतरराष्ट्रीय कोषाध्यक्ष थे। वे कोयला, स्टील व एल्युमीनियम के राष्ट्रीय स्तर के व्यापारी थे और कोल किंग के नाम से जाने जाते थे। वे रामगढ़, जिला हजारीबाग के रहने वाले थे और वाराणसी के जवाहरनगर दुर्गा कुंड में उनका घर व कार्यालय था। मुख्तार अंसारी उनसे पहले से परिचित था। 22 जनवरी, 1997 को मुख्तार का गुर्गा अताउर्रहमान उर्फ बाबू हजारी बाग का कोयला व्यापारी विजय बनकर उनके घर आया। उसने कोयला कारोबार के कुछ फर्जी दस्तावेज भी उन्हें दिखाए और कोयले का सौदा तय किया। बिजनेश डील को लेकर बातचीत के दौरान अताउर्रहमान उर्फ बाबू उन्हें घर से बाहर कुछ और कागजात दिखाने के बहाने ले गया और अपनी गाड़ी में बैठा लिया। वह उन्हें एक चाय की दुकान पर ले गया, जहाँ उसके गुर्गे पहले से तैयार बैठे थे। नंदू बाबू को चाय पिलाई गई। चाय में नशीला पदार्थ मिला होने के कारण नंदू बाबू सुध-बुध खो बैठे और उनका अपहरण कर लिया गया। उन्हें गाजीपुर लाया गया और वहाँ से इलाहाबाद पहुँचा दिया गया। 22 जनवरी, 1997 को उनके घर फोन करके अपहरण की जानकारी दी गई और तीन करोड़ रुपए माँगे गए।

एक प्रतिष्ठित व्यापारी और विश्व हिंदू परिषद् के अंतरराष्ट्रीय कोषाध्यक्ष के अपहरण से पुलिस महकमे में हड़कंप मच गया। पुलिस के वरिष्ठ अधिकारी उनके घर पहुँचे और उन्हें शीघ्र खोज निकालने का दावा किया गया। शीघ्र ही इस अपहरण में कुख्यात अपराधी मुख्तार अंसारी का नाम आ गया, जो 1996 में मऊ सदर से बहुजन समाज पार्टी से पहली बार विधायक बन चुका था। पुलिस की टीमें लगाई गईं। उस समय यू.पी. एस.टी.एफ. का गठन नहीं हुआ था। एस.टी.एफ. का गठन कुख्यात अपराधी श्रीप्रकाश शुक्ला के सफाए के लिए जून 1998 में किया गया। उस समय पुलिस का सर्विलांस सिस्टम भी अपने शैशवकाल में था।

अपहरणकर्ता नेपाल और दुबई से फोन करते थे। उस समय भी शातिर अपराधी फिरौती के लिए जो कॉल करते थे, वह नंबर विदेश का प्रतीत होता था। वास्तविकता यह थी कि ऐसे कॉल को विदेश से डायवर्ट करके किया जाता था। हत्या के केस में आजन्म कारावास की सजा पाकर पुलिस कस्टडी से फरार मेरठ का शातिर अपराधी बदन सिंह बद्दो अब भी कॉल करते समय या फेसबुक पर इसी हथकंडे का इस्तेमाल करता है। नंदू बाबू के घर पर फोन आया कि रुपए एक काले बैग में भरकर मुगलसराय रेलवे स्टेशन आएँ और पुलिस को सूचना न दें, नहीं तो नंदू बाबू की हत्या कर दी जाएगी। उनके परिवार के दो लोग बैग लेकर मुगलसराय रेलवे स्टेशन के प्लेटफॉर्म पर पहुँचे, तब तक उन्हें सूचना दी गई कि वे हावड़ा जाने वाली ट्रेन पर सवार हो जाएँ। उन्होंने हावड़ा तक का टिकट लिया। उन्हें फिर सूचना दी गई कि वे बिहार के दानापुर रेलवे स्टेशन पर उतर जाएँ। दानापुर में उन्हें पुनः सूचना दी गई कि वे पटना रेलवे स्टेशन के पास महावीर हनुमान मंदिर के पास सुनसान जगह पर आएँ और बैग लेकर खड़े रहें। वे वहाँ बैग लेकर काफी देर खड़े रहे, परंतु कोई नहीं आया। फिर उन्हें सूचना दी गई कि वे रेलवे स्टेशन के पास आनंद लोक होटल में रुकें। अब वहाँ आनंद होटल की जगह अन्य प्रतिष्ठान बन गया है। संभवतः उन्हें सूचनाएँ पेजर के माध्यम से दी जाती थीं। उस समय पेजर आ चुका था और संचार का महत्त्वपूर्ण माध्यम बन चुका था।

दोनों लोग आनंद लोक होटल में चेक-इन करके रुक गए। होटल के रिसेप्शन के माध्यम से उनके कमरे में फोन आया और उन्हें होटल छोड़ने के लिए कहा गया। उन्हें यह भी कहा गया कि वे रिक्शा से चितकोहरा पुल पर आएँ। दोनों लोगों को चितकोहरा पुल पर सुनसान जगह रुकने को कहा गया। थोड़ी देर बाद वहाँ एक एंबेसडर कार से कुछ लोग आए और बैग ले लिया गया। उन्हें बताया गया कि वे अनीशाबाग साउथ की तरफ जाएँ और वहाँ बताई गई जगह पर खड़े रहें, आधे घंटे में नंदू बाबू वहीं आ जाएँगे। दोनों लोग वहाँ काफी देर तक इंतजार करते हैं, परंतु नंद किशोर रूँगटा वहाँ नहीं आए। घटना के दो माह बीत जाने के बाद भी जब नंदू बाबू बरामद नहीं किए जा सके, तब रूँगटाजी की पत्नी हाईकोर्ट गईं और प्रार्थना-पत्र में कहा कि उन्हें यू.पी. पुलिस पर कोई भरोसा नहीं है और जाँच सी.बी.आई. को दी जाए। हाईकोर्ट ने मुकदमे की जाँच सी.बी.आई. को सौंप दी। घटना के दो महीने बाद कुमारी मायावती 21 मार्च, 1997 को उत्तर

प्रदेश की दुबारा मुख्यमंत्री बनीं, जिनका कार्यकाल 21 सितंबर, 1997 तक रहा। मुख्तार अंसारी उन्हीं की पार्टी का विधायक था। उस पर कोई कार्रवाई नहीं हो पाई। कहा जाता है कि डी.आई.जी. वाराणसी रेंज रंजन द्विवेदी को मुख्तार अंसारी की संलिप्तता के सबूत मिल गए थे और वे कार्रवाई करने ही वाले थे, परंतु उनका वहाँ से तबादला करा दिया गया।

कहा जाता है कि प्रयागराज में नंद किशोर रूँगटा की हत्या करने के बाद शव ठिकाने लगा दिया गया। मुख्य अपहरणकर्ता अताउर्रहमान उर्फ बाबू वहीं से नेपाल भाग गया। अपराध जगत् के अनुसार दो करोड़ रुपए की फिरौती ली जा चुकी थी। नंद किशोर रूँगटा का शव बरामद नहीं हो पाया। इस घटना में मुख्तार अंसारी के खास शूटर अताउर्रहमान उर्फ बाबू और शहाबुद्दीन उर्फ शहाबू निवासीगण महरूपुर मोहम्मदाबाद गाजीपुर के खिलाफ न्यायालय में चार्जशीट भेजी गई। दोनों की गिरफ्तारी पर सी.बी.आई. ने सात लाख रुपए का इनाम घोषित किया, परंतु वे पुलिस की गिरफ्त में नहीं आ पाए। वे दोनों उत्तर प्रदेश के अलावा बंगाल, नेपाल, बंगलादेश और पाकिस्तान में आते-जाते रहते थे। शहाबुद्दीन उर्फ शहाबू भी पाकिस्तान भाग गया और वहीं पर बस गया। मैंने भी अताउर्रहमान उर्फ बाबू का वर्ष 2007 से 2012 तक काफी पीछा किया, परंतु वह पाकिस्तान और बांग्लादेश में ही रहा।

5. हिमाचल प्रदेश के व्यापारी जडेजा का अपहरण

जडेजा कालका में रहते थे और शिमला में उनका होटल का व्यवसाय था। उनका अपहरण मुख्तार अंसारी के शूटर अताउर्रहमान उर्फ बाबू, सरदार प्रभजोत डिंपी, जसविंदर रॉकी, राजवीर रमाला आदि ने वर्ष 1994 में किया था। फिरौती का पैसा पंजाब, हरियाणा, दिल्ली और पश्चिमी उत्तर प्रदेश में लेना सुरक्षित नहीं था, क्योंकि वी.पी. गोयल अपहरण मामले में वे गच्चा खा चुके थे।

राजवीर रमाला, डिंपी, बाबू, रॉकी व अन्य बदमाशों द्वारा किए गए अपहरण में फिरौती का पैसा मुख्तार अंसारी द्वारा गाजीपुर में ही वसूला जाता था। अपराध जगत् में यह भी चर्चित रहा कि अपहरण और रंगदारी का पैसा कभी-कभी आगरा का शेर खान भी वसूलता था।

□

दलित की हत्या से शुरू हुआ मुख्तार का राजनीतिक सफर

वर्ष 1985 में उत्तर प्रदेश में विधानसभा के आम चुनाव हुए। 31 अक्तूबर, 1984 को तत्कालीन प्रधानमंत्री श्रीमती इंदिरा गांधी की हत्या से उपजी सहानुभूति की लहर में कांग्रेस पार्टी ने भारी बहुमत से केंद्र में सरकार बनाई और राजीव गांधी प्रधानमंत्री बने। उत्तर प्रदेश में हुए चुनाव में भी कांग्रेस को भारी सफलता मिली। गाजीपुर जिले की 6 सीटों में से 5 पर कांग्रेस पार्टी और मोहम्मदाबाद सीट से मुख्तार अंसारी का बड़ा भाई अफजाल अंसारी कम्युनिस्ट पार्टी के टिकट पर विधायक बना। अफजाल अंसारी के विधायक बनते ही मुख्तार अंसारी की दबंगई काफी बढ़ गई थी। अफजाल अंसारी और मुख्तार अंसारी की दबंगई का विरोध दिलदार नगर के कांग्रेसी विधायक अवधेश राय शास्त्री करते थे। शास्त्री ने 25 साल के नौजवान हरिहरपुर निवासी सच्चिदानंद राय को अपना सहायक बना रखा था। सच्चिदानंद राय, अंसारी भाइयों की दबंगई नहीं चलने देता था। मुख्तार अंसारी ने 17 जुलाई, 1986 को मोहम्मदाबाद के आदिलाबाद चौराहे के पास सच्चिदानंद राय की गोली मारकर हत्या कर दी। पुलिस अभिलेखों में मुख्तार अंसारी द्वारा की गई यह पहली हत्या थी। सच्चिदानंद राय की हत्या से मुख्तार का खौफ पूरे क्षेत्र में फैल गया।

अफजाल अंसारी अपने भाई मुख्तार को गाजीपुर सदर से चुनाव लड़ाकर विधायक बनाना चाहता था। उत्तर प्रदेश विधानसभा चुनाव 1993 में समाजवादी पार्टी और बहुजन समाज पार्टी में चुनावी गठबंधन हुआ। उस समय एक राजनीतिक नारा—'मिले मुलायम काँशीराम, हवा में उड़ गए जय श्रीराम' जोरों पर था। बहुजन समाज पार्टी के राष्ट्रीय अध्यक्ष मान्यवर काँशीराम ने मुलायम सिंह यादव

से मिलकर पहली बार 'दलित-पिछड़ा राजनीतिक समीकरण' बनाने का प्रयास किया था। उस समय लोगों को लग रहा था कि यदि बहुजन समाज पार्टी और समाजवादी पार्टी में से किसी का भी टिकट मिल जाए तो जीत पक्की है। गठबंधन में गाजीपुर की सदर सीट बहुजन समाज पार्टी के कोटे में आई।

मुख्तार अंसारी ने गाजीपुर सदर विधानसभा सीट से बहुजन समाज पार्टी का टिकट पाने का भरसक प्रयास किया। उस समय गाजीपुर के वकील राम जनम बिंद मान्यवर काँशीराम के जिगरी दोस्त थे और 'बामसेफ' और बहुजन समाज पार्टी के वरिष्ठतम नेताओं में से एक थे। गाजीपुर के होम्योपैथिक डॉक्टर मोहम्मद सबीउद्दीन सिद्दीकी भी मान्यवर काँशीराम के खास मित्रों में थे। वे गाजीपुर में हमेशा डॉक्टर सिद्दीकी के यहाँ ही रुकते थे। डॉक्टर सिद्दीकी का बहुजन समाज पार्टी में बहुत सम्मान था। बहुजन समाज पार्टी के सेक्रेटरी जनरल राजबहादुर भी डॉक्टर सिद्दीकी के अभिन्न मित्रों में थे। राजबहादुर का स्तर बहुजन समाज पार्टी में राष्ट्रीय अध्यक्ष मान्यवर काँशीराम के बाद था। कुमारी मायावती बहुजन पार्टी की जनरल सेक्रेटरी थीं और उनका पार्टी में तीसरा स्थान था। पूर्वी उत्तर प्रदेश में आजमगढ़ के बलिहारी बाबू सांसद थे और बहुजन समाज पार्टी के कद्दावर नेताओं में उनकी गिनती होती थी। एडवोकेट प्रेम प्रकाश भारती मोहल्ला तड़वनवा गाजीपुर शहर के रहने वाले थे और वे भी बहुजन समाज पार्टी के वरिष्ठ नेता थे।

मुख्तार अंसारी ने बहुजन समाज पार्टी का टिकट पाने के लिए एड़ी-चोटी का जोर लगा दिया। डॉ. सिद्दीकी रिश्ते में उसके साढ़ू थे। उसने डॉक्टर सिद्दीकी, बलिहारी बाबू, राम जनम बिंद एडवोकेट, प्रेम प्रकाश भारती एडवोकेट को मिलाकर बहुजन समाज पार्टी का टिकट पाने का प्रयास किया। अफजाल अंसारी चाहते थे कि दोनों भाइयों का गाजीपुर सदर और मोहम्मदाबाद विधानसभा सीटों पर कब्जा हो जाए। उस समय तक मुख्तार अंसारी कई हत्याएँ कर चुका था और उसकी आपराधिक गतिविधियाँ चरम पर थीं। मान्यवर काँशीराम अपने नेताओं की सिफारिश के बावजूद मुख्तार अंसारी को टिकट देने पर राजी नहीं हुए। वे मुख्तार अंसारी की आपराधिक छवि से अच्छी तरह परिचित थे। वैसे भी मुख्तार अंसारी उस समय जेल में था। उन्होंने गाजीपुर की सामान्य सदर विधानसभा सीट-235 से अपने सहयोगी विश्वनाथ प्रसाद मुनीब पुत्र दुक्खीराम निवासी रजदेपुर टेढ़वा गाजीपुर को पार्टी का टिकट दे दिया। विश्वनाथ प्रसाद मान्यवर काँशीराम के इतने नजदीक थे कि जब

मान्यवर काँशीराम सोते थे तो वे उसी कमरे में जमीन पर चटाई बिछाकर लेट जाते थे। काँशीराम से मुलाकात करने वाले विश्वनाथ मुनीब के माध्यम से ही मिलते थे।

20 नवंबर, 1993 को गाजीपुर सदर विधानसभा चुनाव में वोट पड़ने थे। विश्वनाथ मुनीब अपने कार्यालय में चुनाव की व्यवस्था देख रहे थे। 19 नवंबर, 1993 की रात सवा 11 बजे वे अपने कार्यालय से निकले कि उसी समय बदमाशों ने गोली मारकर उनकी हत्या कर दी। उसी दिन श्रीकृष्ण राम पुत्र मुखराम निवासी बोगना थाना मरदह गाजीपुर द्वारा थाना कोतवाली गाजीपुर में दो अज्ञात बदमाशों के विरुद्ध मु.अ.सं. 708/93 धारा 302 आई.पी.सी पंजीकृत कराया गया। विवेचना इंस्पेक्टर कोतवाली एम.एस. जनवार द्वारा शुरू की गई।

विश्वनाथ प्रसाद मुनीब बहुत सीधे-सादे व्यक्ति थे, जिनकी किसी से भी दुश्मनी नहीं थी। उनकी हत्या मात्र इसलिए कराई गई थी कि गाजीपुर सदर चुनाव काउंटरमांड हो जाए और मुख्तार अंसारी वहाँ से उपचुनाव लड़ सके। 14 दिसंबर, 1993 को इस सनसनीखेज हत्याकांड की जाँच क्राइम ब्रांच सी.आई.डी. को सौंप दी गई। सी.आई.डी. द्वारा वसीम उर्फ चुन्नू पुत्र कबीर कुरैशी निवासी खुदाईपुरा थाना कोतवाली गाजीपुर को गिरफ्तार किया गया और 1 जुलाई, 1996 को उसके विरुद्ध आरोप-पत्र लगा दिया गया।

अपराध जगत् में यह चर्चित रहा कि चुनाव टालने के लिए विश्वनाथ राम मुनीब की हत्या मुख्तार अंसारी द्वारा कराई गई थी। वसीम उर्फ चुन्नू मुख्तार के बड़े भाई अफजाल अंसारी के मित्र पूर्व विधायक खुर्शीद अहमद का सगा भाई था। अपराध जगत् में यह चर्चा रही कि खुर्शीद अहमद के साथ सिवान के माफिया शहाबुद्दीन के दो शूटर सुलेमान उर्फ बुढ़ऊ और राजू खान भी थे। 15 मार्च, 2001 को शहाबुद्दीन के गाँव प्रतापपुर सीवान में, बिहार और यू.पी. पुलिस से हुई मुठभेड़ में उस समय दोनों शूटर मारे गए थे। दोनों तरफ से कई घंटे गोलियाँ चली थीं, जिसमें शहाबुद्दीन के 7 गुर्गे मारे गए थे, जिसमें सुलेमान और राजू खान भी शामिल थे। बिहार पुलिस के दो जवान शहीद हुए थे।

गाजीपुर सीट पर उपचुनाव

गाजीपुर सदर के अलावा मंझनपुर, इलाहाबाद (अब कौशांबी) और हस्तिनापुर, मेरठ में विधानसभा आम चुनाव 1993 काउंटरमांड होने के बाद 1994

में उपचुनाव हुए। गाजीपुर सदर के अलावा मंझनपुर और हस्तिनापुर विधानसभा सीट अनुसूचित जाति के लिए आरक्षित थी। बहुजन समाज पार्टी के सेक्रेटरी जनरल राजबहादुर को हस्तिनापुर, आर.के. चौधरी को मंझनपुर और गाजीपुर सामान्य सीट से कैलाश नाथ यादव को बहुजन समाज पार्टी के टिकट दिए गए। कैलाश नाथ यादव मुख्तार अंसारी से इतना डर गए कि उन्होंने चुनाव लड़ने से मना कर दिया। मुख्तार अंसारी को कम्युनिस्ट पार्टी से गाजीपुर सदर का टिकट मिला, जिसमें उसके बड़े भाई अफजाल अंसारी की मुख्य भूमिका थी।

गाजीपुर सदर से कैलाशनाथ यादव के चुनाव लड़ने से मना करने के बाद मान्यवर काँशीराम ने अपने सेक्रेटरी जनरल राजबहादुर को वहाँ से टिकट दे दिया। उस सीट से मुख्तार अंसारी के अलावा कई बाहुबली नेता चुनाव लड़ रहे थे। मुख्तार अंसारी ने चुनाव जीतने के लिए हर हथकंडा अपनाया, परंतु राजबहादुर लगभग 72,000 वोट पाकर चुनाव जीत गए। दूसरे स्थान पर रहे मुख्तार अंसारी को लगभग 35,000 वोट मिले। बाकी प्रत्याशियों की जमानतें जब्त हो गईं। चुनाव जीतने के बाद मान्यवर काँशीराम ने राजबहादुर को समाज कल्याण मंत्री बनवाया।

मुख्तार अंसारी जब गाजीपुर सदर से चुनाव नहीं जीत पाया तो उसने घोसी संसदीय सीट से कांग्रेस के कद्दावर नेता कल्पनाथ राय के विरुद्ध चुनाव लड़ा, परंतु वहाँ भी सफल नहीं हो पाया। विधानसभा चुनाव 1996 में बहुजन समाज पार्टी द्वारा उसे मऊ सदर विधानसभा सीट से टिकट दिया गया और वह चुनाव जीत गया। विडंबना रही कि बहुजन समाज पार्टी के कर्मठ कार्यकर्ता विश्वनाथ प्रसाद मुनीब की हत्या के बाद भी बहुजन समाज पार्टी द्वारा मुख्तार अंसारी को टिकट देकर पहली बार विधायक बनाया गया।

मुख्तार अंसारी ने मऊ विधानसभा सीट से 1996, 2002, 2007, 2012 और 2017 तक लगातार पाँच बार चुनाव जीता। वह अक्तूबर 2005 से लगातार जेल में रहा और जेल में रहते हुए सभी चुनाव जीते। वर्ष 2022 में अपनी मऊ विधानसभा सीट से स्वयं न लड़कर अपने पुत्र अब्बास अंसारी को चुनाव लड़ाया। अब्बास अंसारी भी चुनाव जीत गया, परंतु जनवरी 2024 तक वह जेल में था। मुख्तार ने अपने भतीजे सुहैब अंसारी को मोहम्मदाबाद सीट से समाजवादी पार्टी का टिकट दिलवाया और वह भी चुनाव जीतने में सफल रहा।

□

मुख्तार का आशियाना : बैरक नंबर-10 गाजीपुर जेल

गाजीपुर जेल की बैरक नंबर-10 में मुख्तार अपने गैंग के सदस्यों के साथ आरामदायक जिंदगी जी रहा था। यह बैरक जेल के बाउंड्री वॉल से लगी हुई थी। बैरक का विभाजन करके मुख्तार ने अपने रहने के लिए अलग व्यवस्था कर ली थी और आधुनिक किस्म का बाथरूम भी बनवा लिया था। उसने जेल के अंदर आस-पास के चार सीमेंट बेड (औघड़ा) को मिलाकर बेड बनवा लिया था। अपराध जगत् में चर्चा थी कि मुख्तार अंसारी को उसके परिचित के घर से भूमिगत केबल द्वारा जेल की बाउंड्री के नीचे से तार डालकर टेलीफोन सुविधा उपलब्ध कराई गई थी। इसी लैंडलाइन से मुख्तार अंसारी अपने गैंग के सदस्यों व अपने खास व्यक्तियों से बात करके निर्देश देता था। उसकी पत्नी और परिवार के लोग अक्सर उसके साथ जेल में भी रहने आ जाते थे। मंत्री, अधिकारी, विधायक व नेता खुलेआम उससे जेल में मिलने आते रहते थे। मुख्तार अंसारी ने जेल के गेट के ठीक सामने एक चार कमरे का मकान बना लिया था, जिसे गेस्ट हाउस के रूप में प्रयोग किया जाता था। उससे मिलने वाले इसी गेस्ट हाउस में रुकते थे।

जमुना प्रसाद 29 अगस्त, 1995 से 12 मार्च, 1996 तक गाजीपुर के एस.पी. रहे, जो मुख्तार के साथ बैडमिंटन खेलने जाते रहते थे। गाजीपुर के जिलाधिकारी रवींद्र नाथ त्रिपाठी भी बैडमिंटन खेलने के शौकीन थे और वे भी मुख्तार के साथ बैडमिंटन खेलते थे। वे बाद में राजधानी लखनऊ के जिलाधिकारी बनाए गए और सेवानिवृत्त होने के बाद समाजवादी पार्टी के नेता बन गए। बी.बी. जाटव भी 26 जनवरी, 1994 से 12 जून, 1995 तक

एस.पी. गाजीपुर रहे और उनकी मुख्तार अंसारी से नजदीकियाँ जग-जाहिर थीं। वे भी मुख्तार अंसारी से मिलने जाते थे। दीपक शर्मा, 15 फरवरी, 2004 से 10 जुलाई, 2004, मुकेश बाबू शुक्ला 16 मार्च, 2005 से 30 नवंबर, 2005, डॉ. उमेश चंद्र श्रीवास्तव 12 फरवरी, 2013 से 29 अप्रैल, 2015, रामकिशोर 21 सितंबर, 2015 से 16 अक्तूबर, 2016 और अरविंद सेन 18 नवंबर, 2016 से 10 फरवरी, 2017 तक गाजीपुर के एस.पी. रहे। अपनी पार्टी की सरकार में, मुख्तार अंसारी अपने मनमाफिक एस.पी., गाजीपुर में तैनात कराता था। ये सभी अधिकारी मुख्तार अंसारी के करीबी माने जाते थे और इन अधिकारियों के कार्यकाल में मुख्तार अंसारी का अवैध कारोबार काफी फला-फूला और कई सनसनीखेज हत्याएँ भी हुईं। पुलिस भर्ती में भी मुख्तार अंसारी ने इन अधिकारियों के कार्यकाल में काफी पैसा कमाया।

कुछ बहुत अच्छे आई.पी.एस. अधिकारी उस दौरान गाजीपुर में तैनात जरूर हुए, परंतु मुख्तार अंसारी ने वहाँ उन्हें रुकने नहीं दिया, क्योंकि वे मुख्तार अंसारी के अवैध कारोबार में बाधक थे। जावीद अहमद (आई.पी.एस.-1984) 3 मार्च, 1991 से 16 जुलाई, 1991 (4 माह 15 दिन), जमाल अशरफ 5 जनवरी, 1994 से 25 जनवरी, 1994 (20 दिन), संदीप सालुंके 30 जून, 1995 से 28 अगस्त, 1995 (2 माह), अभय शंकर 12 मार्च, 1996 से 12 जुलाई, 1996 (4 माह), वीरेंद्र कुमार 8 अप्रैल, 1997 से 6 मई, 1997 (28 दिन), अविनाश चंद्रा 7 अगस्त, 1997 से 5 अक्तूबर, 1997 (2 माह), जसवीर सिंह 23 अप्रैल, 1998 से 24 अप्रैल, 1998 (मात्र 1 दिन), अखिल कुमार 1 दिसंबर, 2005 से 1 जनवरी, 2006 (1 माह), राजेश कुमार श्रीवास्तव 19 जनवरी, 2006 से 30 जनवरी, 2006 (11 दिन), एन. रविंदर 31 जनवरी, 2006 से 1 मई, 2006 (3 माह), एन.के. श्रीवास्तव 2 मई, 2006 से 18 नवंबर, 2006 (5 माह 15 दिन), तरुण गाबा 15 मई, 2007 से 8 सितंबर, 2007 (3 माह 23 दिन), डॉ. प्रीतिंदर सिंह 12 दिसंबर, 2007 से 2 अगस्त, 2008 (7 माह 15 दिन), बृजराज 4 अगस्त, 2008 से 10 जनवरी, 2009 (5 माह 6 दिन), सुभाष चंद्र दुबे 12 नवंबर, 2010 से 2 जनवरी, 2011 (1 माह 20 दिन), डी.के. चौधरी 30 मार्च, 2012 से 11 अक्तूबर, 2012 (6 माह 13 दिन), विजय कुमार गर्ग 11 अक्तूबर, 2012 से 13 फरवरी, 2013 (4 माह 2 दिन), वैभव कृष्ण 2 मई, 2015 से 10 जुलाई,

2015 (2 माह 8 दिन), आनंद कुलकर्णी 11 जुलाई, 2015 से 21 सितंबर, 2015 (2 माह 10 दिन), रविशंकर छवि 16 अक्तूबर, 2016 से 18 नवंबर, 2016 (1 माह 2 दिन) तक तैनात रहे, परंतु कोई भी अधिकारी सात महीने से अधिक का कार्यकाल पूरा नहीं कर पाया। गाजीपुर में वही एस.पी. रह सकता था, जो मुख्तार अंसारी के मनमाफिक काम करता था।

□

मुख्तार अंसारी गैंग के सदस्यों के गोपनीय कोड

मुख्तार अंसारी शुरुआत में उत्तर प्रदेश के पूर्वांचल में सक्रिय था। उसने इलाहाबाद के माफिया अतीक अहमद और सीवान के बाहुबली शहाबुद्दीन से प्रगाढ़ संबंध बनाए और अपराधों में एक-दूसरे की मदद करते थे। 1991 में जब उत्तर प्रदेश में भाजपा की सरकार बनी और कल्याण सिंह मुख्यमंत्री बने, तब मुख्तार ने उत्तर प्रदेश छोड़ देने में ही अपनी भलाई समझी। उसने मुंबई में अपना ठिकाना बनाया और अपने कई गुर्गों को वहाँ स्थापित किया। यू.पी. एस.टी.एफ. द्वारा मुंबई में उसके गुर्गे रूपेश, मोनू, कृपाशंकर और फिरदौस मुठभेड़ में मारे गए। इसका एक शातिर शूटर दीनदयाल सिंह भी मुंबई में ही पुलिस मुठभेड़ में मारा गया था। इसका सबसे विश्वस्त साथी मुन्ना बजरंगी बहुत दिनों तक मुंबई में ही ठिकाना बनाए रहा, जिसे दिल्ली स्पेशल सेल द्वारा 29 सितंबर, 2009 को एक रेजीडेंशियल अपार्टमेंट से गिरफ्तार किया गया। कृष्णानंद राय की हत्या के बाद पुलिस की सरगरमी तेज हो गई थी। मुख्तार अंसारी ने अपने लोगों की मदद से उसे मुंबई के सुरक्षित ठिकाने पर पहुँचा दिया था। वह मुंबई से ही फोन करके व्यापारियों से अपने गुर्गों के माध्यम से रंगदारी वसूलता था। उसने बिहार, पश्चिमी बंगाल में भी अपने ठिकाने बना रखे थे।

वर्ष 1991 में उत्तर प्रदेश में भाजपा सरकार आने के बाद मुख्तार अंसारी ने दिल्ली, पंजाब, हरियाणा, हिमाचल प्रदेश में भी अपने ठिकाने बनाए। यह वही समय था, जब पश्चिमी उत्तर प्रदेश के शातिर अपराधी सतबीर, राजवीर रमाला, संजीव जीवा, रविंद्र भूरा, शौबीर, जोगेंद्र गूजर तथा पंजाब के प्रभजोत डिंपी, जसविंदर रॉकी, गुरमीत सिंह बाबा आदि उसके गैंग में शामिल हुए। वह फरारी के दौरान अपने सभी गुर्गों को अपने आसपास ही रखता था। उस दौरान उसने सुरक्षा

के दृष्टिकोण से गैंग के सभी सदस्यों को कोड अलॉट किए और उन्हें कोड से ही बुलाया जाता था। मुख्तार गैंग के कुछ मुख्य सदस्यों को निम्न कोड से जाना जाता था—

(1) मुख्तार अंसारी निवासी गाजीपुर (कोड-जावेद भाई)

(2) राजवीर रमाला निवासी बागपत (कोड-महबूब खान)

(3) मुन्ना बजरंगी, जौनपुर (कोड-महफूज भाई)

(4) अताउर्रहमान उर्फ बाबू, महरूपुर, गाजीपुर (कोड-सिकंदर)

(5) जसविंदर सिंह उर्फ रॉकी, पंजाब (कोड-डब्ल्यू)

(6) अफरोज खान उर्फ चुन्नू पहलवान, गाजीपुर (कोड-अडवानी)

(7) सरदार प्रभजोत सिंह उर्फ डिंपी निवासी जैतो मुक्तसर, पंजाब (कोड-वीरजी)

(8) गुरमीत सिंह बाबा, पंजाब (कोड-बाबा)

(9) जोगेंद्र गूजर, दादरी, नोएडा (कोड-कमांडो)

(10) शौबीर, मेरठ (कोड-लाला)

(11) प्रकाश पहलवान, नोएडा (कोड-पहलवान)

(12) रविंद्र सिंह भूरा, वलीदपुर, मेरठ (कोड-भूरा)

□

मुख्तार अंसारी के शाही शौक

मुख्तार ने बैरक नंबर-10 के सामने 40 फुट लंबा-चौड़ा एक तालाब बनवाया था, जिसमें मछलियाँ पाली जाती थीं, जिससे उसे ताजी मछलियाँ मिल सकें। दिन में मुख्तार अंसारी फिशिंग रॉड से मछलियाँ पकड़ता था, जो उसका एक पसंदीदा शौक था। जेल में भी मुख्तार की शान-ओ-शौकत में कोई कमी नहीं थी। उसने जेल में बने तालाब में दो ऊदबिलाव और चार-पाँच कछुए भी पाले थे। लड़ने वाले हैदराबादी तीतर, असील प्रजाति के लड़ने वाले मुर्गे, बुलबुल, कबूतर व मैना भी पाली गई थीं। मुख्तार की पालतू मैना बहुत महँगी थी और जेलर व पुलिस अधिकारियों के आने की सूचना देती रहती थी। मुख्तार को महँगे नस्ल के कुत्तों का भी शौक था। दिन में उसका नौकर कुत्तों को भी लेकर जेल में आ जाता था। उसने दो अजगर भी पाल रखे थे। लोगों से मिलते समय वह उन साँपों से खेलता रहता था और कभी-कभी सामने बैठे व्यक्ति पर फेंक देता था, जिससे लोग डर जाते थे। लोगों से मुलाकात करते समय मुख्तार अपनी पसंदीदा .45 कोल्ट पिस्टल और .357 मैग्नम रिवॉल्वर अपने पास रखता था और पिस्टल के ट्रिगर गार्ड में उँगली डालकर घुमाता रहता था। लोगों पर खौफ कायम करने का उसका यह भी एक तरीका था।

बैरक नंबर-10 अवैध गतिविधियों का केंद्र था। राजवीर रमाला, प्रभजोत सिंह डिंपी, जसविंदर रॉकी और गुरमीत सिंह आदि, 'क्रूड मार्फीन' तस्करी करके लाते थे। कहा जाता है कि इस क्रूड से बैरक नंबर-11 में शुद्ध मार्फीन और हेरोइन तैयार की जाती थी। गाजीपुर में भारत सरकार की अफीम फैक्टरी है, जिसके कुछ कर्मचारी भी मुख्तार से मिले हुए थे। जेल में बंद तमाम कैदी भी हेरोइन व मार्फीन बनाने के विशेषज्ञ थे। तैयार की गई मार्फीन, हेरोइन दिल्ली और मुंबई जैसे शहरों में भेजी जाती थी।

गैंग-48 का राजवीर रमाला, रविंद्र भूरा, प्रभजोत डिंपी, जसविंदर रॉकी तो दबाव पड़ने पर मुख्तार के बैरक में ही पनाह पाते थे। जिला प्रशासन और जेल के अधिकारी सबकुछ जानते हुए भी आँखें मूँदे रहते थे। मुख्तार अपनी सुरक्षा के प्रति बहुत सतर्क रहता था, क्योंकि उसके दुश्मन बृजेश सिंह और त्रिभुवन सिंह, पुलिस की वर्दी पहनकर उसे मारने हेतु जेल गेट तक पहुँच गए थे और शक होने पर वापस लौट गए थे। मुख्तार अपने राजनीतिक रसूख से गैंग के सदस्यों को अन्य जेलों से गाजीपुर जेल में ट्रांसफर कराकर अपनी बैरक में रखता था। बैरक नंबर-10 में हर समय दो-तीन ए.के.-47, .45 बोर कोल्ट और .30 बोर चाइनीज स्टार पिस्तौलें भी रहती थीं, जिन्हें बैरक के अंदर जमीन में छिपाकर रखा जाता था। मुख्तार अपनी पसंदीदा .45 कोल्ट पिस्टल और .357 मैग्नम रिवॉल्वर अपने पास रखता था। मुख्तार और उसके कुछ खास लोगों का खाना उसके घर से बनकर आता था। वर्ष 1989-1991, 1993-1995, 2004-2007, 2012-2017 में उत्तर प्रदेश में समाजवादी पार्टी की सरकार थी और मुलायम सिंह यादव और उनके पुत्र अखिलेश यादव मुख्यमंत्री रहे। इस दौरान मुख्तार अंसारी को खुली छूट मिली और गाजीपुर जिले में उसकी पसंद के डी.एम.-एस.पी. तैनात होते रहे। वर्ष 2005-2017 में मुख्तार अंसारी की जेल में बादशाहत चलती थी। बैरक नंबर-10 को उसने सभी सुख-सुविधाओं से सुसज्जित कर लिया था। उसने अपनी बैरक में एसी लगवा रखा था और फ्रिज की भी व्यवस्था थी।

उस दौरान बैरक में उसके साथ रहने वालों में बाबू यादव वाराणसी, राकेश पांडेय उर्फ हनुमान पांडेय उर्फ फरमान पांडेय कोपागंज मऊ, राकेश यादव और राजा चौहान मऊ, अन्नू कन्नौजिया जमानिया, गोरा राय, अंगद राय शेरपुर, रामू मल्लाह, महेंद्र जायसवाल, भीम सिंह, तस्सू मियाँ, अफरोज उर्फ चुन्नू पहलवान गाजीपुर, शिव मल्लाह गौसपुर मोहम्मदाबाद, बबलू पहलवान रेवतीपुर, बाबू रायनी जंगीपुर गाजीपुर आदि मुख्य थे। ये सभी शातिर अपराधी थे, जिसमें गोरा राय, अंगद राय, अन्नू कन्नौजिया को आजन्म कारावास की सजा हो गई और बाबू यादव, राजा चैहान, राकेश यादव पुलिस से हुई मुठभेड़ों में मारे गए और बाबू रायनी की हत्या कर दी गई।

बैरक नंबर-10 के बगल में बैरक नंबर-11 खाली रहता था और यहीं पर गैंग के सदस्यों का खाना बनता था। रोजाना मटन, मछली, मुर्गा तो बनता ही था,

इसके अलावा उसके लोग जंगल से ब्लैक बक, हॉग डियर, चीतल, काले तीतर, बटेर के अलावा जाड़े के मौसम में साइबेरियन डक का शिकार करके लाते थे और उसे जेल में ही पकाया जाता था। जेल के अधिकारी और कर्मचारी भी लजीज व्यंजनों का आनंद लेते थे। मुख्तार खाने का बहुत शौकीन था। कभी-कभी मुंबई से टाइगर प्रान, लाब्सटर, पाम्फ्रेट, सुरमई, रावस, भेडकी आदि समुद्री मछलियाँ भी मँगाई जाती थीं।

इस दौरान राजवीर रमाला (गैंग-48) ने बहुत से धनाढ्य व्यापारियों का फिरौती के लिए अपहरण किया और फिरौती की रकम गाजीपुर जेल में वसूली गई, जो एक सबसे सुरक्षित जगह थी। राजवीर रमाला जिस व्यापारी को फोन कर देता था, वहाँ से दस-पंद्रह लाख रुपए जेल में पहुँचना मामूली बात थी। उसी समय मुख्तार के पास जेल में सबसे ज्यादा पैसा आया। मुख्तार ने जेल में रहते हुए अपने गैंग को संचालित किया। राजवीर रमाला ने मुख्तार अंसारी को मालामाल कर दिया।

मुख्तार अंसारी को हथियारों का शौक

मुख्तार अंसारी को हथियारों का बहुत शौक था। उसके पास पंजाब के प्रभजोत सिंह डिंपी के माध्यम से ए.के. सीरीज के ए.के.-47, ए.के.-56 और ए.के. 74-यू ऑटोमैटिक राइफलें मिली थीं। ए.के.-47 और ए.के.-56 में 7.62 कैलीबर की गोलियों का प्रयोग होता है। एके 74-यू, कॉम्पैक्ट असॉल्ट राइफल है, जिसको पश्चिमी देशों में 'क्रिंक और क्रिंक नोव' के नाम से जाना जाता है। रूस ने 1978 में इसे अपनी सेना में शामिल किया। इसकी गोली 7.62 गुणा 39 की जगह 5.45 गुणा 39 एम.एम. कर दी गई। इसका प्रयोग सबसे पहले रूस द्वारा अफगानिस्तान वार में किया गया था। अफगानी मुजाहिद्दीन द्वारा पकड़ी गई पहली एके 74-यू राइफल अमेरिकन इंटेलिजेंस एजेंसी द्वारा 5000 डॉलर में खरीदी गई थी। रूस द्वारा 50 लाख से अधिक एके 74-यू राइफलें निर्मित की गई। यह ए.के.-47 राइफलों से काफी हल्की है। इसकी बैरल की लंबाई 16.3 इंच है। कारतूस का वजन भी ए.के.-47 राइफल के कारतूसों से कम है, जिससे सैनिक अधिक मात्रा में कारतूस अपने साथ ले जा सकते हैं। ब्रस्ट मोड पर यह 600-650 गोली प्रति मिनट की दर से फायर करती है।

ए.के. 74-यू राइफल अंतरराष्ट्रीय आतंकवादी और अलकायदा सरगना ओसामा बिन लादेन का पसंदीदा हथियार था। अमेरिकन सील-कमांडो द्वारा जब लादेन को मारा गया तो उसके पास से दो एके 74-यू राइफलें मिली थी। ओसामा बिन लादेन कई फोटो में भी ए.के. 74 यू राइफलों के साथ दिखाई पड़ता था। मुख्तार के पास इजराइली यूजी कार्बाइन, बैरल कटे हुए एस.एल.आर., इनसास राइफलें भी थीं।

मुख्तार अंसारी के पास काफी मात्रा में .45 कोल्ट पिस्टल और 9 एम.एम. पिस्तौलें थीं। रिवॉल्वर में उसका सबसे पसंदीदा हथियार .357 मैग्नम रिवॉल्वर थी। उसने अपनी पत्नी अफ्शाँ अंसारी को लाइसेंस पर .357 मैग्नम सिल्वर कलर 6 इंच लंबी बैरल दिलाई थी, जो अमेरिकन स्मिथ एंड वेसन द्वारा निर्मित थी। अपने भाई अफजाल अंसारी और सिग्बतुल्ला अंसारी को भी मुख्तार ने अमेरिकन .357 मैग्नम रिवॉल्वर उपलब्ध कराई थी, जो 2 और 3 इंच बैरल की थी। उसके बेटे अब्बास अंसारी के पास .380 की इटैलियन बेरेटा पिस्तौल थी, जिसमें 14 और 24 गोलियों की मैगजीन आती थी। उसने अपने कई रिश्तेदारों को भी .357 मैग्नम रिवॉल्वर दिलवाई थी। .357 मैग्नम हॉलो पॉइंट कारतूस में शैटरिंग प्रभाव होता है। जब यह गोली किसी के शरीर में घुसती है तो वह कई टुकड़ों में टूट जाती है, जैसे कि वह छोटा बम हो। इसकी गोली से बचना मुश्किल होता है। 7 जून, 2023 को मुख्तार गैंग के संजीव जीवा की लखनऊ कचहरी में हुई हत्या में .357 मैग्नम चेक-अल्फा रिवॉल्वर का प्रयोग हुआ था, जितनी गोलियाँ उसके शरीर में लगीं, उससे अधिक सूराख उसके शव में पाए गए। हॉलो पॉइंट कारतूस अन्य हथियारों में भी प्रयोग किए जाते हैं, परंतु .357 मैग्नम सबसे घातक है।

छोटे हथियारों के अलावा मुख्तार अंसारी ने अपने परिवारजनों को राइफल के लाइसेंस दिलाए और उन्हें .375 मैग्नम राइफल खरीदकर की। उसके अधिकतर रिश्तेदारों के पास .375 मैग्नम राइफल और .3006 थर्टी स्प्रिंग फील्ड राइफलें थीं। माफिया अतीक अहमद के लाइसेंस पर भी .3006 रूगर अमेरिकन राइफल थी और उसने अपने लाइसेंस पर फर्जी नाम से .30 चाइनीज स्टार पिस्टल चढ़वा रखी थी। .375 मैग्नम राइफल लंबी रेंज की बहुत घातक राइफल है। जब भारत में शिकार प्रतिबंधित नहीं था, तब टाइगर, चीता, गैंडा

आदि बड़े जानवरों के शिकार में .375 मैग्नम राइफल का ही प्रयोग किया जा सकता था। चित्रकूट और बाँदा के ददुआ और ठोकिया गैंग में भी .375 मैग्नम राइफलें थीं, जो गाड़ियों के भी चिथड़े उड़ा सकती थीं। यह राइफल पहली बार 1935 में बनाई गई थी। सबसे अधिक स्मिथ एंड वेसन और विंचेस्टर हथियार निर्माता कंपनियों ने ये राइफलें बनाईं।

मुख्तार अंसारी ने अपने परिवारजनों को 12 बोर पंप एक्शन और सेमी ऑटोमैटिक बंदूकें भी दिलाईं।

□

मुख्तार अंसारी की कमाई के धंधे

मुख्तार ने फिरौती के लिए अपहरण, रंगदारी, ड्रग्स, जानवरों की तस्करी आदि धंधों से अकूत संपत्ति कमाई। इसके अलावा उसने निम्न धंधों से भी काफी धन अर्जित किया—

1. मछली : आंध्र प्रदेश से उत्तर प्रदेश में रोजाना काफी मछलियाँ ट्रकों से आती हैं। पूर्वी उत्तर प्रदेश के जिले वाराणसी, भदोही, चंदौली, गाजीपुर, बलिया, आजमगढ़, जौनपुर, मऊ व अन्य बड़े कस्बों में आंध्र प्रदेश की मछली आती हैं और ठेकेदार रोजाना उनका भाव तय करते हैं। तय किए गए भाव पर मुख्तार अंसारी का गुंडा टैक्स अलग से लगाया जाता था। उसे मछली से 5-6 लाख रुपए रोजाना की आमदनी होती थी।

2. मोबाइल टावर : गाजीपुर, बलिया, मऊ, आजमगढ़ में मुख्तार अंसारी ने अपने आदमियों के नाम सैकड़ों मोबाइल टावर लगवाए थे, जिसमें डीजल सप्लाई करने का काम उसी के लोग करते थे। कहा जाता है कि अपने रसूख से मुख्तार ने पश्चिमी उत्तर प्रदेश और पंजाब में भी मोबाइल टावर का धंधा फैला लिया था, जिससे उसे काफी आमदनी होती रही।

3. राशन की दुकानें : गाजीपुर व मऊ में उसने समाजवादी सरकार में सैकड़ों लोगों को सरकारी राशन की दुकानों का कोटेदार बनवा दिया था। इन कोटेदारों में अधिकतर इसके गैंग के सदस्यों के परिवार, रिश्तेदार और समर्थक थे। इन कोटेदारों से उसे हर महीने काफी आमदनी होती रही। वर्ष 2005 से लगातार जेल में बंद रहने के दौरान अदालत में मुकदमा लड़ने के नाम पर प्रत्येक कोटेदार से एक हजार से पाँच हजार रुपए प्रतिमाह वसूले जाते थे।

4. रियल एस्टेट का धंधा : मुख्तार ने पूर्वी उत्तर प्रदेश के कई जिलों में

वेयर हाउस बनवाए, जिसमें अधिकतर एफ.सी.आई. को किराए पर दिए गए। एफ.सी.आई. से उसे करोड़ों रुपया महीना किराए के रूप में मिलते थे।

वाराणसी, गाजीपुर, लखनऊ में मुख्तार ने काफी पैसा रियल एस्टेट में लगाया जिससे उसे काफी कमाई होती रही। लखनऊ में उसने अपने, अपने भाई व अन्य परिवारजनों के लिए आलीशान मकान बनवाए व फ्लैट खरीदे।

5. कोयले का कारोबार : मुख्तार अंसारी ने धनबाद के कोयला माफियाओं से अच्छे संबंध बनाए। उनके माध्यम से उसके कोयले के रेलवे-रैक और ट्रकों से कोयला चंदौली के चंदासी मंडी, वाराणसी के काशी स्टेशन, इंदारा मऊ, फैजाबाद, अकबरपुर, दिलदार नगर, गाजीपुर आदि रेलवे स्टेशनों पर आता रहा। उसने इन क्षेत्रों में कोयले के कारोबार पर पूरा कब्जा जमा लिया था।

6. बालू का धंधा : उत्तर प्रदेश के अलावा बिहार और झारखंड से बालू का धंधा भी उसके लिए कमाई का एक बड़ा स्रोत रहा। चतरा व पलामू जिले से जपला नदी का बालू, डेहरी आनसोन व कोइलवर पटना से सोन नदी का बालू रेलवे-रैक से पूर्वी उत्तर प्रदेश के अलावा राजधानी लखनऊ में आता रहा, जिस पर उसका एकाधिकार था। लखनऊ में तो उसके अपने ही बिल्डर मुख्य खरीददार व ठेकेदार बन गए थे।

7. दवा : बहुजन समाज पार्टी की सरकार में वर्ष 2007-2012 के दौरान नेशनल रूरल हैल्थ मिशन (एन.आर.एच.एम) में लगभग पाँच हजार करोड़ रुपए का घोटाला हुआ। मुख्तार अंसारी ने भी बहती गंगा में हाथ धोया। गाजीपुर के उसके आदमी गुड्डू खान ने काफी धन कमाया। गाजीपुर जिले में दवा के थोक व्यापार पर भी उसका एकाधिकार स्थापित हो गया।

8. शराब के ठेके : मुख्तार अंसारी ने अपने आदमियों के माध्यम से शराब के धंधे में भी हाथ आजमाए और इस धंधे से भी काफी धन कमाया।

9. पशु तस्करी : उस दौरान प्रदेश से बैलों और गायों की तस्करी होती थी। जानवरों से लदे ट्रक उत्तर प्रदेश और बिहार होते हुए पश्चिम बंगाल जाते थे, जहाँ से उन्हें बांग्लादेश भेजा जाता था। इस धंधे में बहुत पैसा था। मुख्तार का पशु तस्करी का धंधा पहले से ही पूर्वी उत्तर प्रदेश में चल रहा था। जानवरों से लदे ट्रक चंदौली के थाना मुगलसराय, सैयदराजा, कंदवा और गाजीपुर के जमानिया होते हुए बिहार जाते थे। इसके अलावा गाजीपुर के थाना गहमर, दिलदार नगर व

बलिया के नरही से जानवरों की तस्करी होती थी। मुख्तार अंसारी के आदमी एक बोलेरो गाड़ी से जानवरों के काफिले के आगे-आगे चलते थे। वे सड़क पर तैनात पुलिस और परिवहन के अधिकारियों को रिश्वत दे देते थे और मोबाइल से सूचना देने पर जानवरों से लदे हुए ट्रक बे-रोकटोक निकल जाते थे। रोजाना करीब तीन-चार सौ ट्रक निकलते थे और रविवार, सोमवार एवं शुक्रवार को बिहार सीमा पर जानवरों के बाजार के कारण ट्रकों की संख्या और बढ़ जाती थी। कहा जाता है कि उस समय गाजीपुर के डी.एम./एस.पी. को प्रति ट्रक के हिसाब से पैसे दिए जाते थे। जानवरों को बड़ी-बड़ी नावों में लादकर नदी से भी पार कराया जाता था, जहाँ से उन्हें बिहार पहुँचा दिया जाता था।

मुख्तार अंसारी ने अपने राजनीतिक रसूख से जानवरों की तस्करी का नेटवर्क पश्चिमी उत्तर प्रदेश, हरियाणा और पंजाब तक बढ़ा लिया था। वर्ष 1993-1995, 2004-2007, 2007-2012, 2012-2017 के दौरान पशु तस्करी के धंधे पर मुख्तार अंसारी और उसके आदमियों का एकाधिकार था। कहा जाता है कि मुख्तार अंसारी पशु तस्करी से करोड़ों रुपए हर महीने कमाता था। पशु तस्करी मार्ग के थानों पर पोस्टिंग सत्ताधारी पार्टी के शीर्ष नेता तय करते थे। चंदौली का सैयदराजा, मुगलसराय और गाजीपुर का जमानिया महत्त्वपूर्ण थाने माने जाते थे। यहाँ पर सत्ता के शीर्ष पर बैठे एक ही परिवार के राजनेता द्वारा तैनाती तय की जाती थी। पशु तस्करी का पैसा उस समय की सरकार के एक सबसे कद्दावर मंत्री के पास तक जाता था, जिसके कारण यह धंधा बे-रोकटोक खुलेआम चलता रहा। इन थानों पर राजनीतिक रसूख के द्वारा पुलिसकर्मियों को पोस्टिंग मिलती थी। समाजवादी पार्टी सरकार में इन जिलों के एस.पी. भी अपने रसूखदार थानेदारों से डरते थे।

□

प्रेम प्रकाश सिंह उर्फ मुन्ना बजरंगी

मुन्ना बजरंगी

प्रेम प्रकाश सिंह उर्फ मुन्ना बजरंगी जौनपुर जिले के ग्राम पूरेदयाल का रहने वाला था। उसे हथियार रखने का बड़ा शौक था और वह डकैतों/माफियाओं पर बनी फिल्में जरूर देखता था। वह 2 जून, 1967 को पैदा हुआ था। शुरुआती दौर में प्रेम प्रकाश सिंह को जौनपुर के बाहुबली गजराज सिंह का संरक्षण मिला और वह उसके लिए काम करने लगा। गजराज सिंह के इशारे पर जौनपुर के भारतीय जनता पार्टी के नेता राम चंद्र सिंह की हत्या करके उसने पूर्वी उत्तर प्रदेश में सनसनी फैला दी थी।

1990 के दशक में वह मुख्तार अंसारी के संपर्क में आया। मुख्तार अंसारी 1996 में बहुजन समाज पार्टी के टिकट पर मऊ से विधायक निर्वाचित हो चुका था, जिसके बाद इस गैंग की ताकत और बढ़ गई थी। मुन्ना बजरंगी मुख्तार अंसारी के घर पर रहता था। एक दिन उसकी अपनी .45 पिस्टल से दुर्घटनावश फायर हो गया। गोली उसके बाएँ पैर की हड्डी में लगी, जिससे उसकी हड्डी टूट गई। मुख्तार अंसारी उसे तुरंत पटना ले गया और अपने एक परिचित के अस्पताल में इलाज कराया। मुख्तार अंसारी के इस एहसान के कारण वह उसे बड़ा भाई मानता था। मुख्तार अंसारी के निर्देश पर वह पूर्वी उत्तर प्रदेश के सरकारी ठेकों में दखल देने लगा। उसी समय गाजीपुर निवासी भारतीय जनता पार्टी के विधायक कृष्णानंद राय उसके लिए चुनौती बनने लगे थे।

कृष्णानंद राय का मोहम्मदाबाद से विधायक बनना मुख्तार अंसारी को रास

नहीं आया, क्योंकि वह मोहम्मदाबाद सीट को अपने घर की सीट समझता था। वह कृष्णानंद राय को अपने रास्ते से हर हालत में हटाना चाहता था और जेल में रहते हुए उसने उनकी हत्या की साजिश रच डाली, जिसकी जिम्मेदारी उसने अपने विश्वस्त साथी मुन्ना बजरंगी को सौंपी। 29 नवंबर, 2005 को कृष्णानंद राय की गाड़ी पर ए.के.-47 और जी.-3 राइफलों से लगभग 500 गोलियाँ मारकर गाड़ी को छलनी कर दिया गया। 600 गोली प्रति मिनट की दर से फायर करने वाली ए.के.-47, जी.-3 राइफलों की रैटलिंग से पूरा इलाका थर्रा गया था। विधायक कृष्णानंद राय के अलावा उनके साथ चल रहे छह अन्य लोग भी मारे गए। पोस्टमार्टम में हर मृतक के शरीर से 60-70 गोलियाँ तक लगना पाया गया था। इस घटना से मुन्ना बजरंगी का खौफ न केवल उत्तर प्रदेश बल्कि बिहार तक फैल गया।

कृष्णानंद राय हत्याकांड की जाँच सी.बी.आई. को दी गई और मुन्ना बजरंगी पर सात लाख रुपए का पुरस्कार घोषित किया गया। पूर्वी उत्तर प्रदेश के अलावा मुन्ना बजरंगी मुख्तार अंसारी के मित्र सतबीर गूजर के लिए भी काम करता था। सतवीर गूजर को दादरी के विधायक महेंद्र भाटी संरक्षण देते थे। डी.पी. यादव के बहनोई कमलराज यादव, भाई राम सिंह यादव तथा पूर्व मंत्री राजपाल त्यागी के भाई कुशल पाल त्यागी की हत्या भी मुन्ना बजरंगी ने अपने साथी दादरी निवासी योगेंद्र गूजर के साथ मिलकर की थी। दिल्ली में हुई मुठभेड़ में योगेंद्र गूजर मारा गया और मुन्ना बजरंगी पुलिस की कई गोलियाँ लगने के बावजूद भी जिंदा बच गया। वह कई वर्ष नैनी जेल में बंद रहा। अपराध जगत् में यह भी कहा जाता है कि उस दौरान डी.पी. यादव और राजपाल त्यागी ने उसकी हत्या का षड्यंत्र रचा, परंतु सफल नहीं हो पाए। मुख्तार अंसारी ने उसकी पैरवी करके जमानत करवा ली और उसको अपने विरोधी कृष्णानंद राय की हत्या की सुपारी दे दी।

मुन्ना बजरंगी मुंबई में रहने लगा, जिसकी भनक मुझे भी थी। मैं वर्ष 2007 से 2011 के बीच ए.डी.जी. कानून व्यवस्था के साथ एस.टी.एफ. का भी प्रभारी था। एस.टी.एफ. की कई टीमें मुंबई भेजी गईं, परंतु उसे गिरफ्तार करने में सफलता नहीं मिली। पुलिस सर्विलांस में उसकी लोकेशन कभी महाराष्ट्र-कर्नाटक बॉर्डर तो कभी गोवा में मिलती थी। वह इतना चालाक था कि मुख्तार अंसारी और गैंग के सदस्यों से बात करने के लिए मुंबई से सौ-दो सौ किलोमीटर दूर चला जाता था

और वापस आने पर अपना मोबाइल बंद कर लेता था। मुंबई से तो वह किसी से भी संपर्क नहीं करता था।

मुंबई शुरू से ही मुख्तार अंसारी गैंग का ठिकाना रहा है और उसके तार अंतरराष्ट्रीय माफिया/आतंकवादी दाउद इब्राहीम से जुड़ गए थे। यू.पी. एस.टी. एफ. ने जुलाई 2003 में मुंबई जाकर मुख्तार अंसारी के दो शूटर रूपेश सिंह और मोनू सिंह को मुठभेड़ में मार गिराया था। वर्ष 2006 में मुख्तार अंसारी के सबसे खतरनाक शूटर चंदौली निवासी कृपाशंकर चौधरी को यू.पी. एस.टी.एफ. ने मुंबई में ही मार गिराया था। कृपाशंकर चौधरी ने वाराणसी के तत्कालीन ए.एस.पी., डॉ. जी.के. गोस्वामी पर ए.के.-47 से गोली चलाई थी, जिसमें वे बाल-बाल बच गए थे। पूर्वी उत्तर प्रदेश में ए.के.-47 असॉल्ट राइफल का प्रयोग करने वाला कृपाशंकर चौधरी उर्फ कृपा पहला बदमाश था। मुंबई में वह एक संपन्न व्यापारी मनीष जायसवाल के रूप में रह रहा था और व्यापार के अलावा मुख्तार अंसारी गैंग की गतिविधियों को भी संचालित कर रहा था। यू.पी. एस.टी.एफ. ने 2006 में ही मुख्तार अंसारी के शूटर फिरदौस को भी मुंबई में मुठभेड़ में मार गिराया था। चारों महत्त्वपूर्ण शूटर मारे जाने से मुख्तार अंसारी गैंग को काफी बड़ा झटका लगा था।

मैं 13 मई, 2007 से 30 सितंबर, 2011 तक प्रदेश का अपर पुलिस महानिदेशक/विशेष पुलिस महानिदेशक कानून व्यवस्था और अपराध के पद पर तैनात था। मैं उत्तर प्रदेश एस.टी.एफ. और ए.टी.एस. का भी प्रभारी था। उस दौरान मुख्तार अंसारी गैंग के आधा दर्जन से अधिक शूटर मऊ, आजमगढ़, गाजीपुर और वाराणसी जिलों में हुई पुलिस मुठभेड़ों में मारे गए थे। मुन्ना बजरंगी, मुंबई के अपने ठिकाने पर भी सुरक्षित महसूस नहीं कर रहा था। अपराध जगत् में यह चर्चित रहा कि मुख्तार अंसारी ने दिल्ली पुलिस की स्पेशल ब्रांच से संपर्क साधा और सात लाख का इनामिया बदमाश मुन्ना बजरंगी 29 अक्तूबर, 2009 को मुंबई के मलाड इलाके से दिल्ली पुलिस द्वारा गिरफ्तार कर लिया गया। मुन्ना बजरंगी भी जेल से ही अपना साम्राज्य चला रहा था। शुरुआती दौर में पाँच सौ रुपए के तमंचे से आपराधिक जीवन शुरू करने वाला मुन्ना बजरंगी करीब सौ करोड़ से अधिक का मालिक बन चुका था। लंबे समय तक मुंबई में रहने के दौरान वह कई बार विदेश यात्राएँ भी कर चुका था। वह राजनीति में मुख्तार अंसारी

की तरह पदार्पण करना चाहता था और उसने जौनपुर संसदीय क्षेत्र से एक डमी उम्मीदवार खड़ा करने की कोशिश भी की थी। उसकी राजनीतिक महत्त्वाकांक्षा मुख्तार अंसारी को पसंद नहीं थी। वह जौनपुर के रहने वाले एक कांग्रेसी नेता, जो महाराष्ट्र सरकार में मंत्री रहे, के भी संपर्क में रहा और महाराष्ट्र विधानसभा चुनाव में नेताजी की मदद भी की थी।

मुन्ना ने अपने आपराधिक जीवन में करीब चार दर्जन से अधिक हत्याएँ की थीं। मुन्ना बजरंगी भी पूर्वांचल के माफिया बृजेश सिंह व एक समय अपने सहयोगी रहे धनंजय सिंह और मुख्तार अंसारी की भाँति चुनाव लड़कर माननीय बनना चाहता था।

मुन्ना बजरंगी द्वारा वाराणसी तथा पूर्वांचल के अन्य जनपदों के प्राइवेट अस्पतालों के मालिकों व नर्सिंग होम चलाने वाले डॉक्टरों से हर महीने वसूली की जाती थी। इसके अतिरिक्त उत्तर प्रदेश के पूर्वांचल में कोयले के कारोबार तथा सरकारी ठेकों से भी मुन्ना को काफी आय होती थी। अपराध जगत् के सूत्रों के अनुसार उसकी प्रतिमाह वसूली एक करोड़ रुपए से अधिक थी। मुन्ना बजरंगी के गोपाल नारायन सिंह, डिप्टी एस.पी. से मधुर संबंध थे। गोपाल नारायन सिंह, गाजियाबाद के विभिन्न थानों पर थानाध्यक्ष रहे थे, जहाँ उनके पुत्रों ने जमीन का कारोबार शुरू किया था।

मैं वर्ष 1991-1993 में एस.एस.पी. मेरठ के पद पर तैनात था। उस दौरान गोपाल नारायन सिंह मेरठ में डिप्टी एस.पी. तैनात थे। उनका पुत्र प्रदीप कुमार सिंह उर्फ पी.के. लखनऊ विकास नगर क्षेत्र में रहता था। कहा जाता है कि मुन्ना बजरंगी के बच्चे उसके घर पर रहकर ही पढ़ते थे। अंडरवर्ल्ड में यह चर्चित रहा है कि डिप्टी एस.पी. का पुत्र प्रदीप कुमार सिंह मुन्ना बजरंगी की वसूली का कारोबार देखता था। मुन्ना बजरंगी की पत्नी काफी तेज थी और वह चाहती थी कि डिप्टी एस.पी. के पुत्र पी.के. सिंह के स्थान पर उनका भाई पुष्पजीत सिंह पूरा कारोबार देखे। उन्होंने झाँसी जेल में बंद अपने पति मुन्ना बजरंगी से पी.के. सिंह की शिकायत करनी शुरू कर दी। मुन्ना बजरंगी पी.के. सिंह पर आँख मूँदकर विश्वास करता था, इसलिए उसने अपनी पत्नी की बातों को अनसुना कर दिया।

कहा जाता है कि तनाव बढ़ता देखकर मुन्ना बजरंगी ने अपनी पत्नी, साले पुष्पजीत सिंह और पी.के. सिंह को झाँसी जेल में बुलाया और गलतफहमी दूर

करनी चाही। पुष्पजीत सिंह ने वहीं पर पी.के. सिंह को बहुत बुरा-भला कहा, जिसका साथ मुन्ना बजरंगी की पत्नी ने भी दिया। उसी समय से पुष्पजीत सिंह और पी.के. सिंह के बीच तनाव बढ़ता गया। पुष्पजीत, मुन्ना बजरंगी की काली कमाई में हस्तक्षेप करने लगा। मुन्ना बड़ा सनकी हत्यारा था। पी.के. सिंह को लगा कि अब उसकी नजदीकियाँ मुन्ना बजरंगी से नहीं रह सकतीं और वह कहीं उसकी हत्या न करा दे।

मुन्ना बजरंगी जौनपुर से राजनीतिक पारी खेलना चाहता था, जहाँ पहले से ही बाहुबली धनंजय सिंह सांसद/विधायक रह चुके थे। उन्हें भी यह लगने लगा कि यदि मुन्ना बजरंगी, जो स्वयं राजपूत है, जौनपुर से सक्रिय हो गया तो उन्हें राजनीतिक रूप से बहुत नुकसान होगा। मुन्ना उस बाहुबली पूर्व सांसद के गुर्गों द्वारा संचालित ठेकों तथा अन्य कारोबार पर काफी हद तक कब्जा कर चुका था। अंडरवर्ल्ड के सूत्रों के अनुसार पी.के. सिंह ने जौनपुर के बाहुबली राजपूत नेता से संपर्क किया और मुन्ना के साले पुष्पजीत सिंह को रास्ते से हटाने की योजना बना डाली।

पुष्पजीत सिंह की हत्या (5 मार्च, 2016)

मुन्ना बजरंगी का साला पुष्पजीत सिंह विकासनगर, लखनऊ में रहता था और मुन्ना बजरंगी के काले कारोबार को देखने लगा था। इससे पहले मुन्ना बजरंगी का काम वाराणसी निवासी पी.के. उर्फ प्रदीप कुमार सिंह लखनऊ में रहकर देख रहा था। 5 मार्च, 2016 को लखनऊ के विकास नगर क्षेत्र में पुष्पजीत सिंह और उसके मित्र संजय मिश्रा की हत्या कर दी गई। उन दोनों पर अंधाधुंध गोलियाँ चलाई गई थीं। पुष्पजीत सिंह पेशे से ठेकेदार था, जबकि उसका साथी संजय मिश्रा एक कॉलेज में लेक्चरर था। काले रंग की बाइक से दो अज्ञात बदमाश पहले पुष्पजीत की कार के पास पहुँचे और उसके ऊपर ताबड़तोड़ गोलियों की बौछार कर दी। पुष्पजीत गाड़ी छोड़कर भागने लगा तभी बदमाशों ने दूर तक उसका पीछा करके गोली मार दी। उसे इतनी गोलियाँ मारी गईं कि वह किसी भी हालत में न बच पाए।

हत्या के इस सनसनीखेज मामले में बृजेश कुमार राय, मनोज कुमार राय, आनंद कुमार राय सभी पुत्रगण राम नारायण राय, निवासीगण भुड़हर थाना करीमुद्दीनपुर जिला गाजीपुर पर शक के आधार पर मुकदमा कायम कराया गया, परंतु उनकी

संलिप्तता नहीं पाई गई। लखनऊ पुलिस ने हत्या के इस सनसनीखेज मामले को अंतिम रिपोर्ट लगाकर समाप्त कर दिया और मुकदमे की तह में जाने का प्रयास तक नहीं किया। उस दौरान मुन्ना बजरंगी की पत्नी सीमा सिंह ने समाचार-पत्रों व टी.वी. पर दिए गए बयानों में सेवानिवृत्त डिप्टी एस.पी. गोपाल नारायन सिंह और उनके पुत्र प्रदीप कुमार सिंह का अपने भाई की हत्या में नाम लिया था।

अपराध की दुनिया के सूत्रों के अनुसार पुष्पजीत सिंह की हत्या डिप्टी एस.पी. के पुत्र प्रदीप कुमार सिंह उर्फ पी.के. ने जौनपुर के बाहुबली राजपूत नेता के सहयोग से कराई थी। अपराध जगत् के अनुसार इस हत्या को मुख्तार अंसारी गैंग के कभी शूटर रहे पंजाब निवासी जसविंदर सिंह उर्फ रॉकी गैंग ने अंजाम दिया था। रॉकी का अपने साथी सरदार प्रभजोत सिंह उर्फ डिंपी से विवाद हो गया था। दोनों का विवाद अपहरण और रंगदारी से मिले पैसों के बँटवारे को लेकर था। रॉकी ने डिंपी की हत्या 7 जुलाई, 2006 को रात 8:55 बजे सुखना झील, चंडीगढ़ के पास कर दी थी। डिंपी उस समय अपनी मित्र हरनीव कौर के साथ डिनर करने के बाद उसके घर सेक्टर 8 चंडीगढ़ जा रहा था। उस समय जसविंदर रॉकी मुख्तार अंसारी गैंग से हटकर प्रदीप सिंह व जौनपुर के बाहुबली नेता के नजदीक पहुँच चुका था और लखनऊ में शरण पाता था। वह मुख्तार अंसारी के विरोधी गैंग से पूरी तरह मिल गया था। अपराध जगत् के अनुसार रॉकी ने लखनऊ में रहकर मुख्तार अंसारी की हत्या की योजना बनाई, परंतु सफल नहीं हो पाया। उसने मुख्तार की हत्या करने के लिए टेलीस्कोपिक राइफल चलाने की ट्रेनिंग भी ली थी।

मुन्ना बजरंगी जेल से पुलिस अभिरक्षा में अपने साले की तेरहवीं में सम्मिलित होने आया था, जहाँ उसने एलान कर दिया था कि वह अपने साले की मौत का बदला अवश्य लेगा। मुन्ना बजरंगी के लिए अपने साले के हत्यारों को ठिकाने लगाना एक प्रतिष्ठा का प्रश्न भी बन गया था। कहा जाता है कि उसने कभी अपने सहयोगी रहे पी.के. सिंह और जौनपुर के बाहुबली राजपूत नेता को धमकी भी दे दी थी कि अब उनके दिन गिने-चुने रह गए हैं। अपराध जगत् के अनुसार मुन्ना बजरंगी ने अपने गैंग के सदस्यों से जसविंदर रॉकी की हत्या 30 अप्रैल, 2016 को परवानु हिमाचल प्रदेश में करवा दी थी। उस समय रॉकी शिमला से अपने घर फजिल्का, पंजाब जा रहा था।

तारिक की हत्या (1 दिसंबर, 2017)

मुन्ना बजरंगी ने प्रदीप कुमार सिंह से मतभेद होने के बाद अपना कारोबार अपने साले पुष्पजीत सिंह और अपने खास व्यक्ति तारिक को सौंप दिया था। पुष्पजीत सिंह की हत्या के बाद तारिक मुन्ना बजरंगी के पूर्वांचल में फैले ठेकों, जमीन के मामले, व्यापारियों से रंगदारी वसूलने, कोयले के कारोबार को देखता था। तारिक भी अपराधी था और हत्या सहित अन्य घटनाओं में कई बार जेल जा चुका था। वह कावेरी अपार्टमेंट फ्लैट नंबर बी-1/903, गोमतीनगर विस्तार, लखनऊ में अपनी गर्लफ्रेंड ताहिरा नाज के साथ रहता था। उसके पास पैसे की कोई कमी नहीं थी और वह फॉरच्यूनर जैसी महँगी गाड़ी से चलता था।

प्रदीप कुमार सिंह से मुन्ना बजरंगी का विवाद होने के बाद मुन्ना बजरंगी के कई शूटर प्रदीप कुमार सिंह से जुड़ चुके थे। उन्होंने मुन्ना बजरंगी से जुड़े लोगों की हत्या करनी शुरू कर दी। इसी कड़ी में मुन्ना बजरंगी के साले पुष्पजीत सिंह की हत्या उसके साथी संजय मिश्रा के साथ 5 मार्च, 2016 को विकासनगर, लखनऊ में कर दी गई थी।

पुष्पजीत सिंह हत्याकांड में कार्रवाई न होने के कारण हत्यारों का मनोबल इतना बढ़ गया कि उन्होंने 1 दिसंबर, 2017 को शाम साढ़े पाँच बजे पुष्पजीत सिंह हत्याकांड के अंदाज में मोहम्मद तारिक की भी हत्या कर दी। तारिक अपनी फॉरच्यूनर कार से ग्वारी ओवरब्रिज, लखनऊ से दुबग्गा जा रहा था। बदमाशों ने बाइक से उसका पीछा किया और उसकी फॉरच्यूनर कार पर थर्टी बोर पिस्टल से पाँच गोलियाँ मारीं। गाड़ी रुकते ही बदमाशों ने तारिक को चार और गोलियाँ मारीं जिससे मौके पर ही उसकी मौत हो गई। तारिक की महिला मित्र ताहिरा नाज ने एफ.आई.आर. लिखवाई थी। उसने एफ.आई.आर. में लिखवाया था कि तारिक की हत्या भी पुष्पजीत सिंह हत्याकांड से जुड़ी हुई है। ताहिरा नाज ने एफ.आई.आर. में यह भी लिखवाया था कि लखनऊ में रह रहे वाराणसी निवासी प्रदीप कुमार सिंह 'पी. के.' और उसके पिता सेवानिवृत्त डिप्टी एस.पी. गोपाल नारायण सिंह द्वारा आपराधिक षड्यंत्र रचकर मोहम्मद तारिक की हत्या कराई गई है, जिसमें उसका सहयोग वाराणसी निवासी विकास उर्फ राजा, सोनू आदि लोगों ने किया है।

अपराध जगत् के अनुसार इस हत्या में भी जसविंदर उर्फ रॉकी के शूटरों का प्रयोग किया गया था। उन दिनों हुई ये दोनों हत्याएँ पूर्वांचल में हो रही गैंगवार की कड़ी के रूप में देखी गई थीं।

मुन्ना बजरंगी की हत्या (9 जुलाई, 2018)

मुन्ना बजरंगी झाँसी जेल में बंद था और वहीं से अपनी आपराधिक गतिविधियाँ संचालित कर रहा था। उसकी बागपत जिले के न्यायालय में पेशी थी, परंतु वह खतरे को भाँप गया था और वहाँ पेशी पर नहीं जा रहा था। मुन्ना बजरंगी पश्चिमी उत्तर प्रदेश में बहुत सक्रिय रहा और मुख्तार अंसारी व सतबीर गूजर गैंग के साथ कई सनसनीखेज हत्याओं को अंजाम दिया था। उसकी दुश्मनी सतबीर गैंग के विरोधी महेंद्र फौजी और डी.पी. यादव के गुर्गों से थी, जिसके कारण वह पश्चिमी उत्तर प्रदेश की किसी भी जेल में जाने से कतरा रहा था। 9 जुलाई, 2018 को बागपत जेल में नौ गोलियाँ मारकर उसकी हत्या कर दी गई। बताया गया कि जेल में बंद बागपत निवासी सुनील राठी ने उसकी हत्या की थी, जिसे पहले से हत्या के मामले में आजन्म कारावास की सजा हो चुकी थी।

अपराध जगत् के अनुसार यह हत्या जौनपुर जिले के एक बाहुबली राजपूत नेता व पूर्व सांसद द्वारा कराई गई थी और हत्या करने वालों को करोड़ों रुपए दिए गए थे। पिस्टल की बरामदगी के लिए गटर की सफाई करवाई गई, परंतु पानी में पड़े रहने के कारण फिंगर प्रिंट के निशान नहीं मिल सके। इस घटना को अखबारों ने भी प्रमुखता से छापा और जौनपुर के बाहुबली नेता धनंजय सिंह की संलिप्तता पर भी सवाल उठाए। मुन्ना बजरंगी हत्याकांड की विवेचना सी.बी.आई. को सौंपी गई, जो जनवरी 2024 तक भी चल रही थी।

□

मुख्तार-अफजाल अंसारी की हत्या का प्रयास (2 मई, 1991)

मई, 1991 में विधानसभा का आम चुनाव चल रहा था। अफजाल और उसका भाई मुख्तार अंसारी मोहम्मदाबाद विधानसभा क्षेत्र में गाँव-गाँव जाकर प्रचार कर रहे थे। 2 मई, 1991 को वे दोनों प्रचार के बाद वापस अपने घर मोहम्मदाबाद आ रहे थे। मुख्तार अंसारी सेना से ख़रीदी गई खुली जीप से प्रचार करता था। उसका काफिला कुंडेसर चट्टी के पास जैसे ही पहुँचा, बृजेश, त्रिभुवन और उसके गैंग के सदस्यों ने 30 कार्बाइन, 9 एम.एम. कार्बाइन, 7.62 एम.एम. एस.एल.आर. और .315 बोर की राइफलों से ताबड़तोड़ फायरिंग करके जीप के चिथड़े उड़ा दिए। मुख्तार अंसारी काफिले में शामिल नहीं था, वह अपने भाई अफजाल के साथ पहले ही अपने रिश्तेदार के घर दूसरी गाड़ी लेकर चला गया था। बृजेश गैंग ने हमले के लिए एक चुराई गई मारूति वैन का प्रयोग किया था। आमतौर पर पुलिस को मारुति वैन पर अपराधियों के होने का शक नहीं होता, जिससे पुलिस चैकिंग की संभावना भी कम रहती है। मारुति वैन में स्लाइडिंग दरवाजा होता है, जिसको झटके से खोलकर कई लोग एक साथ फायरिंग कर सकते हैं और जल्दी से चढ़-उतर सकते हैं, जो अन्य गाड़ियों में संभव नहीं हो पाता था। बृजेश और उसका मुख्य सहयोगी त्रिभुवन सिंह बड़े शातिर अपराधी थे और वे शुरुआत में कई हत्याओं में मारुति वैन का ही प्रयोग किया करते थे और उनकी बाकी गाड़ियाँ कवर देने के लिए पीछे रहती थीं। इस हमले में कामरेड सुरेंद्र राय निवासी श्रीपुर मुंडेरा, कामरेड बेचन सिंह प्रधान निवासी देवचंदपुर भाँवरकोल और गाड़ी का ड्राइवर मौके पर मारे गए थे। घटनास्थल के पास मुन्नी गुप्ता चारपाई पर सो रही थी। उनको भी गोली लगी और उनकी मृत्यु हो गई। कामरेड

मास्टर कामेश्वर राय निवासी गोंड़उर गंभीर रूप से घायल हो गए थे, जिनकी एक महीने बाद मौत हो गई।

मुख्तार और अफजाल अंसारी बच गए। अस्पताल में भर्ती कामरेड कामेश्वर राय अपने कुछ खास लोगों से कहा करते थे कि वे कामरेड सरजू पांडे के साथी रहे हैं और खाटी कम्युनिस्ट हैं। वे अफजाल अंसारी के साथ इसलिए चल रहे थे, क्योंकि वह कम्युनिस्ट पार्टी से चुनाव लड़ रहा था, लेकिन उनके दिमाग में यह बात बार-बार कौंध रही थी कि घटनास्थल से 2-3 किमी. पहले मुख्तार और अफजाल अंसारी काफ़िले से अलग होकर दूसरी गाड़ी से महरूपुर क्यों चले गए?

लोगों में चर्चा थी कि मुख्तार ने एक योजना के तहत इन लोगों की हत्या कराकर उस केस में बृजेश सिंह, त्रिभुवन सिंह, दरोगा वीरेंद्र राय आदि को नामजद करवा दिया, जिससे राजपूत व भूमिहार वोटों को अपनी तरफ मोड़ा जा सके। मरने वालों में कामरेड सुरेंद्र राय, कामरेड मास्टर कामेश्वर राय भूमिहार और कामरेड बेचन सिंह राजपूत थे। ये सभी कम्युनिस्ट पार्टी के कद्दावर नेता थे और अपने समाज में काफी प्रभावशाली थे।

कुंडेसर कांड के मुख्य गवाह कैप्टन जगन्नाथ सिंह थे, जिनको मामूली चोट आई थी। गवाही समाप्त होने तक मुख्तार अंसारी ने उन्हें सफारी गाड़ी दे रखी थी और डीजल फिलिंग का काम भी दिलवाया था, परंतु गवाही समाप्त होते ही उनसे सफारी गाड़ी और डीजल फिलिंग का काम छीन लिया गया। कुंडेसर कांड में सभी आरोपी न्यायालय से बरी हो गए।

□

कृष्णानंद राय की हत्या के लिए एल.एम.जी.

7.62 एम.एम. लाइट मशीनगन

मुख्तार अंसारी कृष्णानंद राय की हत्या के लिए कारगर हथियार प्राप्त करने में लगा हुआ था। वह ऐसा हथियार चाहता था, जिससे वह कृष्णानंद राय के काफिले पर काफी दूर से कारगर हमला कर सके। मुख्तार अंसारी को आधुनिक हथियारों की अच्छी जानकारी थी। उसने सोचा कि लाइट मशीनगन (एल.एम.जी.) से 500 मीटर की दूरी से कृष्णानंद राय को निशाना बनाया जा सकता है। लाइट मशीनगन 600 गोली प्रति मिनट की दर से फायर करती है। पुरानी एल.एम.जी. .303 कैलीबर की होती थी, जिसे 'ब्रेन गन' भी कहा जाता है। मुख्तार अंसारी 7.62 एम.एम. की लाइट मशीनगन की व्यवस्था का प्रयास करता रहा, जो केवल सेना और पैरामिलिट्री फोर्स में ही उपलब्ध थी।

उसने अपने गनर रहे सेवानिवृत्त हेड कॉन्स्टेबल मुन्नर यादव से इसकी चर्चा की। मुन्नर उसके साथ बहुत दिनों तक उसकी सुरक्षा ड्यूटी में रहा और उसका बहुत विश्वासपात्र था। उसे मुख्तार अंसारी की सभी आपराधिक गतिविधियों की जानकारी थी, परंतु मजाल कि वह पुलिस अधिकारियों तक पहुँच जाए। मुन्नर के लिए पुलिस विभाग द्वारा दिए जा रहे वेतन की कीमत अधिक नहीं थी। वेतन से कई गुना रुपए उसे मुख्तार अंसारी से प्राप्त हो जाते थे। सेवानिवृत्ति के बाद वह वाराणसी में अच्छा मकान बनवाकर रहता था और आवश्यकता पड़ने पर मुख्तार की सेवा में लगा रहता था। मुन्नर ने अपने भानजे बाबू लाल यादव को पटा लिया, जो उस समय जम्मू-कश्मीर में सेना की राष्ट्रीय राइफल में तैनात था।

मुख्तार ने मुन्नर यादव की मदद से फौज के सिपाही बाबू लाल यादव से 7.62 एम.एम. लाइट मशीनगन की व्यवस्था कर ली। गाजीपुर का रहने वाला फौजी बाबूलाल यादव मुख्तार अंसारी से सौदा करके जम्मू-कश्मीर से सेना की एक एल.एम.जी. लेकर फरार हो गया। उत्तर प्रदेश एस.टी.एफ. को सर्विलांस से इसकी सूचना मिल गई थी। एस.टी.एफ. द्वारा मुख्तार अंसारी को लाइट मशीनगन लेते समय रँगे हाथ पकड़ने की योजना बनाई गई। इसकी जिम्मेदारी वाराणसी एस.टी.एफ. में तैनात एक नौजवान उत्साही डिप्टी एस.पी. शैलेंद्र कुमार सिंह (पी.पी.एस.-1991) को दी गई थी। डिप्टी एस.पी. शैलेंद्र कुमार सिंह को उनके सूत्रों से सटीक सूचना मिल गई। उन्होंने 25/26 जनवरी, 2004 की रात को वाराणसी के थाना चैबेपुर क्षेत्र में मुन्नर यादव के घर पर छापा मारा। फौजी बाबूलाल यादव, जिसने 36-राष्ट्रीय राइफल जम्मू-कश्मीर से एल.एम.जी. चुराई थी, को भी पकड़ लिया गया। एस.टी.एफ. ने एल.एम.जी. सहित 7.62 एम.एम. के दो सौ कारतूस भी बरामद किए। शैलेंद्र कुमार सिंह ने बाबूलाल यादव, उसके मामा मुन्नर यादव और मुख्तार अंसारी के खिलाफ आर्म्स एक्ट की धाराओं के साथ 'पोटा' (प्रिवेंशन ऑफ टेररिज्म एक्ट-2002) की धाराएँ भी लगाईं, जो पूर्णतया न्यायसंगत थीं।

मुख्तार को समाजवादी पार्टी का संरक्षण

मुख्तार अंसारी पर 'पोटा' का मुकदमा कायम होने की सूचना मुख्यमंत्री मुलायम सिंह यादव को मिलते ही हड़कंप मच गया। उन्होंने हर हालत में अपने विधायक मुख्तार अंसारी को बचाने का निर्देश दिया, लेकिन एफ.आई.आर. लिखी जा चुकी थी और यह मीडिया की सुर्खियाँ भी बन चुकी थी। शैलेंद्र सिंह को तत्कालीन एस.एस.पी. वाराणसी ने बुलाकर मुख्यमंत्री के आदेश से अवगत कराया कि मुख्तार अंसारी का नाम एफ.आई.आर. से हटा दिया जाए। जब शैलेंद्र सिंह ने कहा कि एफ.आई.आर. तो लिखी जा चुकी है तो उनसे कहा गया कि उस एफ.आई.आर. को नष्ट करके दूसरी जिल्द पर एफ.आई.आर. लिख दिया जाए। यह एक असंभव सा काम है, परंतु यह काम भी उत्तर प्रदेश में कभी-कभी हुआ था। शैलेंद्र सिंह ने साफ मना कर दिया और कहा कि आप हमारे वरिष्ठ अधिकारी हैं, क्या एफ.आई.आर. लिखने के बाद बदली जा सकती है।

मुख्तार अंसारी पर मुकदमा कायम होने के बाद अधिकारियों में मचे हड़कंप को मैंने स्वयं देखा था। मैं उस समय आई.जी. कानून व्यवस्था के पद पर तैनात था। उस शाम एक सामाजिक कार्यक्रम में कई अधिकारी मौजूद थे, जिसमें ए.डी.जी. कानून व्यवस्था और एस.एस.पी. एस.टी.एफ. राजकुमार विश्वकर्मा भी थे। ए.डी.जी. कानून व्यवस्था बौखलाए हुए थे। वे डिप्टी एस.पी. शैलेंद्र कुमार सिंह को बुरी तरह डाँट रहे थे कि मुख्तार अंसारी पर 'पोटा' क्यों लगाया गया? एस.एस.पी. एस.टी.एफ. को भी डाँट पड़ रही थी। शैलेंद्र कुमार सिंह को इतना प्रताड़ित किया गया कि उन्होंने 11 फरवरी, 2004 को अपने पद से इस्तीफा दे दिया। उनका इस्तीफा मीडिया की सुर्खियाँ बना और मुख्यमंत्री मुलायम सिंह का मुख्तार अंसारी प्रेम जग-जाहिर हो गया। सरकार की किरकिरी हो रही थी। एस.एस.पी. एस.टी.एफ. राजकुमार विश्वकर्मा को भी तुरंत हटा दिया गया। उनकी जगह अनिल अग्रवाल को एस.एस.पी. एस.टी.एफ. बनाया गया, जो पहले भी एस.टी.एफ. में रह चुके थे। उत्तर प्रदेश सरकार ने 10 मार्च, 2004 को शैलेंद्र सिंह का इस्तीफा स्वीकार कर लिया। मुख्तार अंसारी को बचाने के लिए मुलायम सिंह यादव ने एक होनहार डिप्टी एस.पी. शैलेंद्र कुमार सिंह का जीवन अंधकारमय बना दिया। एस.टी.एफ. को भी स्पष्ट संदेश दे दिया गया कि कोई मुख्तार अंसारी की तरफ नजर उठाने की हिम्मत न करे।

मुख्यमंत्री मुलायम सिंह यादव मुख्तार अंसारी को बचाने के लिए प्रतिबद्ध थे। फौजी बाबूलाल यादव, उसके मामा मुन्नर यादव के विरुद्ध न्यायालय में मुकदमा चला, जिसमें मुन्नर यादव को 10 साल की सजा हो गई। फौजी बाबूलाल यादव को कोर्ट मार्शल के बाद 10 साल की सजा दी गई। 'पोटा' के अंतर्गत मुकदमा चलाने के लिए उत्तर प्रदेश सरकार की पूर्व अनुमति आवश्यक थी, जिसकी फाइल अनुमोदन हेतु मुख्यमंत्री मुलायम सिंह यादव के पास भेजी गई थी। समाजवादी सरकार ने मुख्तार अंसारी पर पोटा के अंतर्गत मुकदमा चलाने की अनुमति नहीं दी और मुख्तार अंसारी को बचा लिया गया।

बाबूलाल यादव से मँगाई गई सेना की एल.एम.जी. कृष्णानंद राय की हत्या के लिए प्रयोग में लाई जानी थी, परंतु वह पहले ही पकड़ ली गई, जिससे मुख्तार अंसारी शक्तिशाली लाइट मशीनगन का प्रयोग नहीं कर पाया। मुख्तार अंसारी ने एल.एम.जी. से कृष्णानंद राय को एंबुश करके हत्या करने की योजना बनाई थी।

एल.एम.जी. के पकड़ने जाने से उस समय तो कृष्णानंद राय की हत्या नहीं हो पाई, परंतु वे अधिक दिनों तक जीवित भी नहीं रह पाए। मुख्तार अंसारी ने अपने गैंग द्वारा 29 नवंबर, 2005 को उनकी हत्या करवा ही दी।

हिन्दी दैनिक हिन्द वतन लखनऊ, बुधवार 17 जुलाई 2019 3

मुख्तार अंसारी पर पोटा लगा होता तो शायद भाजपा विधायक कृष्णानंद राय जीवित होते : बृजलाल

कृष्णानंद राय

बाहुबली मुख्तार अंसारी

बृजलाल

मुख्तार पर "पोटा" लगा होता तो शायद कृष्णानंद राय जीवित होते – बृजलाल

कृष्णानंद राय (फाइल फोटो)।

बृजलाल।

कृष्णानंद राय की हत्या
(29 नवंबर, 2005)

कृष्णानंद राय

कृष्णानंद राय गाजीपुर में भारतीय जनता पार्टी के कद्दावर नेता थे। वे विधानसभा चुनाव 2002 में मुख्तार अंसारी के बड़े भाई अफजाल अंसारी को हराकर मोहम्मदाबाद से विधायक बने थे। मुख्तार और उसका भाई अफजाल मोहम्मदाबाद के ही रहने वाले थे। अफजाल अंसारी मोहम्मदाबाद सीट से 1985 से 2002 तक लगातार 17 साल तक विधायक चुना जाता रहा। मुख्तार और अफजाल अंसारी मोहम्मदाबाद सीट को अपनी बपौती समझते थे। मुख्तार अंसारी विधानसभा चुनाव 2002 में भी अपने भाई अफजाल अंसारी की जीत के लिए आश्वस्त था। वह समाजवादी पार्टी के टिकट पर चुनाव लड़ा था। कृष्णानंद राय से चुनाव हार जाने से वह तिलमिला गया। वह किसी भी कीमत पर मोहम्मदाबाद सीट किसी अन्य के हाथों में नहीं देख सकता था। उसी समय से वह कृष्णानंद राय की हत्या के प्रयास में लग गया। माफिया बृजेश सिंह कृष्णानंद राय के नजदीक था। मुख्तार अंसारी और बृजेश सिंह के बीच गैंगवार चरम सीमा पर पहुँच चुकी थी। मुख्तार अंसारी को लगा कि कृष्णानंद राय के विधायक बनने से बृजेश को और मजबूती मिलेगी।

कृष्णानंद राय भी विधायक बनने के पहले ठेकेदारी करते थे। उन्होंने शुरुआती दिनों में सड़क व पुल निर्माण के ठेके लिये और बाद में आवासीय भवनों के निर्माण में लग गए थे। वे अपने आदमियों को गाजीपुर, वाराणसी में ठेके दिलवाने लगे, जिससे मुख्तार अंसारी के हितों को नुकसान हो रहा था। उस क्षेत्र में

सरकारी ठेकों पर पहले मुख्तार और उसके गुर्गों का ही कब्जा रहता था। कृष्णानंद राय के विधायक बनने से मुख्तार अंसारी के राजनीतिक और आर्थिक हितों पर कुप्रभाव पड़ रहा था, जो उनमें दुश्मनी का मुख्य कारण बना।

अफजाल के चुनाव हारने के बाद भी मुख्तार अंसारी कहता था कि कृष्णानंद राय जीत तो गए, परंतु वह उन्हें शपथ ग्रहण नहीं करने देगा। 1985 में जब अफजाल अंसारी पहली बार चुनाव जीता था, तभी से मुख्तार अंसारी की आपराधिक गतिविधियाँ परवान चढ़ीं। उस समय अवधेश राय शास्त्री कांग्रेस के विधायक थे। उन्होंने उभरते हुए नौजवान सच्चिदानंद राय को बढ़ावा दिया, जो मुख्तार अंसारी की दादागीरी नहीं चलने देता था। मुख्तार अंसारी को बरदाश्त नहीं हुआ और 17 जुलाई, 1986 को उसने सच्चिदानंद राय की हत्या कर दी। पुलिस रिकॉर्ड में मुख्तार द्वारा की गई यह पहली हत्या थी। उसके बाद तो गाजीपुर में हत्याओं का सिलसिला शुरू हो गया।

चुनाव जीतते ही कृष्णानंद राय पूरी तरह सक्रिय हो गए। मुख्तार अंसारी का अवैध कारोबार ठप हो गया। अवैध गतिविधियों पर लगाम और सरकारी ठेके न मिलने के कारण मुख्तार इतना बौखला गया कि उसने कृष्णानंद राय को हर हालत में अपने रास्ते से हटाने का मन बना लिया।

वर्ष 2004 में लखनऊ के कैंट क्षेत्र में मुख्तार अंसारी और कृष्णानंद राय के काफिले सड़क से गुजरते समय अचानक एक-दूसरे के आमने-सामने आ गए। मुख्तार अंसारी अपनी पत्नी अफ्शाँ अंसारी के साथ गाजीपुर से लखनऊ आ रहा था और कृष्णानंद राय लखनऊ से गाजीपुर लौट रहे थे। उस समय दोनों विधायक थे। दोनों ही काफिलों में वे अपने सहयोगियों के साथ हथियारों से लैस थे। मुख्तार अंसारी के काफिले में हमेशा की तरह 786 नंबर प्लेट लगी गाड़ियाँ शामिल रहती थीं। कृष्णानंद राय के लोगों ने देखते ही पहचान लिया कि यह मुख्तार अंसारी का ही काफिला है। दोनों ओर से एक-दूसरे पर फायरिंग की जाने लगी। करीब पाँच मिनट चली फायरिंग में कोई हताहत नहीं हुआ। दोनों ने एक-दूसरे के विरुद्ध कैंट थाने में रिपोर्ट लिखवाई। आश्चर्य की बात थी कि उस समय मुख्तार की एक गाड़ी का जो नंबर था, उस सीरीज का नंबर उस समय तक आर.टी.ओ. ऑफिस द्वारा जारी ही नहीं किया गया था। मुख्तार अंसारी ने अपने दबदबे से अपने मनमाफिक नंबर आर.टी.ओ. ऑफिस से सिरीज शुरू होने से पहले ही अलॉट करा लिया था।

वर्ष 1996 और 1999 में गाजीपुर लोकसभा सीट से मनोज सिन्हा ने चुनाव जीता था। दोनों ही चुनाव में कृष्णानंद राय और उनके लोगों ने मनोज सिन्हा को चुनाव जिताने में महत्त्वपूर्ण भूमिका निभाई थी। कृष्णानंद राय की भूमिका मुख्तार अंसारी को पसंद नहीं आई थी। नया मोड़ उस समय आया जब विधानसभा चुनाव 2002 में अफजाल अंसारी को मोहम्मदाबाद विधानसभा सीट से हराकर कृष्णानंद राय विधायक बन गए। गाजीपुर में मनोज सिन्हा के बढ़ते वर्चस्व और कृष्णानंद राय की जीत से मुख्तार अंसारी खेमा बौखला गया।

लोकसभा चुनाव 2004 नजदीक आते ही गाजीपुर में खूनी जंग एक बार फिर शुरू हो गई थी। 21 अगस्त, 2003 को कृष्णानंद राय के नजदीकी अक्षय कुमार राय उर्फ टुनटुन पहलवान की गाजीपुर में सरेआम हत्या कर दी गई। टुनटुन राय यू.पी. पुलिस में हेड कॉन्स्टेबल थे और उत्तर प्रदेश पुलिस कुश्ती प्रतियोगिता के चैंपियन थे। वे गाजीपुर जिला केसरी भी थे। गाजीपुर में उनके स्तर का कोई पहलवान नहीं था। वे जब भी छुट्टी पर आते थे तो कृष्णानंद राय के साथ ही रहते थे। 21 अगस्त, 2003 को कृष्णानंद राय क्षेत्र भ्रमण को गए थे और उनकी गाड़ी में टुनटुन राय भी थे। मोहम्मदाबाद के नजदीक रघुवरगंज चट्टी पर टुनटुन राय गाड़ी से उतर गए। वे चट्टी पर एक दुकान के सामने पड़े तख्त पर लेटे ही थे कि मोटरसाइकिल से आए बदमाशों ने उन पर .45 और 9 एम.एम. पिस्तौलों से गोली चलाकर उनकी हत्या कर दी।

26 अप्रैल, 2004 को कृष्णानंद राय के करीबी झिनकू की हत्या कर दी गई। वे मोहम्मदाबाद में भाजपा के वरिष्ठ नेता थे और कृष्णानंद राय के करीबी थे। मोहम्मदाबाद रेलवे फाटक के समीप भाजपा कार्यकर्ता शोभनाथ राय की भी हत्या की गई। 27 अप्रैल, 2004 को दिलदार नगर में अधाधुंध फायरिंग करके राम अवतार यादव की भी हत्या कर दी गई। राम अवतार यादव भी भारतीय जनता पार्टी के नेता थे।

वर्ष 2004 में देश में 20 अप्रैल से 10 मई के मध्य आम लोकसभा चुनाव हुए। अफजाल अंसारी को समाजवादी पार्टी से गाजीपुर संसदीय सीट का टिकट मिला। भारतीय जनता पार्टी से मनोज सिन्हा चुनाव लड़ रहे थे। कृष्णानंद राय अपने सहयोगियों के साथ मनोज सिन्हा को चुनाव जिताने में लगे हुए थे। मुख्तार अंसारी हर हालत में अपने भाई अफजाल अंसारी को संसदीय चुनाव जिताना

चाहता था। समाजवादी पार्टी की सरकार में उसकी दादागीरी चमक गई थी और राजनीतिक दबाव के कारण जिला प्रशासन भी उसके साथ था। मुख्तार ने चुनाव शुरू होते ही मोहम्मदाबाद कस्बे में भारतीय जनता पार्टी के कार्यकर्ता विजय गियार और करीब 12 बजे मनोज सिन्हा के गाँव के भूपेश राय की हत्या करवा दी। उसके गैंग के मुन्ना बजरंगी, अताउर्रहमान बाबू, अभय सिंह, फिरदौस उर्फ जावेद, एजाजुल हक, मंसूर अंसारी, राकेश पांडेय, रामू मल्लाह, प्रभजोत डिंपी, अभय सिंह, जफर उर्फ चंदा, अफरोज खान, संजीव माहेश्वरी आदि ने खुलेआम गाजीपुर संसदीय क्षेत्र में आतंक का माहौल पैदा कर दिया था। मनोज सिन्हा के बहुत से समर्थक इन दो हत्याओं के बाद डर के कारण वोट नहीं डाल पाए। लोकसभा चुनाव 2004 में मनोज सिन्हा अफजाल अंसारी से 2,26,777 मतों से हार गए।

2004 संसदीय चुनाव के समय मैं आई.जी. कानून व्यवस्था के पद पर तैनात था और प्रदेश में चुनाव कराने की जिम्मेदारी मेरे पास थी। उस समय प्रदेश में समाजवादी पार्टी की सरकार थी और मुलायम सिंह यादव मुख्यमंत्री थे। चुनाव के दृष्टिकोण से गाजीपुर काफी संवेदनशील था और उसकी संवेदनशीलता को देखते हुए मेरे द्वारा काफी पुलिस बल आवंटित किया गया था। केंद्रीय पुलिस बलों में बी.एस. एफ., सी.आर.पी.एफ. और एस.एस.बी. की कई कंपनियाँ भी दी गई थीं, जिनको संवेदनशील स्थानों पर लगाया जाना था। जिला पुलिस ने केंद्रीय बलों की तैनाती भी राजनीतिक प्रभाव में की थी, जिससे समाजवादी पार्टी को चुनावी लाभ मिल सके।

चुनाव के दिन गाजीपुर में स्थिति इतनी बिगड़ गई कि पुलिस अधीक्षक दीपक शर्मा मुख्तार अंसारी के नजदीक होने के कारण प्रभावी व्यवस्था नहीं कर पाए। डी.आई.जी. रेंज वाराणसी भी समाजवादी पार्टी के प्रभाव में थे, जिसके कारण मुझे आई.जी. जोन वाराणसी के.एल. मीणा को वहाँ भेजना पड़ा, लेकिन तब तक मुख्तार अंसारी अपने मकसद में कामयाब हो चुका था। अफजाल अंसारी मनोज सिन्हा को हराकर चुनाव जीत गया। उस समय मुख्तार अंसारी स्वयं मऊ से विधायक था। अफजाल अंसारी के चुनाव जीतते ही मुख्तार अंसारी का मनोबल सातवें आसमान पर पहुँच गया। उसकी आपराधिक गतिविधियाँ पुनः चरम सीमा पर पहुँच गईं।

लोकसभा चुनाव के बाद भी गाजीपुर में कई हत्याएँ हुईं। बाराचवर विकास खंड मुख्यालय पर कृष्णानंद राय के करीबी अविनाश सिंह पर फायरिंग करके उनकी हत्या कर दी गई थी। अविनाश सिंह भाजपा के वरिष्ठ नेता थे और मुख्तार

अंसारी के विरोधी थे। मुख्तार अंसारी कृष्णानंद राय की हत्या के लिए कटिबद्ध था।

भाजपा विधायक कृष्णानंद राय मुख्तार अंसारी गैंग के हमले की आशंका के चलते बुलेट प्रूफ जैकेट पहनकर बुलेट प्रूफ गाड़ी से चलते थे। 29 नवंबर, 2005 को सियाड़ी गाँव में क्रिकेट मैच का उद्घाटन करने जाते समय वे बुलेटप्रूफ गाड़ी घर पर ही छोड़ गए थे। उन्होंने सियाड़ी गाँव में क्रिकेट मैच का उद्घाटन किया और वे वहाँ कुछ देर बैठकर खिलाड़ियों को प्रोत्साहित करते रहे। उद्घाटन के बाद वे अपने घर वापस लौट रहे थे। कृष्णानंद राय और उनके साथ के लोगों ने यह सोचा भी नहीं था कि अपने ही इलाके में लट्टूडीह-कोटवा मार्ग पर मौत उनका इंतजार कर रही है। जब उनका काफिला बसनिया चट्टी से आगे बढ़ा तो सिल्वर ग्रे कलर की टाटा सूमो अचानक उनकी गाड़ी के सामने आ गई। गाड़ी से 7-8 बदमाश निकले और कृष्णानंद राय की गाड़ी पर ताबड़तोड़ फायरिंग करनी शुरू कर दी। यह सब इतनी तेजी से हुआ कि विधायक के गनर और साथ बैठे लोगों को अपने हथियार उठाने का मौका ही नहीं मिल पाया। इस घटना में विधायक कृष्णानंद राय, गनर निर्भय उपाध्याय, ड्राइवर मुन्ना यादव, रमेश राय, श्याम शंकर, अखिलेश और शेषनाथ सहित कुल सात लोग मारे गए और कई लोग घायल हो गए। इस घटना में 6 ए.के.-47 और 7.62 कैलिबर की जी-3 राइफलों से 500 से अधिक गोलियाँ चलाई गई थीं। पोस्टमार्टम में कुछ मृतकों के शरीर से 60 से अधिक गोलियों के घाव मिले थे।

हत्या की योजना बनाकर मुख्तार अंसारी 22 अक्तूबर, 2005 को गाजीपुर जेल चला गया और वहाँ से अपना तबादला फतेहगढ़ जेल में करवा लिया था। 29 नवंबर, 2005 को जब कृष्णानंद राय की गाड़ी पर ए.के.-47 और जी-3 राइफलों से धुआँधार गोलियाँ चलाई जा रही थीं तो उसके गुर्गे मुख्तार अंसारी को इस हमले का आँखों-देखा हाल सुना रहे थे। नफरत की आग किस तरह मुख्तार अंसारी के दिलो-दिमाग में घर बना चुकी थी कि कृष्णानंद राय की हत्या की खबर पाते ही उसने अपने गैंग के बाहुबली अभय सिंह को फोन मिला दिया। हैरानी की बात है कि उस समय दोनों ही जेल में थे और उसी वक्त कृष्णानंद राय की हत्या की जा रही थी। हत्या के बाद मुख्तार के शूटर मऊ निवासी राकेश पांडेय ने कृष्णानंद राय की शिखा तक काट ली और उसे प्रमाण के तौर पर मुख्तार अंसारी के पास

भिजवाया। फैजाबाद जेल में बंद माफिया अभय सिंह से फतेहगढ़ जेल में बंद मुख्तार अंसारी ने बात करते-करते कहा था कि मुन्ना बजरंगी कृष्णानंद राय पर गोली चला रहा है। कुछ देर बाद मुख्तार अंसारी ने कहा कि—"ठाकुर, मुन्नवा ने आज कृष्णानंद को गोली से छलनी कर दिया और उसकी चुटइया भी काट ली, जो उसकी मुट्ठी में है, जय श्रीराम।" मुख्तार अंसारी का मोबाइल नंबर उत्तर प्रदेश पुलिस के सर्विलांस पर था और पूरी बात रिकॉर्ड हो गई।

कृष्णानंद राय उस दिन बुलेट प्रूफ जैकेट भी नहीं पहने थे और उन्होंने साधारण सफारी गाड़ी का प्रयोग किया था, जिसकी सूचना मुख्तार अंसारी को पहले से हो गई थी। अंधाधुंध गोलियाँ इसलिए चलाई गई थीं कि यदि वे जैकेट भी पहने हों, तब भी न बच पाएँ। वैसे भी आमतौर पर नेतागण हल्की बुलेटप्रूफ जैकेट पहनते हैं, जो 9 एम.एम., पिस्टल स्तर की गोलियों को ही रोक सकती है, परंतु किसी भी हालत में ए.के.-47 की गोलियों से सुरक्षा नामुमकिन है। ए.के.-47 की गोलियों से सुरक्षा के लिए आर्मी व पुलिस के जवान स्टील प्लेट/सेरेमिक प्लेटयुक्त जैकेट पहनते हैं, जो काफी वजनदार होती है और ए.के.-47 की गोलियों से बचाव कर सकती है।

इस घटना में बाहुबली विधायक मुख्तार अंसारी, उसका भाई अफजाल अंसारी, प्रेम प्रकाश सिंह उर्फ मुन्ना बजरंगी, फिरदौस उर्फ जावेद, अताउर्रहमान उर्फ बाबू, एजाज उल हक, मंसूर अंसारी, राकेश पांडेय उर्फ हनुमान पांडेय, रामू मल्लाह, विश्वास नेपाली, जफर उर्फ चंदा, अफरोज खान उर्फ चुन्नू, संजीव माहेश्वरी उर्फ जीवा की संलिप्तता पाई गई थी। सांसद अफजाल अंसारी व जेल में बंद मुख्तार अंसारी को साजिशकर्ता के तौर पर नामजद किया गया था। मुकदमे का ट्रायल साउथ एवेन्यू स्थित विशेष सी.बी.आई. कोर्ट, नई दिल्ली में शुरू हुआ और 3 जुलाई, 2019 को जज अरुण भारद्वाज की अदालत द्वारा मुख्तार अंसारी, उसके भाई अफजाल अंसारी सहित सभी आरोपियों को दोषमुक्त कर दिया गया। मुख्तार अंसारी का खास शूटर फिरदौस उर्फ जावेद उत्तर प्रदेश एस.टी.एफ. द्वारा मुंबई में मुठभेड़ के दौरान मारा गया। प्रेम प्रकाश सिंह उर्फ मुन्ना बजरंगी की हत्या 9 जुलाई, 2018 को बागपत जेल में कर दी गई थी। मुख्तार अंसारी का मित्र और रिश्ते में चचिया ससुर अताउर्रहमान उर्फ बाबू फरार था और उसके ऊपर सात लाख रुपए का इनाम सी.बी.आई. द्वारा घोषित किया गया था। अताउर्रहमान उर्फ

बाबू नेपाल में रह रहा था। उसे मुख्तार अंसारी द्वारा कृष्णानंद राय की हत्या के लिए वहाँ से विशेष तौर पर बुलाया गया था।

मुख्तार अंसारी द्वारा कराई गई कई सनसनीखेज हत्याओं में अताउर्रहमान उर्फ बाबू ने मुख्य भूमिका अदा की थी। वह अपनी .22 हार्नेट टेलीस्कोपिक राइफल से एक गोली मारकर हत्या कर देता था। उसके द्वारा वाराणसी कचहरी में बृजेश सिंह के गुरु साहब सिंह की हत्या उस समय की गई थी, जब वह पुलिस अभिरक्षा में गाड़ी से उतर रहा था। बृजेश गैंग के रणजीत सिंह की हत्या भी मुख्तार के गुर्गे अताउर्रहमान उर्फ बाबू ने की थी। रामू मल्लाह की दीवार में छेद करके उसने रणजीत सिंह को उस समय गोली मारी जब वे अपने घर की छत पर सूर्य भगवान् को जल अर्पण कर रहे थे। बृजेश सिंह के साथी त्रिभुवन सिंह के भाई हवलदार राजेंद्र सिंह की भी हत्या एक गोली मारकर ट्रैफिक लाइन वाराणसी के मुख्य गेट पर इसी शूटर द्वारा की गई थी।

राकेश पांडेय उर्फ हनुमान पांडेय भी मुकदमे में बरी कर दिया गया। वह जनपद मऊ का रहने वाला था और लखनऊ पॉलीटेक्निक, कृष्णानगर में पढ़ाई के दौरान ही अपराध में संलिप्त हो गया था। लखनऊ में उसे हनुमान गुरु के नाम से जाना जाता था, जहाँ उसने कई सनसनीखेज हत्याएँ की थीं। राकेश पांडेय पर एक लाख का इनाम भी घोषित था। 8 अगस्त, 2020 को यू.पी. एस.टी.एफ. ने उसे लखनऊ में हुई मुठभेड़ में मार गिराया।

विश्वास उर्फ नेपाली पूर्वी उत्तर प्रदेश के साथ-साथ नेपाल में भी सक्रिय था। उसकी शक्ल नेपाली जैसी लगती थी, जिसके कारण उसे विश्वास नेपाली कहा जाता था। विश्वास ने वाराणसी जिले को केंद्रबिंदु बनाकर पूर्वांचल में मुख्तार अंसारी के इशारे पर कई घटनाएँ कीं।

संजीव उर्फ जीवा मुजफ्फरनगर का रहने वाला था। वह मुन्ना बजरंगी के साथ कई सनसनीखेज हत्याओं में शामिल रहा। मुख्तार अंसारी से इसकी मुलाकात सतबीर गैंग के शातिर अपराधी बागपत निवासी राजबीर रमाला ने कराई थी, जो दिल्ली पुलिस द्वारा मुठभेड़ में 28 मार्च, 1995 को मारा गया। पश्चिमी उत्तर प्रदेश, दिल्ली, हरियाणा व पंजाब के शातिर अपराधियों को मुख्तार अंसारी से जोड़ने का काम राजबीर रमाला ने ही किया था। अपनी फरारी के दौरान यह मुख्तार अंसारी के गाजीपुर और पटना के ठिकानों पर काफी दिनों तक रहा।

अपराध जगत् के अनुसार राजबीर रमाला ही वह व्यक्ति था, जिसने मुख्तार अंसारी को पैसे से मालामाल कर दिया। उसके गैंग द्वारा अपहरण, रंगदारी के लाखों रुपए गाजीपुर में ही वसूले जाते थे। फर्रुखाबाद के भाजपा विधायक ब्रह्मदत्त द्विवेदी की हत्या में संजीव जीवा को आजन्म कारावास की सजा मिली और वह लगातार जेल में रहा। लखनऊ कचहरी में पेशी के दौरान 7 जून, 2023 को संजीव जीवा की हत्या कर दी गई। केराकत जौनपुर के विजय यादव ने उसे .357 चेक-अल्फा रिवॉल्वर से छलनी कर दिया।

समाजवादी पार्टी द्वारा मुख्तार अंसारी को खुला संरक्षण दिया जा रहा था। तफ्तीश की कार्रवाई तेज हुई तो गवाहों को धमकाने का दौर शुरू हो गया। हत्या के एक साल के भीतर ही तीन अहम गवाहों की संदिग्ध परिस्थितियों में मौत हो गई। कृष्णानंद राय का बेहद करीबी शशिकांत गवाह था, जिसकी 12 जुलाई, 2006 को संदिग्ध परिस्थितियों में मौत हो गई। उसकी मौत की जाँच चल रही थी कि 7 सितंबर, 2006 को दूसरा अहम गवाह मनोज गौड़ अपने घर में मृत पाया गया। कोई जान ही नहीं पाया कि उसकी मौत कैसे हुई। इसी तरह एक अन्य अहम गवाह राजू अपने घर से निकला ही था कि सड़क पर मृत पाए गया। इन अहम गवाहों की मौत का शक मुख्तार अंसारी पर था, जिससे अन्य गवाह इतने डर गए कि वे न्यायालय में सही गवाही नहीं दे पाए। कई गवाह तो अपने बयानों से ही पलट गए।

कृष्णानंद राय की पत्नी अलका राय ने इस मामले की जाँच सी.बी.आई. से कराने की माँग की थी, क्योंकि मुख्तार अंसारी को राज्य सरकार खुला संरक्षण दे रही थी। हत्या के समय मुकेश बाबू शुक्ला एस.पी. गाजीपुर थे और मुख्तार अंसारी से उनकी नजदीकियाँ जगजाहिर थीं। उनके कार्यकाल में मुख्तार अंसारी के काले कारनामों को बढ़ावा मिला। एक विधायक की जघन्य हत्या के बाद मुकेश बाबू शुक्ला को गाजीपुर से हटाकर बदायूँ का एस.एस.पी. बना दिया गया था।

मुख्तार के घर 'फाटक' पर छापा मारा गया होता तो बच जाते कृष्णानंद राय

ऐसी बात नहीं थी कि कृष्णानंद राय की हत्या की योजना की जानकारी पुलिस को नहीं थी। यू.पी. एस.टी.एफ. को भी जानकारी हो गई थी कि मुख्तार के शूटर एक हफ्ते से उसके मोहम्मदाबाद स्थित घर 'फाटक' में रुके हुए हैं।

पुलिस अधीक्षक एम.बी. शुक्ला के साथ-साथ प्रदेश के डी.जी.पी. और ए.डी.जी. कानून-व्यवस्था को भी पूरी जानकारी थी। मेरे बैच के उस समय आई.जी. एस.टी. एफ. रहे अधिकारी ने डी.जी.पी. के कहने पर सरकार में शीर्ष स्तर पर जानकारी दी थी। उन्हें बताया गया कि वे एक कद्दावर कैबिनेट मंत्री को जानकारी दे दें। आई.जी. एस.टी.एफ. ने वहाँ भी जानकारी दी, परंतु उस मंत्री ने उनकी बात एक कान से सुनी और दूसरे कान से निकाल दी। यदि मुख्तार अंसारी के घर 'फाटक' पर छापा मार दिया जाता तो सभी शूटर पकड़े जाते और कृष्णानंद राय बच जाते।

मुख्तार अंसारी से प्रभावित गाजीपुर पुलिस छापा न मारकर उच्च अधिकारियों से दिशा-निर्देश माँग रही थी, जिसकी कोई आवश्यकता नहीं थी। पुलिस को इस प्रकार की सूचना मिलने पर तुरंत छापा मारकर शातिर अपराधियों को गिरफ्तार किया जाना चाहिए था, परंतु राजनीतिक संरक्षण के कारण पुलिस अधीक्षक गाजीपुर मुकेश बाबू शुक्ला हिम्मत नहीं जुटा पाए। अंततः कृष्णानंद राय अपने छह साथियों के साथ 29 नवंबर, 2005 को मार दिए गए।

विधायक राय की इस सनसनीखेज हत्या की निष्पक्ष विवेचना राजनीतिक प्रभाव के कारण गाजीपुर पुलिस द्वारा संभव ही नहीं थी। कृष्णानंद राय की पत्नी अलका राय ने उत्तर प्रदेश सरकार से सी.बी.आई. जाँच की माँग की। मुख्तार अंसारी के दबाव में मुख्यमंत्री मुलायम सिंह यादव ने सी.बी.आई. जाँच की संस्तुति गृह मंत्रालय भारत सरकार को नहीं भेजी। इसका कारण भी था कि यदि तुरंत सी.बी.आई. जाँच हो जाती तो समाजवादी पाटी की किरकिरी होनी तय थी। कृष्णानंद राय की हत्या करने के लिए लाई गई एल.एम.जी. मामले में मुख्तार अंसारी के बचाव में मुख्यमंत्री खुलेआम खड़े रहे, उनसे सी.बी.आई. जाँच कराने के प्रस्ताव की उम्मीद भी नहीं की जा सकती थी।

राज्य सरकार से न्याय न मिलने पर अलका राय ने इलाहाबाद हाईकोर्ट का दरवाजा खटखटाया। इलाहाबाद हाईकोर्ट के माननीय जस्टिस अमिताभ लाला और जस्टिस शिवशंकर द्वारा पूरे तथ्यों को देखते हुए कृष्णानंद राय हत्याकांड की जाँच सी.बी.आई. से कराने का आदेश 23 मई, 2006 को दिया गया। सी.बी. आई. की जाँच में मुख्तार अंसारी, अफजाल अंसारी के अलावा वाराणसी के कुख्यात अपराधी विश्वास नेपाली, मुन्ना बजरंगी, अताउर्रहमान बाबू, शहाबुद्दीन उर्फ शहाबू, संजीव महेश्वरी उर्फ जीवा निवासी मुजफ्फरनगर, रामू मल्लाह,

राकेश पांडेय आदि की भी संलिप्तता पाई गई। मुख्य शूटर मुन्ना बजरंगी और अताउर्रहमान उर्फ बाबू पर सात-सात लाख रुपए के पुरस्कार सी.बी.आई. द्वारा घोषित किए गए थे, जिसमें से अताउर्रहमान गिरफ्तार नहीं हो पाया था। उसने कराची, पाकिस्तान में बसकर शादी कर ली और दाउद इब्राहीम के लिए काम करने लगा।

मुख्तार अंसारी 22 अक्तूबर, 2005 से वर्ष 2024 तक लगातार जेल में ही बंद है। उसे पाँच मामलों में सजा सुनाई जा चुकी है। उसके बड़े भाई अफजाल अंसारी को भी 29 अप्रैल, 2023 को गैंगस्टर एक्ट के एक मामले में चार साल की सजा और मुख्तार अंसारी को 10 साल की सजा सुनाई गई। चार साल की सजा होने के बाद अफजाल अंसारी की संसद् सदस्यता भी रद्द कर दी गई। मुख्तार के मुकदमे एम.पी./एम.एल.ए. कोर्ट में चल रहे थे। 5 जून, 2023 को अवधेश राय हत्याकांड में मुख्तार अंसारी को आजीवन कारावास की सजा सुनाई गई। योगी आदित्यनाथ की सरकार में मुख्तार गवाहों को न धमका पा रहा था और न ही लालच देकर उन्हें तोड़ पा रहा था। उसका मऊ से विधायक बेटा अब्बास अंसारी और उसकी पत्नी निखत अंसारी भी जेल में थे। मुख्तार अंसारी की पत्नी अफ्शाँ अंसारी की भी कई आपराधिक मामलों में संलिप्तता पाई गई और वह फरार चल रही थी। मुख्तार अंसारी की सैकड़ों करोड़ की अवैध संपत्तियाँ उत्तर प्रदेश सरकार जब्त कर चुकी है और कई अवैध निर्माणों पर बुलडोजर चलाया जा चुका था।

जेल में रहते हुए मुख्तार अंसारी कभी बहुजन समाज पार्टी तो कभी समाजवादी पार्टी के टिकट पर विधायक बनता रहा। वर्ष 2017 में वह समाजवादी पार्टी का टिकट चाहता था। उसके भाई अफजाल अंसारी की समाजवादी पार्टी के अध्यक्ष मुलायम सिंह यादव और वरिष्ठ नेता शिवपाल से कई दौर की वार्त्ता हो चुकी थी। अखबारों में भी यह खबर सुर्खियाँ बनी। अपने पिता मुलायम सिंह यादव और चाचा शिवपाल यादव के सभी प्रयासों के बावजूद अखिलेश यादव ने मुख्तार अंसारी और उसके परिवारजनों को समाजवादी पार्टी में नहीं आने दिया। उस समय समाजवादी पार्टी में विघटन का एक कारण मुख्तार अंसारी का परिवार भी था। मुख्तार को जब समाजवादी पार्टी से टिकट नहीं मिला तो उसने बहुजन समाज पार्टी से संपर्क साधा। उसे मऊ से टिकट मिल गया और वह वर्ष 2017

में बहुजन समाज पार्टी के टिकट पर विधायक बना। उसे जेल में बहुजन समाज पार्टी के कार्यकाल में भी सुविधाएँ उपलब्ध कराई जाती रहीं, समाजवादी सरकार में तो उसे खुली छूट मिली हुई थी। वर्ष 2009 व 2017 में चुनाव प्रचार के दौरान बहुजन समाज पार्टी की राष्ट्रीय अध्यक्ष कुमारी मायावती 'बहनजी' ने मुख्तार को 'गरीबों का मसीहा' कहा था।

मार्च 2017 में उत्तर प्रदेश में भारतीय जनता पार्टी की योगी आदित्यनाथ सरकार बनी। मुख्तार अंसारी को बाँदा जेल में रखा गया, जिससे उसके गुर्गे आसानी से वहाँ न पहुँच पाएँ। मुख्तार ने हार्ट अटैक का बहाना बनाया और उसे लखनऊ एस.जी.पी.जी.आई. अस्पताल लाया गया, जहाँ उसकी बहानेबाजी खुल गई और वह वापस बाँदा जेल भेज दिया गया। इसी दौरान उसके खास शूटर मुन्ना बजरंगी की 9 जुलाई, 2018 को बागपत जेल के अंदर हत्या कर दी गई। अपने साथी और खास शूटर के मारे जाने के बाद मुख्तार अंसारी घबरा गया। वह जेल में शाही सुविधाओं का आदी था। वह अपने गैंग के सदस्यों का अन्य जेलों से ट्रांसफर अपनी जेल में करवा लेता था, जो अपने गैंग लीडर मुख्तार अंसारी के साथ रहते थे। वे सेवा के साथ-साथ उसकी सुरक्षा भी करते थे। फतेहगढ़ और आगरा जेल में रहने के दौरान इसके कई लोग किराए पर मकान लेकर वहीं रहते थे। मुख्तार अपने रसूख से अपने 10-12 गुर्गों को अवैध शराब, बिना टिकट ट्रेन यात्रा करने के संबंध में जेल भिजवा देता था। वे अपनी जमानत नहीं करवाते थे और मुख्तार अंसारी की सेवा और सुरक्षा में लगे रहते थे। कुछ दिनों बाद वह उनकी जमानत करवा देता था और गुर्गों का दूसरा ग्रुप जेल में आ जाता था। शहर में किराए का मकान लिया जाता था, जिसमें मुख्तार अंसारी के परिवार के लोग रहते थे। उसके कुछ मुख्य लोग जेल के अंदर और बाहर मुख्तार के निर्देश पर काम करते थे। गैंग का संचालन भी जेल से होता था। मुख्तार ने गाजीपुर और बलिया के काफी लोगों को पुलिस में भर्ती करवा दिया था। वह उनकी भी अपनी सुविधानुसार उन जगहों पर पोस्टिंग करवा देता था, जो उसके लिए काम करते थे।

□

मुख्तार अंसारी का आशियाना पंजाब का रूपनगर (रोपड़) जेल

भारतीय जनता पार्टी सरकार में मुख्तार अंसारी उत्तर प्रदेश की जेलों में परेशान हो गया, क्योंकि उसे वो सुविधाएँ नहीं मिल पा रही थीं, जिनका वह आदी था। जेल में रहते हुए मुख्तार अंसारी पर कभी मुलायम सिंह तो कभी मायावती की बहुजन समाज पार्टी की सरकारों ने मेहरबानी दिखाई। 2017 में उत्तर प्रदेश में बी.जे.पी. सरकार आने पर उसकी दाल नहीं गल रही थी। पंजाब की कांग्रेस सरकार ने उस पर ऐसी मेहरबानी दिखाई, जो बेशर्मी की सारी हदें पार कर गई। इन हदों के पार होने के समय पंजाब में मुख्यमंत्री कैप्टन अमरिंदर सिंह की सरकार थी।

उत्तर प्रदेश में योगी आदित्यनाथ की सरकार आने पर माफियाओं के विरुद्ध सख्त कार्रवाई की जा रही थी, इसलिए मुख्तार को न तो मनमानी करने की छूट मिल रही थी और न ही किसी तरह की अनुचित सुविधाएँ दी जा रही थीं। अचानक खबर आती है कि उसने बाँदा जेल से मोहाली के एक बिल्डर को फोन करके 10 करोड़ रुपए की रंगदारी माँगी है। पंजाब पुलिस द्वारा मुख्तार के खिलाफ 9 जनवरी, 2019 को मोहाली में धारा 386/506 आई.पी.सी. का मुकदमा लिखा गया। यह मुकदमा 'होमलैंड ग्रुप' के मुख्य कार्यकारी अधिकारी द्वारा लिखवाया गया था कि मुख्तार अंसारी ने उनको टेलीफोन करके 10 करोड़ की रंगदारी माँगी है और रंगदारी न देने पर पूरे परिवार की हत्या की धमकी दी है। मोहाली में मुकदमा दर्ज होने के बाद जनवरी 2019 में मुख्तार को बाँदा जेल से पंजाब लाकर रोपड़ जेल में रखा गया।

'होमलैंड ग्रुप' के बिल्डर द्वारा लिखवाए गए मुकदमे में पंजाब पुलिस कुंडली मारकर बैठ गई। पंजाब पुलिस ने समय से न्यायालय में चार्जशीट नहीं भेजी। गिरफ्तारी के 90 दिन के भीतर यदि पुलिस न्यायालय में चार्जशीट नहीं भेजती है तो अभियुक्त को स्वत: जमानत मिल जाती है। पंजाब पुलिस मुकदमे को लटकाए रही और चार्जशीट तब तक नहीं लगाई, जब तक यह मामला वर्ष 2021 में राष्ट्रीय अखबारों की सुर्खियाँ नहीं बन गया। मुख्तार 27 महीने रोपड़ जेल में बंद रहा। इस दौरान उत्तर प्रदेश पुलिस ने कम-से-कम 25 बार प्रोडक्शन वारंट लेकर उसे बाँदा जेल लाने की कोशिश की, परंतु हर बार पंजाब सरकार कोई-न-कोई अड़ंगा लगाती रही। कभी इस बहाने उसे यू.पी. पुलिस को नहीं सौंपा जाता कि उसके पीठ में दर्द है तो कभी इस बहाने से कि वह अवसादग्रस्त है।

पता नहीं कि मुख्तार अंसारी को बाँदा से रोपड़ लाने की योजना किसकी थी, परंतु उस समय पंजाब के जेल मंत्री सुखजिंदर सिंह रंधावा थे, इस कारण संदेह की सूई उन पर ही जाती है। रंधावा 13 मार्च, 2021 को लखनऊ आए। पंजाब के जेल मंत्री सुखजिंदर सिंह रंधावा का अचानक लखनऊ दौरा चर्चा का विषय बन गया। मुख्तार अंसारी के लोग उनकी आवभगत में लगे रहे। वे मुख्तार अंसारी के परिवार के लोगों से भी मिले। यह पूरी तरह से निर्विवाद है कि पंजाब सरकार की मेहरबानी से मुख्तार अंसारी 27 महीने तक रोपड़ जेल में मौज करता रहा।

पंजाब सरकार की बहानेबाजी से उत्तर प्रदेश सरकार आजिज आ गई। दोनों राज्यों के वरिष्ठ अधिकारियों में मुख्तार को यू.पी. लाने की बातचीत होती रही। पंजाब के अधिकारी अपनी सरकार के दबाव में रहने के कारण मुख्तार को उत्तर प्रदेश नहीं भेज रहे थे। इतना ही नहीं, सरकार के दबाव में मुख्तार अंसारी की चिकित्सीय जाँच करके झूठी रिपोर्ट तैयार की जाती रही। उत्तर प्रदेश सरकार तमाम प्रयासों के बाद भी जब मुख्तार को रोपड़ से बाँदा जेल नहीं ला सकी तो सुप्रीम कोर्ट की शरण ली गई। उस समय पंजाब सरकार सारी लाज-शर्म त्यागकर सुप्रीम कोर्ट में ऐसी दलीलें देने में जुट गई कि इन-इन कारणों से मुख्तार को यू.पी. पुलिस को नहीं सौंपा जा सकता। पंजाब सरकार की ओर से वकील दुष्यंत दबे ने सुप्रीम कोर्ट में मुख्तार को यू.पी. पुलिस को न सौंपने की खूब पैरवी की, लेकिन नाकाम रहे। सुप्रीम कोर्ट ने योगी सरकार के पक्ष में फैसला सुनाते हुए कहा कि मुख्तार को यू.पी. पुलिस के हवाले किया ही जाना चाहिए। आखिरकार 6 अप्रैल,

2021 को उसे रोपड़ से बाँदा जेल लाया जा सका। रोपड़ से बाँदा जेल तक तमाम मीडियाकर्मी उसके काफिले के साथ चलते रहे और लाइव प्रसारण किया जाता रहा। समाजवादी पार्टी सहित कई राजनीतिक दल यह आशंका व्यक्त करते रहे कि मुख्तार अंसारी को लाते समय गाड़ी पलटकर या फर्जी मुठभेड़ में उसकी हत्या की जा सकती है। मुख्तार अंसारी के वकील व रिश्तेदार भी रोपड़ जेल से बाँदा जेल तक काफिले में चलते रहे। उत्तर प्रदेश पुलिस ने भारी पुलिस बल के साथ मुख्तार को बाँदा जेल लाने के लिए सुदृढ़ पुलिस व्यवस्था की थी। बीमारी का बहाना करने वाला और पंजाब में कोर्ट में पेशी के दौरान व्हीलचेयर से चलने वाला मुख्तार अंसारी बाँदा पहुँचते ही अपने पैरों से चलकर जेल के अंदर गया। उसकी भाव-भंगिमा भी ऐसी थी कि वह पहले की तरह बिल्कुल फिट है।

पंजाब में जब आम आदमी पार्टी की सरकार बनी तो मुख्यमंत्री भगवंत मान सरकार द्वारा इस मामले को पुनः खोला गया। भगवंत मान सरकार के जेल मंत्री हरजोत सिंह बैंस ने कहा कि 27 महीनों में मुख्तार को रोपड़ जेल की उस बैरक में अकेले रखा गया, जिसमें 25 कैदी रहने चाहिए थे। मुख्तार की पत्नी अफ्शाँ अंसारी जेल के पास ही एक मकान में रहती थी, जिससे वह जब चाहे तब पति के पास वी.आई.पी. सुविधा वाली बैरक में जाकर रह सके। हरजोत सिंह बैंस का यह भी दावा था कि मुख्तार अंसारी के खिलाफ मोहाली में दर्ज कराई गई एफ.आई.आर. नितांत फर्जी थी और उसका एकमात्र उद्देश्य उसे पंजाब की जेल में रखना था, ताकि वह वहाँ तमाम सुख-सुविधाओं के साथ रह सके।

पंजाब में आम आदमी पार्टी की सरकार बनी तो मुख्यमंत्री भगवंत मान ने मुख्तार प्रकरण में जाँच बैठा दी कि आखिर किसके इशारे पर मुख्तार की रोपड़ जेल में आवभगत की जा रही थी? इस मामले की जाँच करने वाले पंजाब पुलिस के अधिकारी ने अपनी रिपोर्ट मुख्यमंत्री भगवंत मान को सौंप दी कि मुख्तार को जेल में किस तरह की अति विशिष्ट सुविधाएँ उपलब्ध कराई जा रही थीं। इस रिपोर्ट के आधार पर रोपड़ जेल के कुछ अधिकारियों के खिलाफ कार्रवाई हो सकती है। पता नहीं ऐसा होगा या नहीं, लेकिन मुख्यमंत्री भगवंत मान ने कहा कि उनकी सरकार तत्कालीन कांग्रेस सरकार की ओर से सुप्रीम कोर्ट में मुख्तार की पैरवी करने वाले वकील की 55 लाख रुपए की फीस नहीं चुकाएगी। मुख्तार की पैरवी करने वाले पंजाब सरकार के वकील की फीस का भुगतान रोक दिया

गया। आजादी के बाद इतने निर्लज्ज तरीके से किसी सरकार द्वारा किसी माफिया को संरक्षण देने की दूसरी मिसाल मिलना मुश्किल है। इससे अधिक शर्मनाक और कुछ हो ही नहीं सकता कि सरकारी पैसे से एक वकील को 55 लाख रुपए मात्र इसलिए दिया जाना तय किया गया था, ताकि मुख्तार जैसा कुख्यात अपराधी पंजाब की जेल में रहकर मौज कर सके। जिसके भी इशारे पर मुख्तार पर मेहरबानी की गई, उस राजनेता का नाम तो कालांतर में उजागर होगा ही और उससे पंजाब की तत्कालीन कांग्रेस सरकार की फजीहत होना भी तय है।

पंजाब सरकार मुख्तार को यू.पी. क्यों नहीं भेज रही थी ?

अप्रैल 2020 से ही उत्तर प्रदेश पुलिस माफिया मुख्तार अंसारी, अतीक अहमद प्रयागराज, विधायक विजय मिश्रा भदोही, खान मुबारक आंबेडकर नगर, सुनील राठी बागपत, अनिल दुजाना, बदन सिंह बद्दो सहित उत्तर प्रदेश के सभी माफियाओं के आर्थिक तंत्र की कमर तोड़ रही थी। अपराध के धन से बनाए गए कारखाने, दुकानें, मकान आदि धराशायी किए जा रहे थे। अपराध से कमाई गई संपत्तियाँ जब्त कर ली गई थीं और अवैध निर्माणों पर बुलडोजर चल रहे थे। ऐसी हालत में मुख्तार कांग्रेस पार्टी के शीर्ष नेतृत्व से पंजाब की अमरिंदर सिंह सरकार पर दबाव डलवाकर पंजाब की रोपड़ जेल में शाही जीवन बिता रहा था। उसने पंजाब में अपना आर्थिक तंत्र भी विकसित कर लिया था। उसके गुर्गे उत्तर प्रदेश से पंजाब पहुँचकर अपने धंधों में लग चुके थे।

मुख्तार अंसारी के पंजाब जेल में रहने से कांग्रेस की अमरिंदर सिंह सरकार को कोई राजनीतिक फायदा नहीं मिलने वाला था। असल में कांग्रेस के शीर्ष नेतृत्व के निर्देश पर उसे पंजाब की जेल में रखा गया था। पंजाब सरकार मुख्तार अंसारी के बचाव में सुप्रीम कोर्ट तक गई। कांग्रेस पार्टी बाहुबली मुख्तार अंसारी के सहारे पूर्वी उत्तर प्रदेश के मुसलमानों को संदेश देना चाहती थी कि मुख्तार अंसारी को कांग्रेस पार्टी ने ही बचाया है। कांग्रेस की नजर उत्तर प्रदेश विधानसभा आम चुनाव 2022 पर थी, परंतु इस चुनाव में कांग्रेस पार्टी का यू.पी. से सफाया हो गया और उसे मात्र 2 विधानसभा सीटें ही नसीब हो पाईं।

कृष्णानंद राय और विश्व हिंदू परिषद् के अंतरराष्ट्रीय कोषाध्यक्ष नंद किशोर रूँगटा की हत्या मुख्तार अंसारी द्वारा करवाई गई थी। अक्तूबर 2005 में दशहरे

का जुलूस निकलते समय मऊ में सांप्रदायिक दंगा हो गया, जो तीन दिन तक चला और कई लोग मारे गए। मुख्तार अंसारी हाथ में राइफल लेकर खुली जिप्सी पर अपने गुर्गों के साथ सवार होकर सांप्रदायिक दंगा भड़काता रहा।

नंद किशोर रूँगटा का अपहरण व हत्या, कृष्णानंद राय पर 500 से अधिक गोलियाँ चलाकर सामूहिक हत्या और मऊ में जिप्सी पर सवार होकर दंगा भड़काना, ये ऐसी तीन घटनाएँ थीं, जिसको मुख्तार अंसारी ने कट्टरपंथी मुसलमानों में खूब भुनाया। उसने यह भ्रम फैलाया कि मुसलमानों की सुरक्षा करना और विरोधियों को सबक सिखाने का काम केवल वही कर सकता है। उसके समर्थकों द्वारा मुख्तार अंसारी की छवि मुसलमानों के 'मसीहा' के रूप में प्रस्तुत की गई। उसने अपराध से अकूत संपत्ति कमाई और अपने गुर्गों को भी मजबूत बनाया। मुख्तार ने आपराधिक गतिविधियों से हजारों करोड़ की संपत्ति अर्जित की। उसने कुछ लोगों को शादी, बीमारी और पढ़ाई में 10-15 हजार रुपए देकर 'रॉबिन हुड' की छवि बनाने का प्रयास किया। आम गरीब आदमी को उसके अपराध से क्या लेना-देना, वह तो 10-15 हजार रुपए पाकर ही खुश हो जाता था। इसका लाभ भी मुख्तार अंसारी को मिला और वह मऊ विधानसभा सीट से लगातार विधायक भी बनता रहा। गाजीपुर से लोकसभा चुनाव 2019 में बहुजन समाजपार्टी के टिकट पर उसका भाई अफजाल अंसारी चुनाव लड़ा और सांसद बन गया। मुख्तार ने अपने बड़े भाई सिगब्तुल्ला अंसारी को वर्ष 2007 और 2012 में मोहम्मदाबाद विधानसभा रो विधायक बनवाया। सिगब्तुल्ला अंसारी पूर्वी उत्तर प्रदेश 'तब्लीगी जमात' का अमीर (अध्यक्ष) भी बन गया और काफी चंदा मिलने लगा। बहुजन समाज पार्टी को कमजोर होते देखकर मुख्तार ने 28 अगस्त, 2021 को अपने बड़े भाई सिग्बतुल्ला अंसारी को समाजवादी पार्टी की सदस्यता भी दिलवा दी। उसने अपने भतीजे सुहैब अंसारी को 2022 में समाजवादी पार्टी के टिकट पर मोहम्मदाबाद गाजीपुर सीट से चुनाव लड़ाकर विधायक बनवाया। कृष्णानंद राय की विधवा अलका राय मोहम्मदाबाद सीट से 2 बार विधायक रहीं, परंतु 2022 का चुनाव हार गईं।

मुख्तार अंसारी परिवार में बाहुबल, धनबल, राजनीतिक बल और धार्मिक बल की मजबूत चौकड़ी बन गई थी। वर्ष 2022 में उत्तर प्रदेश के विधानसभा चुनाव में कांग्रेस पार्टी मुख्तार अंसारी के सहारे पूर्वी उत्तर प्रदेश के मऊ, आजमगढ़,

बलिया, गाजीपुर जिले में मुस्लिम वोट बैंक को साधने का प्रयास कर रही थी। तुष्टीकरण की इसी राजनीति के तहत कांग्रेस पार्टी उसे पंजाब से यू.पी. नहीं भेजना चाहती थी। हद तो तब हो गई जब पंजाब की कांग्रेस सरकार एक शातिर अपराधी के लिए सुप्रीम कोर्ट में बड़े-बड़े वकीलों की फौज खड़ी करके मुख्तार के बचाव में उतर आई थी।

मुख्तार अंसारी का शुरू से ही पंजाब में नेटवर्क रहा। उसका संबंध कभी मुक्तसर पंजाब के आतंकवादी जफरवाल से भी रहा। वहाँ का सरदार प्रभजोत सिंह डिंपी, जसविंदर रॉकी और गुरमीत सिंह बाबा उसके खास दोस्त बन गए थे। वर्ष 1991 में उत्तर प्रदेश में कल्याण सिंह के नेतृत्व में भारतीय जनता पार्टी की सरकार बनने पर मुख्तार यू.पी. से भाग गया था और अपना अधिकतर समय पंजाब व हरियाणा में ही बिताया था। उसी दौरान पंजाब, हरियाणा, दिल्ली, हिमाचल प्रदेश, पश्चिमी उत्तर प्रदेश के शातिर अपराधियों से उसके संपर्क बने। अपराधियों के अलावा उसने हरियाणा और पंजाब के कुछ महत्त्वपूर्ण राजनीतिक व्यक्तियों से मजबूत रसूख भी कायम कर लिये थे।

□

न्यायालय से मुख्तार और अफजाल अंसारी को सजा (अफजाल की संसद् सदस्यता रद्द)

मुख्तार अंसारी को पाँच मामलों में सजाएँ हुईं और वह जेल में एक साधारण कैदी की तरह रहा। उसका बेटा अब्बास अंसारी विधानसभा चुनाव 2022 में समाजवादी पार्टी के सहयोग से मऊ से विधायक बना। उसके ऊपर भी कई मुकदमे कायम हुए। उसे चित्रकूट जेल में रखा गया। अपने पिता मुख्तार के माध्यम से उसने जेल के अधिकारियों को भारी रिश्वत देकर पटा लिया। अब्बास अंसारी की पत्नी निखत अंसारी गैर–कानूनी तरीके से जेल के अंदर एक कमरे में रहती थी। इसकी सूचना जब एस.पी. वृंदा शुक्ला और डी.एम. अभिषेक आनंद को मिली तो उन्होंने जेल में छापा मारकर निखत को पकड़ लिया। उसके साथ उसका ड्राइवर भी पकड़ में आ गया। जेल के कई अधिकारियों पर मुकदमा कायम किया गया और उन्हें भी जेल भेज दिया गया। अब्बास अंसारी को चित्रकूट जेल से कासगंज जेल शिफ्ट कर दिया गया। उसकी पत्नी निखत अंसारी और ड्राइवर भी जेल भेजे गए। मुख्तार की पत्नी अफ्शाँ अंसारी पर भी कई मुकदमे कायम हुए। वह अपने भाइयों की पार्टनरशिप में बनी विकास कंस्ट्रक्शन नामक फर्म में डायरेक्टर रही। इस फर्म द्वारा सरकारी और दलितों की जमीनों पर कब्जा करके एफ.सी.आई. गोदामों के निर्माण कराए गए थे। मुख्तार अंसारी की पत्नी जून 2023 तक फरार चल रही थी और उसकी गिरफ्तारी पर उत्तर प्रदेश सरकार द्वारा इनाम घोषित किया गया।

मुख्तार अंसारी और उसके गुर्गों की सैकड़ों करोड़ की अवैध संपत्तियाँ उत्तर प्रदेश सरकार द्वारा जब्त कर ली गईं और अपराध की कमाई से बनाई गई कई अवैध निर्माणों पर बुलडोजर चलाया गया। मुख्तार अंसारी, उसका सांसद भाई अफजाल अंसारी पूरी तरह बैकफुट पर आ गए। उनके मामले एम.पी./एम.एल.ए. कोर्ट में

चले। अब वे गवाहों को धमकाने की स्थिति में नहीं थे। 29 अप्रैल, 2023 को गाजीपुर एम.पी./एम.एल.ए. कोर्ट के अपर सत्र न्यायाधीश दुर्गेश ने गैंगस्टर एक्ट के एक मामले में उन्हें दोषी करार दिया। कोर्ट द्वारा मुख्तार अंसारी को 10 वर्ष और उसके सांसद भाई अफजाल अंसारी को 4 वर्ष की सजा सुनाई गई। मुख्तार अंसारी पर 5 लाख और अफजाल अंसारी पर 1 लाख रुपए का अर्थदंड भी लगाया गया। मुख्तार अंसारी को न्यायालय द्वारा दी गई यह चौथी सजा थी। गाजीपुर पुलिस द्वारा अफजाल अंसारी के विरुद्ध भारतीय जनता पार्टी के विधायक रहे कृष्णानंद राय हत्याकांड और मुख्तार अंसारी के विरुद्ध कृष्णानंद राय हत्याकांड व वाराणसी के कोयला कारोबारी नंद किशोर रूँगटा की अपहरण के बाद हत्या के मामले को गैंग-चार्ट में शामिल करके आरोप-पत्र प्रेषित किया गया था।

थाना मोहम्मदाबाद गाजीपुर पुलिस ने अफजाल अंसारी और मुख्तार अंसारी के विरुद्ध 22 नवंबर, 2007 को गैंगस्टर एक्ट का मुकदमा दर्ज किया गया था। समाजवादी पार्टी सरकार के दौरान अंसारी बंधु मुकदमे को लंबित रखने में कामयाब रहे। 15 वर्ष बाद 23 सितंबर, 2022 को कोर्ट में दोनों भाइयों के विरुद्ध आरोप तय किए गए और त्वरित सुनवाई के बाद 29 अप्रैल, 2023 को मुकदमे में फैसला आ गया। चार साल की सजा होने के बाद अफजाल अंसारी की संसद् सदस्यता भी चली गई। अफजाल अंसारी 1985 में पहली बार मोहम्मदाबाद गाजीपुर विधानसभा सीट से कम्युनिस्ट पार्टी के टिकट पर विधायक बना था। उसके विधायक बनते ही अंसारी परिवार की आपराधिक गतिविधियाँ परवान चढ़ी थीं। अफजाल अंसारी मोहम्मदाबाद विधानसभा सीट से 1985, 1989, 1991 और 1993 में कम्युनिस्ट पार्टी से विधायक बना। वर्ष 1996 में वह पाँचवीं बार समाजवादी पार्टी के टिकट पर मोहम्मदाबाद से विधायक बना। वर्ष 2004 के संसदीय चुनाव में समाजवादी पार्टी प्रमुख मुलायम सिंह यादव ने उसे गाजीपुर लोकसभा सीट से टिकट दिया और वह बी.जे.पी. के मनोज सिन्हा को हराकर पहली बार सांसद बना।

मैं उस समय प्रदेश का आई.जी. लॉ एंड ऑर्डर था और संसदीय चुनाव की व्यवस्था डी.जी.पी. कार्यालय में मैं ही कर रहा था। पूरे प्रदेश में गाजीपुर को छोड़कर सभी जगह चुनाव शांतिपूर्ण रहा। गाजीपुर में चुनाव शुरू होते ही मोहम्मदाबाद में मुख्तार के गुर्गों द्वारा भाजपा कार्यकर्ता को ए.के.-47 से छलनी कर दिया गया और दोपहर होते-होते बी.जे.पी. के उम्मीदवार मनोज सिन्हा के

करीबी एक अन्य कार्यकर्ता की हत्या कर दी गई। उस समय समाजवादी पार्टी की सरकार थी और गाजीपुर में मुख्तार के गुर्गे आतंक पैदा कर रहे थे। एस.पी. गाजीपुर दीपक शर्मा मूकदर्शक बने रहे। मुझे आई.जी. वाराणसी जोन के. एल. मीणा को कानून व्यवस्था सँभालने के लिए गाजीपुर भेजना पड़ा, लेकिन तब तक मुख्तार अंसारी ने ऐसा आतंक पैदा कर दिया था कि भारतीय जनता पार्टी के मतदाता डर गए और अपना वोट नहीं डाल पाए। मैं चाहता था कि गाजीपुर का संसदीय चुनाव काउंटरमांड करके दुबारा चुनाव कराया जाए। इस संबंध में मैंने चीफ इलेक्ट्रोरल अधिकारी को व्यक्तिगत रूप से अवगत भी कराया था, परंतु समाजवादी पार्टी सरकार के दबाव में चुनाव काउंटरमांड नहीं हो सका और अफजाल अंसारी पहली बार गाजीपुर संसदीय सीट से चुनाव जीतकर सांसद बना।

गाजीपुर संसदीय सीट से वह 2009 और 2014 में समाजवादी पार्टी के टिकट पर चुनाव लड़ा, परंतु उसे हार का सामना करना पड़ा। वर्ष 2019 में उसे समाजवादी पार्टी का टिकट नहीं मिला। उस समय अखिलेश यादव समाजवादी पार्टी का नेतृत्व सँभाल चुके थे और अपने पिता मुलायम सिंह यादव, चाचा शिवपाल सिंह यादव के चाहने के बावजूद उन्होंने अफजाल अंसारी को समाजवादी पार्टी का टिकट नहीं दिया। यहीं से अखिलेश यादव का अपने पिता और चाचा शिवपाल यादव से ऐसा राजनीतिक मतभेद शुरू हुआ कि शिवपाल यादव ने समाजवादी पार्टी से हटकर अपनी अलग पार्टी बना ली। अफजाल अंसारी ने बसपा की कुमारी मायावती से संपर्क साधा और गाजीपुर से बहुजन समाज पार्टी का टिकट पाने में सफल रहा। 2019 में समाजवादी पार्टी ने कांग्रेस, बहुजन समाज पार्टी और राष्ट्रीय लोक दल से चुनावी गठबंधन किया था। इस गठबंधन में गाजीपुर संसदीय सीट बहुजन समाजवादी पार्टी के कोटे में आई थी, जहाँ से अफजाल अंसारी को टिकट मिला था। समाजवादी पार्टी और बहुजन समाज पार्टी के सहयोग से वह दूसरी बार सांसद बना। 29 अप्रैल, 2023 को चार साल की सजा होने के बाद अफजाल अंसारी की संसद् सदस्यता निरस्त कर दी गई। 3 अगस्त, 1991 को अवधेश राय की हत्या में वाराणसी एम.पी./एम.एल.ए. कोर्ट द्वारा मुख्तार अंसारी को आजीवन कारावास की सजा और एक लाख बीस हजार रुपए का जुर्माना भी लगाया गया। मुख्तार अंसारी को पहली बार आजीवन कारावास की सजा मिली। यह उसकी पाँचवीं सजा थी।

□

मुख्तार अंसारी के कुनबे पर मुकदमे

1. अब्बास अंसारी

उत्तर प्रदेश विधानसभा चुनाव 2022 में मुख्तार अंसारी ने मऊ सीट से स्वयं चुनाव न लड़कर अपने पुत्र अब्बास अंसारी को सुहेलदेव भारतीय समाज पार्टी और समाजवादी पार्टी के गठबंधन का टिकट दिलाकर चुनाव लड़ाया। चुनाव प्रचार के दौरान अब्बास अंसारी का मऊ में दिया गया भड़काऊ भाषण काफी चर्चित रहा। 3 मार्च, 2022 की शाम को अब्बास अंसारी ने भाषण देते हुए कहा था कि वह भैया (अखिलेश यादव) से बात करके आया है कि सरकार बनने पर छह महीने तक किसी भी अधिकारी और पुलिस के कर्मचारियों का ट्रांसफर/पोस्टिंग नहीं किया जाएगा। इन लोगों द्वारा बी.जे.पी. सरकार में किए गए जुल्मों का पहले हिसाब लिया जाएगा। उसने चुनौती देते हुए कहा था कि उसके पिता को मीडिया बाहुबली कहती है तो वह भी बाहुबली है। लाखों-करोड़ों बाँहों का बल जिसके पास हो, वह बाहुबली नहीं होगा तो कौन होगा! इस शब्द से उसे कोई गुरेज नहीं है। उसके और उसके लोगों की आन-बान-शान पर कोई भी आँच डालेगा तो वह उसे बुझाना जानता है। ऐसे लोग याद रख लें कि उसे अब कोई रोक नहीं सकता।

अब्बास अंसारी निश्चिंत था कि 2022 में प्रदेश में समाजवादी पार्टी की सरकार बननी तय है और अखिलेश यादव ही मुख्यमंत्री बनेंगे। बी.जे.पी. सरकार में मुख्तार अंसारी की अपराध से कमाई गई संपत्तियों को जब्त किया गया था और कई अवैध निर्माणों पर बुलडोजर भी चला था, जिसमें मुख्तार अंसारी के लखनऊ और मऊ में स्थित कई मकान शामिल थे। अब्बास अंसारी इस कार्रवाई

से बौखलाया हुआ था और पुलिस अधिकारियों को धमकी दे रहा था कि वह समाजवादी सरकार आने पर उनसे बदला लेगा। अब्बास अंसारी के विरुद्ध 8 मुकदमे दर्ज हैं और सभी न्यायालय में विचाराधीन हैं। अब्बास की पत्नी निखत को बीते दिनों चित्रकूट के जिलाधिकारी और एस.पी. ने स्वयं पकड़ा था, जब वह गैर-कानूनी ढंग से जेल के अंदर एक कमरे में पाई गई थी। चित्रकूट जेल के अधिकारियों से साँठ-गाँठ करके वह बिना अनुमति के जेल के अंदर जाती थी और वहाँ के जेल अधीक्षक ने एक कमरे को बेडरूम बना दिया था। निखत एक महीने से अधिक समय तक रोजाना 8-10 घंटे अपने पति अब्बास अंसारी के साथ रहती थी और अपराध की योजना बनाने में भी भूमिका निभाती थी। निखत के विरुद्ध चित्रकूट कोतवाली में भ्रष्टाचार निवारण अधिनियम, आपराधिक षड्यंत्र समेत अन्य धाराओं में मुकदमा दर्ज किया गया। अब्बास अंसारी को चित्रकूट जेल से कासगंज जेल भेज दिया गया।

2. अफजाल अंसारी

मुख्तार अंसारी के बड़े भाई अफजाल अंसारी के विरुद्ध आधा दर्जन से अधिक मुकदमे दर्ज हुए। हत्या के एक मुकदमे में सी.बी.आई. जाँच चल रही है। गैंगस्टर एक्ट के मामले में 29 अप्रैल, 2023 को उसे 4 वर्ष की सजा और एक लाख रुपए जुर्माना हुआ, जिसके कारण उसकी संसद् सदस्यता निरस्त कर दी गई। अफजाल अंसारी पर 3 मुकदमे अब भी न्यायालय गें लंबित हैं। वास्तव में मुख्तार अंसारी गैंग का कर्ताधर्ता अफजाल अंसारी ही था। गैंग द्वारा किए गए अपराधों की जानकारी उसे रहती थी। सनसनीखेज हत्याओं की योजना तैयार करने में वह शामिल रहता था। जब मुख्तार अंसारी के विरुद्ध मुकदमे कायम होते थे तो वह राजनेताओं के पास घूम-घूमकर उसे निर्दोष बताता था। मुख्तार अंसारी द्वारा की गई कई सनसनीखेज हत्याओं की जाँच उसने अपने रसूख से क्राइम ब्रांच सी.आई.डी. में ट्रांसफर करवा दी। सी.आई.डी. जाँच में काफी समय लेती है और उस समय का प्रयोग मुख्तार अंसारी गवाहों को धमकाने और अपने पक्ष में तोड़ने में लगाता था। सी.आई.डी. के जाँचकर्ताओं को वह धनबल और राजनीतिक रसूख से अपने पक्ष में कर लेता था, जिसके कारण कई मामलों में सी.आई.डी. द्वारा अंतिम रिपोर्ट लगाई गई। वास्तव में अफजाल अंसारी ही गैंग का सरगना था, जो

एम.पी./एम.एल.ए. होने के कारण लगातार बचता रहा और अपने गैंग के सदस्यों को बचाता भी रहा।

3. अफ्शाँ पत्नी मुख्तार अंसारी

मुख्तार अंसारी की पत्नी अफ्शाँ अंसारी के विरुद्ध 2023 तक 11 मुकदमे दर्ज हुए, जिनमें धोखाधड़ी, गैंगस्टर एक्ट समेत अन्य धाराओं में मुकदमे शामिल हैं। तीन मामले न्यायालय में विचाराधीन है और शेष मामलों में पुलिस द्वारा आरोप–पत्र दाखिल किए जा चुके हैं। अफ्शाँ अंसारी एक वर्ष से अधिक समय से फरार चल रही थी। वर्ष 2023 में उसकी गिरफ्तारी पर पुलिस द्वारा 1,00,000 रुपए का इनाम घोषित किया गया था।

4. सिबगतुल्लाह अंसारी

मुख्तार का बड़ा भाई सिबगतुल्लाह अंसारी भी विधायक रहा। उसके विरुद्ध भी तीन मुकदमे दर्ज थे। इनमें जानलेवा हमले व शस्त्र अधिनियम के मामले में वह दोषमुक्त हो गया है। जानलेवा हमले के एक मामले में गाजीपुर पुलिस ने अंतिम रिपोर्ट लगा दी थी।

5. उमर अंसारी

मुख्तार अंसारी के छोटे पुत्र उमर अंसारी के विरुद्ध धोखाधड़ी समेत अन्य धाराओं में छह मुकदमे दर्ज हैं और वर्ष 2023 तक सभी मामले न्यायालयों में विचाराधीन थे।

□

बृजेश सिंह की हत्या की चर्चा और बिहार पलायन

वर्ष 2001 में ऊसर चट्टी गाजीपुर में हुए हमलें में मुख्तार अंसारी ने कहना शुरू कर दिया था कि उसने बृजेश सिंह को स्वयं गोली मारी है और वह ट्रक के अंदर ही मर गया है। यह बात पूरे पूर्वांचल में जंगल की आग की तरह फैल गई। इस अफवाह का फायदा बृजेश सिंह ने उठाया। उसके परिवार के लोगों व मित्रों ने भी इस अफवाह को हवा दी, जिससे लोगों को विश्वास हो गया कि बृजेश सिंह वास्तव में मुख्तार अंसारी द्वारा मार दिया गया है। यह प्रचार जानबूझकर बृजेश सिंह द्वारा ही कराया गया था, जिससे मुख्तार अंसारी द्वारा फैलाई गई अफवाह को लोग सच मान लें और पुलिस तथा विरोधियों का ध्यान उसके ऊपर से हट जाए।

इस घटना के बाद ही बृजेश ने पूर्वांचल छोड़ दिया और कभी-कभार ही वहाँ जाता था। पुलिस को भी विश्वास हो गया कि बृजेश मारा जा चुका है और उसका ध्यान भी बृजेश से हट गया। अब बृजेश अपनी पत्नी व बच्चों के साथ वीरेंद्र टाटा के पास टाटानगर पहुँच गया। वीरेंद्र सिंह टाटा रोशनपुर थाना तरवां (अब जहानागंज, आजमगढ़) का रहने वाला था और बृजेश से उम्र में बड़ा था। वह टाटानगर में स्क्रैप का कारोबार करता था। स्क्रैप के कारोबार से उसने काफी पैसा कमाया। माफियागीरी बढ़ने से टाटा कंपनी ने इलेक्ट्रॉनिक नीलामी शुरू कर दी, जो देश के अलग-अलग जगहों पर होती थी, जिससे वीरेंद्र टाटा का धंधा भी बंद हो गया। वह आजमगढ़ वापस आ गया और बृजेश के साथ शराब का कारोबार करने लगा।

शुरुआत में बृजेश की दोस्ती से वीरेंद्र टाटा ने बहुत फायदा उठाया। टाटा ने

कई स्क्रैप व्यापारियों की हत्या करवा दी, जिसमें आनंद सिंह, बंगाली दादा आदि शामिल थे। बाहुबली और स्क्रैप माफिया हिदायत खान को तो वह नहीं मार पाया, परंतु उसके चार-पाँच लोगों को बृजेश ने ठिकाने लगा दिया। बृजेश के कारोबार में जिसने भी विरोध किया, उसे मार दिया गया। अब बृजेश व वीरेंद्र टाटा का आतंक स्टील नगरी टाटानगर के अलावा बोकारो तक फैल गया। स्टील के इन बड़े कारखानों में हर महीने करोड़ों का स्क्रैप निकलता था, जिस पर बृजेश और वीरेंद्र टाटा का कब्जा हो गया। वहाँ की पुलिस को बृजेश के बारे में कुछ पता नहीं था। वह वहाँ नाम बदल-बदलकर रहता था। बृजेश और त्रिभुवन सिंह की पत्नियाँ-बच्चे भी शांतिपूर्वक आरामदायक जीवन बिता रहे थे। शुरुआत में लालू प्रसाद यादव के मुख्यमंत्री रहते हुए उसके सीवान के बाहुबली सांसद शहाबुद्दीन से भी अच्छे संबंध बन गए थे। जब शहाबुद्दीन मुख्तार अंसारी के संपर्क में आ गया, तब बृजेश ने उससे दूरी बना ली।

कोयलांचल में बृजेश का प्रवेश

स्क्रैप से बृजेश काफी धन-संपत्ति अर्जित कर चुका था। अब वह अपने पैसे को शराब तथा अन्य विभागों के ठेकों में भी निवेश करके पैसा कमाने लगा। उसके शराब का कारोबार उत्तर प्रदेश, छत्तीसगढ़, बिहार तक फैल गया। अब बृजेश की नजर कोयले के फलते-फूलते कारोबार की तरफ गई। उस समय बाहुबली सूरज देव सिंह और सुरेश सिंह का कोयले की खदानों पर दबदबा कायम था। सूरज देव सिंह बलिया जिले के ग्राम गोनिया रानीगंज के रहने वाले थे। वे वर्ष 1977 से वर्ष 1991 में मृत्यु तक लगातार बिहार विधानसभा के सदस्य रहे। उनके विरुद्ध हत्या से लेकर रंगदारी के दो दर्जन से अधिक मामले धनबाद जिले के कई थानों में दर्ज थे। वे कई बार जेल भी गए और कई बार भूमिगत रहकर समय बिताया। सूरज देव सिंह के मुँह से जो फरमान निकलता था, वह कोयलांचल का कानून बन जाता था। धनबाद के किसी अफसर की हिम्मत नहीं होती थी कि वह उनके कानून को चुनौती दे। सूरज देव सिंह के राजनीतिक रसूख का अंदाजा इसी बात से लगाया जा सकता था कि देश के प्रधानमंत्री रहे चंद्रशेखर तक उनके आवास 'सिंह मेंशन' में चूड़ा-दही खाने जाते थे।

मेरे बैचमेट अशोक कुमार गुप्ता (आई.पी.एस.-1977) बताते हैं कि वर्ष

1990 में एस.पी. धनबाद रणधीर सिंह वर्मा (आई.पी.एस.-1974) की शहादत के बाद उन्हें एस.पी. धनबाद बनाया गया था। बैंक में डकैती की सूचना मिलने पर वर्मा अपने दो अंगरक्षकों के साथ वहाँ पहुँच गए और बहादुरी से बैंक लुटेरों का सामना किया था। बैंक लुटेरे कोई साधारण अपराधी नहीं थे, बल्कि पंजाब के आतंकवादी थे। आतंकवादियों ने ए.के.-56 राइफल से रणधीर वर्मा पर गोली चलाई, जिससे वे वीरगति को प्राप्त हुए। उन्होंने अपनी शहादत से पहले तीन आतंकवादियों को मार गिराया था। उन्हें मरणोपरांत अशोक चक्र से सम्मानित किया गया और उनकी पत्नी रीता वर्मा बी.जे.पी. के टिकट पर धनबाद की सांसद बनीं।

अशोक गुप्ता बताते हैं कि वे सरदार वल्लभ भाई पटेल राष्ट्रीय पुलिस अकादमी में ट्रेनिंग में गए थे और उन्हें टेलीफोन द्वारा वापस बुलाया गया कि वे तुरंत एस.पी. धनबाद का चार्ज लें। गुप्ता ने ट्रेनिंग बीच में छोड़कर धनबाद आकर एस.पी. का चार्ज लिया। उसी समय प्रधानमंत्री चंद्रशेखर धनबाद आए और अपने कार्यक्रम से समय निकालकर सूरज देव सिंह की कोठी 'सिंह मेंशन' गए। वे प्रधानमंत्री की सुरक्षा ड्यूटी में बाहर खड़े थे। प्रधानमंत्री ने उन्हें और डी.एम.धनबाद को चाय पर अंदर बुला लिया। उस समय सूरज देव सिंह की छवि बाहुबली और कोयलांचल के सबसे बड़े माफिया सरगना की थी। यह अवश्य था कि वे बिहार विधानसभा के सदस्य थे।

□

वी.पी. सिन्हा की हत्या व सूरज देव सिंह के 'सूरज' का उदय

सूरज देव सिंह

सूरज देव सिंह पहलवान हुआ करते थे और बलिया के गोनिया-रानीगंज के रहने वाले थे। वे गरीबी के कारण काम की तलाश में धनबाद आ गए। उन्हें जल विद्युत विकास परिषद् के चेयरमैन इमामुल हई खान ने चौकीदार की सरकारी नौकरी दे दी। खान साहब ग्राम सेमरी थाना गड़वार बलिया उ.प्र. के रहने वाले थे। उनके परिवार के लोग धनबाद कोल फील्ड में पहले से ही काम करते थे। वे अपना कॅरियर धनबाद कोल-फील्ड से शुरू करके बिहार में कांग्रेस पार्टी के कद्दावर नेता बने। वे बोकारो से जीत हासिल करके बिहार सरकार में मंत्री भी रहे। कोयलांचल में उनकी पकड़ बहुत मजबूत थी। मंत्री बनने के बाद उन्होंने कोयलांचल में अपने पुत्र शमीम खान को स्थापित किया और सिजुआ धनबाद कोयला क्षेत्र से यूनियन का अध्यक्ष बनवाया। कोयलांचल में शमीम खान का विरोध शक्तिनाथ महतो ने किया था। शमीम खान सूरज देव सिंह के काफी नजदीक थे। सूरज देव सिंह ने शक्तिनाथ की हत्या करवा दी। शमीम के जेल से बाहर आने के बाद सूरज देव सिंह ने शमीम खान और महतो परिवार के बीच समझौता करा दिया। समझौता होने के बाद शमीम ने अपनी सुरक्षा ढीली कर दी और समझौते के एक महीने बाद ही शक्तिनाथ महतो के पुत्र सुरेश महतो ने उसकी हत्या कर दी।

धनबाद, झरिया कोल फील्ड में पूर्वी उत्तर प्रदेश विशेषकर बलिया, गाजीपुर

के लोग पहले से ही काम करते थे। उस समय कोयलांचल में चौकीदार और व्यक्तिगत सुरक्षागार्ड के रूप में पहलवानों को रखा जाता था, जो आज के बाउंसर की तरह होते थे। वे अपने बॉस की सुरक्षा में तैनात रहते थे और उनके इशारे पर कुछ भी करने को तैयार रहते थे। पूर्वी उत्तर प्रदेश में बलिया, वाराणसी, गाजीपुर में लोगों को पहले से ही पहलवानी का शौक था और यहाँ पहलवानों की भरमार थी। इमामुल हई खान ने बलिया, गाजीपुर, वाराणसी के कई दर्जन पहलवानों को धनबाद, झरिया ले जाकर नौकरी दिलवाई थी, जिसमें सूरज देव सिंह भी एक थे।

सूरज देव सिंह ने कोयला खदानों में मुंशी के रूप में काम शुरू किया था और धीरे-धीरे इस बाहुबली ने मजदूर संगठनों में अपनी पैठ बढ़ाई। उस समय वी.पी. सिन्हा का कोयलांचल में बोलबाला था, जो 1955-1956 से कोयलांचल में अपनी पैठ बना चुके थे। बाहुबली और ट्रेड यूनियन के नेता के रूप में उनकी पहचान थी। पहलवान सूरज देव सिंह वी.पी. सिन्हा से जुड़ गए और उनकी सुरक्षा में रहकर उनके मसल मैन (बाउंसर) के रूप में काम करने लगे। वी.पी. सिन्हा ने बिहार और यू.पी. के सीमावर्ती इलाकों से लठैतों व बाहुबलियों की एक फौज तैयार कर ली थी और उन्हीं के माध्यम से कोयला मजदूरों को नियंत्रित करते थे। ट्रेड यूनियन से लेकर स्थानीय राजनीति में लगभग दो दशकों तक वह अपना सिक्का जमाने में कामयाब रहे। सिन्हा का आवास 'व्हाइट हाउस' के रूप में मशहूर हुआ करता था और पूरे इलाके में माफिया सरगना के रूप में उनकी तूती बोलती थी। दूसरी ट्रेड यूनियनों को उन्होंने कभी पनपने नहीं दिया। उन्होंने कई हत्याएँ करवाईं।

सूरज देव सिंह बहुत महत्त्वाकांक्षी थे। वे वी.पी. सिन्हा के पिट्ठू के तौर पर काम नहीं करना चाहते थे। वे उनके साथ रहकर कोयलांचल के सभी दाँव-पेच सीख चुके थे। उन्होंने धीरे-धीरे मजदूर संगठनों में अपनी पकड़ बनाकर अपने बॉस वी.पी. सिन्हा को ही चुनौती दे दी थी। 28 मार्च, 1978 को सिन्हा की उनके आवास पर ही गोली मारकर हत्या कर दी गई।

कोयलांचल में वी.पी. सिन्हा की बादशाहत का सूरज अस्त करने में कभी उनके कारिंदा रहे सूरज देव सिंह का ही हाथ था। वी.पी. सिन्हा हत्याकांड में सूरज देव सिंह के दाहिने हाथ रहे बसंतपुर बलिया निवासी रघुनाथ सिंह, उत्तर प्रदेश पुलिस के वॉलीबॉल खिलाड़ी रहे खिदिरपुर मथेरा जमानिया गाजीपुर निवासी

उस्ताद रफीउल्ला खान, लल्लन पांडेय निवासी दरौली जमानियाँ गाजीपुर, आरा बिहार निवासी सुभाष सिंह, गाजीपुर के रंजीत सिंह और छेत्रपाल सिंह आदि की भूमिका बताई जाती है। उस समय इन बदमाशों के पास घातक .45 बोर पिस्टल, 9 एम.एम. पिस्टल, .455 और .38 बोर रिवॉल्वर हुआ करती थी। इन बदमाशों का उस समय पंसदीदा हथियार .45 बोर पिस्टल और .455 बोर रिवॉल्वर हुआ करती थी। इन्हीं हथियारों का प्रयोग वी.पी. सिन्हा की हत्या में हुआ था।

वी.पी. सिन्हा की हत्या के बाद कोयलांचल के माफिया सरगना के रूप में सूरज देव सिंह उभरे और अकूत संपत्ति बनाई। सूरज देव सिंह अच्छी तरह जानते थे कि माफियाराज को लगातार कायम रखना आसान नहीं है और इसके लिए उन्होंने पूर्वी उत्तर प्रदेश के बलिया, गाजीपुर, वाराणसी, आजमगढ़ के बाहुबलियों को बुलाकर अपनी बादशाहत की नींव पुख्ता कर ली।

पूर्वी उत्तर प्रदेश का शातिर अपराधी रफीउल्ला खान पहले से ही सूरज देव सिंह से जुड़ चुका था। रफीउल्ला के गुर्गे उसे 'उस्ताद' के नाम से बुलाते थे। वह उत्तर प्रदेश पी.ए.सी. का हवलदार था और राष्ट्रीय स्तर का वॉलीबॉल खिलाड़ी था। वह सरकारी सेवा में रहते हुए ही अपराध की दुनिया से जुड़ गया था। वह पी.ए.सी. का सूबेदार भी बना और नौकरी छोड़कर पूरी तरह अपराध की दुनिया में चला गया, जिसकी हत्या उसके गाँव में ही वर्ष 1987-1988 में कर दी गई। रफीउल्ला खान ने ही लल्लन पांडेय निवासी दरौली जमानियाँ गाजीपुर, शरीफ राइनी गाजीपुर, रघुनाथ सिंह निवासी बसंतपुर बलिया, साहब सिंह निवासी सिकरारा धानापुर चंदौली, रंजीत सिंह, छेत्रपाल सिंह गाजीपुर, बृजेश सिंह निवासी ग्राम धौरहरा जिला वाराणसी थाना चैबेपुर, त्रिभुवन सिंह निवासी मुड़ियार सैदपुर गाजीपुर, कालीदास सिंह वाराणसी आदि को सूरज देव सिंह के साथ जोड़ा, जो उनके मुख्य शूटर बने। पूर्वी उत्तर प्रदेश के ये बाहुबली कई सनसनीखेज हत्याएँ करके कुख्यात हो चुके थे और पुलिस की नजरों में चढ़ चुके थे। 'सिंह मेंशन' इनके लिए एक सुरक्षित ठिकाना बन गया और किराए पर हत्याओं के साथ-साथ कोयले का पैसा भी मिलने लगा था।

उस्ताद रफीउल्ला खान की हत्या के बाद लल्लन पांडेय ने गैंग की कमान सँभाली। उसने पूर्वी उत्तर प्रदेश और बिहार के कई अपराधियों को अपने साथ जोड़ा। इन शूटरों में से बृजेश सिंह का रसूख 'सिंह मेंशन' में इतना बढ़ गया कि

उसकी हैसियत सूरज देव सिंह के पुत्रों राजीव रंजन सिंह और संजीव सिंह के बराबर हो गई। वर्ष 1991 में सूरज देव सिंह की मृत्यु के बाद उनके सबसे बड़े पुत्र राजीव रंजन सिंह उनके उत्तराधिकारी बने और अपने पिता के नक्शेकदम पर आगे बढ़े। उन्हें मालूम था कि कोयालांचल में बादशाहत कायम रखना इतना आसान नहीं है। इसके लिए सिर उठाने वाले लोगों को जड़ जमाने से पहले ही रास्ते से हटाना पड़ेगा और उसके लिए कभी-कभी ए.के.-47 की तड़तड़ाहट भी जरूरी है। ए.के.-47 की तड़तड़ाहट में मुख्य किरदार बृजेश सिंह और उसके मित्र त्रिभुवन सिंह द्वारा निभाया गया और वे शूटर के साथ-साथ कोयले के धंधे में हिस्सेदार भी बने।

सूरज देव सिंह के बाद भी उनके आवास 'सिंह मैंशन' का रसूख कम नहीं हुआ। इस बीच पिछले एक-डेढ़ दशक में 'सिंह मैंशन' के समानांतर जो ताकत खड़ी हुई, उसके अगुआ थे सुरेश सिंह। वे न सिर्फ धनबाद के कोल किंग कहलाने लगे, बल्कि उनका 'रामायण निवास' इलाके में माफिया राज की दूसरी सबसे बड़ी धुरी बन गई।

सुरेश सिंह के वर्चस्व को तोड़ने के लिए सूरज देव सिंह के भाई रामाधीर सिंह और पुत्र राजीव रंजन सिंह ने योजना तैयार की। उन्होंने इस काम की जिम्मेदारी बृजेश सिंह को सौंपी। अपराध जगत् के अनुसार, बृजेश सिंह ने अपने गुर्गों के साथ कोल किंग सुरेश सिंह के साले सकल देव सिंह और उनके भाई विनोद सिंह की हत्या कर दी।

ए.के. राय पर हमला

ए.के. राय कोल यूनियन के बाहुबली और कद्दावर नेता थे तथा सूरज देव सिंह के विरोधी थे। सूरज देव सिंह ने उनकी हत्या का भी षड्यंत्र रचा। बदमाशों ने ए.के. राय के धनबाद स्थित कार्यालय पर हमला बोल दिया। ए.के. राय का कार्यालय प्रथम तल पर था। बदमाश पीछे से सीढ़ी लगाकर कार्यालय में घुस आए और ताबड़तोड़ फायरिंग की। इस हमले में ए.के. राय का चचेरा भाई, सरकारी गनर और 2 अन्य लोग मारे गए। ए.के. राय मेज के नीचे छिप गए थे। वे मारे गए लोगों के खून से सन गए थे। बदमाशों ने समझा कि वे भी मर गए हैं, परंतु सौभाग्यवश वे बच गए थे। इस हमले में साहब सिंह सकरारी धानापुर, लल्लन

पांडेय दरौली जमानियाँ गाजीपुर, रघुनाथ सिंह, पूर्व पी.ए.सी. सिपाही इरफान गामा गोरखपुर, शहाबुद्दीन सीवान बिहार, जावेद अलीगढ़ आदि शामिल थे।

सूरज देव सिंह को जेल भेजा गया और उन्हें राष्ट्रीय सुरक्षा कानून के अंतर्गत निरुद्ध भी किया गया। सूरज देव सिंह के रासुका में बंद होने का कोयलांचल में बड़ा विरोध हुआ। कद्दावर राष्ट्रीय नेता चंद्रशेखर भी उनके हिमायत में धनबाद पहुँच गए और विरोध प्रदर्शन में भाग लिया। उन्होंने उस समय बिहार सरकार को चेतावनी दी कि यदि सूरज देव सिंह को जेल से नहीं छोड़ा गया तो पूरा कोयलांचल हिंसा की आग में जल उठेगा। सूरज देव सिंह चंद्रशेखर की समाजवादी जनता पार्टी के सबसे बड़े वित्तपोषक भी माने जाते थे।

विनोद सिंह की हत्या

सकल देव सिंह की हत्या से पहले उनके छोटे भाई विनोद सिंह की हत्या वर्ष 1998 में कर दी गई थी। विनोद सिंह को धनबाद के कतरास बाजार भगत सिंह चौक के पास दिनदहाड़े मारुति कार सवार कुख्यात बदमाशों ने ए.के.-47 से अंधाधुंध गोलियाँ चलाकर छलनी कर दिया था। विनोद सिंह के साथ उनका कार चालक मोहम्मद मन्नू अंसारी भी मारा गया।

सुबह 8:40 बजे के आसपास भीड़भाड़ वाले इलाके में हुई इस दुस्साहसिक घटना में लगभग सौ गोलियाँ चलाई गई थीं। विनोद सिंह के भाई दून बहादुर सिंह ने एफ.आई.आर. में सूरज देव सिंह के भाई बच्चा सिंह, रामाधीर सिंह और उनके बड़े पुत्र राजीव रंजन सिंह के विरुद्ध हत्या, हत्या की साजिश और आर्म्स एक्ट का मुकदमा थाना कतरास में पंजीकृत कराया था। अपराध जगत् के अनुसार इस सनसनीखेज हत्या को भी पूर्वांचल के कुख्यात शूटर बृजेश सिंह और त्रिभुवन सिंह ने 'सिंह मैंशन' के आदेश पर अंजाम दिया था।

सकल देव सिंह की हत्या (25 जनवरी, 1999)

बृजेश सिंह सूरज देव सिंह और उनके परिवार के संपर्क में पहले से ही था। केवल बृजेश सिंह ही नहीं, पूर्वांचल के सभी बाहुबली 'सिंह मेंशन' में अपनी हाजिरी लगाकर सूरज देव सिंह का आशीर्वाद प्राप्त करते थे। गोरखपुर के वीरेंद्र शाही तो अक्सर वहाँ आते-जाते थे. बृजेश के अलावा उसके गैंग के वरिष्ठ

सदस्य रणजीत सिंह, क्षेत्रपाल सिंह निवासीगण गाजीपुर, साहब सिंह निवासी सिकरारा थाना धानापुर चंदौली के अलावा पूर्वांचल के अन्य बाहुबलियों का वहाँ आना-जाना लगा रहता था। गोरखपुर के बाहुबली नेता हरिशंकर तिवारी का भी सूरज देव सिंह से घनिष्ठ संबंध था, जबकि उनके और वीरेंद्र शाही के बीच गैंगवार चल रहा था। हरिशंकर तिवारी, सूरज देव सिंह के कोयले के व्यापार में हिस्सेदार बताए जाते थे।

सकल देव सिंह और सूरज देव सिंह के परिजनों का कोयला खदानों पर दबदबा था। सकल देव सिंह सूरज देव सिंह की तरह कोयलांचल के बेताज बादशाह माने जाते थे। कोयलांचल पर वर्चस्व को लेकर उनकी 'सिंह मेंशन' से दुश्मनी चल रही थी।

राजीव रंजन सिंह सूरज देव सिंह के बड़े पुत्र थे और उनकी मृत्यु के बाद उनके उत्तराधिकारी बने। अपने पिता की मृत्यु के बाद राजीव रंजन सिंह 'सिंह मेंशन' का दबदबा किसी हालत में कम नहीं होने देना चाहते थे। दबदबा बनाए रखने के लिए कभी-कभी कोयलांचल में ए.के.-47 की तड़तड़ाहट आवश्यक थी। सकल देव सिंह तेजी से अपना प्रभाव बढ़ा रहे थे, जिससे 'सिंह मैंशन' का प्रभाव कम होने का खतरा उत्पन्न हो गया था। राजीव रंजन सिंह ने सकल देव सिंह की हत्या कराने का निर्णय ले लिया। उसने सकल देव सिंह की हत्या के लिए बृजेश सिंह से कोलकाता में संपर्क किया और उनकी हत्या करने की योजना तैयार की। दो टाटा सूमो से सकल देव सिंह अपने बहनोई सुरेश सिंह के घर जा रहे थे। बृजेश सिंह अपने गैंग के साथ उनकी हत्या करने के लिए रास्ते में लग गया। 'बिहार जनता खान मजदूर संघ' के महामंत्री और जनता दल के नेता सकल देव सिंह की हत्या 25 जनवरी, 1999 को धनबाद के हीरक रोड पर दिनदहाड़े 1 बजे कर दी गई। इस घटना में दोनों तरफ से अधाधुंध गोलियाँ चलीं, जिसमें सकल देव की टाटा जीप का ड्राइवर समेत तीन लोग घायल हुए थे। दोपहर के लगभग साढ़े 12 बजे सकल देव सिंह सिजुआ स्थित अपने आवास से काले रंग की टाटा जीप बी.आर.-17 एफ-0027 से धनबाद के लिए निकले थे। वे आगे की सीट पर बैठे थे और गाड़ी ड्राइवर मनोज सिंह चला रहा था, जो उनकी सुरक्षा का भी काम करता था। गाड़ी की पिछली सीट पर उनका निजी बॉडीगार्ड अकेला सिंह बैठा था। उनके काफिले की अरमाडा जीप डब्ल्यू.बी.-38ए-8885 उनके पीछे चल

रही थी, जिस पर उनके निजी बॉडीगार्डों का हथियारबंद दस्ता था और जीप पप्पू सिंह चला रहा था। हीरक रोड पर पहुँचते ही दो टाटा सूमो, जो पीछे-पीछे चल रही थीं, एकाएक सकल देव सिंह की गाड़ी को ओवरटेक करने लगीं, जैसे ही दोनों गाड़ियाँ समानांतर हुई, तभी सूमो की पिछली खिड़की का काला शीशा थोड़ा नीचे खिसका और उसमें से एक बैरल सकल देव सिंह को निशाना बनाकर दनादन गोलियाँ उगलने लगी। सकल देव सिंह को अस्पताल ले जाया गया, जहाँ उनकी मृत्यु हो गई। अपराध जगत् के अनुसार यह हत्या सूरज देव सिंह के परिवार द्वारा बृजेश सिंह और त्रिभुवन सिंह से कराई गई। बृजेश सिंह और त्रिभुवन सिंह ने 'सिंह मैंशन' में रची गई हत्या की साजिश को अपने गुर्गों के साथ अंजाम दिया था।

इस घटना से 5-6 महीने पहले वर्ष 1998 में बृजेश सिंह गैंग द्वारा ही सकल देव सिंह के छोटे भाई विनोद सिंह की भी हत्या धनबाद में कर दी गई थी। सकल देव सिंह के परिवार में सबसे पहले उनके पिता मुखराम सिंह की हत्या हुई थी, जो कोयलांचल के बड़े नेता थे। उनके तीन पुत्रों नागेंद्र सिंह, सकल देव सिंह और विनोद सिंह की भी हत्याएँ हुईं और बाद में उनके दामाद सुरेश सिंह भी मारे गए।

बृजेश ने पहले सूरज देव सिंह और उनकी मृत्यु के बाद उनके भाई व पुत्रों के संपर्क में रहकर कोयलांचल में अपना दबदबा बना लिया था। उसने कोयले के व्यापार से अकूत संपत्ति बनाई। इस दौरान उत्तर प्रदेश पुलिस बृजेश सिंह पर ध्यान ही नहीं दे रही थी, जबकि उसके कारोबार की जड़ें उत्तर प्रदेश में पूरी तरह जम चुकी थीं। उसके भाई चुलबुल सिंह एम.एल.सी. बन चुके थे और बृजेश के शराब सहित अन्य कारोबार देखते थे। चुलबुल सिंह का बेटा सुशील सिंह भी विधायक बना। बृजेश की पत्नी अन्नपूर्णा सिंह अपने परिवार के राजनीतिक रसूखों से एम.एल.सी. बन गई।

सकल देव सिंह की विरासत सुरेश सिंह के पास

सकल देव और विनोद सिंह की हत्या के बाद उनकी विरासत उनके बहनोई सुरेश सिंह ने अच्छी तरह सँभाल ली थी। 55 वर्षीय सुरेश सिंह कांग्रेसी नेता था, जो सूरज देव सिंह की 1991 में मृत्यु के बाद कोयला माफिया के रूप में अपने को काफी हद तक स्थापित कर चुका था। उसे अपने साले सकल देव और उनके भाई विनोद सिंह की हत्या से बड़ा झटका लगा, जिससे वह बुरी तरह हिल गया। सुरेश

सिंह को कांग्रेस नेता के साथ-साथ 'कोल किंग' के नाम से जाना जाता था। सुरेश सिंह धनबाद जिला कांग्रेस कमेटी का कोषाध्यक्ष भी था और पार्टी के लिए चंदा जुटाने में सबसे आगे रहता था। कांग्रेस पार्टी में उसकी पकड़ बहुत मजबूत थी। सुरेश सिंह वर्ष 2005 और 2009 में कांग्रेस के टिकट पर झरिया विधानसभा से सूरज देव सिंह की पत्नी कुंती सिंह के विरुद्ध चुनाव लड़ चुका था, परंतु सफलता नहीं मिली थी।

□

'सिंह मैंशन' में समझौते का प्रयास

सकल देव सिंह व विनोद सिंह की हत्या के बाद सुरेश सिंह भयभीत हो गया था और वह मध्यस्थों के माध्यम से सिंह परिवार से समझौता करना चाह रहा था। सुरेश सिंह का समझौता सूरज देव सिंह के भाई रामाधीर सिंह व पुत्र राजीव रंजन के बीच में हुआ। समझौते में तय हुआ कि सूरज देव सिंह के समय में जो कारोबार उनके पास था, वह उन्हीं के पास रहेगा। इसके अतिरिक्त कोयले से संबंधित जो अन्य काम होगा, वह सुरेश सिंह करेगा।

सिंह मैंशन

सूरज देव सिंह की मृत्यु के चार-पाँच साल बाद तक कोयले की ढुलाई अधिकतर ट्रकों से होती रही, जिससे संगठित तौर पर सिंह परिवार द्वारा वसूली की जाती थी। समझौते के बाद कोयले की ट्रकों से ढुलाई कम होती गई और अधिकतर कोयला रेलवे रैक से भेजा जाने लगा। रैक से ढुलाई बढ़ जाने के कारण सुरेश सिंह की आय सिंह परिवार से काफी बढ़ गई, परंतु समझौते के अनुसार रेलवे रैक से ढुलाई का अधिकार केवल सुरेश सिंह के पास ही रहा।

सुरेश सिंह को बृजेश सिंह का साथ

अब रामाधीर सिंह और राजीव रंजन को समझ में आ गया कि सुरेश और उनके बीच हुआ समझौता घाटे का सौदा बन गया है। इसी बीच सुरेश सिंह ने

अपने को मजबूत बनाने के लिए कभी सिंह परिवार के इशारे पर हत्या करने वाले बृजेश सिंह को अपना पार्टनर बना लिया। बृजेश सिंह ने प्रमोद सिंह को अपना मुख्य सहयोगी बनाया, जो कोयले की रेलवे रैक से ढुलाई का काम देखने लगा। बृजेश को सुरेश सिंह का साथ फायदे का धंधा लगा और वह अपने गैंग के साथ पूरी तरह सुरेश सिंह के साथ जुड़ गया। रामाधीर सिंह और राजीव रंजन सिंह भी रेलवे रेक से ढुलाई के धंधे में सुरेश सिंह से हिस्सेदारी माँगने लगे। उन्होंने प्रमोद सिंह के माध्यम से बृजेश सिंह को संदेश भेजा कि अब वे लोग रेलवे से ढुलाई का कारोबार भी देखेंगे, जिसे बृजेश सिंह ने मना कर दिया। यहीं से बृजेश सिंह और सूरज देव सिंह के परिवार के बीच दुश्मनी शुरू हो गई। इसी बीच बृजेश सिंह के खास व्यक्ति प्रमोद सिंह की 3 अक्तूबर, 2003 को उनके घर के सामने दो बदमाशों द्वारा 9 एम.एम. पिस्टल से गोली मारकर हत्या कर दी गई।

प्रमोद सिंह की हत्या, सुरेश सिंह का षड्यंत्र (3 अक्तूबर, 2003)

सुरेश सिंह बहुत चालाक था। उसने रामाधीर सिंह-राजीव रंजन सिंह और बृजेश सिंह के बीच फैली वैमनस्यता का लाभ उठाया और प्रमोद सिंह की हत्या की साजिश रच डाली। बृजेश सिंह प्रमोद सिंह के माध्यम से ही सुरेश सिंह के साथ कोयले का कारोबार चला रहा था। सुरेश सिंह ने सोचा कि यदि वह प्रमोद की हत्या करा दे तो बृजेश का शक पूरी तरह 'सिंह मेंशन' पर जाएगा और कोयले का कारोबार पूरी तरह उसके हाथ में आ जाएगा। वह बृजेश को जो भी हिस्सा देगा, बृजेश को स्वीकार करना पड़ेगा। प्रमोद सिंह की हत्या के बाद बृजेश सिंह के पास ऐसा कोई एजेंट नहीं रह गया था, जो सुरेश सिंह से उसके हिस्से का हिसाब-किताब कर सके। बृजेश को हर हालत में सुरेश सिंह पर आश्रित रहना होगा।

सुरेश सिंह ने प्रमोद सिंह के पीछे अपने दो शूटर लगा दिए थे, जिन्होंने 3 अक्तूबर, 2003 को महाष्टमी के दिन 9 एम.एम. पिस्तौलों से गोलियों की बौछार करके घायल कर दिया, जिसकी अस्पताल में मृत्यु हो गई। प्रमोद सिंह वाराणसी से लौटकर वापस आए थे। उन्होंने अपने घर की सीढ़ियों पर कदम रखे ही थे कि वहाँ छिपे दो बदमाशों ने उनके ऊपर गोलियाँ चला दीं।

सुरेश सिंह को तुरंत सूचना मिल गई और वह प्रमोद सिंह के घर पहुँच गया। प्रमोद सिंह उस समय जीवित थे और उन्हें सुरेश सिंह अपने रिश्तेदार रणविजय सिंह, सहयोगी संतोष सिंह के अलावा तथाकथित हत्याकांड के गवाह पप्पू सिंह, प्रयाग सिंह आदि के साथ अस्पताल ले गया। उसने रामाधीर सिंह और राजीव रंजन सिंह को इस घटना का जिम्मेदार बताया और उसके कहने पर प्रमोद सिंह ने अपने मृत्यु पूर्व बयान में 'सिंह मैंशन' परिवार के रामाधीर सिंह और राजीव रंजन सिंह को गोली चलाने वाले बदमाशों के रूप में आरोपित कर दिया। प्रमोद सिंह बच नहीं पाया और कुछ देर बाद ही उसकी मृत्यु हो गई।

प्रमोद सिंह के मृत्यु पूर्व बयान (डाइंग डिक्लेरेशन) ने धनबाद में जलजला ला दिया। धनबाद पुलिस ने तुरंत रामाधीर सिंह की गिरफ्तारी कर ली, परंतु उनके छोटे भाई और झारखंड सरकार के मंत्री बच्चा सिंह वहाँ पहुँच गए और अपने भाई को जबरन छुड़ा लिया। एक मंत्री द्वारा सनसनीखेज हत्या के आरोपी अपने भाई को बलपूर्वक छुड़ा लेने से राजनीतिक बवाल शुरू हो गया। राजीव रंजन सिंह ऐसे फरार हुए कि उनका कोई अता-पता ही नहीं चला। पुलिस ने 'सिंह मैंशन' पर लगातार शिकंजा कस रखा था। स्थिति बिगड़ती देख बच्चा सिंह ने पुलिस कार्रवाई को एकपक्षीय बताते हुए सी.बी. आई. जाँच की माँग कर डाली। मुख्यमंत्री बाबूलाल मरांडी ने 11 अक्तूबर, 2003 को सी.बी.आई. जाँच के लिए भारत सरकार से सिफारिश कर दी और 31 अक्तूबर, 2003 को नई दिल्ली से सी.बी.आई. की विशेष अपराध शाखा की टीम धनबाद पहुँच गई। प्रमोद सिंह की हत्या से सुरेश सिंह ने अपने दो मकसद पूरे किए। कोयले का कारोबार पूरी तरह उसके हाथ में आ गया और हत्या का शक पूरी तरह 'सिंह मेंशन' पर चला गया। अपने खास सहयोगी प्रमोद की हत्या से बृजेश सिंह आगबबूला हो गया और उसने बदला लेने की ठान ली। बृजेश सिंह और 'सिंह मैंशन' के बीच तलवारें खिंच गईं। कभी 'सिंह मैंशन' का लाड़ला रहा बृजेश सिंह अब सूरज देव सिंह के पुत्र राजीव रंजन सिंह की हत्या करने पर उतारू हो गया। सुरेश सिंह की तो 'सिंह मैंशन' से पहले ही लड़ाई चल रही थी, परंतु अब उसने चालाकी से गैंगवार का रुख बृजेश सिंह की तरफ मोड़ दिया था।

प्रमोद सिंह हत्याकांड की सी.बी.आई. जाँच

सी.बी.आई. ने 18 अगस्त, 2004 को बलिया से रामाधीर सिंह की गिरफ्तारी कर ली और उससे गहन पूछताछ की, परंतु प्रमोद हत्याकांड पर कोई रोशनी नहीं पड़ी। सी.बी.आई. द्वारा 'गया' के बहुचर्चित सत्येंद्र दुबे हत्याकांड की जाँच की जा रही थी। केदुआ निवासी फनेश सिंह, करकेंद्र गुरुद्वारा निवासी दीपू सेन और वासेपुर निवासी मोहम्मद आजाद की गिरफ्तारी सी.बी.आई. द्वारा की गई थी। पुलिस द्वारा 20 नवंबर, 2003 को इन बदमाशों के पास से एक 9 एम.एम. पिस्तौल बरामद की गई। सी.बी.आई. 19 मई, 2006 को इन तीनों को गिरफ्तार करके 10 दिनों की कस्टडी रिमांड पर दिल्ली ले गई। बरामद पिस्टल का वैज्ञानिक परीक्षण हुआ तो प्रमोद सिंह हत्याकांड का खुलासा हो गया।

बदमाशों से बरामद इस 9 एम.एम. पिस्तौल से प्रमोद सिंह की हत्या की गई थी और उसके बाद घटना की कड़ियाँ जुड़ती चली गईं। 22 जुलाई, 2006 को महेंद्र पासवान को पकड़ा गया और उसी वर्ष 27 अगस्त को बदमाश हीराखान ने आत्मसमर्पण कर दिया। 1 सितंबर, 2006 को ही वासेपुर से कश्मीरा खान, नन्हे खान और सैयद अरशद की भी गिरफ्तारियाँ हुईं। 19 सितंबर, 2006 को सी.बी. आई. ने कोयला व्यवसायी सुरेश सिंह को गिरफ्तार कर लिया और उसे प्रमोद सिंह हत्याकांड का मास्टर माइंड करार दिया। सी.बी.आई. ने प्रमोद सिंह हत्याकांड में नामजद आरोपी रामधीर सिंह और राजीव रंजन सिंह को क्लीन चिट दे दी, लेकिन तब तक बहुत देर हो चुकी थी।

राजीव रंजन सिंह की हत्या

राजीव रंजन सिंह, सूरज देव सिंह के सबसे बड़े पुत्र व उत्तराधिकारी थे और अपने चाचा रामाधीर सिंह के साथ मिलकर 'सिंह मैंशन' का कारोबार आगे बढ़ा रहे थे। सुरेश सिंह ने ऐसा खतरनाक खेल खेला, जिससे बृजेश सिंह राजीव रंजन सिंह को प्रमोद सिंह का हत्यारा मान बैठा। उसने आव देखा न ताव, तुरंत बदले की योजना बना डाली और राजीव रंजन सिंह का अपहरण कर लिया। अपराध जगत् के अनुसार, राजीव रंजन को कलकत्ता लाया गया और गोली मारकर उनकी हत्या कर दी गई। उनकी लाश भी गायब कर दी गई, जो कभी मिल नहीं पाई। पुलिस रिकॉर्ड में राजीव रंजन सिंह गायब ही रहे। 'सिंह मैंशन' के सभी

लोग जानते थे कि राजीव रंजन सिंह अब इस दुनिया में नहीं हैं, परंतु उन्होंने कभी सार्वजनिक रूप से उनकी हत्या होना स्वीकार नहीं किया। सूरज देव सिंह के छोटे पुत्र संजीव सिंह ने राजीव रंजन सिंह की पत्नी रागिनी सिंह से विवाह कर लिया, जो उनकी भाभी थी। सुरेश सिंह का अनुमान था कि राजीव रंजन सिंह की हत्या के बाद 'सिंह मैंशन' को इतना बड़ा झटका लगेगा कि उसका माफिया राज हमेशा के लिए खत्म हो जाएगा। प्रमोद सिंह हत्याकांड में वह षड्यंत्र करके रामाधीर सिंह और राजीव रंजन सिंह को फँसा चुका था, परंतु सी.बी.आई. जाँच ने उसकी पोल खोल दी और वह प्रमोद सिंह हत्याकांड का मुख्य कर्ताधर्ता निकला। सी.बी.आई. जाँच के बाद ही सुरेश सिंह की हत्या की पटकथा 'सिंह मैंशन' द्वारा लिख दी गई।

रंजय सिंह की हत्या (29 जनवरी, 2017)

बिहार के जिला कैमूर के ललनपुरा निवासी रंजय सिंह, सूरज देव सिंह के सबसे छोटे पुत्र और बी.जे.पी. विधायक संजीव सिंह के करीबी और दाहिने हाथ माने जाते थे। वे सूरज देव सिंह के साढ़ू के पुत्र थे और 'सिंह मैंशन' में रहकर उनका व्यावसायिक कार्य देखते थे। 29 जनवरी, 2017 को शाम पाँच बजे झरिया के बिग बाजार के पास भीड़-भाड़ वाले इलाके में उन पर ताबड़तोड़ गोलियाँ चलाकर हत्या कर दी गई। रंजय सिंह वाटर बोर्ड कॉलोनी, भगतडीह, झरिया में रह रहे थे और 'सिंह मैंशन' से निकलकर स्कूटर से अपने घर जा रहे थे। स्कूटर उनका सहयोगी राजा यादव चला रहा था। रंजय सिंह राजा यादव के साथ पौने पाँच बजे स्कूटर पर सवार होकर विधायक संजीव सिंह के आवास 'सिंह मैंशन' से निकले थे। राजा यादव उन्हें 'सिंह मैंशन' से एक किलोमीटर दूर चाणक्य नगर अपने फ्लैट पर ले गया था। वे वहाँ चाय पीने के बाद जैसे ही चाणक्य नगर के मुख्य गेट पर स्कूटर से आए, मफलर से चेहरा ढके हुए दो बदमाशों ने उन्हें रोक लिया। जब तक रंजय कुछ समझ पाते, दोनों बदमाशों ने पिस्टल निकाल ली। इस बीच एक शूटर ने स्कूटर पर बैठे राजा यादव को पैर से धक्का मारकर गिरा दिया। स्कूटर गिरते ही रंजय सिंह भी गिर पड़े और राजा यादव वहाँ से भाग खड़ा हुआ। इसके बाद दोनों शूटरों ने जमीन पर गिरे रंजय सिंह पर ताबड़तोड़ फायरिंग शुरू कर दी। पेशेवर शूटरों ने रंजय सिंह को मौत के घाट उतारने के लिए सिर और सीने

को निशाना बनाते हुए ताबड़तोड़ गोलियाँ दागीं। करीब बीस मिनट तक रंजय सिंह वहीं पड़े रहे, किसी ने उन्हें अस्पताल पहुँचाने की हिम्मत नहीं जुटाई। इसी बीच सूचना पाकर 'सिंह मैंशन' से विधायक संजीव सिंह अपने सहयोगियों के साथ पहुँच गए और उन्हें अस्पताल पहुँचाया, जहाँ उन्हें मृत घोषित कर दिया गया।

सूरज देव सिंह के निधन के बाद संजीव सिंह की राजनीतिक और आर्थिक विरासत पर कब्जे को लेकर लंबे समय से उनकी अपने चचेरे भाई व पूर्व डिप्टी मेयर धनबाद नीरज सिंह से अदावत चल रही थी। दोनों के अलग-अलग मजबूत संगठन थे और दोनों के समर्थकों में अक्सर आउटसोर्सिंग में रोजगार समेत अन्य मुद्दों पर लड़ाई होती रहती थी। इस घटना में किसी को नामजद नहीं किया गया, परंतु यह हत्या नीरज सिंह, पूर्व डिप्टी मेयर धनबाद द्वारा ही कराई गई थी। राजा यादव ने अपने बयान में बताया था कि नीरज सिंह के आवास 'रघुकुल' के सामने खड़े दो बदमाशों ने उनका पीछा किया था और उन्होंने ही रंजय सिंह की हत्या की थी। रंजय सिंह की हत्या के बाद नीरज सिंह की भी हत्या की पटकथा 'सिंह मैंशन' द्वारा तैयार कर ली गई और उनकी हत्या के उनचासवें दिन 21 मार्च, 2017 को नीरज सिंह को मौत की नींद सुला दिया गया।

रंजय सिंह हत्याकांड के प्रतिशोध में नीरज सिंह, पूर्व डिप्टी मेयर धनबाद की हत्या (21 मार्च, 2017)

नीरज सिंह

धनबाद शहर के पूर्व डिप्टी मेयर और कांग्रेस नेता 37 वर्षीय नीरज सिंह की 21 मार्च, 2017 की रात में शूटरों ने अंधाधुंध गोलियाँ चलाकर हत्या कर दी। हमलावरों ने ए.के.-47 राइफलों से नीरज सिंह की गाड़ी पर हमला किया, जिसमें नीरज समेत कुल चार लोग मारे गए थे। नीरज सिंह की अपने क्षेत्र में बहुत धाक थी और वे वहाँ के लोगों में काफी लोकप्रिय थे। उन पर यह हमला उस समय हुआ जब नीरज सिंह अपनी गाड़ी से स्टील गेट स्थित अपने 'रघुकुल' आवास जा रहे थे। नीरज सिंह की गाड़ी जैसे ही स्टील गेट पर पहुँचकर स्पीड ब्रेकर पर धीमी हुई, हमलावरों ने उन्हें तीन तरफ से घेर लिया। जब तक नीरज सिंह कुछ समझ पाते तब तक हमलावरों ने उन पर गोलियों की बरसात कर दी और

उन पर लगभग 100 गोलियाँ दागी गईं। गाड़ी की अगली सीट पर बैठे नीरज सिंह के शरीर पर 67 गोली लगने के निशान मिले। इस हमले में उनके निजी बॉडीगार्ड मुन्ना तिवारी, ड्राइवर पलटू और सहयोगी अशोक यादव की भी घटनास्थल पर मृत्यु हो गई। नीरज सिंह की आर्थिक व राजनीतिक प्रतिद्वंद्विता अपने चचेरे भाई विधायक संजीव सिंह से थी। संजीव सिंह भारतीय जनता पार्टी और नीरज सिंह कांग्रेस के टिकट पर एक-दूसरे के विरुद्ध चुनाव लड़े थे। नीरज सिंह आठ-दस गाड़ियों के काफिले से चलते थे और उनकी गाड़ियों का नंबर-4500 होता था और उनके विरोधी विधायक संजीव सिंह के काफिले की गाड़ियों का नंबर-7007 होता था।

नीरज सिंह मैकेनिकल इंजीनियर थे और अपने छोटे भाई मुकेश सिंह की मृत्यु के बाद 2009 में राजनीति में आए थे। उनके चाचा और झारखंड के पूर्व मंत्री बच्चा सिंह उन्हें राजनीति में लाए थे। वे 2009 में विधानसभा चुनाव लड़े, परंतु हार गए। 2010 में वे धनबाद के डिप्टी मेयर बने और 2011 में कांग्रेस में शामिल हो गए। वर्ष 2014 में वे अपने चचेरे भाई संजीव सिंह के विरुद्ध झरिया विधानसभा से कांग्रेस के टिकट पर चुनाव लड़े, परंतु संजीव सिंह से हार गए थे। नीरज सिंह की माँ सरोजिनी सिंह ने अपने भतीजे संजीव सिंह पर अपने बेटे की हत्या का आरोप लगाया और बदला लेने की बात भी कही।

नीरज सिंह हत्याकांड का खुलासा हुआ और हत्याकांड के तार उत्तर प्रदेश के अपराधियों से जुड़े मिले। राजीव रंजन सिंह की हत्या के बाद 'सिंह मैंशन' बृजेश सिंह के जानी दुश्मन मुख्तार अंसारी से जुड़ गया। मुख्तार अंसारी को सिंह मेंशन से जोड़ने में मुख्य भूमिका सूरज देव सिंह के छोटे भाई रामाधीर सिंह ने अदा की। मुन्ना बजरंगी मुख्तार अंसारी का सहयोगी और कुख्यात शूटर था। उसने पश्चिमी उत्तर प्रदेश में बाहुबली डी.पी. यादव के बहनोई कमलराज यादव व भाई राम सिंह की हत्या की थी और पूर्व मंत्री गाजियाबाद निवासी राजपाल त्यागी के भाई एडवोकेट कुशलपाल त्यागी की भी सनसनीखेज हत्या की थी। मुख्तार अंसारी ने जेल में रहते हुए 29 नवंबर, 2005 को अपने विरोधी कृष्णानंद राय, विधायक भारतीय जनता पार्टी की भी हत्या मुन्ना बजरंगी और अपने गुर्गों से करवाई थी। दिल्ली पुलिस द्वारा गिरफ्तारी के बाद वह जेल में रहकर भी अपना आपराधिक व व्यावसायिक साम्राज्य चला रहा था।

नीरज सिंह हत्याकांड में मुख्य भूमिका मुन्ना बजरंगी के शूटर पंकज सिंह निवासी लंभुआ जनपद सुल्तानपुर ने अदा की थी। 24 सितंबर, 2018 को झारखंड की सरायढेला पुलिस, पंकज सिंह को सुल्तानपुर जेल से लेकर धनबाद गई थी और उसने नीरज सिंह हत्याकांड का पूरा राज उगल दिया। उसने बताया कि उस समय गाजीपुर जेल में बंद मुन्ना बजरंगी के शूटर धर्मेंद्र उर्फ रिंकू सिंह, सूरज देव सिंह के पुत्र विधायक संजीव सिंह के बॉडीगार्ड संतोष सिंह, गया सिंह, मनीष सिंह व महंत पांडेय की इस सनसनीखेज हत्या में महत्त्वपूर्ण भूमिका थी।

पंकज सिंह, शूटर कुरबान अली, शिब्बू उर्फ सागर तथा दिल्ली के सन्नी व मोनू के साथ 'सिंह मैंशन' आया था और वहीं पर नीरज सिंह की हत्या की पटकथा लिखी गई। हत्या को अंजाम देने से पहले, होली मनाने के लिए सभी शूटर अपने घर चले गए थे। 13 मार्च, 2017 को होली मनाने के बाद पंकज सिंह हत्या को अंजाम देने के लिए 'सिंह मैंशन' धनबाद आ गया और शूटर कुरबान अली व शिब्बू भी बुला लिये गए। गाजीपुर जेल में बंद मुन्ना बजरंगी के शूटर धर्मेंद्र सिंह उर्फ रिंकू ने अमन सिंह, सतीश सिंह उर्फ चंदन सिंह व रोहित को भी पंकज सिंह के पास धनबाद भेज दिया। सभी शूटरों के ठहरने के लिए 'कुसुम विहार' धनबाद में व्यवस्था की गई। पंकज सिंह 'सिंह मैंशन' और 'कुसुम विहार' के फ्लैट में आता-जाता था। रेकी करने के बाद नीरज सिंह की हत्या 21 मार्च, 2017 को कर दी गई। नीरज सिंह की हत्या के लिए 'सिंह मैंशन' की सुपारी पर मुन्ना बजरंगी ने शूटर उपलब्ध कराए थे। मुन्ना बजरंगी ने झरिया कोयले के कारोबार में बीस करोड़ रुपए लगाए थे। रंजय सिंह और पंकज सिंह दोनों सूरज देव सिंह के पुत्र और विधायक संजीव सिंह के साथ रहकर मुन्ना बजरंगी के कोयले के कारोबार को भी सँभालते थे। नीरज हत्याकांड में उनके चचेरे भाई संजीव सिंह और चाचा रामाधीर सिंह ने षड्यंत्र रचकर मुन्ना बजरंगी द्वारा उपलब्ध कराए गए किराए के कातिलों से उनकी हत्या कराई थी।

रंजीत सिंह की हत्या (21 अगस्त, 2018)

रंजीत सिंह झरिया के विधायक संजीव सिंह के खासमखास माने जानेवाले युवा नेता थे और झारखंड विकास मोर्चा (झाविमो) के जिलाध्यक्ष थे। उनसे कोयला माफिया लोडिंग पर पाँच रुपए प्रति टन के हिसाब से रंगदारी माँग रहे थे

और न देने पर उन्हें जान से मारने की धमकी भी दे रहे थे। 21 अगस्त, 2018 को उन्हें सरेआम गोलियों से भून दिया गया। इस हत्या से 'सिंह मैंशन' को बहुत बड़ा झटका लगा।

पल्सर मोटरसाइकिल सवार 4 शूटरों ने शाम करीब छह बजे दिन-दहाड़े धनबाद में उनकी हत्या कर दी। थोड़े दिन पहले ही रंजीत सिंह ने एस.एस.पी. धनबाद मनोज रत्न से मिलकर अपनी सुरक्षा के खतरे की मौखिक और लिखित जानकारी दी थी कि उनसे 'गैंग्स ऑफ वासेपुर' के नाम से रंगदारी के लिए धमकी दी जा रही है। रंजीत सिंह जे.वी.एम. के झरिया नगर अध्यक्ष मुन्ना खान के साथ अपनी कार से साढ़े चार बजे के करीब कुसुंडा कोल साइडिंग गए थे। वहाँ वे वी.के.वी. नामक आउटसोर्सिंग कंपनी का रेलवे रेक में कोयले की लोडिंग का काम देख रहे थे। शाम छह बजे वह साइडिंग से घर लौट रहे थे। कार झरिया निवासी मुन्ना खान चला रहा था। दो पल्सर मोटरसाइकिल सवार 4 शूटरों ने साइडिंग से ही उनका पीछा करना शुरू कर दिया था। रास्ते में हत्यारों ने रंजीत सिंह की कार को ओवरटेक करने की कोशिश की। अनहोनी की आंशका पर मुन्ना तेजी से कार भगाने लगा, परंतु कुसुंडा रेलवे फाटक के पास जैसे ही कार धीमी हुई, बाइक सवार चारों शूटरों ने कार को आगे से घेरकर ताबड़तोड़ फायरिंग शुरू कर दी। रंजीत सिंह को तीन गोलियाँ लगी और एक गोली ड्राइवर मुन्ना के जबड़े को छेदकर बाहर निकल गई। रंजीत सिंह मौके पर ही मारे गए।

हत्या की यह योजना 'गैंग्स ऑफ वासेपुर' के प्रिंस खान ने धनबाद जेल में रहते हुए बनाई थी। मुंबई से पकड़े गए शूटर औरंगजेब और विक्की ने यह हत्या प्रिंस खान के कहने पर की थी। नीरज यादव और पंकज यादव ने हत्या के लिए रेकी की थी। प्रिंस खान ने अपने मुंशी शकील को जेल गेट पर बुलाकर शमशाद को सुपारी के 40 हजार रुपए एडवांस के रूप में शूटरों को दिलवाए थे।

सुरेश सिंह की हत्या (8 दिसंबर, 2011)

सुरेश सिंह की राजनीतिक व व्यावसायिक दुश्मनी पहले से ही 'सिंह परिवार' से थी, जब उन्होंने सूरज देव सिंह की पत्नी कुंती सिंह को झरिया सीट से वर्ष 2005 व 2009 के बिहार विधानसभा चुनाव में कांग्रेस के टिकट पर चुनौती दी थी। इसके अतिरिक्त सुरेश सिंह का नाम कुंती सिंह के रिश्तेदार संजय सिंह की वर्ष

1996 में हुई हत्या में भी आया था, परंतु बिहार सी.आई.डी. ने उन्हें क्लीन चिट दे दी थी। वर्ष 2003 में उसका नाम कोयला व्यापारी प्रमोद सिंह की हत्या में भी आया, जो माफिया बृजेश सिंह का कोयला कारोबार देख रहा था। सुरेश सिंह पर पहले भी दो बार प्राणघातक हमले हो चुके थे। पहला हमला सोनपुर विधानसभा चुनाव के दौरान वर्ष 1985 में हुआ था, जब सुरेश सिंह अपने साले सकल देव सिंह के लिए चुनाव प्रचार कर रहा था, जो लालू यादव के खिलाफ चुनाव लड़ रहे थे। हत्या का दूसरा प्रयास धनबाद में वर्ष 1996 में हुआ था, जब सुरेश सिंह अपने बिजनेस पार्टनर संजय के साथ कार से जा रहे थे, जिसमें संजय की मृत्यु हो गई थी।

8 दिसंबर, 2011 को सुरेश सिंह एस.पी. धनबाद के आवास के निकट एक क्लब में होटल जील के मालिक श्याम सुंदर सिंह के पुत्र रोहित सिंह की शादी के रिसेप्शन में शाम 7:15 बजे पहुँचे और 8:15 बजे वे रेलवे इंस्टीट्यूट धनबाद में आयोजित दूसरी शादी में भाग लेने चले गए। वहाँ से वे करीब 9:15 बजे अपने सुरक्षा दस्ते के साथ वापस आए और क्लब में ऑरकेस्ट्रा का आनंद लेने लगे। उनका सुरक्षा दस्ता शादी समारोह में परोसे गए स्वादिष्ट व्यंजनों का आनंद लेने में मशगूल हो गया। सुरेश सिंह को यह कतई आभास नहीं था कि हथियारबंद उनके गुर्गों के रहते हुए कोई व्यक्ति उन पर हमला करने की हिम्मत भी कर सकता है। एकाएक चार अज्ञात लोग शादी समारोह में गाड़ी से पहुँचे और ए.के.-47 से गोलियों की बौछार करके सुरेश सिंह की हत्या कर दी। यह सनसनीखेज हत्या की घटना पुलिस अधीक्षक धनबाद के आवास से मात्र 100 मीटर की दूरी पर हुई थी। इस घटना में सूरज देव सिंह के भाई और बलिया जिला परिषद् के चेयरमैन रामाधीर सिंह, उनके पुत्र शशि सिंह, सूरज देव सिंह के पुत्र संजीव सिंह की संलिप्तता पाई गई थी।

□

बृजेश सिंह को पुलिस मुठभेड़ में मारने की योजना

बृजेश सिंह का एक मकान साल्ट लेक, कलकत्ता में था, जहाँ उसकी पत्नी व बच्चे रहते थे। उसके मित्र और हमेशा साथ रहनेवाले त्रिभुवन सिंह को भी उसने साल्ट लेक में ही अलग से फ्लैट दिलवा दिया था। बृजेश और त्रिभुवन अब बिहार व झारखंड की पुलिस की नजरों में पूरी तरह आ चुके थे। उन्होंने पहले कलकत्ता और बाद में भुवनेश्वर का रुख किया। भुवनेश्वर में दोनों एक व्यावसायिक भवन के निर्माण में लग गए, जहाँ लोग इन्हें प्रतिष्ठित व्यापारी अरुण सिंह व पवन सिंह के नाम से जानते थे।

अपने विश्वस्त सहयोगी प्रमोद सिंह की हत्या से बृजेश बौखला गया और उसने कुछ दिन बाद ही सूरज देव सिंह के बड़े पुत्र राजीव रंजन सिंह का अपहरण करके हत्या कर दी। बिहार व झारखंड में पुलिस की सरगरमी बढ़ गई। पुलिस बृजेश और उसके गैंग के पीछे पड़ गई। बृजेश सिंह के दुश्मन भी कम नहीं थे, वे भी उसको ठिकाने लगाने के लिए प्रयासरत थे और पुलिस को भी अपने माध्यमों से सूचना दे रहे थे।

सूरज देव सिंह के छोटे भाई रामाधीर सिंह हर हालत में बृजेश की हत्या करवाना चाहते थे, इसके लिए उन्होंने बृजेश के कट्टर दुश्मन मुख्तार अंसारी से संपर्क साधा और उसको कोयले के कारोबार में हिस्सेदार बना लिया। उत्तर प्रदेश में मऊ, आजमगढ़ व फैजाबाद में आने वाली कोयले के रेक में मुख्तार का वर्चस्व हो गया। चंदासी कोयला मंडी में भी उसे पैर जमाने का मौका मिल गया। बृजेश व मुख्तार अंसारी गैंग में पहले से ही गैंगवार छिड़ी हुई थी और दोनों तरफ से कई दर्जन लोग मारे जा चुके थे।

रामाधीर सिंह ने दिल्ली स्पेशल सेल से संपर्क किया, जिसके प्रभारी बलिया निवासी ए.सी.पी. संजीव कुमार यादव थे। उनके पिता नंदजी यादव उत्तर प्रदेश पुलिस के सेवानिवृत्त डिप्टी एस.पी. थे, जो बाद में बलिया जिला पंचायत के उपाध्यक्ष भी रहे। रामाधीर सिंह बलिया जिला पंचायत के अध्यक्ष थे, जिसके कारण उनकी घनिष्ठता संजीव कुमार यादव से पहले से थी। उस समय दिल्ली में बृजेश सिंह के विरुद्ध कोई मुकदमा कायम नहीं था और न ही दिल्ली में बृजेश सिंह की गतिविधियाँ ही थीं।

कार्यक्षेत्र बनाने के लिए दिल्ली स्पेशल सेल ने रामाधीर सिंह से मिलकर षड्यंत्र रचा और सूरज देव सिंह के पुत्र राजीव रंजन सिंह के वाराणसी निवासी साढू सुधीर सिंह द्वारा वर्ष 2007 में ए.टी.एस. थाना दिल्ली में बृजेश सिंह के विरुद्ध एक मुकदमा लिखवाया गया, जो मुकदमा अपराध संख्या 69/2007 पर दर्ज किया गया। मुकदमे में लिखा गया कि बृजेश ने वाराणसी के टेलीफोन बूथ से दिल्ली में सुधीर सिंह को फोन करके धमकी दी कि रामाधीर सिंह कोयले का कारोबार छोड़ दे और एकमुश्त पचास लाख रुपए बृजेश सिंह के खास व्यक्ति भागलपुर निवासी दीपक शाहा को और पच्चीस लाख रुपए उनके द्वारा बताए गए शराब व्यापारी को दे दे। दीपक शाहा को भागलपुर में एक प्रभावशाली शख्सियत के रूप में जाना जाता था। उसे बृजेश की सभी गतिविधियों की जानकारी थी, परंतु कभी उसका गैंग से नाम नहीं जुड़ा।

भागलपुर निवासी दीपक शाहा का परिवार काफी धनाढ्य माना जाता था। भागलपुर की पूरी सब्जी मंडी, तमाम दुकानें और मकान शाहा परिवार का था। उसकी पढ़ाई पहले दून स्कूल और बाद में सेंट स्टीफन कॉलेज, नई दिल्ली में हुई। वह पढ़ने में बहुत होनहार था। वह सिविल सर्विस की परीक्षा पास कर आई.पी. एस. में चयनित हो गया। ट्रेनिंग में जाते समय उसके बड़े भाई की मृत्यु हो गई और वह ट्रेनिंग में नहीं जा पाया। उसने यू.पी.एस.सी. को पत्र भेजा कि स्थिति ठीक होते ही वह ट्रेनिंग में आएगा। कई महीने बीत जाने के बाद यू.पी.एस.सी. ने उसका चयन निरस्त कर दिया।

उसके पिता की हत्या पारिवारिक संपत्ति विवाद में हुई थी। उसके पिता के कातिल भी मारे गए, परंतु दीपक शाहा का नाम नहीं आया। उसके ऊपर कुछ मुकदमे कायम हुए, परंतु चार्जशीट नहीं लग पाईं। बृजेश सिंह का संबंध दीपक

शाहा से रहा और उसके बच्चे दीपक शाहा के संरक्षण में देहरादून के प्रतिष्ठित वेलहम स्कूल में पढ़ते थे। दीपक शाहा बृजेश को पुलिस के समक्ष एक योजना के तहत हाजिर करवाना चाहता था, परंतु सफल नहीं हो पाया और उसे भुवनेश्वर में गिरफ्तार कर लिया गया। कहा जाता है कि दीपक शाहा बृजेश सिंह के साथी त्रिभुवन सिंह को यू.पी. एस.टी.एफ. के समक्ष हाजिर करवाने में सफल रहा। 18 मार्च, 2009 को 5 लाख के इनामिया त्रिभुवन सिंह की यू.पी. एस.टी.एफ. द्वारा गिरफ्तारी काफी विवादित रही थी।

बृजेश सिंह पर मुकदमा कायम होते ही दिल्ली स्पेशल सेल के ए.सी.पी. संजीव कुमार यादव बृजेश सिंह को गिरफ्तार करने के लिए सक्रिय हो गए और अपनी टीम लेकर भुवनेश्वर पहुँच गए। उस समय अपराध जगत् में यह चर्चा का विषय था कि रामाधीर सिंह ने बृजेश सिंह को पुलिस मुठभेड़ में मारने के लिए काफी धन खर्च किया था। रामाधीर सिंह बृजेश को मरवाकर अपने भतीजे राजीव रंजन सिंह की मौत का बदला लेना चाहते थे।

बृजेश सिंह की गिरफ्तारी (24 जनवरी, 2008)

24 जनवरी, 2008 को दिल्ली पुलिस ने बृजेश को भुवनेश्वर से उस समय पकड़ा, जब वह एक सैलून से बाल कटवाकर अपनी कार में बैठने जा रहा था। त्रिभुवन एक घंटा पहले तक बृजेश के साथ था। दिल्ली स्पेशल सेल ने बृजेश सिंह की गिरफ्तारी गुपचुप तरीके से की थी और भुवनेश्वर पुलिस को इसकी भनक भी नहीं लग पाई थी। उसे उठाते समय कुछ लोगों ने बदमाशों द्वारा अपहरण की घटना समझकर पीछा भी किया था। उसका साथी त्रिभुवन गाड़ी लेकर पूरे दिन और रात भर उसकी खोज करता रहा। दिल्ली स्पेशल सेल ने उसे चुपचाप एक होटल में रखा और भुवनेश्वर से दिल्ली के लिए उसके छद्म नाम 'अरुण सिंह' के नाम पर हवाई जहाज का टिकट ले लिया। उसे समझाया गया कि उसे दिल्ली ले जाएँगे, जहाँ छोड़ने की एवज में वह पैसे का इंतजाम करे। कहा जाता है कि दस करोड़ रुपए में सौदा तय हुआ था, परंतु उसके पीछे योजना कुछ और ही थी। बृजेश सिंह को सुबह की फ्लाइट के लिए भुवनेश्वर हवाई अड्डे पर लाया गया, जहाँ बृजेश ने वहाँ तैनात सी.आई.एस.एफ. के जवानों को देखते ही शोर मचा दिया कि वह एक व्यापारी है और उसे बदमाश अपहरण करके दिल्ली ले जा रहे

हैं, जहाँ उसकी हत्या कर दी जाएगी। सी.आई.एस.एफ. ने ए.सी.पी. संजीव कुमार यादव सहित दिल्ली स्पेशल सेल के लोगों को एक कमरे में बंद कर दिया और उड़ीसा पुलिस को सूचना दे दी। उड़ीसा पुलिस के पहुँचने पर बृजेश सिंह की पहचान उजागर हो गई और दिल्ली स्पेशल सेल के लोगों को सी.आई.एस.एफ. की कस्टडी से छोड़ा गया। दिल्ली स्पेशल सेल को अब कानूनी तौर पर बृजेश सिंह को भुवनेश्वर की अदालत में पेश करना पड़ा, जहाँ से उसे ट्रांजिट रिमांड पर दिल्ली लाकर गिरफ्तार किया गया और थाना ए.टी.एस. पर रंगदारी की धाराओं के अतिरिक्त 'मकोका' (महाराष्ट्र कंट्रोल ऑफ ऑर्गेनाइज्ड क्राइम एक्ट) भी अलग से लगाया गया, जो ए.टी.एस. थाने पर पंजीकृत हुआ था। मकोका इसलिए लगाया गया कि जिससे उसे अधिक समय तक दिल्ली में रोका जा सके, क्योंकि मकोका में आसानी से जमानत नहीं होती है। बृजेश सिंह गिरफ्तार हो गया, परंतु उसकी जान बच गई। बृजेश सिंह के साथ पूर्वी उत्तर प्रदेश के पंद्रह अन्य लोगों पर मकोका लगाया गया। कहा जाता है कि दिल्ली स्पेशल सेल ने उन लोगों से काफी धन वसूला। अंत में केवल बृजेश सिंह और त्रिभुवन सिंह का ही मकोका में चालान किया गया और बाकी लोग निर्दोष पाए गए। बृजेश सिंह के महाराष्ट्र, गुजरात, दिल्ली, यू.पी., बिहार और झारखंड में मुकदमे चल रहे थे और जेल में रहते हुए वह एम.एल.सी. बनकर अपने दुश्मन मुख्तार अंसारी की तरह माननीय बन गया।

झरिया का कोयला वाराणसी की चंदासी मंडी में आता था, जिस पर बृजेश का कब्जा हो गया और उसने अपने गुर्गों के माध्यम से काफी धन कमाया। उसने अपने बाहुबल से अपने विरोधी मुख्तार अंसारी को चंदासी मंडी से बाहर कर दिया। कहा जाता है कि उसकी संपत्तियाँ 500 करोड़ रुपए से अधिक की है। जेल जाने के बाद वह अपने व्यवसाय में अधिक ध्यान देने लगा।

त्रिभुवन द्वारा यू.पी. एस.टी.एफ. के सामने आत्मसमर्पण (19 मार्च, 2009)

बृजेश के गिरफ्तार होने के बाद त्रिभुवन अकेला पड़ गया। वह उड़ीसा से नेपाल भाग गया। उसकी गिरफ्तारी पर उत्तर प्रदेश सरकार द्वारा पाँच लाख रुपए का पुरस्कार घोषित किया गया था। वह लगभग दो दर्जन से अधिक सामूहिक

हत्याओं, हत्याओं, रंगदारी आदि की घटनाओं में फरार चल रहा था। उसे डर था कि गिरफ्तार होने पर उसे मार दिया जाएगा।

19 मार्च, 2009 को दिन के 12 बजे मुझे मीडिया से मालूम हुआ कि एस.एस.पी. एस.टी.एफ. प्रेस कॉन्फ्रेंस करने जा रहे हैं, जिसकी जानकारी मुझे नहीं थी। मैं उस समय ए.डी.जी. कानून व्यवस्था के साथ-साथ एस.टी.एफ. व ए.टी.एस. का भी प्रभारी था। उत्तर प्रदेश शासन के आदेश पर मैं ही रोजाना मीडिया की ब्रीफिंग करता था। मैंने जब आई.जी. एस.टी.एफ. के.एल. मीणा (आई.पी.एस.-1983) से बात की तो उन्हें भी किसी बात की जानकारी नहीं थी। मैंने एस.एस.पी. एस.टी.एफ. अमिताभ यश से बात की, तब उन्होंने बताया कि पाँच लाख का इनामी बदमाश पहले डी.जी.पी. कार्यालय में आया था, जहाँ डी.जी.पी. द्वारा उन्हें बुलाकर उसे गिरफ्तार करने का निर्देश दिया गया। बृजेश सिंह के भतीजे और उस समय बहुजन समाज पार्टी के विधायक सुशील सिंह त्रिभुवन को लेकर एस.टी.एफ. मुख्यालय महानगर पहुँचे, जहाँ दिन के सवा बारह बजे उसे गिरफ्तार किया गया। आश्चर्य की बात थी कि एस.टी.एफ. का प्रभारी होने के बावजूद मुझे व आई.जी. के.एल. मीणा को त्रिभुवन के आत्मसमर्पण की कार्रवाई से अँधेरे में रखा गया। यह कार्रवाई काफी विवादित हो गई और बृजेश सिंह के दुश्मन मुख्तार अंसारी, अफजाल अंसारी ने मुख्यमंत्री मायावती से डी.जी. पी. विक्रम सिंह और एस.एस.पी. एस.टी.एफ. अमिताभ यश की शिकायत की। उस समय वर्ष 2009 का संसदीय आम चुनाव चल रहा था। चुनाव समाप्त होने के बाद मुख्यमंत्री ने डी.जी.पी. विक्रम सिंह व अन्य अधिकारियों की बैठक ली, जिसमें मैं भी शामिल था। उन्होंने त्रिभुवन सिंह की विवादित गिरफ्तारी पर नाराजगी जाहिर की और डेढ़ महीने बाद ही पहले अमिताभ यश और बाद में डी.जी.पी. विक्रम सिंह हटा दिए गए। डी.जी.पी. विक्रम सिंह की मंशा गलत नहीं थी, वे एक बड़े बदमाश को आत्मसमर्पण कराकर जेल भेजना चाहते थे, जिससे पूर्वी उत्तर प्रदेश में गैंगवार पर रोक लगाई जा सके।

बृजेश सिंह बिहार के अपने खास मित्र दीपक शाहा के माध्यम से उत्तर प्रदेश पुलिस के समक्ष आत्मसमर्पण करना चाहता था, परंतु इसी बीच वह दिल्ली स्पेशल सेल द्वारा गिरफ्तार कर लिया गया। बाद में उन्हीं संपर्क सूत्रों के माध्यम से त्रिभुवन का आत्मसमर्पण एस.टी.एफ. के समक्ष कराया गया, जो विवादित हो

गया। एस.टी.एफ. ऐसा संगठन है, जिसके नाम से बदमाश डर के मारे काँपते हैं और पाँच लाख के इनामी उत्तर प्रदेश के सबसे बड़े बदमाश को वहाँ आत्मसमर्पण कराया जाना, उचित नहीं था।

बृजेश गैंग के हथियार

□

लालू यादव का एजेंडा : 'भूराबाल साफ करो'

लालू प्रसाद यादव 1990 में सभी पुराने राजनीतिक समीकरणों को ध्वस्त करते हुए बिहार के मुख्यमंत्री बने थे और पूरे प्रदेश में अपना राजनीतिक, सामाजिक एजेंडा लागू कर रहे थे। उन्होंने बिहार से 'भूराबाल' साफ करने का ऐलान कर दिया। 'भूराबाल' का मतलब भू-भूमिहार, रा-राजपूत, बा-ब्राह्मण, ल-लाला (कायस्थ) से था। उनका कहना था कि बिहार में भूमिहारों, राजपूतों, ब्राह्मणों एवं कायस्थों (लाला) का राजनीतिक वर्चस्व रहा है, जिसके कारण वहाँ पिछड़ों, दलितों और अल्पसंख्यकों का शोषण हुआ है और वे आर्थिक, राजनीतिक और सामाजिक रूप से समाज के सबसे निचले पायदान पर आ गए हैं और उन्हें ऊपर लाने के लिए इन चारों वर्गों के वर्चस्व को समाप्त करना होगा, जिसे वे 'भूराबाल साफ करो' कहते थे।

इसी कड़ी में उन्होंने उच्च वर्ग के अधिकांश अधिकारियों को भी किनारे लगा दिया था। सवर्ण अधिकारी उनके कार्यकाल में महत्त्वहीन पदों पर तैनात किए गए, जहाँ उनके पास बहुत कम काम होता था। कुछ अधिकारियों ने अपनी प्रतिभाओं को अन्य क्षेत्र में आजमाया और काफी प्रसिद्धि पाई। मेरे बैचमेट और होनहार अधिकारी अभयानंद (आई.पी.एस.-1977) ने अपने साथी आनंद कुमार के साथ गरीब छात्रों को आई.आई.टी. की मुफ्त कोचिंग देना शुरू किया, जो सुपर-30 के नाम से विख्यात हुआ। अभयानंद गणित में एम.एससी. थे और कोचिंग में वह स्वयं गणित पढ़ाते थे। इस कोचिंग का रिजल्ट शत-प्रतिशत रहता था, जिसकी ख्याति पूरे देश में फैली और गरीब घरों के बच्चे इस कोचिंग सेंटर का लाभ उठाकर आई.आई.टी. से इंजीनियर बने। बाद में आनंद कुमार और अभयानंद ने अपने अलग-अलग

सुपर-30 कोचिंग सेंटर स्थापित किए। वर्ष-2019 में सुपर-30 पर बॉलीवुड फिल्म बनी, जिसमें अभिनेता ऋतिक रोशन ने मुख्य भूमिका निभाई।

एक अन्य आई.पी.एस. अधिकारी अरविंद पांडेय ने संगीत के क्षेत्र में बहुत नाम कमाया। उन्होंने अपनी पुत्रियों के साथ कई गाने गाए और उस पर एलबम जारी हुए। तमाम होनहार आई.ए.एस./आई.पी.एस. अधिकारी भारत सरकार की प्रतिनियुक्ति पर चले गए, जिसमें मेरे बैचमेट अरुण चैधरी, गौरी शंकर रथ और वी. नारायनन भी थे। अरुण चौधरी भारत सरकार से डी.जी. के पद से सेवानिवृत्त हुए।

राजू यादव की हत्या (26 सितंबर, 1991)

राजू यादव धनबाद के राष्ट्रीय जनता दल के युवा नेता थे और मुख्यमंत्री लालू प्रसाद यादव के करीबियों में गिने जाते थे। कोयलांचल में राजपूतों का व्यावसायिक व राजनीतिक क्षेत्र में वर्चस्व रहा है। 'भूराबाल साफ करो' के लिए झरिया व धनबाद में राजपूतों का वर्चस्व समाप्त करना लालू प्रसाद यादव की प्राथमिकता में था, जिसके लिए उन्हें राजू यादव के रूप में एक नौजवान, ऊर्जावान कार्यकर्ता मिल गया था। कोयलांचल में कोयला माफिया सूरज देव सिंह की तूती बोलती थी और वहाँ के कोयला व्यापार को वही नियंत्रित करते थे। वे 1977 से 1991 में अपनी मृत्यु तक झरिया बिहार विधानसभा के विधायक भी रहे। कोयलांचल में सूरज देव सिंह के अलावा सकल देव सिंह, विनोद सिंह, प्रमोद सिंह, सुरेश सिंह, रामाधीर सिंह, राजीव रंजन सिंह आदि राजपूतों का ही वर्चस्व रहा है, जिसे लालू यादव हर हालत में तोड़ना चाहते थे। वे राजू यादव को आगे बढ़ाकर धनबाद संसदीय क्षेत्र से एम.पी. बनाना चाहते थे। राजू यादव अपने नेता और राष्ट्रीय जनता दल के अध्यक्ष लालू यादव के सहयोग से वहाँ पूरी तरह सक्रिय हो गए थे, जिसमें उन्हें पुलिस व प्रशासन का पूरा सहयोग मिल रहा था। उनकी राजनीतिक गतिविधियाँ लगातार बढ़ रही थीं, जो वहाँ के राजपूत नेताओं विशेषकर सूरज देव सिंह परिवार 'सिंह मैंशन' को रास नहीं आ रही थीं। 'सिंह मैंशन' ने अपने शूटर बृजेश सिंह को राजू यादव की हत्या करने का फरमान जारी कर दिया।

27 सितंबर, 1991 को राष्ट्रीय जनता दल की दिल्ली में एक बहुत बड़ी रैली लालू यादव द्वारा आयोजित की गई थी और बिहार से हजारों लोगों को उसमें भाग लेना था। दिसंबर 1989 में मुलायम सिंह यादव उत्तर प्रदेश के मुख्यमंत्री बन चुके थे

और उनके द्वारा भी लालू यादव को पूरा सहयोग दिया जा रहा था। राष्ट्रीय जनता दल के नेता व कोयला कारोबारी राजू यादव भी अपने सैकड़ों समर्थकों के साथ नीलांचल एक्सप्रेस से रैली में भाग लेने दिल्ली जा रहे थे। 'सिंह मैंशन' का शूटर बृजेश सिंह अपने साथी त्रिभुवन सिंह के साथ राजू यादव की हत्या के लिए उसी ट्रेन में सवार हो चुका था और उनकी हत्या करने के लिए मौके की तलाश में था। ट्रेन के डिब्बे के अंदर हत्या करना संभव नहीं था, क्योंकि राजू के साथ उनके सैकड़ों समर्थक साथ चल रहे थे। हत्या तभी संभव थी, जब राजू यादव ट्रेन के डिब्बे से बाहर आएँ और उसे यह मौका मुगलसराय रेलवे स्टेशन पर मिल ही गया।

26 सितंबर, 1991 को राजू यादव की मौत उन्हें मुगलसराय प्लेटफॉर्म पर खींच लाई थी। हाथ–मुँह धोने के लिए वे अपने डिब्बे से गनर के साथ उतरे और प्लेटफॉर्म के नल पर हाथ–मुँह धो रहे थे। सबसे पहले बृजेश सिंह ने अपने .45 बोर पिस्टल से राजू यादव पर गोली चलाई और तुरंत उनके गनर पर भी गोली चला दी। गोली लगते ही गनर गिर पड़ा और बृजेश सिंह ने कई गोलियाँ मारकर राजू यादव और उनके गनर की हत्या कर दी। बृजेश सिंह का साथी त्रिभुवन सिंह उसको कवर देने के लिए .45 बोर पिस्टल के साथ सतर्क था, परंतु उसे गोली चलाने की नौबत नहीं आई। जब तक ट्रेन में बैठे उनके समर्थक कुछ समझ पाते, बृजेश सिंह और त्रिभुवन सिंह रेलवे के फुट ओवर ब्रिज से दूसरी तरफ चले गए। गोली की आवाज सुनकर ओवर ब्रिज की दूसरी तरफ से पुलिस के जवान आ रहे थे। बृजेश सिंह और त्रिभुवन सिंह ने पुलिस फोर्स को गुमराह किया कि प्लेटफॉर्म पर बदमाश गोली चला रहे हैं और स्वयं दोनों पुलिस जवानों के बीच से निकल गए।

'सिंह मैंशन' ने अपने वर्चस्व के लिए खतरा बन रहे राजू यादव को अपने शूटरों के जरिए रास्ते से हटा दिया। राजू यादव की मौत से लालू यादव को बड़ा झटका लगा और वे मुलायम सिंह यादव के साथ स्वयं मुगलसराय आए और स्पेशल ट्रेन से राजू यादव का पार्थिव शव लेकर धनबाद पहुँचे, जहाँ हजारों समर्थकों की उपस्थिति में उनका अंतिम संस्कार कराया। सहानुभूति की लहर में राजू यादव की पत्नी आबो देवी झरिया की विधायक बनी, जिस पर कभी राजपूत नेताओं का ही कब्जा रहता था।

□

धनबाद के चर्चित हत्याकांड

झरिया व धनबाद का कोयलांचल क्षेत्र हमेशा से बाहुबलियों की कर्मभूमि रही है और उनमें गैंगवार होती रही हैं, जिसमें सैकड़ों लोगों की हत्याएँ हुईं और यह गैंगवार रुकने का नाम नहीं ले रहा है। इस कड़ी में सूरज देव सिंह के भतीजे नीरज सिंह की वर्ष 2017 में हत्या हो चुकी है। कुछ अन्य चर्चित हत्याकांड इस प्रकार हैं—

1. श्रीराम सिंह (वर्ष 1977), 2. वी.पी. सिन्हा (वर्ष 1979), 3. शफी खान (वर्ष 1983), 4. असगर (वर्ष 1984), 5. अंजार (वर्ष 1984), 6. शमीम खान (वर्ष 1986), 7. उमाकांत सिंह (वर्ष 1988), 8. सुल्तान (वर्ष 1989), 9. राजू यादव (वर्ष 1991), 10. मणिंद्र मंडल (वर्ष 1994), 11. संजय सिंह (वर्ष 1996), 12. मोहम्मद नजीर (वर्ष 1998), 13. विनोद सिंह (वर्ष 1998), 14. सकल देव सिंह (वर्ष 1999), 15. रवि भगत (वर्ष 2000), 16. गुरुदास चटर्जी (वर्ष 2000), 17. जफर अली (वर्ष 2001), 18. नजमा खातून (वर्ष 2001), 19. सुशांतो सेन गुप्ता (वर्ष 2002), 20. प्रमोद सिंह (वर्ष 2004), 21. गजेंद्र सिंह (वर्ष 2008), 22. वाहिद (वर्ष 2009), 23. सुरेश सिंह (वर्ष 2011), 24. रंजय सिंह (वर्ष 2017), 25. नीरज सिंह (वर्ष 2017), 26. रंजीत सिंह (वर्ष 2018)।

धनबाद में कोयले के धंधे पर वर्चस्व और रंगदारी को लेकर दशकों से खूनी जंग जारी है। इस जंग में धनबाद के बाहर भी कई सनसनीखेज हत्याएँ हुईं। मनोहर सिंह, राजू यादव, राजदेव यादव आदि की हत्याएँ धनबाद के बाहर गैंगवार में हुईं। बहुत से लोग गायब कर दिए गए, जिनकी लाशें भी नहीं मिलीं। इनमें सूरज देव सिंह के बड़े पुत्र राजीव रंजन सिंह भी शामिल हैं, जिनके गायब होने के दो

दशक बीत जाने के बाद भी पुलिस यह नहीं बता सकी है कि वे जिंदा हैं या नहीं। यह अवश्य है कि उनका परिवार और सहयोगी अच्छी तरह जानते हैं कि उनका अपहरण करके कोलकाता में उनकी हत्या कभी उनके ही शूटर रहे बृजेश सिंह ने कर दी थी।

कोयलांचल में 40 वैध खदानें हैं, जबकि इससे कहीं अधिक अवैध खदानें चल रही थीं। कोयले के उत्पादन में लोडिंग, अनलोडिंग और तस्करी में लगभग 400 करोड़ रुपए की रंगदारी की वसूली माफियाओं के गुर्गे करते थे। पिछले 57 वर्षों से कोयलांचल में वर्चस्व की लड़ाई चल रही है, लेकिन पिछले तीन दशक में इस लड़ाई ने हिंसक रूप ले लिया है। कोयलांचल में वर्चस्व को लेकर 350 से अधिक हत्याएँ हो चुकी हैं, जो पुलिस रिकॉर्ड में हैं। दरअसल, पिछले कुछ वर्षों में बाहुबलियों ने यूनियन की आड़ में कोयलांचल में अपना वर्चस्व कायम कर लिया। इन वर्षों में अगर सबसे ज्यादा मार किसी पर पड़ी है तो वे कोयला मजदूर थे, जिनकी सबसे ज्यादा हत्याएँ हुई हैं, जो 300 से भी अधिक रहीं। कई मजदूरों की तो लाशें भी नहीं मिलीं और उन्हें बेदर्दी से जलती आग में झोंक दिया गया।

कोयलांचल की गैंगवार अब तक समाप्त नहीं हुई है। अपराध की दुनिया में कहा जाता है कि संगठित गिरोह के मुखिया को गोली मारकर उस गैंग को समाप्त नहीं किया जा सकता। उसके मरने के बाद कोई-न-कोई गैंग की कमान अवश्य सँभालेगा। गैंग का एक मामूली प्यादा कब गैंग की कमान सँभालकर रातोरात गैंग का मुखिया बन जाए, कहा नहीं जा सकता। कोयलांचल का कोयला व्यापार चलता रहेगा और उस पर वर्चस्व की लड़ाई भी जारी रहेगी।

□

'सिंह मैंशन' में महाभारत

इतिहास गवाह है कि जो घर या समाज संस्कारविहीन होता है, उसका पराभव तय है। कौरव-पांडवों का इतिहास हम सबको मालूम है। पांडव कुछ गाँव माँग रहे थे, जिसको राजा धृतराष्ट्र के पुत्र राजकुमार दुर्योधन ने देने से मना कर दिया था और यहाँ तक कह दिया था कि वह सूई की नोक के बराबर भी जमीन नहीं देगा। भीष्म पितामाह जैसे त्यागी पुरुष, गुरु द्रोणाचार्य जैसे गुरु कुछ नहीं कर पाए और अन्याय होता देखते रहे। राजा धृतराष्ट्र भी पुत्र-मोह में राजधर्म नहीं निभा पाए। जब भरे दरबार में द्रौपदी का चीरहरण किया गया, तब भीष्म पितामह, गुरु द्रोणाचार्य सहित सभी लोग केवल मूकदर्शक बने रहे। पांडव उस समय कुछ करने की स्थिति में नहीं थे। परिणाम क्या हुआ, 'महाभारत'। पूरे कौरवों का सफाया हो गया।

मैंने उत्तर प्रदेश में कई माफिया सरगनाओं का उत्थान व पराभव देखा है। सत्तर के दशक में इलाहाबाद के मंझनपुर तहसील (अब कौशांबी) में जगत् करवरिया और उसके पुत्रों श्याम नारायण करवरिया 'मौला', वशिष्ठ नारायण करवरिया 'भुक्खल', हर्ष नारायण करवरिया 'हरखू' व दरोगा करवरिया के आतंक को आज भी याद किया जाता है। मैंने इस परिवार के सबसे कुख्यात मौला और भुक्खल की गिरफ्तारी की थी। इन अपराधियों ने अपने एक गुर्गे जवाहर त्रिपाठी निवासी सरसवाँ थाना पश्चिम शरीरा के गैंग से मेरे ऊपर 14 फरवरी, 1981 को गोली चलवाई थी, जिसका मैंने मुँहतोड़ जवाब देकर उनको जेल की सलाखों के अंदर भेज दिया था। करवरिया परिवार की तीसरी पीढ़ी भी नहीं सुधरी। करवरिया परिवार ने बालू के कारोबार की वर्चस्व की लड़ाई में 13 अगस्त, 1996 को इलाहाबाद (अब प्रयागराज) से समाजवादी पार्टी के बाहुबली विधायक जवाहर

यादव उर्फ 'पंडित' की सिविल लाइंस कॉफी हाउस इलाहाबाद के सामने दिन-दहाड़े ए.के.-47 से गोलियों की बौछार करके हत्या कर दी।

करवरिया परिवार का इलाहाबाद के बालू और मौरंग व्यवसाय पर एकाधिकार था। समाजवादी सरकार में जवाहर यादव उर्फ पंडित विधायक बन गए, जो मुलायम सिंह यादव के बड़े करीबी थे। जवाहर यादव भी एक दबंग व्यक्ति था और उसने बालू-मौरंग के कारोबार में घुसकर करवरिया परिवार को चुनौती दे दी। अपने व्यवसाय का नुकसान होने के कारण वशिष्ठ नारायण कवरिया के पुत्रों, कपिलमुनि करवरिया, सूरजभान करवरिया, उदयभान करवरिया ने जवाहर यादव को रास्ते से हटाने का षड्यंत्र रचा।

अपराध जगत् के अनुसार इस हत्या के लिए मुख्तार अंसारी के शातिर शूटर पाँचू सिंह धौरहरा थाना चैबेपुर वाराणसी, बंशी सिंह कोहड़ा सकरारी धानापुर चंदौली, हरिहर सिंह बरहट थाना सादियाबाद गाजीपुर, कमलेश सिंह प्रधान निवासी डहन सैदपुर गाजीपुर और संजय सिंह निवासी मंझरिया जिला बक्सर बिहार को सुपारी दी गई। उन्हीं लोगों के साथ मिलकर करवरिया परिवार ने स्वयं 13 अगस्त, 1996 को ए.के.-47 से अंधाधुंध गोलियाँ चलाकर जवाहर यादव उर्फ 'पंडित' की हत्या कर दी। मुख्तार अंसारी का संबंध कपिलमुनि करवरिया के पिता वशिष्ठ मुनि करवरिया उर्फ भुक्खल से रहा था और आपराधिक घटनाओं में दोनों एक-दूसरे का सहयोग करते थे।

इस हत्या के बाद करवरिया परिवार अपने रसूख के बल पर बचता रहा। इसी दौरान कपिलमुनि करवरिया फूलपुर इलाहाबाद से बहुजन समाज पार्टी के टिकट पर सांसद बन गया। उसके भाई सूरजभान, उदयभान करवरिया भी विधायक व एम.एल.सी. बने। अपने रसूख के कारण तीनों भाई बचते रहे, परंतु घटना के 18 वर्ष बाद 2015 में तीनों भाइयों को जेल जाना पड़ा। नवंबर 2019 को तीनों भाइयों को जवाहर यादव उर्फ पंडित की बहुचर्चित हत्या में आजन्म कारावास की सजा मिली। अपर जिला जज बद्री विशाल पांडेय ने आजन्म कारावास के अतिरिक्त कुल सात लाख बीस हजार रुपए का जुर्माना भी लगाया। करवरिया परिवार की ग्राम चक स्थित पैतृक कोठी विरोधियों ने जमींदोज कर दी। इनके पिता भुक्खल ने अपने बाहुबल और राजनीतिक रसूख से काफी संपत्ति अर्जित की थी। उन्होंने इलाहाबाद में रहकर कांग्रेस के बड़े नेताओं से राजनीतिक रसूख भी बना लिये थे

और इलाहाबाद के कद्दावर नेता व मंत्री चौधरी नौनिहाल सिंह से उनके घनिष्ठ संबंध थे।

वर्ष 1980–1981 में चौधरी साहब, राजा विश्वनाथ प्रताप सिंह मुख्यमंत्री उत्तर प्रदेश की कैबिनेट में गृहमंत्री बनाए गए थे। गृहमंत्री बनकर इलाहाबाद चौक क्षेत्र में उनके प्रथम आगमन पर स्वागत समारोह आयोजित किया गया था। भुक्खल उस समय पुलिस के डर से भागा रहता था। चौधरी साहब ने उसे मंच पर बुलाकर सम्मान दिया और कहा कि वे उनके क्षेत्र के सबसे भले व्यक्ति तथा समाजसेवी हैं। पुलिस ने उनके विरुद्ध तमाम फर्जी मुकदमे लगाकर जेल भिजवाया और अब भी उनके पीछे पड़ी रहती है। अब उन्हें न्याय दिलाया जाएगा, जिससे वह सम्मानपूर्वक जीवन व्यतीत कर सकें। मुख्यमंत्री राजा विश्वनाथ प्रताप सिंह ने चौधरी नौनिहाल सिंह से तुरंत गृह विभाग वापस ले लिया और उन्हें शिक्षा मंत्री बना दिया।

अगर वशिष्ठ नारायन करवरिया 'भुक्खल' का परिवार शांतिपूर्वक तरीके से रहता तो उन्हें सम्मान भी मिलता और जेल की सलाखों के भीतर परिवार सहित जाने से भी बच जाते, परंतु जिस परिवार की नींव उसके दादा जगत् करवरिया ने हिंसा और अधर्म पर तैयार की थी तो उसके बच्चों को भी वही संस्कार मिलना था, जिसका परिणाम भोगना तय था। तीनों भाई सांसद, विधायक तथा एम.एल.सी. बने और सम्मान भी अर्जित किया। सरकारी ठेकों से अकूत संपत्ति कमाई, परंतु वे अति आत्मविश्वास के कारण अपराध का रास्ता नहीं छोड़ पाए और उसका दुष्परिणाम तीनों भाइयों को आजन्म कारावास के रूप में भोगना पड़ा।

ग्राम मुड़ियार, थाना सैदपुर, जिला गाजीपुर के एक राजपूत परिवार में भी 'महाभारत' की घटना दोहराई गई। सबसे पहले ग्राम प्रधान रामपति सिंह की उन्हीं के सगे भतीजों मकनू और साधू सिंह ने हत्या की। रामपति सिंह के छह पुत्रों में हेड कॉन्स्टेबल राजेंद्र सिंह, सी.आर.पी.एफ. कॉन्स्टेबल वीरेंद्र सिंह बेड़ा, रामविलास सिंह के अलावा रामविलास सिंह के पुत्र डॉ. राहुल सिंह व कॉन्स्टेबल राम नगीना सिंह के पुत्र अनिल सिंह बदरू एक तरफ से तथा दूसरी तरफ से रामपति सिंह के भाई श्याम नारायण सिंह के तीनों पुत्र दामोदर सिंह, साधू सिंह और मकनू सिंह आपसी गैंगवार की बलि चढ़ गए। बदले की आग में रामपति सिंह का बेटा त्रिभुवन सिंह शातिर हत्यारा बन गया और बृजेश सिंह के साथ जेल गया। ग्राम

मुड़ियार का यह राजपूत परिवार इस गैंगवार में तहस-नहस हो गया और एक-एक करके इस परिवार की आठ महिलाएँ विधवा हो गईं। इस गैंगवार में उत्तर प्रदेश के इतिहास में दो माफिया सरगना बृजेश सिंह और मुख्तार अंसारी उभरकर सामने आए। इन दोनों की गैंगवार में कई दर्जन लोग मारे गए। दोनों माफिया विधायक और एम.एल.सी. भी बने, परंतु वे काफी दिनों तक जेल में ही बंद रहे।

यही घटना सूरज देव सिंह के परिवार में भी दोहराई गई। जिला बलिया के ग्राम गोनिया रानीपुर से मजदूर के रूप में झरिया धनबाद गए पहलवान सूरज देव सिंह कोयला माफिया बन गए और दो दर्जन से अधिक अपराधों में जेल गए। अपने रसूख से अकूत संपत्ति कमाई और धनबाद में उनकी कोठी 'सिंह मैंशन' का फरमान बिना लिखा हुआ कानून माना जाता था। बड़े-बड़े राजनेता, यहाँ तक कि देश के आठवें प्रधानमंत्री चंद्रशेखर (नवंबर 10, 1990-जून 21, 1991) भी 'सिंह मैंशन' जाते थे।

पैसा व रसूख के बावजूद सूरज देव सिंह का परिवार संस्कारविहीन रहा। उनके भाई, पुत्रों ने परिवार का दबदबा और अकूत संपत्ति देखी, परंतु इनसान को इनसान नहीं समझा। समझते भी कैसे, जब 'सिंह मैंशन' शातिर अपराधी साहब सिंह, रंजीत सिंह, छेत्रपाल सिंह, बृजेश सिंह, त्रिभुवन सिंह, बिहार के दर्जनों शातिर अपराधियों की शरणस्थली बन गया था। 'सिंह मैंशन' ने अपने विरोधियों कोयला किंग वी.पी. सिन्हा, सकल देव सिंह, विनोद सिंह, सुरेश सिंह, राजू यादव समेत दर्जनों लोगों की हत्याएँ इन्हीं बदमाशों से कराईं और समाज में आतंक पैदा करके 'कोल किंग' बन गए। उनके भाई रामाधीर सिंह, बच्चा सिंह, पुत्रों राजीव रंजन सिंह, संजीव सिंह सहित पूरे परिवार ने ए.के.-47, राइफलें, बंदूकें, रिवॉल्वर और ऑटोमैटिक पिस्तौलें देखीं और समाज में आर्थिक-राजनीतिक रूप से शीर्ष पर रहने का इसे ही अपना माध्यम अपनाया।

परिवार ने अकूत संपत्ति कमाई। सूरज देव सिंह, भाई बच्चा सिंह, पत्नी कुंती सिंह, बेटा संजीव सिंह विधायक भी बने। यदि यह परिवार चाहता तो हिंसा का रास्ता छोड़कर एक सम्मानपूर्वक जीवन व्यतीत कर सकता था, परंतु ऐसा नहीं हो पाया। जब संस्कार के ऊपर राजनीतिक और आर्थिक लालसा भारी पड़ती है तो परिवार का पराभव शुरू हो जाता है। भाई-भाई की हत्या करने से परहेज नहीं करते, क्योंकि उनके आर्थिक-राजनीतिक हित पारिवारिक संबंधों से अधिक

अहमियत रखते हैं। 'सिंह मैंशन' में भी आर्थिक-राजनीतिक लालसा ने एक ही परिवार के लोगों को एक-दूसरे के खून का प्यासा बना दिया।

यही सब 'कोल किंग' और 'सिंह मैंशन' की 1980 में स्थापना करने वाले सूरज देव सिंह के परिवार में हुआ। कभी शातिर अपराधी बृजेश सिंह 'सिंह मैंशन' में उनके पुत्र की तरह से रहता था, परंतु आर्थिक कारणों से उसने उनके ही पुत्र राजीव रंजन सिंह का अपहरण करके हत्या कर दी और उनकी लाश भी नहीं मिली। सूरज देव सिंह के छोटे पुत्र संजीव सिंह भी झरिया विधानसभा से विधायक बने, परंतु वे भी गैंगवार से बाहर नहीं निकल पाए। उसी कड़ी में उनके दाहिने हाथ रंजय सिंह की हत्या कर दी गई। सूरज देव सिंह के सबसे छोटे भाई राजन सिंह के पुत्र नीरज सिंह, पूर्व डिप्टी मेयर धनबाद की भी हत्या 2017 में कर दी गई। ये दोनों हत्याएँ 'सिंह मैंशन' और नीरज सिंह के निवास 'रघुकुल' के बीच एक किलोमीटर के दायरे के अंदर की गई थीं। इन हत्याओं में किसी बाहरी व्यक्ति का हाथ नहीं रहा, बल्कि परिवार के लोगों ने ही ये सभी हत्याएँ करवाईं। सूरज देव सिंह के भाई पूर्व जिला परिषद् अध्यक्ष, बलिया रामाधीर सिंह की छवि अपने भाई की तरह बाहुबली की थी, जिन्होंने अपने भतीजे संजीव सिंह का साथ दिया और उन्हें पैतृक गाँव गोनिया रानीपुर में रहने वाले भाई विक्रम सिंह का भी पूरा सहयोग मिला। रामाधीर सिंह ने भी अपने व्यवसायिक और राजनीतिक हितों में आड़े आने वाले व्यक्तियों को ठिकाने लगाने में कोई हिचकिचाहट नहीं दिखाई और कई बार लंबे समय के लिए जेल में रहे।

'सिंह मैंशन' के चाणक्य कहे जाने वाले झारखंड सरकार के पूर्व मंत्री बच्चा सिंह ने अपने भतीजे नीरज सिंह का साथ दिया और उसे राजनीति में भी लाए। नीरज सिंह धनबाद के डिप्टी मेयर भी बने और बाद में अपने चचेरे भाई सूरज देव सिंह के पुत्र संजीव सिंह के विरुद्ध ही झरिया विधानसभा चुनाव लड़े।

कोयलांचल में 'सिंह मैंशन' का प्रभाव बना रहा। फर्क सिर्फ यह हो गया है कि 'सिंह मैंशन' में बँटवारा हो गया है और चारों भाइयों और उनके बेटों का अलग-अलग गैंग हो गया। इतनी हत्याओं के बाद भी कोयले की अवैध काली कमाई से लोगों का मोहभंग नहीं हो पाया। सिंह परिवार में फूट का फायदा उठाकर 'गैंग्स ऑफ वासेपुर' के गुर्गों ने अपने पाँव कोयले की कालिख पर रखने शुरू कर दिए और 'सिंह मैंशन' के सहयोगियों से ही रंगदारी माँगना शुरू कर दिया। इसी

कड़ी में सूरज देव सिंह के पुत्र संजीव सिंह के सहयोगी रंजीत सिंह की रंगदारी न देने के कारण वर्ष 2018 में 'गैंग्स ऑफ वासेपुर' के प्रिंस खान ने जेल में रहते हुए हत्या करवा दी।

□

शहाबुद्दीन, मुख्तार और अतीक का माफिया सिंडिकेट

सीवान का शहाबुद्दीन, गाजीपुर का मुख्तार अंसारी और प्रयागराज का अतीक अहमद ऐसे माफिया हुए, जिन्होंने एक-दूसरे के सहयोग से अपने माफियाराज को मजबूत बनाया और अकूत संपत्ति कमाई। उनके गुर्गे एक साथ मिलकर फिरौती के लिए अपहरण, हत्या, किराए पर हत्याएँ जैसे जघन्य अपराध करते थे। आवश्यकतानुसार एक-दूसरे के शूटर तीनों माफियों के पास अपराध करने के लिए आते-जाते रहते थे। यदि किसी माफिया ने कोई बड़ा अपराध किया तो छिपने के लिए उसके शूटर दूसरे माफिया के ठिकाने पर पहुँच जाते थे। मुख्तार अंसारी और अतीक अहमद के शूटर अपराध करने के बाद गंगा नदी पार करके आसानी से बिहार पहुँच जाते थे, जहाँ वे सुरक्षित हो जाते थे। अपहरण यदि बिहार में किया जाता था तो फ़िरौती की रकम गाजीपुर में वसूली जाती थी। दिल्ली और यू.पी. में अपहरण की घटनाओं में गाजीपुर के अलावा बिहार में भी फिरौती वसूली जाती थी। हत्या की सनसनीखेज घटनाओं में घातक हथियार भी एक-दूसरे के पास पहुँचाए जाते थे।

माफियाओं के हथियार

इन माफियाओं के पास आधुनिकतम हथियार थे, जिनमें कुछ के नाम इस प्रकार हैं—

1. ए.के.-47, ए.के.-56 व ए.के. 74-यू

ये हथियार माफियाओं के सबसे पसंदीदा हथियार थे। ए.के.-47, ए.के.-56

तथा ए.के. 74-यू, ब्रस्ट मोड पर 600 गोली प्रति मिनट फायर करती है। हत्याओं में दहशत फैलाने के लिए इन्हीं हथियारों का प्रयोग किया जाता था। मुख्तार अंसारी द्वारा कृष्णानंद राय की हत्या में प्रयुक्त ए.के.-47 और कुछ अन्य हथियार शहाबुद्दीन के पास से भी आए थे। अतीक अहमद और उसके भाई खालिद अजीम उर्फ अशरफ ने 25 जनवरी, 2005 को इलाहाबाद के विधायक राजू पाल की हत्या में भी ए.के.-47 का प्रयोग किया था।

2. जी-3 राइफल

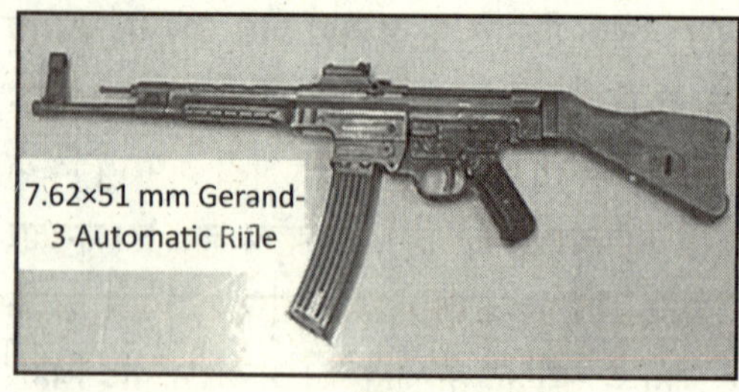

जी-3 राइफल जर्मनी की कंपनी हेक्लर एंड कॉक द्वारा 1950 में बनाई गई थी। यह राइफल 70 देशों को निर्यात की गई थी और लाइसेंस के तहत 15 अन्य देश भी इसे बनाते थे। पूरी दुनिया में 78 लाख जी-3 राइफलें बनाई गईं। नाटो देशों का भी यह एक पसंदीदा हथियार था। पाकिस्तान स्पेशल फोर्सेज भी जी-3 राइफलों का प्रयोग करती थी। 1971 बांग्लादेश युद्ध में पाकिस्तानी फौजों ने आत्मसमर्पण किया और उनसे काफी हथियार भी मिले। कुछ फौजी चोरी से जी-3 राइफलों को अपने साथ ले आए और उनके माध्यम से ये हथियार माफियाओं और चंबल के दस्यु सरगनाओं के पास पहुँच गए। पाकिस्तान से तस्करी के द्वारा भी जी-3 राइफलें अपने देश में आईं। ए.के.-47 आने से पहले यह माफियाओं का पसंदीदा हथियार होता था। यह राइफल 600 गोली प्रति मिनट की दर से फायर करती थी। इसका कैलीबर भारतीय सेना की एस.एल.आर. राइफलों के कैलीबर 7.62 एम.एम. का था, जिसके कारण माफियाओं को आसानी से गोलियाँ मिल जाती थीं।

1980 के दशक में चंबल वैली में सक्रिय दस्यु सरगना मलखान और घनश्याम गैंग के पास भी जी–3 राइफलें थीं। घनश्याम द्वारा प्रयोग की जाने वाली जी–3 राइफल जालौन निवासी फौज के एक सेवानिवृत्त सूबेदार द्वारा उपलब्ध कराई गई थी। 1980 से पहले जब पुलिस के पास .303 बोल्ट एक्शन राइफलें होती थीं, उस समय चंबल के दस्यु सरगना मलखान और घनश्याम के पास जी–3 राइफलें थीं। पश्चिमी उत्तर प्रदेश के महेंद्र फौजी गैंग में भी एक जी–3 राइफल थी, जिसे उसका खास शूटर सरदार पाल सिंह पाला उर्फ लक्कड़ पाला चलाता था। उत्तर प्रदेश जनता दल के वाइस प्रेसीडेंट और दादरी के विधायक महेंद्र सिंह भाटी, उनके भाई राजबीर सिंह भाटी, मुजफ्फरनगर मोरना ब्लॉक प्रमुख शोभा राम यादव और गाजियाबाद नगर पालिका के तत्कालीन उपाध्यक्ष शाहनवाज अंसारी की हत्याओं में जी–3 और ए.के.–47 राइफलों का प्रयोग महेंद्र फौजी गैंग द्वारा किया गया था। कृष्णानंद राय हत्याकांड में ए.के.–47 राइफलों के साथ जी–3 राइफल का भी प्रयोग हुआ था।

3. एस.एल.आर.

7.62 एम.एम. कैलीबर की एल.एल.आर. राइफलें भारतीय सेना द्वारा 1962 के चाइना युद्ध के बाद प्रयोग में लाई गई। यह बेल्जियम की एफ.एन.–फाल राइफल थी, जो लाइसेंस के तहत ब्रिटेन द्वारा बनाई गई थी। एस.एल.आर. भारत के अलावा अन्य कई देशों में भी प्रयोग की जाती थी। इसमें 7.62 एम.एम. का कारतूस प्रयोग किया जाता था। यह सेमी ऑटोमैटिक राइफल बहुत कारगर थी। आर्मी के बाद एस.एल.आर. राइफलों को 1980 के बाद देश की पैरामिलिट्री फोर्सेज और पुलिस बलों को दी गई। माफियाओं तक भी यह एस.एल.आर. राइफल पहुँच गई। इन माफियाओं ने एस.एल.आर. का बैरल काटकर छोटा कर दिया, जिससे इसे आसानी से कहीं भी ले जाया जा सके।

4. इनसास

5.56×45 mm INSAS

5.56 एम.एम. की यह राइफल सबसे पहले भारतीय सेना के पास आई, जो इंडियन ऑर्डिनेंस द्वारा निर्मित की जाती है। यह सेमी ऑटोमैटिक के अलावा तीन गोलियों का ब्रस्ट फायर भी करती है। माफियाओं द्वारा इसकी भी बैरल काटकर छोटी कर दी जाती थी, जिससे इन्हें आसानी से प्रयोग में लाया जा सके।

5. थॉम्पसन मशीन कार्बाइन

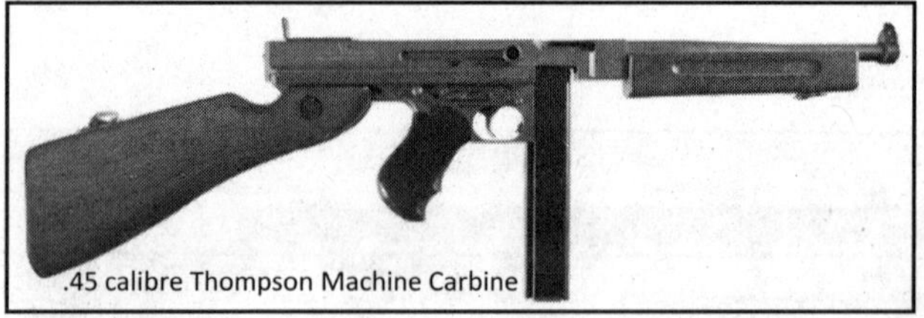
.45 calibre Thompson Machine Carbine

थॉम्पसन मशीन कार्बाइन अमेरिकन आर्मी के ब्रिगेडियर जनरल जॉन टी. थॉम्पसन द्वारा बनाई गई थी, जिसका प्रयोग अमेरिकन आर्मी ने 1938 से 1971 तक किया। मुख्य रूप से द्वितीय विश्वयुद्ध के दौरान अमेरिकन आर्मी द्वारा इसका प्रयोग किया गया। भारत में इसे टी.एम.सी. और सी.एम.टी. के नाम से जाना जाता था और 1990 के दशक तक पुलिस बलों द्वारा इसका प्रयोग किया जाता था। मैंने भी अपने सेवाकाल में टी.एम.सी. का प्रयोग किया था। इस सब-मशीनगन में .45 एसीपी कारतूसों का प्रयोग होता है। यह 600-700 गोली प्रति मिनट की दर से फायर करती है और प्रभावी रेंज लगभग 150 मीटर है। उत्तर प्रदेश के माफियाओं द्वारा इस हथियार का प्रयोग किया जाता रहा है। .45 कैलीबर की पिस्टल भी इन माफियाओं के पास थी। सब-मशीनगन और पिस्टल में एक ही कारतूस प्रयोग होता है। .45 बोर पिस्टल भी इन माफियाओं का पसंदीदा हथियार रहा है।

6. इजराइली यूजी सब-मशीनगन

यूजी सब-मशीनगन का निर्माण इजराइल द्वारा 1954 में किया गया था। यह सब-मशीनगन दुनिया के 90 देशों को निर्यात की गई। यूजी .45, 9 एम.एम., .22 एल.आर. कैलीबर में बनाई गई। यह सब-मशीनगन भी 600 गोली प्रति मिनट की दर से फायर करती है और इसकी प्रभावी रेंज 200 मीटर है। उत्तर प्रदेश और बिहार के माफियाओं द्वारा 9 एम.एम. यूजी सब-मशीनगन का प्रयोग किया जाता था, क्योंकि 9 एम.एम. के कारतूस आसानी से उपलब्ध हो जाते थे।

7. एम-1 यू.एस. कार्बाइन

.30 कैलीबर की हल्की वजन वाली सेमी ऑटोमेटिक कार्बाइन का निर्माण विंचेस्टर कंपनी द्वारा किया गया था। इसका प्रयोग अमेरिका द्वारा द्वितीय विश्व युद्ध, कोरियन और वियतनाम वार में किया गया। इस कार्बाइन में .30 कैलीबर के रिमलेस कारतूस इस्तेमाल किए जाते हैं। इस कार्बाइन की रेंज 270 मीटर थी।

भारत में इसका लाइसेंस दिया जाता था। इसका लाइसेंस पहले केवल राज्य सरकार के स्तर से ही जारी होता था। 1980-90 के दशक में थर्टी कार्बाइन के सबसे अधिक लाइसेंसी इटावा जिले में थे। इसके संभावित दुरुपयोग के दृष्टिकोण से थर्टी कार्बाइन का लाइसेंस केवल गृह मंत्रालय भारत सरकार द्वारा ही जारी किया जाने लगा। उत्तर प्रदेश और बिहार के माफियाओं का भी थर्टी कार्बाइन पंसदीदा हथियार रहा है।

8. .315, .3006 राइफल और 12 बोर बंदूक

भारत के सभी राज्यों में 315 बोर राइफल और 12 बोर बंदूकों के लाइसेंस जारी किए जाते हैं। हर राज्य में इनकी काफी संख्या है। बदमाशों द्वारा ये लाइसेंसी

हथियार डकैती, लूट और हत्या की घटनाओं में छीन लिये जाते थे। उत्तर प्रदेश के माफियाओं ने भी इन हथियारों का प्रयोग किया। अप्रतिबंधित होने के कारण इन हथियारों को ले जाने में उन पर कोई शक नहीं करता था, जब तक कि उनके लाइसेंस न चेक किए जाएँ।

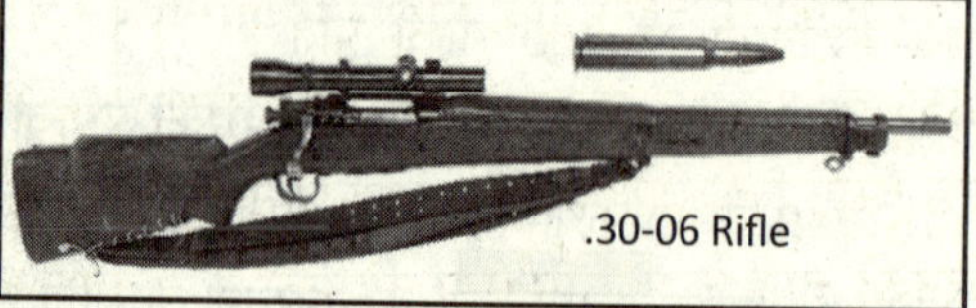

उत्तर प्रदेश में विधायक और एम.पी. बने माफियाओं ने अपनी सरकारों में जिलाधिकारियों पर दबाव डालकर अपने समर्थकों को थोक के भाव में लाइसेंस जारी करवा दिए। दबाव में अपराधियों को भी हथियारों के लाइसेंस मिल गए, जिसमें जिला मैनपुरी और इटावा मुख्य थे। कई माफियाओं ने अपने खास गुर्गों को अपने पैसे से बाजार में उपलब्ध अच्छी-से-अच्छी राइफलें खरीदवाईं, जिसमें .3006 बोर की पसंदीदा राइफलें भी थीं। एम.एल.ए./एम.पी. बनने पर मुख्तार अंसारी और अतीक अहमद ने अपने समर्थकों को थोक मात्रा में प्रयागराज, कौशांबी, प्रतापगढ़, गाजीपुर, बलिया, वाराणसी, मऊ, आजमगढ़, चंदौली में लाइसेंस जारी करवाए। नागालैंड से भी फर्जी तरीके से लाइसेंस जारी कराकर उसे यू.पी. में अपने रसूख के बल पर

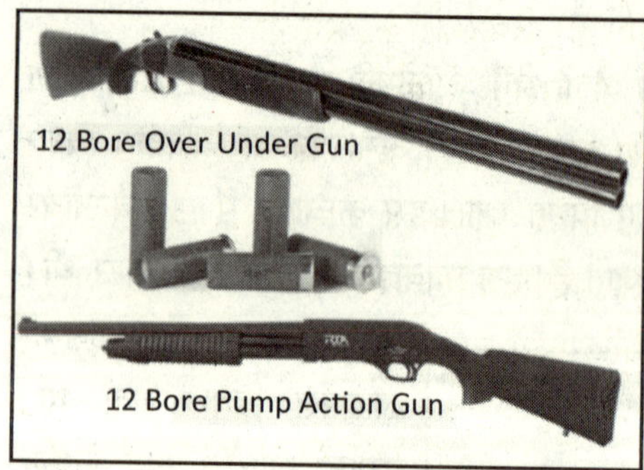

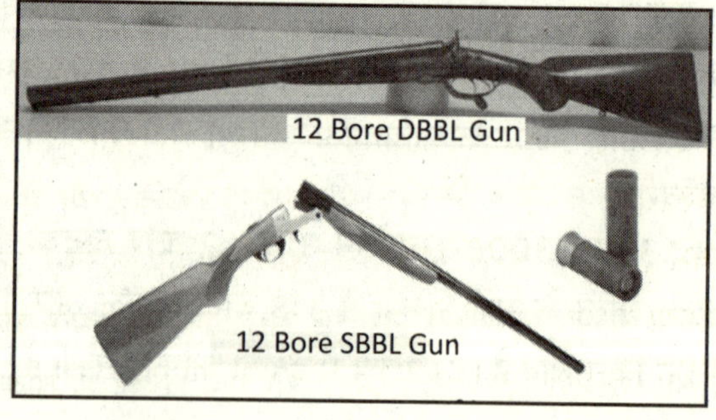

ट्रांसफर करा लिया गया। जब वे काफिलों में चलते थे तो माफियाओं के यही समर्थक राइफलें और बंदूकें लेकर उनके साथ चलते थे और आतंक का वातावरण पैदा करते थे। बंदूकों में 12 बोर रिपीटर और सेमी ऑटोमैटिक बंदूकें भी उनके पास आ गईं। 315 बोर राइफलों की शक्ल गन हाउस में बदल दी गई, जिससे वे देखने में भी घातक लगें। इनका भी प्रयोग अपराधों में धड़ल्ले से किया गया।

9. .455, .38 और .357 मैग्नम रिवॉल्वर

1990 के दशक तक पुलिस विभाग में .455 व .38 बोर वेबले-स्कॉट और स्मिथ एंड वेसन रिवॉल्वर प्रयोग में लाई जाती थी, जिनकी जगह अब 9 एम.एम. पिस्टल ने ले ली है। माफियाओं के पास भी .455 और .38 बोर रिवॉल्वर काफी मात्रा में थी।

.38 Bore Revolver

.455 Bore Webley Revolver

.455 बोर रिवॉल्वर के कारतूस अब नहीं मिल पाते हैं, हालाँकि .38 बोर के कारतूस अब भी मिल जाते हैं। .455 बोर रिवॉल्वर की स्टॉपिंग पावर बहुत अधिक थी। इसकी एक गोली ही किसी व्यक्ति की हत्या के लिए पर्याप्त थी। वर्ष 2000 तक इस रिवॉल्वर का प्रयोग माफियाओं द्वारा किया जाता था।

.357 मैग्नम रिवॉल्वर नवीनतम हथियारों में से एक है, जो स्मिथ एंड वेसन, विन्चेस्टर, टॉरस तथा अन्य हथियार निर्माता कंपनियों द्वारा बनाई जाती है। इसके बैरल 5 इंच, ढाई इंच, स्नब बैरल में होते हैं। यह उत्तर प्रदेश और बिहार के माफियाओं का पसंदीदा हथियार रहा है। 7 जून, 2023 को लखनऊ कचहरी में मुख्तार गैंग के शातिर अपराधी संजीव माहेश्वरी उर्फ जीवा निवासी मुजफ्फरनगर की हत्या में .357 बोर चेक-अल्फा मैग्नम रिवॉल्वर का प्रयोग हुआ था। इसका कारतूस इतना शक्तिशाली था कि माफिया संजीव जीवा को मारी गई सभी गोलियाँ उसके शरीर के आर-पार निकल गई थीं, जिससे पुलिस कॉन्स्टेबल और एक बच्ची भी घायल हो गए थे।

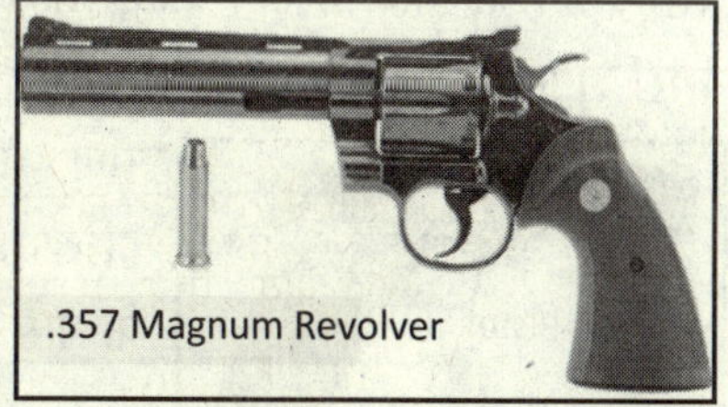

.357 Magnum Revolver

10. .45, 9 एम.एम. और .30 कैलीबर पिस्टल

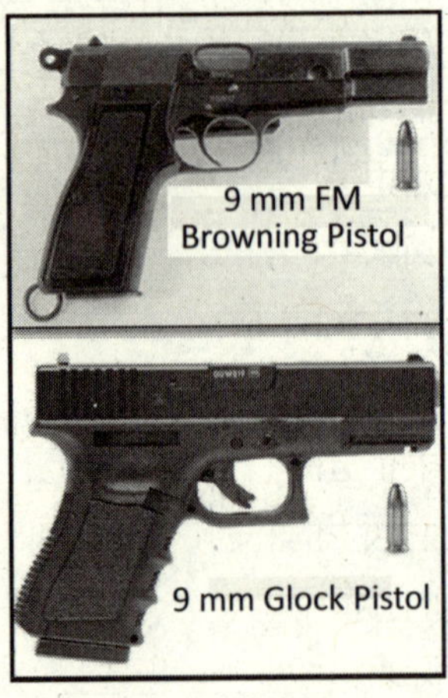

माफियाओं द्वारा .45, 9 एम.एम. और .30 कैलीबर की पिस्तौलों का प्रयोग किया जाता रहा है। टारगेट किलिंग में इन्हीं छोटे हथियारों का प्रयोग होता था। .30 कैलीबर की पिस्टल माफियाओं के पसंदीदा हथियार बन चुके थे। यह .45 और 9 एम.एम. पिस्टल से अधिक स्लीक और कारगर है, जिसे आसानी से छिपाया जा सकता है। इसकी पाराबेलम बॉटल-नेक बुलेट इसे और घातक बनाती हैं। 'पाराबेलम' का मतलब था कि यदि आप शांति चाहते हैं तो आपको युद्ध की तैयारी करनी चाहिए। 1990 के दशक में पंजाब के आतंकवादियों द्वारा इस पिस्टल का प्रयोग किया जाता था। पंजाब से तस्करों द्वारा थर्टी स्टार पिस्टल पश्चिमी उत्तर प्रदेश के माफियाओं के पास सबसे पहले पहुँची और उसके बाद पूर्वी उत्तर प्रदेश और बिहार के शातिर अपराधियों की पसंदीदा पिस्टल बनी। चीन द्वारा निर्मित यह पिस्टल पंजाब में आतंकवाद के दौरान पाकिस्तान द्वारा आतंकवादियों को उपलब्ध कराई जाती थी। पंजाब में आतंकवादियों से भारी मात्रा में स्टार पिस्टल पुलिस द्वारा बरामद की गई थी। भारतीय ऑर्डिनेंस फैक्टरी जबलपुर द्वारा उस पर 'आरसेनल नंबर' लगाए गए और भारतीय सेना के अधिकारियों को रियायती दर पर बेची गई। सेना के अधिकारियों द्वारा अपने लाइसेंसी हथियारों को जब बेचा गया तो यह अन्य लोगों के पास भी पहुँच गई।

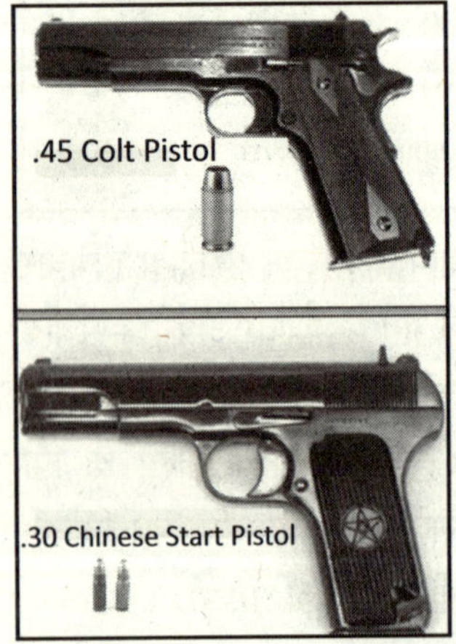

.45 पिस्टल अमेरिकन आर्मी द्वारा प्रयोग की जाती थी और कोल्ट द्वारा निर्मित थी। यह बहुत ही पावरफुल पिस्टल है। इसका और थॉम्पसन मशीन कार्बाइन के कैलीबर एक हैं। अब भारत में इसे प्रतिबंधित बोर की श्रेणी से हटा दिया गया है और इसका निर्माण भारत की हथियार निर्माता कंपनियाँ भी कर रही हैं।

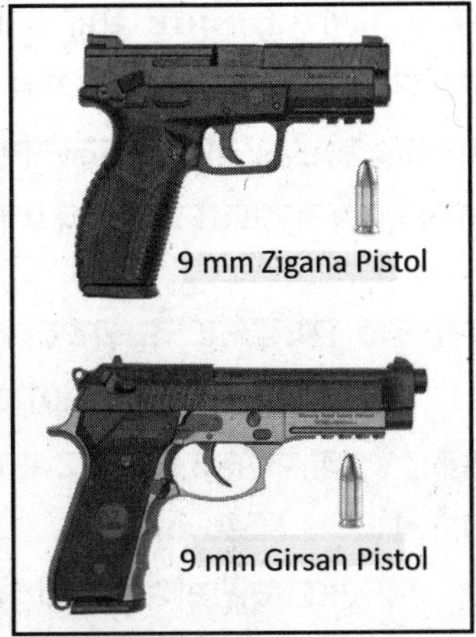
9 mm Zigana Pistol

9 mm Girsan Pistol

सेना और पुलिस बलों द्वारा शुरुआत में 9 एम.एम. पिस्टल बेल्जियम से आयात की गईं, जो वहाँ की हथियार निर्माता कंपनी 'एफ.एन. ब्राउनिंग' द्वारा निर्मित थीं। बाद में, भारतीय ऑर्डिनेंस फैक्टरी ने भी 9 एम.एम. पिस्टल का निर्माण किया, जो सेना, पैरामिलिट्री और पुलिस बलों द्वारा प्रयोग की जाती हैं। पुलिस बलों द्वारा 17, 19 ग्लॉक पिस्टल का भी प्रयोग किया जाता है, जो ऑस्ट्रिया द्वारा निर्मित है। ऑस्ट्रिया द्वारा दुनिया के 48 देशों में इसे निर्यात किया गया। वर्ष 2020 में इसका ग्लॉक 19 मॉडल दुनिया में बेस्ट सेलर पिस्टल था। माफियाओं के पास भी ग्लॉक पिस्टल पहुँच गईं।

माफियाओं द्वारा इटैलियन ब्रेटा, तुर्किए निर्मित जिगाना, गिरसॉन, जर्मनी, चेक गणराज्य द्वारा निर्मित आधुनिक पिस्तौलों का प्रयोग किया जाता है। 15 अप्रैल, 2023 को प्रयागराज के कॉल्विन अस्पताल में माफिया अतीक अहमद और उसके भाई खालिद अजीम उर्फ अशरफ की हत्याओं में तुर्किए निर्मित जिगाना और गिरसॉन पिस्तौलों का प्रयोग किया गया था।

11. देशी कट्टा

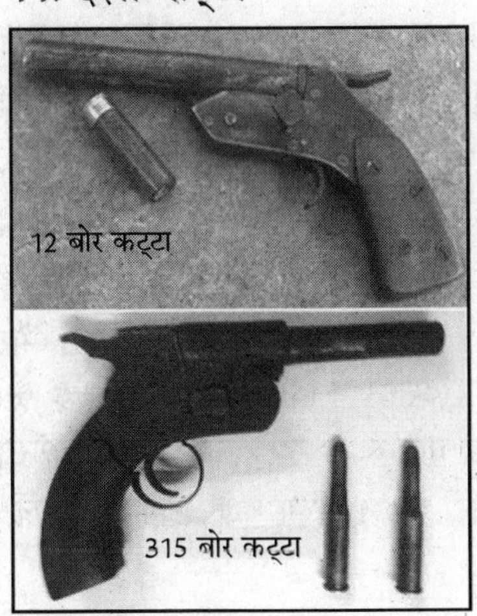
12 बोर कट्टा

315 बोर कट्टा

उत्तर प्रदेश और बिहार के माफिया अपने शूटरों को 12 बोर और .315 बोर के कट्टे, टारगेट कीलिंग के लिए देते थे। शूटर इन कट्टों से बिल्कुल नजदीक जाकर फायर करते थे, जिससे व्यक्ति का बचना मुश्किल होता था। यू.पी. और बिहार के माफिया कट्टों का प्रयोग इसलिए भी करते थे, जिससे पुलिस यह समझे कि यह छोटे बदमाशों का काम है। आधुनिक हथियारों का प्रयोग केवल सनसनीखेज घटनाओं में

किया जाता था, जिससे समाज में दहशत का वातावरण पैदा किया जा सके। माफिया गिरोहों के गुर्गे अपने पास कट्टे रखते थे, जो अधिकतर 12 बोर के होते थे। बाद में, 315 बोर के कट्टे प्रयोग किए जाने लगे, जिसका कारतूस .315 बोर राइफलों में प्रयोग होने वाला कारतूस है।

माफिया सिंडिकेट के शूटर

शहाबुद्दीन, मुख्तार अंसारी और अतीक अहमद के कुछ शूटरों के नाम इस प्रकार हैं, जो माफिया सिंडिकेट में एक-दूसरे के लिए अपराध करते थे और शरण पाते थे।

1. नौशाद : नौशाद आरा बिहार का रहने वाला था। बिहार में अपराधों के अलावा यह उत्तर प्रदेश में मुख्तार अंसारी और अतीक अहमद के लिए भी काम करता था। मुख्तार अंसारी द्वारा कराई गई भाजपा विधायक कृष्णानंद राय की हत्या में नौशाद भी शामिल था। मुंबई में यू.पी. एस.टी.एफ. से हुई मुठभेड़ में यह मारा गया।

2. जाकिर, बेतिया, बिहार : यह अलीगढ़ मुस्लिम विश्वविद्यालय से पढ़ा था। शुरुआत में शहाबुद्दीन ने जाकिर की मदद से अपराध किए। यह बहुत शातिर अपराधी था। चंपारण में वह बिहार पुलिस से हुई मुठभेड़ में मारा गया।

3. जमील खाँ उर्फ जंबो, दरभंगा, बिहार : जमील जाकिर का दोस्त था। वह भी अलीगढ़ मुस्लिम विश्वविद्यालय से पढ़ा हुआ था। वह दिल्ली के माफिया तेजपाल गूजर का भी मुख्य शूटर रहा और उसके साथ 29 जनवरी, 1990 को पटियाला हाउस कोर्ट नई दिल्ली में खजूरी परीक्षितगढ़ मेरठ निवासी माफिया बब्बू त्यागी की हत्या की थी, जिसमें मेरठ पुलिस के हवलदार महेंद्र त्यागी घायल होकर अपाहिज हो गए थे। हवलदार महेंद्र त्यागी की हत्या तेजपाल गूजर ने 24 मई, 1992 को मेरठ पुलिस लाइन में करवा दी थी। तेजपाल गैंग में दरभंगा बिहार निवासी चंगेज खान उर्फ डब्बू भी शातिर शूटर था। तेजपाल गूजर मेरे नेतृत्व में 22 जून, 1992 को ग्राम उस्तरा थाना गुलावटी बुलंदशहर में दिनदहाड़े हुई मुठभेड़ में मारा गया था, जिसमें दिल्ली पुलिस द्वारा मुझे एक लाख रुपए का पुरस्कार और भारत के राष्ट्रपति द्वारा बहादुरी के लिए गैलेंट्री मेडल मिला था। बाद में, जमील की भी गैंगवार में हत्या हो गई।

4. फजल्लुर्रहमान, दरभंगा : यह काफी दिनों साबरमती जेल में रहा। इसने देश के बड़े-बड़े व्यापारियों का अपहरण करके फिरौती की रकम वसूली थी।

5. छोटे पांडे : यह उत्तर प्रदेश के अयोध्या जिले का रहने वाला था और माफिया सिंडिकेट में काम करता था। 15 मार्च, 2001 को प्रतापपुर सीवान में वह शहाबुद्दीन के घर पर था। उसी दिन सीवान और देवरिया पुलिस ने शहाबुद्दीन के घर पर छापा मारा था, जिसमें छोटे पांडे घायल हुआ था। छोटे पांडे का घनिष्ठ संबंध मुख्तार अंसारी और उसके गुर्गों से था।

6. अरमान : यह पटना, बिहार का रहने वाला था और शहाबुद्दीन का शूटर था। 15 मार्च, 2001 को शहाबुद्दीन के घर पर हुई पुलिस मुठभेड़ के दौरान अरमान मारा गया।

7. राजू खान : यह बेतिया के शातिर अपराधी जाकिर का रिश्तेदार था। राजू ने शहाबुद्दीन के अलावा मुख्तार अंसारी के लिए काफी अपराध किए। 15 मार्च, 2001 को हुई पुलिस मुठभेड़ के दौरान राजू मारा गया।

8. सुलेमान उर्फ बुढ़ऊ : यह शहाबुद्दीन के शूटरों में काफी उम्रदराज और अनुभवी था। अधिक उम्र के कारण इसके साथी इसे बुढ़ऊ कहते थे। 15 मार्च, 2001 को हुई मुठभेड़ में सुलेमान की मुख्य भूमिका रही। शहाबुद्दीन उस पर बहुत विश्वास करता था। मुठभेड़ के दौरान शहाबुद्दीन जब घिर गया था, तब सुलेमान ने ही उसे राय दी थी कि वह कपड़े बदलकर निकल जाए, क्योंकि उत्तर प्रदेश पुलिस भी दूसरी तरफ से गोली चला रही है और उसका बच पाना मुश्किल होगा। शहाबुद्दीन को घर से सुरक्षित निकालने में सुलेमान की मुख्य भूमिका थी। वह शहाबुद्दीन के भाग जाने के बाद भी गोली चलाता रहा और मारा गया।

9. खुर्शीद : यह वैशाली, बिहार का रहने वाला था। यह भी शहाबुद्दीन के घर पर हुई पुलिस मुठभेड़ के दौरान 15 मार्च, 2001 को मारा गया।

10. गुड्डू मोछू : यह गोरखपुर का रहने वाला था। यह सिंडिकेट के अपराधियों के साथ जगह बदल-बदलकर रहता था, परंतु अधिकतर समय शहाबुद्दीन के साथ बिताता था। यह यू.पी. एस.टी.एफ. से हुई मुठभेड़ में मारा गया।

11. अताउर्रहमान बाबू : यह गाजीपुर जिले के थाना मोहम्मदाबाद के महरूपुर गाँव का रहने वाला था। इसने मुख्तार अंसारी के लिए यूपी, बिहार,

दिल्ली, हरियाणा, पंजाब, हिमाचल प्रदेश में हत्याएँ और फिरौती के लिए दर्जनों अपहरण किए। इसने माफिया बृजेश के गुरु साहब सिंह, गाजीपुर के रणजीत सिंह, त्रिभुवन सिंह के बड़े भाई हवलदार राजेंद्र सिंह आदि की हत्याएँ एक गोली मारकर कर दी। कृष्णानंद राय की हत्या में इसकी महत्त्वपूर्ण भूमिका थी। कोयला व्यापारी व विश्व हिंदू परिषद् के राष्ट्रीय कोषाध्यक्ष नंद किशोर रूँगटा के अपहरण और हत्या में मुख्य भूमिका अताउर्रहमान बाबू की थी। सी.बी.आई. ने इसके ऊपर सात लाख रुपए का पुरस्कार घोषित किया था, परंतु यह गिरफ्तार नहीं हो पाया। अताउर्रहमान ने पाकिस्तान में जाकर शादी कर ली और दाउद इब्राहीम के साथ काम करने लगा। इसके नेपाल और बांग्लादेश में भी ठिकाने थे।

12. मुन्ना बजरंगी : जौनपुर निवासी मुन्ना बजरंगी मुख्तार अंसारी का मुख्य शूटर था और माफिया सिंडिकेट में अतीक अहमद और शहाबुद्दीन के लिए भी काम करता था। मुन्ना बजरंगी का आपराधिक तंत्र बिहार, झारखंड, मुंबई, गुजरात, दिल्ली, हरियाणा, हिमाचल प्रदेश और उत्तराखंड तक फैला था। 9 जुलाई, 2018 को बागपत जेल में इसकी हत्या सुनील राठी ने कर दी, जो उस समय हत्या के एक मामले में आजीवन कारावास की सजा काट रहा था।

13. बाबू यादव, वाराणसी : बाबू यादव मुख्यतः मुख्तार अंसारी का शूटर था और उसके इशारे पर कई हत्याएँ कीं। यह वाराणसी पुलिस द्वारा मुठभेड़ में मारा गया।

14. अन्नू त्रिपाठी : वाराणसी निवासी अन्नू त्रिपाठी बहुत शातिर अपराधी था। इसने मुख्तार अंसारी के लिए भी कई सनसनीखेज हत्याएँ कीं। इसने माफिया बृजेश के दाहिने हाथ रहे त्रिभुवन सिंह के भतीजे अनिल सिंह बदरू और डॉ. राहुल सिंह की हत्या में मुख्य भूमिका निभाई थी। यह झरिया, धनबाद में भी काफी सक्रिय था। अन्नू त्रिपाठी की हत्या 2 मार्च, 2005 को वाराणसी जेल के अंदर कर दी गई।

15. संजीव माहेश्वरी उर्फ जीवा : यह सिंडिकेट में अतीक अहमद और मुख्तार अंसारी के लिए मुख्यतः काम करता था। भाजपा नेता ब्रह्मदत्त द्विवेदी की हत्या में इसे आजन्म कारावास की सजा मिली। भाजपा विधायक कृष्णानंद राय की हत्या में संजीव जीवा ने भी प्रमुख भूमिका निभाई थी। 7 जून, 2023 को केराकत, जौनपुर निवासी विजय यादव ने लखनऊ कचहरी में पेशी के दौरान संजीव जीवा की हत्या कर दी।

16. राजवीर रमाला : रमाला बागपत, उत्तर प्रदेश का रहने वाला था। यह पश्चिमी उत्तर प्रदेश के सतबीर गैंग का मुख्य सदस्य था। सतबीर और संजीव जीवा के माध्यम से इसकी मुलाकात मुख्तार अंसारी से हुई। मुख्तार अंसारी जब गाजीपुर जेल में था, उस दौरान राजवीर गाजीपुर जेल, मुख्तार अंसारी के घर और उसके ठिकाने पर शरण पाता था। इसके द्वारा किए गए फिरौती के लिए अपहरण और रंगदारी के पैसे मुख्तार अंसारी और शहाबुद्दीन द्वारा वसूले जाते थे। राजवीर रमाला पुलिस मुठभेड़ में मारा गया।

17. गुरमीत बाबा : पंजाब का रहने वाला गुरमीत बाबा शुरुआती दौर में मुख्तार अंसारी के संपर्क में आया। 1991 में उत्तर प्रदेश में कल्याण सिंह की सरकार बनने के बाद जब मुख्तार पर शिकंजा कसा गया तो इसने चौटाला, हरियाणा, अबोहर, पंजाब और दिल्ली में रहकर अपराध किए। गुरमीत बाबा ने भी यू.पी.-बिहार के माफिया सिंडिकेट में काम किया।

18. सिल्लू मियाँ : सिल्लू मियाँ आरा, बिहार का रहने वाला था। यह जाकिर बेतिया, जावेद अलीगढ़, गामा गोरखपुर के संपर्क में आकर शहाबुद्दीन का जिगरी दोस्त बन गया था। इसका संबंध कश्मीर से था और पहली बार शहाबुद्दीन के लिए ए.के.-47 राइफलें कश्मीर से सिल्लू मियाँ ही लाया था। यह बैंक डकैती करने के लिए कुख्यात था। इसने बिहार के माफिया सुनील पांडेय के साथ मिलकर बलिया में बैंक डकैती डाली थी। पुलिस पीछा कर रही थी और ग्राम बसंतपुर नरही में पुलिस से मुठभेड़ हो गई, जिसमें एक सिपाही मारा गया। सुनील पांडेय और सिल्लू मियाँ फरार हो गए, परंतु बिहार बॉर्डर पर सुनील पांडेय गिरफ्तार हो गया और सिल्लू मियाँ भाग गया। सिल्लू मियाँ, डेहरी आनसोन जिला सासाराम में सुनील पांडेय के घर पर रहता था। सुनील पांडेय अपने बाहुबल से विधायक बना। कहा जाता है कि गलत आचरण के कारण डेहरी आनसोन में उसकी हत्या करके लाश गायब कर दी गई थी।

19. तबरेज उर्फ तब्बू : यह पटना, बिहार का रहनेवाला था। तबरेज, सिंडिकेट का मुख्य सदस्य था। 15 मार्च, 2001 को शहाबुद्दीन के घर पर हुई पुलिस मुठभेड़ में तबरेज भी शामिल था और मुठभेड़ में घायल हो गया था। पटना में इसकी हत्या वर्ष 2023 में कर दी गई।

20. सलमान उर्फ चाँद मियाँ : यह आरा, बिहार का रहने वाला था।

23 जनवरी, 2015 को आरा कचहरी में शातिर अपराधी लंबू शर्मा की पेशी थी। अदालत द्वारा उसे फाँसी की सजा सुनाई गई थी। लंबू शर्मा को पुलिस कस्टडी से छुड़ाने की योजना बनाई गई। बदमाशों द्वारा बम से हमला किया गया, जिसमें सिपाही अमित कुमार शहीद हो गए थे। बम लेकर आई महिला नगीना देवी की भी विस्फोट में मौत हो गई। इस बमकांड में 15 लोग घायल हुए थे। बमबाजी के दौरान भगदड़ मच गई और लंबू शर्मा और उसका साथी अखिलेश उपाध्याय फरार हो गए। आरा बमकांड में सलमान उर्फ चाँद मियाँ की भी भूमिका थी। आरा बमकांड लंबू शर्मा को पुलिस अभिरक्षा से छुड़ाने के लिए किया गया था, जो सिंडिकेट का शातिर सदस्य था।

21. अरमान : अरमान कैमूर, बिहार का रहने वाला था। अरमान सिंडिकेट का महत्त्वपूर्ण शूटर था। बसपा विधायक राजू पाल की 25 जनवरी, 2005 को हुई हत्या में उमेश पाल मुख्य गवाह थे। उमेश पेशे से वकील थे और राजू पाल हत्या के केस की पैरवी कर रहे थे। 23 फरवरी, 2023 को अतीक अहमद ने उमेश पाल की प्रयागराज में उसके घर के पास दिन-दहाड़े हत्या करा दी, जिसमें कॉन्स्टेबल राघवेंद्र और संदीप निषाद भी शहीद हुए थे। इस सनसनीखेज हत्या में अरमान की भी भूमिका थी। उमेश पाल की गाड़ी पर राइफल से फायर करने वाला शूटर अरमान ही था। उत्तर प्रदेश पुलिस द्वारा उमेश पाल हत्याकांड में इसकी गिरफ्तारी के लिए पाँच लाख का इनाम घोषित किया गया था।

22. शहाबुद्दीन का ड्राइवर ध्रुव प्रसाद जायसवाल उर्फ ध्रुव साव : ध्रुव जायसवाल सीवान का ही रहने वाला था और शहाबुद्दीन की गाड़ी चलाता था। शहाबुद्दीन इस पर बहुत विश्वास करता था। यह कई सनसनीखेज हत्याओं में शामिल रहा। यह मुख्तार अंसारी के यहाँ भी शरण पाता था। ध्रुव जायसवाल ने जवाहरलाल नेहरू विश्वविद्यालय नई दिल्ली के दो बार अध्यक्ष रहे चंद्रशेखर प्रसाद उर्फ चंदू बाबू की हत्या 31 मार्च, 1997 को उस समय की थी, जब वे भारतीय कम्युनिस्ट पार्टी-माले द्वारा 2 अप्रैल, 1997 को आयोजित बंद का टैंपो द्वारा सीवान में प्रचार कर रहे थे। शहाबुद्दीन को अपने गढ़ में भाकपा-माले का प्रचार बरदाश्त नहीं हुआ और उसने उनकी हत्या का तुरंत निर्णय ले लिया था। न्यायालय द्वारा चंद्रशेखर प्रसाद की हत्या में ध्रुव प्रसाद जायसवाल उर्फ ध्रुव साव, इलियास वारिस उर्फ मंटू खान, शेख मुन्ना उर्फ मुन्ना खान और रुस्तम खान को

आजीवन कारावास की सजा सुनाई। सभी शूटर तत्कालीन एम.पी. राष्ट्रीय जनता दल शहाबुद्दीन के गुर्गे थे।

शहाबुद्दीन, अतीक अहमद और मुख्तार अंसारी की पिकनिक

शहाबुद्दीन, अतीक अहमद और मुख्तार अंसारी जंगली जानवरों के शिकार के शौकीन थे। वे महीने में 2-3 बार गाजीपुर में शिकार के लिए मुख्तार अंसारी के यहाँ अवश्य आते थे। ग्राम शेरपुर, रेवतीपुर के खादर गंगा नदी से लगे हुए हैं। इस पूरे क्षेत्र में घना जंगल है। इस जंगल में चीतल, पाड़ा हिरन, ब्लैक बक, नील गाय, जंगली सूअर, खरगोश आदि सभी प्रकार के जंगली जीव पाए जाते हैं। गंगा का खादर इन तीनों माफियाओं का पसंदीदा शिकारगाह था। ये यहाँ पर हिरन और नील गाय का शिकार करते थे। अपने गैंग के हिंदू सदस्यों के लिए जंगली सूअर भी मारते थे। इस खादर क्षेत्र में वे अपने सदस्यों के साथ फायरिंग प्रैक्टिस भी करते थे। शिकार के लिए आधुनिक ए.के.-47 और टेलीस्कोपिक राइफलों का प्रयोग किया जाता था।

अप्रैल 2005 में शहाबुद्दीन के सीवान स्थित आवास 'व्हाइट हाउस' पर एस.पी. संजय रत्न ने रेड डाली थी। रेड में कई अवैध सामानों के साथ एक फोटो भी मिला था। शहाबुद्दीन उस फोटो में छुरी से हिरन का गला रेतते हुए दिख रहा था और उसके पीछे हथियारों के साथ आधा दर्जन से अधिक लोग खड़े दिखाई दे रहे थे। यह फोटो गाजीपुर के शेरपुर और रेवतीपुर के जंगल का ही था, जहाँ वे अक्सर शिकार खेलने जाते रहते थे। बिहार के पश्चिमी चंपारण का जंगल भी इनका दूसरा पसंदीदा शिकारगाह था। इन तीनों माफियाओं के सिंडिकेट का इतना आतंक था कि सरकारी अधिकारी जानते हुए भी इन्हें शिकार करने से नहीं रोक पाते थे।

□

सीवान का माफिया शहाबुद्दीन

माफिया मो. शहाबुद्दीन
(सीवान बिहार)

उत्तर प्रदेश के देवरिया जिले से सटा हुआ जिला है सीवान, इस जिले ने देश को पहला राष्ट्रपति दिया था। देश के पहले राष्ट्रपति डॉ. राजेंद्र प्रसाद का जन्म सीवान जिले के जीरादेई में हुआ था। वे दुनिया भर में अपनी विद्वत्ता और स्वतंत्रता संग्राम में भूमिका के लिए जाने जाते थे। उनके कारण सीवान जिले का नाम पूरे देश में हुआ, लेकिन बाद में अपराध, गैंगवार, राजनीति में अपराधियों के दबदबे और बाहुबलियों के वर्चस्व की जंग के लिए पूरे देश में कुख्यात हुआ। 1990 के बाद लगभग तीन दशकों तक सीवान में चुनाव बाहुबल से जीते जाते थे।

बिहार के इसी सीवान जिले में मोहम्मद शहाबुद्दीन का जन्म 10 मई, 1967 को ग्राम प्रतापपुर में हुआ। उसकी पढ़ाई बिहार में हुई और उसने एम.ए. की डिग्री हासिल की। वह कॉलेज के समय से ही अपराध करने लगा था। उसके ऊपर पहला मुकदमा थाना हुसैनगंज सीवान में मोटरसाइकिल चोरी का लिखा गया। उसका संबंध अलीगढ़ के शातिर अपराधी जावेद, गोरखपुर के बैंक लुटेरे गामा खान, जाकिर बेतिया बिहार, जमील खाँ 'जंबो' दरभंगा, फजल्लुर्रहमान दरभंगा और आरा बिहार के सिल्लू मियाँ से हुआ। शहाबुद्दीन हमेशा जावेद के साथ रहता था। ये तीनों बदमाश पुलिस मुठभेड़ों में मारे गए। इनमें से जाकिर, जमील खाँ और फजल्लुर्रहमान अलीगढ़ मुस्लिम विश्वविद्यालय से पढ़े हुए थे और इन्हें

'अलीगैरियन' कहा जाता था। शहाबुद्दीन ने शातिर बदमाशों से दोस्ती गाँठ ली और अपराध की राह पर चल पड़ा।

शेखपुर सीवान निवासी अफजाल अहमद वहाँ के बड़े जमींदार थे। पटना और सीवान में उनके गाड़ियों के टायर के शोरूम थे। एक समय वे बिहार में टायर के बड़े व्यापारी माने जाते थे। उनका सीवान में सबसे पुराना सिनेमा हॉल और मार्केट था। शहाबुद्दीन उन्हीं के साथ रहता था। अफजाल अहमद उसे दत्तक पुत्र मानते थे। वर्ष 1989 में अफजाल की बेटी की शादी थी। बेटी के निकाह के समय कुछ लोग हर्ष फायर कर रहे थे। हर्ष फायरिंग के दौरान 12 बोर दुनाली बंदूक की गोली दुर्घटनावश अफजाल को लग गई और वहीं पर उनकी मृत्यु हो गई। उनकी मृत्यु के बाद ही शहाबुद्दीन उनके परिवार से जुड़ा रहा और अपने को उनका दत्तक पुत्र कहता था।

वर्ष 1990 में बिहार में चुनाव होने वाले थे। शहाबुद्दीन ने जीरादेई विधानसभा सीट से निर्दलीय प्रत्याशी के रूप में चुनाव लड़ा। अफजाल अहमद के कारण वहाँ के लोगों ने शहाबुद्दीन को जिता दिया और वह पहली बार विधायक बन गया। 1990 में ही मुख्यमंत्री बनने के बाद लालू यादव उसे अपनी पार्टी जनता दल में ले आए। उस समय देश में अपराध की सीढ़ियाँ चढ़कर राजनीति में आने वालों की कमी नहीं थी। शहाबुद्दीन ने भी यही रास्ता चुना। बाहुबली शहाबुद्दीन का नाम राजनीति की गलियों में पहली बार तब चर्चा में आया, जब लालू यादव की छत्रच्छाया में वह बिहार जनता दल की युवा इकाई का अध्यक्ष बना दिया गया। बिहार में सत्तारुढ़ जनता दल में आते ही शहाबुद्दीन की ताकत और दबंगई एकाएक बढ़ गई। वर्ष 1995 में शहाबुद्दीन ने जीरादेई से जनता दल के टिकट पर दूसरी बार विधानसभा चुनाव जीता। उसकी बढ़ती ताकत को देखते हुए लालू यादव ने उसे 1996 में सीवान लोकसभा सीट से टिकट दिलाया और वह सांसद बन गया। लालू यादव द्वारा 1997 में 'राष्ट्रीय जनता दल' के गठन के साथ ही शहाबुद्दीन को पार्टी में महत्त्वपूर्ण स्थान दिया गया। बिहार की आरजेडी सरकार में शहाबुद्दीन की ताकत लगातार बढ़ती गई। धीरे-धीरे शहाबुद्दीन पर सत्ता का ऐसा नशा चढ़ा कि वह अधिकारियों के साथ भी मनमानी करने लगा। शहाबुद्दीन द्वारा अधिकारियों को पीटने की घटनाएँ आम बात हो गई।

भागलपुर दंगे के बाद बिहार का राजनीतिक परिदृश्य बदल गया था और उसके परिणामस्वरूप 1990 के बिहार विधानसभा आम चुनाव में कांग्रेस पार्टी सत्ता से बाहर हो गई थी। 24 अक्तूबर, 1989 को भागलपुर शहर के परबती इलाके से रामजन्म भूमि आंदोलन के शिलापूजन का जुलूस शुरू हुआ था। जुलूस में जमकर नारे लगाए जा रहे थे। जैसे ही जुलूस तातारपुर मुस्लिम इलाके की तरफ बढ़ा तो उसे विरोध का सामना करना पड़ा। तातारपुर के मुस्लिम जुलूस को रोकने के लिए तैयार थे। वे कह रहे थे कि चौक के बाद जुलूस को आगे नहीं बढ़ने देंगे। लोगों ने गुस्से में पुलिस पर पटाखा बम फेंक दिया, जिसके धुएँ के गुबार में डी.एम., एस.पी. सब छुप गए। उस समय भगवत झा आजाद, कांग्रेस के सांसद हुआ करते थे। उन्होंने ही अपने राजनीतिक लाभ के लिए मुसलमानों को जुलूस को रोकने के लिए तैयार किया था। उन्होंने सोचा था कि यदि छोटा-मोटा झगड़ा होता है तो पैसे देकर समझौता करा दिया जाएगा और मुसलमानों का वोट आसानी से कांग्रेस को मिल जाएगा, लेकिन मामला हाथ से निकल गया और बड़ा सांप्रदायिक दंगा हो गया। इस घटनाक्रम ने कांग्रेस पार्टी को बिहार से बाहर का रास्ता दिखा दिया।

कहा जाता है कि उन्हीं की पार्टी के शिव चंदर झा से भगवत झा आजाद की वर्चस्व की लड़ाई चल रही थी। दोनों मुसलमानों के नेता बनना चाहते थे। इस दंगे ने काफी विकराल रूप ले लिया, जिसमें हत्या, लूट और आगजनी की घटनाएँ हुईं। इस घटना में लगभग 900 लोग मारे गए, जिसमें मुसलमानों की संख्या अधिक थी। दंगे को बिहार की कांग्रेस सरकार नियंत्रित नहीं कर पाई। उस समय सत्येंद्र नारायण सिन्हा बिहार के मुख्यमंत्री थे। उन्हें अपना पद छोड़ना पड़ा और जगन्नाथ मिश्रा को मुख्यमंत्री बनाया गया।

भागलपुर दंगे से बिहार के मुसलमानों का कांग्रेस से मोहभंग हो गया था। उन्हें ऐसे नेता की तलाश थी, जो उनके हित की बात करे। उसी समय मंडल कमीशन भी लागू हुआ था, जिसमें पिछड़े वर्ग को सरकारी नौकरियों में 27 प्रतिशत आरक्षण दिया गया था। लालू प्रसाद यादव ने इस मौके को लपक लिया और 'एम-वाई' (मुस्लिम-यादव) फॉर्मूले के तहत चुनाव लड़े। 1990 में चुनाव के बाद जनता दल सत्ता में आई। उस समय मुख्यमंत्री बनने की दौड़ में राम सुंदर दास का नाम काफी आगे चल रहा था। उस दौड़ में रघुनाथ झा और लालू प्रसाद

यादव भी शामिल थे। राम सुंदर दास 21 अप्रैल, 1979 से 17 फरवरी, 1980 तक बिहार के 15वें मुख्यमंत्री रहे थे। लालू यादव को देवीलाल समर्थन दे रहे थे और रघुनाथ झा को चंद्रशेखर तथा राम सुंदर दास को प्रधानमंत्री विश्वनाथ प्रताप सिंह। उस समय लालू यादव मंडल कमीशन लागू कराने में काफी सक्रिय थे। वोटिंग हुई और लालू यादव को 59, राम सुंदर दास को 56 और रघुनाथ झा को 12 विधायकों का समर्थन मिला। लालू यादव देवीलाल के प्रयास से बिहार के मुख्यमंत्री बन गए।

लालू यादव निर्दलीय विधायकों को अपने साथ जोड़ना चाहते थे। आपराधिक छवि का शहाबुद्दीन उनके 'एम-वाई' फॉर्मूले में फिट बैठ रहा था। उन्होंने अपने साले साधू यादव, विधायक शिवशंकर यादव, अवध बिहारी चौधरी के प्रयास से शहाबुद्दीन को अपनी पार्टी में मिला लिया। लालू प्रसाद यादव के जंगलराज में शहाबुद्दीन का आतंक चरम पर पहुँच गया। उसके गुर्गों में कानून का कोई भय नहीं था। वे खुले तौर पर मनमानी करते थे। क्या मजाल कि सीवान के लोग शहाबुद्दीन के खिलाफ चले जाएँ। उस समय कोई भी राजनीतिक पार्टी सीवान में न तो अपनी पार्टी के झंडे लगा सकती थी और न ही चुनाव कार्यालय खोल सकती थी। शहाबुद्दीन को लालू यादव का आशीर्वाद प्राप्त था और लालू को उसके बाहुबल के माध्यम से वोट मिलते थे। व्यापारियों के अपहरण, धन उगाही, हत्या आदि घटनाएँ शहाबुद्दीन के लिए आम बात थी। शहाबुद्दीन के डर से लोग थर-थर काँपते थे। 1990 के बाद दो दशक तक सीवान की सियासत में आपराधिक तत्त्वों का बोलबाला रहा। कई अपराधों में नाम आने के बाद शहाबुद्दीन ने राजनीति में एंट्री की थी और अपने बाहुबल के दम पर जीरादेई विधानसभा सीट से 2 बार विधायक और सीवान संसदीय क्षेत्र से 4 बार सांसद रहा। उसने अपने बहनोई एजाज-उल-हक को जीरादेई सीट से विधायक और राज्यमंत्री बनवाया। एक दौर था, जब तेजाब कांड हो, वामपंथी नेता चंद्रशेखर की हत्या हो, एस.पी. सीवान एस. के. सिंघल पर जानलेवा हमला हो या डिप्टी एस.पी. संजय कुमार को थप्पड़ मारने की घटना हो, शहाबुद्दीन का नाम हमेशा सुर्खियों में रहता था। जिले के अस्पताल हों, स्कूल हों, बैंक हों या फिर कोई भी दफ्तर, हर जगह छोटे सरकार के नाम से मशहूर शहाबुद्दीन का ही कानून चलता था। सीवान के लोग उसे 'साहेब' कहकर पुकारते थे।

शहाबुद्दीन का सियासी सफर शुरू होने से काफी पहले से ही उसकी दबंगई के चर्चे आम थे। पुलिस रिकॉर्ड के अनुसार, उसके ऊपर पहली एफ.आई. आर. वर्ष 1986 में 19 साल की उम्र में सीवान के थाना हुसैनगंज में दर्ज हुई, जो मोटरसाइकिल चुराने से संबंधित थी। बाद में उसका खौफ ऐसा फैला कि वहाँ के लोग अपने लिए भी खर्च करने से बचने लगे थे। व्यापारी नई गाड़ियाँ नहीं खरीदते थे, क्योंकि संपन्नता दिखने पर उन्हें शहाबुद्दीन को हर महीने रंगदारी देनी पड़ती थी। नई गाड़ी की लूट होना भी तय था। उस समय अगर किसी को दहेज में 'हीरो होंडा स्पलेंडर' मिली तो उसे शहाबुद्दीन के गुर्गे लूट लेते थे। इतना ही नहीं, प्रतिरोध करने पर जान जा सकती थी। लोग अपने घरों और दुकानों में उसकी तस्वीर टाँग कर रखते थे। ऐसा इसलिए किया जाता था कि कहीं से भी यह न लगे कि कोई व्यक्ति उसका विरोधी है और उसका सम्मान नहीं करता है। धीरे-धीरे शहाबुद्दीन बिहार का मोस्ट वांटेड क्रिमिनल बन गया। उसके ऊपर उसकी उम्र से अधिक 60 मुकदमे दर्ज थे। इससे अधिक मुकदमे तो लोग डर के कारण लिखवाते ही नहीं थे। उसे 6 मामलों में सजा हो गई थी। भाकपा-माले के कार्यकर्ता छोटेलाल गुप्ता के अपहरण और हत्या के मामले में उसे आजीवन कारावास की सजा हुई। शहाबुद्दीन को 2003 में छोटेलाल गुप्ता हत्या मामले में गिरफ्तार कर लिया गया था, परंतु स्वास्थ्य खराब होने का बहाना बनाकर वह सीवान जिला अस्पताल में रहने लगा और वहीं से जनता दल-यू. प्रत्याशी को तीन लाख से अधिक वोटों से हराया। संसदीय चुनाव के तुरंत बाद शहाबुद्दीन के समर्थकों ने जनता दल यू. के 8 कार्यकर्ताओं को मार डाला था।

पुलिस अधिकारी की पिटाई से टूटा सीवान पुलिस के सब्र का बाँध

शहाबुद्दीन पर सत्ता का ऐसा नशा चढ़ा कि उसने कानून को ठेंगा दिखाने के साथ-साथ अधिकारियों के साथ भी मनमानी करना शुरू कर दिया। कई अधिकारियों से शहाबुद्दीन द्वारा मारपीट की खबरें आने लगीं। उसी दौरान बच्चू सिंह मीणा (आई.पी.एस.-1997) सीवान में एस.पी. के पद पर तैनात हुए। वे पटना में ए.एस.पी. थे और पहला प्रमोशन पाकर सीवान के एस.पी. बने थे। 31 मार्च, 1997 को जवाहरलाल नेहरू विश्वविद्यालय नई दिल्ली छात्र संघ के एक बार उपाध्यक्ष और दो बार अध्यक्ष रहे चंद्रशेखर उर्फ चंदू की दिन के 12 बजे

जे.पी. चौक सीवान पर गोली मारकर हत्या कर दी गई। भाकपा-माले द्वारा 2 अप्रैल, 1997 को बिहार बंद का आयोजन किया गया था। आयोजन को सफल बनाने के लिए चंद्रशेखर टेंपो से प्रचार करते हुए सीवान के जे.पी. चौक के पास पहुँचे ही थे कि हाथों में रिवॉल्वर लिये हुए शहाबुद्दीन का शूटर ध्रुव कुमार जायसवाल उर्फ ध्रुव साव, शेख मुन्ना उर्फ मुन्ना खान, रियाजुद्दीन, रुस्तम खान तथा स्टेनगन लिये हुए इलियास वारिश उर्फ मंटू खान ने उन्हें रोक लिया और अंधाधुंध फायरिंग की। फायरिंग में चंद्रशेखर उर्फ चंदू मौके पर ही मारे गए, जबकि श्याम नारायण यादव और भृगुसेन पटेल घायल हो गए। बाद में श्याम नारायण यादव की भी मौत हो गई। घटनास्थल पर ही सब्जी विक्रेता भुटाली मियाँ भी मारे गए थे। रमेश सिंह कुशवाहा के बयान पर टाउन थाना सीवान में कांड संख्या 54/97 दर्ज किया गया। जे.एन.यू. छात्रसंघ के नेता की हत्या के बाद छात्रों के भारी दबाव पर बिहार सरकार ने 31 जुलाई, 1997 को इसकी विवेचना सी.बी. आई. को सौंप दी। सी.बी.आई. ने विवेचना के बाद 30 मई, 1998 को न्यायालय में आरोप-पत्र भेजा। वर्ष 2012 में शहाबुद्दीन का ड्राइवर व खास शूटर ध्रुव प्रसाद जायसवाल सहित इलियास वारिश उर्फ मंटू खान, शेख मुन्ना उर्फ मुन्ना खान और रुस्तम खान को आजन्म कारावास की सजा हो गई। शहाबुद्दीन ने अपने गुर्गों की अपील पटना हाईकोर्ट में कराईं। पटना हाईकोर्ट द्वारा 10 मई, 2019 को लोअर कोर्ट द्वारा दी गई सजा बरकरार रखी गई।

शहाबुद्दीन को भाकपा-माले नेताओं का सीवान में मजबूत होना बरदाश्त नहीं था। इन नेताओं के प्रभाव को वहाँ के राजपूत और भूमिहार जमींदार हर हालत में रोकना चाहते थे। शुरुआत में इन जमींदारों ने भी शहाबुद्दीन को संरक्षण देकर आगे बढ़ाया था। शहाबुद्दीन ने डेढ़ दर्जन से अधिक भाकपा-माले नेताओं की हत्या कराईं।

अप्रैल 1999 में सीवान कलेक्ट्रेट में सी.पी.आई.-माले की जनसभा चल रही थी। शहाबुद्दीन को यह बरदाश्त नहीं हुआ। कलेक्ट्रेट में ए.के.-47 से धुआँधार गोलियाँ चलाई गईं, जिसमें 3 लोग घायल हुए। कलेक्ट्रेट की दीवारों पर दर्जनों गोलियों के निशान मिले। एस.पी. राम लखन सिंह ने कोई कार्रवाई नहीं की और यह मुकदमा भी तत्काल बिहार सी.आई.डी. को सौंप दिया गया।

वर्ष 1997 में चुनाव था। शहाबुद्दीन के दो विरोधियों को गिरफ्तार करके

थाने के लॉकअप में रखा गया था। जैसे ही शहाबुद्दीन को यह सूचना मिली तो वह तुरंत थाने पहुँच गया। उसने जबरदस्ती लॉकअप की चाभी लेकर दोनों को बाहर निकालकर पहले पीटा और फिर थाने में ही गोली मारकर उनकी हत्या कर दी। उस समय सीवान के एस.पी. एस.के. सिंघल तुरंत थाने पहुँचे और शहाबुद्दीन की गाड़ी का पीछा किया। वह गाड़ी भगाता रहा, परंतु जब उसे लगा कि एस.पी. उसका पीछा करना नहीं छोड़ेंगे तो वह पलटकर एस.पी. की गाड़ी पर फायरिंग करने लगा। एस.पी. सिंघल को जान बचाकर भागना पड़ा।

वर्ष 2000 में रघुबीर शरण वर्मा, एडवोकेट की हत्या हुई थी। एस.पी. बी.एस. मीणा को सूचना मिली कि शहाबुद्दीन के कुछ शूटर धनौती मठ के पास ग्यासपुर गाँव में मौजूद हैं। मीणा ने उसी समय ग्यासपुर में रेड कर दी, जिसमें शहाबुद्दीन के पाँच शूटर पकड़े गए और उनके पास से 3 ए.के.-47 राइफलें बरामद हुईं। सीवान पुलिस शहाबुद्दीन के आतंक से इतनी डरी हुई थी कि उन्होंने एस.पी. को गिरफ्तार किए गए शहाबुद्दीन के गुर्गों को सीवान न लाकर महाराजगंज में रखने का सुझाव दिया। उन्हें आशंका थी कि यदि गुर्गों को सीवान में लाया गया तो शहाबुद्दीन पुलिस पार्टी पर हमला करके उन्हें छुड़ा लेगा। शीर्ष राजनीतिक स्तर से एस.पी. पर दबाव डाला गया कि वे ए.के.-47 की जगह तमंचे दिखा दें, परंतु बी.एस. मीणा ने खुद थाने में जाकर ए.के.-47 की बरामदगी की रिपोर्ट लिखवा दी। डी.आई.जी. छपरा सीधे थाने पहुँच गए और उन्होंने थानाध्यक्ष पर दबाव डाला कि ए.के.-47 की बरामदगी न दिखाई जाए। डी.आई.जी. वहीं पर रुके रहे। शासन से आदेश हुआ कि इस घटना की विवेचना डी.आई.जी. सीवान के पर्यवेक्षण में की जाएगी। शहाबुद्दीन के समर्थक नेताओं को आशंका थी कि इस घटना में एस.पी. मीणा कहीं शहाबुद्दीन को भी न लपेट लें। सीवान पुलिस शहाबुद्दीन के गुर्गों को सीवान कस्बे में घुमाते हुए न्यायालय ले गई और उन्हें जेल भेज दिया गया।

सीवान में यह पहला मौका था, जिसमें शहाबुद्दीन को लगा कि लोगों में उसका डर कम हुआ है। सीवान की जनता को पहली बार लगा कि शहाबुद्दीन पर भी कार्रवाई की जा सकती है। शहाबुद्दीन इतना बौखला गया कि वह 5-6 दिन बाद ही ग्यासपुर में आ धमका और गोली मारकर 5 लोगों की हत्या कर दी, जो सभी यादव थे। उसे आशंका थी कि उसके गुर्गों के बारे में जानकारी ग्यासपुर के यादवों ने दी है। हत्या करने के बाद वह रात में ही कोलकाता चला गया।

पाँच यादवों की हत्या से लालू यादव विचलित हो गए और वे दूसरे दिन ग्यासपुर आ गए। उन्होंने पूछा कि यह घटना कैसे हुई हैं तो एस.पी. ने सबके सामने कह दिया कि इसे एम.पी. शहाबुद्दीन ने कराया है। लालू यादव घटना की निष्पक्ष जाँच कराने का वादा करके चले गए। शहाबुद्दीन को शक था कि मुन्ना राय (यादव) भी पुलिस को उसके बारे में सूचना दे रहा है। शहाबुद्दीन ने मुन्ना राय की भी हत्या करवा दी। सीवान के किसी व्यक्ति ने शहाबुद्दीन के डर के कारण उनकी एफ.आई.आर. तक ड्रॉफ्ट नहीं की। उसकी माँ और भाई एस.पी. मीणा के पास आए। एस.पी. मीणा ने अपने रीडर से मुन्ना राय हत्याकांड की एफ.आई.आर. ड्राफ्ट करवाकर थाने में मुकदमा लिखवाया।

मार्च 2001 में बिहार बोर्ड की परीक्षाएँ चल रही थीं। शहाबुद्दीन अपने काफिले के साथ स्कूलों में जाता था और सुनिश्चित करता था कि उसके समर्थक लोगों के लड़के नकल कर सकें। एस.पी. मीणा के निर्देश पर डिप्टी एस.पी. संजय कुमार परीक्षा केंद्र 'दरोगा राय' पर पहुँचे तो वहाँ शहाबुद्दीन पहले से ही मौजूद था। संजय कुमार का शहाबुद्दीन से वाद-विवाद हो गया कि वह परीक्षा केंद्र पर क्यों आया है ? उस समय शहाबुद्दीन के साथ मनोज कुमार सिंह भी था, जिसकी गिरफ्तारी का वारंट जारी था। संजय कुमार ने उसे पकड़वा लिया। शहाबुद्दीन बौखला गया और अपने गुर्गे मनोज को पुलिस अभिरक्षा से छुड़वा लिया तथा डिप्टी एस.पी. संजय कुमार को थप्पड़ भी मारे। शहाबुद्दीन ने यह भी कहा कि उसके लिए वारंट का कोई मतलब नहीं है। सीवान में केवल उसका कानून चलता है। उस समय सीवान के डी.एम. रशीद अहमद खान थे, जो शहाबुद्दीन का खुलेआम पक्ष लेते थे। उन्होंने कहा कि एम.पी. को परीक्षा के दौरान परीक्षा केंद्रों पर जाने का अधिकार है। वे भूल गए कि शहाबुद्दीन परीक्षा केंद्रों पर अपने लोगों को नकल करवाने गया था।

डिप्टी एस.पी. संजय कुमार ने अपने साथ हुई घटना के बारे में सीवान पुलिस अधीक्षक बच्चू सिंह मीणा को बताया। एस.पी. मीणा द्वारा इस मामले के साथ 2 अन्य मामलों में भी शहाबुद्दीन की गिरफ्तारी के गैर-जमानती वारंट न्यायालय से प्राप्त कर लिये गए। डिप्टी एस.पी. के साथ हुए दुर्व्यवहार से सीवान पुलिस के सब्र का बाँध टूट गया। सीवान पुलिस लाइन में रात भर पुलिस के जवान हंगामा करते रहे और एम.पी. शहाबुद्दीन को गिरफ्तार करने की माँग करते रहे। बिहार

सरकार नहीं चाहती थी कि शहाबुद्दीन को गिरफ्तार किया जाए। डी.आई.जी. छपरा को सीवान भेजा गया।

सर्किट हाउस में डी.आई.जी., डी.एम. और एस.पी. बैठक कर रहे थे, तभी पुलिस के जवानों ने सर्किट हाउस घेर लिया। डी.एम. और डी.आई.जी. को बंधक बना लिया गया। जवानों ने माँग की कि वे शहाबुद्दीन के घर पर रेड करेंगे, जिसकी अगुआई उन्हें करनी पड़ेगी। बी.एस. मीणा तो रेड करने के लिए पहले से ही तैयार थे। शहाबुद्दीन को पल-पल की खबर मिल रही थी और वह पुलिस से मुकाबला करने के लिए अपनी रणनीति बना रहा था। वह घर से भागना नहीं चाहता था, क्योंकि यदि वह भाग जाता तो उसकी शाख पर बट्टा लगता और सीवान के लोगों पर उसका आतंक समाप्त हो जाता।

15 मार्च, 2001 को शहाबुद्दीन के गाँव में रेड करने के लिए पुलिस लाइन सीवान से पुलिस का काफिला निकला और 10 बजे प्रतापपुर पहुँच गया। दिन का यह समय रेड के लिए उचित नहीं था, परंतु परिस्थितियाँ ऐसी बन गई थीं कि तुरंत रेड करना आवश्यक हो गया था। काफिले में सबसे आगे एस.पी. बी.एस. मीणा की गाड़ी थी, डी.आई.जी. और डी.एम. रशीद अहमद खान पीछे थे।

पुलिस पार्टी प्रतापपुर गाँव में घुसी ही थी कि छतों पर से फायरिंग शुरू हो गई। शहाबुद्दीन ने गाँव में छतों पर अपने गुर्गों को घातक हथियारों के साथ तैयार कर रखा था। पहला फायर एस.पी. की गाड़ी पर हुआ और उनके पीछे आ रही स्कोर्ट का एक सिपाही मारा गया। पुलिस के जवानों ने गाड़ियों को छोड़कर पोजिशन ले ली। गाड़ियों में बैठे पुलिस के कुछ जवान वहाँ से भाग गए। सीवान में पुलिस के काफी अधिकारी और जवान शहाबुद्दीन के समर्थक थे। उस समय उसके समर्थन के बिना सीवान में तैनात रहना संभव नहीं था। 2 घंटे तक शहाबुद्दीन के गुर्गे धुआँधार फायरिंग करते रहे, जिसमें ए.के.-47 राइफलों से ब्रस्ट फायर किए जा रहे थे। एस.पी. मीणा की अगुआई में पुलिस टीम मौके के इंतजार में भी और एक रणनीति के तहत अपनी तरफ से फायरिंग नहीं कर रही थी। शहाबुद्दीन ने समझा कि पुलिस डरकर भाग गई। उसके लोग छतों से हर्ष फायरिंग करने लगे। पुलिस के जवान 12 बजे के बाद फायरिंग करते हुए आगे बढ़ने लगे। शहाबुद्दीन के घर तक पहुँचने में पुलिस को 2 घंटे लगे। इसी बीच शहाबुद्दीन के लोगों की गोलियाँ काफी हद तक खत्म हो गई थीं।

उसी दिन एस.पी. सीवान और एस.पी. देवरिया अखिल कुमार की सर्किट हाउस सीवान में 11 बजे बॉर्डर मीटिंग पहले से तय थी। अखिल कुमार अपनी फोर्स के साथ ट्रेन से सीवान पहुँच रहे थे। उन्होंने मीणा को फोन किया कि वे कहाँ हैं? मीणा ने बताया कि शहाबुद्दीन से मुठभेड़ हो रही है। अखिल कुमार ने कहा कि क्या वे अपनी फोर्स के साथ आ जाएँ? मीणा से बात करके अखिल कुमार दूसरे रास्ते से प्रतापपुर की तरफ बढ़े। जब यू.पी. पुलिस फायरिंग करने लगी तब शहाबुद्दीन को लगा कि वह यदि नहीं भागा तो घिर जाएगा। शहाबुद्दीन ने गाँव छोड़कर भागना उचित समझा। उसी समय हेलीकॉप्टर से डी.जी.पी. बिहार आर. आर. प्रसाद और होम सेक्रेटरी सीवान पहुँच गए और वहाँ से प्रतापपुर आ गए। उन्होंने अपनी आँखों से सबकुछ देखा। इस मुठभेड़ में शहाबुद्दीन के 7 गुर्गे मारे गए थे, जिसमें राजू मियाँ, सुलेमान उर्फ बुढ़ऊ, अरमान और खुर्शीद शामिल थे। पुलिस के 2 जवान शहीद हुए थे और एक सब-इंस्पेक्टर घायल हुए। शहाबुद्दीन के घर से 3 ए.के.-47 राइफलें, मैगजीन, लगभग 1000 से अधिक पाकिस्तान निर्मित कारतूस, लेजर साइट लगी हुई पिस्टल, बुलेटप्रूफ जैकेट, ग्रेनेड और 8-10 अन्य घातक राइफलें बरामद हुई थीं।

डी.जी.पी. और होम सेक्रेटरी जब पहुँचे तो उस समय शाम के पाँच बज रहे थे। ऑपरेशन बंद करा दिया गया। तुष्टीकरण की राजनीति के तहत पुलिस अधीक्षक बच्चू सिंह मीणा को सीवान से स्थानांतरित कर डी.जी.पी. कार्यालय से अटैच कर दिया गया। डी.एम. और डी.आई.जी. का भी तबादला हो गया। शहाबुद्दीन पर उस दिन कुल पाँच मुकदमे कायम हुए थे। सभी मामले बिहार सी.आई.डी. को सौंप दिए गए। ऑपरेशन समाप्त होने के कुछ घंटे बाद शहाबुद्दीन प्रकट हो गया और खुलेआम मीडिया से कहा कि एस.पी. बच्चू सिंह मीणा को मारेगा, चाहे उनका पीछा राजस्थान तक करना पड़े। जब मीडिया ने यह बात एस.पी. बच्चू सिंह मीणा को बताई तो उन्होंने मीडिया से कहा कि वे उसका पाकिस्तान और अफगानिस्तान तक पीछा करेंगे। बिहार के अखबारों द्वारा शहाबुद्दीन और एस.पी. मीणा का बयान प्रमुखता से छापा गया।

वर्ष 2005 में नीतीश कुमार के मुख्यमंत्री बनने के बाद वर्ष 2007-08 में शहाबुद्दीन के मुकदमों के ट्रायल के लिए विशेष जज की नियुक्ति की गई और सभी मुकदमों की सुनवाई सीवान जेल में हुई। मेरे बैचमेट अभयानंद उस समय

पुलिस मुख्यालय बिहार में ए.डी.जी. के पद पर तैनात थे। उन्होंने निर्णय किया कि शहाबुद्दीन के विरुद्ध पहली गवाही एस.पी. मीणा द्वारा दी जाएगी और उनके अनुसार अन्य गवाह अपने साक्ष्य न्यायालय में देंगे। शहाबुद्दीन को सभी मामलों में सजा हो गई।

जनवरी 2005 में संजय रत्न, सीवान के एस.पी. बनाए गए। उनकी व डी.एम. चंद्रकांत अनिल की नियुक्ति चुनाव आयोग द्वारा की गई थी। सीवान से पहले संजय रत्न भभुवा के एस.पी. थे और बिहार विधानसभा आम चुनाव में प्रथम चरण का चुनाव करा चुके थे। सीवान का चुनाव तीसरे चरण में था। चुनाव आयोग ने वहाँ के डी.एम. व एस.पी. को हटा दिया था। सीवान की संवेदनशीलता को देखते हुए संजय रत्न और चंद्रकांत अनिल की नियुक्ति की गई थी। चुनाव संपन्न होने के बाद दोनों अधिकारियों ने शहाबुद्दीन पर शिकंजा कसने की तैयारी की। शहाबुद्दीन भागलपुर जेल में बंद था और वह जमानत पर छूटकर सीवान आने वाला था। उसी समय सीवान में दिन-दहाड़े एक ज्वैलर की दुकान में डकैती डाली गई और 10 मिनट तक ए.के.-47 से फायर किया जाता रहा। इस घटना का उद्देश्य लूट से ज्यादा लोगों में आतंक पैदा करना था कि शहाबुद्दीन जेल से सीवान वापस आ रहा है।

डी.एम. चंद्रकांत अनिल ने बिहार क्राइम कंट्रोल एक्ट में शहाबुद्दीन को जिलाबदर का आदेश कर दिया, जिसके कारण वह सीवान नहीं आ पाया। तीन महीने बाद ही कमिशनर छपरा ने डी.एम. के आदेश को निरस्त कर दिया। उसके बाद शहाबुद्दीन को सीवान आने का रास्ता साफ हो गया। डी.एम.-एस.पी. ने सोचा कि शहाबुद्दीन के आने से पहले उसके घर पर रेड की जाए, कुछ-न-कुछ अवैध अवश्य मिलेगा। इन दोनों अधिकारियों की नियुक्ति से पहले शहाबुद्दीन ने कुछ सनसनीखेज घटनाएँ की थीं, जिनकी चर्चा केवल बिहार ही नहीं, बल्कि देश के अन्य भागों में भी हुई।

1. चंद्रेश्वर प्रसाद उर्फ चंदा बाबू के दो बेटों की तेजाब से नहलाकर हत्या

बच्चू सिंह मीणा के तबादले के बाद सीवान में तेज-तर्रार एस.पी. तैनात नहीं हुए, जो शहाबुद्दीन पर नकेल कस सकें। उसका आतंक पुनः कायम हो गया। सीवान में चंद्रेश्वर प्रसाद उर्फ चंदा बाबू अपनी पत्नी, बेटी और चार बेटों के साथ

रहते थे। उनकी एक किराने और परचून की दुकान थी। परिवार का गुजर-बसर ठीक से चल रहा था कि अचानक 16 अगस्त, 2004 की शाम उनके लिए कभी न भूलने वाली शाम बन गई। शाम को दुकान पर उनका बेटा सतीश और दूसरी दुकान पर गिरीश बैठा था। शहाबुद्दीन के गुर्गे उनकी दुकान पर पहुँच गए और सतीश से 2 लाख रुपए की रंगदारी माँगी, जिसको सतीश ने देने से मना कर दिया। सतीश की सरेशाम पिटाई की जाने लगी, जिसको उनके भाई गिरीश ने देखा। उसने बाथरूम से तेजाब की बोतल लाकर बदमाशों को धमकाया कि वे उसके भाई को छोड़ दें अन्यथा वह उनके ऊपर तेजाब फेंक देगा। इस पर भी जब बदमाश नहीं माने तो गिरीश ने तेजाब की बोतल फेंक दी। उस समय तो बदमाश दुकान से चले गए, परंतु थोड़ी देर बाद दल-बल के साथ पुन: आ धमके और दोनों भाइयों को पकड़कर ले गए। इतना ही नहीं, चंदा बाबू की दुकान में आग लगा दी गई। दोनों भाइयों को रस्सी से बाँधकर शहाबुद्दीन के पास प्रतापपुर में पेश किया गया। शहाबुद्दीन ने तुरंत अपना फरमान सुना दिया। उसके फरमान के अनुसार दोनों भाइयों के ऊपर तेजाब से भरी बाल्टी उड़ेल दी गई। उसके बाद दोनों की लाश के टुकड़े किए गए और बोरे में भरकर भट्ठे में डाल दिए गए, जिससे उनकी हड्डियाँ भी नहीं मिल पाईं।

चंदा बाबू के तीसरे बेटे राजीव ने इस पूरे घटनाक्रम को देखा था। उसने मुकदमा लिखवाया, लेकिन कोई कार्रवाई नहीं हुई। चंदा बाबू डी.एम., एस.पी., डी.आई.जी., आई.जी. तथा मंत्रियों के पास भटकते रहे, लेकिन किसी ने उनकी मदद नहीं की। वे सीवान छोड़कर पटना में रहने लगे। शहाबुद्दीन के गुर्गों ने चंदा बाबू के भाई को भी धमकी दी, जिससे वे डरकर मुंबई चले गए। चंदा बाबू दिल्ली आए। उन्हें उम्मीद थी कि राहुल गांधी से मिलने पर उन्हें न्याय मिल जाएगा, क्योंकि उस समय कांग्रेस की अगुआई में केंद्र में यू.पी.ए. की सरकार थी। राहुल गांधी से भी उन्हें केवल निराशा ही मिली। चंदा बाबू फिर डी.आई.जी. छपरा अमर कुमार बेक से मिले। बेक ने उनकी बात सुनी और तुरंत एस.पी. सीवान को आदेश दिया कि वे चंदा बाबू को सुरक्षा प्रदान करें। चंदा बाबू को सुरक्षा मिल गई और वे पटना से सीवान वापस आकर रहने लगे। इसी बीच उनका बेटा राजीव भी आ गया। चंदा बाबू ने राजीव की शादी तय कर दी। राजीव अपने दोनों भाइयों की हत्या का मुख्य गवाह था। केस चल रहा था। शादी के 18वें दिन 16 जून, 2014 को राजीव की गोली मारकर हत्या कर दी गई। शहाबुद्दीन ने तेजाब हत्याकांड के

मुख्य गवाह राजीव को भी मरवा दिया, जिससे न्यायालय से मुकदमा छूट जाए। चंदा बाबू ने अपने बेटे राजीव की हत्या में मोहम्मद शहाबुद्दीन को नामजद किया कि उसी ने उनके बेटे की हत्या करवाई है।

2004 में हुए तेजाब हत्याकांड में शहाबुद्दीन के खिलाफ धारा 302 आई.पी. सी. के अंतर्गत मुकदमा कायम हुआ था, परंतु गिरफ्तारी नहीं हुई। 2005 में जब नीतीश कुमार की सरकार आई, तब शहाबुद्दीन को उसके दिल्ली के सांसद निवास से गिरफ्तार किया गया।

उस समय शहाबुद्दीन के खिलाफ 39 हत्या और अपहरण के मामले चल रहे थे। 38 मामलों में उसे जमानत मिल चुकी थी। 39वाँ केस राजीव का था, जो अपने दो सगे भाइयों की हत्या का चश्मदीद गवाह था। 2014 में राजीव की हत्या के साथ ही शहाबुद्दीन की जमानत का रास्ता साफ हो गया। 11 वर्ष बाद शहाबुद्दीन जमानत पर बाहर आ गया, परंतु सुप्रीम कोर्ट द्वारा जमानत रद्द कर दी गई, जिससे वह बाहर नहीं निकल पाया।

2. सीवान रेलवे स्टेशन था शहाबुद्दीन के गुर्गों का अड्डा

शहाबुद्दीन के 30-35 गुर्गे हमेश सीवान रेलवे स्टेशन पर रहते थे और हर किस्म का अपराध करते थे। उस समय पटना के बाद सबसे अधिक पासपोर्ट सीवान में थे और वहाँ के काफी लोग गल्फ देशों में रहते थे। वापसी में वे दिल्ली आकर सुपर फास्ट ट्रेन वैशाली से सीवान आते थे। सीवान स्टेशन पर लोग अपने परिवारजनों को रिसीव करने आ सकते थे, परंतु अपनी गाड़ी से उन्हें घर नहीं ले जा सकते थे। स्टेशन पर शहाबुद्दीन का अवैध टैक्सी स्टैंड चलता था, जिस पर चोरी की गाड़ियाँ रहती थीं। उन्हीं गाड़ियों से घर जाने के लिए लोगों से मनमाना किराया वसूला जाता था, जो उन्हें देना पड़ता था।

शहाबुद्दीन के गुर्गे यात्रियों को स्टेशन से बाहर निकलते ही लूट लेते थे। ट्रेन से उतरने वाले यात्री डर के कारण शाम के समय घर नहीं जाते थे। सभी यात्री प्लेटफॉर्म पर सोते थे और सुबह होने का इंतजार करते थे। यदि कोई नौजवान लड़की अकेली ट्रेन से उतरते हुए मिल जाती थी तो शहाबुद्दीन के गुर्गे उसे उठा ले जाते थे। दुष्कर्म करने के बाद ही उसे छोड़ा जाता था। सीवान रेलवे स्टेशन महिलाओं के लिए सबसे असुरक्षित था।

3. ट्रेन में जहरखुरानी का केंद्र था सीवान रेलवे स्टेशन

सीवान का दक्खिन टोला व जी.बी. नगर तरवारा गाँव जहरखुरानों का गढ़ था, जो सभी शहाबुद्दीन के आदमी थे। जहरखुरान सीवान से जाने वाली गाड़ियों पर सवार होकर निकलते थे और पूरे देश में जहरखुरानी करके रेलवे यात्रियों को लूटते थे। वे अच्छे कपड़े पहनकर वातानुकूलित डिब्बों में चढ़ते थे और यात्रियों से दोस्ती कर लेते थे। उनका विश्वास जीतकर वे टिफिन से नाश्ता निकालते थे और यात्रियों को भी खिला देते थे। वे खुद बिना जहर मिला हुआ खाना खाते थे। जब यात्री बेहोश हो जाते थे, तब वे उनका पूरा सामान लूटकर सीवान वापस आ जाते थे। सीवान में उन्हें कोई डर नहीं था। सोने-चाँदी के जेवर सीवान के सुनार खरीद लेते थे। एक बार एस.पी. संजय रत्न ने दक्खिन टोला व जी.बी. नगर तरवारा में छापा मारा तो उन्हें 4-4 फीट चौड़ी घरों की दीवारें देखकर आश्चर्य हुआ। जब दीवारों को खोदा गया तो उसमें अटैचियाँ निकलीं। यही हॉल पूरे गाँव का था। उस रेड में लगभग 3000 अटैचियाँ बरामद हुई थीं। जहरखुरानी के बाद अटैचियाँ व अन्य सामान मिट्टी की दीवारों में छिपा दिया जाता था।

4. सीवान में चोरी की गाड़ियाँ

शहाबुद्दीन अपने गुर्गों से महँगी गाड़ियों की चोरी करवाता था और उसे नेपाल तक बेचता था। चोरी की इन गाड़ियों की चैकिंग की हिम्मत न तो पुलिस के पास थी और न ही बिहार के परिवहन विभाग के पास। शहाबुद्दीन के गुर्गे भी चोरी की गाड़ियों से चलते थे। इन्हीं चोरी की गाड़ियों से शहाबुद्दीन का सीवान रेलवे स्टेशन पर अवैध टैक्सी स्टैंड चलता था। एक दिन एस.पी. संजय रत्न ने गाड़ियों को पकड़ना शुरू किया। 30-35 गाड़ियाँ पकड़ में आ गईं, जिनके पास कोई पेपर नहीं थे। पुलिस द्वारा पकड़ी गई सभी गाड़ियाँ चोरी की पाई गईं। गाड़ियों के इंजन और चेचिस नंबर मिटा दिए जाते थे और फर्जी नंबर डाल दिए जाते थे, जिसे देखते ही पहचान हो जाती थी। एस.पी. संजय रत्न की इस कार्रवाई से सीवान चोरी की गाड़ियों से मुक्त हो गया और यात्रियों को अवैध टैक्सी स्टैंड से निजात मिल गई।

5. रेलवे टिकट पर रंगदारी टैक्स

जब यात्री रेलवे स्टेशन के काउंटर पर टिकट लेते थे तो उसी समय शहाबुद्दीन के गुर्गे जनरल टिकट पर 10-10 रुपए वसूलते थे। उसके गुर्गे टिकटों की कालाबाजारी भी करते थे। रेलवे स्टाफ से मिलकर पहले से ही कन्फर्म टिकट ले लेते थे और महँगे दामों पर बेचते थे।

6. शहाबुद्दीन का इस्लामिया एजुकेशन ट्रस्ट

शहाबुद्दीन ने सीवान में एजुकेशन इस्लामिया ट्रस्ट बना रखा था और इसी ट्रस्ट द्वारा यूनानी मेडिकल कॉलेज, इंजीनियरिंग कॉलेज चलाए जाते थे। उसने सीवान के चाप ढाला से आगे सरकारी जमीन पर कब्जा किया और किसानों को धमकाकर सस्ते दामों पर उनकी जमीनें लिखवा लीं। गल्फ देशों से कमाई करके लोग जब वैशाली, लिच्छवी, आम्रपाली, अवध आसाम आदि सुपर फास्ट ट्रेनों से उतरते थे, तब शहाबुद्दीन के गुर्गे उन्हें घेर लेते थे और इस्लामिया ट्रस्ट के नाम पर जबरदस्ती चंदा वसूलते थे। वर्ष 2004-05 में गल्फ से आने वाले लोगों से 10-11 हजार रुपए का चंदा वसूला जाता था और इस्लामिया ट्रस्ट की रसीद दी जाती थी।

शहाबुद्दीन के यूनानी मेडिकल कॉलेज और इंजीनियरिंग कॉलेज में कश्मीर के अधिकतर लड़के पढ़ते थे। शहाबुद्दीन भी अक्सर कश्मीर जाता था। वहाँ उसकी मुलाकात आतंकवादियों से होती थी और हथियारों की खरीद का सौदा होता था। सीवान में कश्मीर से अवैध हथियार और कारतूस इन्हीं कॉलेजों में पढ़ने वाले कुछ कश्मीरी छात्रों के माध्यम से सीवान लाए जाते थे। हथियार अक्सर सेब की पेटियों में रखकर लाए जाते थे, जिससे किसी को शक न हो।

उत्तर प्रदेश के कई जिहादी भी सीवान में पढ़े थे। इंडियन मुजाहिदीन के आजमगढ़ मॉड्यूल का संजरपुर निवासी डॉ. शहनवाज आलम की पढ़ाई यूनानी मेडिकल कॉलेज सीवान से ही हुई थी। उत्तर प्रदेश में संकटमोचन ब्लास्ट, दशाश्वमेध घाट ब्लास्ट, श्रमजीवी ट्रेन ब्लास्ट जौनपुर, मुंबई लोकल ट्रेन ब्लास्ट, जयपुर-अहमदाबाद-दिल्ली आदि शहरों में हुई ब्लास्ट की घटनाओं में उसकी मुख्य भूमिका थी। उसका भाई साजिद दिल्ली के बाटला हाउस मुठभेड़ में 19

सितंबर, 2008 को इंडियन मुजाहिदीन के नॉर्थ इंडिया कमांडर आतिफ अमीन के साथ मारा गया था। बाटला हाउस मुठभेड़ के बाद डॉ. शहनवाज आलम अपने कई साथियों के साथ नेपाल होते हुए पाकिस्तान गया और अलकायदा में शामिल हो गया। उसने अफगानिस्तान में ट्रेनिंग ली और जिहादी घटनाओं में शामिल होकर मारा गया।

7. शहाबुद्दीन का दरबार

जब शहाबुद्दीन सीवान जेल में रहता था तो वहाँ उसका रोजाना दरबार लगता था। उसने जेल में अपनी सांसद निधि से एक हॉल बनवाया था। इसी हॉल में सिंहासननुमा कुर्सी लगाई जाती थी। दरबारी आसपास बैठते थे। उसने फिल्मी अंदाज में वर्षों तक सीवान में समानांतर सरकार चलाई। वह अदालत की तरह फैसले किया करता था। डर के कारण लोग उसका फैसला मानने को मजबूर थे। वह भूमि विवादों का निपटारा भी करता था। उसने जिले में डॉक्टरों की फीस भी तय कर दी थी। जेल में उससे मिलने मंत्री और नेता जाते रहते थे। जेल में आने-जाने वालों की कोई रोक-टोक नहीं थी। जेल में ही अपराध करने की योजनाएँ बनाई जाती थीं। ठेके-पट्टे किसे दिए जाएँगे—यह शहाबुद्दीन तय करता था।

रात में शहाबुद्दीन जेल से अपने घर आ जाता था। रात भर परिवार के साथ रहता था और सुबह दरबार के समय जेल पहुँच जाता था। सीवान जेल में रहने के दौरान उसकी पत्नी ने उसके बेटे ओसामा को जन्म दिया था।

8. शहाबुद्दीन का फायरिंग रेंज

प्रतापपुर से छह-सात किमी. दूर शहाबुद्दीन का भट्ठा था। ग्राम खालिसपुर, श्यामपुर और भैंसाखाल में उसके समर्थकों के भट्ठे थे। अधिकतर भट्ठे शहाबुद्दीन समर्थक राजपूतों के थे। शहाबुद्दीन ने एक भट्ठे की दीवार को अपना फायरिंग रेंज बना रखा था। यहीं पर वह खुद फायरिंग प्रैक्टिस करता था और गाजीपुर का मुख्तार अंसारी भी अक्सर यहाँ फायरिंग प्रैक्टिस करने आता था। यहाँ ए.के.-47, एस.एल.आर., जी-3, कार्बाइन, इजराइली यूजी कार्बाइन, ए.के. 74-यू, ग्लॉक पिस्टल, .45 बोर कोल्ट पिस्टल, 9एम.

एम. पिस्टल से फायरिंग प्रैक्टिस की जाती थी। बड़ी घटनाओं में शहाबुद्दीन के अतिरिक्त मुख्तार अंसारी और प्रयागराज का अतीक अहमद एक-दूसरे के हथियारों का प्रयोग करते थे। सीवान में मुख्तार अंसारी की निशानेबाजी की काफी तारीफ होती थी। वह ब्रस्ट मोड पर ए.के.-47 से एक गोली फायर कर लेता था, जो बहुत मुश्किल काम है।

9. एक्सीडेंट कराकर हत्या कराता था शहाबुद्दीन

शहाबुद्दीन ने अपने कई विरोधियों की हत्याएँ एक्सीडेंट में कराईं। ऐसी घटनाओं में उसके स्वयं फँसने की गुंजाइश बहुत कम होती थी। हत्या की ऐसी घटनाओं को वह एक्सीडेंट में हुई मृत्यु दिखाने में कामयाब हो जाता था।

10. एस.पी सीवान संजय रत्न द्वारा शहाबुद्दीन के घर पर रेड

ग्यारह साल बाद जब शहाबुद्दीन की जमानत हुई तब उसके गुर्गे सीवान में पुन: सक्रिय हो गए। भागलपुर जेल से निकलते समय लगभग 300 गाड़ियों से उसके गुर्गे उसका स्वागत करने पहुँचे। बिना टोल टैक्स दिए हुए रास्ते भर वे आतंक मचाते रहे।

संजय रत्न ने शहाबुद्दीन के सीवान पहुँचने से पहले अप्रैल 2005 में उसके घर प्रतापपुर में रेड कर दी। वहाँ उसके पिता सहित परिवार के अन्य लोग भी थे। बिहार मिलिट्री पुलिस (बी.एम.पी.) के चार हवलदार और सोलह सिपाहियों की सुरक्षा उसके घर पर लगाई गई थी। घर में तलाशी से पहले संतरी और बैरक में सो रहे बी.एम.पी. के जवानों की राइफलें कब्जे में ले ली गई थीं। सुबह चार बजे ही शहाबुद्दीन का घर घेर लिया गया और पूरे घर की तलाशी ली गई। तलाशी में ए.के.-47 राइफल के काफी कारतूस जमीन में दबाकर रखे हुए मिले। जर्मनी निर्मित एक आधुनिक लेजर लाइट लगी पिस्टल, विभिन्न बोर के काफी कारतूस, शेर-हिरन की खाल, वॉकी-टॉकी, राइफल में प्रयोग किया जाने वाला टेलीस्कोप, बुलेटप्रूफ जैकेट, चोरी की कई गाड़ियाँ मिलीं। काफी मात्रा में पाकिस्तान ऑर्डनेंस निर्मित कारतूस मिलें जो पाकिस्तानी सेना द्वारा प्रयोग किए जाते थे। शहाबुद्दीन द्वारा चोरी की बिजली इस्तेमाल की जाती थी। संजय रत्न ने आर्म्स एक्ट, चोरी, वाइल्ड लाइफ एक्ट, बिजली चोरी अधिनियम

सहित कई मुकदमे कायम किए। चोरी की गाड़ियों के मुकदमे में आर.टी.ओ., वाइल्ड लाइफ एक्ट में डी.एफ.ओ., आर्म्स एक्ट में प्रभारी आर्म्स, बिजली चोरी में बिजली इंजीनियर गवाह बनाए गए। संजय रत्न ने वहाँ 48 घंटे रुककर न केवल एफ.आई.आर. लिखवाई, बल्कि चार्जशीट भी तैयार कराकर तत्परता से कोर्ट में दाखिल कर दी। अगर चार्जशीट दाखिल न की गई होती तो ये सभी मुकदमे बिहार सी.आई.डी. को सौंपे जाते और उनका निस्तारण शहाबुद्दीन की इच्छानुसार होता।

संजय रत्न ने शहाबुद्दीन के सीवान स्थित आवास 'व्हाइट हाउस' पर भी रेड डाली। व्हाइट हाउस शहाबुद्दीन का मुख्य अड्डा था। व्हाइट हाउस में ही एक जिप्सी कैफे था, जिसमें शहाबुद्दीन पार्टी करता था। यहाँ पर कई अवैध सामान मिले और हिरन का गला रेतते हुए शहाबुद्दीन की फोटो और निगेटिव भी मिले। शहाबुद्दीन के प्रतापपुर आवास से डॉलर, रियाल, दिरहम जैसी विदेशी मुद्राएँ भी मिली थीं। जब विदेशी मुद्रा की सूचना कोलकाता में प्रवर्तन निदेशालय के अधिकारी मोहंती (आई.आर.एस-1995) को मिली तो वे सीवान आ गए और जाँच के लिए विदेशी मुद्राएँ न्यायालय के आदेश से अपने साथ ले गए। जब वे कोलकाता वापस जा रहे थे, तब उन्होंने एस.पी. से पटना तक के लिए पुलिस स्कोर्ट माँगी। एस.पी. ने उन्हें झारखंड बॉर्डर तक स्कोर्ट उपलब्ध करा दी। जब वे झारखंड में प्रवेश कर रहे थे, उसी समय उनका एक अज्ञात गाड़ी से एक्सीडेंट हो गया और वे मारे गए।

संजय रत्न का तबादला

संजय रत्न सीवान में केवल साढ़े पाँच महीने रह पाए और उनका तबादला कर दिया गया। उस समय बिहार में प्रेसीडेंट रूल लग गया था। लालू यादव की सलाह पर बूटा सिंह बिहार के राज्यपाल बनाए गए थे। राष्ट्रपति शासन के दौरान बिहार में लालू यादव का ही प्रॉक्सी शासन चलता था। उन्होंने सेवानिवृत्त आई.ए.एस. अधिकारी अरुण कुमार को राज्यपाल का सलाहकार बनवा दिया था। अरुण कुमार लालू यादव के चीफ सेक्रेटरी रह चुके थे।

संजय रत्न के स्थानांतरण पर अखबारों में काफी प्रतिक्रियाएँ हुईं। उस समय चीफ सेक्रेटरी जी.एस. कांग ने इसे प्रतिष्ठा का प्रश्न बना लिया। उनका कहना था

कि बिना उनकी मंत्रणा के संजय रत्न का तबादला हुआ है। चर्चा यह भी रही कि उन्होंने लंबी छुट्टी का प्रार्थना-पत्र दे दिया और उसके साथ वी.आर.एस. लेने का अनुरोध भी किया। राज्यपाल बूटा सिंह उन्हें मनाने के लिए खुद उनके घर गए। अखबारों ने सरदार बूटा सिंह और चीफ सेक्रेटरी सरदार जी.एस. कांग की फोटो सहित खबरें प्रकाशित कीं। संजय रत्न को पहले पाँचवीं बिहार मिलिट्री पुलिस पटना और दो महीने बाद ही मुजफ्फरपुर के एस.पी. बना दिए गए, जहाँ वे 2005 से 2008 तक रहे।

□

माफिया अतीक अहमद

माफिया अतीक अहमद (प्रयागराज)

अतीक का जन्म चकिया प्रयागराज में 10 अगस्त, 1962 को हुआ था। उसके पिता हाजी फिरोज अहमद परिवार के जीविकोपार्जन के लिए ताँगा चलाते थे। अतीक अहमद ने 17 साल की उम्र में 24 अक्तूबर, 1979 को कौशांबी रोड पर मुहम्मद गुलाम की तमंचे से गोली मारकर पहली हत्या की। हत्या के इस मामले के बाद वह पूरी तरह अपराध की दुनिया में उतर गया। अतीक अहमद की गतिविधियाँ बढ़ती गईं और वह मुस्लिम 'गद्‌दी' बिरादरी में काफी प्रभावी हो गया। गद्‌दी समाज मुगलों के जमाने में यादव से धर्म परिवर्तन करके मुस्लिम बने थे, जिन्हें गद्‌दी और घोषी कहा जाने लगा। उत्तर प्रदेश में अधिकांश गद्‌दी मुसलमानों का पेशा अब भी वही है, जो यादव समाज का है। गद्‌दी और यादव दोनों ही परंपरागत रूप से पशुपालन का काम करते हैं। इलाहाबाद (प्रयागराज) में गद्‌दी मुसलमानों की संख्या काफी है।

उसी समय से उसने अन्य माफियाओं की तरह ठेकेदारी में हाथ आजमाना भी शुरू कर दिया। अपनी गुंडई के बल पर लोगों से मारपीट करके और धमकाकर ठेके लेने लगा। 28 मार्च, 1984 को हिम्मतगंज बर्फखाने के सामने दिन के पौने 11 बजे उसने मुन्नू पुत्र मोहम्मद मुस्तफा निवासी असरावल कलाँ की हत्या कर दी। दिन-दहाड़े की गई इस हत्या से उसका आतंक ऐसा बढ़ा कि वह अपराध और आतंक का पर्याय बन गया। किसी की हिम्मत नहीं थी कि कोई उसका विरोध

कर सके। लोगों को मारना-पीटना, धमकी देना, मकान-जमीन पर कब्जा कर लेना, मकान खाली कराना आदि उसकी दिनचर्या बन गई। वह ताँगा-रिक्शा स्टैंड, टैंपो स्टैंड, बस स्टैंड से भी वसूली करने लगा। वह नगर महापालिका, रेलवे, इलाहाबाद विकास प्राधिकरण, बालू आदि के ठेके भी लेने लगा। उसने काफी धन अर्जित कर लिया। उसने राजनेताओं से भी संपर्क बना लिये। तत्कालीन रेल मंत्री जाफर शरीफ से उसके अच्छे संबंध बने और रेलवे स्क्रैप के ठेके से उसने काफी पैसा कमाया। उसने शातिर अपराधियों का एक संगठित गिरोह बना लिया। उत्तर प्रदेश के अलावा उसने बिहार में भी आपराधिक घटनाएँ कीं। स्क्रैप के ठेके को लेकर उसने बोकारो, झारखंड में भी संगीन अपराध किए। 1990 के दशक तक अतीक एक कुख्यात बाहुबली बन चुका था।

1990 के दशक में गोरखपुर से दो बाहुबली हरिशंकर तिवारी और वीरेंद्र शाही विधायक बन चुके थे। पश्चिमी उत्तर प्रदेश में डी.पी. यादव, मदन भैया जैसे आपराधिक छवि के लोग मुलायम सिंह यादव से जुड़कर विधायक बन गए थे। डी.पी. यादव तो मंत्री भी बना। अतीक अहमद कहाँ पीछे रहने वाला था। उसमें भी माननीय बनने की इच्छाएँ हिलोरें मारने लगीं। अतीक ने 1989 में स्वतंत्र प्रत्याशी के रूप में इलाहाबाद पश्चिम से चुनाव लड़ा और अपने बाहुबल से विधायक बन गया। उसके बाद तो उसका विधायक बनने का सिलसिला लगातार पाँच बार 2004 तक चलता रहा। वह राजनीतिक हवा देखकर, समय-समय पर पार्टियाँ भी बदलता रहा। तीन बार स्वतंत्र रूप से विधायक बनने के बाद वह समाजवादी पार्टी में आ गया और 1996 में समाजवादी पार्टी के टिकट पर विधायक बना। वह डॉ. सोनेलाल पटेल द्वारा गठित राजनीतिक पार्टी 'अपना दल' में शामिल हुआ और उस पार्टी का वर्ष 1999 से 2002 तक प्रदेश अध्यक्ष भी रहा। 2002 का चुनाव भी वह 'अपना दल' के टिकट पर जीता। अतीक अहमद पर अधिकतर मुकदमे विधायक और सांसद रहते कायम हुए। विधायक बनते ही उसके ऊपर मशहूर कहावत—'करेला और नीम चढ़ा' चरितार्थ होने लगी।

शौक इलाही उर्फ चाँद बाबा की हत्या (वर्ष 1989)

शौक इलाही उर्फ चाँद बाबा भी इलाहाबाद का शातिर बदमाश था। अटाला कोतवाली इलाहाबाद निवासी चाँद बाबा उस समय माना हुआ गुंडा था। इलाहाबाद

कोतवाली के ठीक सामने ठठेरी बाजार में एक वकील की हत्या करके उसने सनसनी फैला दी थी। उसने अपने पिता की हत्या करने वाले को भी मार डाला था। तीन हत्याएँ करने के बाद उसका खौफ काफी बढ़ गया था। उसने एक बाबा की भी हत्या की थी, जिसके कारण उसका नाम चाँद बाबा पड़ गया।

चाँद बाबा गिरफ्तार हुआ और नैनी जेल भेज दिया गया। उसने जेल से 1986 में सभासद का चुनाव लड़ा और जीत गया। उस समय अतीक भी उसकी जी-हुजूरी में लगा रहता था। जब चाँद बाबा नैनी जेल से छूटा तो अतीक खुद गाड़ी चलाकर उसे लेने नैनी जेल गया और गाजे-बाजे के साथ उसे जेल से घर लाया।

1989 में अतीक ने उत्तर प्रदेश विधानसभा चुनाव में निर्दलीय उम्मीदवार के तौर पर नामांकन किया। चाँद बाबा ने भी परचा भर दिया। अतीक ने चाँद बाबा को समझाया कि वह अपना नामांकन वापस ले लें, क्योंकि उसके खड़े रहने पर मुस्लिम वोट बँट जाएगा। चाँद बाबा अतीक पर बिफर पड़ा और बोला कि "तुम बड़े हो या कि मैं!" उस समय से ही अतीक की चाँद बाबा से दुश्मनी चरम स्तर पर पहुँच गई।

पहले भी जब अतीक ने अपना वर्चस्व जमाना चाहा तो उसके रास्ते में सबसे बड़ा रोड़ा शौक इलाही उर्फ चाँद बाबा था। वह उभरते हुए अतीक के गुर्गों को अक्सर पीट देता था। अतीक अहमद चाँद बाबा को सीधी चुनौती देने लगा। विधानसभा चुनाव 1989 की मतगणना से दो दिन पहले रोशनबाग ढाल पर शाम करीब साढ़े सात बजे अतीक और चाँद बाबा गैंग आमने-सामने आ गए। दोनों गिरोहों के मध्य गोलियाँ और बम चलने लगे। इस घटना में चाँद बाबा मारा गया। चाँद बाबा गैंग के इस्लाम नाटे, जग्गा और अख्तर कालिया वहाँ से बचकर भाग निकले। बाद में इस्लाम नाटे पुलिस मुठभेड़ में मारा गया और अख्तर कालिया की हत्या कर दी गई। जग्गा मुंबई भाग गया था।

चाँद बाबा गैंग के सदस्यों की हत्या

जावेद उर्फ जग्गा की हत्या

जग्गा चाँद बाबा का दाहिना हाथ और सबसे मजबूत शूटर था। जब चाँद बाबा मारा गया, तब जग्गा ने उसकी लाश पर कसम खाई कि वह अतीक की हत्या करके अपने गुरु की हत्या का बदला लेगा। अतीक 1989 का विधानसभा

चुनाव जीत गया और उसका वर्चस्व काफी बढ़ गया। अतीक के डर के कारण जग्गा मुंबई भाग गया। अपराध जगत् में चर्चा थी कि अतीक ने उसके रिश्तेदार और बच्चों को बंधक बना लिया है। उनके माध्यम से जग्गा को धोखे से इलाहाबाद बुलाया गया। जग्गा को क्या मालूम था कि इलाहाबाद में मौत उसका इंतजार कर रही है। अतीक ने उसको पकड़वा लिया और अपने टॉर्चर चैंबर में घोड़े के चाबुक से इतनी पिटाई की कि उसकी चमड़ी कई जगह से उधड़ गई। जग्गा अधमरा हो चुका था। अतीक ने गोली मारकर उसकी हत्या कर दी और लाश को असरावल में फेंक दिया, जिससे लोगों में उसका आतंक फैल जाए।

छम्मन की हत्या

छम्मन शाहगंज, इलाहाबाद का रहने वाला था। उसका बड़ा भाई अच्छन अपने जमाने का कुख्यात बदमाश था। वह चाँद बाबा का गुरु था। डकैती के मामले में उसे मिर्जापुर के घुरमा जेल भेजा गया था। शातिर अच्छन जेल से भाग निकला। जेल से फरार होने के कुछ दिनों बाद अच्छन की हत्या कर दी गई।

अच्छन का छोटा भाई छम्मन भी शातिर बदमाश था। अतीक के डर के कारण वह मुंबई भाग गया। अतीक ने छम्मन का मुंबई से अपहरण करवा लिया। इस अपहरण के बाद छम्मन के परिवारजनों ने इलाहाबाद पुलिस और डी.एम. को टेलीग्राम भेजा, जो इस प्रकार था—'छम्मन को कुछ लोगों ने उठा लिया है, उनकी जिंदगी खतरे में है।' छम्मन की तलाश होती रही, परंतु वह नहीं मिल पाया। चार दिन बाद छम्मन की लाश मुंबई से 1425 किमी. दूर इलाहाबाद के करैली थाना क्षेत्र में पड़ी मिली। छम्मन के पूरे शरीर पर हंटर से पीटने के निशान थे। जगह-जगह चमड़ी उधड़ी हुई थी। कई जगह से खून रिसा था। साफ लग रहा था कि यह अतीक अहमद का ही ट्रेडमार्क है। अतीक ने अपने टॉर्चर रूम में उसकी जमकर पिटाई की। उसने चाँद बाबा के गुर्गों के बारे में जानकारी की और उसकी हत्या कर दी।

अतीक चाहता तो बंबई से लाते समय रास्ते में कहीं भी उसकी हत्या करवाकर लाश फेंक सकता था, लेकिन अतीक का उद्देश्य था कि इलाहाबाद के लोग देखें कि किस बेरहमी से उसने अपने दुश्मन की हत्या की है। अतीक इसी

तरह अपने दुश्मनों को टॉर्चर करके उनकी हत्याएँ करता था। दरअसल, खौफ का साम्राज्य खड़ा करने और सनसनीखेज वारदात के जरिए अतीक अपने वर्चस्व का संदेश देता था और यह उसके गैंग का ट्रेडमार्क बन गया था। कांग्रेस, सपा और बसपा सरकारों में अतीक ने जो सोचा, वह कर दिया। अतीक के गुनाहों के पन्ने पलटें तो वह सनसनीखेज अपराधों, दरिंदगी, सत्ता व राजनीति के कुख्यात गठजोड़ से भरा पड़ा है।

मुबीन उर्फ मुब्बा की हत्या

मुब्बा चकिया थाना करैली, प्रयागराज का रहने वाला था। अतीक ने अपने पैतृक गाँव कसारी-मसारी से चकिया में ही घर बनवा लिया था। मुबीन काफी प्रभावशाली था। वह उस क्षेत्र का सभासद था। उसने सभासद का चुनाव निर्विरोध जीता था। उसने बहुत अच्छा मकान बना लिया था। चाँद बाबा का पुराना गुर्गा होने के कारण वह अतीक की आँखों में खटक रहा था। अतीक ने उसी के घर के सामने गोली मारकर उसकी हत्या कर दी।

सभासद अशफाक उर्फ कुन्नू की हत्या (मार्च 1994)

कुन्नू कालिंदीपुर चकिया का रहने वाला था। उसका संबंध चाँद बाबा से रहा था। वह उसे अपना गुरु मानता था। सभासद होने के कारण वह चाँद बाबा के गुट में रहता था। अतीक ने उसकी भी हत्या की योजना बना डाली। उसने आलीशान मकान बनवाया था। 14 मार्च, 1994 को ईद के दिन उसने अपने घर का गृह प्रवेश रखा था। उसने अपने खास मित्रों को भी गृह प्रवेश में बुलाया था और उनकी दावत के लिए लजीज बिरयानी, मटन कोरमा, कबाब बनवाया था।

उसने ईद की नमाज के बाद गृह प्रवेश का कार्यक्रम रखा था। घर की सजावट और दावत की पूरी व्यवस्था देखने के बाद कुन्नू नया सफेद कुर्ता-पाजामा पहनकर घर से ईद की नमाज अदा करने के लिए निकला। वह मस्जिद पहुँचने ही वाला था कि रास्ते में अतीक के गुर्गों ने उसे गोलियों से छलनी कर दिया। उसका गृह प्रवेश का अरमान धरा-का-धरा रह गया।

अशरफ की हत्या (वर्ष 2002-03)

चकिया थाना करैली निवासी अशरफ का घर अतीक के घर के सामने था। अशरफ प्रभावशाली और रुपए-पैसे से मजबूत थे। उनकी दुश्मनी अतीक से चल रही थी। उन्होंने अतीक पर दो मुकदमे लिखवाए थे। वे वरिष्ठ भाजपा नेता मुरली मनोहर जोशी के बहुत खास माने जाते थे। जोशीजी ने उन्हें भारतीय जनता पार्टी में पद भी दे रखा था। मुरली मनोहर जोशी का खास आदमी होने के कारण इलाहाबाद पुलिस के अधिकारी भी उनके यहाँ जाते थे। अशरफ के घर जाने का मुख्य उद्‌देश्य यह भी था कि मुकदमे के कारण अतीक कहीं उन्हें नुकसान न पहुँचा दे।

अशरफ अपने घर की छत पर बैठे थे। अतीक के भाई खालिद अजीम ने अपनी छत से अशरफ पर राइफल से निशाना साधा। जैसे ही राइफल के टेलीस्कोप में अशरफ आए, खालिद अजीम ने ट्रिगर दबा दिया। अशरफ मौके पर ही मारे गए।

अब्दुल कारी की हत्या

अब्दुल कारी चकिया, प्रयागराज के रहने वाले थे और वरिष्ठ भाजपा नेता मुरली मनोहर जोशी के करीबी थे। उन्होंने लड़कियों की शिक्षा के लिए कंप्यूटर सेंटर खोला था, जिसका उद्‌घाटन मुरली मनोहर जोशी ने किया था। अशरफ और अब्दुल कारी साथ-साथ रहते थे। वे दोनों एक साथ मुरली मनोहर जोशी से मिलने भी जाते थे। एक दिन अब्दुल कारी घर से निकले और गायब हो गए। बाद में उनका शव बरामद हुआ। अतीक के प्रभाव के कारण हत्या का मुकदमा भी कायम नहीं हो पाया।

इलाहाबाद कचहरी में अख्तर की हत्या

अख्तर नवाबगंज, इलाहाबाद का रहने वाला था और अतीक का दुश्मन था। वह नैनी जेल में बंद था और 4 अप्रैल, 1995 को इलाहाबाद कचहरी में उसकी पेशी थी। अतीक ने पुलिस कस्टडी में उसकी हत्या की योजना बनाई और अपने शूटर कचहरी में भेज दिए। अतीक स्वयं डी.एम. प्रयागराज के आवासीय कार्यालय पर जाकर बैठ गया। कचहरी और डी.एम. आवास आसपास थे। जैसे

ही अख्तर पुलिस वैन से उतरकर पेशी के लिए निकला, अतीक के गुर्गों ने गोली चलाकर उसकी हत्या कर दी। उस समय कचहरी में मौजूद दो सिपाहियों ने अतीक के गुर्गों पर गोली चलाई, जिसमें उसके दो शूटर मारे गए। अतीक डी.एम. के घर पर इसलिए बैठा था कि यदि उसे इस गोलीकांड में नामित किया जाए तो वह कह सके कि वह तो डी.एम. इलाहाबाद के साथ बैठा था। जब इस घटना में अतीक का नाम आने लगा तो उसने इस घटना की विवेचना अपने राजनीतिक प्रभाव का इस्तेमाल करके क्राइम ब्रांच सी.आई.डी. को स्थानांतरित करवा दी। यह मामला इलाहाबाद हाईकोर्ट पहुँचा। हाईकोर्ट द्वारा इसकी विवेचना सी.बी.आई. को सौप दी गई, जिसमें अतीक पर भी चार्जशीट लगाई गई।

जमील बाबा की हत्या

जमील बाबा भी चाँद बाबा का आदमी था। वह नुरुल्ला रोड थाना खुल्दाबाद, प्रयागराज का रहने वाला था। अतीक ने जमील बाबा की भी हत्या करवा दी।

शुरुआती दौर में अतीक ने चाँद बाबा के अलावा उसके कई सहयोगियों की हत्याएँ कराईं। वे सभी मुस्लिम समाज में काफी प्रभाव रखते थे और दबंग भी थे। अतीक ने अपने कई विरोधियों की हत्याएँ कराईं, जो प्रभावशाली मुसलमान थे।

जावेद इकबाल की हत्या का प्रयास

जावेद इकबाल करेली, प्रयागराज में जमीन-जायदाद का काम करता था। वह बहुजन समाज पार्टी का नेता था। उसे बहुजन समाज पार्टी सरकार ने दर्जा प्राप्त मंत्री भी बनाया था। मायावती उसे मंत्री पद देकर मुसलमानों का वोट बैंक अपनी पार्टी की तरफ मोड़ना चाहती थीं। उस समय वे अतीक अहमद से नाराज थीं। वे इलाहाबाद पश्चिम से जावेद इकबाल को 2002 विधानसभा चुनाव में खड़ा करके अतीक को सबक सिखाना चाहती थीं। जावेद इकबाल भी अतीक के खिलाफ एक मजबूत प्रत्याशी था।

29 जनवरी, 2001 को बसंत पंचमी के दिन करेली में जावेद इकबाल पर अतीक अहमद ने हमला कर दिया। जावेद इकबाल तो बच गया, परंतु उसकी सुरक्षा में लगा प्राइवेट सुरक्षाकर्मी मारा गया। मुकदमा कायम हुआ और अतीक की गिरफ्तारी भी हुई। अतीक ने मुकदमे के ट्रायल के समय धमकाकर जावेद

इकबाल को तोड़ लिया। वह न्यायालय में बोला कि उसने तो एफ.आई.आर. ही नहीं लिखवाई। पुलिस ने अपनी सुविधानुसार एफ.आई.आर. लिख ली। अतीक मुकदमे से बरी हो गया। वर्ष 2003 में जावेद इकबाल फर्जी स्टांप रखने के मामले में जेल भेजा गया।

अतीक ने एस.पी. सिटी को हटवाने के लिए कचहरी में बम फेंकवाएँ

लालजी शुक्ला इलाहाबाद में 5 साल तक एस.पी. सिटी रहे। उन्होंने अतीक को तीन बार गिरफ्तार किया। अतीक ने उनको इलाहाबाद से हटवाने की साजिश रची। अतीक ने अखलाक को तोड़ लिया, जो अख्तर का सगा भाई था, जिसकी हत्या अतीक ने करवाई थी। 7 अगस्त, 2002 को अतीक जेल से इलाहाबाद कचहरी में पेशी पर आया। उसने अखलाक को समझाया था कि वह पटाखा बम उसके पास फेंके। कचहरी में अखलाक को देखते ही अतीक जमीन पर लेट गया और योजना के अनुसार अखलाक ने बम फेंक दिया। बम से दरोगा देवेंद्र प्रताप सिंह को हल्की चोटें आईं। उस समय कचहरी में अतीक ने अपने आदमियों को बुला रखा था। वह जोर-जोर से चिल्लाने लगा कि एस.पी. सिटी लालजी शुक्ला ने उसकी हत्या के लिए बम फेंकवाया है। कचहरी में हंगामा खड़ा हो गया। अतीक के आदमियों ने 7-8 जगह तोड़-फोड़ की। लालजी शुक्ला तुरंत वहाँ पहुँच गए और उन्होंने लोगों को अतीक की असलियत बताकर स्थिति को सँभाला। उन्होंने तोड़-फोड़ के संबंध में अतीक और उसके गुर्गों पर 7-8 मुकदमे कायम करवा दिए। एस.पी. सिटी लालजी शुक्ला को इलाहाबाद से हटवाने की अतीक की योजना विफल हो गई। अतीक ने परिस्थितियों को देखते हुए जमानत प्रार्थना-पत्र देना बंद कर दिया।

अशोक साहू की हत्या

अशोक साहू सिविल लाइंस, इलाहाबाद के व्यापारी थे। वे 19 जनवरी, 1996 को अपनी कार से सिविल लाइंस गए थे। सड़क पर कार पार्किंग को लेकर उनका अतीक के भाई खालिद अजीम उर्फ अशरफ से झगड़ा हो गया। उन्हें नहीं मालूम था कि जिस व्यक्ति से उनका झगड़ा हो रहा है, वह माफिया अतीक का भाई है। अशरफ अपने घर चला गया। लोगों ने अशोक साहू को समझाया कि

उनका अतीक के भाई से पंगा लेना ठीक नहीं था। वह उससे जाकर क्षमा माँग लें, अन्यथा अतीक उनकी हत्या करवा देगा। अशोक साहू ने डरते-डरते अतीक के पास पहुँचकर मॉफी माँगी और उसे बताया कि उनको नहीं मालूम था कि जिस व्यक्ति से उनका झगड़ा हुआ, वे आपके भाई हैं।

20 जनवरी, 1996 को मौनी अमावस्या का स्नान था। इलाहाबाद संगम पर इस अवसर पर करोड़ों लोग स्नान करने आते हैं और पूरे इलाहाबाद में ट्रैफिक जाम हो जाता है। 21 जनवरी, 1996 को अतीक ने सिविल लाइंस में दिन-दहाड़े अशोक साहू की हत्या करवा दी। अशरफ से एक मामूली विवाद की कीमत अशोक साहू को अपनी जान देकर चुकानी पड़ी।

अपने भाई को बचाने के लिए अतीक ने खेला अनोखा खेल

जिस समय अशोक साहू की हत्या हुई, उससे ठीक दो घंटे पहले खालिद अजीम उर्फ अशरफ चंदौली थाने में देशी तमंचे के साथ बंद था। उस समय चंदौली का थानाध्यक्ष एम.ए. काजी था, जो इलाहाबाद का ही रहने वाला था। उससे मिलकर अतीक ने अपने भाई खालिद अजीम की 'एलीवाई' बनवा ली। अशोक साहू की हत्या में अतीक के साथ अशरफ भी नामजद हुआ तो अतीक ने इलाहाबाद हाईकोर्ट में धारा 482 सी.आर.पी.सी. के अंतर्गत याचिका दायर की और एफ.आई.आर. समाप्त करने का अनुरोध किया। साहू हत्या केस को अतीक पहले ही सी.बी.सी.आई.डी. में ट्रांसफर करवा चुका था। न्यायालय में साक्ष्य दिए गए कि अशरफ की 'एलीवाई' फर्जी है। जब अतीक को लगा कि उसकी याचिका खारिज हो जाएगी तो उसने उसे वापस ले लिया। जब तक विवेचना पुलिस के पास थी, एस.एस.पी. रजनी कांत मिश्रा ने इस मुकदमे का सुपरविजन लालजी शुक्ला को दिया था, जो जमुनापार ग्रामीण के एस.पी. थे। उस समय अभय प्रसाद इलाहाबाद के एस.पी. सिटी थे। अतीक को गिरफ्तार करने का निर्णय लिया गया, गिरफ्तारी के लिए लालजी शुक्ला को कहा गया। उन्होंने पुलिस लाइन में फोर्स इकट्ठी की और अपने साथ एस.पी. सिटी अभय प्रसाद को लेकर अतीक के घर पहुँच गए और उसे 9 अगस्त, 1996 को गिरफ्तार कर लिया गया। उस समय अतीक समाजवादी पार्टी से विधायक था।

जब दोनों अधिकारी अतीक को गिरफ्तार करने पहुँचे तो अतीक के घर

पर बिहार के रहने वाले सी.आर.पी.एफ. के एक आई.जी. वर्दी में मौजूद मिले। वे अतीक के पास अपने भाई की तत्कालीन रक्षामंत्री मुलायम सिंह यादव से सिफारिश कराने आए थे। जब उत्तर प्रदेश में समाजवादी पार्टी की सरकार थी तब इलाहाबाद के एस.एस.पी. अतीक के कहने पर तैनात किए जाते थे और वे अतीक के आपराधिक गतिविधियों को नजरअंदाज करते थे। जब न्यायालय के आदेश से अतीक की भारी सुरक्षा हटा दी गई तो तत्कालीन एस.एस.पी. इलाहाबाद ने मुलायम सिंह यादव से कहा कि वे चिंता न करें, अतीक की सुरक्षा पहले की तरह चाक-चौबंद रहेगी। उस एस.एस.पी. ने गश्त के नाम पर अतीक के घर पर फोर्स लगा दी। वह आई.पी.एस. अधिकारी बसपा सरकार में मेरी इच्छा के विरुद्ध मुजफ्फरनगर का एस.एस.पी. बनाया गया। उसने पोस्टिंग के लिए शासन के वरिष्ठ अधिकारी को 30 लाख रुपए दिए थे। 2009 लोकसभा चुनाव के समय मैंने तत्कालीन कैबिनेट सेक्रेटरी शशांक शेखर सिंह से कहकर उस अधिकारी को मुजफ्फर नगर से हटवाया था।

इंस्पेक्टर मंसूर अहमद काजी अतीक अहमद के अलावा मुख्तार अंसारी का भी बहुत खास था। वह कोतवाली गाजीपुर, मोहम्मदाबाद थानों में इंस्पेक्टर रहा। इंस्पेक्टर होने से पहले वह थाना मरदह गाजीपुर में थानाध्यक्ष रहा। जब वह गाजीपुर के मरदह थाने में थानाध्यक्ष था तो उसने राष्ट्रपति पुरस्कार प्राप्त शिक्षक कुबेर नाथ सिंह की बर्बरता से पिटाई की थी। थानाध्यक्ष काजी पुलिसकर्मियों के साथ ग्राम घरिहा में दो पक्षों के जमीन विवाद में गया था। वह लोगों के बीच में खड़े होकर गालियाँ दे रहा था, जिसका विरोध कुबेर नाथ सिंह ने किया। काजी आपा खो बैठा और कुबेर नाथ सिंह को पुलिस की जीप में बैठाकर थाने ले गया और उनकी पिटाई की थी। मंसूर अहमद काजी सेवानिवृत्त होने के बाद करेली, प्रयागराज में अतीक के घर के पास बँगला बनवाकर रहने लगा था। 25 अक्तूबर, 2019 को तत्कालीन थानाध्यक्ष मंसूर अहमद काजी सहित पाँच आरोपियों को न्यायालय द्वारा सात-सात साल की सश्रम कारावास और जुर्माने की सजा सुनाई गई। अदालत ने जुर्माने की आधी राशि कुबेर नाथ सिंह के पुत्र प्रोफेसर हरिकेश सिंह कुलपति जय प्रकाश विश्वविद्यालय छपरा को देने का आदेश दिया। न्यायालय का फैसला आने से पहले पीड़ित कुबेर नाथ सिंह की मृत्यु हो चुकी थी।

लालजी शुक्ला की प्रताड़ना

अगस्त 2003 में मुख्यमंत्री मायावती ने इस्तीफा दे दिया और 29 अगस्त, 2003 को मुलायम सिंह यादव उत्तर प्रदेश के मुख्यमंत्री बने। उनके मुख्यमंत्री बनते ही अतीक का जलवा पुनः कायम हो गया। उसने मुलायम सिंह यादव से कहकर लालजी शुक्ला का तबादला सी.बी.सी.आई.डी. बरेली करा दिया। लालजी शुक्ला को आशंका थी कि बरेली में उनके साथ कुछ अनहोनी हो सकती है। वे वहाँ नहीं गए और उत्तर प्रदेश सरकार ने उनके अनुरोध के बिना उन्हें पीटीसी सीतापुर में तैनात कर दिया। शुक्ला ने तुरंत वहाँ कार्यभार ग्रहण कर लिया।

11 दिसंबर, 2003 को पी.पी.एस. अधिकारियों की आई.पी.एस. में प्रोन्नति के लिए उत्तर प्रदेश शासन में डी.पी.सी. थी। अतीक उन्हें किसी हालत में आई.पी.एस. में प्रोन्नत नहीं होने देना चाहता था। अतीक विधायक मुख्तार अंसारी गाजीपुर, राजाराम पांडेय प्रतापगढ़, विजय मिश्रा भदोही, विजमा यादव प्रयागराज सहित 12 विधायकों के साथ मुलायम सिंह यादव के पास पहुँच गया। उसने कहा कि जिस अधिकारी ने उन्हें सबसे अधिक प्रताड़ित किया है, उसे आई.पी.एस. बनाया जा रहा है। मुलायम सिंह यादव ने लालजी शुक्ला को निलंबित करने का आदेश दे दिया। जिस दिन लालजी की आई.पी.एस. संवर्ग में प्रोन्नति होनी थी, उसी दिन वे मुख्यमंत्री द्वारा निलंबित कर दिए गए। डीपीसी का मामला संघ लोक सेवा आयोग पहुँचा तो वहाँ निर्णय हुआ कि शुक्ला केवल निलंबित हैं, उन्हें चार्जशीट नहीं दी गई है, जिसके कारण उनका प्रमोशन नहीं रोका जा सकता। फिर क्या था, मुख्यमंत्री ने डी.जी.पी. वी.के.बी. नायर को हुक्म दिया कि लालजी शुक्ला को चार्जशीट दी जाए। उस समय ऐसा कोई मामला ही नहीं था कि लालजी शुक्ला के विरुद्ध चार्जशीट तैयार की जाए। डी.जी.पी. कार्यालय ने उन्हें ट्रांसफर ऑर्डर की अवहेलना के संबंध में चार्जशीट दे दी। डी.जी. ऑफिस में तैनात बाबू लाल यादव (आई.पी.एस.-1975) को लालजी शुक्ला के विरुद्ध विभागीय कार्रवाई करने की जिम्मेदारी दी गई। बाबू लाल यादव ने उन्हें चेतावनी देने की संस्तुति की, परंतु उन्हें केवल परामर्श देकर छोड़ दिया गया। उनके साथ के पी.पी.एस. अधिकारियों के आई.पी.एस. में प्रमोशन के एक माह बाद लालजी शुक्ला को प्रमोशन मिल पाया।

राजू पाल की हत्या के बाद शुरू हुआ अतीक अहमद का पतन

2004 संसदीय आम चुनाव में अतीक अहमद को फूलपुर संसदीय क्षेत्र से समाजवादी पार्टी का टिकट मिला और वह चुनाव जीतकर पहली बार एम.पी. बन गया। उसकी इलाहाबाद शहर पश्चिमी सीट खाली हो गई और उस सीट पर उपचुनाव की घोषणा हुई। उसने अपने छोटे भाई खालिद अजीम उर्फ अशरफ को उस सीट से उपचुनाव लड़वाया। अतीक इलाहाबाद पश्चिमी विधानसभा की सीट को अपनी बपौती मानता था और उसका यह भी मानना था कि उसके भाई को कोई चुनाव में नहीं हरा पाएगा।

आपराधिक छवि के राजू पाल ने बहुजन समाज पार्टी की सदस्यता ग्रहण की। पार्टी की राष्ट्रीय अध्यक्ष मायावती ने उसे इलाहाबाद पश्चिम से चुनाव लड़वाया। राजू पाल ने खालिद अजीम 'अशरफ' को 4000 से अधिक वोटों से हरा दिया। यह अतीक अहमद और उसके समर्थकों के लिए अप्रत्याशित घटना थी। अतीक को बहुत बड़ा राजनीतिक झटका लगा, क्योंकि वह सांसद होने के साथ-साथ शहर की पश्चिमी विधानसभा सीट पर अपना परंपरागत कब्जा बनाए रखना चाहता था। 25 साल बाद अतीक अहमद के कब्जे से यह सीट बाहर चली गई थी। बाहुबली अतीक बौखला गया और उसने आनन-फानन में राजू पाल की हत्या की साजिश रच डाली।

राजू पाल की हत्या (25 जनवरी, 2005)

25 जनवरी, 2005 को राजू पाल एस.आर.एन. अस्पताल, इलाहाबाद से अपने घर ग्राम नीवाँ जा रहे थे। राजू पाल क्वालिस गाड़ी खुद चला रहे थे। उनके पीछे एक स्कॉर्पियो गाड़ी चल रही थी, जिसे महेंद्र पटेल चला रहा था और ग्राम नीवाँ के ओम प्रकाश, सैफ सहित 4 लोग बैठे थे। दोनों गाड़ियों में एक-एक सशस्त्र सिपाही मौजूद थे। दिन के 3 बजे सुलेम सराय जी.टी. रोड पर उनकी गाड़ी के आगे एक मारुति वैन आ गई। राजू पाल ने गाड़ी रोकी। गाड़ी रुकते ही उनकी गाड़ी पर गोलियों की बौछार होने लगी। जी.टी. रोड पर अमितदीप मोटर्स के पास हुए शूटआउट में उनकी क्वालिस और स्कॉर्पियो गाड़ियों को गोलियों से छलनी कर दिया गया। राजू पाल के साथ उनके सहयोगी संदीप यादव और देवीलाल भी मारे गए। राजू पाल को कुल 19 गोलियाँ मारी गई थीं। अतीक द्वारा सुनिश्चित किया गया कि राजू पाल किसी भी हालत में न बच पाए।

बसपा विधायक राजू पाल की विधवा पूजा पाल ने थाना धूमनगंज में धारा 147/148/149/307/302/120बी/506 आई.पी.सी. और धारा 7 क्रिमिनल लॉ अमेंडमेंट एक्ट में मुकदमा पंजीकृत कराया, जिसमें (1) अतीक अहमद, सांसद समाजवादी पार्टी (2) मोहम्मद अशरफ, भाई अतीक अहमद (3) फरहान (4) आबिद (5) रंजीत पाल (6) गुफरान और 3 अन्य को नामजद किया गया।

राजू पाल हत्याकांड की जाँच इलाहाबाद पुलिस कर रही थी। अतीक अहमद और उसके भाई अशरफ को बचाने का प्रयास मुख्यमंत्री मुलायम सिंह द्वारा किया जा रहा था। इस मामले में अतीक और उसके भाई को बचाते हुए चार्जशीट न्यायालय में भेज दी गई। राजू पाल की पत्नी पूजा पाल सुप्रीम कोर्ट गई और सी.बी.आई. से जाँच कराने का अनुरोध किया। उस समय राजू पाल हत्याकांड का परीक्षण इलाहाबाद सत्र न्यायालय में शुरू हो चुका था। पूजा पाल ने न्यायालय से अनुरोध किया कि अतीक अहमद और उसके गुर्गों को बचाने के लिए इलाहाबाद पुलिस ने महत्त्वपूर्ण साक्ष्यों की अनदेखी कर दी है तथा अतीक अहमद और उसके भाई अशरफ को बचा लिया है। सुप्रीम कोर्ट द्वारा राजू पाल हत्याकांड की विवेचना सी.बी.आई. से कराने का आदेश दिया गया। सी.बी.आई. द्वारा अतीक अहमद, खालिद अजीम उर्फ अशरफ, नफीस कालिया उर्फ नफीस अहमद, फरहान अहमद, जावेद, रफीक अहमद उर्फ गुलफुल, रंजीत पाल, इसरार अहमद, गुल हसन और अब्दुल कवी कुल 10 आरोपियों के विरुद्ध आरोप-पत्र 21 अगस्त, 2019 को लगा दिया गया।

राजू पाल की हत्या के बाद अतीक का पतन शुरू हो गया था। राजू पाल की सीट पर हुए उपचुनाव में अतीक ने अपने छोटे भाई खालिद अजीम उर्फ अशरफ को समाजवादी पार्टी के टिकट पर चुनाव तो जिता दिया, परंतु उसके बाद वह और उसका भाई दुबारा कभी चुनाव नहीं जीत पाए।

राजू पाल हत्याकांड के मुख्य गवाह उमेश पाल की हत्या (24 फरवरी, 2023)

उमेश पाल इलाहाबाद हाईकोर्ट में वकील थे और राजू पाल हत्याकांड में मुख्य गवाह थे। वे राजू पाल हत्याकांड की प्रभावी पैरवी कर रहे थे। आपराधिक गतिविधियों के कारण सुप्रीग कोर्ट के आदेश से अतीक अहमद को अहमदाबाद

की साबरमती जेल भेज दिया गया था। उसका भाई खालिद अजीम उर्फ अशरफ बरेली जेल में बंद था। अतीक अहमद उमेश पाल को धमका रहा था कि वह राजू पाल मामले में पैरवी न करे। समाजवादी पार्टी की सरकार में उसने उमेश पाल का अपहरण भी करवा लिया था, परंतु डर के कारण उमेश पाल मुकदमा नहीं लिखवा पाए थे। समाजवादी पार्टी की सरकार बदलने पर उन्होंने अतीक अहमद के विरुद्ध मुकदमा लिखवाया था। इलाहाबाद हाईकोर्ट ने अधीनस्थ न्यायालय को इस मुकदमे को शीघ्र निस्तारित करने का आदेश दिया था। यह भी चर्चा में रहा कि उमेश पाल अतीक की छिपी हुई अवैध और बेनामी संपत्तियों की सूचना पुलिस को दे रहे थे। अतीक की करीब 1700 करोड़ रुपए की संपत्ति पर पुलिस द्वारा कार्रवाई की जा चुकी थी। कुछ समय पहले प्रयागराज पुलिस ने लखनऊ में अतीक की 30 करोड़ की संपत्ति भी जब्त कर ली थी। अतीक, उसके भाई खालिद अजीम और गुर्गों को सजा दिलाने के लिए उमेश पाल प्रभावी पैरवी कर रहे थे।

विधायक राजू पाल हत्याकांड में बचने के सारे रास्ते बंद होते देख अतीक अहमद और उसके परिवार की बौखलाहट बढ़ने लगी थी। अतीक ने बड़ा दाँव कुछ दिनों पहले चला था। उसने एम.पी./एम.एल.ए. कोर्ट में कुछ गवाहों को पुनः परीक्षित करने का अनुरोध किया था, जिसे न्यायालय ने मान लिया था। उत्तर प्रदेश सरकार इस आदेश के विरुद्ध इलाहाबाद हाईकोर्ट गई। हाईकोर्ट ने अधीनस्थ न्यायालय के आदेश को पलट दिया। अतीक सुप्रीम कोर्ट गया और वहाँ से उसे नाकामयाबी मिली। सुप्रीम कोर्ट ने उसकी याचिका खारिज कर दी।

उमेश पाल ने सुप्रीम कोर्ट में प्रभावी पैरवी की थी, जिससे अतीक को वहाँ से राहत नहीं मिल पाई। अतीक को पहली बार सजा होने का डर सताने लगा। एक वर्ष के अंदर ही उसके मित्र मुख्तार अंसारी को न्यायालय द्वारा तीन मामलों में सजा हो गई, जिससे वह चुनाव लड़ने के लिए अयोग्य हो गया था। यही कारण था कि सुप्रीम कोर्ट से राहत न मिलने के 6 दिन बाद ही 24 फरवरी, 2023 को उमेश पाल की दिन-दहाड़े उनके घर के पास गोलियों और बमों से हमला करके अतीक अहमद के गुर्गों ने उन्हें मौत के घाट उतार दिया। उनके साथ सुरक्षा में लगे सिपाही संदीप निषाद मौके पर ही शहीद हो गए और गनर राघवेंद्र सिंह गंभीर रूप से घायल हो गए, जिनकी इलाज के दौरान मौत हो गई। इस सनसनीखेज नरसंहार में अतीक के गुर्गों की कमान उसके पुत्र असद के हाथ में थी। इस हत्याकांड में

अतीक अहमद के 8 गुर्गे शामिल थे। अरबाज गाड़ी का ड्राइवर था, जो शूटरों को लेकर गया था। 27 फरवरी को प्रयागराज में अरबाज पुलिस मुठभेड़ में मारा गया। उमेश पाल पर पहली गोली चलाने वाला उस्मान उर्फ विजय चौधरी निवासी नवाबगंज भी प्रयागराज में 6 मार्च, 2023 को पुलिस मुठभेड़ में मार गिराया गया। अतीक का पुत्र असद और शार्प शूटर गुलाम झाँसी में हुई एस.टी.एफ. से मुठभेड़ में 14 अप्रैल, 2023 को मारे गए। उमेश की गाड़ी पर पीछे से राइफल से गोली चलाने वाला अरमान फरार है, जो सीवान के शहाबुद्दीन का शूटर था। जनवरी 2024 तक हत्या के समय बम फेंकने वाला गुड्डू मुस्लिम और शाबिर भी फरार चल रहे थे, जिन पर पाँच लाख रुपए का इनाम घोषित है। अतीक अहमद की पत्नी शाइस्ता परवीन भी फरार हो गई और उसके ऊपर भी पचास हजार रुपए का पुरस्कार घोषित था।

असद को बचाने के लिए अतीक की चालाकी काम नहीं आई

उमेश पाल की हत्या की योजना अतीक ने साबरमती जेल और उसके छोटे भाई खालिद अजीम ने बरेली जेल में बनाई थी। अतीक का पुत्र असद, गुड्डू मुस्लिम, वकील सदाकत भी बरेली जेल में अशरफ से मिले थे और योजना को अंतिम रूप दिया गया था। अतीक ने अपने बेटे असद को हिदायत दी थी कि वह उमेश पाल की हत्या के समय मौजूद तो रहेगा, परंतु किसी भी हालत में गाड़ी से नहीं उतरेगा। असद ने एक रणनीति के तहत अपना मोबाइल फोन और क्रेडिट कार्ड लखनऊ में छोड़ दिया था, जिससे उसकी लोकेशन लखनऊ में मिले। उसके मोबाइल और क्रेडिट कार्ड से लखनऊ में उमेश पाल की हत्या के दिन भी खरीददारी की गई थी, जिससे इलेक्ट्रॉनिक रूप से सिद्ध किया जा सके कि असद की लोकेशन प्रयागराज नहीं, बल्कि लखनऊ थी।

असद को बड़े बाल रखने का शौक था, परंतु उमेश पाल की हत्या में उसने अपने बाल छोटे करा लिये थे। जब उमेश पाल घायल होकर अपने घर की गली में भागे तो असद अपने पिता की हिदायत को अनदेखा करके गाड़ी से उतरा और उमेश पाल के पीछे गोली चलाते हुए गली में घुस गया। वह उमेश पाल से भिड़ गया और गोली मारकर उनकी हत्या कर दी। उसी समय गुड्डू मुस्लिम भी बम चलाते हुए गली में घुसा और जान बचाकर भागते हुए एक पुलिसकर्मी पर बम

फेंक दिया। बम सीधा पुलिसकर्मी पर पड़ा और वह मौके पर ही मारे गए। पूरी वारदात सी.सी.टी.वी. कैमरे में कैद हो गई।

जब उमेश की हत्या में असद की मुख्य भूमिका देखी गई तो उसकी चाची और बुआ मीडिया को गुमराह करती रही कि असद तो लखनऊ में था। हत्या में भाग लेने वाला असद नहीं, बल्कि कोई और हैं, क्योंकि उसके बाल छोटे है, जबकि असद बड़े बाल रखता है। अतीक अपने बेटे की 'एलीवाई' नहीं बना पाया। अतीक सनसनीखेज हत्याओं में 'एलीवाई' बनाता था। उसने प्रयागराज में 21 जनवरी, 1996 को अशोक साहू की हत्या में अपने भाई खालिद अजीम की 'एलीवाई' चंदौली में बनवाई थी। हत्या से दो घंटे पहले खालिद अजीम को चंदौली थानाध्यक्ष मंसूर अहमद काजी ने तमंचे के साथ थाना चंदौली में गिरफ्तार दिखा दिया था।

उमेश पाल की हत्या में अतीक अहमद का उद्देश्य यह था कि उसके मुकदमों के गवाहों में ऐसी दहशत पैदा कर दी जाए कि वे गवाही देने की हिम्मत न जुटा पाएँ और उसके माफिया साम्राज्य पर कोई असर न पड़े।

माफिया अतीक अहमद अपने बाहुबल की बदौलत राजनीति में दखल बढ़ाने के बाद लंबे समय से मनमर्जी करता आ रहा था। कानूनी दाँव-पेच के सहारे वह अपने विरुद्ध दर्ज मुकदमों में सुनवाई की अवधि को लगातार बढ़वाता जा रहा था। अब राजू पाल हत्याकांड में अभियोजन पक्ष के सभी गवाहों का परीक्षण पूरा होने के बाद पैरवी भी लगातार प्रभावी होती जा रही थी। इसे रोकने के लिए ही अतीक अहमद ने सबसे पहले अभियोजन पक्ष के दो गवाहों के फिर से बयान कराए जाने की माँग की थी, जिसे एम.पी./एम.एल.ए. कोर्ट ने स्वीकार कर लिया था।

एम.पी./एम.एल.ए. कोर्ट के आदेश के विरुद्ध उत्तर प्रदेश सरकार हाईकोर्ट गई। इसी बीच अतीक के पक्ष ने इलाहाबाद हाईकोर्ट में याचिका दाखिल करके अपने पक्ष के 50 गवाहों की सूची देकर उन्हें भी सुने जाने की माँग की। हाईकोर्ट ने दोनों ही मामलों को एक साथ सुना और अभियोजन पक्ष के दो गवाहों के फिर से बयान कराने व अभियुक्त पक्ष के 50 गवाहों के परीक्षण का निर्देश देने से इनकार कर दिया। अतीक द्वारा ट्रायल टालने का लगातार प्रयास किया जा रहा था। हाईकोर्ट में हारने के बाद अतीक सुप्रीम कोर्ट गया और इलाहाबाद हाईकोर्ट के निर्णय के विरुद्ध याचिका दाखिल की। उमेश पाल को इसकी आशंका पहले

से थी। उन्होंने सुप्रीम कोर्ट में पहले ही कैवियट दाखिल कर दी थी, जिससे अतीक पक्ष इस बार मनचाहा कानूनी खेल न कर सके। सुप्रीम कोर्ट से राहत न मिलने के 6 दिन बाद ही अतीक ने अपने गुर्गों से उमेश पाल की हत्या करवा दी।

उमेश पाल की हत्या की योजना इलाहाबाद विश्वविद्यालय के 'मुस्लिम बोर्डिंग हाउस' के कमरा नंबर 36 में रची गई थी। साजिश रचने में शामिल सदाकत अली खान पेशे से वकील निकला। वह मुस्लिम बोर्डिंग हाउस में अवैध रूप से रहकर नेतागीरी और अन्य अवांछित गतिविधियों में लिप्त रहता था। उमेश पाल की हत्या में मुख्य भूमिका निभाने वाले शूटर गुलाम ने उसके साथ मिलकर हत्या की योजना का ताना बाना मुस्लिम बोर्डिंग हाउस में ही बुना था। सदाकत गाजीपुर जिले के प्रसिद्ध गाँव गहमर का रहने वाला था और प्रयागराज में रहकर एल.एल.बी. की डिग्री प्राप्त कर हाईकोर्ट में वकालत करने लगा। वह विश्वविद्यालय परिसर में छात्र राजनीति में भी सक्रिय रहता था। इसी बीच वह अतीक अहमद के संपर्क में आ गया और अपराध के रास्ते पर चल पड़ा। शूटर गुलाम अक्सर उसके कमरे में आता-जाता था। यहीं पर अतीक अहमद और उसके भाई खालिद अजीम से व्हाट्सएप के माध्यम से बातचीत होती थी। अतीक अहमद ने निर्णय लेकर अपने गुर्गों को उमेश पाल की हत्या करने का आदेश दिया, जिसके फलस्वरूप उमेश पाल की हत्या कर दी गई। यह हत्या भी मुख्यतः राजू पाल हत्याकांड से जुड़ी हुई थी।

अतीक के पुत्र असद और उसके शार्प शूटर मोहम्मद गुलाम की पुलिस मुठभेड़ में मौत

उमेश पाल की हत्या में असद और गुलाम दोनों ही सी.सी.टी.वी. में दौड़कर गोलियाँ चलाते कैद हुए थे। अतीक के जेल जाने के बाद उसका पुत्र असद ही उसके गैंग को सँभाल रहा था, जिसमें उसकी माँ शाइस्ता परवीन भी शामिल थी। असद को अतीक और उसका भाई अशरफ सीधे निर्देश देते थे। असद का साथी शूटर गुलाम भी आतंक का बड़ा नाम था। 14 अप्रैल, 2023 को दिन के 12 बजे झाँसी में यू.पी. एस.टी.एफ. ने असद और मोहम्मद गुलाम को मुठभेड़ में मार गिराया। उमेश पाल हत्याकांड के शामिल दो प्रमुख शूटर अरबाज और उस्मान उर्फ विजय चौधरी पहले ही पुलिस मुठभेड़ में मार दिए गए थे।

माफिया अतीक अहमद का इंटर स्टेट गैंग (आई.एस.-227)

अतीक अहमद का गैंग पुलिस अभिलेखों में आई.एस.-227 नाम से जाना जाता है। इसके गैंग में 117 शातिर शूटर शामिल रहे, जिनमें से कुछ के नाम नीचे दिए जा रहे हैं—

1. अशरफ उर्फ खालिद अजीम पुत्र हाजी फिरोज, खुल्दाबाद (मारा गया)
2. शाइस्ता परवीन पत्नी अतीक अहमद निवासी चकिया, प्रयागराज
3. असद पुत्र अतीक अहमद निवासी चकिया, प्रयागराज (मारा गया)
4. नफीस पुत्र तजम्मुल, खुल्दाबाद
5. मुस्तकीन पुत्र अब्दुल रहीम, खुल्दाबाद
6. गुड्डू मुस्लिम पुत्र मो. मियाँ, खुल्दाबाद
7. अच्छे पुत्र मो. मियाँ, खुल्दाबाद
8. रफतउल्ला पुत्र रहमत, खुल्दाबाद
9. शब्बीर अहमद पुत्र अब्दुल शकूर, खुल्दाबाद
10. लवकुश पुत्र दुखीलाल, धूमनगंज
11. इशरत अली पुत्र इब्राहीम, खुल्दाबाद
12. सीताराम शुक्ला पुत्र राजकिशोर शुक्ला, खुल्दाबाद
13. सरफराज अहमद पुत्र जुल्फिकार अहमद, खुल्दाबाद
14. फारूख पुत्र रमजान, बादशाही मंडी थाना कोतवाली
15. नबी अनवर पुत्र फैज अहमद, धूमनगंज
16. मो. असलम पुत्र फैज अहमद, धूमनगंज
17. इसरार पुत्र हफीजुद्दीन, धमूनगंज
18. बल्ली पंडित उर्फ सुधांशु पुत्र हरिहरनाथ तिवारी, धूमनगंज
19. नकसब जिया पुत्र अब्दुल बारी, करेली
20. परवेज टंकीवाला पुत्र जमील करेली
21. अब्बास पुत्र यूसुफ, अतरसुइया
22. बालन पुत्र यूसुफ, अतरसुइया
23. गिरीश दुबे पुत्र जगदीश दुबे, जॉर्जटाउन
24. नसीम उर्फ नस्सन पुत्र कल्लन, कौशांबी

25. अंसार अहमद पुत्र मो. इलियास, कौशांबी
26. जावेद इकबाल पुत्र मोईनुद्दीन, करेली
27. नैयर खाँ पुत्र हफीज अख्तर, शाहगंज
28. रईस अहमद पुत्र अब्दुल हनीफ, कौशांबी
29. मकसूद पुत्र मरदान, धूमनगंज
30. मकसूद पुत्र हगन, धूमनगंज
31. इकरार पुत्र निसार, धूमनगंज
32. गुल हसन पुत्र मंसूर, धूमनगंज
33. गुलाम रसूल पुत्र मकसूद, धूमनगंज
34. शरीफ पुत्र गुलफुल, धूमनगंज
35. विजय यादव पुत्र रामचंद्र, जॉर्जटाउन
36. एजाज अख्तर पुत्र हाजी कुद्दूस, कौशांबी
37. अरमान निवासी कैमूर, बिहार
38. विजय चौधरी उर्फ उस्मान निवासी नवाबगंज, प्रयागराज
39. विजय कुमार राय पुत्र श्रीकांत राय निवासी विनरखी, बिहार
40. असद कालिया निवासी न्यू चकिया, खुल्दाबाद
41. मोहम्मद गुलाम, धूमनगंज, प्रयागराज (मारा गया)
42. सदाकत (एडवोकेट हाईकोर्ट इलाहाबाद) मूल निवासी गाजीपुर

अतीक और अशरफ की हत्या

अतीक को अपने पुत्र असद की मौत का समाचार प्रयागराज में मिला। उसकी कोर्ट में पेशी थी। न्यायालय ने उसे 10 साल के कारावास की सजा सुना दी। एक तरफ 10 साल की सजा और दूसरी तरफ बेटे असद की पुलिस मुठभेड़ में मौत से अतीक टूट गया। उसके दो बेटे जेल में थे और दो नाबालिग पुत्र बाल सुधार गृह में थे। परिवार बिखर गया था।

15 अप्रैल, 2023 को रात साढ़े दस बजे अतीक और खालिद अजीम प्रयागराज के काल्विन अस्पताल में मेडिकल चेकअप के लिए लाए गए। जैसे ही वह गाड़ी से उतरकर आगे बढ़े, वहाँ मौजूद मीडिया ने उन्हें घेर लिया और सभी मीडियाकर्मी उसकी बाइट लेने के लिए उतारू थे। दोनों भाई मुश्किल से जैसे ही

20-25 कदम चले, वैसे ही मीडियाकर्मी बनकर आए तीन शातिर अपराधियों ने दोनों पर दो टर्किश जिगाना व गिरसान पिस्टल और एक कंट्रीमेड पिस्टल से ताबड़तोड़ फायरिंग कर दी। इस फायरिंग में अतीक और खालिद अजीम मौके पर मारे गए। एक पुलिसकर्मी और एक मीडियाकर्मी को भी चोटें आईं। अतीक को आठ और अशरफ को छह गोलियाँ मारी गईं। अतीक के सिर में एक गोली और अशरफ के सिर में दो गाली मारी गईं, जिससे वे किसी भी हालत में न बच पाएँ।

इस हत्या में लवलेश तिवारी, मोहित उर्फ सनी और अरुण मौर्या के नाम आए, जो क्रमशः 22, 23 व 18 वर्ष के थे। मोहित हिस्ट्रीशीटर था और उसके खिलाफ पहले से 14 मुकदमे कायम थे। लवलेश पर भी अवैध शराब की तस्करी, मारपीट, छेड़खानी और आई.टी. एक्ट के मुकदमे दर्ज पाए गए। अरुण मौर्या के खिलाफ पानीपत में दो मुकदमे दर्ज पाए गए। लवलेश तिवारी और अनिल मौर्या सनी के दोस्त थे। तीनों ने योजना बनाई थी कि अतीक और अशरफ को मारकर अपना नाम ऊँचा कर लेंगे तो लोग डरकर रंगदारी माँगने पर पैसा देंगे। उत्तर प्रदेश के मुख्यमंत्री योगी आदित्यनाथ द्वारा अतीक और खालिद अजीम की पुलिस हिरासत में मौत तथा असद और गुलाम की झाँसी में एस.टी.एफ. द्वारा मुठभेड़ में मारे जाने की न्यायिक जाँच के आदेश दिए गए। उस न्यायिक जाँच में मौके पर पकड़े गए तीनों अपराधियों की ही संलिप्तता पाई गई। झाँसी में असद और गुलाम की पुलिस मुठभेड़ में मारे जाने की घटना में भी कोई अनियमितता नहीं पाई गई।

□

माफिया सिंडिकेट का खात्मा

मोहम्मद शहाबुद्दीन, अतीक अहमद और मुख्तार अंसारी ने मिलकर मजबूत माफिया सिंडिकेट बनाया था। शहाबुद्दीन तिहाड़ जेल में सजा काट रहा था। 1 मई, 2021 को कोरोना महामारी से संबंधित बीमारी से उसकी मृत्यु हो गई। अतीक की अपने भाई खालिद अजीम के साथ प्रयागराज में 15 अप्रैल, 2023 को पुलिस अभिरक्षा में हत्या कर दी गई। मुख्तार अंसारी को जनवरी 2024 तक पाँच मामलों में न्यायालय से सजा हो चुकी थी। अवधेश राय हत्याकांड में मुख्तार अंसारी को 6 जून, 2023 को वाराणसी न्यायालय द्वारा आजन्म कारावास की सजा दी गई। उसके भाई अफजाल अंसारी को गाजीपुर एम.पी./एम.एल.ए. कोर्ट ने गैंगस्टर के मामले में चार साल की सजा सुनाई, जिसके फलस्वरूप उसकी संसद् सदस्यता समाप्त हो गई। मुख्तार और अफजाल पर कई मामले न्यायालय में विचाराधीन हैं। वे अब गवाहों को न धमका पा रहे हैं और न ही तोड़ पा रहे हैं।

मुख्तार का पुत्र विधायक अब्बास अंसारी और उसकी पत्नी भी जेल में हैं। मुख्तार परिवार गवाहों को धमकाकर, तोड़कर अपने मामलों में गवाही नहीं देने देता था। अब उत्तर प्रदेश की भाजपा सरकार में यह संभव नहीं हो पा रहा है। अब इन तीनों के माफिया सिंडिकेट का दुबारा संगठित होकर उभरना संभव नहीं हो पाएगा। लगभग तीन दशकों तक चला यह माफिया सिंडिकेट अब समाप्तप्राय है। □

उत्तर प्रदेश में राजनीतिक हत्याएँ

1. जनता पार्टी विधायक रवींद्र सिंह की हत्या (30 अगस्त, 1979)

विधायक रवींद्र सिंह

1970 के दशक से ही गोरखपुर, गैंगवार का केंद्र रहा है। इसकी शुरुआत वर्ष 1957 में गोरखपुर विश्वविद्यालय की स्थापना के बाद से ही शुरू हो गई थी। रवींद्र सिंह गोरखपुर विश्वविद्यालय में पढ़ाई कर रहे थे और 1967 में एम.ए. की पढ़ाई के दौरान गोरखपुर विश्वविद्यालय छात्रसंघ के अध्यक्ष बन गए। आगे की पढ़ाई के लिए वे लखनऊ विश्वविद्यालय आ गए और वहाँ भी 1972 में छात्रसंघ के अध्यक्ष चुन लिये गए। वर्ष 1971 में भारत-पाकिस्तान युद्ध के दौरान उन्होंने युवाओं की टीम खड़ी करके सैनिकों के लिए सहायता जुटाई और मदद भेजी। वे युवाओं को समाजवाद के सच्चे मायने बड़े करीने से समझाते थे। देश में 25 जून, 1975 से 21 मार्च, 1977 तक आपातकाल लागू था। रवींद्र सिंह आपातकाल में भी सक्रिय रहकर कांग्रेस पार्टी का विरोध कर रहे थे। आपातकाल के बाद देश में जनता पार्टी की सरकार बनी और मोरारजी देसाई देश के प्रधानमंत्री बने। पहली बार रवींद्र सिंह को जनता पार्टी ने 1977 में विधानसभा का टिकट दिया और वे कौड़ीराम गोरखपुर से विधायक चुन लिये गए। थोड़े दिनों में ही वे तेज-तर्रार विधायक के रूप में चर्चित हो गए। विधानसभा में उन्होंने अपने क्षेत्र की समस्याएँ रखीं और उसका समाधान भी बताया। सभी विधायक उनकी बातों

से प्रभावित थे। सत्तापक्ष के विधायक होने के बावजूद वे सरकार की आलोचना करने वे नहीं चूकते थे। वह छात्रसंघों, मजदूर संगठनों और कर्मचारी संगठनों को राजनीति की पहली पाठशाला मानते थे। उनका स्पष्ट मत था कि ऐसे लोगों को भारतीय राजनीति में आना चाहिए। वे राजनीति में धनबल और बाहुबल के विरोधी थे। जनता का कल्याण ही उनकी राजनीति का एकमात्र उद्देश्य था। छात्र राजनीति में उन्होंने जिन लोगों को आगे बढ़ाया, वे सभी बेहद सामान्य परिवार के गरीब मगर जुझारू लोग थे।

आपातकाल के बाद हुए चुनाव में रवींद्र सिंह सहित 3-4 पूर्व छात्रसंघ अध्यक्ष विधायक चुनकर आए थे। रवींद्र सिंह के तेवर और अंदाज ऐसे थे कि चंद दिनों में ही उनकी ख्याति प्रदेश भर में फैल गई। वे बहुत कम दिनों में ही पूर्वांचल में नौजवानों के हीरो बन गए थे। गोरखपुर के लोग उनका बहुत सम्मान करते थे। वे हमेशा लोगों के काम करवाने के लिए तत्पर रहते थे। राजपूत समाज के लोग उन्हें अपना नेता मानते थे। उनकी बढ़ती लोकप्रियता गोरखपुर के एक बाहुबली को पसंद नहीं आई। उस समय ऐसा वातावरण पैदा हुआ कि रवींद्र सिंह के रहते बाहुबल और धनबल की राजनीति समाप्त हो जाएगी।

30 अगस्त, 1979 की सुबह रवींद्र सिंह शान-ए-अवध एक्सप्रेस द्वारा गोरखपुर से लखनऊ जाने के लिए गोरखपुर रेलवे स्टेशन के प्रथम श्रेणी गेट पर पहुँचे। उत्तर प्रदेश विधानसभा में उसी दिन कांग्रेस के कद्दावर नेता राजमंगल पांडेय, हेमवती नंदन बहुगुणा आदि मुख्यमंत्री बनारसीदास के विरुद्ध अविश्वास प्रस्ताव लाने वाले थे। विधायक रवींद्र सिंह विधानसभा की कार्रवाई में भाग लेने के लिए लखनऊ जा रहे थे। गोरखपुर रेलवे स्टेशन के प्रथम श्रेणी गेट पर पहुँचते ही उन पर गोलियों की बौछार कर दी गई। उनके साथ शैडो सिपाही रामचंद्र सिंह भी मारा गया। विधायक रवींद्र सिंह की हत्या पूर्वी उत्तर प्रदेश में वीरेंद्र प्रताप शाही और हरिशंकर तिवारी गिरोहों के बीच निरंतर चल रहे खूनी संघर्ष की ही एक कड़ी थी। रवींद्र सिंह गंभीर रूप से घायल हुए। बी.बी. विसेन, श्यामजी त्रिपाठी उन्हें उठाकर सिटी अस्पताल ले गए, परंतु 2 दिन बाद ही उनकी मृत्यु हो गई। उनकी हत्या में हरिशंकर तिवारी, अमल चटर्जी, रामछुड़ावन सिंह, पृथ्वीराज तिवारी आदि का नाम आया। अपराध जगत् के सूत्रों के अनुसार उनकी हत्या में ग्राम मुड़ियार सैदपुर गाजीपुर निवासी मकनू सिंह ने मुख्य भूमिका निभाई थी।

2. सतीश शर्मा भूतपूर्व विधायक कायमगंज, फर्रुखाबाद

देश की आजादी के बाद उत्तर प्रदेश में पहली बार राजनीतिक हत्या जनसंघ के पूर्व विधायक सतीश शर्मा की हुई थी। पूर्व विधायक सतीश चंद्र शर्मा पुत्र प्यारे लाल शर्मा, अलीगंज जनपद एटा के निवासी थे। सन् 1967 में वे जनसंघ के टिकट पर अलीगंज विधानसभा सीट से चुनाव लड़े और कांग्रेस के लटूरी सिंह को हराकर विधायक बने। लटूरी सिंह पुत्र सोहन सिंह निवासी अहीर टपुआ नगला थाना अलीगंज एटा के रहने वाले थे और बाहुबली विधायक थे। वे अपने बाहुबल से अलीगंज, एटा विधानसभा की सीट हमेशा जीतते आ रहे थे। वर्ष 1980 में लटूरी सिंह, मुलायम सिंह यादव की पार्टी में आ गए थे। लटूरी सिंह को अलीगंज विधानसभा सीट से सतीश चंद्र शर्मा की जीत अखर गई। वे उसी समय से उन्हें अपने रास्ते से हटाने में लग गए।

24 अगस्त, 1969 को सतीश शर्मा लखनऊ आने के लिए कायमगंज रेलवे स्टेशन के प्लेटफॉर्म पर खड़े थे। उनके ऊपर गोलियाँ चलाई गईं, जिसमें वे गंभीर रूप से घायल हो गए। उन पर हमला लटूरी सिंह ने अपने भाई साधू अहीर निवासी टपुआ नगला, कप्तान अहीर निवासी किनाड़िया थाना अलीगंज और एक अन्य आदमी से करवाया था। यह घटना कायमगंज रेलवे स्टेशन के प्लेटफॉर्म पर शाम 8 बजे घटित हुई थी, जिसका मुकदमा धारा 307/120बी आई.पी.सी. (जान से मारने का प्रयास और षड्यंत्र) के अंतर्गत पंजीकृत हुआ था। एस.पी. एटा आगा मोइनुद्दीन शाह ने सतीश चंद्र शर्मा पर हुए जानलेवा हमले के मुकदमे की विवेचना क्राइम ब्रांच सी.आई.डी. उत्तर प्रदेश को स्थानांतरित करवा दी। इस मुकदमे की विवेचना को लटूरी सिंह ने अपने रसूख के बल पर 11 वर्ष तक लटकाए रखा। इस बीच उसने कई अहम गवाहों को भी तोड़ लिया।

विधायक का कार्यकाल समाप्त होने के बाद सतीश चंद्र शर्मा एटा में वकालत करने लगे। मुकदमे में लटूरी सिंह के वकील द्वारा अनावश्यक रूप से जिरह जारी रखी गई और इसी बीच लटूरी सिंह मुकदमे की कार्रवाई पर उच्च न्यायालय से स्थगन आदेश लाने में सफल हो गया।

सन् 1975 में आपातकाल लगा था और आपातकाल के बाद 1977 की शुरुआत में चुनाव हुए। सतीश शर्मा ने जनता पार्टी के डॉ. महादीपक सिंह को एटा संसदीय क्षेत्र से विजयी बनवाया और अलीगंज सीट से जनता पार्टी के ही टिकट

पर गेंदा लाल गुप्ता विजयी हुए। सतीश शर्मा ने दोनों लोगों को जिताने में महत्त्वपूर्ण भूमिका अदा की थी। लटूरी सिंह को लगने लगा कि सतीश शर्मा उन्हें आगे के चुनावों में विजयी नहीं होने देंगे। 1980 का विधानसभा चुनाव होनेवाला था और लटूरी सिंह ने सतीश शर्मा की हत्या की साजिश रच डाली।

सतीश शर्मा का अपहरण और हत्या

सतीश शर्मा 17 नवंबर, 1980 को अपने पैतृक गाँव दिवैरैया में अपने खेत पर नलकूप ठीक करा रहे थे। इसी बीच कुख्यात डाकू महावीरा यादव वहाँ आ धमका और सतीश शर्मा का अपहरण कर लिया। वे अपनी लाइसेंसी .30 अमेरिकन कार्बाइन अपने साथ नहीं लाए थे और 12 बोर बंदूक उठाने का उन्हें मौका नहीं मिला। रात के 11 बजे भोजन करने के पश्चात् शर्माजी ट्यूबवेल के पास पेड़ के नीचे बैठे थे, जहाँ से उनका अपहरण हुआ। गाँव वालों ने डकैतों का पीछा करना चाहा तो महावीरा गैंग ने गोलियाँ चलाईं, जिससे भयभीत होकर गाँव वाले पीछे हट गए। 18 नवंबर, 1980 को सतीश शर्मा के अपहरण की सूचना पुलिस को दी गई। तत्कालीन एस.पी. रामचंद्र बनौदा पी.ए.सी. की टुकड़ी लेकर गाँव पहुँचे। डकैतों की खोजबीन की जाने लगी। इसी बीच महावीरा डाकू ने सतीश शर्मा के परिवार से 50,000 रुपए की फिरौती माँगी। महावीरा ने यह भी संदेश भिजवाया कि पुलिस को कार्रवाई से नहीं रोका गया तो शर्माजी की हत्या कर दी जाएगी। सतीश शर्मा के घरवालों व गाँव वालों के अनुरोध पर पुलिस बल हटा लिया गया। घर के लोगों ने 50,000 रुपए की व्यवस्था करके महावीरा यादव को भिजवा दिया। इसी बीच लटूरी सिंह ने महावीरा गैंग से संपर्क स्थापित किया और सतीश शर्मा को अपने समक्ष पेश करने के लिए कहा। सतीश शर्मा को लेकर महावीरा, राम प्रकाश और उसकी प्रेमिका फूलश्री तथा गैंग के अन्य सदस्य नगला बरनो पहुँच गए। लटूरी सिंह भी अपनी जीप से तुरंत वहाँ पहुँच गया और सतीश शर्मा को देखते ही ठहाका लगाने लगा।

उसने कहा कि यदि अपनी जान बचाना चाहते हो तो मुझसे माफी माँग लो और कायमगंज में हत्या के प्रयास और षड्यंत्र का मुकदमा वापस ले लो। जब सतीश शर्मा नहीं माने तो लटूरी सिंह के सामने महावीरा यादव ने गमछे से गला कस कर उनकी हत्या कर दी। उनके शव को हेत सिंह यादव के खेत में गड्ढा

खोदकर दबा दिया गया। कुछ डकैतों से पूछताछ में यह तथ्य भी प्रकाश में आया कि लटूरी सिंह अपने विरोधी गेंदालाल गुप्ता की भी हत्या कराना चाहता था और उसके एवज में गैंग को एस.एल.आर. और ढेर सारा कारतूस देने की पेशकश की थी।

लटूरी सिंह के बारे में कहा जाता है कि वे उस समय महावीरा यादव के अलावा छविराम यादव, पोथी यादव और अनार सिंह यादव गैंग को पनाह देते थे। ये सभी गैंग डकैती, किराए पर हत्या के अलावा फिरौती के लिए अपहरण करते थे। कुछ राजनीतिक लोग अपहृत व्यक्ति को छुड़ाने के लिए गैंग के साथ मिलकर दलाली करते थे। लटूरी सिंह का एटा ही नहीं, बल्कि आसपास के क्षेत्रों में भी दबदबा था। सतीश शर्मा पर कायमगंज रेलवे स्टेशन पर हुए हमले की जाँच उत्तर प्रदेश क्राइम ब्रांच सी.आई.डी. कर रही थी। यह जाँच 25 अगस्त, 1969 को ही सी.आई.डी. को सौंप दी गई थी। सी.आई.डी. के डिप्टी एस.पी. द्वारिका सिंह के नेतृत्व में इंस्पेक्टर जोगेंद्र सिंह मुकदमे की जाँच कर रहे थे।

इस राजनीतिक हत्याकांड का परदाफाश तब हुआ, जब गिरधारी लाल शर्मा (आई.पी.एस.-1972) एटा के पुलिस अधीक्षक बने। इंस्पेक्टर कन्नौज ने महावीरा यादव गैंग के राम प्रकाश यादव और उसकी प्रेमिका फूलश्री को गिरफ्तार कर लिया। फूलश्री डर गई कि कहीं राम प्रकाश को पुलिस मुठभेड़ में मार न दे। फूलश्री ने पुलिस अधीक्षक शर्मा से कहा कि वह और राम प्रकाश सबकुछ सच-सच बता देंगे, उनकी जीवन रक्षा की जाए। पुलिस दोनों को लेकर ग्राम बरनौ पहुँची और हेत सिंह यादव के गेहूँ के खेत से सतीश शर्मा की लाश 4 महीने बाद मार्च 1981 में खोदकर निकाली गई। उनकी लाश को 6 फीट गहरा गड्ढा खोदकर खेत में गाड़ दिया गया था और उस पर गेहूँ बो दिया गया था। सतीश शर्मा हत्याकांड का परदाफाश हो गया। लटूरी सिंह फरार हो गया और उसे एक राज्यसभा सांसद और विधायक का संरक्षण मिला। कुछ दिनों बाद उसकी गिरफ्तारी हुई और उसे मथुरा जेल भेज दिया गया। महावीरा गैंग के गुर्गे या तो गिरफ्तार हुए या पुलिस मुठभेड़ों में मारे गए। गैंग लीडर महावीरा यादव को एटा एस.एस.पी. विक्रम सिंह ने पुलिस मुठभेड़ में मारा गिराया।

25 जनवरी, 2011 को एटा की अदालत द्वारा 31 साल पहले हुए पूर्व विधायक सतीश शर्मा की हत्या के केस में 7 लोगों को आजीवन कारावास की

सजा सुनाई गई। एटा की एंटी डकैती अदालत के विशेष जज राजेंद्र बाबू शर्मा ने आजीवन कारावास के अलावा सभी हत्यारों पर 40-40 हजार रुपए का जुर्माना भी ठोंका। इस मुकदमे में विधायक लटूरी सिंह यादव सहित 5 लोगों की पहले ही मृत्यु हो चुकी थी।

3. भोपाल सिंह, विधायक, जनता दल की हत्या (28 जनवरी, 1991)

भोपाल सिंह कस्बा दौराला, मेरठ के रहने वाले थे। वे दौराला से ब्लॉक प्रमुख बने और उत्तर प्रदेश विधानसभा चुनाव 1985 में बरनावा विधानसभा सीट से लोक दल पार्टी से पहली बार विधायक बने। उन्होंने दौराला ब्लॉक से अपने छोटे भाई सुरेंद्र दौरालिया को ब्लॉक प्रमुख बनवा दिया। चौधरी चरण सिंह के देहांत के बाद उनके पुत्र अजीत सिंह, मई 1986 में लोक दल में शामिल हुए और उन्हें लोक दल का महासचिव एवं केंद्रीय संसदीय बोर्ड का सदस्य बनाया गया। राजनीति में शामिल होने के एक महीने के भीतर ही उन्होंने मुलायम सिंह यादव को उत्तर प्रदेश विधानसभा में लोक दल विधायक दल के नेता के पद से हटवा दिया। यहीं से मुलायम सिंह यादव और चौधरी अजीत सिंह के बीच राजनीतिक प्रतिद्वंद्विता शुरू हो गई। 1989 में विपक्षी दलों ने भारतीय राष्ट्रीय कांग्रेस का मुकाबला करने के लिए वी.पी. सिंह के नेतृत्व में विलय का फैसला किया। चौधरी अजीत सिंह ने अपनी पार्टी लोक दल (ए) का भी जनता दल में विलय कर लिया और जनता दल में महासचिव बने।

भोपाल सिंह भी चौधरी अजीत सिंह के साथ जनता दल में आए और बरनावा से ही 1989 में दूसरी बार विधायक चुने गए। मुख्यमंत्री बनने के लिए मुलायम सिंह यादव और अजीत सिंह में रस्साकसी चल रही थी। मुलायम सिंह जनता दल के नेता चुने गए और पहली बार उत्तर प्रदेश के मुख्यमंत्री बने। मुख्यमंत्री बनने के बाद वे अजीत सिंह के लोगों को अपनी तरफ तोड़ने में लग गए। 1989 में 1975 बैच के एक आई.पी.एस अधिकारी मेरठ के एस.एस.पी. बनाए गए, जो मुलायम सिंह के बड़े करीबी थे। वे प्रयास करके भोपाल सिंह को मुलायम सिंह के साथ ले आए। उन्हें प्रदेश सरकार में मंत्री बनाने का वादा किया गया था।

मुख्यमंत्री मुलायम सिंह के साथ आते ही भोपाल सिंह का रुतबा सातवें आसमान पर पहुँच गया। उन्हें लोग मंत्री समझने लगे। वैसे भी भोपाल सिंह

बाहुबली थे। मेरठ प्रशासन और पुलिस में उनका दखल बहुत बढ़ गया। वे एस.एस.पी. मेरठ के बहुत नजदीक आ गए। उन्हें ऐसा लगा कि अब वे जो भी चाहें, कर सकते हैं और उनका बाल भी बाँका नहीं होगा। उन्होंने कभी अपने साथ रहे सजातीय ब्लॉक प्रमुख शिवचरण की हत्या कर दी।

शिवचरण बिनौली ब्लॉक का ब्लॉक प्रमुख था। वह पहले भोपाल सिंह के नजदीक था, बाद में राजनीतिक वर्चस्व को लेकर दोनों में सियासी जंग छिड़ गई। कहा जाता है कि दोनों के बीच वर्चस्व की लड़ाई का कारण भोपाल की एक महिला मित्र भी थी, जो उसके द्वारा दिए गए लाल क्वार्टर्स के आवास में रहती थी। शिवचरण भी आपराधिक प्रवृत्ति का था। 3 दिसंबर, 1990 को उसने लाल क्वार्टर्स पहुँचकर भोपाल की महिला मित्र से छेड़छाड़ कर दी। उस महिला ने तुरंत टेलीफोन से भोपाल को सूचना दे दी। भोपाल उस समय बेगमपुल पर अपने मोटर गैराज में बैठा था। महिला मित्र की बात सुनकर वह आगबबूला हो गया। इसी बीच उसके किसी आदमी ने सूचना दी कि शिवचरण गैराज के सामने पेट्रोल पंप पर अपनी गाड़ी में तेल भरवा रहा है। भोपाल ने आव देखा न ताव, अपनी 315 बोर राइफल लेकर पेट्रोल पंप पर पहुँच गया और कई गोलियाँ मारकर ब्लॉक प्रमुख शिवचरण की हत्या कर दी। उसने अपनी सुरक्षा में लगे हेड कॉन्स्टेबल कंचन गिरि, शैडो कॉन्स्टेबल रामधन और कॉन्स्टेबल महेंद्र सिंह से भी गोलियाँ चलवाईं।

भोपाल को सत्ता का इतना नशा था कि उसने सबसे पहले थाने में रिपोर्ट लिखवाई कि शिवचरण ने उसके ऊपर जान से मारने के लिए गोली चलाई। उसने भी आत्मरक्षा में अपने सुरक्षाकर्मियों के साथ गोली चलाई, जिसमें शिवचरण मारा गया। शुरू में राजनीतिक दबाव के कारण पुलिस ने भी उसकी कहानी पर विश्वास किया, परंतु शिवचरण के पास तो कोई हथियार ही नहीं मिला था। मेरठ में ब्लॉक प्रमुख की हत्या से हंगामा खड़ा हो गया। शिवचरण की पत्नी सरोज की रिपोर्ट पर मेरठ पुलिस को भोपाल सिंह, उसके भाई सुरेंद्र दौरालिया, पुत्र हरेंद्र सिंह और सुरक्षा कर्मियों के विरुद्ध हत्या का मुकदमा लिखना पड़ा।

शुरुआत में राजनीतिक कारणों से मेरठ पुलिस उसे गिरफ्तार नहीं कर रही थी। हंगामा बढ़ने पर मेरठ पुलिस को उसे गिरफ्तार करना पड़ा। भोपाल अपने राजनीतिक रसूख से जेल से बीमारी का बहाना बनाकर पी.एल. शर्मा जिला अस्पताल में दाखिल हो गया। उसे सब सुख-सुविधाएँ उपलब्ध कराई गईं। उसकी

सुरक्षा में करीब आधा दर्जन सुरक्षाकर्मी लगाए गए। वह न्यायिक कस्टडी में रहने के बावजूद अपने पास लाइसेंसी रिवॉल्वर भी रखता था।

शिवचरन का संबंध राजवीर रमाला और रविंद्र भूरा से था, जो सतवीर और मुख्तार अंसारी गैंग से जुड़े हुए थे। शिवचरण सिंह की हत्या के बाद राजवीर रमाला, रविंद्र भूरा निवासी वलीदपुर दौराला द्वारा भोपाल सिंह की हत्या की योजना बनाई गई। विधायक भोपाल सिंह की हत्या की साजिश में मुख्य भूमिका मेरठ के चंद्र प्रकाश त्यागी उर्फ चंदर त्यागी ने निभाई। इस गैंग को पूरा विश्वास था कि उसके सहयोगी जूनियर इंजीनियर जनवीर राठी की हत्या, प्रोफेसर सतबीर की हत्या व अन्य कई घटनाओं में भोपाल सिंह का ही हाथ है।

शिवचरन की हत्या से सतबीर गैंग बौखला गया और उस गैंग के पथ-प्रदर्शक चंद्र प्रकाश त्यागी ने अपनी बिरादरी के अपराधियों के साथ मुख्तार अंसारी गैंग के बदमाशों को भी जोड़ लिया। दिल्ली में मेरठ के शातिर बदमाश बब्बू त्यागी की हत्या के बाद चंदर त्यागी सक्रिय हो गया था। बब्बू त्यागी की हत्या तेजपाल गूजर ने की थी, जो महेंद्र फौजी गैंग से जुड़ा हुआ था। दिल्ली और पश्चिमी उत्तर प्रदेश में तेजपाल गूजर और चंद्र प्रकाश त्यागी द्वारा बनाए गए त्यागी गैंग में गैंगवार चल रही थी। बब्बू त्यागी की हत्या तेजपाल गूजर ने पटियाला हाउस कोर्ट दिल्ली में की थी, जब वह अपने मुकदमे की तारीख पर गया था। तेजपाल गूजर ने बब्बू त्यागी के आपराधिक साम्राज्य पर कब्जा कर लिया था। चंदर त्यागी गैंग और तेजपाल गूजर गैंग के बीच गैंगवार तेज हो गया और वे एक-दूसरे गैंग के सदस्यों पर हमला करवाने लगे। तेजपाल भी अपने गुर्गों के साथ त्यागी गैंग पर लगातार हमले कर रहा था।

भोपाल सिंह की हत्या का षड्यंत्र चंद्र प्रकाश त्यागी ने ही रचा था। वह जानता था कि यदि भोपाल सिंह मुलायम सिंह सरकार में मंत्री बन गया तो वह पश्चिमी उत्तर प्रदेश के ठेकों पर कब्जा कर लेगा। भोपाल सिंह मुलायम सिंह यादव के साथ आ गया था। मेरठ पुलिस व प्रशासन पर उसका दबदबा कायम हो चुका था। सत्ता के नशे में चूर होकर ब्लॉक प्रमुख शिवचरण की हत्या करके वह इसका संदेश भी दे चुका था। ब्लॉक प्रमुख शिवचरन की हत्या के बाद उसके सहयोगियों का विश्वास पुलिस पर से खत्म हो गया था और वे मेरठ पुलिस को भी भोपाल के सहयोगी के तौर पर ही देख रहे थे।

28 जनवरी, 1991 की सुबह भोपाल अपने सुरक्षाकर्मियों के साथ अस्पताल परिसर में चहलकदमी कर रहा था। ठंडक के कारण कोहरा भी था, जिसके कारण सतबीर गैंग के गुर्गे वहाँ पहुँच गए और ऑटोमैटिक हथियारों से अंधाधुंध फायरिंग करके विधायक भोपाल सिंह की हत्या कर दी। उसके साथ लगाए गए सुरक्षाकर्मियों ने डर के कारण दुबककर अपनी जान बचाई। हत्या के इस सनसनीखेज मामले में भोपाल के पुत्र जोगेंद्र ने कृष्णपाल निवासी बिलौडी, भोजपुर गाजियाबाद, राम नरेश उर्फ रामू निवासी बामनौली थाना दोघट मेरठ, राजवीर रमाला निवासी रमाला बागपत, धर्मपाल उर्फ भेड़िया निवासी बामनौली थाना दोघट मेरठ को नामजद किया, परंतु ये शातिर अपराधी बहुत दिनों तक गिरफ्तार नहीं हो सके।

उस समय अपराध जगत् में भी यह चर्चा थी कि हत्या की साजिश त्यागी गैंग के सरगना चंद्र प्रकाश उर्फ चंदर त्यागी निवासी भूनी थाना सरूरपुर द्वारा रची गई थी। वह एल.एल.बी. पास था और बहुत शातिर दिमाग का था। वह स्वयं कोई अपराध नहीं करता था, परंतु दिल्ली में अपना अड्डा बनाकर उसने त्यागी गैंग और सतबीर गैंग को एक साथ मिला दिया था। दोनों गैंग के मिलने से इस गैंग की ताकत काफी बढ़ गई। पश्चिमी उत्तर प्रदेश तथा दिल्ली में हुए तेजपाल और त्यागी गैंग में कई बार गोलियाँ चलीं, जिसमें दोनों तरफ से ए.के.-47 असॉल्ट राइफलों का खुलकर प्रयोग हुआ। तेजपाल और महेंद्र फौजी गैंग के कई गुर्गे मारे जा चुके थे। भोपाल सिंह की रविंद्र भूरा और राजवीर रमाला से दुश्मनी चल रही थी, जो सतबीर गैंग के सक्रिय सदस्य थे। विधायक भोपाल सिंह सतबीर के विरोधी गैंग महेंद्र फौजी के बहुत नजदीक आ गया था, जो उसकी हत्या का भी एक कारण बना।

भोपाल सिंह की हत्या में मुख्य भूमिका राजवीर रमाला की थी। राजवीर रमाला उस समय पूर्वी उत्तर प्रदेश के माफिया सरगना मुख्तार अंसारी के बहुत करीब आ गया था और भोपाल सिंह की हत्या में सतबीर गैंग के सदस्यों के साथ मुख्तार अंसारी गैंग ने भी मुख्य भूमिका निभाई थी। पुलिस रिकॉर्ड में कुछ भी हो, परंतु अपराध जगत् में यह चर्चा रही कि इस हत्या में राजवीर रमाला, रविंद्र भूरा के अलावा मुख्तार अंसारी, अताउर्रहमान उर्फ बाबू, निवासी महरूपुर गाजीपुर, प्रेम प्रकाश सिंह उर्फ मुन्ना बजरंगी जौनपुर, गुरमीत बाबा, प्रभुजोत सिंह डिंपी निवासी मुक्तसर फरीदपुर आदि ने भी भूमिका निभाई थी। इस घटना में एक स्विफ्ट

डिजायर कार, लाल बत्ती लगी कंटेसा कार व होंडा सिटी कार का इस्तेमाल किया गया था। भोपाल की हत्या के लिए बदमाश तीन गाड़ियों में आए थे। मुख्य शूटरों में मुन्ना बजरंगी, राजवीर रमाला, रविंद्र भूरा स्विफ्ट डिजायर गाड़ी में सवार थे, जिसे सरदार डिंपी चला रहा था। बाकी बदमाश दो अन्य गाड़ियों में बैकअप के तौर पर आए थे। उस समय पश्चिमी उत्तर प्रदेश, दिल्ली, हरियाणा में भी इस गैंग द्वारा कई सनसनीखेज हत्याएँ, फिरौती के लिए अपहरण की घटनाओं को अंजाम दिया गया।

मुख्तार अंसारी ने उसी दौरान 7 दिसंबर, 1993 को देश के जाने माने दिल्ली के कोयला व्यापारी वी.पी. गोयल का फिरौती के लिए अपहरण किया था। वह फिरौती की रकम लेने के लिए 11 दिसंबर, 1993 को दिल्ली के बहाई मंदिर के पास पहुँचा, जहाँ दिल्ली पुलिस सादे कपड़ों में लगी हुई थी। मुख्तार अंसारी को गिरफ्तार कर लिया गया और वी.पी. गोयल को पंचकुला, हरियाणा से मुक्त करा लिया गया। वी.पी. गोयल के अपहरण में वही ग्रुप था, जो विधायक भोपाल सिंह की हत्या में शामिल था। दिल्ली पुलिस ने इस सनसनीखेज अपहरण में मुख्तार अंसारी, राजवीर रमाला, अताउर्रहमान बाबू, सरदार प्रभजोत सिंह डिंपी, जसविंदर सिंह रॉकी और गुरमीत बाबा की भूमिका उजागर की थी। मुख्तार अंसारी को दिल्ली न्यायालय द्वारा सजा हुई, परंतु वह उच्च न्यायालय से बरी हो गया।

4. जनता दल विधायक महेंद्र भाटी की हत्या (13 सितंबर, 1992)

महेंद्र भाटी, उत्तर प्रदेश जनता दल के उपाध्यक्ष एवं विधायक थे और मुलायम सिंह यादव के बहुत करीबी थे। उन्होंने सन् 1988 में डी.पी. यादव को बिसरख ब्लॉक, जनपद नोएडा से ब्लॉक प्रमुख बनवाया था। उस समय महेंद्र भाटी का राजनीतिक कद बहुत बड़ा हो चुका था। राजेश पायलट दूसरे बड़े गूजर नेता थे, जो केंद्र की राजनीति में थे और कांग्रेस की सरकार में केंद्रीय मंत्री

विधायक महेंद्र भाटी

थे। पश्चिमी उत्तर प्रदेश के ग्रामीण क्षेत्रों में महेंद्र भाटी का प्रभाव राजेश पायलट से कहीं अधिक था और चौपालों में चर्चा का विषय महेंद्र भाटी ही होते थे। अपने प्रभाव से उन्होंने गाजियाबाद और नोएडा के कारखानों में अपने क्षेत्र के बहुत से लोगों को नौकरी पर लगवा दिया था और लगातार क्षेत्रीय लोगों की मदद के लिए तत्पर रहते थे। ब्लॉक प्रमुख बनने के बाद डी.पी.यादव की महत्त्वाकांक्षा बढ़ती गई। महेंद्र भाटी ने ही उत्तर प्रदेश के सन् 1989 के विधानसभा चुनाव में, दादरी विधानसभा क्षेत्र से स्वयं, अपने करीबी नरेंद्र भाटी को सिकंदराबाद और डी.पी. यादव को बुलंदशहर से जनता दल के टिकट पर चुनाव लड़वाया और तीनों ही विजयी हुए। डी.पी. यादव जातीय आधार पर तत्कालीन मुख्यमंत्री मुलायम सिंह यादव के नजदीक आ गए और उन्हें उत्तर प्रदेश सरकार में मंत्री बना दिया गया।

वर्ष 1990 में विश्वनाथ प्रताप सिंह के नेतृत्व वाली केंद्रीय सरकार गिर गई और मुलायम सिंह यादव ने पैंतरा बदलकर जनता दल से अलग होकर चंद्रशेखर की पार्टी से मिलकर अपनी सरकार बचा ली। इसी क्रम में चंद्रशेखर की समाजवादी जनता पार्टी ने कांग्रेस पार्टी के सहयोग से केंद्र में सरकार बनाई। चंद्रशेखर 10 नवंबर, 1990 को भारत के प्रधानमंत्री बने और 6 मार्च, 1991 को अपने पद से त्यागपत्र दे दिया, परंतु लोकसभा चुनाव तक केयर टेकर प्रधानमंत्री जून 1991 तक बने रहे।

डी.पी. यादव मुलायम सिंह के साथ चले गए, परंतु महेंद्र भाटी ने विश्वनाथ प्रताप सिंह और चौधरी अजीत सिंह का साथ नहीं छोड़ा और उन्हीं के खेमे में बने रहे। यहीं से डी.पी. यादव और उनके राजनीतिक गुरु रहे महेंद्र भाटी में मतभेद उत्पन्न हो गया। सन् 1991 में उत्तर प्रदेश विधानसभा के आम चुनाव हुए और डी.पी. यादव को मुलायम सिंह यादव द्वारा बुलंदशहर की विधानसभा सीट से टिकट दिया गया। महेंद्र भाटी ने अपने सहयोगी ग्राम पतवाड़ी, नोएडा निवासी प्रकाश पहलवान को जनता दल का टिकट दिलाया और बुलंदशहर से डी.पी. यादव के खिलाफ चुनाव में खड़ा कर दिया। चुनाव में भयंकर खून-खराबा हुआ और दोनों तरफ से छह-सात लोग मारे गए और काफी लोग घायल हुए। डी.पी. यादव चुनाव हारते-हारते बचे और यहीं से उनकी महेंद्र भाटी से दुश्मनी चरम सीमा पर पहुँच गई।

महेंद्र फौजी-सतबीर की गैंगवार दादरी तक पहुँच गई थी। महेंद्र भाटी के

भाई राज़वीर भाटी की हत्या दादरी रेलवे स्टेशन क्रॉसिंग पर 7 अप्रैल, 1991 को कर दी गई, जिसमें महेंद्र फौजी के अलावा डी.पी. यादव के साले परमानंद यादव का भी नाम आया। डी.पी. यादव ने महेंद्र फौजी को यह कहकर उकसाया था कि उसके विरोधी सतबीर गूजर को महेंद्र भाटी बचाए हुए हैं, जो भविष्य में उसके लिए घातक होगा। यहीं से महेंद्र भाटी की हत्या की साजिश डी.पी. यादव द्वारा महेंद्र फौजी के साथ मिलकर रची गई, जिसकी भनक पहले ही महेंद्र भाटी को लग गई थी।

जून 1992 में उत्तर प्रदेश विधानसभा सत्र में लिखित प्रश्न उठाते हुए उन्होंने कहा कि राजनीतिक कारणों से उनकी हत्या हो सकती है। पुलिस प्रशासन उन्हें समुचित सुरक्षा नहीं दे रहा है। यदि उन्हें अतिरिक्त सुरक्षा नहीं दी गई तो अगले विधानसभा सत्र में उनकी शोकसभा होगी और यह सच साबित हुआ। 13 सितंबर, 1992 को दादरी विधानसभा के विधायक महेंद्र भाटी कुछ लोगों के साथ अपने घर पर बैठे थे। शाम के करीब 6:30 बजे उनके पास फोन आया और उन्हें भंगेल बुलाया गया। भाटी को यह बात गंभीर लगी और वे तुरंत अपने मित्र उदय प्रकाश आर्या, ड्राइवर देवेंद्र व पुलिस के गनर कौशिक के साथ चल पड़े, उनके पीछे छोटा भाई अनिल भाटी अपने मित्र धनवीर के साथ मोटरसाइकिल से चल रहे थे। भंगेल रोड पर रेलवे फाटक बंद होने के कारण उनकी कार रुक गई। जब फाटक खुला तो सामने दो कारें खड़ी थीं। महेंद्र भाटी को तुरंत अनुमान हो गया कि कोई अनहोनी होने वाली है, परंतु उन्हें सँभलने का मौका नहीं मिला। ए.के.-47 और जी-3 राइफलों से उनकी गाड़ी को छलनी कर दिया गया। महेंद्र भाटी और उनके मित्र उदय प्रकाश आर्या की मौके पर ही मौत हो गई और गनर गंभीर रूप से घायल हो गया।

मैं उस समय वरिष्ठ पुलिस अधीक्षक मेरठ के पद पर तैनात था। महेंद्र भाटी अपनी हत्या से एक हफ्ते पहले मुझसे मिले थे। मेरठ पुलिस द्वारा महेंद्र फौजी गैंग के कई महत्त्वपूर्ण सदस्य मारे गए थे, जिसमें उसका रिश्तेदार बागपत निवासी शातिर राजवीर गूजर भी शामिल था। महेंद्र भाटी ने मुझे धन्यवाद दिया कि आपकी पुलिस के प्रयासों से महेंद्र फौजी गैंग की कमर टूट गई है। मैंने उन्हें बताया कि आपके द्वारा भी सतबीर गैंग को संरक्षण दिया जा रहा है, जो ठीक नहीं है। महेंद्र फौजी गैंग आप पर कभी भी हमला कर सकता है। मैंने उन्हें अपराधियों से दूर

रहने की सलाह भी दी थी। उनके मिलने के दो दिन बाद उनके मित्र व मेरठ के सांसद हरीश पाल मुझसे मिलने आए। मैंने उन्हें भी महेंद्र भाटी पर संभावित हमले की जानकारी दे दी थी और उन्हें सलाह दी थी कि वे उन्हें तुरंत सतर्क रहने के लिए आगाह कर दें। हरीश पाल ने मुझे बताया कि एक हफ्ते में पार्टी की बैठक होने वाली है, वे संभावित खतरे से महेंद्र भाटी को आगाह कर देंगे। तीन-चार दिन बाद ही महेंद्र फौजी गैंग द्वारा महेंद्र भाटी की हत्या कर दी गई। इस हत्या में महेंद्र फौजी के अलावा उस गैंग के महत्त्वपूर्ण सदस्य सरदार लक्कड़ पाला उर्फ पाल सिंह की मुख्य भूमिका थी। लक्कड़ पाला हमेशा 7.62 एम.एम. कैलीबर की जी-3 राइफल प्रयोग करता था, जो स्वचालित मोड पर 600 गोली प्रति मिनट फायर करती थी। हत्या के दिन डी.आई.जी. एस.के. चंद्रा अवकाश पर थे और मैं ही उनका कार्यभार देख रहा था। गाजियाबाद के एस.एस.पी. वी.के. गुप्ता (आई. पी.एस.-1982) ने मुझे टेलीफोन से इस घटना के बारे में जानकारी दी। मैंने उन्हें यह भी बताया कि इसमें ए.के.-47 व जी-3 राइफलों का प्रयोग हुआ होगा, जो सत्य पाया गया। मैंने यह भी बताया था कि जी-3 राइफल का प्रयोग राजवीर भाटी एवं मोरना, मुजफ्फरनगर के ब्लॉक प्रमुख शोभाराम यादव की हत्याओं में भी किया गया था। बैलिस्टिक विशेषज्ञ की जाँच के बाद यह सत्य पाया गया। महेंद्र भाटी हत्याकांड में स्व. प्रवीण भाटी के पिता तेजपाल भाटी, उसके भाई प्रणीत भाटी, सरदार लक्कड़ पाला, डी.पी. यादव के साले करन यादव और डी.पी. यादव आरोपित किए गए थे। अगस्त 1993 में राज्य सरकार ने इस केस की विवेचना सी.बी.आई. को सौंप दी और सी.बी.आई. ने सभी आरोपियों के विरुद्ध आरोप-पत्र लगा दिया।

डी.पी. यादव एक अपराधी व बाहुबली विधायक था। भाटी परिवार ने सुप्रीम कोर्ट में याचिका दाखिल की कि उत्तर प्रदेश के न्यायालय में हत्या के इस मामले का ट्रायल होना संभव नहीं है। डी.पी. यादव के भय से गवाह टूट जाएँगे और उनकी हत्या भी कर दी जाएगी। इन परिस्थितियों में महेंद्र भाटी हत्याकांड का ट्रायल उत्तर प्रदेश से बाहर किसी अन्य राज्य में कराया जाए। उच्चतम न्यायालय ने याचिका के तथ्यों को सही पाते हुए इसका ट्रायल सी.बी.आई. कोर्ट, देहरादून को स्थानांतरित कर दिया। आरोप लगाया गया था कि अगर ट्रायल उत्तर प्रदेश में होगा तो डी.पी. यादव अपने धन-बल और रसूख का इस्तेमाल करके बच जाएगा।

28 फरवरी, 2015 को सी.बी.आई. के विशेष न्यायाधीश अमित कुमार सिरोही की अदालत में डी.पी. यादव, प्रणीत भाटी, पाल सिंह उर्फ लक्कड़ पाला तथा करन यादव को आजीवन कारावास की सजा सुना दी गई। डी.पी. यादव सहित सभी आरोपी जेल भेज दिए गए। डी.पी. यादव की अपील पर 10 नवंबर, 2021 को उत्तराखंड हाईकोर्ट ने सुनवाई करते हुए फैसला सुनाया और डी.पी. यादव को महेंद्र भाटी हत्याकांड से बरी कर दिया। महेंद्र भाटी की हत्या उनके कभी सहयोगी रहे डी.पी. यादव ने महेंद्र फौजी गैंग से करवाई थी। उस समय पश्चिमी उत्तर प्रदेश में महेंद्र फौजी और सतबीर गैंग में गैंगवार चल रही थी, जिसमें चार दर्जन से अधिक लोग मारे गए। महेंद्र फौजी को डी.पी. यादव पनाह देते थे। 1989 में बाहुबली डी.पी. यादव मुलायम सिंह सरकार में मंत्री बन गया था, जिससे उसका दबदबा काफी बढ़ गया था। महेंद्र भाटी जनता दल के उपाध्यक्ष रहे और वी.पी. सिंह का साथ नहीं छोड़ा। उन्होंने भी सतबीर गैंग को संरक्षण दिया, जिसमें राजवीर रमाला, रविंद्र भूरा, संजीव जीवा, प्रभजोत डिंपी, मुख्तार अंसारी आदि शामिल थे।

5. पूर्व मंत्री लक्ष्मी शंकर यादव की हत्या (29 अक्तूबर, 1995)

पूर्व मंत्री लक्ष्मी शंकर यादव

लक्ष्मी शंकर यादव विशुनपुर जौनपुर के रहने वाले थे। वे भारतीय संविधान निर्मात्री सभा के सदस्य, स्वतंत्रता संग्राम सेनानी, उत्तर प्रदेश सरकार के पूर्व मंत्री एवं उत्तर प्रदेश कांग्रेस पार्टी के पूर्व अध्यक्ष रह चुके थे। वे 6 बार विधायक रहे एवं प्रदेश सरकार के विभिन्न मंत्रालयों में कैबिनेट मंत्री रहे। लोक निर्माण मंत्री के पद पर रहते हुए उन्होंने अपने गृह जनपद जौनपुर में सड़कों का जाल बिछा दिया था। उनकी पहचान एक गांधीवादी नेता के रूप में रही। वे बड़े सरल और सहजता से मिलने वाले राजनेता थे। लोक निर्माण के अतिरिक्त लक्ष्मी शंकर यादव ने शिक्षा और चिकित्सा के क्षेत्र में सराहनीय कार्य किए थे। उन्हें किसानों का मसीहा भी कहा जाता था। सहकारिता मंत्री रहते हुए उन्होंने पूरे प्रदेश में सहकारिता आंदोलन चलाकर किसानों की सुविधा के लिए प्रदेश में सहकारी साधन समितियों की स्थापना की थी। 1952 के उत्तर प्रदेश विधानसभा चुनाव में

उत्तर प्रदेश के जौनपुर जिले के शाहगंज (पूरब) विधानसभा निर्वाचन क्षेत्र से कांग्रेस के टिकट पर निर्वाचित हुए थे। कांग्रेस के नेताओं में उनका बहुत बड़ा नाम था।

वे लखनऊ के जियामऊ में मकान बनाकर रहने लगे थे। उस समय लखनऊ में सूरजपाल यादव और चंद्रपाल यादव निवासी पिपरौली मोहनलालगंज का आतंक था। दोनों भाई शातिर बदमाश थे और लोगों की जमीनों पर जबरन कब्जा कर लेते थे। जियामऊ शहीदपथ लखनऊ से लगा हुआ है और यहाँ की जमीनों की कीमत भी काफी बढ़ चुकी थी। इन दोनों भाइयों को उस समय बहुजन समाज पार्टी सरकार के बाहुबली मंत्री अंगद यादव का भी साथ मिल गया था। इन बदमाशों से पीड़ित लोग लक्ष्मी शंकर यादव के पास आकर अपनी फरियाद करते थे और वे यथासंभव उनकी मदद भी करते थे। एक पुराने नेता और पूर्व मंत्री होने के कारण अधिकारी भी उनकी सिफारिशों को गंभीरता से लेते थे। सूरजपाल और चंद्रपाल ने पहले इनको धमकाया कि वे उनके रास्ते में न आएँ, परंतु बुजुर्ग नेता ने बदमाशों को नजरअंदाज कर दिया। उन्होंने लक्ष्मी शंकर यादव की जमीन पर भी कब्जा करना चाहा, जिसका उन्होंने विरोध किया था।

29 अक्तूबर, 1995 को वे अपने घर पर थे। उसी समय चंद्रपाल यादव, सूरजपाल यादव, रमेश कालिया और बहुजन समाज पार्टी सरकार का तत्कालीन मंत्री अंगद यादव आ धमके। बदमाशों ने पहले उन्हें धमकाया और बाद में गोली मार हत्या कर दी। इस सनसनीखेज हत्या में जहाँ आजमगढ़ निवासी अंगद यादव को न केवल मंत्री पद गँवाना पड़ा, अपितु उनकी आलीशान कोठी कुर्की के दौरान जमींदोज कर दी गई। जेल जाने के बाद जहाँ अंगद यादव के राजनीतिक कॅरियर पर विराम लगा, वहीं सूरजपाल गैंग का आतंक पूरे लखनऊ में छा गया। बाद में सूरजपाल और चंद्रपाल पुलिस मुठभेड़ों में मारे गए।

6. पूर्व विधायक जवाहर सिंह यादव उर्फ पंडित की हत्या

जवाहर सिंह यादव उर्फ पंडित, इलाहाबाद (अब प्रयागराज) के रहने वाले थे और समाजवादी पार्टी के विधायक थे। उनकी हत्या सिविल लाइंस इलाहाबाद में सरेशाम सात बजे 13 अगस्त, 1996 को कर दी गई थी। जवाहर यादव दबंग था और विधायक बनने पर उसने खनन और शराब के ठेकों पर अपना

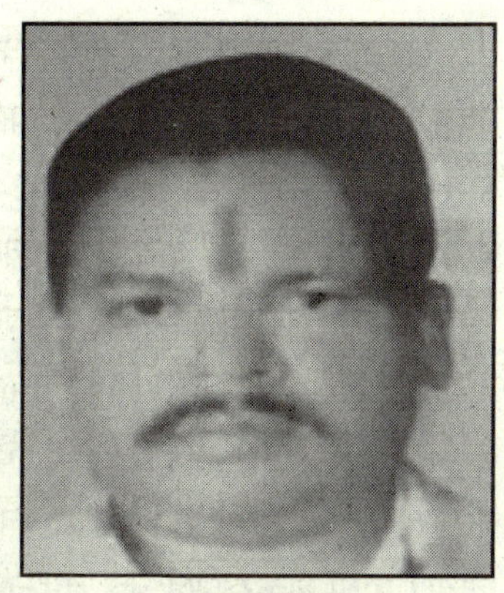
जवाहर यादव

वर्चस्व कायम कर लिया था। उसकी रंजिश कपिलमुनि करवरिया, उसके भाइयों उदयभान और सूरजभान आदि से चल रही थी।

13 अगस्त, 1996 की शाम वे अपने कार्यालय 28/35 लाउदर रोड से अपनी मारुति कार यू.पी.-70 ई 7379 से निकले। गाड़ी को गुलाब चंद यादव चला रहा था। उसके साथ उसका भाई सुलाकी यादव भी बैठा था। मारुति कार शाम 7 बजे पैलेस सिनेमा से आगे बढ़ी, इसी बीच एक सफेद मारुति वैन ने ओवरटेक किया। कार को जीप लगाकर रोका गया, जिससे जवाहर पंडित की मारुति कार टकरा गई। बदमाशों ने ए.के.-47 राइफलों और .45 पिस्टल से अंधाधुंध गोलियों की बौछार कर दी, जिसमें जवाहर यादव, ड्राइवर गुलाब यादव और कल्लन को गोलियाँ लगीं और वे मारे गए। जवाहर पंडित को 15 गोलियाँ मारी गई थीं। सड़क पर चल रहा एक राहगीर भी गोलियों की चपेट में आ गया।

सुलाकी यादव ने थाना सिविल लाइंस में कपिलमुनि करवरिया, उदयभान, सूरजभान करवरिया सहित उसके चाचा श्याम नारायण करवरिया उर्फ मौला महाराज और एक रिश्तेदार रामचंद्र त्रिपाठी उर्फ कल्लू को नामजद किया।

मुकदमे की जाँच शुरुआत में इंस्पेक्टर आत्माराम दुबे द्वारा की गई और कुछ दिन बाद ही जाँच क्राइम ब्रांच सी.आई.डी. को सौंप दी गई। शुरुआत में जाँच सी.आई.डी. सेक्टर इलाहाबाद द्वारा की जा रही थी। कपिलमुनि करवरिया ने अपने राजनीतिक रसूख के बल पर इस विवेचना सी.बी.सी.आई.डी. सेक्टर इलाहाबाद से हटवाकर सेक्टर वाराणसी स्थानांतरित करवा ली। करवरिया सी.आई.डी. की जाँच को अपने पक्ष में मोड़ना चाहता था और जाँच अधिकारी को प्रभावित करना चाहा, परंतु सफल नहीं हुआ। वह सेक्टर वाराणसी के विवेचक प्रदीप कुमार वर्मा व पी.एन. निगम को प्रभाव में लेने में कामयाब रहा। उन दोनों जाँच अधिकारियों ने कपिलमुनि करवरिया और उसके भाइयों के पक्ष में साक्ष्य गढ़े, जिससे विवेचना में अंतिम रिपोर्ट लगाकर समाप्त किया जा सके। विवेचकों की शिकायत मिलने पर यह विवेचना सी.बी.सी.आई.डी. लखनऊ सेक्टर को सौंपी गई। सी.आई.

डी. लखनऊ सेक्टर ने जाँच करके कपिलमुनि करवरिया, सूरजभान करवरिया, उदय भान करवरिया, रामचंद्र त्रिपाठी उर्फ कल्लू और श्याम नारायण करवरिया उर्फ मौला के विरुद्ध धारा 147/148/149/302/307/34 आई.पी.सी. एक्ट और धारा 7 क्रिमिनल लॉ अमेंडमेंट एक्ट में चार्जशीट लगा दी। सी.आई.डी.-जाँच में समय-समय पर कई इंस्पेक्टर बदले गए। विवेचना के दौरान करवरिया परिवार ने कई पुलिसवालों को खरीद लिया। इंस्पेक्टर प्रदीप वर्मा ने तो हत्यारों को बचाने के लिए उनके पक्ष में साक्ष्य गढ़ दिए। प्रदीप वर्मा ने लखनऊ जेल में बंद मुख्तार अंसारी गैंग के माया शंकर सिंह का बयान 24 जुलाई, 2000 को लखनऊ जेल में लिया। माया शंकर सिंह पुत्र जगन्नाथ सिंह निवासी धौरहरा थाना चैबेपुर ने बताया कि जवाहर सिंह उर्फ पंडित की हत्या बंशी सिंह, पाँचू सिंह, हरिहर सिंह के साथ उसने स्वयं की थी।

इंस्पेक्टर वर्मा ने माया शंकर सिंह के बयान में यह भी लिख दिया कि 28 जुलाई, 1996 को हरिहर सिंह, बंशी सिंह, पाँचू सिंह के साथ उसने वाराणसी के शराब कारोबारी जवाहर जायसवाल पर पुलिस लाइन चौराहा, वाराणसी पर जानलेवा हमला किया था, जिसमें घायल होने के बाद जवाहर जायसवाल बच गया। मुख्तार अंसारी गैंग के लोग जवाहर जायसवाल से मोटी रंगदारी माँग रहे थे और रंगदारी न देने के कारण उन पर हमला किया गया था।

माया शंकर के अनुसार जवाहर यादव उर्फ पंडित, जवाहर जायसवाल के साथ शराब के ठेकों में पार्टनर था और घायल जवाहर जायसवाल को देखने वाराणसी आया था। उसके अनुसार जवाहर उर्फ पंडित ने बंशी, पाँचू सहित सभी लोगों को गालियाँ दी थीं और उनसे निपट लेने की बात भी कही थी। उसके अनुसार 13 अगस्त, 1996 को बंशी सिंह, पाँचू सिंह, हरिहर सिंह और उसने स्वयं सिविल लाइंस, इलाहाबाद में जवाहर यादव की घेरकर हत्या कर दी थी। बंशी और पाँचू मुख्तार अंसारी गैंग के शातिर शूटर थे और 11 जनवरी, 1999 को वाराणसी में हुई पुलिस मुठभेड़ में मारे गए। इंस्पेक्टर वर्मा ने यह भी लिखा कि जवाहर जायसवाल पर हुए हमले में मिले कारतूस के खोखों को जवाहर पंडित की हत्या में बरामद खोखों से मिलान करा लिया जाए। इंस्पेक्टर वर्मा ने घायल गवाह कल्लन यादव का भी गलत बयान लिख लिया। उसने शपथ-पत्र दिया कि वह घटनास्थल पर घायल हुआ था, परंतु हत्या करने वालों को पहचानता नहीं

है और घटनास्थल पर जवाहर यादव के भाई सुलाकी यादव, राम लोचन यादव, अभिमन्यु, राजेंद्र पुत्र श्याम लाल मौजूद नहीं थे।

इंस्पेक्टर वर्मा ने करवरिया परिवार के पक्ष में मजबूत साक्ष्य गढ़ दिए। माया शंकर सिंह का बयान लिखकर यह सिद्ध करने का प्रयास किया कि जवाहर पंडित की हत्या में नामजद कपिलमुनि करवरिया, सूरजभान करवरिया, उदयभान करवरिया, रामचंद्र त्रिपाठी उर्फ कल्लू और श्याम नारायण करवरिया उर्फ मौला घटनास्थल पर थे ही नही। शराब कारोबारी जवाहर जायसवाल पर हुए हमले में मिले खोखा कारतूस को जवाहर पंडित हत्याकांड से मिलान कराने की बात कहकर इंस्पेक्टर वर्मा ने यह सिद्ध करना चाहा कि दोनों घटनाओं में मुख्तार अंसारी के गुर्गे बंशी सिंह, पाँचू सिंह, हरिहर सिंह और माया शंकर सिंह ही शामिल थे। हत्याकांड के मुख्य गवाहों को घटनास्थल पर उपस्थित न होना दिखाकर, इस केस को पूरी तरह कमजोर कर दिया गया। जब सी.आई.डी. की इलाहाबाद सेक्टर सही जाँच कर रही थी तो पूर्व सांसद कपिलुमनि करवरिया ने जाँच अधिकारी ही बदलवा दिए। आरोपी के प्रार्थना-पत्र पर आमतौर पर जाँच अधिकारी नहीं बदले जाते। कपिलमुनि करवरिया पहले इलाहाबाद पुलिस और बाद में सी.बी. सी.आई.डी. इलाहाबाद सेक्टर की जाँच से संतुष्ट नहीं हुआ। उसने जाँच सी.बी. सी.आई.डी. सेक्टर वाराणसी को दिलवा दी। वहाँ के इंस्पेक्टर प्रदीप वर्मा और पी.एन. निगम को खरीद लिया। वह तो अपने राजनीतिक रसूख और धन-बल का इस्तेमाल करके अपने मनमाफिक जाँच करवाना चाहता था, जिससे जाँच स्तर पर ही इस सनसनीखेज हत्या का पटाक्षेप किया जा सके।

विवेचना में इंस्पेक्टर वर्मा को मुकदमा लिखवाने वाले पक्ष और हत्या में आरोपी करवरिया परिवार सहित दोनों पक्षों के गवाहों के बयान लिखने चाहिए थे। यह नहीं कि हत्यारों को बचाने के लिए जेल में जाकर एक शातिर शूटर का बयान लेकर केस को कमजोर किया जाए और आरोपियों को लाभ पहुँचाया जाए।

प्रदीप कुमार वर्मा (सेवानिवृत डिप्टी एस.पी.) के विरुद्ध जवाहर पंडित हत्याकांड में हत्यारों को बचाने के आरोप में मुकदमा कायम

4 नवंबर, 2019 को कपिलमुनि करवरिया, सूरजभान करवरिया, उदयभान करवरिया, रामचंद्र त्रिपाठी उर्फ कल्लू को जवाहर उर्फ पंडित हत्याकांड में

आजीवन कारावास की सजा मिली। जज बद्री विशाल पांडेय ने अपने निर्णय में लिखा था कि आरोपियों के पक्ष में साक्ष्य गढ़ने वाले पुलिस कर्मियों पर कार्रवाई की जाए। इसी परिप्रेक्ष्य में क्राइम ब्रांच सी.आई.डी. ने डिप्टी एस.पी. प्रदीप कुमार वर्मा (तत्कालीन इंस्पेक्टर सी.आई.डी.) के विरुद्ध हत्यारों को बचाने के आरोप में एक मुकदमा कायम कराया, जो इंस्पेक्टर सी.आई.डी. उमाशंकर त्रिपाठी ने लिखवाई। सजा होने पर सेवानिवृत्त डिप्टी एस.पी. प्रदीप वर्मा को आई.पी.सी. की धारा 166ए में 2 वर्ष की सजा और धारा 218 में 3 वर्ष की सजा मिल सकती है।

जवाहर पंडित हत्याकांड का कोर्ट में ट्रायल

करवरिया परिवार न्यायालय को भी प्रभावित करने का प्रयास करता रहा। ट्रायल के दौरान 51 विधि व्यवस्था अपने बचाव में पेश की। उसका मुख्य उद्देश्य यह था कि किसी प्रकार जाँच को लंबा खींचा जाए, जिससे मुकदमे के फैसले को लंबे समय तक टाला जा सके। इस बीच वह अपने धन-बल और राजनीतिक रसूख से सरकार द्वारा चार्जशीट वापस कराने का भी प्रयास करता रहा।

चार्जशीट वापस करने के संबंध में उत्तर प्रदेश शासन द्वारा लोक अभियोजक सी.आई.डी. से राय माँगी गई। लोक अभियोजक ने 30 अक्तूबर, 2017 को यह राय दी कि मुकदमे की वापसी न्यायोचित नहीं है। न्यायालय द्वारा मुकदमे की वापसी के प्रयास को 10 दिसंबर, 2018 को पूर्ण विराम लगा दिया गया और रोजाना सुनवाई करके जल्द निर्णय देने का आदेश पारित किया गया। कपिलमुनि करवरिया और उसके भाई गिरफ्तारी से बचते रहे, परंतु 2015 में ही उन्हें जेल जाना पड़ा था। करवरिया परिवार ने उच्च न्यायालय इलाहाबाद में निगरानी याचिका दाखिल की, जिसे उच्च न्यायालय इलाहाबाद द्वारा 19 जुलाई, 2019 को खारिज कर दिया गया।

न्यायालय में ट्रायल के दौरान कोर्ट ने टिप्पणी की—"यह उल्लेखनीय है कि इस मुकदमे के दोनों पक्ष राजनीतिक प्रभाव रखने वाले व्यक्ति हैं तथा इसी प्रभाव के कारण बार-बार विवेचना अंतरित हुई है और सी.बी.सी.आई.डी. वाराणसी के विवेचक न केवल एक कूट रचित दस्तावेज को अस्तित्व में लाए, बल्कि उसके संबंध में न्यायालय में आकर बयान भी दिया। उनका यह कृत्य अत्यंत निंदनीय है। इतना ही नहीं, अभियोजन साक्षी इंस्पेक्टर लक्ष्मण राय ने यहाँ तक बयान दिया कि

उन्होंने 12:21 बजे एस.एस.पी. वाराणसी को फैक्स भेजा था तथा फैक्स को साबित भी किया, जबकि उपरोक्त विवेचना में यह अवधारित किया जा चुका है कि फैक्स, जो यह छायाप्रति है, उसमें छेड़छाड़ करके कूट रचना की गई, जिसे बचाव साक्षी संख्या 70 द्वारा अस्तित्व में लाया गया, किंतु यह नहीं बताया गया कि उसे किसके कब्जे से प्राप्त किया गया और उसके अस्तित्व में होने की सूचना किससे मिली।"

न्यायालय ने 4 नवंबर, 2019 के अपने निर्णय में एस.एस.पी. प्रयागराज को आदेशित किया कि इस संबंध में विस्तृत जाँच कराकर दोनों साक्षियों इंस्पेक्टर पी.एन. निगम और लक्ष्मण राय के विरुद्ध विधिसम्मत कार्रवाई करें।

अभियोजन के अनुसार बालू और शराब के व्यवसाय को लेकर दोनों पक्षों में रंजिश थी। एक अभियुक्त श्याम नारायण करवरिया उर्फ मौला के ऊपर 58 मुकदमे दर्ज थे, जिसमें हत्या, लूट, डकैती, चोरी, बलात्कार, हत्या का प्रयास, गुंडा एक्ट और गैंगस्टर एक्ट जैसे गंभीर मुकदमे हैं।

कल्लन यादव घटना में घायल हुआ था। उसने घटना के बाद किसी को कुछ नहीं बताया तथा विवेचना के दौरान शपथ पत्र दिया कि मुख्य गवाह सुलाकी यादव, रामलोचन यादव, अभिमन्यु और राजेंद्र कुमार घटनास्थल पर नहीं थे और वह हत्यारों को पहचानता भी नहीं है। उसने 19 सितंबर, 1996 को अभियोजन के पक्ष में अपना बयान दिया था और बताया था कि वह कपिलमुनि करवरिया, सूरजभान करवरिया, उदयभान करवरिया, श्याम नारायण करवरिया उर्फ मौला और रामचंद्र त्रिपाठी को अच्छी तरह पहचानता है। कपिलमुलि करवरिया द्वारा धन-बल से उसे खरीद लिया गया। घटना के 5 वर्ष बाद वह अपने बयान से मुकर गया और 15 अक्तूबर, 2001 को हत्या के आरोपियों के पक्ष में बयान दे दिया। उसने इससे पहले 3 जून, 2001 को आरोपियों के पक्ष में शपथ-पत्र भी दिया था। करवरिया परिवार ने एक और साक्ष्य पैदा किया।

कल्लन यादव से न्यायालय सी.जी.एम. कौशांबी में मुकदमा संख्या 305/2001 कल्लन यादव बनाम नसीम अहमद, परिवाद की प्रमाणित प्रति दाखिल की। उजनही गाँव के नसीम उर्फ वसीम ने कल्लन यादव से कहा था कि तुमने कपिलमुनि करवरिया के पक्ष में सुलहनामा दाखिल किया है, उसको वापस ले लो, नहीं तो अंजाम बहुत बुरा होगा। बतौर कल्लन यादव, उसने कहा कि वह कपिलमुनि करवरिया आदि के विरुद्ध झूठी गवाही नहीं देगा। इसका मुकदमा भी

थाना मंझनपुर में कायम कराया गया। इस साक्ष्य को गढ़ने का आशय यह था कि न्यायालय में सिद्ध किया जा सके कि कल्लन यादव ने करवरिया परिवार के पक्ष में जो शपथ-पत्र और गवाही दी है, वह सत्य है। करवरिया परिवार ने अपने पक्ष में बचाव के गवाहों की फौज खड़ी कर दी। बचाव के कुल 117 गवाह खड़े किए गए और निम्नलिखित दो तथ्यों को साबित करने का प्रयास किया गया।

1. घटना के मुख्य गवाह जवाहर पंडित के साले राम लोचन यादव, भाई सुलाकी यादव और अन्य घटनास्थल पर नहीं थे। बचाव पक्ष के कई गवाहों ने अपने बयान में कहा कि वे विधायकजी की हत्या पर उनके घर सांत्वना व्यक्त करने गए थे। उन्होंने लोचन यादव, सुलाकी यादव से पूछा कि यह सब कैसे हो गया तो उन लोगों ने कहा कि क्या बताऊ भइया, अगर मैं होता तो हत्यारे भाग नहीं सकते थे।
2. घटना में आरोपित कपिलमुनि करवरिया ने दर्जनों गवाह खड़े किए, जिन्होंने बताया कि घटना के समय वह लखनऊ में था। इसी प्रकार उदयभान को दिल्ली में रहना बताया गया और सूरजभान को इलाहाबाद में ही किसी व्यक्ति के अंतिम संस्कार में कई घंटे उपस्थित रहना बताया गया।

साक्षियों की संख्या नहीं, गुणवत्ता महत्त्वपूर्ण होती है

न्यायालय ने अपने निर्णय में लिखा कि जिस तरह से साक्षियों की पूरी फौज खड़ी की गई है, यह प्रभावशाली व्यक्तियों के लिए कोई असंभव कार्य नहीं है। साक्षियों की संख्या नहीं, बल्कि साक्ष्य की गुणवत्ता महत्त्वपूर्ण होती है। बचाव पक्ष के सभी साक्षियों के साक्ष्य की गुणवत्ता कसौटी पर खरी नहीं है।

"इसी प्रकार इस मुकदमे के सभी गवाह, गवाही देने से पूर्व घूम-घूमकर सबसे कहते हैं, मैं घटनास्थल पर नहीं था, मैंने घटना नहीं देखी, किंतु न्यायालय में आकर अभियोजन कथानक का पूर्ण समर्थन करते हैं। इतना ही नहीं, साक्ष्य देने के बाद भी इसके साक्षी जगह-जगह पर यह कहते हैं कि मैंने घटना तो देखी नहीं थी, किंतु गवाही देनी पड़ी, किंतु इस संबंध में किसी भी साक्षी से प्रश्न नहीं किया गया, जो इसकी सत्यता के बारे में स्वीकार करता या अस्वीकार करता, जिससे इस संबंध में परीक्षित साक्षी स्वाभाविक प्रतीत नहीं होते हैं। घटना के 20-22 साल

बाद न्यायालय में आकर बयान देते हैं और इस संबंध में किसी से नहीं बताते। यदि ऐसे साक्षियों को महत्त्व प्रदान किया जाए तो कोई भी प्रभावशाली व्यक्ति साक्षियों की बड़ी संख्या के आधार पर किसी तथ्य को साबित करने का प्रयास कर सकता है। उल्लेखनीय है कि साक्षियों की संख्या नहीं, साक्ष्य की गुणवत्ता महत्त्वपूर्ण होती है तथा यह भी निर्विवाद है कि इस मुकदमे के अभियुक्तगण प्रभावशाली व्यक्ति हैं, जिनके लिए बड़ी संख्या में साक्षियों को परीक्षित कराया जाना असंभव कार्य नहीं है। इस तरह के परीक्षित साक्षियों से अभियोजन कथानक पर कोई प्रभाव नहीं पड़ता है, न ही अभियोजन कथानक अविश्वसनीय हो जाता है।"

अपने निर्णय में जज बद्री विशाल पांडेय ने इंस्पेक्टर प्रदीप वर्मा, पी.एन.निगम, लक्ष्मण राय के बारे में कठोर टिप्पणी की। पी.एन. निगम की कहानी को आगे बढ़ाते हुए प्रदीप वर्मा ने इस कहानी को माया शंकर की स्वीकृति से जोड़ दिया। न्यायालय ने लिखा कि एस.एस.पी. प्रयागराज को आदेशित किया जाता है कि विवेचक प्रदीप वर्मा के विरुद्ध अभियुक्तों को लाभ पहुँचाने से की गई त्रुटिपूर्ण विवेचना के लिए विधिसम्मत कार्रवाई करें। न्यायालय ने लिखा कि मृतक जवाहर यादव की हत्या माया शंकर सिंह, हरिहर सिंह, पाँचू सिंह, बंशी सिंह द्वारा किए जाने की कहानी कपोल कल्पित मात्र है, जिसके समर्थन में विवेचक के अलावा कोई साक्ष्य नहीं है।

बचाव पक्ष द्वारा तर्क दिया गया है कि घटना के समय कपिलमुनि करवरिया व रामचंद्र त्रिपाठी उर्फ कल्लू लखनऊ में थे। उदयभान करवरिया दिल्ली में, सूरजभान करवरिया रसूलाबाद श्मशान घाट पर थे व श्याम नारायण करवरिया अपने गाँव अटेलवा में स्थित श्याम पैलेस सिनेमा में थे, जिससे स्पष्ट है कि अभियुक्तगणों को फर्जी फँसाया गया। न्यायालय ने अभियुक्तों के इस तर्क को नहीं माना।

बचाव पक्ष द्वारा इस बात पर बार-बार जोर दिया गया कि एक तरफ तो साक्षी अपराधी हैं, हितबद्ध हैं, दूसरी तरफ साक्षी प्रतिष्ठित, सम्मानित और अधिवक्ता समाज के व्यक्ति व नेता हैं। ऐसा कोई शाश्वत नियम नहीं है कि अपराधी, हितबद्ध साक्षी हमेशा झूठ बोले और सम्मानित व्यक्ति हमेशा सत्य बोले।

यह भी उल्लेखनीय है कि अभियुक्तगण स्वयं एक राजनीतिक प्रभाव के व्यक्ति हैं। जिस तरह से सी.बी.सी.आई.डी. वाराणसी के दोनों विवेचक अभियोजन को विफल करने के लिए न केवल कूट रचित फैक्स को अस्तित्व में लाए, बल्कि कपोल कल्पित कहानी के आधार पर इलाहाबाद की घटना को वाराणसी की घटना से

जोड़कर कारागार में निरुद्ध माया शंकर द्वारा स्वयं अपराध कारित करने की कहानी लाई गई है, जो मात्र केस डायरी व इन विवेचकों तक सीमित रही व मारुति वैन को घटना में प्रयुक्त न होने को क्लीन चिट दी गई। ये समस्त तथ्य स्पष्ट रूप से दर्शित करते हैं कि अभियुक्तगणों के प्रभाव में उक्त समस्त कार्रवाई की गई। यह न्यायालय मूकदर्शक बनकर विवेचक के हाथ की कठपुतली बनकर नहीं रह सकता।

इतना ही नहीं, आरोप-पत्र दाखिल होने के बाद इस मुकदमे का एक अभियुक्त कपिलमुनि करवरिया भारतीय जनता पार्टी छोड़कर बहुजन समाज पार्टी में शामिल होकर पुनः अग्रिम विवेचना का आदेश करा लेता है, जैसा कि अभियोजन द्वारा कहा गया है और राजनीतिक प्रभाव का प्रयोग करते हुए अग्रिम विवेचना में सी.बी. सी.आई.डी. इलाहाबाद के विवेचक द्वारा घटना के समय कपिलमुनि करवरिया व रामचंद्र त्रिपाठी का लखनऊ में होना दिखाया जाता है।

न केवल उक्त कृत्य विवेचकों द्वारा राजनीतिक प्रभाव में किया गया, बल्कि अभियुक्तगणों द्वारा स्वयं को लाभ पहुँचाने के लिए अनेक छल-कपट करने का प्रयास किया गया, जिसमें न केवल चोटिल कल्लन यादव, पंकज श्रीवास्तव व राजेंद्र से शपथ-पत्र दिलवाया गया, जिसके संबंध में विवेचना की जा चुकी है, बल्कि स्वयं वादी मुकदमा को छत्तीसगढ़ में दाखिल परिवाद में परीक्षित कराया गया।

न्यायालय ने लिखा कि अभियुक्तगणों द्वारा किए गए कार्य से आसपास दहशत व भय व्याप्त हो गया। अतः अभियुक्तगण कपिलमुनि करवरिया, उदयभान करवरिया, सूरजभान करवरिया, रामचंद्र त्रिपाठी उर्फ कल्लू अंतर्गत धारा 302 सपठित धारा 149/307 सपठित 149/147 व 148 आई.पी.सी. तथा धारा 7 आपराधिक विधि संशोधन अधिनियम के अंतर्गत दोष सिद्ध किए जाने योग्य हैं। 4 नवंबर, 2019 को विशेष जज बद्री विशाल पांडेय ने बहुजन समाज पार्टी के पूर्व सांसद कपिलमुनि करवरिया, पूर्व एम.एल.सी. और एम.एल.ए. उदयभान व सूरजभान करवरिया, तीनों सगे भाइयों के अलावा अभियुक्त रामचंद्र त्रिपाठी उर्फ कल्लू को आजन्म कारावास की सजा दी गई। प्रत्येक अभियुक्त को आजीवन कारावास के अतिरिक्त एक-एक लाख रुपए के अर्थदंड से व धारा 307 सपठित धारा 149 आई.पी.सी. के अपराध के आरोप में प्रत्येक अभियुक्त को 10-10 वर्ष के कठोर कारावास व 50-50 हजार रुपए के अर्थदंड से व धारा 147 आई.पी. सी.के अपराध के लिए प्रत्येक अभियुक्त को 2-2 वर्ष के कठोर कारावास व

10-10 हजार के अर्थदंड से व धारा 148 आई.पी.सी. के अपराध के लिए प्रत्येक अभियुक्त को 3-3 वर्ष के कठोर कारावास व 20-20 हजार रुपए के अर्थदंड से व धारा 7 आपराधिक विधि संशोधन अपराध के लिए प्रत्येक अभियुक्त को 6-6 माह के कारावास के दंड से दंडित करने से न्याय का उद्देश्य सफल होगा।

मैंने उत्तर प्रदेश में कई माफिया सरगनाओं का उत्थान व पराभव देखा है। सत्तर के दशक में इलाहाबाद के मंझनपुर तहसील (अब कौशांबी) में जगत् करवरिया और उसके पुत्रों श्याम नारायण करवरिया 'मौला', वशिष्ठ नारायण करवरिया 'भुक्खल', हर्ष नारायण करवरिया 'हरखू' व दरोगा करवरिया के आतंक को आज भी याद किया जाता है। मैंने इस परिवार के सबसे कुख्यात मौला और भुक्खल की गिरफ्तारी की थी। इन अपराधियों ने अपने एक गुर्गे जवाहर त्रिपाठी, निवासी सरसवाँ, थाना पश्चिम शरीरा के गैंग से मेरे ऊपर 14 फरवरी, 1981 को गोलियाँ चलवाई थीं, जिसका मैंने मुँहतोड़ जवाब देकर उनको जेल की सलाखों के पीछे भेज दिया था। जगत् करवरिया की तीसरी पीढ़ी भी नहीं सुधरी। कपिलमुनि करवरिया, उदयभान करवरिया, सूरजभान करवरिया ने बालू के कारोबार की वर्चस्व की लड़ाई में 13 अगस्त, 1996 को इलाहाबाद (अब प्रयागराज) से समाजवादी पार्टी के पूर्व बाहुबली विधायक जवाहर यादव उर्फ 'पंडित' की सिविल लाइंस कॉफी हाउस इलाहाबाद के सामने दिन-दहाड़े ए.के.-47 से गोलियों की बौछार करके हत्या कर दी। करवरिया परिवार का इलाहाबाद के बालू और मौरंग व्यवसाय पर एकाधिकार था। समाजवादी सरकार में जवाहर यादव उर्फ पंडित, विधायक बन गए, जो मुलायम सिंह यादव के बड़े करीबी थे। जवाहर यादव एक दबंग व्यक्ति था और उसने बालू-मौरंग के कारोबार में घुसकर करवरिया परिवार को चुनौती दे दी। अपने व्यवसाय का नुकसान होने के कारण वशिष्ठ नारायण कवरिया के पुत्रों, कपिलमुनि करवरिया, सूरजभान करवरिया, उदयभान करवरिया ने जवाहर यादव को रास्ते से हटाने का षड्यंत्र रचा।

करवरिया परिवार ने कुछ अन्य लोगों को अपने साथ लेकर 13 अगस्त, 1996 को ए.के.-47 से अंधाधुंध गोलियाँ चलाकर जवाहर यादव उर्फ 'पंडित' की हत्या कर दी। मुख्तार अंसारी का संबंध कपिलमुनि करवरिया के पिता वशिष्ठ मुनि करवरिया उर्फ भुक्खल से रहा था और आपराधिक घटनाओं में एक-दूसरे का सहयोग करते थे।

इस हत्या के बाद करवरिया परिवार अपने रसूख के बल पर बचता रहा। इसी दौरान कपिलमुनि करवरिया फूलपुर इलाहाबाद से बहुजन समाज पार्टी के टिकट पर सांसद बन गया। उसके भाई सूरजभान, उदयभान करवरिया भी विधायक व एम.एल.सी. बने। अपने धन-बल और रसूख के कारण तीनों भाई बचते रहे, परंतु घटना के 18 वर्ष बाद 2015 में तीनों भाइयों को जेल जाना पड़ा। तीनों भाइयों को जवाहर यादव उर्फ पंडित की बहुचर्चित हत्या में आजन्म कारावास की सजा मिली। अपर जिला जज बद्री विशाल पांडेय ने आजन्म कारावास के अतिरिक्त सभी अभियुक्तों पर कुल सात लाख बीस हजार रुपए का जुर्माना भी लगाया। करवरिया परिवार की ग्राम चक स्थित पैतृक कोठी विरोधियों ने जमींदोज कर दी।

अगर वशिष्ठ नारायन करवरिया 'भुक्खल' का परिवार शांतिपूर्वक तरीके से रहता तो उन्हें सम्मान भी मिलता और जेल की सलाखों के भीतर परिवार सहित जाने से भी बच जाते। जिस परिवार की नींव उसके दादा जगत् करवरिया ने हिंसा और अधर्म पर तैयार की थी, वही संस्कार उसकी अगली पीढ़ी को भी मिले, जिसका परिणाम भोगना तय था। तीनों भाई सांसद, विधायक तथा एम.एल.सी. बने और सम्मान के साथ काफी धन अर्जित किया। सरकारी ठेकों से अकूत संपत्ति कमाई, परंतु वे अति आत्मविश्वास के कारण अपराध का रास्ता नहीं छोड़ पाए और उसका दुष्परिणाम आजन्म कारावास के रूप में भोगना पड़ा।

7. ओमप्रकाश पासवान पूर्व विधायक समाजवादी पार्टी की हत्या (25 मार्च, 1996)

ओमप्रकाश पासवान

ओमप्रकाश पासवान गोरखपुर के रहने वाले थे और उनकी गिनती बाहुबली नेताओं में होती थी। वे मानीराम विधानसभा सीट से विधायक चुने गए थे और बाद में समाजवादी पार्टी में आ गए। उनका नाम हत्या, हत्या का प्रयास आदि सहित कई मुकदमों में आया था। 25 मार्च, 1996 को वे संसदीय चुनाव में बाँसगाँव चौराहा, गोरखपुर में एक जनसभा को संबोधित कर रहे थे। एक ट्रॉली को मंच बना दिया गया था। शाम 6:40 बजे वे सभा समाप्त करके मंच से उतर रहे थे। उसी समय 2 मोटरसाइकिलों से 4

बदमाश आए और उनके ऊपर ताबड़तोड़ बम से हमला कर दिया। बम धमाके से चारों तरफ भगदड़ मच गई। ओमप्रकाश पासवान और उनके सहयोगी कामेश्वर सिंह पुत्र रामकरन सिंह बाँसगाँव गोरखपुर मौके पर ही मारे गए। इस घटना में एक दर्जन से अधिक लोगों को चोटें आईं। बाँसगाँव पुलिस ने इस हाइप्रोफाइल केस में अज्ञात लोगों के खिलाफ हत्या, हत्या का प्रयास, विस्फोटक अधिनियम व अनुसूचित जाति/अनुसूचित जनजाति अधिनियम के अंतर्गत मु.अ.सं. 85/1996 धारा 302/307/429 आई.पी.सी. व धारा 5 एक्सप्लोसिव एक्ट में थाना बाँसगाँव में मुकदमा पंजीकृत किया।

पुलिस की विवेचना में 7 लोगों की संलिप्तता पाई गई, जिसमें कुख्यात श्रीपति दाढ़ी पुत्र जगरनाथ दाढ़ी निवासी बनकटिया सहजनवाँ के साथ राकेश यादव पुत्र पारस यादव निवासी गुलरिहा गोरखपुर, ब्रह्मा उर्फ ब्रह्मदेव यादव पुत्र सत्यनारायण निवासी बूढ़ाडीह गुलरिहा, रूपेश यादव पुत्र बल्देव यादव निवासी सहजनवाँ, शिवलाल पुत्र तेजभान निवासी बनकटिया सहजनवाँ, नन्हे पांडे पुत्र गोमती निवासी पिडरा घूरदास, अरीश मुनि पुत्र सीताराम तिवारी निवासी मिश्रा भेड़िहा थाना हाटा पडरौना के नाम आए। इन सबके विरुद्ध 6 जुलाई, 1996 को आरोप-पत्र न्यायालय में प्रेषित किया गया। श्रीपति दाढ़ी सहित कई बदमाशों की पुलिस मुठभेड़ तथा अन्य कारणों से मौत हो गई, सिर्फ राकेश यादव जिंदा बचा है, जिसे न्यायालय द्वारा साक्ष्य के अभाव में बरी कर दिया गया।

8. भारतीय जनता पार्टी के राजेश शुक्ला सहित पाँच व्यक्तियों की हत्या

विधायक अशोक सिंह चंदेल की भाजपा नेता राजीव शुक्ला से पुरानी राजनीतिक रंजिश थी। गणतंत्र दिवस 1997 के दिन शाम साढ़े 7 बजे हमीरपुर के सुभाष बाजार में अशोक सिंह चंदेल और उनके लोगों ने राजीव शुक्ला और उनके परिवार के सदस्यों पर गोलियाँ चलवाई। राजीव शुक्ला के परिवार के तीन सदस्यों समेत पाँच लोगों की हत्या कर दी गई। इसमें राजीव शुक्ला के बड़े भाई राजेश शुक्ला, राकेश शुक्ला, अंबुज शुक्ला उर्फ गुड्डा पुत्र राकेश शुक्ला के अलावा वेद प्रकाश पुत्र भगौती शरण नायक और श्रीकांत पांडे पुत्र गया प्रसाद पांडेय थे। वेद प्रकाश नायक और श्रीकांत पांडेय इनके निजी सुरक्षाकर्मी थे। इस मुकदमे में विधायक अशोक सिंह चंदेल समेत 12 लोगों को नामजद किया गया। आरोपियों

के नाम थे—1. पूर्व विधायक अशोक चंदेल, 2.श्याम सिंह पुत्र बीरबल सिंह, 3.साहब सिंह पुत्र दलगंजन सिंह, 4. झंडु आरख पुत्र सिद्‌दा आरख, 5. अशोक चंदेल का ड्राइवर रक्कू पुत्र हिशामुद्‌दीन, 6. गनर हेड कॉन्स्टेबल 40 ए.पी. राम बाबू पुलिस लाइन हमीरपुर, 7. रघुबीर सिंह (शराब ठेकेदार) 8. डब्बू सिंह पुत्र रघुबीर सिंह, 9. प्रदीप सिंह पुत्र शिवनाथ सिंह, 10. उत्तम सिंह पुत्र संग्राम सिंह, 11. भान सिंह, एडवोकेट पुत्र मान सिंह, 12. नसीम पुत्र अब्दुल हमीद खाँ।

अपर जिला एवं सत्र न्यायाधीश ने इस बहुचर्चित हत्याकांड में सभी 10 आरोपियों को 17 जुलाई, 2002 को दोषमुक्त कर दिया था। जिला एवं सत्र न्यायालय द्वारा बरी करने के बाद राजीव शुक्ला ने मामले की अपील उच्च न्यायालय इलाहाबाद में की। उच्च न्यायालय इलाहाबाद ने सेशन कोर्ट के फैसले को गलत मानते हुए सभी अपराधियों को हत्या के इस सनसनीखेज मामले में दोषी करार देते हुए आजीवन कारावास की सजा सुनाई। अशोक चंदेल जेल में रहते हुए वर्ष 2019 में चुनाव लड़कर सांसद बन गए। आजन्म कारावास की सजा होने पर उनकी संसद् सदस्यता समाप्त हो गई।

9. ब्रह्म दत्त द्विवेदी, विधायक भारतीय जनता पार्टी की हत्या

विधायक ब्रह्म दत्त द्विवेदी

ब्रह्म दत्त द्विवेदी फर्रुखाबाद से भारतीय जनता पार्टी के विधायक और कद्दावर नेता थे। भारतीय जनता पार्टी में उन्हें मुख्यमंत्री, उत्तर प्रदेश के लिए दावेदार माना जाता था। उनका नाम उत्तर प्रदेश ही नहीं, पूरे देश में बहुचर्चित उस समय हुआ, जब उन्होंने मीराबाई गेस्ट हाउस लखनऊ में 2 जून, 1995 को कुमारी मायावती की जान बचाई थी। गेस्ट हाउस को समाजवादी पार्टी के बाहुबलियों ने घेर लिया था और उनकी जान को खतरा उत्पन्न हो गया था। ब्रह्म दत्त द्विवेदी ने जान पर खेलकर मायावती की रक्षा की थी, जिसके कारण मायावती उन्हें बड़ा भाई मानती थीं और राखी बाँधती थीं।

10 फरवरी, 1997 को ब्रह्म दत्त द्विवेदी अपनी एंबेसडर कार नंबर यू.पी.-76/5418 से अपने घर के पास ही हितेश चंद्र अग्रवाल के पुत्र ललित के तिलक

समारोह में उनके मकान लोहाई रोड आए थे। उनके साथ उनका अंगरक्षक हेड कॉन्स्टेबल 13 ए.पी. बृजकिशोर तिवारी तथा कार ड्राइवर शेर सिंह भी थे। वे काफी देर तक तिलक समारोह में रहे और कार्यक्रम की समाप्ति के बाद 12 बजे रात में घर लौटने के लिए अपनी कार में बैठने ही वाले थे कि उनके ऊपर 4-5 लोगों ने रिवॉल्वर से ताबड़तोड़ गोलियाँ चलाईं। अचानक हुए हमले से अंगरक्षक बृजेश तिवारी भी सँभल नहीं पाए। जब तक वे अपनी स्टेनगन से फायर करते, तब तक उन्हें भी कई गोलियाँ लग गईं। ब्रह्म दत्त द्विवेदी और अंगरक्षक बृजेश तिवारी को जैन नर्सिंग होम लाया गया, लेकिन तक तक दोनों लोगों की मौत हो चुकी थी। ड्राइवर शेर सिंह भी गंभीर रूप से घायल हुआ, जिसे इलाज के लिए राम मनोहर लोहिया अस्पताल दिल्ली में भर्ती कराया गया।

इस संबंध में मु.अ.सं. 109/1997 धारा 302/120बी/307 आई.पी.सी. कोतवाली फर्रुखाबाद में सुधांशु दत्त द्विवेदी निवासी 3/141 मोहल्ला सेनापति फर्रुखाबाद द्वारा लिखवाया गया, जिसमें विजय सिंह पुत्र प्रेम सिंह निवासी मोहल्ला नाला मच्छरट्टा को नामजद किया गया और कई अज्ञात बदमाशों के खिलाफ मुकदमा लिखा गया। यह एक बड़ी सनसनीखेज घटना थी। ब्रह्म दत्त द्विवेदी का न केवल भारतीय जनता पार्टी बल्कि अन्य राजनीतिक पार्टियों में भी बड़ा सम्मान था। उत्तर प्रदेश में उस समय राष्ट्रपति शासन चल रहा था, जो 17 अक्तूबर, 1996 से 21 मार्च, 1997 तक रहा। हत्या की सूचना मिलते ही एल.के. आडवाणी, डॉ. मुरली मनोहर जोशी सहित भारतीय जनता पार्टी के दर्जनों वरिष्ठ नेता फर्रुखाबाद पहुँचे। इस मुकदमे की विवेचना 20 फरवरी, 1997 को सी.बी.आई. को सुपुर्द की गई। विवेचना के दौरान 1. श्रीमती दमयंती सिंह पत्नी विजय सिंह, 2. आदेश सिंह चौहान उर्फ खलीफा पुत्र बाबू सिंह चैहान निवासी किशनपुर गढ़िया थाना बेवर, मैनपुरी, 3. भाजपा नेता उर्मिला राजपूत पत्नी राम किशन निवासी पल्ला गल्लामंडी, फर्रुखाबाद, 4. शिव प्रताप सिंह उर्फ चीनू पुत्र बृजमोहन निवासी पुरानी घटिया घार, 5. पंचशील पुत्र रामकिशन निवासी मोहल्ला पल्ला गल्लामंडी, फर्रुखाबाद, 6. सुशील कुमार पुत्र जितेंद्र सिंह निवासी 5/35 गढ़ी दीक्षित थाना कोतवाली फर्रुखाबाद, 7. पंकज मिश्रा पुत्र अशर्फी लाल निवासी नुनहाई थाना कोतवाली, फर्रुखाबाद, 8. संजीव माहेश्वरी उर्फ जीवा पुत्र ओमप्रकाश निवासी प्रेमपुरी मोहल्ला गोशाला कोतवाली, मुजफ्फर नगर, 9. रमेश

ठाकुर पुत्र प्रताप सिंह निवासी घटिया घार, 10. बलविंदर कुमार उर्फ बिल्लू पुत्र रामसिंह मोहल्ला गोशाला कोतवाली, मुजफ्फरनगर, 11. नाजिम सलवानी पुत्र हबीब नाई निवासी हज बाग थाना ज्वालापुर, हरिद्वार, उत्तराखंड, 12. सज्जाद उर्फ मुल्ला पुत्र गुलफाम थाना ज्वालापुर, हरिद्वार, उत्तराखंड, 13. एहसान प्रधान निवासी दौलतपुर थाना, मुजफ्फरनगर, 14. राजपाल निवासी रमाला, मेरठ के नाम प्रकाश में आए। सी.बी.आई. द्वारा विवेचना के बाद विजय सिंह, संजीव माहेश्वरी उर्फ जीवा, पंचशील, उर्मिला राजपूत, बलविंदर कुमार बिल्लू, रमेश ठाकुर, शिव प्रताप, सुशील कुमार, पंकज मिश्रा के विरुद्ध आरोप-पत्र न्यायालय में प्रेषित किया गया।

नाजिम सलवानी, उपदेश सिंह चैहान, दमयंती सिंह, सज्जाद उर्फ मुल्ला, एहसान प्रधान और राजपाल के विरुद्ध पर्याप्त साक्ष्य न मिलने के कारण आरोप-पत्र नहीं लगाया जा सका और वे धारा 169 सी.आर.पी.सी. में रिहा कर दिए गए। सी.बी.आई. न्यायालय लखनऊ द्वारा समाजवादी पार्टी के विधायक रहे विजय सिंह और मुख्तार अंसारी गैंग के संजीव माहेश्वरी उर्फ जीवा को धारा 302/307/120बी आई.पी.सी. में 17 सितंबर, 2003 को आजीवन कारावास की सजा सुनाई गई। शेष आरोपी उर्मिला राजपूत, शिव प्रताप सिंह, पंचशील, पंकज मिश्रा, बलविंदर बिल्लू, रमेश चंद्र और सुशील कुमार न्यायालय से दोषमुक्त कर दिए गए।

10. पूर्व विधायक वीरेंद्र शाही की हत्या (31 मार्च, 1997)

वीरेंद्र प्रताप शाही

गोरखपुर में वीरेंद्र प्रताप शाही और हरिशंकर तिवारी गिरोहों के बीच गैंगवार चल रही थी। शाही शुरुआत में हरिशंकर तिवारी के ही साथ थे। उन्हें बस्ती जिले में हुई एक हत्या में फाँसी की सजा हुई थी। हरिशंकर तिवारी ने प्रभावी पैरवी करवाकर उन्हें इलाहाबाद उच्च न्यायालय से बरी करवा लिया था। वीरेंद्र प्रताप शाही का कद बढ़ रहा था और वे खुद गैंग लीडर बनना चाहते थे। इसी बीच गोरखपुर विश्वविद्यालय के छात्रनेता रहे बलवंत सिंह की हत्या 25 अप्रैल, 1977 को कर दी गई। बलवंत सिंह वीरेंद्र प्रताप शाही के अच्छे मित्र थे। गोरखपुर विश्वविद्यालय की

छात्र राजनीति में उन्हें एक मनबढ़ व्यक्ति माना जाता था। उनकी और हरिशंकर तिवारी की ऐसी ठनी कि दोनों गुटों में गैंगवार शुरू हो गई। बलवंत सिंह की हत्या से वीरेंद्र प्रताप शाही को बड़ा झटका लगा। वे प्रतिशोध की आग में जलने लगे और 3 महीने बाद ही हरिशंकर तिवारी गैंग के सुरेंद्र पांडेय की हत्या 29 जुलाई, 1977 को कर दी। अब हरिशंकर तिवारी और वीरेंद्र प्रताप शाही में गैंगवार चरम सीमा पर पहुँच गई और दोनों पक्षों के कई दर्जन लोग मारे गए, जिसमें वीरेंद्र प्रताप शाही के मित्र विधायक रवींद्र सिंह की 30 अगस्त, 1979 को गोरखपुर रेलवे स्टेशन पर हुई हत्या इसी गैंगवार की ही एक कड़ी थी।

वीरेंद्र प्रताप शाही 1981 में लक्ष्मीपुर विधानसभा सीट से विधायक बन गए। हरिशंकर तिवारी भी 1985 में गोरखपुर की चिल्लूपार विधानसभा सीट से विधायक बनने में कामयाब हो गए। वीरेंद्र प्रताप शाही पर तिवारी गुट द्वारा कई बार हमला किया गया, परंतु वे बाल-बाल बच गए। राजपूत बिरादरी में शाही का प्रभाव ऐसा बढ़ा कि उन्हें 'शेर-ए-पूर्वांचल' कहा जाने लगा। इसी बीच गोरखपुर से एक शातिर अपराधी श्रीप्रकाश शुक्ला का धूमकेतु की तरह उदय हुआ। वह अपनी बहन से छेड़छाड़ करने वाले लड़के की हत्या करके अपराध जगत् में दाखिल हुआ था। उसका संबंध बिहार के सूरजभान गैंग से हो गया। उसने सूरजभान के इशारे पर बिहार में कई सनसनीखेज हत्याएँ कीं, जिसमें मंत्री बृज बिहारी प्रसाद की भी हत्या शामिल थी। श्रीप्रकाश शुक्ला एक पेशेवर हत्यारा था। वह किराए पर हत्या, अपहरण करके फिरौती लेना और रंगदारी वसूलने में माहिर था। राजधानी लखनऊ में भी उसने कई सनसनीखेज वारदातें कीं।

अब श्रीप्रकाश शुक्ला हरिशंकर तिवारी और वीरेंद्र प्रताप शाही की तरह विधायक बनकर माननीय बनना चाहता था। वह गोरखपुर में पहले से स्थापित बाहुबलियों हरिशंकर तिवारी और वीरेंद्र प्रताप शाही को अपने रास्ते से हटाना चाहता था। उसकी नजर गोरखपुर की ब्राह्मण बाहुल्य चिल्लूपार विधानसभा सीट पर थी। वह वहाँ से हरिशंकर तिवारी को किनारे लगाकर चुनाव लड़ना चाहता था। उसका लक्ष्य था कि यदि वह वीरेंद्र प्रताप शाही और हरिशंकर तिवारी को किनारे लगा दे तो यकायक वह सितारे की तरह चमक जाएगा और गोरखपुर में उसका विरोध करने की किसी की हिम्मत भी नहीं होगी। वह भी अपने बाहुबल से गोरखपुर के दोनों बाहुबलियों और मुख्तार अंसारी की भाँति विधायक बनकर

माननीय हो जाएगा। इसी कड़ी में उसने अपने गैंग के साथ 24 अक्तूबर, 1996 को वीरेंद्र प्रताप शाही पर हमला किया था, जिसमें वीरेंद्र शाही घायल होकर बच गए, परंतु उनका गनर जयराम राय मारा गया था। इस घटना को श्रीप्रकाश शुक्ला ने अपने साथियों राजन तिवारी, आनंद पांडेय और अनुज सिंह के साथ अंजाम दिया था।

वीरेंद्र प्रताप शाही इस बड़ी घटना के बाद भी अपनी सुरक्षा के प्रति लापरवाह थे। श्रीप्रकाश शुक्ला हर हालत में उनकी हत्या करना चाहता था। 31 मार्च, 1997 को वीरेंद्र प्रताप शाही लखनऊ के इंदिरा नगर में अपनी महिला मित्र के घर ठहरे हुए थे और सुबह-सुबह घर से कहीं जाने के लिए बाहर निकले। वे इंदिरा नगर ए-ब्लॉक स्थित स्प्रिंग डेल स्कूल के पास से गुजर रहे थे कि उसी समय श्रीप्रकाश शुक्ला अपने साथी गोरखपुर के आनंद पांडेय के साथ मोटरसाइकिल से आ धमका। जब तक शाही कुछ समझ पाते, श्रीप्रकाश शुक्ला ने उनके पीछे आकर .45 पिस्टल से सिर में गोली मार दी, जिससे वे औंधे मुँह गिर गए। उस समय यू.पी. बोर्ड की परीक्षाएँ चल रही थीं। सड़क पर छात्र व अभिभावक काफी संख्या में खड़े थे। दोनों हत्यारों ने बेखौफ होकर वीरेंद्र प्रताप शाही की टाँग पकड़कर उलट दिया और श्रीप्रकाश शुक्ला ने उनके सीने पर 9एम.एम. कार्बाइन से गोलियों की बौछार कर दी। आनंद पांडेय ने उनके मुँह और आँखों में .45 पिस्टल से कई गोलियाँ मारकर मैगजीन खाली कर दी। माफिया से राजनेता बने वीरेंद्र प्रताप शाही के अध्याय का अंत हो गया, परंतु उनके चाहने वालों ने गोरखपुर मोहद्दीपुर चौराहे पर उनकी मूर्ति स्थापित की और उन्हें अपनी बिरादरी का शेर कहकर बराबर सम्मान देते रहे।

11. विधायक इंद्रभद्र सिंह की हत्या (21 जनवरी, 1999)

सुल्तानपुर के मायंग (धनपतगंज) गाँव के एक प्रभावशाली क्षत्रिय परिवार में 1954 में जन्मे इंद्रभद्र सिंह ने अपने छात्र जीवन में वॉलीबॉल के एक बेहतरीन खिलाड़ी के रूप में अपनी पहचान बनाई। कई वर्षों तक प्रदेशीय और राष्ट्रीय वॉलीबॉल प्रतियोगिताओं में हिस्सेदारी लेकर नाम भी कमाया। खेल जगत् की इन उपलब्धियों की बदौलत सुल्तानपुर की प्रमुख शिक्षा संस्था, कमला नेहरू सामाजिक एवं भौतिक संस्थान में खेल शिक्षक के रूप में उनकी नियुक्ति हो गई।

इंद्रभद्र सिंह के पिता शारदा प्रसाद सिंह आजीवन धनपतगंज के ब्लॉक प्रमुख रहे। वर्ष 1988 में पिता का स्थान इंद्रभद्र सिंह ने लिया। पहले से ही युवा राजनीति में अपनी जगह बना चुके इंद्रभद्र सिंह ने ब्लॉक प्रमुख के पद पर रहते हुए अपनी राजनीतिक सक्रियता, ब्लॉक से आगे पूरे इसौली विधानसभा क्षेत्र और जिले के अन्य क्षेत्रों में भी बढ़ाई। अस्सी के दशक में जिले की राजनीति में उस दौर के युवा, डॉक्टर संजय सिंह, राम सिंह, अशोक पांडे और इंद्रभद्र सिंह आदि की उपस्थिति काफी प्रभावी थी। विश्वनाथ प्रताप सिंह की कांग्रेस से बगावत के समय डॉक्टर संजय सिंह के साथ राम सिंह, इंद्रभद्र सिंह, अशोक पांडे आदि पहले जनमोर्चा और फिर जनता दल से जुड़े। वर्ष 1989 में जनता दल के टिकट पर राम सिंह सुल्तानपुर से सांसद और इसौली से इंद्रभद्र सिंह तथा चाँदा से अशोक पांडे विधायक चुने गए थे। अमेठी (उस समय सुल्तानपुर में शामिल थी) से डॉक्टर संजय सिंह जनता दल के उम्मीदवार थे। मतदान के दिन वहाँ हुई हिंसा में डॉक्टर संजय सिंह गोली लगने से बुरी तरह घायल हो गए थे। वे विधानसभा का चुनाव भी हार गए थे। स्वस्थ होने पर जनता दल से वह राज्यसभा पहुँचे थे। प्रधानमंत्री वी.पी. सिंह की सरकार के पतन के बाद डॉक्टर संजय सिंह ने उनका साथ छोड़ दिया था, वे चंद्रशेखर सरकार में संचार मंत्री बने थे। प्रलोभनों और दबावों को ठुकराते हुए तत्कालीन सांसद राम सिंह जनता दल में ही बने रहे। विधायक इंद्रभद्र सिंह और अशोक पांडे भी उन्हीं के साथ रहे।

इंद्रभान सिंह

1991 में इसौली से जनता दल उम्मीदवार के रूप में इंद्रभद्र सिंह को पराजय का सामना करना पड़ा, लेकिन 1993 में उसी क्षेत्र से निर्दलीय उम्मीदवार के तौर पर उनकी जीत ने क्षेत्र में उनकी लोकप्रियता प्रमाणित कर दी। आमतौर पर मोटरसाइकिल पर बिना किसी सुरक्षा और तामझाम के चलने वाले इंद्रभद्र सिंह की छवि सरल और सर्वसुलभ जनप्रतिनिधि की थी।

वर्ष 1994 में सदानंद तिवारी उर्फ संत ज्ञानेश्वर ने आश्रम बनाना शुरू किया। वह बाराबंकी सिद्धौर में भी आश्रम बना चुका था। वह गाँव के चौकीदार रामजस यादव की भी जमीन हड़पना चाहता था, जिसका विरोध रामजस यादव ने किया।

रामजस यादव की हत्या कर दी गई। इंद्रभद्र सिंह उस समय इसौली विधानसभा के विधायक थे। उन्होंने रामजस के परिवारवालों का साथ दिया। वर्ष 1998 के आखिरी महीनों में इंद्रभद्र सिंह के पैतृक गाँव मायंग से सटे मंझवारा गाँव में विवादास्पद साधु संत ज्ञानेश्वर के आश्रम पर ग्रामीणों ने तोड़-फोड़ की। वारदात का कारण आश्रम की संदिग्ध गतिविधियाँ और क्षेत्र की एक महिला का लापता होना चर्चा में था। संत ज्ञानेश्वर ने इस वारदात के लिए इंद्रभद्र सिंह को जिम्मेदार माना और उनसे रंजिश रखने लगा। माना जाता है कि इंद्रभद्र सिंह का इस घटना से सीधा संबंध नहीं था। उन्होंने अपनी दिनचर्या पूर्ववत् रखी। बिना किसी सुरक्षा के वे गाँव से जिला मुख्यालय आते-जाते रहे। वे उस समय विधायक नहीं थे, अतः कोई सरकारी सुरक्षा व्यवस्था भी नहीं मिली थी। शहर में दीवानी कचहरी के समीप पूर्व सांसद राम सिंह का जनसंपर्क कार्यालय था। इंद्रभद्र सिंह भी वहाँ नियमित रूप से बेफिक्र बैठते और लोगों से मिलते-जुलते थे।

21 जनवरी, 1999 की शाम इसी स्थान के सामने की सड़क से जब वे पैदल ही अधिवक्ता सी.बी. पांडे के साथ कचहरी की ओर जा रहे थे, पीछे से उन पर बम फेंका गया। बम विस्फोट की तेज आवाज से आसपास के क्षेत्र के लोग दहल गए। लहूलुहान इंद्रभद्र सिंह की घटनास्थल पर ही मृत्यु हो गई। वारदात का पता चलते ही इंद्रभद्र सिंह के युवा साथियों ने हमलावर दीनानाथ यादव को दौड़कर दबोच लिया। वह चंदौली जिले के बबुरी गाँव का रहने वाला था। पकड़े जाने पर संत ज्ञानेश्वर के इस अंधभक्त ने कहा कि उसे अपने कार्य पर कोई पछतावा नहीं है। उसने इंद्रभद्र सिंह की हत्या संत ज्ञानेश्वर के आदेश पर की है। इंद्रभद्र सिंह के बड़े पुत्र चंद्रभद्र सिंह ने दीना नाथ यादव, संत ज्ञानेश्वर, हैदरगंज फैजाबाद निवासी रघुराज शर्मा, कूड़ेभार (सुल्तानपुर) निवासी देवी प्रसाद और बिहार के गोपालगंज जिले के थाना फुलवरिया निवासी मोतीलाल के खिलाफ रिपोर्ट दर्ज कराई। संत ज्ञानेश्वर की भी गिरफ्तारी हुई। 2007 में संत ज्ञानेश्वर की उसकी शिष्याओं सहित कई लोगों की इलाहाबाद के थाना हँडिया क्षेत्र में सामूहिक हत्या कर दी गई। बाबा के भाई ने इस मामले में इंद्रभद्र सिंह के दोनों पुत्रों को नामजद किया था, लेकिन वे अदालत से बरी हो गए। 2012 में सुल्तानपुर की जिला अदालत ने इंद्रभद्र सिंह हत्याकांड के मुख्य अभियुक्त दीना नाथ यादव को दोषी सिद्ध करते हुए आजीवन कारावास की सजा सुनाई। साक्ष्य के अभाव में शेष अभियुक्त बरी हो गए।

सदानंद तिवारी उर्फ संत ज्ञानेश्वर एक अपराधी था और मूलरूप से गोपालगंज, बिहार का रहने वाला था। वह छात्र जीवन में ही आपराधिक गतिविधियों में लिप्त हो गया था। कहा जाता है कि उसने वर्ष 1981 में एक जिला पंचायत सदस्य की हत्या कर दी थी। सन् 1983 में महेश प्रसाद, डी.एम. गोपालगंज पर बम फेंका गया था, जिसमें उनकी मृत्यु हो गई थी। सदानंद तिवारी भी उसमें शामिल था। उसके ऊपर 8 हत्या के साथ 15 अन्य अपराध लिखे गए थे। पुलिस से बचने के लिए ही उसने भगवा चोला ओढ़ा और आध्यात्मिक गुरु संत ज्ञानेश्वर बन बैठा। वह सिद्धौर, बाराबंकी में आश्रम बनवाकर उसका सर्वेसर्वा बन गया। वाराणसी, अयोध्या समेत 6 धार्मिक शहरों में एक के बाद एक आश्रम खुलते गए। एक समय उसका इतना जलवा था कि वह जिस जिले में रहता था, बड़े-बड़े अधिकारी भी उसके दर्शन करने जाते थे। ज्ञानेश्वर का दौर तब खराब होना शुरू हुआ, जब 1999 में उसने पूर्व विधायक इंद्रभद्र सिंह की हत्या करवा दी। इंद्रभद्र सिंह के पुत्र चंद्रभद्र सिंह उर्फ सोनू और यशभद्र सिंह उर्फ मोनू अपने पिता की मौत का बदला लेने के लिए मौके की तलाश करने लगे।

ज्ञानेश्वर के आसपास रहती थीं लेडी कमांडो

ज्ञानेश्वर उस वक्त एकमात्र ऐसा व्यक्ति था, जिसके इर्द-गिर्द लेडी कमांडो का घेरा रहता था। वह अपनी शिष्याओं में तेज-तर्रार लड़कियों को बॉडीगार्ड के रूप में चुनता था। इन बॉडीगार्ड को वह आश्रम से जुड़े सेना-पुलिस के पूर्व कर्मियों से कमांडो की ट्रेनिंग दिलवाता था। सिर्फ बॉडीगार्ड ही नहीं, ज्ञानेश्वर की पर्सनल गाड़ी की ड्राइवर भी महिला ही होती थी। अपनी गाड़ी में ज्ञानेश्वर एक-दो करीबी सेवादारों को भी रखता था।

सदानंद तिवारी उर्फ संत ज्ञानेश्वर की हत्या (10 फरवरी, 2006)

सदानंद तिवारी उर्फ संत ज्ञानेश्वर वर्ष 2006 के माघ मेला में अंतिम स्नान के बाद अपने पूरे काफिले के साथ वाराणसी के लिए निकल पड़ा था। कोई नहीं जानता था कि आगे मौत खड़ी इंतजार कर रही है। हँडिया की बगहा रेलवे क्रॉसिंग के पास ए.के.-47 राइफलों से लैस शूटरों ने चंद पलों में ही ज्ञानेश्वर की गाड़ी को निशाना बनाते हुए दो सौ से अधिक गोलियाँ दाग दी थीं।

हँडिया कस्बे में लोगों ने ऐसी घटना कभी न देखी थी और न सुनी थी। 600 गोली प्रति मिनट की दर से ब्रस्ट फायर करने वाली ए.के.-47 की रैटलिंग से पूरा कस्बा स्तब्ध रह गया। हत्यारें आनन-फानन में वहाँ से रफूचक्कर हो गए। पुलिस भी तुरंत पहुँच गई। संत ज्ञानेश्वर सहित उनकी शिष्याएँ पुष्पा, पूजा, नीलम, गंगा और शिष्य ओमप्रकाश, रामचंद्र, मिथिलेश मौके पर ही मारे गए और दिव्या, मीरा, संतोषी, अनीता, मीनू घायल हुईं।

संत ज्ञानेश्वर के भाई इंद्र देव तिवारी ने पुरानी रंजिश के आधार पर इसौली सुल्तानपुर के विधायक चंद्रभद्र सिंह 'सोनू', उनके भाई यशभद्र सिंह 'मोनू', विजय यादव और अखिलेश सिंह को नामजद किया। सभी की गिरफ्तारियाँ हुईं और न्यायालय में आरोप-पत्र भेज दिया गया। गवाहों के पलटने से सेशन कोर्ट से सोनू, मोनू सिंह सहित सभी आरोपी बरी हो गए। सेशन कोर्ट के इस फैसले को संत ज्ञानेश्वर के भाई ने इलाहाबाद हाईकोर्ट में चुनौती दी, परंतु वहाँ भी उसे सफलता नहीं मिल पाई। इंद्र देव तिवारी ने हाईकोर्ट के फैसले को चुनौती देते हुए स्पेशल लीव पिटिशन (क्रिमिनल) अपने अधिवक्ता रोबिन खोखर के माध्यम से सुप्रीम कोर्ट में दाखिल किया है, जिस पर जनवरी 2022 तक कोई निर्णय नहीं हो पाया था।

12. विधायक राजू पाल की हत्या

विधायक राजू पाल

राजू पाल इलाहाबाद (प्रयागराज) के ग्राम नीवाँ थाना धूमनगंज का रहने वाला था। राजू पाल के पिता बाँकेलाल की मृत्यु उस समय हुई, जब राजू पाल की उम्र लगभग 12 वर्ष की थी। पिता की मृत्यु के बाद उसकी माँ ने उसका पालन-पोषण किया। राजू पाल आठवीं कक्षा तक ही पढ़ पाया। बड़ा होते ही वह आपराधिक गतिविधियों में संलिप्त हो गया और जमीन की प्लॉटिंग का काम करने लगा। राजू पाल की बढ़ती आपराधिक गतिविधियों के कारण इलाहाबाद पुलिस ने थाना धूमनगंज में उसकी हिस्ट्रीशीट खोल दी, जिसका नंबर एच.एस. 22-ए था। राजू अपने समाज में काफी लोकप्रिय हो

गया। अपने घर के पास बने मंदिर में हर वर्ष बड़े पैमाने पर भंडारे का आयोजन करता था। उसका संपर्क अपने बिरादरी के बहुजन समाज पार्टी के मंत्री अयोध्या पाल (फतेहपुर) से हुआ, जो उसे बहुजन समाज पार्टी में ले आए।

वर्ष 2004 में इलाहाबाद पश्चिम विधानसभा से पाँच बार विधायक रहे अतीक अहमद को ऐतिहासिक फूलपुर की संसदीय सीट से समाजवादी पार्टी का टिकट मिला और वह चुनाव जीतकर पहली बार सांसद बन गया। फूलपुर संसदीय सीट का नाम नेहरू परिवार से जुड़ा रहा है। यहाँ से देश के प्रथम प्रधानमंत्री जवाहरलाल नेहरू 1952, 1957, 1962 में चुनाव जीते थे और उनके देहांत के बाद उनकी छोटी बहन विजयलक्ष्मी पंडित 1964 में हुए उपचुनाव में फूलपुर से सांसद बनीं। वे 1967 के आम चुनाव में भी विजयी हुईं और 1969 में त्याग-पत्र दे दिया। उनके बाद दिग्गज नेता जनेश्वर मिश्रा 1969 में चुनाव जीते, जिन्हें छोटे लोहिया भी कहा जाता है। इस ऐतिहासिक सीट से विश्वनाथ प्रताप सिंह 1971 में चुनाव जीते, जो 1989-90 में भारत के आठवें प्रधानमंत्री बने। इस ऐतिहासिक सीट से 100 से अधिक अपराधों में संलिप्त रहा इलाहाबाद थाना धूमनगंज का हिस्ट्रीशीटर (एच.एस.-39ए) अतीक अहमद भी चुनाव जीत गया। अतीक अहमद इलाहाबाद पश्चिमी विधानसभा सीट से 1989, 1991, 1993 में तीन बार स्वतंत्र रूप से, 1996 में समाजवादी पार्टी एवं 2002 में 'अपना दल' से लगातार 5 बार विधायक चुना गया। उसकी छवि एक अपराधी और बाहुबली की ही रही।

अतीक अहमद का अपराधों से रिश्ता

1962 में पैदा हुए 12वीं पास अतीक अहमद का नाम 1979 में एक हत्या के मामले से जुड़ा। अतीक अहमद की गतिविधियाँ बढ़ती गईं और वह मुस्लिम गद्दी बिरादरी में काफी प्रभावी हो गया। गद्दी समाज मुगलों के जमाने में यादव से धर्म परिवर्तन करके मुस्लिम बने थे, जिन्हें गद्दी कहा जाने लगा। उत्तर प्रदेश में अधिकांश गद्दी मुसलमानों का पेशा अब भी वही है, जो यादव समाज का है। गद्दी और यादव दोनों ही परंपरागत रूप से पशुपालन का काम करते हैं। इलाहाबाद (प्रयागराज) में गद्दी मुसलमानों की संख्या काफी है।

अतीक अहमद ने 17 साल की उम्र में 24 अक्तूबर, 1979 को कौशांबी रोड पर मुहम्मद गुलाम की तमंचे से गोली मारकर पहली हत्या की। हत्या के

इस अपराध के बाद वह पूरी तरह अपराध की दुनिया में चला गया। इलाहाबाद में उसका आतंक बढ़ता ही गया। उसी समय उसने अन्य माफियाओं की तरह ठेकेदारी में हाथ आजमाना शुरू कर दिया। अपनी गुंडई के बल पर लोगों के साथ मारपीट करके और धमकाकर ठेके लेने लगा। 28 मार्च, 1984 को हिम्मतगंज बर्फखाने के सामने दिन के पौने 11 बजे उसने मुन्नू पुत्र मोहम्मद मुस्तफा निवासी असरावल कलाँ की हत्या कर दी। दिन-दहाड़े की गई इस हत्या से उसका आतंक ऐसा बढ़ा कि वह अपराध और आतंक का पर्याय बन गया। किसी की हिम्मत नहीं थी कि कोई उसका विरोध कर सके। लोगों को मारना-पीटना, धमकी देना, मकान-जमीन पर कब्जा कर लेना, मकान खाली कराना आदि उसकी दिनचर्या बन गई। वह ताँगा, टैंपो स्टैंड, बस स्टैंड से भी वसूली करने लगा। नगर महापालिका, रेलवे, इलाहाबाद विकास प्राधिकरण, बालू आदि के ठेके लेने लगा। उसने काफी धन अर्जित कर लिया। उसने राजनेताओं से भी संपर्क बना लिये। तत्कालीन रेल मंत्री जाफर शरीफ से उसके अच्छे संबंध बने और रेलवे स्क्रैप के ठेके से उसने काफी पैसा कमाया। उसने शातिर अपराधियों का एक संगठित गिरोह बना लिया। उत्तर प्रदेश के अलावा उसने बिहार में भी आपराधिक घटनाएँ कीं। स्क्रैप के ठेके को लेकर उसने बोकारो, झारखंड में भी संगीन अपराध किए। 1990 के दशक तक अतीक एक कुख्यात बाहुबली बन चुका था। 1990 के दशक में गोरखपुर से दो बाहुबली हरिशंकर तिवारी और वीरेंद्र शाही विधायक बन चुके थे। पश्चिमी उत्तर प्रदेश में डी.पी. यादव, मदन भैया जैसे आपराधिक छवि के लोग मुलायम सिंह यादव से जुड़कर विधायक बन गए थे। डी.पी. यादव तो मंत्री भी बन गया था।

अतीक अहमद कहाँ पीछे रहने वाला था। उसकी भी माननीय बनने की इच्छाएँ हिलोरें मारने लगीं। 1989 में वह स्वतंत्र प्रत्याशी के रूप में इलाहाबाद पश्चिम से चुनाव लड़ा और अपने बाहुबल से विधायक बन गया। उसके बाद तो उसका विधायक बनने का सिलसिला लगातार पाँच बार 2004 तक चलता रहा। वह समय-समय पर पार्टियाँ भी बदलता रहा। तीन बार स्वतंत्र रूप से विधायक बनने के बाद वह समाजवादी पार्टी में आ गया और 1996 में समाजवादी पार्टी के टिकट पर विधायक बना। वह डॉ. सोनेलाल पटेल द्वारा गठित राजनीतिक पार्टी 'अपना दल' में शामिल हुआ और उस पार्टी का वर्ष 1999 से 2002 तक प्रदेश

अध्यक्ष भी रहा। 2002 का चुनाव भी वह 'अपना दल' के टिकट पर जीता। अतीक अहमद पर अधिकतर मुकदमे विधायक और सांसद रहते हुए कायम हुए। विधायक बनते ही उसके ऊपर मशहूर कहावत—'करेला और नीम चढ़ा' चरितार्थ होने लगी।

जनवरी 1991 में वह अपने प्रमुख प्रतिद्वंद्वी जावेद उर्फ जग्गा का बंबई से अपहरण करके इलाहाबाद लाया और भय व आतंक पैदा करने के लिए उसकी हत्या कर लाश पिपरी क्षेत्र में फेंक दी। उसने 2 जनवरी, 1992 को दिन-दहाड़े अपने प्रतिद्वंद्वी छम्मन के भाई मोहम्मद अच्छन पुत्र मोहम्मद अहमद निवासी मुरादपुर थाना नैनी का अपने 5-6 बंदूकधारी साथियों द्वारा अपनी गाड़ी यू.पी.-70 सी-5549 से अपहरण करवा लिया। वह अच्छन को मार-पीटकर उसके भाई छम्मन का पता पूछकर उसकी हत्या करना चाहता था, परंतु पुलिस की दबिश पड़ने पर मोहम्मद अच्छन को छोड़कर भाग गया। अतीक ने 1989 में चाँद बाबा, 2002 में नस्सन खाँ और 2004 में भाजपा नेता मोहम्मद अशरफ की हत्या करके आतंक फैला दिया। उत्तर प्रदेश पुलिस ने उसे टॉप अपराधियों और भू-माफिया की लिस्ट में शामिल कर लिया।

25 साल बाद टूटा था अतीक का तिलिस्म

2004 संसदीय आम चुनाव में अतीक अहमद को फूलपुर संसदीय क्षेत्र से समाजवादी पार्टी का टिकट मिला और वह चुनाव जीतकर पहली बार एम.पी. बन गया। उसकी इलाहाबाद शहर पश्चिमी सीट खाली हो गई और उस सीट पर उपचुनाव की घोषणा हुई। उसने अपने छोटे भाई खालिद अजीम उर्फ अशरफ को उस सीट से उपचुनाव लड़वाया। अतीक इलाहाबाद पश्चिमी विधानसभा की सीट को अपनी बपौती मानता था और उसका यह भी मानना था कि उसके भाई को कोई चुनाव नहीं हरा पाएगा।

आपराधिक छवि के राजू पाल ने बहुजन समाज पार्टी की सदस्यता ग्रहण की। पार्टी की राष्ट्रीय अध्यक्ष मायावती ने उसे इलाहाबाद पश्चिमी से चुनाव लड़ाया। राजू पाल ने खालिद अजीम 'अशरफ' को 4000 से अधिक वोटों से हरा दिया। यह अतीक अहमद और उसके समर्थकों के लिए अप्रत्याशित घटना थी। अतीक को बहुत बड़ा राजनीतिक झटका लगा, क्योंकि वह सांसद होने के

साथ-साथ शहर पश्चिमी विधानसभा सीट पर अपना परंपरागत कब्जा बनाए रखना चाहता था। 25 साल बाद अतीक अहमद के कब्जे से यह सीट बाहर चली गई थी। बाहुबली अतीक बौखला गया और उसने आनन-फानन में राजू पाल की हत्या की साजिश रच डाली।

अक्तूबर 2004 में इलाहाबाद शहर पश्चिमी से बसपा विधायक चुने जाने के बाद राजू पाल पर दो बार घातक हमले हुए। इन घटनाओं से इलाहाबाद पुलिस भी समझ गई थी कि राजू पाल की जान पर खतरा मँडरा रहा है। राजू पाल ने इलाहाबाद के एस.एस.पी. सुनील गुप्ता से मिलकर प्रभावी सुरक्षा की माँग की, परंतु उन्हें पर्याप्त सुरक्षा नहीं दी गई। उनकी हत्या से तीन दिन पहले इंस्पेक्टर एल.आई.यू. अश्वनी कुमार सिंह ने एस.एस.पी. इलाहाबाद सुनील गुप्ता को लिखा था कि यदि राजू पाल को पर्याप्त सुरक्षा नहीं दी गई तो उनकी हत्या हो जाएगी। 25 जनवरी को उनकी हत्या होने के बाद एस.एस.पी. ने अश्वनी कुमार सिंह को बुलाकर डेली रिपोर्ट से राजू पाल की हत्या की आशंका से संबंधित रिपोर्ट को बदलने के लिए कहा। अश्वनी कुमार सिंह ने काफी सोच-विचार करने के बाद अपनी रिपोर्ट बदलने से मना कर दिया। दो दिन बाद ही अश्वनी कुमार सिंह का तबादला आजमगढ़ कर दिया गया।

राजू पाल की हत्या के प्रयास

अक्तूबर 2004 में विधायक निर्वाचित होने के बाद राजू पाल पर बड़ा हमला करीब डेढ़ महीने बाद 21 नवंबर, 2004 को हुआ। ग्राम नीवाँ के यादवपुर में राजू पाल के कार्यालय के पास ही उन पर बमबाजी के साथ फायरिंग की गई, परंतु वे उस हमले में साफ बच गए। अतीक अहमद से प्रभावित इलाहाबाद पुलिस ने इस गंभीर घटना की अनदेखी कर दी। फिर 28 दिसंबर, 2004 की शाम उनकी गाड़ी को घेरकर गोलियाँ बरसाई गईं, जिससे गाड़ी क्षतिग्रस्त हो गई। उनके गनर और एक रिश्तेदार को गोली लगी थी। एक हमलावर राजू पासी भी घायल हुआ था। घटना में छह लोगों को नामजद किया गया और चार लोगों की गिरफ्तारी भी की गई। इन घटनाओं के बाद राजू पाल ने खुलकर कहा था कि सांसद अतीक उन्हें जान से मरवा देगा। अतीक और उसका भाई अशरफ ही उस पर बार-बार हमला करवा रहे हैं। इतना खतरा होने के बावजूद राजू पाल को सुरक्षा के लिए

सिर्फ दो सिपाही उपलब्ध कराए गए थे। सुरक्षा में लगे दोनों सिपाहियों को पुरानी .303 बोल्ट एक्शन राइफल दी गई थी। आखिर में यह सुरक्षा नाकाफी साबित हुई। इंस्पेक्टर एल.आई.यू. अश्वनी कुमार सिंह की रिपोर्ट की भी एस.एस.पी. इलाहाबाद सुनील गुप्ता ने अनदेखी कर दी थी।

उस समय उत्तर प्रदेश में समाजवादी पार्टी की सरकार थी और मुलायम सिंह यादव मुख्यमंत्री थे। अतीक अहमद का मुलायम सिंह यादव से गहरा संबंध था। इलाहाबाद पुलिस और प्रशासन पर उसकी मजबूत पकड़ थी। उसने अपने आतंक के बल पर सैकड़ों करोड़ की अवैध संपत्ति अर्जित की। इलाहाबाद में उसका विरोध करने की किसी में हिम्मत नहीं थी। कुर्ता-लुंगी पहनकर और सिर पर पगड़ी बाँधकर जब अतीक शहर में निकलता था तो लोगों में भय व्याप्त हो जाता था। उसके साथ हमेशा हथियारबंद गुर्गे चलते थे। अतीक सत्ता के मद में इतना पागल था कि उसने सोचा कि विधायक राजू पाल की हत्या में उसका कुछ नहीं बिगड़ेगा। इलाहाबाद के पुलिस अधिकारी उसके राजनीतिक रसूख के कारण दबाव में रहते थे। उस समय ए.सी. शर्मा (आई.पी.एस.-1977) आई.जी. जोन, अखिलेश मेहरोत्रा डी.आई.जी. रेंज, सुनील गुप्ता एस.एस.पी. और राजेश कृष्णा एस.पी. सिटी थे। ये सभी अधिकारी समाजवादी पार्टी के बहुत नजदीकी माने जाते थे। राजेश कृष्णा को पुलिस भर्ती में रिश्वत लेने के कारण जेल जाना पड़ा था और वर्ष 2021 में उन्हें जबरदस्ती सेवानिवृत्त कर दिया गया। अखिलेश मेहरोत्रा की मुलायम सिंह परिवार से पुरानी नजदीकियाँ थीं। उनकी नजदीकियाँ उस समय और प्रगाढ़ हुईं जब वे 6 सितंबर, 2003 से 7 जुलाई, 2004 तक समाजवादी पार्टी के कार्यकाल में मुख्यमंत्री मुलायम सिंह यादव के गृह जनपद इटावा के एस.एस. पी. बनाए गए थे। वर्ष 2004 में मुलायम सिंह यादव के मुख्यमंत्री बनते ही उन्हें इलाहाबाद रेंज का डी.आई.जी. बना दिया गया, जहाँ वे 2 दिसंबर, 2001 से 2 दिसंबर, 2006 तक तैनात रहे। अति आत्मविश्वास में अतीक अहमद ने विधायक राजू पाल की हत्या की योजना बना डाली।

राजू पाल की हत्या

वह तारीख थी 25 जनवरी, 2005 और दिन था मंगलवार। राजू पाल के गाँव के एक व्यक्ति की हत्या कर दी गई थी और वे एस.आर.एन. अस्पताल,

इलाहाबाद में डॉक्टरों से मिलने गए थे कि उस व्यक्ति के शव का पोस्टमार्टम शीघ्र करा दिया जाए, जिससे 25 जनवरी की शाम तक उसका अंतिम संस्कार कराया जा सके। विधायक होने के बाद उन्हें 26 जनवरी इलाहाबाद पुलिस लाइन में परंपरागत रूप से होने वाली पुलिस परेड में अतिथि के रूप में शामिल होना था और पूरा दिन कई कार्यक्रमों में जाना भी था। वे 26 जनवरी के कार्यक्रम में भाग लेने के लिए अति उत्साहित थे। विधायक बनने के बाद 16 जनवरी, 2005 को उन्होंने पूजा पाल से शादी की थी। वे गणतंत्र दिवस समारोह में अपनी नई-नवेली दुल्हन पूजा को भी ले जाना चाहते थे। इसलिए वे हर हालत में अपने गाँव के मृत व्यक्ति का अंतिम संस्कार 25 जनवरी की शाम तक कराना चाहते थे।

उन्हें क्या मालूम था कि 25 जनवरी की रात को उनका भी पोस्टमार्टम होने वाला है। विधायक बनते ही मौत उनका पीछा कर रही थी। दो बार उन पर हमला भी हो चुका था। उन्होंने जिलाधिकारी, एस.एस.पी., डी.आई.जी. और आई.जी. जोन से मिलकर अपनी सुरक्षा के प्रति चिंता व्यक्त की थी और पर्याप्त सुरक्षा की माँग की थी। सांसद अतीक अहमद के दबाव में उन्हें पर्याप्त सुरक्षा नहीं मिल पाई। अगर उन्हें पर्याप्त सुरक्षा मिल जाती तो अतीक अहमद को उनकी हत्या कराने में कठिनाई उत्पन्न होती और कई पुलिस वाले भी मारे जाते, जिससे यह मामला बहुत गंभीर हो जाता।

राजू पाल दो गाड़ियों के साथ एस.आर.एन. अस्पताल के पोस्टमार्टम हाउस से अपने घर ग्राम नीवाँ जा रहे थे। क्वालिस गाड़ी राजू पाल खुद चला रहे थे। उनके बगल में उनके मित्र सादिक की पत्नी रुखसाना बैठी थी, जो उन्हें अपने पति के साथ चौफटका पर मिली थी। उनके पति स्कूटर से ग्राम नीवाँ चले गए थे, जहाँ थोड़ी देर में राजू पाल पहुँचने वाले थे। उनके पीछे एक स्कॉर्पियो गाड़ी चल रही थी, जिसे महेंद्र पटेल चला रहा था और ग्राम नीवाँ के ओमप्रकाश, सैफ सहित 4 लोग बैठे थे। एक-एक सशस्त्र सिपाही दोनों गाड़ियों में मौजूद थे।

उस समय दिन के 3 बज रहे थे, जब घर लौटते समय सुलेम सराय जी.टी. रोड पर उनकी गाड़ी के आगे एक मारुति वैन आ गई। राजू पाल ने गाड़ी रोकी। गाड़ी रुकते ही उनकी गाड़ी पर गोलियों की बौछार होने लगी। 600 गोली प्रति मिनट की दर से ए.के.-47 आग उगल रही थी। ब्रस्ट फायरिंग से पूरे इलाके में खलबली मच गई, राहगीर गिरते-पड़ते भागे। भागने की हड़बड़ी में कई गाड़ियाँ

आपस में टकरा गईं। गोलियों की आवाज, चीख-पुकार और भगदड़ थमने के बाद एक सनसनीखेज हत्या को अंजाम दिया जा चुका था। घटनास्थल पर एस.एस.पी. सुनील गुप्ता, एस.पी. सिटी राजेश कृष्ण और थानाध्यक्ष धूमनगंज परशुराम सिंह सहित कई थानों की पुलिस पहुँच गई। जी.टी. रोड पर अमितदीप मोटर्स के पास हुए शूटआउट में गोलियों से छलनी क्वालिस और स्कॉर्पियो गाड़ी खड़ी थी। राजू पाल समेत घायल लोगों को जीवन ज्योति अस्पताल पहुँचाया गया, जहाँ राजू पाल को मृत घोषित कर दिया गया। उन्हें कुल 19 गोलियाँ मारी गई थीं। शादी के महज 9 दिन बाद पूजा पाल विधवा हो गई। अभी तो उनकी हाथ की मेहँदी भी नहीं छूटी थी। इस शूटआउट में राजू पाल के सहयोगी संदीप यादव और देवीलाल भी मारे गए और कई लोग घायल हुए। राजू पाल के समर्थकों ने जी.टी. रोड जाम कर दिया। बड़ी मुश्किल से पुलिस राजू पाल का शव उठा पाई, जिसे पोस्टमार्टम हाउस पहुँचाया गया। राजू पाल के समर्थक वहाँ भी पहुँच गए। उनका शव छीन लाए और सड़क पर रखकर जाम लगा दिया। बड़ी मशक्कत के बाद पुलिस उनकी लाश को दुबारा पोस्टमार्टम हाउस पहुँचा पाई। इस बीच विधायक के समर्थकों ने पूरे शहर में हंगामा मचा दिया और तोड़-फोड़ की। पुलिस ने राजू पाल के शव को उसी रात दारागंज घाट पर चुपचाप अंतिम संस्कार करवा दिया।

बसपा विधायक राजू पाल की विधवा, पूजा पाल ने थाना धूमनगंज में धारा 147/148/149/307/302/120बी/506 आई.पी.सी.और धारा 7 क्रिमिनल लॉ अमेंडमेंट एक्ट में मुकदमा पंजीकृत कराया, जिसमें (1) अतीक अहमद, सांसद समाजवादी पार्टी (2) मोहम्मद अशरफ, भाई अतीक अहमद (3) फरहान (4) आबिद (5) रंजीत पाल (6) गुफरान और 3 अन्य को नामजद किया गया।

पूरी तैयारी से हमला

अतीक अहमद ने अपने प्रभाव से राजू पाल को पर्याप्त सुरक्षा उपलब्ध नहीं होने दी, जिससे आसानी से उन पर हमला कराया जा सके। राजू पाल के हत्यारे दोपहर से ही उनका पीछा कर रहे थे। एक स्कूटर पर सवार दो व्यक्ति एस.आर. एन. अस्पताल से ही राजू पाल के पीछे लगे थे, जो पल-पल की खबरें हत्यारों तक पहुँचा रहे थे। राजू पाल उस दिन अपने घर से पहले इलाहाबाद कचहरी और बाद में वहीं से पोस्टमार्टम हाउस एस.आर.एन. अस्पताल गए थे। डॉक्टरों से

मिलकर शीघ्र पोस्टमार्टम करने का अनुरोध करने के बाद वे अपने घर नीवाँ लौट रहे थे और रास्ते में ही सुनियोजित ढंग से उनकी हत्या कर दी गई।

राजू पाल हत्याकांड की जाँच इलाहाबाद पुलिस कर रही थी। अतीक अहमद और उसके भाई अशरफ को बचाने का प्रयास किया जा रहा था और शीघ्र ही न्यायालय में चार्जशीट भेज दी गई। राजू पाल की पत्नी पूजा पाल सुप्रीम कोर्ट गई और जाँच को सी.बी.आई. से कराने का अनुरोध किया। उस समय इस हत्याकांड का परीक्षण इलाहाबाद सत्र न्यायालय में शुरू हो चुका था। पूजा पाल ने न्यायालय से अनुरोध किया कि अतीक अहमद और उसके गुर्गों को बचाने के लिए इलाहाबाद पुलिस ने महत्त्वपूर्ण साक्ष्यों की अनदेखी कर दी है। सुप्रीम कोर्ट द्वारा राजू पाल हत्याकांड की विवेचना सी.बी.आई. से कराने का आदेश दिया गया। सी.बी.आई. द्वारा अतीक अहमद, खालिद अजीम उर्फ अशरफ, नफीस कालिया उर्फ नफीस अहमद, फरहान अहमद, जावेद, रफीक अहमद उर्फ गुलफुल, रंजीत पाल, इसरार अहमद, गुल हसन और अब्दुल कवी कुल 10 आरोपियों के विरुद्ध आरोप-पत्र 21 अगस्त, 2019 को लगा दिया गया। इस दौरान नफीस कालिया की मौत हो गई है और अब्दुल कवी फरार हो गया। अतीक अहमद को सुप्रीम कोर्ट के आदेश से अहमदाबाद की साबरमती जेल भेज दिया गया और उसका भाई खालिद अजीम उर्फ अशरफ सहित अन्य आरोपी जेल में भेजे गए।

राजू पाल हत्याकांड के मुख्य गवाह उमेश पाल की हत्या

उमेश पाल इलाहाबाद हाईकोर्ट में वकील थे और राजू पाल हत्याकांड में मुख्य गवाह थे। वे राजू पाल हत्याकांड की प्रभावी पैरवी कर रहे थे। आपराधिक गतिविधियों के कारण सुप्रीम कोर्ट के आदेश से अतीक अहमद को अहमदाबाद की साबरमती जेल भेज दिया गया था। उसका भाई खालिद अजीम उर्फ अशरफ बरेली जेल में बंद था। अतीक अहमद उमेश पाल को धमका रहा था कि वह राजू पाल मामले में पैरवी न करे। समाजवादी पार्टी की सरकार में उसने उमेश पाल का अपहरण भी करवा लिया था, परंतु डर के कारण उमेश पाल मुकदमा नहीं लिखवा पाए थे। समाजवादी पार्टी की सरकार बदलने पर उन्होंने अतीक अहमद के विरुद्ध मुकदमा लिखवाया था। इलाहाबाद हाईकोर्ट ने अधीनस्थ न्यायालय को इस मुकदमे को शीघ्र निस्तारित करने का आदेश दिया था। यह भी चर्चा में रहा कि

उमेश पाल अतीक की छिपी हुई अवैध और बेनामी संपत्तियों की सूचना पुलिस को दे रहे थे। अतीक की करीब 1700 करोड़ रुपए की संपत्ति पर पुलिस द्वारा कार्रवाई की जा चुकी थी। कुछ समय पहले प्रयागराज पुलिस ने लखनऊ में अतीक की 30 करोड़ की संपत्ति भी जब्त की थी। उमेश पाल अतीक, उसके भाई खालिद अजीम और गुर्गों को सजा दिलाने के लिए प्रभावी पैरवी कर रहे थे।

विधायक राजू पाल हत्याकांड में बचत के सारे रास्ते बंद होते देख अतीक अहमद और उसके परिवार की बौखलाहट बढ़ने लगी थी। अतीक ने बड़ा दाँव कुछ दिनों पहले चला था। उसने एम.पी./एम.एल.ए. कोर्ट में कुछ गवाहों को पुनः परीक्षित करने का अनुरोध किया था, जिसे न्यायालय ने मान लिया था। उत्तर प्रदेश सरकार इस आदेश के विरुद्ध इलाहाबाद हाईकोर्ट गई। हाईकोर्ट ने अधीनस्थ न्यायालय के आदेश को पलट दिया। अतीक सुप्रीम कोर्ट गया और वहाँ से उसे नाकामयाबी मिली। सुप्रीम कोर्ट ने उसकी याचिका खारिज कर दी।

उमेश पाल ने सुप्रीम कोर्ट में प्रभावी पैरवी की थी, जिससे अतीक को वहाँ से राहत नहीं मिल पाई। अतीक को पहली बार सजा होने का डर सताने लगा। एक वर्ष के अंदर ही उसके मित्र मुख्तार अंसारी को न्यायालय द्वारा तीन मामलों में सजा हो चुकी थी, जिससे वह चुनाव लड़ने की लिए अयोग्य हो गया था। यही कारण था कि सुप्रीम कोर्ट से राहत न मिलने के 6 दिन बाद ही 24 फरवरी, 2023 को उमेश पाल की दिन-दहाड़े उनके घर के पास गोलियों और बमों से हमला करके अतीक अहमद के गुर्गों ने उन्हें मौत के घाट उतार दिया। उनके साथ सुरक्षा में लगे सिपाही संदीप निषाद मौके पर ही शहीद हो गए और गनर राघवेंद्र सिंह गंभीर रूप से घायल हो गए, जिनकी इलाज के दौरान मौत हो गई। अतीक अहमद का इस हत्या के पीछे उद्देश्य यह था कि उसके दूसरे मुकदमों के गवाहों में ऐसी दहशत पैदा कर दी जाए कि वे गवाही देने की हिम्मत न जुटा पाएँ।

27 फरवरी को अतीक अहमद का नजीदीकी अरबाज अहमद पुलिस मुठभेड़ में मारा गया और उमेश पाल और उनके सुरक्षाकर्मी पर पहली गोली चलाने वाला विजय चौधरी उर्फ उस्मान 5 मार्च, 2023 को प्रयागराज के थाना कौंधियारा क्षेत्र में हुई मुठभेड़ में मार गिराया गया।

माफिया अतीक अहमद अपने बाहुबल की बदौलत राजनीति में दखल बढ़ाने के बाद लंबे समय से मनमर्जी करता आ रहा था। कानूनी दाँव-पेच के सहारे वह

अपने विरुद्ध दर्ज मुकदमों में सुनवाई की अवधि को लगातार बढ़वाता जा रहा था। अब राजू पाल हत्याकांड में अभियोजन पक्ष के सभी गवाहों का परीक्षण पूरा होने के बाद पैरवी भी लगातार प्रभावी होती जा रही थी। इसे रोकने के लिए ही अतीक अहमद ने सबसे पहले अभियोजन पक्ष के दो गवाहों के फिर से बयान कराए जाने की माँग की थी, जिसे एम.पी./एम.एल.ए. कोर्ट ने स्वीकार कर लिया था।

एम.पी./एम.एल.ए. कोर्ट के आदेश के विरुद्ध उत्तर प्रदेश सरकार हाईकोर्ट गई। इसी बीच अतीक के पक्ष ने इलाहाबाद हाईकोर्ट में याचिका दाखिल करके अपने पक्ष के 50 गवाहों की सूची देकर उन्हें भी सुने जाने की माँग की। हाईकोर्ट ने दोनों ही मामलों को एक साथ सुना और अभियोजन पक्ष के दो गवाहों के फिर से बयान कराने व अभियुक्त पक्ष के 50 गवाहों के परीक्षण का निर्देश देने से इनकार कर दिया। अतीक द्वारा ट्रायल को टालने का लगातार प्रयास किया जा रहा था। हाईकोर्ट में हारने के बाद अतीक पक्ष सुप्रीम कोर्ट गया और इलाहाबाद हाईकोर्ट के निर्णय के विरुद्ध याचिका दाखिल की। उमेश पाल को इसकी आशंका पहले से थी, जिसके कारण उन्होंने सुप्रीम कोर्ट में पहले ही कैवियट दाखिल कर दी थी, जिससे अतीक पक्ष इस बार मनचाहा कानूनी खेल न कर सके। सुप्रीम कोर्ट से राहत न मिलने के 6 दिन बाद ही अतीक ने अपने गुर्गों से उमेश पाल की हत्या करवा दी।

उमेश पाल की हत्या की योजना इलाहाबाद विश्वविद्यालय के 'मुस्लिम बोर्डिंग हाउस' के कमरा नंबर 36 में रची गई थी। साजिश रचने में शामिल सदाकत अली खान पेशे से वकील निकला। वह मुस्लिम बोर्डिंग हाउस में अवैध रूप से रहकर नेतागीरी और अन्य अवांछित गतिविधियों में लिप्त रहता था। उमेश पाल की हत्या में मुख्य भूमिका निभाने वाला शूटर गुलाम ने उसके साथ मिलकर हत्या की योजना का ताना-बाना बुना था। सदाकत गाजीपुर जिले के प्रसिद्ध गाँव गहमर का रहने वाला था और प्रयागराज में रहकर एल.एल.बी. की डिग्री प्राप्त कर हाईकोर्ट में वकालत करने लगा। वह विश्वविद्यालय परिसर में छात्र राजनीति में भी सक्रिय रहता था। इसी बीच वह अतीक अहमद के संपर्क में आ गया और अधिवक्ता से अपराध के रास्ते पर चल पड़ा। शूटर गुलाम अक्सर उसके कमरे में आता-जाता था। यहीं पर अतीक अहमद और उसके भाई खालिद अजीम से व्हाट्सएप के माध्यम से बातचीत होती थी। अतीक अहमद ने निर्णय लेकर अपने

गुर्गों को उमेश पाल की हत्या करने का आदेश दिया, जिसके फलस्वरूप उमेश पाल की हत्या कर दी गई। यह हत्या भी मुख्यतः राजू पाल हत्याकांड से जुड़ी हुई थी।

13. भाजपा विधायक कृष्णानंद राय की हत्या (29 नवंबर, 2005)

विधायक कृष्णानंद राय

गाजीपुर की मोहम्मदाबाद सीट पर मुख्तार अंसारी के भाई अफजाल अंसारी वर्ष 1985 से 4 बार विधायक रहे। मुख्तार अंसारी का घर भी मोहम्मदाबाद कस्बे में है। मुख्तार अंसारी मोहम्मदाबाद विधानसभा सीट को अपनी बपौती मानता था। वर्ष 2002 के आम चुनाव में भारतीय जनता पार्टी ने कृष्णानंद राय को टिकट दिया और वे अफजाल अंसारी को हराकर विधायक बन गए। मुख्तार अंसारी अपने भाई की चुनाव सभाओं में ललकारता था कि वह कृष्णानंद राय को जीतने नहीं देगा और यदि जीत गए तो शपथ ग्रहण नहीं करने देगा। अफजाल के चुनाव हारने के बाद भी मुख्तार कहता था कि कृष्णानंद राय जीत तो गए, परंतु वह उन्हें शपथ ग्रहण नहीं करने देगा। चुनाव जीतते ही कृष्णानंद राय सक्रिय हो गए। सरकारी ठेके कृष्णानंद राय के लोगों को मिलने लगे। मुख्तार अंसारी का अवैध कारोबार ठप होने लगा। मुख्तार इतना बौखला गया कि उसने कृष्णानंद राय को हर हालत में अपने रास्ते से हटाने का मन बना लिया।

अफजाल अंसारी को वर्ष 2004 में समाजवादी पार्टी से गाजीपुर सीट पर टिकट मिला। मुख्तार अंसारी हर हालत में अपने भाई अफजाल अंसारी को संसदीय चुनाव जिताना चाहता था। मनोज सिन्हा भारतीय जनता पार्टी से चुनाव लड़ रहे थे। मुख्तार ने चुनाव शुरू होते ही मोहम्मदाबाद कस्बे में भारतीय जनता पार्टी के कार्यकर्ता विजय गियार और करीब 12 बजे मनोज सिन्हा के गाँव के भूपेश राय की हत्या करवा दी। उसके गैंग के मुन्ना बजरंगी, अताउर्रहमान बाबू, अभय सिंह, फिरदौस उर्फ जावेद, एजाजुल हक, मंसूर अंसारी, राकेश पांडेय, रामू मल्लाह, जफर उर्फ चंदा, अफरोज खान, संजीव माहेश्वरी आदि खुलेआम गाजीपुर संसदीय क्षेत्र में आतंक का माहौल पैदा

कर दिया। पुलिस अधीक्षक गाजीपुर दीपक शर्मा, मुख्तार अंसारी के गुर्गों पर शुरू से ही नियंत्रण नहीं कर पाए। 2004 संसदीय चुनाव के समय मैं आई.जी. कानून व्यवस्था के पद पर तैनात था और प्रदेश में चुनाव कराने की जिम्मेदारी मेरे पास थी। उस समय प्रदेश में समाजवादी पार्टी की सरकार थी और मुलायम सिंह यादव मुख्यमंत्री थे। गाजीपुर में स्थिति इतनी बिगड़ गई कि मुझे आई.जी. जोन वाराणसी के.एल. मीना को वहाँ भेजना पड़ा, लेकिन तब तक मुख्तार अंसारी अपने मकसद में कामयाब हो चुका था। अफजाल अंसारी मनोज सिन्हा को हराकर चुनाव जीत गए।

जनवरी 2004 में लखनऊ के कैंट क्षेत्र में मुख्तार अंसारी और कृष्णानंद के काफिले आमने-सामने आ गए। दोनों ने समझा कि उन पर हमला होने वाला है। दोनों तरफ से गोलियाँ चलीं, लेकिन कोई घायल नहीं हुआ। दोनों पक्षों द्वारा एक-दूसरे के खिलाफ लखनऊ के थाना कैंट में मुकदमे कायम कराए गए।

कृष्णानंद राय की हत्या की योजना

कृष्णानंद राय की हत्या के लिए मुख्तार अंसारी, कारगर हथियार प्राप्त करने के लिए प्रयासरत था। इसके लिए उसने फौज के एक सिपाही बाबूलाल यादव से 7.62 एम.एम. लाइट मशीनगन की व्यवस्था भी कर ली। गाजीपुर निवासी फौजी बाबूलाल यादव जम्मू-कश्मीर से सेना की एक एल.एम.जी. लेकर फरार हो गया था। उत्तर प्रदेश एस.टी.एफ. को सर्विलांस से इसकी सूचना मिल गई थी। मुख्तार अंसारी को लाइट मशीनगन लेते समय रँगे हाथ पकड़ने की योजना बनाई गई। इसकी जिम्मेदारी वाराणसी एस.टी.एफ. यूनिट में तैनात एक नौजवान उत्साही डिप्टी एस.पी. शैलेंद्र कुमार सिंह (पी.पी.एस.-1991) को दी गई थी। डिप्टी एस.पी. शैलेंद्र कुमार सिंह को उनके सूत्रों से सटीक सूचना मिल गई और उन्होंने 25/26 जनवरी, 2004 की रात को वाराणसी के थाना चैबेपुर क्षेत्र में मुन्नर यादव पूर्व हेड कॉन्स्टेबल उत्तर प्रदेश पुलिस के घर पर छापा मारा, जहाँ 36-राष्ट्रीय राइफल जम्मू-कश्मीर का फौजी जवान बाबूलाल यादव चुराई गई एल.एम.जी. और दो सौ कारतूसों के साथ पकड़ा गया। मुन्नर यादव पुलिस सेवा के दौरान काफी दिनों तक मुख्तार अंसारी का सरकारी गनर रह चुका था और बाबूलाल यादव का मामा था। शैलेंद्र कुमार सिंह ने बाबूलाल यादव, मुन्नर यादव और

मुख्तार अंसारी के खिलाफ आर्म्स एक्ट की धाराओं के साथ 'पोटा' (प्रिवेन्शन ऑफ टेरेरिज्म एक्ट-2002) की धाराएँ भी लगाईं, जो पूर्णतया न्यायसंगत थीं।

मुख्तार अंसारी पर 'पोटा' का मुकदमा कायम होने की सूचना मुख्यमंत्री मुलायम सिंह यादव को मिलते ही हड़कंप मच गया। उन्होंने हर हालत में अपने विधायक मुख्तार अंसारी को बचाने का निर्देश दिया, लेकिन एफ.आई.आर. लिखी जा चुकी थी और यह घटना मीडिया में सुर्खियाँ बन चुकी थी।

ए.डी.जी. कानून व्यवस्था ने डिप्टी एस.पी. शैलेंद्र कुमार सिंह को बुरी तरह डाँटा कि मुख्तार अंसारी पर 'पोटा' क्यों लगाया गया? शैलेंद्र कुमार सिंह को इतना प्रताड़ित किया गया कि 11 फरवरी, 2004 को उन्होंने अपने पद से इस्तीफा दे दिया। उनका इस्तीफा मीडिया की सुर्खियाँ बना और मुख्यमंत्री मुलायम सिंह यादव का मुख्तार अंसारी प्रेम जग-जाहिर हो गया। सरकार की किरकिरी हो रही थी। एस.एस.पी. एस.टी.एफ. राजकुमार विश्वकर्मा को भी तुरंत हटा दिया गया और उनकी जगह अनिल अग्रवाल को एस.एस.पी. एस.टी. एफ. बनाया गया, जो पहले भी एस.टी.एफ. में रह चुके थे। उत्तर प्रदेश सरकार ने डिप्टी एस.पी. शैलेंद्र प्रताप सिंह का इस्तीफा 10 मार्च, 2004 को स्वीकार कर लिया।

मुख्यमंत्री मुलायम सिंह यादव, मुख्तार अंसारी को बचाने के लिए प्रतिबद्ध थे। फौजी बाबूलाल यादव, उसके मामा मुन्नर यादव का न्यायालय में मुकदमा चला, जिसमें मुन्नर यादव को 10 साल की सजा हो गई। फौजी बाबूलाल यादव को कोर्ट मार्शल के बाद दस साल की सजा मिली। पोटा के अंतर्गत मुकदमा चलाने के लिए उत्तर प्रदेश सरकार की पूर्व अनुमति आवश्यक थी, जिसकी फाइल अनुमोदन हेतु मुख्यमंत्री मुलायम सिंह यादव के पास भेजी गई थी। समाजवादी सरकार ने मुख्तार अंसारी पर पोटा के अंतर्गत मुकदमा चलाने की अनुमति नहीं दी और मुख्तार अंसारी को बचा लिया गया।

बाबूलाल यादव द्वारा मँगाई गई सेना की एल.एम.जी. कृष्णानंद राय की हत्या के लिए प्रयोग में लाई जानी थी, परंतु यह पहले ही पकड़ ली गई, जिससे मुख्तार अंसारी शक्तिशाली 7.62 एम.एम. एल.एम.जी. का प्रयोग नहीं कर पाया। एल.एम.जी. के पकड़े जाने से उस समय कृष्णानंद राय की हत्या नहीं हो पाई, परंतु वे अधिक दिनों तक जीवित भी नहीं रह सके।

कृष्णानंद राय की हत्या की योजना बनाकर मुख्तार अंसारी 22 अक्तूबर, 2005 को जेल चला गया और गाजीपुर जेल से अपना ट्रांसफर फतेहगढ़ जेल करा लिया। 29 नवंबर, 2005 को कृष्णानंद राय सियाड़ी गाँव में क्रिकेट मैच का उद्घाटन करने के बाद लौट रहे थे। कृष्णानंद राय और उनके साथ के लोगों ने यह नहीं सोचा था कि अपने ही इलाके में लट्टूडीह–कोटवा मार्ग पर मौत उनका इंतजार कर रही है। जब उनका काफिला बसनिया चट्टी से आगे बढ़ा तो सिल्वर ग्रे कलर की टाटा सूमो सामने आकर रुकी। गाड़ी से 7–8 बदमाश निकले और विधायक कृष्णानंद राय की गाड़ी पर ताबड़तोड़ फायरिंग करना शुरू कर दिया। सबकुछ इतनी तेजी से हुआ कि विधायक के गनर और साथ बैठे लोगों को अपने हथियार उठाने का मौका ही नहीं मिला। इस घटना में विधायक कृष्णानंद राय, गनर निर्भय उपाध्याय, ड्राइवर मुन्ना यादव, रमेश राय, श्याम शंकर, अखिलेश और शेषनाथ कुल सात लोग मारे गए और कई लोग घायल हो गए। इस घटना में ए.के.–47 और 7.62 बोर की जी–3 ऑटोमैटिक राइफलों से 500 से अधिक गोलियाँ चलाई गई थीं। पोस्टमार्टम में कुछ मृतकों के शरीर से 60 से अधिक गोलियों के घाव मिले थे।

कृष्णानंद राय उस दिन बुलेट प्रूफ जैकेट नहीं पहने थे और उन्होंने साधारण सफारी गाड़ी का प्रयोग किया था, जिसकी सूचना मुख्तार अंसारी को थी। अंधाधुंध गोलियाँ इसलिए चलाई गई थीं कि यदि वे जैकेट भी पहने हों, तब भी न बच पाएँ। वैसे भी आमतौर पर नेतागण हल्की बुलेट प्रूफ जैकेट पहनते हैं, जो 9 एम.एम., पिस्टल स्तर की गोलियों को ही रोक सकती है, परंतु किसी भी हालत में ए.के.–47 की गोलियों से सुरक्षा नामुमकिन है। ए.के.–47 की गोलियों से सुरक्षा के लिए आर्मी व पुलिस के जवान स्टील प्लेट/सेरेमिक प्लेटयुक्त जैकेट पहनते हैं, जो काफी वजनदार होती है और ए.के.–47 की गोलियों से बचाव कर सकती है।

इस घटना में बाहुबली विधायक मुख्तार अंसारी, उसका भाई अफजाल अंसारी, प्रेम प्रकाश सिंह उर्फ मुन्ना बजरंगी, फिरदौस उर्फ जावेद, अताउर्रहमान उर्फ बाबू, एजाज उलहक, मंसूर अंसारी, राकेश पांडेय, रामू मल्लाह, विश्वास नेपाली, जफर उर्फ चंदा, अफरोज खान उर्फ चुन्नू, संजीव माहेश्वरी उर्फ जीवा की संलिप्तता पाई गई थी। मुकदमे का ट्रायल साउथ एवेन्यू स्थित विशेष सी.बी.आई.,

कोर्ट नई दिल्ली में शुरू हुआ और 3 जुलाई, 2019 को जज अरुण भारद्वाज की अदालत द्वारा मुख्तार अंसारी, उसके भाई अफजाल अंसारी सहित सभी आरोपियों को दोषमुक्त कर दिया गया। मुख्तार अंसारी का खास शूटर फिरदौस उर्फ जावेद उत्तर प्रदेश एस.टी.एफ. द्वारा मुंबई में मुठभेड़ के दौरान मारा जा चुका था। प्रेम प्रकाश सिंह उर्फ मुन्ना बजरंगी की हत्या 9 जुलाई, 2018 को बागपत जेल में कर दी गई थी। मुख्तार अंसारी का मित्र और रिश्ते में चचिया ससुर अताउर्रहमान उर्फ बाबू फरार था और उसके ऊपर सात लाख रुपए का इनाम सी.बी.आई. द्वारा घोषित किया गया था।

कृष्णानंद राय की हत्या के समय उत्तर प्रदेश में मुलायम सिंह यादव की समाजवादी पार्टी की सरकार थी, जिनके द्वारा मुख्तार अंसारी को खुला संरक्षण दिया जा रहा था। तफ्तीश की कार्रवाई तेज हुई तो पुलिस पर दबाव पड़ा और गवाहों को धमकाने का दौर शुरू हुआ। हत्या के एक साल के भीतर ही तीन अहम गवाहों की संदिग्ध परिस्थितियों में मौत हो गई। कृष्णानंद राय का बेहद करीबी शशिकांत गवाह था, जिसकी 12 जुलाई, 2006 को संदिग्ध परिस्थितियों में मौत हो गई, उसकी मौत की जाँच चल रही थी कि 7 सितंबर, 2006 को दूसरा अहम गवाह मनोज गौड़ अपने घर में मृत पाया गया। कोई जान ही नहीं पाया कि उसकी मौत कैसे हुई। इसी तरह एक अन्य अहम गवाह राजू, अपने घर से निकला था और सड़क पर मृत पाया गया। इन अहम गवाहों की मृत्यु का शक मुख्तार अंसारी पर था, जिससे अन्य गवाह इतने डर गए कि वे न्यायालय में सही गवाही नहीं दे पाए।

कृष्णानंद राय की पत्नी अलका राय ने इस मामले की जाँच सी.बी.आई. से कराने की माँग की थी, क्योंकि मुख्तार अंसारी को राज्य सरकार द्वारा खुला संरक्षण दिया जा रहा था। हत्या के समय मुकेश बाबू शुक्ला एस.पी. गाजीपुर थे और मुख्तार अंसारी से उनकी नजदीकियाँ जग-जाहिर थीं। उनके कार्यकाल में मुख्तार अंसारी के काले कारनामों को बढ़ावा मिला, जिसमें विधायक कृष्णानंद राय की हत्या के साथ उनके छह साथी भी मारे गए। एक विधायक की जघन्य हत्या के बाद मुकेश बाबू शुक्ला को जिला गाजीपुर से हटाकर बदायूँ का एस.एस. पी. बना दिया गया था।

14. पूर्व विधायक सर्वेश सिंह उर्फ सिप्पू की हत्या (19 जुलाई, 2013)

पूर्व विधायक सर्वेश सिंह सिप्पू

आजमगढ़ के सगड़ी क्षेत्र के अमुवारी नरायनपुर निवासी सिप्पू सिंह के पिता समाजवादी पार्टी के कद्दावर नेता अमर सिंह के बेहद करीबी थे। अमर सिंह के नजदीकी होने के कारण वे मुलायम सिंह यादव के भी काफी करीब आ गए। राम प्यारे सिंह 1992 में अमर सिंह के कहने पर समाजवादी पार्टी में आ गए। उन्होंने अपना राजनीतिक जीवन अजमतगढ़ ब्लॉक प्रमुख के रूप में शुरू किया था। राम प्यारे सिंह को पहली बार 1996 में सगड़ी विधानसभा से समाजवादी पार्टी का टिकट मिला और जीतकर वे विधायक बने। उत्तर प्रदेश आम विधानसभा चुनाव 2002 में उन्हें दुबारा समाजवादी पार्टी ने टिकट दिया, परंतु वे चुनाव हार गए। चुनाव हारने के बाद भी मुलायम सिंह यादव ने न केवल उन्हें विधान परिषद् भेजा, अपितु वर्ष 2003 में अपने मंत्रिमंडल में जगह देते हुए उन्हें पर्यावरण मंत्री भी बनाया। राम प्यारे सिंह का 31 मई, 2005 को निधन हो गया। राम प्यारे सिंह द्वारा तैयार की गई सगड़ी विधानसभा क्षेत्र की राजनीतिक विरासत उनके पुत्र सर्वेश सिंह उर्फ सिप्पू को मिली। उत्तर प्रदेश विधानसभा आम चुनाव 2007 में सिप्पू समाजवादी पार्टी के टिकट पर चुनाव लड़े और विजयी हुए। वर्ष 2010 में जब अमर सिंह ने सपा से अलग होकर 'लोक मंच' का गठन किया तो सिप्पू ने भी अपने पिता के मित्र अमर सिंह का साथ दिया और समाजवादी पार्टी छोड़ दी।

अमर सिंह ने सिप्पू को वर्ष 2011 में बहुजन समाज पार्टी में शामिल करवा दिया। बसपा प्रमुख मायावती ने वर्ष 2012 में सिप्पू सिंह को आजमगढ़ सदर और उनके बड़े भाई संतोष सिंह 'टीपू' को सगड़ी विधानसभा से चुनाव लड़वाया, परंतु दोनों भाई समाजवादी पार्टी की लहर में चुनाव हार गए। चुनाव हारने के बाद भी सर्वेश सिंह अपने पिता की तैयार की गई जमीन को सँवारने में लगे थे। वे आजमगढ़ के लोगों में काफी लोकप्रिय थे।

माफिया ध्रुव सिंह उर्फ कुंटू निवासी छपरा सुल्तानपुर की राजनीतिक प्रतिद्वंद्विता सिप्पू सिंह से थी। बाहुबली कुंटू सिंह भी अपना राजनीतिक प्रभाव

बढ़ा रहा था और वह भी अन्य बाहुबलियों की तरह विधायक बनना चाहता था। वह हर हालत में सर्वेश सिंह 'सिप्पू' को अपने रास्ते से हटाना चाहता था, जिससे वह सगड़ी विधानसभा क्षेत्र में मजबूत होकर चुनाव लड़ सके। वह मुख्तार अंसारी, बृजेश सिंह, रमाकांत यादव, उमाकांत यादव, विनीत सिंह, विजय मिश्रा आदि बाहुबलियों की तरह माननीय बनना चाहता था। वह सिप्पू सिंह की हत्या की योजना बनाने लगा। उसने सिप्पू सिंह की हत्या के लिए मऊ के बाहुबली अजीत सिंह को सुपारी देनी चाही थी, परंतु अजीत सिंह ने मना कर दिया। उसने कुंटू सिंह को बताया कि वह सिप्पू सिंह की हत्या नहीं कर सकता, क्योंकि वे उसके ननिहाल के रहने वाले हैं। कुंटू सिंह सिप्पू सिंह की हत्या करने के लिए प्रतिबद्ध था, क्योंकि सिप्पू सिंह की राजनीतिक पकड़ मजबूत होती जा रही थी। सिप्पू सिंह ने अपने पिता स्वर्गीय राम प्यारे सिंह पूर्व मंत्री की विरासत अच्छी तरह सँभाल ली थी।

आखिरकार कुंटू सिंह ने 19 जुलाई, 2013 को सिप्पू सिंह की हत्या करा ही दी। 19 जुलाई, 2013 को सिप्पू सिंह अपने क्षेत्र का भ्रमण करने के बाद सुबह 9:45 बजे जीयनपुर स्थित अपने घर के गेट पर पहुँचे ही थे कि मोटरसाइकिलों पर सवार बदमाशों ने उन पर ताबड़तोड़ गोलियाँ चलाना शुरू कर दिया। गोलाबारी में पूर्व विधायक सर्वेश सिंह उर्फ सिप्पू सिंह और भरत राय निवासी मऊकुतुबपुर की मौत हो गई। थाना जीयनपुर आजमगढ़ में अपराध संख्या 348/2013 धारा 147/302/120बी आई.पी.सी. व धारा 7 क्रिमिनल लॉ अमेंडमेंट एक्ट का मुकदमा कायम किया गया। पुलिस द्वारा जाँच की गई और ध्रुव कुमार सिंह उर्फ कुंटू सिंह, राजेंद्र यादव, संग्राम सिंह, मोहम्मद रिजवान, विजय यादव, अभिषेक सिंह उर्फ भानू, रामप्रवेश सिंह उर्फ बिट्टू, मृत्युंजय सिंह उर्फ मयंक सिंह उर्फ विक्की, दिनेश सिंह उर्फ रमपत उर्फ दुलहिन, कन्हैया विश्वकर्मा उर्फ गिरधारी उर्फ डॉक्टर, अरविंद कश्यप शिवप्रकाश यादव और दुर्गविजय सिंह की संलिप्तता पाकर आरोप-पत्र न्यायालय में प्रेषित किया। मुकदमे के विचारण के दौरान कन्हैया उर्फ गिरधारी विश्वकर्मा की मृत्यु हो गई थी। वह लखनऊ पुलिस से हुई मुठभेड़ में 14 फरवरी, 2021 को मारा गया। अभियुक्त अभिषेक सिंह उर्फ भानू उर्फ कश्यप हत्या के बाद फरार हो गया था, जिसके कारण उनकी पत्रावली न्यायालय द्वारा अन्य अभियुक्तगण से पृथक् कर दी गई।

सिप्पू सिंह हत्याकांड में न्यायालय के समक्ष कुल 21 गवाह पेश किए गए थे। 17 मई, 2022 को न्यायालय द्वारा ध्रुव कुमार सिंह उर्फ कुंटू सिंह, राजेंद्र यादव, संग्राम सिंह, मृत्युंजय सिंह उर्फ मयंक सिंह उर्फ विक्की, दिनेश सिंह उर्फ रमपत, दुर्गविजय, शिवप्रकाश उर्फ प्रकाश, विजय यादव उर्फ सचिन यादव और मोहम्मद रिजवान को आजीवन कारावास से की सजा सुनाई गई।

□□□